TRENTINO-ALTO ADIGE
TRENTO
FRIULI VENEZIA GIULIA
TRIESTE
VALLE d'AOSTA
AOSTA
LOMBARDIA
MILANO
VENETO
VENEZIA
Italia settentrionale
PIEMONTE
TORINO
EMILIA-ROMAGNA
BOLOGNA
LIGURIA
GENOVA
MAR LIGURE
FIRENZE
TOSCANA
MARCHE
ANCONA
PERUGIA
UMBRIA
MAR ADRIATICO
L'AQUILA
Italia centrale
ROMA
LAZIO
ABRUZZO
MOLISE
CAMPOBASSO
PUGLIA
BARI
NAPOLI
CAMPANIA
POTENZA
BASILICATA
MAR TIRRENO
SARDEGNA
CAGLIARI
Italia meridionale e insulare
CALABRIA
CATANZARO
MAR IONIO
PALERMO
SICILIA
MAR MEDITERRANEO

Paesi europei

l'Albania	albanese	Albanien	albanisch
l'Austria	austriaco	Österreich	österreichisch
il Belgio	belga	Belgien	belgisch
la Bosnia	bosniaco	Bosnien	bosnisch
la Bulgaria	bulgaro	Bulgarien	bulgarisch
la Croazia	croato	Kroatien	kroatisch
la Danimarca	danese	Dänemark	dänisch
la Finlandia	finlandese	Finnland	finnisch
la Francia	francese	Frankreich	französisch
la Germania	tedesco	Deutschland	deutsch
la Grecia	greco	Griechenland	griechisch
l'Inghilterra	inglese	England	englisch
l'Irlanda	irlandese	Irland	irisch
l'Islanda	islandese	Island	isländisch
l'Italia	italiano	Italien	italienisch
la Norvegia	norvegese	Norwegen	norwegisch
l'Olanda (i Paesi Bassi)	olandese	Holland (die Niederlande)	holländisch
la Polonia	polacco	Polen	polnisch
il Portogallo	portoghese	Portugal	portugiesisch
la Romania	rumeno	Rumänien	rumänisch
la Russia	russo	Russland	russisch
la Serbia	serbo	Serbien	serbisch
la Slovenia	sloveno	Slowenien	slowenisch
la Spagna	spagnolo	Spanien	spanisch
la Svezia	svedese	Schweden	schwedisch
la Svizzera	svizzero	die Schweiz	schweizerisch
la Turchia	turco	die Türkei	türkisch

Paesi mondiali

il Brasile	brasiliano, -a	Brasilien	brasilianisch
il Canada	canadese	Kanada	kanadisch
la Cina	cinese	China	chinesisch
il Giappone	giapponese	Japan	japanisch
gli Stati Uniti	statunitense/americano	die Vereinigten Staaten	amerikanisch

Continenti

l'Europa	europeo	Europa	europäisch
l'Africa	africano	Afrika	afrikanisch
l'America	americano	Amerika	amerikanisch
l'Asia	asiatico	Asien	asiatisch
l'Australia	australiano	Australien	australisch

Città del mondo

Amburgo	Hamburg	Marsiglia	Marseille
Barcellona	Barcelona	Monaco (di Baviera)	München
Basilea	Basel	Mosca	Moskau
Berlino	Berlin	Parigi	Paris
Colonia	Köln	Praga	Prag
Lione	Lyon	Salisburgo	Salzburg
Lipsia	Leipzig	Stoccarda	Stuttgart
Lisbona	Lissabon	Strasburgo	Straßburg
Londra	London	Varsavia	Warschau
Lubiana	Ljubljana	Vienna	Wien
Manchester	Manchester	Zurigo	Zürich

Vorwort und Wegweiser

Cari studenti,

wie schön, dass ihr euch entschlossen habt, Italienisch zu lernen! *Ci siamo* wird euch dabei begleiten.

Zusammen mit Familie Neumann und deren neuen Freunden in Rom geht ihr auf Entdeckungsreise und lernt dabei den italienischen Alltag mit all seinen Facetten kennen. Dabei stehen Themen wie Familie, Wohnen, Essen, Einkaufen, Freizeitaktivitäten und Reisen, aber auch soziale Fragestellungen, Medien, Berufswelt, Politik, Geschichte und Literatur im Mittelpunkt. Und natürlich lernt ihr dabei Italienisch!

Die klare Struktur von *Ci siamo* erleichtert euch den Zugang zu Sprache und Kultur. Die vierzehn Lektionen sind folgendermaßen aufgebaut:

Ein **doppelseitiger *Ingresso*** stimmt euch auf die Thematik der jeweiligen Lektion ein und gibt euch erste wichtige Vokabeln und Informationen an die Hand.

Die einzelnen Lektionen sind **systematisch** in einen **A- und B-Teil** gegliedert. Die weitere Untergliederung in jeweils zwei bis drei Teile ermöglicht einen abwechslungsreichen Zugang zu den Lektionsthemen.

Verschiedene **Textsorten**, wie z.B. Dialoge, Zeitungsartikel, Comics, Werbeproskete und Lieder bringen euch die italienische Sprache und Kultur auf spannende Weise näher.

In den Lektionen findet ihr immer wieder verschiedene Infokästen:

Occhio!	gibt euch Hilfestellungen bei komplexen grammatikalischen Phänomenen.
Nota bene	hilft bei schwierigen Vokabeln.
In Italia	vermittelt Hintergrundwissen zur italienischen Kultur.
Espressioni utili	helfen euch dabei, euch problemlos zu einem bestimmten Thema zu äußern.

Die **Aufgaben** und **Übungen** sind durchgängig mit der jeweils zu schulenden Kompetenz bzw. dem Aufgabenschwerpunkt markiert, so dass ihr euch schnell orientieren könnt: Jede Lektion bietet interessante Aufgaben zu **Hörverstehen**, **Leseverstehen** und **Mediation.** In den vielen **kommunikativen Aufgaben** lernt ihr Italienisch zu sprechen und zu schreiben und bei den **kreativen Aufgaben** könnt ihr eure Ideen und Talente einbringen. Die vielfältigen **Rechercheaufträge** vertiefen die Themen der Lektionen. Zudem lernt ihr in **Präsentationsaufgaben**, eure Rechercheergebnisse auf Italienisch zu präsentieren.

Die Medienkompetenz MK könnt ihr zusätzlich in den Kapiteln an zahlreichen Arbeitsvorschlägen üben.

Parlare	Sprechen
Scrivere	Schreiben
Leggere	Leseverstehen
Ascolto	Hörverstehen
Mediazione	Sprachmittlung
Comprensione	Textverständnis
➜G *1.4*	Bewusstmachung der Grammatik
Pratica	Anwendung der neuen Strukturen
Lessico	Wortschatzerweiterung
Ricerca	Internet-Recherche
Laboratorio	Kreative Aufgabe

Sprachen lernen bedeutet mit anderen zu kommunizieren, deshalb helfen euch die **Partner-** und **Gruppenarbeiten** dabei, eure Sprachkenntnisse schnell zu erweitern.

Das Symbol @ bei einigen Aufgaben verweist auf eine Variante dieser Aufgabe mit mehr Angaben. Jeweils unten auf der Seite findet sich dazu ein Mediencode, z.B.
@ 12 differenziato: Code **39300-01**.
Bei Eingabe des Codes in das Suchfeld auf unserer Homepage (www. ccbuchner.de/medien) gelangt ihr zu den *Esercizi differenziati*.

Auf den **Kompetenzseiten**, die ihr nach den Lektionen 3, 6, 9 und 12 findet, könnt ihr erlerntes Wissen selbstständig anwenden.

Die **Strategien**, die auf den Lektionsteil folgen, helfen euch, wichtige Fähigkeiten wie Lesestrategien, Umgang mit dem Wörterbuch oder das Schreiben eines Aufsatzes zu erwerben,

Die neue **Grammatik** wird Schritt für Schritt eingeführt. Dabei könnt ihr euch neue Formen und Funktionen – auch mithilfe des **Grammatischen Beihefts** – selbstständig erarbeiten. Den Verweis auf das entsprechende Kapitel findet ihr bei der jeweiligen Aufgabe.

Damit das **Vokabellernen** mühelos gelingt, gibt es in jeder Lektion Aufgaben zum Üben und zur Erweiterung des Wortschatzes. Das **Vokabelverzeichnis** am Ende des Buchs enthält nicht nur den Lernwortschatz der Lektionen, sondern auch thematisch geordnete **Vokabelboxen** mit zusätzlichem Sprachmaterial.

Wir wünschen euch viel Spaß und Erfolg beim Erlernen der schönsten Sprache der Welt!

Euer *Ci siamo*-Team

Inhaltsverzeichnis

Ingresso
Arrivederci e ciao!

La città di Lipsia

La famiglia Neumann

il signor Neumann, la signora Neumann, Ben, Hannah e Luna, il gatto

Hannah schreibt einen Blog #tedescaRoma

#tedescaRoma
Wow. Bald geht es los. Wir ziehen aus Leipzig weg nach Italien! Wir sind ganz schön aufgeregt, vor allem, weil wir noch nicht so gut Italienisch sprechen. Aber das soll sich ganz schnell ändern! Auf der Deutschen Schule in Rom werden wir auf Italienisch und Deutsch unterrichtet. Wie wohl unsere neuen Mitschüler sind? Auf geht's: Arrivederci Lipsia, e buongiorno Roma!

La nuova casa: un appartamento in un palazzo romano

il codice postale: *Postleitzahl*
il telefono fisso: *Festnetztelefon*

nome e cognome	**Franziska Neumann**
professione	Giornalista
indirizzo: via	Via dei Torriani, 20
il codice postale	00163 Roma ← città
numero di telefono (fisso)	Tel. +39-06-653412
numero di cellulare	cell.+39-335-9837352
indirizzo e-mail	e-mail: f.neumann@googlemail.it

1 E tu?

Scrivi il tuo biglietto da visita in italiano. Erstelle deine eigene Visitenkarte auf Italienisch.

Via dei Torriani, 20

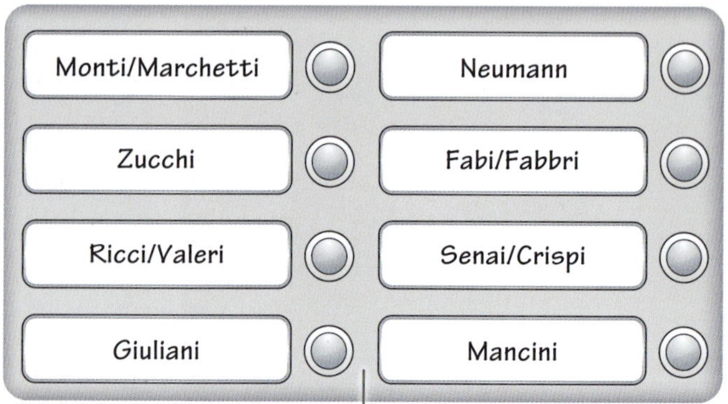

I nuovi vicini di casa

Welche italienischen Namen kennt ihr noch? Steht ihr auf Musik von Gianna Nannini oder Zucchero? Adriano Celentano kennen meine Eltern noch ... Ich mag Francesco Gabbani lieber.

Mein Lieblingslied über die „ewige Stadt“ ist von Antonello Venditti, Roma Capoccia. Es ist schon ziemlich alt, aber es gefällt mir trotzdem total gut. Wollt ihr auch mitsingen? Hier ist der Anfang:

Quanto sei bella Roma quando è sera,
quando la luna si specchia dentro al fontanone
e le coppiette se ne vanno via,
quanto sei bella Roma quando piove.

Kennt ihr das italienische Alphabet schon? Ich muss es jetzt unbedingt üben, falls ich meinen Namen buchstabieren muss!

La città di Roma

Ascolto **2** **L'alfabeto italiano** Das italienische Alphabet ➔**G** *0.1*

CD 1 | *2* Ascolta la registrazione dell'alfabeto italiano. Fai lo spelling del tuo nome. Höre dir die Aufnahme des italienischen Alphabets an und buchstabiere deinen Namen.

Ascolto **3** **Nomi italiani** Italienische Namen

CD 1 | *3* Ascolta i dialoghi e scrivi i nomi. Höre die Diagloge an und schreibe die Namen auf.

Übrigens: Findet ihr die Regeln zur italienischen Aussprache heraus?
1. *Wie wird das „c“ ausgesprochen vor „e“ und „i“? Wie vor „a“, „o“, „u“ oder Konsonant?*
2. *Wie wird „g“ ausgesprochen vor „e“ und „i“? Wie vor „l“ und wie vor „n“?*
3. *Und welche Silbe wird betont?*

Wenn ihr eine Regel gefunden habt, kontrolliert sie mit Hilfe der Grammatik! (Tipp: Vielleicht hilft es euch auch, an die köstlichen italienischen Speisen und Getränke zu denken, die ihr kennt! ;-))

➔**G** *0.2, 0.3*

la ciabatta

le lasagne

la pizza capricciosa

gli gnocchi

gli spaghetti aglio e olio

il gelato

1 Benvenuti a Roma!

Ingresso CD 1|4

Espressioni utili

Du möchtest an jemandem vorbeigehen.	**Permesso?**
Du begrüßt einen Freund.	**Ciao!/Salve!**
Du grüßt förmlich.	**Buongiorno./Buongiorno, signore/ signora. Buonasera./Buonasera, signore/signora.**
Du heißt Gäste willkommen	**Benvenuti!**
Jemand stellt sich dir vor.	**Piacere.**
Jemand bedankt sich bei dir. Du erwiderst.	**Grazie. Prego.**
Du entschuldigst dich bei einem Jugendlichen.	**Scusa.**
Du entschuldigst dich bei einer Person, die du siezt.	**Scusi.**
Du fragst eine/n Jugendliche/n, wie es ihr/ ihm geht./Du fragst mehrere Jugendliche, wie es Ihnen geht	**Come stai?/Come state?**
Du fragst eine Person, die du siezt, wie es ihr geht.	**Come sta?**
Du sagst, wie es dir geht. ☹ 😕 🙂 ☺	**Sto male/così così/abbastanza bene/ bene.**
Du verabschiedest dich von einem Freund.	**Ciao!/Salve!**
Du verabschiedest dich förmlich.	**Arrivederci.**

1 **Incontri** Begegnungen

Completa con le espressioni giuste. Ergänze mit den passenden Ausdrücken.

1. Nemore: ■, signor Monti.
   Signor Monti: Ah, ciao Nemore.
2. Ben: Grazie, Nemore.
   Nemore: ■.
3. Sig.ra Neumann: ■, mi chiamo Franziska Neumann.
   Sig.ra Marchetti: ■. Mi chiamo Marta Marchetti.
4. Hannah: ■, Nemore. ■ ■?
   Nemore: ■ bene, ■?
   Hannah: ■ bene, ■.

In Italia

Wenn man in Italien heiratet, behalten die Ehepartner ihre Nachnamen: Gabriele Monti und Marta Marchetti. Die Kinder erhalten jedoch den Namen des Vaters: Simone und Valerio Monti. Wenn man über die Familie spricht, verwendet man ebenfalls den Namen des Vaters: i Monti.

Parlare

2 **Tocca a voi!** Ihr seid dran!

Scegliete una situazione e mettete in scena il dialogo.
Sucht euch eine Situation aus und spielt den Dialog vor.

!

Am Ende dieser Lektion kannst du
- Personen begrüßen und einander vorstellen.
- erste Auskünfte über dich und dein Zuhause geben.

A In Via dei Torriani

CD 1 | 5–6

A1 Per le scale

due: *zwei*

Hannah e Ben sono per le scale. Hanno due valigie in mano. Parlano con due ragazzi, Valerio e Simone.

Ben: Ciao Valerio!
Valerio: Ciao!
Ben: E lui chi è?
Valerio: È il mio fratellino. Si chiama Simone.
Simone: Piacere. E tu, come ti chiami?
Hannah: Io mi chiamo Hannah. Sono la sorella di Ben.
Ben: Quanti anni hai, Simone?
Simone: Ho 15 anni, e tu?
Ben: Anch'io!
Hannah: E io ho 17 anni.
Simone: Ma come vi chiamate di cognome?
Hannah: Ci chiamiamo Neumann. N-E-U-M-A-N-N. Noi siamo di Lipsia, è in Germania. Tu, Valerio, parli il tedesco?
Valerio: No, parlo l'inglese e il francese. Simone parla solo l'italiano!
Hannah: Wow! Sei proprio bravo! Io parlo solo l'inglese e studio l'italiano.
Simone: Siete molto simpatici! Avete un numero di telefono italiano?
Ben: Sì, certo! Il mio numero è 334-8265871, ma lei ha solo il numero tedesco. Ma abbiamo whatsapp.
Valerio: E il tuo, Hannah?
Hannah: Il mio numero è 0049-167-928476.
Valerio: Perfetto. A che piano abitate?
Ben: Abitiamo qui al terzo piano, e voi?
Simone: Anche noi abitiamo qui al terzo piano!

mio/mia: *mein, meine*

tuo/tua: *dein, deine*

In Italia

il fratello = der Bruder
il fratellino = der kleine Bruder
la sorella = die Schwester
la sorellina = die kleine Schwester

Comprensione

1 **Chi è chi?** Wer ist wer?

Completa la tabella con le informazioni sui ragazzi.
Vervollständige die Tabelle mit den Informationen über die Jugendlichen.

Ben 	**Hannah** 	**Simone** 	**Valerio** 
• ■ di Hannah • numero di telefono ■: 334-8265871	• ■ di Ben • 17 ■ • solo numero di telefono ■: 0049-167-928476 • parla il ■ e l'■ • studia l'■	• fratellino ■ Valerio • 15 ■ • parla solo l'■	• ■ ■ Simone • parla l'■, l'■ e il ■
• sono ■ Lipsia, è ■ Germania • ■ tedesco: Neumann • abitano al ■ piano		• abitano al terzo ■	

Parlare

2 **I numeri da 1 a 20** Die Zahlen von 1 bis 20 ➜G *1.1*

1. Leggi i numeri civici. Lies die Hausnummern.

2. Leggi i numeri di telefono. Lies die Telefonnummern.

35671022 – 87488201 – 33109436 – 67999651

3 **E tu?** Und du?

Fai una scheda personale su di te.
Erstelle deinen Steckbrief auf Italienisch.

Occhio!

abito a + città
abito in + Via/paese
abito al + primo/secondo/terzo piano

Scheda personale

nome:

cognome:

anni:

parlo:

abito in Via ■ a ■ (città)

numero di telefono:

4 I verbi in -are Die Verben auf -are ➜G 1.4

Copia nel quaderno la tabella e completala con l'aiuto di A1 e della grammatica.
Übertrage die Tabelle in dein Heft und vervollständige sie mithilfe von A1 und der Grammatik.

1. Parlare, studiare, abitare

Occhio!
Im Italienischen verwendet man die Verben meist ohne Personalpronomen.
Diese werden in der Regel nur zur Betonung eingesetzt.

	parlare	studiare	abitare
io	■	■	abito
tu	■	studi	■
lui/lei/Lei	■	■	abita
noi	parliamo	■	■
voi	■	■	■
loro	■	studiano	■

2. Sottolinea nella tabella le desinenze dei verbi in **-are**.
Unterstreiche in der Tabelle die Endungen der Verben auf **-are**.

3. Metti in ordine le forme del verbo **chiamarsi**. Ordne die Formen des Verbs **chiamarsi**.

ci chiamiamo | ti chiami | mi chiamo | si chiamano | vi chiamate | si chiama

4. Altri verbi in **-are**
Abbina i verbi ai disegni, poi scrivi la coniugazione dei verbi nel quaderno.
Ordne die Verben den Bildern zu und schreibe anschließend deren Konjugation in dein Heft.

amare | chattare | cantare | preparare

5. Stare ➜G 1.3
Conosci già le frasi Come stai?, Come sta? e Sto bene. Adesso metti in ordine le forme del verbo irregolare **stare**. Du kennst bereits die Sätze Come stai?, Come sta? und Sto bene. Ordne jetzt die Formen des unregelmäßigen Verbs **stare**.

stai | stiamo | sta | stanno | sto | state

Pratica

5 I vicini di casa Die Nachbarn

@ Forma delle frasi. Attenzione alla coniugazione dei verbi.
Bilde Sätze. Achte auf die Konjugation der Verben.

I Monti	studiare	con Valerio.
Nemore	parlare	per le scale.
Hannah	abitare	l'italiano.
Ben:	chattare	Roma Capoccia.
Hannah e Ben	stare	Luna!
Simone e Valerio	amare	al terzo piano.
Marta Marchetti	preparare	Monti di cognome.
I Neumann:	cantare	la pizza.
Hannah, Ben, Valerio e Simone	chiamarsi	per la scuola.
Ben		bene in Italia!

6 I verbi irregolari essere e avere

Die unregelmäßigen Verben **essere** und **avere** ➜G 1.3

Copia la tabella nel quaderno e completala con l'aiuto di A1. Schreibe die Tabelle in dein Heft und ergänze sie mithilfe von A1.

	essere	avere
io	■	■
tu	■	■
lui/lei/Lei	■	■
noi	■	■
voi	■	■
loro	■	■

Pratica

7 Essere o avere?

Scegli la forma corretta di **essere** o **avere**. Wähle die richtige Form der Verben **essere** und **avere** aus.

1. Valerio: "Hannah, tu a. abbiamo b. hai c. ho	whatsapp?"	2. Ben a. ho b. ha c. abbiamo	un numero di telefono italiano.
3. Signor Monti: "Ragazzi, a. siete b. è c. siamo	di Berlino?"	4. I Neumann a. sei b. siete c. sono	di Lipsia, in Germania.
5. Simone a. ho b. hai c. ha	15 anni.	6. Hannah a. siamo b. sei c. è	tedesca.
7. Simone e Valerio a. sono b. siete c. è	di Roma.	8. Valerio a. abbiamo b. ha c. ho	un cognome italiano.

@ 5 differenziato: Code **39300-01**

Pratica

8 **Hannah incontra Ornella per strada davanti al portone.** Hannah trifft Ornella auf der Straße vor dem Hauseingang.

Completa il dialogo. Vervollständige den Dialog.

il portone: *Haustor, -tür*

Hannah e Ornella ■ (parlare) per strada davanti al portone.
Ornella: Ciao, ■ (chiamarsi) Ornella. E tu?
Hannah: Piacere, ■ (chiamarsi) Hannah Neumann. Dove ■ (abitare)?
Ornella: ■ (abitare) qui, in Via dei Torriani, 20.
Hannah: Anch'io! Adesso ■ (abitare) a Roma con la mamma, il papà e il mio fratellino. ■ (chiamarsi) Ben.
Ornella: Di dove ■ (essere)?
Hannah: ■ (essere) di Lipsia, in Germania.
Ornella: Benvenuti! ■ (avere) un numero di telefono o whatsapp?
Hannah: Sì, il mio numero ■ (essere) …

Scrivere

9 **Gli altri inquilini** Die anderen Hausbewohner

Scrivi una piccola presentazione dei nuovi vicini. Usa i verbi **chiamarsi**, **essere**, **avere**, **parlare** e **abitare**. Schreibe eine kurze Vorstellung der neuen Nachbarn. Benutze die Verben **chiamarsi**, **essere**, **avere**, **parlare** und **abitare**.

Laboratorio

10 **Lavinia racconta** Lavinia erzählt

Lavorate in due o tre. Arbeitet zu zweit oder zu dritt.

In due: Hannah incontra Lavinia. Scrivete un dialogo, poi presentatelo in classe. Arbeitet zu zweit. Hannah trifft Lavinia. Schreibt einen Dialog und spielt ihn in der Klasse vor.

In tre: Hannah e Ben incontrano Lavinia. Scrivete un dialogo, poi presentatelo in classe. Arbeitet zu dritt. Hannah und Ben treffen Lavinia. Schreibt einen Dialog und spielt ihn in der Klasse vor.

CD 1|7

A2 Dov'è Luna?

Hannah: Luna! Luuuna! Dove sei?
Nemore: Hannah, tutto bene? Che cosa cerchi?
Hannah: Ciao, Nemore. Cerco il mio gatto, si chiama Luna.
Nemore: Che gatto è? È grande? È piccolo?
Hannah: No, no. È un gatto grande, nero, bello.
Nemore: I gatti grandi e neri sono belli, vero? Cerchiamo e troviamo Luna allora! Che scuola frequenti?
Hannah: Frequento la Scuola Germanica.
Nemore: Di dove sei? Sei austriaca, svizzera o tedesca?
Hannah: Sono tedesca!
Nemore: E le ragazze tedesche sono tutte così simpatiche e belle?
Hannah: Certo! Ho molte amiche belle e simpatiche! Tu sei italiano?
Nemore: Sì, ma di origine eritrea. Anche noi siamo simpatici!
Sig.ra Crispi: Nemore, dove sei?
Nemore: Sono qui!
Sig.ra Crispi: La cena è pronta!
Nemore: Sì, mamma, subito! Mhmm, che madre …
Hannah: Le madri sono tutte così!
Nemore: Anche i padri!
Hannah: Ah, ecco Luna!
Nemore: Chi cerca trova.

eritreo, -a: *aus Eritrea*

Comprensione

11 **Hannah e Nemore** Hannah und Nemore

Vero o falso? Se la frase è corretta, scrivi la riga. Se la frase è falsa, correggila.
Wahr oder falsch? Falls die Aussage zutrifft, gib die Zeilen an. Falls die Aussage falsch ist, korrigiere sie.

1. Luna è un gatto piccolo e nero.
2. Nemore ha un problema.
3. Nemore cerca Ben.
4. Hannah è austriaca.
5. La famiglia di Nemore è svizzera.
6. Alla fine i ragazzi trovano il gatto.

12 Il verbo cercare Das Verb cercare →G 1.5

Copia la tabella nel quaderno e completala con le forme del verbo **cercare**. Che cosa noti nell'ortografia? Formula la regola. Übertrage und vervollständige die Tabelle mit den Formen des Verbs **cercare**. Was fällt dir bei der Rechtschreibung auf? Formuliere die Regel.

io	■
tu	■
lui/lei/Lei	■
noi	■
voi	cercate
loro	cercano

Pratica

13 Chi cerca trova Wer sucht, der findet

Guarda le immagini. Poi scrivi delle frasi con **cercare**. Betrachte die Bilder und schreibe dann Sätze mit dem Verb **cercare**.

1. Signora Neumann: Ragazzi, ■ Luna?
   Hannah e Nemore: Sì, ■ Luna.
2. Signora Zucchi: ■ il cellulare?
   Lavinia: Sì, ■ il cellulare.
3. Simone ■ Valerio.
4. I Neumann ■ Via dei Prefetti.

Ascolto

14 In Via dei Torriani, 20 In der Via dei Torriani 20

CD 1 | *8–11* Quale dialogo è? Indica l'ordine giusto e completa le frasi con le parole mancanti. Um welchen Dialog handelt es sich? Gib die richtige Reihenfolge an und ergänze die Sätze mit den fehlenden Wörtern.

La signora Crispi: Nemore! ■ sei?
Nemore: Sì, ■. ■ qui!

Valerio: Simone? Ah, ■ per la ■? Scusa!
Simone: No, no. ■ qualcosa?

Nemore: Nanananana … Quanto ■ bella ■ quando ■ sera …

Elisabetta Zucchi: Ah, Lei è la nuova ■. Io sono Elisabetta Zucchi.
Franziska Neumann: Sì. Piacere. ■ Franziska Neumann.

15 I sostantivi e gli aggettivi Die Substantive und die Adjektive ➔G 1.6

1. Copia la tabella nel quaderno e completala con i sostantivi in **-a** e **-o** del testo. Übertrage die Tabelle in dein Heft und ergänze sie mit den Substantiven auf **-a** und **-o** aus dem Text.

	maschile	femminile
singolare	■	■
plurale	■	■

2. Copia la tabella nel quaderno e completala con i sostantivi in **-e** del testo. Übertrage die Tabelle in dein Heft und ergänze sie mit den Substantiven auf **-e** aus dem Text.

	maschile	femminile
singolare	padre	■
plurale	■	■

3. Con un altro colore scrivi gli aggettivi in **-a** e **-o** del testo. Füge in einer anderen Farbe die Adjektive auf **-a** und **-o** aus dem Text hinzu.

4. Con lo stesso colore completa ora la tabella nel quaderno con gli aggettivi in **-e** del testo. Vervollständige in dieser Farbe die Tabelle mit den Adjektiven auf **-e** aus dem Text.

5. Trova la regola per l'uso dei sostantivi e degli aggettivi. Finde die Regel für den Gebrauch der Substantive und Adjektive.

tedesco – tedeschi	tedesca – tedesche
simpatico – simpatici	simpatica – simpatiche

Che cosa noti? Was bemerkst du?

Pratica

16 Tante cose da raccontare Es gibt viel zu berichten

@ Nemore scrive un messaggio a un suo amico. Completa il messaggio con gli aggettivi e sostantivi al singolare o al plurale. Nemore schreibt eine Nachricht an einen Freund. Vervollständige die Nachricht mit den Endungen der Adjektive und der Substantive im Singular oder im Plural.

Ciao Dario, come stai? Sto bene. Abbiamo nuov■ vicin■ di casa! Sono tedesc■ e sono di Lipsia. I ragazz■ si chiamano Hannah e Ben. Una famigli■ di origine eritre■, una famigli■ tedesc■, molte famigli■ italian■, e tutt■ in Via dei Torriani 20! I Neumann sono brav■ in italian■. Ben e Hannah frequentano la Scuola Germanic■. Loro sono molto simpatic■. Hanno un gatt■ ner■. È grand■ e si chiama Luna.

A presto, Nemore

Occhio!

Wenn man sich gleichzeitig auf männliche und weibliche Personen bezieht, verwendet man immer die männliche Form im Plural.

@ 16 differenziato: Code **39300-01**

B A casa Monti

B1 L'appartamento

Ecco il soggiorno con il divano e il televisore.

Comprensione

1 Trova l'intruso. Was passt nicht dazu?

1. la scrivania – la doccia – il computer – la foto
2. il bagno – il soggiorno – la cucina – la porta
3. lo specchio – lo stereo – la radio – il televisore
4. l'asciugamano – il forno – il sapone – il lavabo
5. il tavolo – le sedie – l'armadio – il divano
6. l'ingresso – il letto – lo studio – il balcone

2 L'articolo determinativo Der bestimmte Artikel ➜G 1.7

Completa la tabella con gli articoli determinativi + sostantivi e trova la regola per l'uso dell'articolo determinativo. Ergänze die Tabelle mit den bestimmten Artikeln und Substantiven und finde die Regel für den Gebrauch des bestimmten Artikels.

	singolare	plurale
maschile	■	■
femminile	■	■

Occhio!

Besonderheiten:

- Einige Substantive werden in Kurzform gebraucht; z. B. *la foto* statt *la fotografia* oder *il cinema* statt *il cinematografo*; d. h. ihre Endung lässt nicht unmittelbar auf das richtige Genus schließen.
- Ebenfalls unregelmäßig sind: *il problema*, *il tema*, *il programma* und *la mano*.
- Einige, meist aus anderen Sprachen übernommene Substantive, enden auf einen Konsonanten wie *lo yogurt*, *il computer*. Sie sind oft männlich und verändern sich im Plural nicht.
- Endungsbetonte Wörter ändern sich im Plural nicht: *il caffè*, *la città*, *l'università*.

Pratica

3 Quante cose! Wie viele Dinge!

Metti al plurale o al singolare. Setze in den Plural oder in den Singular.

la camera | i bagni | la sedia | i quadri | la foto | l'armadio | il computer
le porte | gli asciugamani | la lampada | gli stereo | l'ombrello | lo yogurt
le radio | i caffè | le insalate | le lampade

Parlare

4 Ecco la mia camera Hier ist mein Zimmer ➜G 1.8

@ Mostra ai tuoi compagni di classe una foto della tua camera o di un'altra camera della casa/dell'appartamento e descrivila. Zeige deinen Klassenkameraden/-kameradinnen ein Foto deines Zimmers oder eines anderen Raumes in eurem Haus/eurer Wohnung und beschreibe es.

Modello: Ecco la mia camera con il letto, la scrivania, …

@ 4 differenziato: Code **39300-01**

CD 1 | 12

B2 La camera di Valerio e Simone

Valerio e Simone mostrano la loro camera a Ben e Hannah.

Valerio: Ecco la nostra camera: c'è il mio letto e c'è la scrivania con il nostro computer. Purtroppo è molto vecchio. Lì ci sono i miei libri.

Hannah: Ma quanti libri! E quanti fumetti! Hai un fumetto preferito?

Valerio: *Diabolik.*

Hannah: Il mio fumetto preferito è *Mafalda.*

Valerio: Scusate il caos. Simone è terribile! Le sue cose sono un po' dappertutto. Ci sono il suo skateboard, il suo zaino e la sua chitarra.

Hannah: I vostri mobili sono ehm … veramente … particolari.

Valerio: Sì, come la nostra famiglia.

Ben: Wow! Fantastico! Come si dice in italiano?

Valerio: La cassa Bluetooth. Purtroppo non è la mia cassa. È di Nemore.

la cassa Bluetooth: *Bluetooth-Lautsprecher*

Comprensione

5 Pensieri Gedanken

Abbina i pensieri alle persone. Ordne die Gedanken den Personen zu.

1. Anche lui ama i fumetti!

2. C'è sempre caos. Grazie, Simone!

3. Anche Valerio ama la musica!

4. Dov'è la mia cassa?

5. Il letto e la scrivania sono particolari.

6. Ah, il suo fumetto preferito è Mafalda.

Lessico

6 **In camera** Im Zimmer

1. Fai una mappa concettuale sul tema "In camera". Erstelle eine *Mindmap* zum Thema „Zimmer". → **Strategia 2**, *p. 276*

2. Con l'aiuto del dizionario aggiungi altre parole. Ergänze weitere Begriffe mithilfe des Wörterbuchs.

Ricerca

7 **Fumetti** Comics

MK

Fai una ricerca su questi fumetti: *Diabolik*, *Mafalda*, *Lupo Alberto* e *Dylan Dog*. Presenta i risultati in tedesco. Recherchiere zu folgenden Comics: *Diabolik*, *Mafalda*, *Lupo Alberto* und *Dylan Dog* und präsentiere deine Ergebnisse auf Deutsch.

8 **Esprimere possesso** Besitz ausdrücken → G *1.9, 1.10*

1. Di chi è? Di chi sono? Wem gehört es? Wem gehören sie?
   Che cosa esprime **di** nella frase "Questa cassa Bluetooth è di Nemore"? Was drückt **di** im Satz "Questa cassa bluetooth è **di** Nemore" aus?

2. Nel testo ci sono molti aggettivi possessivi. Completa la tabella con le forme del testo. Im Text finden sich viele Possessivadjektive. Ergänze die Tabelle mit den Formen des Textes.

	singolare		**plurale**	
io				le mie
tu	il tuo	la tua		le tue
lui/lei/Lei			i suoi	
noi				le nostre
voi				
loro				le loro

3. Aggiungi le seguenti forme alla tabella. Füge die folgenden Formen in die Tabelle ein.

i nostri | le vostre | il loro | i tuoi
il vostro | i loro | la vostra

4. Qual è la differenza tra l'italiano e il tedesco? Welchen Unterschied gibt es zwischen dem Italienischen und dem Deutschen: la mia camera = mein Zimmer?

Occhio!
Loro bleibt unverändert.

Pratica

9 Gli aggettivi possessivi Die Possessivbegleiter

Completa la lista. Ergänze die Liste.

	singolare	plurale
io	il mio fumetto/la mia scrivania	i miei libri/le mie cose
tu	■ ■ fumetto/■ ■ scrivania	■ ■ libri/■ ■ cose
lui/lei	■ ■ fumetto/■ ■ scrivania	■ ■ libri/■ ■ cose
noi	■ ■ fumetto/■ ■ scrivania	■ ■ libri/■ ■ cose
voi	■ ■ fumetto/■ ■ scrivania	■ ■ libri/■ ■ cose
loro	■ ■ fumetto/■ ■ scrivania	■ ■ libri/■ ■ cose

Pratica

10 A casa Monti Zuhause bei den Montis

I Monti hanno molto da fare. Die Montis haben viel zu tun.
Completa con gli aggettivi possessivi e abbina quello che dicono alla situazione giusta. Ergänze die Possessivbegleiter und ordne zu, was in der jeweiligen Situation gesagt wird.

mettere in ordine: *aufräumen*

1. Simone cerca ■ dizionario italiano-inglese.
2. Valerio chatta con ■ amiche di Firenze.
3. Marta e Gabriele mettono in ordine ■ camera da letto.

"Dov'è ■ dizionario?"

"Gabriele, ■ libri sono veramente dappertutto!"

"■ nuovi vicini sono simpatici."

11 Il verbo esserci: c'è e ci sono Das Verb esserci: c'è und ci sono

➜G 1.11

Nel testo B2 Valerio dice: "Ecco la nostra camera: c'è il mio letto e c'è la scrivania con il nostro computer. Lì ci sono i miei libri." Che cosa vuole esprimere? In Text B2 sagt Valerio: "Ecco la nostra camera: c'è il mio letto e c'è la scrivania con il nostro computer. Lì ci sono i miei libri." Was will er ausdrücken?
Qual è la differenza tra **c'è** e **ci sono**? Trova la regola. Was ist der Unterschied zwischen **c'è** und **ci sono**? Formuliere die Regel. Come si dice in tedesco? Wie sagt man auf Deutsch?

Pratica

12 L'appartamento dei Monti Die Wohnung der Montis

@ Simone mostra a Ben e Hannah le altre camere dell'appartamento. Completa con **c'è**/**ci sono** e l'articolo determinativo. Simone zeigt Ben und Hannah die anderen Zimmer der Wohnung. Ergänze mit **c'e/ci sono** und dem bestimmten Artikel.

■ nostra cucina è piccola. ■■ nostro tavolo e ■ quattro sedie. ■ nostro soggiorno invece è molto grande, ma ■ sempre caos. ■ cose di Valerio sono dappertutto. ■■ suo zaino e ■ ■ suoi fumetti. E ■ anche ■ suo skateboard. E ■■ libri di papà e mamma. Anche ■ loro cose sono dappertutto. Ehm … ■ anche ■ mie cose … Scusate il caos.

Scusate: *entschuldigt!*

@ 12 differenziato: Code **39300-01**

Parlare

13 **E la tua camera?** Und dein Zimmer?

Intervistate un partner e prendete appunti. Interviewt einen Partner und macht euch Notizen.

– Che cosa c'è nella tua camera?
– Nella mia camera c'è … / Nella mia camera ci sono …

Pratica

14 **Lo studio di Gabriele Monti** Gabriele Montis Arbeitszimmer

Forma delle frasi e aggiungi **è**, **c'è**, **sono** o **ci sono**. Bilde Sätze und ergänze **è**, **c'è**, **sono** oder **ci sono**.

1. lo studio di Gabriele Monti – grande
2. due scaffali con i suoi libri
3. la sua scrivania – vecchia
4. anche il suo pianoforte
5. le foto – vecchie
6. la sua collezione di DVD con vecchi film italiani

Ascolto

15 **E com'è l'appartamento dei Crispi/Senai?**
Und wie ist die Wohnung der Crispi/Senai?

CD 1 | *13–17* Ornella prepara un quiz per Hannah. Ascolta i dialoghi e aiuta Hannah ad indovinare quali sono le stanze. Ornella bereitet ein Quiz für Hannah vor. Höre die Dialoge an und hilf Hannah dabei, die einzelnen Zimmer zu erraten. → **Strategia 1**, *p. 276*

Mediazione

16 **Affittasi** Zu vermieten

Hannahs Tante Katrin Schneider aus Leipzig möchte eine Ferienwohnung vermieten. Sie bittet Hannah, die Anzeige für ihre Webseite auf Italienisch zu formulieren. Schreibe Hannahs Text.

Wohnung in Leipzig
Die große Wohnung liegt im 2. Stock. Sie hat zwei Schlafzimmer und ein Wohnzimmer mit Fernseher und Stereoanlage. Im Flur befindet sich ein großer Schrank. Das Badezimmer hat eine Dusche - Handtücher sind vorhanden. Die Küche ist neu, und es gibt auch einen Balkon mit Tisch und Stühlen.

2 Vita in famiglia

Ingresso

la colazione:

il caffè

il tè

il latte

i biscotti

le fette biscottate

il burro

la marmellata

il cornetto

il succo di arancia

il caffellatte

il pranzo:

l'acqua

il pane

l'insalata

la cena:

gli antipasti di verdura

il salame e il prosciutto

la pasta o il risotto

la carne o il pesce

il dolce o la frutta

il formaggio

il caffè

Ecco la famiglia Monti. Festeggiano il compleanno di zio Francesco con una grande cena.

In Italia

In vielen italienischen Familien gibt es sowohl am Mittag als auch am Abend warme Speisen, viele essen aber mittags oder abends auch nur ein belegtes Brötchen, ein Stück Pizza oder einen Salat. Ein komplettes Menu mit allen Gängen gibt es meist nur bei Festen und im Restaurant.

Lessico **1 I pasti in Italia** Die Mahlzeiten in Italien

Descrivi i pasti italiani. Che cosa mangiano a colazione, a pranzo o a cena? Beschreibe die italienischen Mahlzeiten. Was isst man zum Frühstück, zum Mittagessen und zum Abendessen?

Lessico **2 Prodotti alimentari italiani** Italienische Lebensmittel

E quali altri prodotti alimentari italiani conosci? Fai una lista. Welche weiteren italienischen Lebensmittel kennst du? Erstelle eine Liste.

Ascolto **3 Mangiare a casa e fuori** Zuhause und auswärts essen

CD 1 | *18–20* Ascolta i tre dialoghi e rispondi. Höre die drei Dialoge an und antworte.

Dove sono le persone? A casa, in pizzeria o al ristorante? Wo befinden sich die Personen? Zuhause, in der Pizzeria oder im Restaurant?

!

Am Ende dieser Lektion kannst du
- über Essen und Trinken sprechen.
- deine Familie beschreiben.
- mithilfe der Höflichkeitsform Personen siezen.

A Benvenuti in casa Monti

CD 1 | *21–23*

A1 I Neumann e i nuovi vicini

La famiglia Neumann ha un nuovo appartamento a Roma, in Via dei Torriani 20. Abitano al terzo piano. Ecco i loro vicini:

Ciao! Abitiamo al primo piano. Siamo cinque persone in casa: noi genitori, Neela Senai e Salvatore Crispi, e abbiamo tre figli. Si chiamano Ornella, Gemma e Nemore. Noi Crispi non abbiamo un gatto come i Neumann, ma abbiamo due tartarughe.

Benvenuti! Noi siamo i Monti. Mi chiamo Gabriele, lei è Marta. Abbiamo due figli, Simone e Valerio. Simone frequenta l'Istituto Tecnico Industriale. Valerio no, lui lavora come barista.

Piacere. Mi chiamo Lavinia. Ho otto anni. Non ho fratelli. Abito al secondo piano. La mia mamma si chiama Elisabetta Zucchi. Il mio papà non abita con noi. Frequento la scuola primaria. Anche la mia scuola è in Via dei Torriani.

Comprensione

1 Chi parla? Wer spricht?

Abbina i testi alle famiglie. Ordne die Texte den Familien zu.

Scrivere

2 I Neumann Die Neumanns

@

1. Come si presenta la famiglia Neumann? Scrivi il loro testo. Wie stellt sich Familie Neumann vor? Schreibe ihren Text.
2. E la tua famiglia come si presenta? Scrivi il vostro testo. Und wie stellt sich deine Familie vor? Schreibe euren Text.

3 La negazione Die Verneinung →G 2.1

1. Nel testo ci sono esempi per la negazione in italiano. Trova la regola. Im Text befinden sich Beispiele für die Verneinung auf Italienisch. Finde die Regel.
2. Qual è la differenza tra **no** e **non + verbo**? Was ist der Unterschied zwischen **no** und **non + Verb**?

Pratica

4 Che confusione! Was für eine Verwirrung!

I Neumann parlano dei nuovi vicini. Ma fanno una confusione terribile! Aggiungi la negazione e correggi le frasi. Die Neumanns sprechen über ihre neuen Nachbarn. Aber sie verwechseln einiges! Verneine und korrigiere die Aussagen.

Modello: Valerio parla il tedesco?
No, non parla il tedesco. Parla l'inglese e il francese.

1. Nemore è il fratello di Lavinia.
2. Neela Senai ha due figli.
3. La madre di Lavinia si chiama Marta.
4. Gabriele Monti è il padre di Ornella, Nemore e Gemma.
5. Lavinia è la sorella di Gemma.
6. Gli Zucchi abitano al primo piano.

Parlare

5 Tocca a te! Du bist dran!

Rispondi alle domande. Beantworte die Fragen.

Parli il francese? | Mangi la carne? | Hai 18 anni? | Abiti a Berlino?
Frequenti la Scuola Germanica? | Sei di origine tedesca?
Hai uno skateboard? | Hai un gatto?

Modello:

@ 2 differenziato: Code **39300-02**

A2 La famiglia Monti

CD 1 | 24–25 Ecco una foto di famiglia!

*Ah, la tua famiglia, Simone!
Che bella foto! Ma chi sono?*

*Io, mio fratello Valerio e, al centro, i miei genitori. La donna a sinistra è mia zia Anna. È la sorella di mia madre. Suo marito, mio zio Francesco, è vicino a lei.
Il ragazzino con i capelli castani è nostro cugino Enzo, il loro figlio. È figlio unico – intelligente, e simpatico. Abitano in Toscana a Firenze. Sai, la mia mamma è di origine toscana.
L'uomo a destra invece è mio zio Alberto, il fratello di mio padre. Come il mio papà è di Roma. È giornalista e lavora per la RAI. La donna bionda è Elena, sua moglie, e anche lei è giornalista. Le loro figlie, cioè le mie cugine, si chiamano Chiara e Gabriella. Sono gemelle! Sono due bambine veramente allegre, carine e sportive!
Poi ci sono anche i miei nonni: mio nonno Ugo e mia nonna Elisabetta – i genitori di mio padre. Loro abitano vicino a casa nostra in Piazza dei Visconti. Andiamo spesso da loro. Sono sempre felici quando ci sono i loro nipoti. La donna con i capelli lunghi è nonna Vittoria e lui è suo marito, nonno Carlo, purtroppo sono già morti. Il piccolo cane si chiama Nero.*

il ragazzino: *kleiner Junge*

la RAI: *RAI, öffentl.-rechtl. Radio- und Fernsehanstalt*

Comprensione

6 Vero o falso? Richtig oder falsch?

Se la frase è falsa, correggila. Korrigiere die falschen Aussagen.

1. *Mio zio si chiama Simone.*
2. *Nonna Vittoria abita in Piazza dei Visconti.*
3. *Mia madre è di Roma.*
4. *La donna bionda è giornalista.*
5. *I miei nonni si chiamano Ugo e Elena.*
6. *Le mie cugine non sono sportive.*

Ascolto

7 **Chi parla?** Wer spricht?

CD 1 | 26 Abbina le frasi alle persone. Ordne die Sätze den Personen zu.

1. Sono di origine toscana. Mio figlio ha i capelli castani.
2. Abito in Piazza dei Visconti. Bau!
3. Mia moglie è bionda. Abbiamo due figlie gemelle.
4. Abito a Firenze. Sono figlio unico.
5. Mio zio lavora per la RAI. Ho un fratellino.
6. Sono di Roma.
7. Purtroppo i miei genitori sono già morti.
8. Sono giornalista e lavoro per la RAI.

Lessico

8 **La famiglia** Die Familie

Ricopia la tabella nel tuo quaderno e completala con i nomi di parentela. Übertrage die Tabelle in dein Heft und ergänze sie mit den Verwandtschaftsbezeichnungen.

maschile	femminile
il padre	la madre

9 **L'uso dell'articolo con i nomi di parentela** Der Gebrauch des Artikels bei Verwandtschaftsbezeichnungen ➔G 2.2

Cerca nel testo tutti i nomi di parentela insieme agli aggettivi possessivi. Che cosa noti nei nomi di parentela al singolare? Suche alle Familienbezeichnungen im Text mit den dazugehörigen Possessivadjektiven. Was passiert bei den Verwandtschaftsbezeichnungen im Singular?

Pratica

10 **La famiglia Neumann** Die Familie Neumann

@ Ben mostra a Simone e Valerio una foto della sua famiglia che ha sul cellulare. Completa con gli aggettivi possessivi. Ben zeigt Simone und Valerio auf dem Handy ein Foto seiner Familie. Ergänze die Possessivadjektive.

Ecco ■ nonni. ■ nonna si chiama Elisabeth e ■ nonno si chiama Christian. ■ figlio è Michael, ■ papà. Il fratello di ■ padre si chiama Stefan. È ■ zio. ■ moglie è di Berlino, si chiama Charlotte. ■ figlie si chiamano Emma, Amelie e Luisa. Sono ■ cugine.

Laboratorio

11 **Ecco la mia famiglia!** Hier ist meine Familie!

1. Fai il tuo albero genealogico. Descrivilo a un partner. Erstelle deinen Familienstammbaum. Beschreibe ihn einem Partner.
2. Presenta l'albero genealogico del tuo partner alla classe. Stelle den Familienstammbaum deines Partners in der Klasse vor.

@ 10 differenziato: Code **39300-02**

B Tutti a tavola!

B1 La tavola apparecchiata

le posate f: *Besteck*
la tovaglia: *Tischtuch*

1 L'articolo indeterminativo Der unbestimmte Artikel → G 2.3

Copia la tabella nel quaderno e completala con i vocaboli di B1 e l'articolo indeterminativo. Formula la regola Übertrage die Tabelle in dein Heft und ergänze sie mit den Vokabeln aus B1 und dem unbestimmten Artikel. Formuliere die Regel.

un	uno	una	un'
■	■	■	■

Pratica

2 A casa Monti Bei Montis zuhause

@ Completa con l'articolo indeterminativo. Ergänze mit dem unbestimmten Artikel.

■ scaffale, ■ libro, ■ porta, ■ televisore, ■ ombrello, ■ foto, ■ asciugamano, ■ tavolo, ■ divano, ■ sedia, ■ doccia, ■ specchio, ■ lampada, ■ armadio, ■ letto, ■ scrivania, ■ quadro, ■ computer, ■ skateboard, ■ zaino, ■ chitarra

Parlare

3 Gioco. Ecco la mia tavola! Spiel: Hier ist mein Tisch!

Apparecchiate la tavola. Ognuno ci mette una cosa. Deckt den Tisch. Jeder legt ein Teil dazu.

A: Ecco la mia tavola! C'è un bicchiere.
B: C'è un bicchiere e c'è una forchetta.
C: C'è un bicchiere, c'è una forchetta e ci sono due …

Laboratorio

4 La nostra tavola Unser Tisch

1. Fai una foto della tavola di casa tua apparecchiata. Fotografiere den gedeckten Tisch bei dir zuhause.
2. Descrivi la foto a un compagno di classe. Beschreibe das Foto einem Mitschüler.

A sinistra c'è un/un'/uno/una …
A destra ci sono un … e una …
Al centro c'è un …

B2 Buon appetito!

CD 1 | 27–28 In soggiorno. È ora di cena.

Sig. Monti: Signora Neumann, beve l'acqua naturale o frizzante?
Sig.ra Neumann: Bevo l'acqua frizzante, grazie.
Sig. Neumann: Noi tedeschi non beviamo molto l'acqua naturale.

@ 2 differenziato: Code **39300-02**

Sig.ra Marchetti: Ecco gli antipasti! Prosciutto e melone, bruschetta e olive. Buon appetito a tutti!
Tutti: Grazie. Altrettanto.
Sig.ra Marchetti: Ti piace la bruschetta, Ben?
Ben: Hmm … È molto buona. Mi piace tanto. E mi piacciono anche le olive.
Sig. Monti: Ecco il pane. Beviamo un bicchiere di vino?
Sig. Neumann: Volentieri, grazie.
Sig. Monti: Prende anche Lei un bicchiere di Chianti, signora?
Sig.ra Neumann: Sì, volentieri, grazie.
Sig.ra Marchetti: Ecco gli spaghetti alla carbonara. È un primo piatto tipico di Roma.
Sig. Monti: Vi piacciono, ragazzi?
Ragazzi: Sì, sono ottimi.
Simone: Mamma, che cosa c'è come secondo?
Sig.ra Marchetti: C'è il pollo arrosto. Poi la frutta e come dolce c'è il tiramisù. Ti piace, Hannah?
Hannah: Certo! Il tiramisù piace a tutti.
Sig. Monti: Per finire prendiamo un caffè?
Ben: Per me no, grazie. Il caffè non mi piace.

Comprensione

5 Tutto chiaro? Alles klar?

1. Ci sono due tipi di acqua a tavola. Quali?
2. Che cosa mangiano per antipasto?
3. Qual è un piatto tipico di Roma?
4. Che cosa c'è come secondo?
5. Che cosa mangiano dopo il secondo?
6. Che cosa bevono per finire?

Gli spaghetti alla carbonara

Lessico

6 A tavola Beim Essen

@ Completa la mappa concettuale. Ergänze die *Mindmap*. → **Strategia 2**, *p. 276*

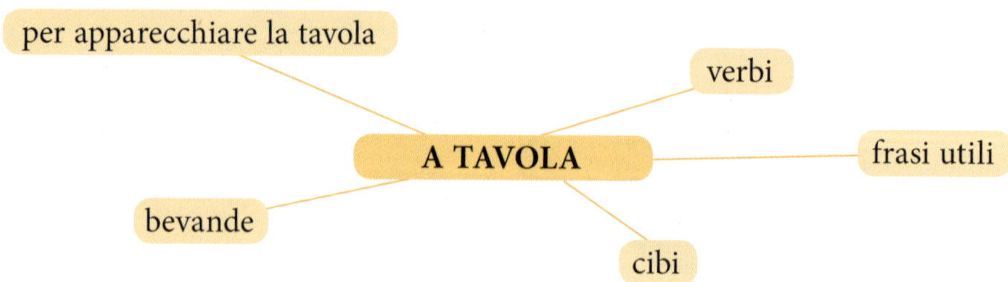

7 Il verbo piacere Das Verb **piacere** → G 2.4

Quando usiamo **piace** e quando **piacciono**? Come si forma la negazione? Che diciamo per esprimere che cosa piace ad altre persone? Formula la regola. Wann sagen wir **piace** und wann **piacciono**? Wie bildet man die Verneinung? Wie drückt man aus, dass etwas anderen Personen gefällt? Formuliere die Regel.

@ 6 differenziato: Code **39300-02**

Pratica

8 **Che buono!** Wie lecker!

Completa i dialoghi con la forma giusta di **piacere** e non dimenticare i pronomi **mi, ti** o **vi**. Talvolta devi aggiungere una preposizione. Ergänze die Dialoge mit der richtigen Form von **piacere** und vergiss nicht die Pronomina **mi**, **ti** oder **vi**. In einigen Fällen musst du eine Präposition hinzufügen

1. Sig.ra Marchetti: Ben, ■ gli antipasti?
   Ben: Sì, ■. Sono ottimi.
2. Sig. Monti: Ragazzi, ■ gli spaghetti alla carbonara?
   Ben e Hannah: Sì, sono molto buoni.
3. Sig.ra Marchetti: Hannah, ■ il pollo?
   Hannah: Sì, ■ tanto. È molto buono.
4. Sig.ra Marchetti: Hannah, un po' di frutta? O tiramisù?
   Hannah: Tiramisù? Volentieri! Il tiramisù ■ sempre.
5. Ben: Tiramisù! Fantastico! I dolci italiani ■ tanto.
   Sig.ra Neumann: I dolci italiani sono molto buoni e ■ tutti.
6. Sig.ra Marchetti: Signori Neumann, un caffè?
   Sig. Neumann: Oh, grazie. A quest'ora ■ mia moglie ■ il caffè, ■ me ■ sempre.

a quest'ora: *um diese Zeit/so spät*

Parlare

9 **Ti piace mangiare all'italiana?** Isst du gern italienisch?

1. Formulate domande e risposte. Fragt und antwortet.

Modello: – Ti piace la pasta al forno? – Sì, mi piace la pasta al forno.

la pizza | gli spaghetti | il gelato | il risotto | i biscotti | le mozzarelle | le olive | il tiramisù

2. Adesso parla del tuo partner. Che cosa gli/le piace? Sprich jetzt über deinen Partner/deine Partnerin. Was mag er/sie?

A Stefan piace la pizza.
I biscotti non piacciono a Johanna.

10 **Il verbo bere** Das Verb **bere** ➜ G 2.5

Abbina. Ordne zu.

io | tu | lui/lei/Lei | noi | voi | loro

bevono | bevi | beviamo | bevete | bevo | beve

Pratica

11 A proposito di bevande Apropos Getränke

Completa il dialogo con le forme adatte di **bere**. Ergänze den Dialog mit den passenden Formen von **bere**.

talvolta: *manchmal*

Valerio: I tedeschi non ■ l'acqua naturale?
Ben: Io non ■ l'acqua naturale, ma a Hannah piace.
Sig.ra Marchetti: E la coca cola? ■ anche la coca cola, voi due?
Hannah: Sì, talvolta ■ anche la coca cola.
Simone: E Ben, ■ anche il vino?
Sig.ra Neumann: Simone! Ben ha 15 anni! Non ■ il vino!

Ascolto

12 I gusti dei vicini Die Vorlieben der Nachbarn

CD 1 | *29–32*

Che cosa (non) piace agli altri inquilini? Che cosa bevono? Was mögen die anderen Hausbewohner (nicht)? Was trinken sie?
Ascolta i dialoghi e completa la tabella. Höre die Dialoge an und ergänze die Tabelle.

Chi?	piace/piacciono	non piace/non piacciono	beve
Lavinia	■	■	■
Gemma	■	■	■
Salvatore	■	■	■
Ornella	■	■	■

13 La forma di cortesia del verbo: darsi del tu e del Lei Die Höflichkeitsform des Verbs: duzen und siezen ➜ G *2.6*

1. Leggi le frasi con attenzione. Che cosa noti? Lies die Sätze aufmerksam. Was fällt dir auf?

1. Sig.ra Marchetti: "Bevi la coca cola, Ben?"
2. Sig. Monti: "Signora Neumann, beve l'acqua naturale o frizzante?"
3. Sig. Monti: "Prende anche Lei un bicchiere di Chianti, signora?"

2. Trova la regola per la forma di cortesia. Finde die Regel für die Höflichkeitsform.

Ascolto

14 Tu o Lei? Du oder Sie?

CD 1 | *33–35*

Le persone si danno del tu o del Lei?
Duzen oder siezen sich die Personen?

	tu	Lei
Dialogo 1	■	■
Dialogo 2	■	■
Dialogo 3	■	■

Leggere

15 A tavola in Italia! Zu Tisch in Italien!

Ben ha trovato un quiz in internet e anche un articolo che spiega come mangiano gli italiani. Leggi l'articolo. Quali risposte sono giuste? Ben hat ein Quiz im Internet gefunden und einen Artikel, der ihm erklärt, wie die Italiener essen. Lies den Artikel: Welche Antworten sind richtig?

A tavola in Italia!

Come mangiano gli italiani?

Grande Quiz

Vinci una festa all'italiana con tutti i tuoi amici!

la merenda: *Snack, Zwischenmahlzeit*

fa vedere: *zeigt*

Domanda 1

Che cosa c'è prima? Che cosa c'è dopo?

N° ■ pranzo
N° ■ colazione
N° ■ cena
N° ■ merenda

Domanda 2

Che cosa fa vedere quest'immagine?

Una ■.

Domanda 3

Gli italiani fanno spesso colazione al ■.
Bevono un ■ o un ■ e mangiano un ■ o un ■.

A casa molti italiani mangiano i ■ per colazione.

Domanda 4

Che cosa vedi?

Domanda 5

Il menù italiano. Che cosa mangi prima?

N° ■ dolce

N° ■ frutta

N° ■ caffè

N° ■ secondo piatto

N° ■ formaggio

N° ■ antipasto

N° ■ primo piatto

A tavola!

Come mangiano gli italiani?

Per colazione gli italiani mangiano poco. A casa bevono spesso solo un caffè o un caffellatte e mangiano biscotti o fette biscottate con marmellata. Prima di andare al lavoro molti italiani bevono un caffè, un cappuccino o un latte macchiato in un bar e mangiano una brioche[1], un cornetto o un bombolone[2].

A pranzo gli italiani di solito mangiano un primo – per esempio pasta, risotto o minestrone[3] – e un secondo – carne o pesce con verdura o insalata. Ma spesso fanno solo uno spuntino[4], per esempio un panino con prosciutto o formaggio o un'insalata.

Il pomeriggio[5] quasi tutti i bambini italiani fanno merenda[6]. Spesso la merenda è uno yogurt, un po' di frutta o una merendina.[7]

La cena è molto importante per gli italiani. In generale non mangiano prima delle ore 20:00. Normalmente la cena comprende[8] un primo e un secondo piatto, ma alcuni italiani mangiano solo un piatto unico[9], per esempio la pizza, la carne o il pesce con l'insalata. Anche il piatto freddo[10] con pane, prosciutto o formaggio piace agli italiani.

Il menù classico in Italia comprende l'antipasto, il primo, il secondo con contorni[11] (per esempio patate fritte[12] o verdura), il formaggio, il dolce, la frutta e il caffè.

Gli italiani non amano l'acqua minerale gassata: quasi tutti bevono l'acqua minerale naturale. Anche il vino bianco e il vino rosso[13] piacciono agli italiani. E con la pizza? La coca cola o la birra[14].

[1] **la brioche:** *kleines Hefegebäck;* [2] **il bombolone:** *Krapfen;* [3] **il minestrone:** *Gemüsesuppe;* [4] **lo spuntino:** *Snack/Imbiss;* [5] **il pomeriggio:** *nachmittags/am Nachmittag;* [6] **fare merenda:** *Zwischenmahlzeit einnehmen;* [7] **la merendina:** *abgepackter süßer Snack (oft eine Art Minikuchen);* [8] **comprendere:** *beinhalten;* [9] **il piatto unico:** *Tellergericht;* [10] **freddo:** *kalt;* [11] **i contorni:** *Beilagen;* [12] **le patate fritte:** *Pommes frites;* [13] **il vino bianco/rosso:** *Weiß-/Rotwein;* [14] **la birra:** *Bier*

Laboratorio

16 A cena da Hannah e Ben Zum Abendessen bei Hannah und Ben

A Hannah e Ben piace cucinare per i loro amici Simone e Valerio. Decidono di preparare un menù tipico tedesco. Scrivi il loro menù. Usa un dizionario bilingue. Hannah und Ben kochen gerne für ihre Freunde Simone und Valerio. Sie beschließen, ein typisch deutsches Menü zu kochen. Schreibe ihre Menüfolge auf. Benutze ein zweisprachiges Wörterbuch.

Mediazione

17 I pasti in Germania Die Mahlzeiten in Deutschland

Fai un disegno/un collage dei pasti in Germania per i tuoi amici italiani. Poi descrivi che cosa mangiano i tedeschi a colazione, a pranzo e a cena. Für deine italienischen Freunde zeichnest du ein Bild oder erstellst eine Collage zu den Mahlzeiten in Deutschland. Anschließend beschreibst du, was die Deutschen zum Frühstück, mittags und abends essen.

Die Deutschen lieben Brot und – besonders zum Frühstück – natürlich auch Brötchen.

Typisch deutsch sind auch Kaffee und Kuchen.

Bekannt ist Deutschland unter anderem für die Bratwurst – im Brötchen und mit Senf ist sie das perfekte Fast Food.

Die Currywurst ist eine Berliner Erfindung – mit Ketchup und Pommes Frites mögen sie (fast) alle.

Braten und Klöße sind ein typisch deutsches Gericht. Lecker, aber nichts für Vegetarier. ☺

3 Scuola e tempo libero

Ingresso

i giornali   le riviste

B

Bar Il Palio
Piazza del Campo
Siena

BAR IL PALIO
di G. Pianigiani, F. e G. Jannaccone s.a.s
Piazza del Campo, 46/49
53100 Siena (SI)
P.IVA 00077270528
Tel. 0577-282055

	EURO
8.00	8.00
8.00	8.00
3.50	3.50
5.00	5.00
TOTALE €	24.50
CONTANTI	24.50
17/08/18 16:42	SF.
MF OR 96005154	

Cassa: Operatore 5

lo scontrino

il biglietto

la classe

il quaderno

il cappuccino

i fumetti

i libri

i gelati

la prof

il cornetto

Lessico

1 **Luoghi familiari** Vertraute Orte

Quali immagini della pagina precedente puoi collegare con quelle della scuola, del bar e dell'edicola? Welche Bilder der vorherigen Seite kannst du den Bildern der Schule, der Bar und des Kiosks zuordnen?

la scuola

l'edicola

il bar

In Italia

Das typische italienische Frühstück in einer „Bar" besteht aus „cornetto" und „cappuccino".

In edicola Al bar A scuola	c'è ci sono	…

Ascolto

2 **Indovina un po'!** Rate mal!

CD 1 | *36–38*

Ascolta i tre dialoghi e indica il luogo dove si trovano le persone Höre die drei Dialoge an und erkläre, wo die Personen sich befinden.

Dialogo 1: ■ Dialogo 2: ■ Dialogo 3: ■

!

Am Ende dieser Lektion kannst du
- öffentliche Verkehrsmittel nutzen.
- Pläne für die Freizeit machen.
- eine Bestellung in der Bar/Eisdiele vornehmen.
- über den Schulalltag sprechen.
- am Klassenzimmergespräch teilnehmen.

A In giro con gli amici

CD 1 | *39–40*

A1 Per strada

Simone: Ben, andiamo?
Ben: Un momento! Prima prendiamo i biglietti per la metropolitana.
Simone: Come? Non hai l'abbonamento?
Ben: No, ancora no …
Simone: Ecco un'edicola, Ben! Qui vendono anche i biglietti.
Ben: Buongiorno!
Giornalaio: Ciao!
Ben: Due biglietti, per favore.
Giornalaio: Ecco! Prendete anche la *Gazzetta dello Sport*, ragazzi?
Ben: No, no grazie. Quant'è?
Giornalaio: Due euro.
Ben: Ecco a Lei! Senti, Simone, da qui, per andare a San Pietro, cosa prendo? L'autobus o la metro?
Simone: Uhmmm … Da Termini molte persone prendono l'autobus, ma qui da Piazza di Spagna, la metro.
Ben: Perfetto! Quale?
Simone: Prendi la linea A in direzione Battistini e scendi dopo tre fermate.
Ben: Bene. Grazie. Ma tu quando vai a casa?
Simone: Ora no, io e Giacomo studiamo insieme, vado a casa sua.
Ben: Ah! Scusa, ma chi è Giacomo?
Simone: È il mio nuovo compagno di scuola!
Ben: Ah … e dove abita? Prende anche lui la metro per andare a scuola?
Simone: Sì, certo. Prende la metro perché abita molto lontano, in zona Tiburtina! Da qui ora prendo prima la Linea A, cambio a Termini, prendo la B, scendo a Tiburtina e poi vado a piedi o in autobus.
Ben: Wow! Conosci molto bene i mezzi pubblici!

La Gazzetta dello Sport: *Name der berühmtesten italienischen Sportzeitung*

Comprensione

1 Ben e Simone sono in centro Ben und Simone sind im Zentrum

Ben e Simone parlano di cosa fare nel pomeriggio. Metti in ordine cronologico i disegni.
Ben und Simone sprechen über ihre Pläne für den Nachmittag. Ordne die Bilder in chronologischer Reihenfolge.

Comprensione

2 La metro di Roma Die U-Bahn in Rom

MK

1. Cerca in internet una cartina della metro di Roma. Quante linee ci sono? Suche im Internet einen Linienplan der Metro in Rom. Wie viele Linien hat die U-Bahn?
2. Ascolta il dialogo A1 e, con l'aiuto della cartina della metro, rispondi alle domande. Höre den Dialog A1 und beantworte die Fragen mithilfe der U-Bahn-Karte.

   1. Dove sono i ragazzi adesso?
   2. Come si chiama la fermata dove scende Ben per andare a San Pietro?
   3. Dove cambia Simone?
   4. Quale linea prende dopo?
   5. Quante fermate sono fino a Tiburtina?

3 I pronomi interrogativi e la formazione delle domande

Die Fragepronomina und die Bildung von Fragesätzen ➜G 3.1

Leggi il testo A1 e concentrati sulle domande. Quali pronomi interrogativi riconosci? Quali altri conosci già? Lies den Text A1 und konzentriere dich auf die Fragen. Welche Interrogativpronomina erkennst du? Welche weiteren kennst du bereits?

Pratica

4 Quante domande! Wie viele Fragen!

@ Completa le domande con il giusto pronome interrogativo. Ergänze die Fragen mit dem passenden Interrogativpronomen.

1. ■ comprano in edicola? I biglietti per la metropolitana.
2. ■ Ben compra i biglietti? Non ha l'abbonamento.
3. ■ compra i biglietti Ben? In edicola.
4. ■ paga? Due euro.
5. ■ mezzo prende Ben per andare a San Pietro? La metro.
6. ■ studia insieme? Giacomo e Simone.
7. ■ prende Giacomo per andare a scuola? La metropolitana.
8. ■ arriva Simone da Tiburtina a casa di Giacomo? A piedi o in autobus.

Parlare

5 Intervista a un compagno/una compagna di classe Interview mit einem Mitschüler/einer Mitschülerin

Formula delle domande e intervista il tuo compagno/la tua compagna di classe. Bilde Fragen und interviewe deinen Banknachbarn/deine Banknachbarin.

come | dove | quanto | quale | chi | quando | perché | cosa

1. mezzo – prendere per andare a scuola
2. mangiare – per pranzo
3. pagare – per un biglietto dell'autobus
4. essere – la tua scuola
5. studiare – l'italiano
6. essere – il tuo compagno di scuola preferito /la tua compagna di scuola preferita
7. arrivare – a scuola
8. avere – la lezione d'italiano

@ 4 differenziato: Code **39300-03**

6 I verbi in -ere Die Verben auf -ere ➔G 3.2

1. Leggi il testo A1 e trova le forme del verbo **prendere**. Scrivile nell'ordine giusto.
   Lies den Text A1 und finde die Formen des Verbs **prendere.** Bringe sie in die richtige Reihenfolge
2. Quali differenze trovi tra i verbi in **-are** e **-ere**? Formula la regola e controlla poi nella grammatica. Welche Unterschiede fallen dir zwischen den Verben auf **-are** und **-ere** auf? Formuliere die Regel und überprüfe sie mithilfe der Grammatik.
3. Metti in ordine le forme del verbo **conoscere**. Attenzione alla pronuncia! Che cosa noti? Ordne die Formen des Verbs **conoscere**. Achtung Aussprache! Was fällt dir auf?

Pratica

7 In edicola Am Kiosk

Completa il testo con le forme giuste dei verbi. Ergänze den Text mit den richtigen Verbformen.

Ben e Simone ■ (essere) in edicola. Ben ■ (prendere) i biglietti perché non ■ (avere) l'abbonamento.

Simone: Ben, perché non ■ (tu, prendere) la metro?
Ben: Perché non ■ (io, conoscere) bene le linee.
Simone: Allora tu e Hannah cosa ■ (prendere) per andare in centro?
Ben: ■ (prendere) l'autobus perché ■ (conoscere) bene le fermate.
Simone: Anche i tuoi amici ■ (prendere) solo l'autobus?
Ben: No, loro ■ (conoscere) bene anche la metropolitana.
E tu, ■ (conoscere) tutte le linee della metro?

8 Il verbo irregolare andare Das unregelmäßige Verb **andare** ➔G 3.3

Trova le forme del verbo **andare** e scrivile nel quaderno. Finde die Formen des Verbs **andare** und schreibe sie in dein Heft.

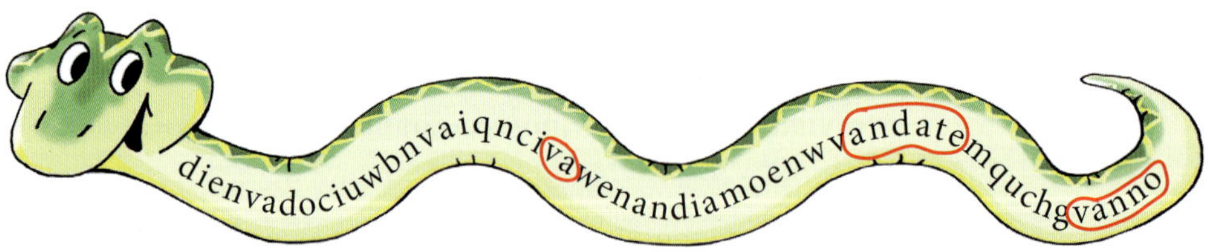

Pratica

9 Muoversi a Roma Fortbewegung in Rom

Completa il testo con le forme dei verbi **andare**, **cambiare**, **essere**, **aiutare**, **abitare** e **prendere**. Ergänze den Text mit den Formen der Verben **andare**, **cambiare**, **essere**, **aiutare**, **abitare** und **prendere**.

Simone: Mamma, dopo la scuola ■ da Giacomo a studiare.
Sig.ra Marchetti: Chi ■ Giacomo?
Simone: Ma mamma … ■ il mio nuovo compagno di scuola!!!
Sig.ra Marchetti: Ah, sì! E perché ■ da lui?

Simone: Lui ■ molto bravo in matematica e così mi ■ per la verifica.
Sig.ra Marchetti: Bene! Ma dove ■ il tuo amico?
Simone: Un po' lontano. ■ in autobus fino a Termini, poi ■ e ■ la metro.
Sig.ra Marchetti: Va bene, a stasera.
Simone: Ciao, mamma.

CD 1 | *41–42*

A2 Che cosa facciamo oggi?

Ben e Simone s'incontrano il giorno dopo.

nel tempo libero: *in der Freizeit*

Simone: Che cosa facciamo oggi?
Ben: Non lo so. Tu cosa fai normalmente nel tempo libero?
Simone: Faccio molto sport: vado in piscina, gioco a calcio e vado in bicicletta.
Ben: E con gli amici, cosa fate?
Simone: Qualche volta andiamo al cinema o sentiamo la musica, ma soprattutto giochiamo al computer. E voi, invece?
Ben: A casa sento sempre la musica e suono la chitarra, o vado in palestra. Hannah invece legge, fa shopping e il fine settimana dorme molto.
Simone: Ma come? Voi dormite il sabato? Non andate a scuola?
Ben: No. Perché?
Simone: Non sapete che fortuna! Io invece sì. Non è giusto! A proposito di scuola … ma da voi ci sono ragazze belle?
Ben: Sì, ho due amiche davvero carine: sono alte, more, sportive e molto simpatiche e intelligenti.
Simone: E le tue amiche, cosa fanno di solito?
Ben: Loro sentono spesso musica italiana e vanno in discoteca.
Simone: Ah sì? Ecco Ornella con una sua amica! Ciao ragazze! Lui è Ben, il mio amico tedesco.
Ornella: Ciao, Ben! Lei è Chiara!
Ben: Piacere!
Chiara: Piacere! Ma sai parlare l'italiano?
Ben: Sì, abbastanza.
Ornella: Sentite, ragazzi! Noi non sappiamo cosa fare. Andiamo al bar?
Chiara: Veramente io ho molto da studiare. Vado a casa. Mi dispiace.
Simone: Peccato! Avete voglia di andare al bar dove lavora mio fratello? Valerio fa il barista.
Ornella e Ben: Sì, va bene!

Comprensione

10 Cosa fanno i ragazzi? Was machen die Jugendlichen?

1. Indica le informazioni corrette. Attenzione: è possibile più di una risposta! Nenne die richtigen Aussagen. Achtung: Es kann mehr als eine Antwort in Frage kommen!

I ragazzi parlano di	Ben incontra	Ben, Simone e Ornella vanno
a. hobby.	a. una ragazza nuova.	a. a casa.
b. scuola.	b. due ragazze nuove.	b. al bar.
c. ragazze.	c. un ragazzo nuovo.	c. a scuola.

2. Completa le frasi con l'informazione corretta. Ergänze die Sätze.

1. Hannah il fine settimana …
2. Ben il sabato non va …
3. Chiara non va al bar perché …
4. I ragazzi vanno al bar dove lavora …
5. In Italia spesso i ragazzi vanno a scuola …

3. Quali attività praticano Ben, Simone e Hannah? Welche Tätigkeiten üben Ben, Simone und Hannah aus?

Modello: Simone va in piscina.

Parlare **4.** Quali attività pratichi tu? Welche Tätigkeiten übst du aus?

11 I verbi in -ire Die Verben auf -ire ➜ G 3.4

1. Leggi il testo A2 e completa le coniugazioni di **sentire** e **dormire**. Lies den Text A2 und ergänze die Konjugation der Verben **sentire** und **dormire**.

sentire: io ■, tu senti, lui/lei/Lei ■, noi ■, voi ■, loro ■
dormire: io dormo, tu ■, lui/lei/Lei ■, noi ■, voi ■, loro ■

2. Quali differenze noti tra i verbi in **-are, -ere** e **-ire** (**sentire, dormire**)? Formula la regola e poi controlla nella grammatica. Welche Unterschiede fallen dir zwischen den Verben auf **-are, -ere** und **-ire (dormire, sentire)** auf? Formuliere die Regel und überprüfe sie mithilfe der Grammatik.

Pratica

12 Musica italiana, musica tedesca Italienische Musik, deutsche Musik

Completa il testo con le forme giuste dei verbi. Ergänze den Text mit den richtigen Verbformen.

Ben: Ornella, ma tu che musica ■ (sentire) di solito?
Ornella: Ma, io di solito ■ (sentire) musica italiana.
Ben: Davvero? Perché?
Ornella: Beh, noi italiani ■ (sentire) spesso la nostra musica. ■ (tu, conoscere) Radio Italia?
Ben: No. Che cosa ■ (essere)?
Ornella: Una radio che trasmette solo musica italiana. Anche le mie amiche ■ (sentire) spesso Radio Italia.
Ben: Davvero? In Germania non ■ (noi, avere) una radio così!
Ornella: E allora quale musica ■ (voi, sentire)?
Ben: Anche in Germania ■ (esserci) molti cantanti tedeschi, Hannah, per esempio, ■ (sentire) spesso Mark Forster o Clueso … quando non ■ (dormire)!

trasmettere: *senden*

13 I verbi irregolari fare e sapere Die unregelmäßigen Verben fare und sapere ➜ G 3.5

Scrivi le coniugazioni di **fare** e **sapere**. Schreibe die Konjugationen von **fare** und **sapere** auf.

sai | fa | facciamo | sa | fate | sapete | fai | so | faccio | sappiamo | fanno | sanno

Pratica

14 Il tempo libero dei ragazzi Die Freizeit der Jugendlichen

1. Forma delle frasi. Bilde Sätze.

Ben e Simone Simone Lui Simone e i suoi amici Loro Simone e Valerio Spesso loro non	vedere andare giocare sapere parlare fare	del tempo libero. molto sport. in palestra. anche a calcio. sempre cosa fare. al cinema. un film. al computer. cosa fare.

@ **2.** E voi, cosa fate nel tempo libero? Formate delle domande e rispondete. Was unternehmt ihr in eurer Freizeit? Formuliert Fragen und antwortet. Arbeitet zunächst zu zweit und anschließend zu viert.

Lessico

15 Quando? Wann?

1. Metti le seguenti espressioni in ordine di frequenza (+/–). Ordne folgende Zeitadverbien nach der Häufigkeit (+/–).

spesso | sempre | normalmente/di solito | qualche volta

Parlare

2. Racconta cosa fai **spesso, sempre, normalmente/di solito** o **qualche volta** nel tempo libero. Erzähle, was du in der Freizeit **oft, immer, normalerweise** oder **manchmal** machst.

Laboratorio

16 Che facciamo oggi? Was machen wir heute?

Adesso tocca a voi. Lavorate in tre. Partner A fa una proposta. Partner B rifiuta e partner C fa una controproposta. Partner A e B accettano. Poi cambiate i ruoli. Jetzt seid ihr dran. Arbeitet zu dritt. Partner A schlägt etwas vor. Partner B lehnt höflich ab und Partner C macht einen Gegenvorschlag. Partner A und B nehmen den Vorschlag an. Dann tauscht ihr die Rollen.

- Andare in discoteca
- Andare in piscina
- Fare shopping
- Andare al cinema
- Giocare insieme al computer

Espressioni utili

Wenn man die Aufmerksamkeit mehrerer Personen auf sich lenken möchte.	**Sentite!**
Wenn man von etwas enttäuscht ist und seinen Verdruss zum Ausdruck bringen will.	**Peccato!**
Wenn man einen Vorschlag an mehrere Personen macht.	**Andiamo …?** **Avete voglia di …?**
Wenn man eine Ablehnung höflich einleiten möchte.	**Veramente …**
Wenn man Bedauern ausdrücken möchte.	**Mi dispiace.**

@ 14 differenziato: Code **39300-03**

CD 1 | *43–44*

A3 Al bar

essere di turno: *im Dienst sein*

Oggi Valerio è di turno e lavora al bancone del bar.

Ragazzi: Ciao Valerio!
Valerio: Salve, ragazzi! Cosa prendete?
Simone: Mah … non lo so … Forse questa pizzetta. Calda, per favore. Tu che cosa prendi?
Ornella: Che cosa c'è da mangiare, Valerio? Avete i toast?
Valerio: No, però ci sono i panini e anche i tramezzini.
Ornella: Capisco. Allora io vorrei un tramezzino. Questo è con prosciutto e formaggio, vero?
Valerio. Sì, però c'è anche quello con il tonno e il pomodoro. E da bere, che cosa preferite?
Ornella: Per me, una coca cola light fredda. Ben, invece, preferisce un gelato, vero?
Ben: Sì, sì, vero.
Valerio: Però prima fate lo scontrino. La cassa è lì!
Simone: Allora, un tramezzino, una pizzetta, un'aranciata, una coca cola light e un gelato. Quanto pago?

Cassiera: Un gelato da quanto?
Ben: Da due euro, con panna.
Cassiera: Bene. Allora sono dieci euro e venti centesimi.
Simone: Ragazzi, oggi offro io!
Ragazzi: Grazie, Simone! Sei un mito!
Ben: Valerio, quanti gusti sono possibili?
Valerio: Due. Preferisci il cono o la coppetta?
Ben: Preferisco il cono.

il mito: *Mythos; hier: Supertyp*

Valerio: Quali gusti prendi? Questi qui sono alla crema: stracciatella, cioccolato … Quelli lì sono alla frutta: fragola, limone …
Ben: Stracciatella e cioccolato, per favore.
Valerio: Con o senza panna?
Ben: Con panna, grazie.
Simone: Valerio, quelle bibite sono nostre?
Valerio: Sì, questa è l'aranciata e quella è la coca cola light.

la bibita: *Getränk*

Espressioni utili

Um eine Schlussfolgerung zu ziehen	**Allora …**
Um eine Bestellung vorzunehmen	**Vorrei …** **Per me, …**
Wenn man eine Bestätigung seiner Aussage erwartet	**Vero?**
Um zu bekunden, dass man vorhat, für alle zu bezahlen	**Offro io!**
Um höflich eine Bitte zu äußern	**Per favore**

Comprensione

17 Al bar da Valerio In der Bar bei Valerio

Simone, Ornella e Ben sono in un bar-gelateria. Completa la tabella e rispondi alle domande. Simone, Ornella und Ben sind in einer Bar-Eisdiele. Ergänze die Tabelle und beantworte die Fragen.

1. Che cosa prendono da mangiare e da bere Simone, Ornella e Ben?

2.

1. Dove pagano?	2. Quanto pagano?	3. Chi paga?
a. Al bancone.	a. € 12,10	a. Simone
b. Alla cassa.	b. € 10,20	b. Ornella
c. Da Valerio.	c. € 2,-	c. Ben

3. Uno dei ragazzi prende un gelato.

Da quanto?	Quanti gusti?	Come?	Quali gusti?
a. € 12,10	a. un gusto	a. cono	a. fragola
b. € 11,10	b. due gusti	b. coppetta	b. stracciatella
c. € 2,-	c. tre gusti	c. bicchiere	c. cioccolato

Laboratorio

18 Ordinare al bar In der Bar bestellen

1. Che cosa dice il barista/la barista? Che cosa dice il/la cliente? Leggi il testo A3 e fa' una lista con delle frasi utili. Was sagt der Barmann/die Barfrau? Was sagt der Kunde/die Kundin? Lies den Text A3 durch und schreibe eine Liste mit nützlichen Sätzen.

2. Lavorate in due. Partner A è il/la barista e Partner B il/la cliente di un bar/una gelateria. Usate le seguenti proposte per scrivere tre dialoghi e metteteli in scena. Arbeitet zu zweit. Partner A ist der Barmann/die Barfrau und Partner B ist der Kunde/die Kundin. Verwendet die folgenden Vorschläge, um drei Dialoge zu schreiben und spielt sie der Klasse vor.

cappuccino cornetto succo d'arancia	gelato due/tre gusti cono/coppetta con/senza panna	due tramezzini (tonno/prosciutto) un panino (formaggio) due aranciate

19 Il verbo preferire Das Verb **preferire** ➜ G 3.6

1. Completa la coniugazione del verbo **preferire** con le forme che trovi nel testo A3. Ergänze die Konjugation des Verbs **preferire** mit den Formen, die du im Text A3 findest.

io ■, tu ■, lui/lei/Lei ■, noi preferiamo, voi ■, loro prefer**isc**ono

2. Quali differenze noti tra il verbo **offrire** e il verbo **preferire**? Formula la regola e poi controlla nella grammatica. Welche Unterschiede fallen dir zwischen den Verben **offrire** und **preferire** auf? Formuliere die Regel und überprüfe sie mithilfe der Grammatik.

3. Anche i verbi **finire** e **capire** funzionano come **preferire**. Scrivi la loro coniugazione. Auch die Verben **finire** und **capire** werden wie **preferire** gebildet. Schreibe ihre Konjugationen auf.

Pratica

20 Chiacchiere al bar Gespräche in der Bar

1. Completa il testo con le forme giuste dei verbi. Ergänze den Text mit den richtigen Verbformen.

Simone: Ben, Hannah, ■ (andare) in centro stasera?
Ben: Sì, volentieri, ma prima ■ (io, finire) di studiare.
Hannah: Io ■ (preferire) stare a casa a sentire la musica.
Simone: Ah … e che musica ■ (tu, sentire)?
Hannah: ■ (io, sentire) volentieri la musica italiana. Ben ■ (preferire) la musica rap.
Simone: Wow! Anch'io! Ben, ■ (conoscere) Fedez?
Ben: Sì, sì, e ■ (conoscere) anche Ghali e Sfera Ebbasta. Io e i miei amici ■ (sentire) sempre la loro musica.
Simone: Cosa ■ (voi, preferire) il rap italiano o quello tedesco?
Ben: I miei amici ■ (preferire) il rap tedesco, io quello italiano.

Sfera Ebbasta

Fedez

MK Ricerca **2.** E voi? ■ (Voi, conoscere) il rap italiano?

21 Questo o quello? ➔ G 3.7

1. Vicino o lontano? Qui o lì? Descrivi questi disegni. Dieses oder jenes? In der Nähe oder in der Ferne? Hier oder dort? Beschreibe folgende Bilder.

Modello: Questa pizzetta qui è con la mozzarella. Quella lì è senza.

2. Quando usiamo **questo/a, questi/e**? Quando usiamo **quello/a, quelli/e**? Wann benutzt man **questo/a, questi/e**, wann **quello/a, quelli/e**?

Pratica

22 Al bar In der Bar

@ Completa con **questo** o **quello** e con le desinenze giuste. Ergänze mit **questo** oder **quello** und mit den passenden Endungen.

Modello: ■ gelati qui sono alla crema e ■ lì sono alla frutta.
Questi (gelati) qui sono alla crema e quelli lì sono alla frutta.

1. ■ tramezzino qui è al prosciutto e formaggio. ■ lì è al tonno e pomodoro.
2. Di chi sono ■ pizzette qui? ■ pizzetta qui è cald■. ■ lì è fredd■.
3. ■ panini qui sono al prosciutto. ■ lì sono al salame.
4. ■ qui sono aranciate. ■ lì sono spremute.
5. ■ coca cola qui è normale. ■ lì è light.
6. Per chi sono ■ gelati? ■ gelato qui è con la panna. ■ lì è senza.

la spremuta: *frisch gepresster Saft*

Ascolto

23 Che stress! Was für ein Stress!

CD 1 | *45–47*

Oggi al bar di Valerio ci sono molti clienti e lui ha molto da fare. Che cosa prendono i clienti? Quanto pagano? Completa le frasi. Heute sind in Valerios Bar viele Kunden, und er hat viel zu tun. Was nehmen die Kunden? Wie viel zahlen sie? Vervollständige die Sätze

La signora prende ■ e paga ■. Il signore prende ■ e paga ■. I ragazzi prendono ■ e pagano ■.

@ 22 differenziato: Code **39300-03**

B Studiare con gli amici

CD 1 | 48–49

B1 Studiamo insieme?

Ornella chiede aiuto a Ben.

Ornella: Senti, Ben, ma tu sai bene l'inglese?
Ben: Sì, diciamo che sono abbastanza bravo. Perché?
Ornella: Per favore, aiuti Gemma in inglese? Io non sono brava e poi domani mi interroga il prof di storia.
Simone: Tranquilla! Diamo io e Ben una mano a Gemma!
Ornella: Simone, ma in inglese non hai cinque?
Simone: Ehm … sì, purtroppo … Ma perché in storia non dite di fare le interrogazioni programmate?

l'interrogazione programmata: *angekündigte mündliche Abfrage*

Ornella: Il prof dice che altrimenti non studiamo. E, se non studiamo, dà anche due!
Ben: E allora? Un due è un voto bello!
Simone: Un voto bello? Un voto bello è sette, otto, nove …
Ben: Ah, è vero! È diverso in Italia! Con quale voto avete la sufficienza?
Simone: Con il sei.
Ben: E il cinque però è un'insufficienza come in Germania, vero?
Ornella: Sì! Allora dai una mano a mia sorella?
Ben: Sì, va bene! Quando?
Ornella: Boh … lei dice che domani ha altre materie difficili: storia e scienze. Meno male che le ultime due ore ha educazione fisica …
Ben: Ma come! Fisica, con tutte quelle formule …

la formula: *Formel*
scuola media = *ugs. für* **la scuola secondaria di primo grado:** *Sekundarstufe*

Simone: No, che dici? Non fisica fisica: educazione fisica! Sport! Va alla scuola media: non c'è ancora fisica!
Ben: Ah, è vero! Senti, facciamo così: prima faccio i compiti di matematica e poi chiamo Gemma. O chiedi tu a Gemma quando preferisce?
Ornella: Sì, sì, chiedo io a mia sorella.
Simone: Allora vi date … un appuntamento stasera?
Ben: No, però io adesso do uno schiaffo a qualcuno!

Ben è bravo, aiuta Gemma. La mattina dopo l'insegnante interroga Gemma. Lei è molto brava! L'insegnante dà un nove a Gemma. Il pomeriggio lei telefona a Ben. È felice e ringrazia Ben per l'aiuto: "You are my hero!"

Comprensione

1 Oggi c'è molto da studiare … Heute gibt es viel zu lernen …

Ascolta il dialogo B1 e rispondi alle domande. Höre den Text B1 und beantworte die Fragen.

1. Perché Ornella non aiuta Gemma a studiare inglese?
2. Perché Ornella non chiede aiuto a Simone?
3. Quali voti sono buoni in Italia?
4. Quale voto è insufficiente in Italia e in Germania?
5. Come si chiama in Italia la lezione di sport?
6. Perché Ben non aiuta subito Gemma?

insufficiente: *ungenügend*

Nota bene

Falsi amici
la nota = der Verweis
die Note = il voto

2 La posizione delle parole Die Wortstellung ➔G 3.8

@ **1.** Leggi il testo e completa la tabella con gli esempi del testo. Lies den Text und ergänze die Tabelle mit Beispielen aus dem Text.
Alcuni oggetti sono diretti (accusativo), altri indiretti (dativo). Cosa precede l'oggetto indiretto? In einigen Fällen handelt es sich um direkte Objekte (Akkusativ), in anderen um indirekte Objekte (Dativ). Was steht vor dem indirekten Objekt?

soggetto (N)	predicato (V)	oggetto diretto (A)	oggetto indiretto (D)
Il prof	■	■	■
Ornella	■	■	■
L'insegnante	■	■	■
Gemma	■	■	■
Lei	■	■	■

2. Quali differenze trovi con il tedesco? Formula la regola e poi controlla nella grammatica. Welche Unterschiede fallen dir gegenüber dem Deutschen auf? Formuliere die Regel und überprüfe sie mithilfe der Grammatik.

3 I verbi irregolari dare e dire Die unregelmäßigen Verben **dare** und **dire** ➔G 3.9

Trova le forme dei verbi **dare** e **dire**. Finde die Formen der Verben **dare** und **dire**.

Pratica

4 Lo sport aiuta Sport hilft

Completa il dialogo con le forme giuste dei verbi e con la preposizione **a** dove necessario. Ergänze den Dialog mit den richtigen Verbformen und, falls nötig, mit der Präposition **a**.

Gemma: Ora ■ (io, essere) abbastanza brava in inglese! Domani ■ (io, aiutare) Simone con i compiti.
Ben: Perché? Il prof ■ (interrogare) anche ■ lui?

@ 2 differenziato: Code **39300-03**

Gemma: Boh, ma ora lui ■ (avere) cinque e ■ (dire) che il prof ■ (dare) ■ tutti un'altra chance. Ma perché non ■ (dare) tu una mano ■ Simone?
Ben: Perché domani ■ (io, andare) in palestra. Ora ■ (io, fare) anche karate.
Gemma: Davvero? Ma ■ (essere) uno sport violento!
Ben: ■ (loro, dire) così, ma non è vero. ■ (noi, dire) che il karate ■ (aiutare) le persone a controllare l'aggressività.
Gemma: Perché allora non ■ (tu, chiedere) ■ Simone di fare questo sport? ■ (lui, essere) aggressivo quando ■ (studiare) inglese!
Ben: Ah! Ah! Ah! Buona idea! ■ (io, telefonare) subito ■ Simone!

violento, a: *gewalttätig, gewaltsam*

Espressioni utili

um jemanden (du-Form) zu beruhigen	**Tranquillo/a!**
wenn man unentschlossen ist	**Boh ...**
um einen Vorschlag zu machen	**Facciamo così: ...**
um Erleichterung zu äußern	**Meno male**
um jemanden zu ermutigen	**Dai!**

Lessico

5 Studiare insieme Gemeinsam lernen

Completa il dialogo con le espressioni adatte. Ergänze den Dialog mit den passenden Ausdrücken.

Ornella: Allora ■: tu oggi telefoni a Gemma ... Ma quando?
Ben: ■, non so. Forse stasera ...
Ornella: ■! Per favore, telefona subito!
Ben: Telefono, telefono ... ■!
Ornella: ■! Grazie!

Leggere

6 L'orario scolastico di Ornella Ornellas Stundenplan

Leggi l'orario di Ornella e rispondi alle domande. Lies Ornellas Stundenplan und beantworte die Fragen.

	lunedì	martedì	mercoledì	giovedì	venerdì	sabato
8:15 – 9:15	matematica	storia**	italiano	matematica	scienze	italiano
9:15 – 10:15	latino	fisica	italiano	matematica	storia	religione
10:15 – 11:15	inglese	informatica	latino	storia	inglese	matematica
11:15 – 11:30	ricreazione	ricreazione	ricreazione	ricreazione	ricreazione	ricreazione
11:30 – 12:30	scienze*	italiano	inglese	latino	ed. fisica	fisica
12:30 – 13:30		arte		arte	ed. fisica	

* biologia e chimica
** storia e geografia

la ricreazione: *Pause*

1. Quali materie studia Ornella, che studi anche tu?
2. Quali materie studia, che tu non studi?
3. Quanti giorni va a scuola?
4. Quante ore di lezione ha?
5. Quante pause di ricreazione ha? Quanto tempo durano?

CD 1 | *50–51*

B2 In classe

Giacomo: Simone, sto leggendo il diario di Cecilia. C'è un cuore con il tuo nome! Anche lei? Ma proprio tutte ti vogliono! Ma che stai facendo?

Simone: Zitto, Giacomo! Sto ripassando. La Lombardi interroga!

Giacomo: Come interroga?! Ma stiamo scherzando?! No, in storia va avanti con il programma! Sa che adesso abbiamo la verifica di matematica …

il secchione/ la secchiona: *Streber/in*

Simone: Per fortuna c'è Forlai … Il secchione deve aiutare, anche se non vuole!

Giacomo: Speriamo … Devo prendere almeno un sei! Non posso prendere un'altra insufficienza! Guarda! Dobbiamo chiamare il bidello! Forse lui sa riparare la finestra. È ancora rotta.

Simone: Sì, forse sì, ma adesso non ho tempo, devo pulire la lavagna. Oddio, la campanella!

Giacomo: Sta venendo l'insegnante!

Prof: Buongiorno ragazzi!

Ragazzi: Buongiorno prof!

fare l'appello: *Anwesenheit kontrollieren*
il registro di classe: *Klassenbuch*

Prof: Allora … facciamo l'appello. Ecco il registro di classe … Ambroselli, Baldesi, …

Ragazzi: Presente!

Prof: Ambroselli, devi portare ancora la giustificazione!

Ambroselli: Va bene, prof! Domani.

Prof: Bene. Via libri, quaderni e astucci. Sopra il banco potete lasciare solo penna, matita e gomma.

la calcolatrice: *Taschenrechner*

Giacomo: Possiamo usare la calcolatrice?

la squadra: *Geodreieck*
il compasso: *Zirkel*

Prof: Certo. Dovete prendere anche squadra e compasso. State spegnendo i cellulari? Voglio i telefonini sopra la cattedra! Battaglia, tu puoi già distribuire i fogli della verifica.

Simone: Oddio … la verifica è difficile, come faccio? Forse posso davvero copiare da Forlai …

Prof: Ragazzi, volete fare silenzio? Chi copia prende due!

> **Nota bene**
> **Falsi amici**
> il compasso = der Zirkel
> der Kompass = la bussola

Comprensione

7 Di che cosa stanno parlando i ragazzi?
Worüber sprechen die Jugendlichen?

Completa le frasi. Ergänze die Sätze.

1. Simone sta ripassando perché ■.
2. Devono chiamare il bidello perché ■ è rotta.
3. Ambroselli deve portare ■.
4. Battaglia deve distribuire ■.
5. Forlai deve ■ in matematica.
6. Durante la verifica di matematica i ragazzi possono usare ■.
7. Durante la verifica devono mettere sopra la cattedra ■.

> **In Italia**
> L'insegnante chiama i ragazzi per cognome, ma dà loro del tu! Gli stessi ragazzi usano spesso tra di loro il cognome!

8 Stare con gerundio Stare mit Gerund ➜G 3.10

Simone sta ripassando, Giacomo sta leggendo il diario, la prof sta venendo. Quando si usa questa forma? Come si forma il gerundio dei verbi in **-are**, **-ere** e **-ire**? Formula la regola e poi controlla nella grammatica. Simone sta ripassando, …. Wann wird diese Form verwendet? Wie wird das Gerundium der Verben auf **-are**, **-ere** und **-ire** gebildet? Formuliere die Regel und überprüfe sie mithilfe der Grammatik.

Pratica

9 Cosa stanno facendo i ragazzi? Was machen die Jugendlichen (gerade)?

1. Descrivi l'immagine di B2 usando la forma **stare** + i verbi nel riquadro al gerundio. Beschreibe das Bild B2, indem du die passende Form **stare** + **gerundio** folgender Verben bildest.

venire | leggere | ripassare | scherzare | parlare | scrivere
giocare | copiare | pulire | prendere | aprire | dormire

2. Completa il dialogo con le forme giuste dei verbi. Ergänze den Dialog mit den richtigen Verbformen.

Giacomo: Simone! Ma cosa ■ (tu, fare)?
Simone: ■ (io, copiare). Zitto!
Giacomo: ■ (noi, copiare) tutti … Solo Forlai e Battaglia ■ (fare) il compito senza copiare! E Rossi ■ (dormire) – come sempre! Haha …
Prof: Ragazzi! Cosa ■ (voi, fare)? Silenzio!

Laboratorio

3. Lavorate in tre. Una persona o due mimano un'azione e l'altro (o le altre) indovinano cosa sta o stanno facendo. Poi scambiatevi i ruoli. Arbeitet zu dritt. Eine Person oder zwei stellen eine Aktion pantomimisch vor. Die anderen müssen erraten, was sie gerade tun. Dann werden die Rollen getauscht.

10 I verbi modali dovere, potere e volere Die Modalverben **dovere**, **potere** und **volere** →G *3.11*

Trova nel testo le forme dei verbi modali **dovere**, **potere** e **volere**. Mettile nell'ordine giusto e aggiungi le forme mancanti. Suche die Formen der Modalverben **dovere**, **potere** und **volere** im Text, ordne sie und ergänze die fehlenden Formen:

devono possono vuoi vogliamo

Pratica

11 Regole a scuola Regeln in der Schule

@ Durante la lezione i prof e gli studenti dicono molte cose. Completa le frasi con le forme corrette dei verbi modali. Im Unterricht sprechen Lehrkräfte, Schülerinnen und Schüler viel. Ergänze die Sätze mit den richtigen Formen der Modalverben.

Cosa dicono i prof ai ragazzi	Cosa dicono gli studenti
Tu, ■ descrivere l'immagine a pagina 20?	Prof, ■ ripetere, per favore?
Ragazzi, ■ studiare bene i vocaboli.	Quali vocaboli ■ studiare?
■ ripetere?	■ aprire la finestra?
Ragazzi, ■ fare una piccola pausa?	■ usare il dizionario?
■ usare il presente.	Io quando ■ fare la presentazione?
■ stare attenti!	■ usare una PowerPoint?
Chi ■ venire alla lavagna?	■ andare in bagno.
■ studiare bene per la verifica.	■ andare in bagno?
Anche tu, Battaglia, ■ fare sempre i compiti.	■ lavorare a coppie?

Ascolto

12 Ti va di andare al cinema? Hast du Lust, ins Kino zu gehen?

CD 1 | *52–53* Hannah e Ornella si incontrano. Ascolta il dialogo e completa le frasi. Hannah und Ornella treffen sich. Höre den Dialog an und vervollständige die Sätze.

1. Hannah sta ■ un messaggio a ■.
2. Forse Ben sta chattando con i suoi ■ in ■ o sta ■ alla ■ con Simone.
3. Hannah e Ornella vanno al cinema questo ■.
4. Prima di andare al cinema vanno a mangiare un ■.
5. Simone non può venire al cinema perché gioca a ■.
6. Per trovare un film Hannah guarda in un ■.
7. Ornella ■ i film con l'attore Raoul Bova.
8. Vanno al cinema in ■.

l'attore: *Schauspieler*

@ 11 differenziato: Code **39300-03**

13 Due verbi a confronto: sapere o potere Zwei Verben im Vergleich: **sapere** oder **potere** ➜G 3.12

Leggi le seguenti affermazioni e traducile in tedesco. Che cosa hanno in comune i verbi in grassetto? In che cosa si differenziano? Formula la regola e poi controlla nella grammatica. Lies die folgenden Aussagen und übersetze sie ins Deutsche. Was haben die fett gedruckten Verben gemeinsam? Inwiefern unterscheiden sie sich? Formuliere die Regel und überprüfe sie mithilfe der Grammatik.

- Il bidello **sa** riparare la finestra, ma ora non **può** perché è in segreteria.
- Simone **sa** usare il compasso, ma non **può** perché il compasso è a casa.
- Giacomo non **sa** fare la verifica e non **può** copiare, perché Forlai non vuole.

Pratica

14 Sapere o potere? **Sapere** oder **potere**?

1. Completa le frasi con le forme giuste dei verbi **potere** o **sapere**. Ergänze die Sätze mit den richtigen Verbformen von **potere** oder **sapere**.

1. Simone non ■ bene l'inglese. Non studia molto.
2. Ben e Hannah ■ parlare bene l'italiano. Ora abitano in Italia.
3. I ragazzi non ■ usare il cellulare. La prof non vuole.
4. Simone non ■ copiare. Forlai non vuole.
5. Tu, ■ fare questo esercizio?
6. Voi ■ usare il cellulare a scuola?

2. A coppie svolgete l'esercizio oralmente seguendo il modello. Führt die Übung mündlich zu zweit aus und folgt dem Beispiel.

Modello:
– Sai giocare a carte?
\+ Sì!
– Allora giochiamo?
\+ No, non possiamo perché non abbiamo le carte.

lo spartito: *Noten, Klavierauszug*
il costume: *Badeanzug*
avere una ruota bucata: *einen Platten haben*

1. suonare il pianoforte – lo spartito
2. giocare a calcio – la palla
3. nuotare – il costume
4. fare l'esercizio di matematica – la calcolatrice
5. andare in bicicletta – una ruota bucata

Parlare

15 Voi cosa (non) sapete fare? Che cosa (non) potete fare a lezione?
Was könnt ihr (nicht)? Und was könnt/dürft ihr im Unterricht (nicht) machen?

I ragazzi possono usare la calcolatrice per la verifica di matematica, ma non possono usare il cellulare. E voi che cosa potete o non potete fare a lezione? Die Jugendlichen dürfen den Taschenrechner für die Prüfung in Mathematik verwenden, das Handy aber nicht benutzen. Was dürft ihr bzw. dürft ihr im Unterricht nicht?

16 Un verbo, due significati Ein Verb, zwei Bedeutungen →G 3.12

Leggi le seguenti affermazioni e traducile in tedesco. Quando traduci con il verbo **können** e quando, invece, con il verbo **wissen**? Formula la regola e poi controlla nella grammatica. Lies die folgenden Aussagen und übersetze sie ins Deutsche. Wann wird mit **können** und wann mit **wissen** übersetzt? Formuliere die Regel und überprüfe sie mithilfe der Grammatik.

- Ben **sa** molto bene l'inglese.
- La prof **sa** che adesso abbiamo la verifica di matematica.

Mediazione

17 Regole di comportamento a scuola

1. Simone ha dimenticato il cellulare a scuola e va a riprenderlo. Ben lo accompagna. Mentre camminano, Simone chiede a Ben come è regolato l'uso del cellulare nella sua scuola. Leggi il testo e rispondi alle domande di Simone. Simone holt in der Schule sein Handy, das er dort vergessen hat. Ben begleitet ihn. Auf dem Weg fragt Simone nach den Umgangsregeln mit Handys in seiner Schule. Lies den Text und beantworte Simones Fragen. → **Strategia 3**, *p. 276*

Umgangsregeln & Hausordnung Handy- und Smartphone

- In der gesamten Unterrichtszeit sind Mobilfunktelefone und Smartphones auszuschalten.
- Nur mit Einverständnis der Lehrkraft dürfen im Unterricht Smartphones benutzt werden.
- Das nicht autorisierte Filmen und Fotografieren sowie Tonaufnahmen sind untersagt.
- Bei Nichtbeachtung der Regeln kann das entsprechende Gerät vorübergehend einbehalten werden, und es wird in der Regel ein Verweis erteilt.

1. Quando devi spegnere il cellulare a scuola?
2. Puoi usare il telefonino a lezione?
3. Puoi filmare o fotografare i tuoi compagni o l'insegnante in classe?
4. Cosa può fare il/la prof quando i ragazzi non rispettano le regole?

2. Spiega ad una persona italiana come è regolato l'uso del cellulare nella tua scuola. Erkläre deinem italienischen Austauschpartner/deiner italienischen Austauschpartnerin, welche Regelungen es bzgl. Handys in deiner eigenen Schule gibt.

Competenze 1

MK Presentarsi con un videomessaggio alla famiglia italiana ospitante
Sich einer italienischen Gastfamilie in einer kurzen Videobotschaft vorstellen

Vuoi andare in Italia per un anno e per trovare una famiglia ospitante prepari un videomessaggio di 2–3 minuti. Ti presenti e dici in che tipo di famiglia ti piacerebbe abitare.

Du möchtest ein Jahr in Italien verbringen. Um eine Gastfamilie zu finden, stellst du dich in einer kurzen Videobotschaft (2-3 Minuten) auf Italienisch vor. Stelle dich zuerst vor und äußere dann Wünsche, wie deine zukünftige Gastfamilie sein sollte.

1. Tu …

Ecco alcune idee per presentarti. Hier sind einige Ideen, um dich vorzustellen.

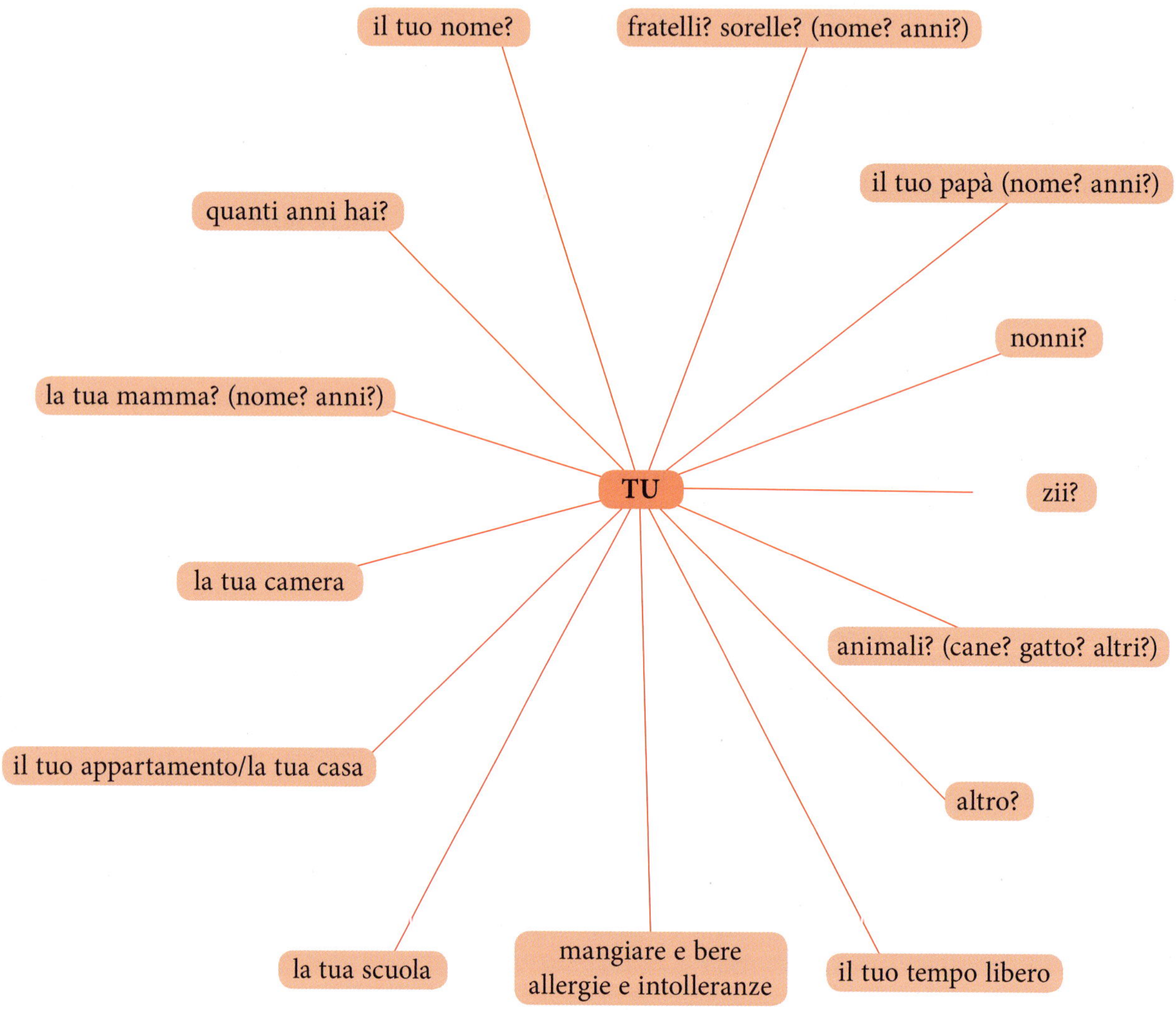

2. … e la tua futura famiglia

In che tipo di famiglia ti piacerebbe abitare? Prendi appunti.
Wie soll die Familie sein, bei der du gerne wohnen möchtest? Mach dir Notizen.

Comincia così: Beginne folgendermaßen:
"Mi piacerebbe una famiglia così: la famiglia è/ha/fa/abita/ama/…"

3. E via! Und los geht's!

Adesso registra il tuo videomessaggio per esempio con il tuo cellulare o con una camera digitale. Nimm schließlich deine Videobotschaft auf, z. B. mit deinem Handy oder mit einer Digitalkamera.

4. Tutto ok? Alles ok?

Guarda il videomessaggio e, se vuoi fallo vedere ad un'amica o un amico. Ci sono cose che puoi migliorare? Sì? Allora pensa ad alternative e comincia una seconda registrazione. Sieh dir die Aufnahme an und zeige sie einer Freundin oder einem Freund, wenn du möchtest. Gibt es Dinge, die du noch verbessern kannst? Ja? Dann überlege dir Alternativen und starte eine zweite Aufnahme.

Attenzione a questi punti importanti:
Beachte die folgenden wichtigen Punkte:

- Parli in modo chiaro? Sprichst du gut verständlich?
- Guardi lo spettatore?
  Hältst du Blickkontakt mit dem/der Betrachter/in der Botschaft?
- Qual è la tua frase iniziale? E qual è quella finale? Mit welcher Formulierung beginnst du die Videobotschaft? Wie beendest du sie?
- È adatto il luogo dove registri (a casa, a scuola, …)?
  Ist der Drehort geeignet (zu Hause, in der Schule, …)?
- Come ti vede lo spettatore? Wie wirkst du auf den/die Betrachter/in?

4 Scoprire Roma

Ingresso

A

B

C

D

E

F

G

H

Ascolto

1 Tanti rumori diversi

CD 1 | *54–61*

1. Ascolta i rumori e i testi, guarda le foto e abbina!

il rumore: *Geräusch, Lärm*

2. Come si chiamano le attrazioni turistiche? Abbina!

Musei Vaticani | Campo de' Fiori | Auditorium Parco della Musica | Gianicolo | Colosseo | Basilica di San Pietro | Stazione Termini | Fontana di Trevi

3. Guarda la cartina di Roma alla fine del libro e indica dove sono le attrazioni turistiche!

! Am Ende dieser Lektion kannst du

- dich für ein Abendessen verabreden, eine Speisekarte verstehen und im Restaurant eine Bestellung aufgeben.
- detaillierte Informationen über eine Sehenswürdigkeit erfassen und mitteilen.
- Wegbeschreibungen folgen und diese versprachlichen.
- Ratschläge und Befehle erteilen.
- über italienische Alltagsprodukte sprechen.
- ein Einkaufsgespräch führen.
- über Freizeitgestaltung sprechen und Vorschläge machen.

A Monumenti e specialità

CD 1 | *62–63*

A1 Un giro in centro

Questa sera i Monti invitano i Neumann a cena in un ristorante di Piazza Navona.

Sig.ra Marchetti: Buongiorno, signora Neumann! Stasera andiamo in un ristorante vicino a Piazza Navona. Avete voglia di cenare con noi?
Sig.ra Neumann: Sì, certo. Veniamo volentieri. Grazie.
Sig.ra Marchetti: Allora, va bene se venite alle otto? Vengono anche i nostri figli.
Simone: Ben, vuoi vedere alcuni monumenti interessanti in centro prima? Se vieni con me adesso, possiamo fare un piccolo giro insieme.
Ben: Che bella idea! Non conosco ancora bene la città!
Sig.ra Marchetti: Ma non arrivate in ritardo, ragazzi!
Simone: Mamma, sta' tranquilla. Io arrivo sempre in tempo.
Ben: Aspetta, Simone! Vengo subito, devo solo cercare il mio zaino … Dobbiamo prendere la metropolitana?
Sig.ra Marchetti: Sì, prendete la metro fino a Cornelia e scendete a Barberini.
Simone: Sì, mamma … abbi fiducia, conosco Roma. Andiamo, Ben.

abbi fiducia: *hab Vertrauen*

In autobus.

Ben: E cosa facciamo adesso?
Simone: Ti mostro una fontana molto famosa e poi vediamo anche il Pantheon.
Ben: Il Pantheon – che cos'è?
Simone: Abbi pazienza, Ben! Dico solo che è una chiesa molto particolare … e il nome viene da una lingua antica: il greco … Ah, ecco la nostra fermata. Scendiamo!

il borseggiatore: *Taschendieb*

Dopo un breve giro …

Simone: Ecco la Fontana di Trevi. Sta' attento e, senti, non dimenticare una cosa! Dove c'è tanta gente ci sono anche molti borseggiatori.
Ben: Borseggiatore, che cosa significa?
Simone: È una persona che ruba la borsa o il portafoglio. Mi raccomando, fa' attenzione!

Ben: Che bello! Ma guarda questi turisti! Lanciano una moneta in acqua.
Simone: Sai, Ben, una leggenda dice che se vuoi ritornare a Roma, devi lanciare una moneta in questa fontana.
Ben: Ah, capisco … e cosa succede con i soldi?
Simone: La città di Roma regala una parte di queste monete ad organizzazioni come la Caritas.
Dai, Ben, prendi e lancia una moneta anche tu!

Comprensione

1 Ben ripensa a tutte le informazioni.

@ Completa le frasi.

1. Il ristorante dove ceniamo con i Monti si trova …
2. Dobbiamo arrivare …
3. Oggi prendiamo la metro e scendiamo …
4. Il nome "Pantheon" viene da …
5. La fontana famosa si chiama …
6. Devo sempre fare attenzione perché …
7. I turisti lanciano una moneta in acqua se …
8. La città di Roma dà una parte delle monete della fontana a …

2 Il verbo irregolare venire ➜G 4.1

Cerca nel testo le forme del verbo **venire** e scrivi la coniugazione nel quaderno.

Pratica

3 I Monti devono fare in fretta …

Completa il dialogo con le forme del verbo **venire**.

Sig.ra Marchetti: Gabriele, Valerio. Perché non ■ ? Dobbiamo partire.

Sig. Monti: Marta, io e Valerio ■ subito. Ma dov'è Simone? Non ■ con noi?

Sig.ra Marchetti: Ma sì, ■ anche lui. Ma fa un giro in centro con Ben per mostrare al suo amico i monumenti importanti di Roma. Ben deve sapere perché così tanti turisti ■ a Roma. E dopo il giro ■ a Piazza Navona.

Sig. Monti: Ok, allora andiamo. Vaaaleerio? Dove sei? Se non ■ adesso, perdiamo l'autobus.

Valerio: Papà, non posso ■. Non trovo più il mio cellulare. Prima devo cercare il cellulare e poi ■ a Piazza Navona con la Vespa… Per me è più facile così. Dopo cena ■ anche i miei amici a Piazza Navona perché vogliamo andare in discoteca insieme …

4 L'imperativo ➜G 4.2

1. Trova le forme dell'imperativo nel testo A1 e fa' una lista come nella tabella.

imperativo	infinito	-are	-ere	-ire	irregolare
Non arrivate!	arrivare	×	■	■	■
…	…	■	■	■	■

2. Come si forma l'imperativo dei verbi in **-are, -ere** e **-ire** alla 2ª persona singolare e alla 1ª e 2ª persona plurale?

3. Come si forma l'imperativo negativo della 2ª persona singolare e della 1ª e 2ª persona plurale?

Formula la regola con l'aiuto della grammatica!

@ 1 differenziato: Code **39300-04**

Pratica

5 Tanti ordini a casa

1. Che cosa non devono fare i Monti? Che cosa bisogna fare? Formula gli ordini della mamma all'imperativo (positivo e negativo/singolare e plurale).

Modello: Simone, non guardare la TV! Mangia con noi!

mettere in ordine: *aufräumen*

1. giocare ai videogiochi – studiare i vocaboli d'inglese (Simone)
2. scrivere messaggi ad amici – mettere in ordine la camera (Simone e Valerio)
3. dormire a lungo – fare sport (Gabriele)
4. leggere il giornale – aiutare in cucina (Gabriele)
5. parlare al telefono con la ragazza – andare a lavorare (Valerio)
6. perdere l'autobus – partire in tempo (Simone e Valerio)
7. navigare in internet – finire i compiti (Simone)
8. ascoltare la musica – apparecchiare la tavola

2. E a scuola? Che cosa non devono fare gli studenti? Che cosa bisogna fare? Formula gli ordini del prof e usa l'imperativo.

CD 1 | *64–65*

A2 Una chiesa molto particolare

Dalla Fontana di Trevi i ragazzi vanno in direzione di Piazza Navona, attraversano Via del Corso, la via dello shopping, e arrivano al Pantheon.

il tempio: *Tempel*

Simone: Guarda, Ben, questo è il Pantheon!
Ben: Wow, non sembra una chiesa! E quanta gente! Quanti turisti visitano questo monumento ogni giorno? 1000? 2000?
Simone: Non lo so …
Ben: Entriamo? Cosa c'è da sapere sul Pantheon?
Simone: Beh …, è un monumento antico … Guardiamo sul cellulare per cercare alcune informazioni in più!
Simone: La cupola è aperta. Così entrano luce e pioggia nella chiesa.
Ben: Che bello!

Suona il cellulare di Simone … Arriva la telefonata di sua madre.

Sig.ra Marchetti: Simone, dove siete? Sapete che vogliamo cenare con i Neumann al ristorante fra venti minuti.
Simone: Sì, sì, non c'è problema. Arriviamo in tempo. Dobbiamo fare solo 500 metri a piedi. Siamo già al Pantheon.

Il Pantheon è un monumento dell'antica Roma. Nasce nel 118 dopo Cristo come tempio, dal 609 però è una chiesa cattolica. Ci sono anche tombe importanti, per esempio dell'artista Raffaello, un pittore famoso del Quattrocento e del Cinquecento, cioè del Rinascimento, o di Re Vittorio Emanuele II, primo re d'Italia dal 1861 al 1878.

Comprensione

6 Un monumento particolare

Fa' un identikit del monumento.

Identikit

Si chiama ■.
È una parola ■.
È nato nel ■ come ■.
Dal ■ è una ■.
Il suo marchio di riconoscimento è ■, che è ■ e così entrano ■.
Si trova nel centro di Roma vicino alla Fontana ■, a ■ ed a ■.
Quando entri, puoi vedere ■.
Ogni giorno ■ visitano questo monumento.

il marchio di riconoscimento: *besonderes Kennzeichen*

7 Le preposizioni articolate ➔G *4.3*

1. Trova le preposizioni nel testo A2.

dalla Fontana di Trevi	Via ■ Corso	■ shopping	■ Pantheon
■ cellulare	■ antica Roma	■ 118 dopo Cristo	■ 609
■ Quattrocento	■ chiesa	■ ristorante	■ artista

2. Quali preposizioni ci sono in queste forme? Fai una lista e completa secondo l'esempio.

Modello: dalla → da + la

Pratica

8 Una giornata ideale a Roma

@ Al ristorante Marta Marchetti spiega alla signora Neumann la sua giornata ideale in città. Completa il testo con le preposizioni articolate giuste.

Quando voglio passare una giornata ideale in città, prendo l'autobus per andare ■ Vaticano. Da lì arrivo ■ Gianicolo, uno ■ posti famosi che offrono un panorama fantastico ■ città. Puoi vedere per esempio la cupola ■ Pantheon o altri monumenti ■ antica Roma. Poi scendo e arrivo a Trastevere, uno ■ miei quartieri preferiti. ■ piccole vie senti il cuore ■ città. Dopo incontro alcune amiche per fare shopping. Andiamo per esempio ■ Galleria "Alberto Sordi" in Via ■ Corso, la via ■ shopping a Roma. E ■ fine mangiamo un gelato in una ■ tante buone gelaterie. Forse hai voglia di venire con me?

La Galleria Alberto Sordi

@ 8 differenziato: Code **39300-04**

9 I numeri cardinali ed i secoli → G 4.4, 4.5

1. Abbina le cifre alle parole giuste.

2. Cosa dicono gli italiani per parlare dei secoli e degli anni?

Quale preposizione si usa per esprimere che qualcosa ha luogo in un certo anno? Quale preposizione esprime che qualcosa comincia in un certo anno? E quale invece per dire che qualcosa ha luogo in un certo periodo?

1000	centodiciotto
2000	cinquecento
118	venti
609	duemila
1861	milleottocentosettantotto
1878	un milione e trecentomila
20	seicentonove
500	mille
740 000	milleottocentosessantuno
1 300 000	settecentoquarantamila

Simone spiega che nel Pantheon c'è la tomba di Raffaello. Questo pittore vive dal 1483 al 1520. Simone dice che Raffaello è un artista molto famoso della fine del Quattrocento, cioè del Rinascimento.

Che cosa dice Ben in tedesco per esprimere questi secoli? Quale differenza noti? Formula la regola con l'aiuto della grammatica.

Pratica

10 Roma in numeri

Completa le frasi con i numeri giusti.

il chilometro (quadrato): *(Quadrat-) Kilometer*

1. A Roma abitano più di ■ persone.
2. A Roma troviamo più di ■ chiese.
3. Roma nasce nel ■ avanti Cristo.
4. Il Tevere è lungo ■ chilometri.
5. La città di Roma ha ■ chilometri quadrati.

2 700 000 | 450 | 900 | 753 | 1285

Mediazione

11 Lipsia – la mia città

Dopo il giro in centro Ben vuole far conoscere la sua città all'amico italiano. In internet trova alcune foto e informazioni sulle attrazioni turistiche di Lipsia. Aiuta Ben e descrivi le bellezze di Lipsia a Simone.

die Thomaskirche: *la chiesa di San Tommaso*

der Chor: *il coro*

Die Thomaskirche
Sie ist eine sehr bedeutende Kirche in Leipzig und existiert seit dem 12. Jahrhundert. Bereits seit über 800 Jahren beherbergt sie den berühmten Thomanerchor. Alle Jungen, die Mitglieder im Chor sind, besuchen ein spezielles Gymnasium, die Thomasschule, wo sie gemeinsam leben, lernen und singen.

Das City-Hochhaus
Es ist das Wahrzeichen der Stadt, von dem aus man eine herrliche Aussicht über die Stadt genießen kann. Und wer dabei noch Hunger bekommt, kann diesen im Panoramarestaurant im obersten Stockwerk stillen.

Freizeitaktivitäten in und um Leipzig
Leipzig hat viele schöne Parks, in denen man entspannen und in Ruhe ein Buch lesen kann, aber man hat auch die Möglichkeit, sich dort mit Freunden zu treffen und sich sportlich zum Beispiel beim Fußballspielen auszutoben.

CD 1 | *66–67*

A3 Al ristorante

Quando Simone e Ben arrivano al ristorante, tutti gli altri sono già a tavola e leggono attentamente il menù.

Sig. Monti: Ragazzi, finalmente siete qui …
Sig.ra Marchetti: Che bello, una cena con tutta la famiglia e con i nuovi amici!
Sig. Neumann: Grazie per l'invito.
Sig.ra Neumann: È veramente un piacere!
Sig. Monti: Ragazzi, ecco il menù con tutti i piatti. Noi sappiamo già cosa prendere.
Simone: Grazie, papà.
Sig.ra Marchetti: Hanno anche le pizze. Qui tutte le pizze sono buonissime …
Ben: No, … stasera mangio la pasta …
Sig. Monti: Allora prendi i bucatini all'amatriciana. Piacciono sempre a tutti!

INSALATE

insalata mista di stagione	€ 6,50
insalata greca (pomodoro, feta greca, cipolla, olive, peperoni, cetrioli)	€ 8,50
insalata dei signori (radicchio, mele, noci, grana)	€ 8,50

ANTIPASTI

selezione di formaggi locali	€ 10,00
bruschetta	€ 6,50
prosciutto e melone	€ 8,00

ZUPPE

zuppa di broccoli e arzilla	€ 9,50
minestra di ditalini, ceci, baccalà e rosmarino	€ 10,00
minestrone	€ 9,00

PRIMI

tagliatelle al ragù	€ 9,00
vermicelli cacio e pepe	€ 8,50
bucatini all'amatriciana	€ 9,50
lasagne	€ 9,00

SECONDI

pollo arrosto	€ 9,50
saltimbocca alla romana	€ 16,50
filetto di vitello al vino	€ 15,00

SULLA GRIGLIA

bistecca di manzo	€ 9,00
braciola di maiale	€ 9,00
spiedini d'agnello con yogurt greco	€ 13,00

CONTORNI

patate fritte	€ 3,50
patate al forno	€ 3,50
verdure cotte del giorno	€ 3,50
piselli al guanciale	€ 4,00
cicoria in padella	€ 3,50

DOLCI

macedonia	€ 5,00
tiramisù della casa	€ 6,00
panna cotta alle fragole	€ 5,50
crostata	€ 5,00

PIZZE ROSSE

Margherita	€ 8,00
Marinara	€ 8,00
Vegetariana	€ 9,00
Diavola	€ 9,50
Capricciosa	€ 9,50

PIZZE BIANCHE

Quattro formaggi	€ 9,50
Zucchine e mozzarella	€ 9,00

pane e coperto € 1,50

Cameriere: Buonasera, ragazzi. Che cosa bevete?
Simone: Vorrei una coca cola, e tu, Ben?
Ben: Per me un'aranciata, per favore.
Cameriere: E da mangiare?
Simone: Come primo piatto prendo le lasagne e come secondo il pollo arrosto.

il pollo arrosto: *Brathähnchen*

Cameriere: Vuoi anche un contorno?
Simone: Le verdure cotte e le patate fritte, per favore.
Hannah: Hai una fame da lupi, Simone!
Sig.ra Marchetti: È sempre così. Simone può mangiare tutto il giorno …
Cameriere: E tu? Cosa prendi?
Ben: Io prendo solo un primo … le tagliatelle al ragù, per favore. E poi anche un dolce …
Cameriere: Posso consigliare la macedonia ed anche la panna cotta.

consigliare: *empfehlen*

Sig.ra Marchetti: Prendi la panna cotta! È molto buona.
Ben: Va bene, allora prendo anche la panna cotta.

In Italia

Al ristorante si paga il pane e coperto (*Gedeck*).

Comprensione

12 L'ordinazione di Simone e Ben

Qual è l'ordinazione giusta di Simone e Ben?

1.	2.	3.
coca cola *succo d'arancia* *lasagne* *pollo arrosto* *verdure cotte* *patate al forno* *macedonia* *panna cotta*	*coca cola (2x)* *tagliatelle al ragù* *pizza Margherita* *patate fritte* *pollo arrosto* *verdure cotte* *panna cotta (2x)*	*coca cola* *aranciata* *tagliatelle al ragù* *lasagne* *pollo arrosto* *patate fritte* *verdure cotte* *panna cotta*

Lessico

13 Che cosa ordiniamo?

@ **1.** Sei in un ristorante italiano con la tua famiglia. Siccome gli altri non parlano italiano, devi spiegare il menù. Lavora con il menù a pagina 76 e usa il dizionario.

1. Tua sorella è vegetariana, ma non vuole mangiare solo un'insalata o una pizza.
2. Tuo padre vuole ordinare un menù completo di: antipasto, primo, secondo con contorno e dolce.
3. A tua madre piace molto il pesce.
4. Tuo nonno vuole un'insalata e un dolce, ma è allergico ai pomodori e alle fragole.
5. Per il fratello di quattro anni volete ordinare una pizza, ma a lui non piacciono le verdure.
6. E tu, che cosa prendi?

MK **2.** Quali piatti del menù sono piatti tipici di Roma o del Lazio? Fai una ricerca in internet!

Laboratorio

14 Il mio ristorante

Avete un ristorante e per una festa dovete preparare un menù particolare. Scrivete il menù e date anche un nome al vostro ristorante.

15 L'uso di "tutto" → G 4.6

Cerca le espressioni con le forme di **tutto** nel testo. Che cosa vuol dire al singolare e che cosa esprime al plurale? Confronta con il tedesco, che cosa noti?

I saltimbocca alla romana

@ 13 differenziato: Code **39300-04**

Pratica

16 Tutti mangiano tutto

Completa il testo con le forme giuste di **tutto** e l'articolo determinativo.

Al ristorante c'è ■ famiglia Neumann e ci sono anche ■ Monti. Guardano ■ menù e poi ordinano molte cose diverse. ■ piatti sono molto buoni. Simone ha una fame da lupi e così mangia ■ lasagne, ■ pollo, ■ contorni e beve ■ coca cola. Ben ama molto i dolci, ma non può più mangiare ■ panna cotta e Simone aiuta il suo amico. Mangia veramente molto, ma fa sport ■ giorno perché a lui piacciono ■ sport.

Ascolto

17 Il cameriere fa tanti errori

CD 1 | *68–71*

Leggi gli scontrini e ascolta i dialoghi. Correggi gli errori del cameriere.

lo scontrino: *Quittung*

RISTORANTE DA FIORENZO
ROMA

2 x PANE E COPERTO	3,00 EURO
1 x BOTTIGLIA DI ACQUA MINERALE NATURALE	2,50 EURO
1 x SALTIMBOCCA ALLA ROMANA	16,50 EURO
TOTALE	22,00 EURO

13/11/21 15:31

RISTORANTE DA FIORENZO
ROMA

2 X PANE E COPERTO	3,00 EURO
2 X PIZZA MARGHERITA	16,00 EURO
1 X TAGLIATELLE AL RAGÙ	9,00 EURO
1 X COCA COLA	1,50 EURO
1 X ARANCIATA	1,50 EURO
1 X BOTTIGLIA DI ACQUA MINERALE FRIZZANTE	2,50 EURO
TOTALE	33,50 EURO

13/11/21 15:32

RISTORANTE DA FIORENZO
ROMA

2 X PANE E COPERTO	3,00 EURO
1 X ANTIPASTO PROSCIUTTO E MELONE	8,00 EURO
1 X PIZZA ALLA DIAVOLA	9,50 EURO
1 X VINO BIANCO	5,00 EURO
1 X CAFFÈ	1,50 EURO
TOTALE	27,00 EURO

13/11/21 15:33

RISTORANTE DA FIORENZO
ROMA

2 X PANE E COPERTO	3,00 EURO
1 X LASAGNE	9,00 EURO
2 X PATATE FRITTE	10,00 EURO
1 X VINO BIANCO	5,00 EURO
1 X MACEDONIA	5,00 EURO
1 X CAFFÈ	1,50 EURO
TOTALE	33,50 EURO

13/11/21 15:34

In Italia

Tra amici è normale offrirsi da bere o dividere "alla romana", cioè si divide il conto per il numero di persone presenti.

B In giro nel quartiere

CD 1 | *72–73*

B1 Fare la spesa

Lavinia, la figlia di Elisabetta Zucchi, è malata e la mamma deve restare a casa. La signora Neumann fa la spesa per Elisabetta Zucchi, la sua vicina.

lo sciroppo: *Sirup, Saft*

farmacia:	*una bottiglietta di sciroppo contro la tosse*
macelleria:	*un pollo*
salumeria:	*tre etti di prosciutto cotto* *due etti di grana*
fruttivendolo:	*cipolle* *un chilo di carote* *mezzo chilo di fragole (o di uva)*
supermercato:	*tre tavolette di cioccolato al latte* *quattro yogurt*
panetteria:	*tre panini integrali*
	400 g Spinat *Zucchini*

Sig.ra Neumann: Signora Zucchi, non conosco ancora bene il quartiere. Mi spiega dove sono i negozi, per favore?
Sig.ra Zucchi: Certo. Allora, sono quasi tutti in Via di Bravetta.
Sig.ra Neumann: Ah, in Via di Bravetta si trova anche la fermata dell'autobus che prendo sempre per andare in centro.
Sig.ra Zucchi: Sì, ha ragione. Ma la fermata è a sinistra. Lei invece gira a destra e lì ci sono i negozi. Solo il mio fruttivendolo preferito è un po' più lontano, in Via dei Trinci …

Occhio!

In italiano i nomi di vie e piazze si usano **senza** articolo.
La salumeria è **in** Via di Bravetta.
Il ristorante è vicino **a** Piazza Navona.
Attraversi Piazza dei Visconti.
Non segua più Via di Bravetta.

La spesa è quasi completa, ora Franziska deve solo comprare la frutta e le verdure.

Oh Gott! Was hat sie gesagt? "Il fruttivendolo è in Via dei Trinci. Deve prendere Via di Bravetta fino al grande incrocio e poi ..." La prima? La seconda? La terza? Ich muss jemanden fragen!

Sig.ra Neumann: Scusi, signora come faccio ad arrivare al negozio del fruttivendolo "Punto Fresco", in Via dei Trinci?
Signora: Guardi, non è difficile. Non segua più Via di Bravetta. Prenda Via dei Gonzaga e vada sempre dritto. Attraversi Piazza dei Visconti e continui ancora un po'. Via dei Trinci è la seconda strada a sinistra. Il negozio si trova subito dietro l'angolo.
Sig.ra Neumann: Grazie mille.
Signora: Di niente.

Comprensione

1 Un quartiere – tante strade

Come arriva la signora Neumann dal fruttivendolo? Scegli la strada giusta sulla cartina a pagina 68.

Occhio!

Attenzione alle preposizioni!
In Italia si va …
dal fruttivendolo/**dal** pescivendolo
al supermercato
in salumeria/**in** macelleria/**in** gelateria
alla gelateria "Giolitti"/**alla** macelleria in Via di Bravetta ecc.

Lessico

2 Negozi diversi

1. Come si chiamano e cosa comprate in questi negozi? Fate delle liste e usate il dizionario.

2. Dove comprate invece queste cose? Usate il dizionario.

la torta – il pesce – lo shampoo

3 I numeri ordinali ➔G 4.7

1. Cerca i tre numeri ordinali nel testo e completa la lista con i seguenti numeri nell'ordine giusto.

ottavo | sesto | undicesimo | decimo | dodicesimo | settimo | tredicesimo | nono | quindicesimo | quattordicesimo | quinto | quarto

2. Come si formano i numeri ordinali? Formula la regola.

Pratica

4 Il numero giusto

1. Scrivi le forme di questi numeri ordinali: 17° – 20° – 31° – 64° – 88° – 100°

2. Trova il numero. Di più (+) o di meno (-)? Pensa ad un numero ordinale dal 1° al 100°. Il tuo compagno deve trovare il numero come nell'esempio.

Tu: *Ventunesimo.*
Il tuo compagno: Tredicesimo.
Tu: Di più.
Il tuo compagno: Venticinquesimo.
Tu: Di meno.
(…)
Il tuo compagno: Ventunesimo.
Tu: Esatto.

5 L'imperativo di cortesia →G 4.8

1. La signora Neumann e la signora Zucchi si danno del Lei. Che cosa dicono quando usano l'imperativo? Completa la tabella.

darsi del tu	darsi del Lei
Scusa, Hannah, ho un problema.	■
Guarda, non è difficile.	■
Non seguire più Via di Bravetta.	■
Prendi Via dei Gonzaga e va' sempre dritto.	■
Attraversa Piazza dei Visconti e continua ancora un po'.	■

2. Come si forma l'imperativo di cortesia dei verbi regolari in **-are**, **-ere**, e **-ire**?

3. Ecco le forme irregolari. Da quali verbi derivano? Scrivi le forme dell'infinito.

vada – sia – stia – dia – dica – faccia – abbia

4. La signora Zucchi ha dimenticato qualcosa e telefona alla signora Neumann. Che cosa dice? Riscrivi le seguenti frasi con la forma giusta dell'imperativo di cortesia.

1. Va' anche in panetteria, per favore.
2. Prendi la prima strada a destra.
3. Abbi pazienza se c'è tanta gente.
4. Compra tre panini integrali.
5. Non dimenticare il pane.
6. Chiedi al panettiere se c'è la focaccia.

la focaccia: *Fladenbrot aus Hefeteig*

6 Le quantità definite →G 4.9.1

Guarda la lista della spesa e elenca le espressioni per le quantità definite. Che cosa noti? Formula la regola.

Pratica

7 La lista della spesa

@ Con l'aiuto del dizionario completa una lista della spesa per queste situazioni e usa le espressioni per le quantità definite.

1. La signora Monti vuole preparare una macedonia per tutta la famiglia.
2. Ornella vuole fare una bella pizza per gli amici.

@ 7 differenziato: Code **39300-04**

CD 1 | *74*

B2 Dal fruttivendolo

Finalmente la signora Neumann arriva al negozio del fruttivendolo e prende le verdure per la signora Zucchi.

Fruttivendolo: Ecco le cipolle e le carote per la signora Zucchi. Desidera altro?
Sig.ra Neumann: Sì, lei vuole anche delle fragole.
Fruttivendolo: Mi dispiace, oggi le fragole non ci sono. Ma ho in offerta dei lamponi molto buoni o delle ciliegie, delle pesche o delle albicocche.
Sig.ra Neumann: No, grazie. Allora prendo dell'uva …
Fruttivendolo: E quanta ne prende?
Sig.ra Neumann: Ne prendo mezzo chilo. E ora per me.
Fruttivendolo: Mi dica, che cosa desidera?
Sig.ra Neumann: Vorrei delle zucchine … ne prendo quattro … e mi dia anche degli spinaci, per favore.
Fruttivendolo: Quanti ne vuole?
Sig.ra Neumann: Ne prendo quattro etti.
Fruttivendolo: Vuole anche dei pomodori? Costano soltanto 2,20 € al chilo.
Sig.ra Neumann: No, grazie. Quant'è?
Fruttivendolo: In tutto sono 18,60 €.
Sig.ra Neumann: Ecco a Lei.
Fruttivendolo: Grazie e buona giornata, signora.
Sig.ra Neumann: Grazie a Lei e arrivederLa.

In Italia
il melone = Honigmelone
il cocomero = Wassermelone

Comprensione

8 Dove sono gli errori?

Dal fruttivendolo. Cerca i cinque errori nell'immagine e formula delle frasi.

9 Quantità indefinite

➜ G *4.9.2, 4.9.3*

1. L'articolo partitivo. Osserva bene:

   Ho **dei lamponi** molto buoni o **delle ciliegie**, **delle pesche** e **delle albicocche**.

   Cerca nel testo B2 tutti gli esempi di quantità indefinite. Come esprimi queste quantità?

2. La particella **ne.** Indica la riga dove si trova e quali parole sostituisce questa particella. Formula la regola.

   Modello: Quanta ne prende? ne ➜ dell'uva
   A che cosa devi fare attenzione quando nella frase c'è anche un pronome indefinito o interrogativo come **molto/troppo/poco/quanto** ecc.?

Pratica

10 Al mercato del quartiere

1. Che cosa vogliono comprare queste persone? Formula delle frasi.

2. Che cosa dice il fruttivendolo? Fate dei piccoli dialoghi secondo il modello. Usate le persone del punto 1.

Modello:

Fruttivendolo: Ciliegie? Quante ne prende?
Sig.ra Marchetti: Ne prendo molte, perché piacciono a tutta la famiglia.
Fruttivendolo: Albicocche? Purtroppo non ne ho tante.
Sig.ra Marchetti: Ne vorrei solo poche.

Pratica

11 Minidialoghi

Completa con le desinenze finali e aggiungi, se necessario, la particella **ne** o l'articolo partitivo.

Scena 1: In macelleria

la carne macinata: *Hackfleisch*

Macellaio: Ho ■ carne macinata in offerta. ■ vuole?
Sig.ra Marchetti: Sì, ■ prendo un po'…
Macellaio: E quant■ ■ prende?
Sig.ra Marchetti: ■ prendo mezzo chilo.

Scena 2: A tavola

Sig.ra Senai: Ecco il secondo piatto. Pollo con i peperoni.
Ornella: Mamma, sai che non voglio mangiare carne. ■ prendo solo poc■.
Sig.ra Senai: Ma puoi mangiare ■ peperoni.
Ornella: Sì, mi piacciono i peperoni. ■ mangio molt■.

Scena 3: Dal fruttivendolo

Fruttivendolo: Cosa desidera? Ho ■ fragole, ■ albicocche e ■ pesche in offerta.
Sig.ra Neumann: Hmm, prendo ■ fragole.
Fruttivendolo: E quant■ ■ vuole?
Sig.ra Neumann: ■ prendo tre etti.

Laboratorio

12 In salumeria

@ Adesso tocca a voi. Scrivete una scena in salumeria e presentate il vostro dialogo alla classe.

@ 12 differenziato: Code **39300-04**

Leggere

13 Che buoni! – I supplì al telefono

Quando la famiglia Neumann fa un giro in città compra spesso i supplì al telefono. Ma perché si chiamano così? Hannah è curiosa e si informa in internet.

il cacio: *Käse*
la fiera: *Messe*
la pentola: *Topf*
occupare: *einnehmen, besetzen*
la passata di pomodoro: *passierte Tomaten*
la carne macinata: *Hackfleisch*
il pangrattato: *Semmelbrösel, Paniermehl*
il brodo: *Brühe*

Insieme agli spaghetti cacio e pepe e ai bucatini all'amatriciana, i supplì sono una specialità della cucina romana. Il famoso fritto è uno *streetfood* che potete mangiare anche per strada quando fate un giro nella città eterna. Ma quali sono le origini? E cosa sappiamo della sua storia? Da sempre, nei mercati o nelle fiere, i romani vendono i supplì per strada, fritti al momento in una grande pentola e così ancora caldi. Alla fine del 1800 i supplì sono presenti per la prima volta sui menù dei ristoranti di Roma. Ma dobbiamo aspettare fino al 1929 per trovare questa ricetta in un libro di cucina. Il nome invece non è di origine italiana. Viene dalla parola francese "surprise" che vuol dire "sorpresa". Secondo la leggenda, i soldati francesi che occupano Roma durante il Settecento gustano i supplì e dicono "surprise" quando scoprono la mozzarella all'interno. Ma perché si chiamano "supplì al telefono"? È facile. Quando aprite un supplì a metà, la mozzarella fa un filo come quello del vecchio telefono fisso e così le due parti stanno insieme. Avete voglia di preparare i supplì a casa vostra? Ecco gli ingredienti per sei persone:

- 200 grammi di riso
- 150 grammi di passata di pomodoro
- 80 grammi di carne macinata
- 1/2 bicchiere di vino
- sale
- pepe nero
- 1 mozzarella
- pangrattato
- olio
- brodo
- 2 uova

1. Hannah non conosce tutte le parole italiane, ma per fortuna parla anche inglese e sa un po' di francese e di latino. → Strategia 4, *p. 277*

italiano	latino	francese	inglese	tedesco
il pepe	piper	le poivre	pepper	?
gustare	gustare	goûter	/	?
fritto	frictum	frit	fried	?
il riso	/	le riz	rice	?
caldo	caldus	chaud	/	?
la ricetta	receptum	la recette	recipe	?
il soldato	/	le soldat	soldier	?
la sorpresa	/	la surprise	surprise	?
il filo	filum	le fil	file	?
la metà	medietas	la moitié	/	?
il sale	sal	le sel	salt	?

2. Ma Hannah ha capito bene l'articolo? Decidete se le frasi sono vere o false. Correggete le frasi sbagliate.

1. I supplì sono una specialità tipica di Roma.
2. Quando volete mangiare i supplì dovete andare in un ristorante.
3. Per preparare i supplì avete bisogno di riso, carne e mozzarella.
4. I supplì nascono nel 1929.
5. Il nome viene dalla parola italiana "sorpresa".
6. Hanno il nome "supplì al telefono" perché potete mangiare questo piatto mentre parlate al telefono.

3. Hannah vuole preparare i supplì a casa. In quali negozi deve andare per comprare gli ingredienti? Che cosa compra e dove?

CD 1 | *75–80*

B3 Un giro speciale a Roma

Il fine settimana i Crispi vogliono mostrare a Hannah e Ben una Roma che normalmente solo pochi turisti conoscono. Ecco alcune idee:

Ti piace la storia o preferisci la natura? Leggi la nostra guida alternativa e scopri cinque posti particolari di Roma.

la piramide: *Pyramide*
egiziano/a: *ägyptisch*

1. Fa' una foto di una piramide egiziana
Vicino a una strada con molto traffico troviamo la Piramide di Caio Cestio, una tomba costruita 2000 anni fa per un ricco romano. È l'unica piramide di questo tipo in tutta l'Europa.

2. Gladiatore per un giorno
Se vuoi entrare nella storia di 2000 anni fa, puoi frequentare la "Scuola Gladiatori" del Gruppo Storico Romano e per un giorno sei un vero gladiatore.

il gladiatore: *Gladiator*

fuori porta: *außerhalb*
l'acquedotto: *Aquädukt*
la rovina: *Ruine*
noleggiare: *mieten*

3. Fa' una gita in bicicletta fuori porta
Immagina un grande parco con alberi e una vecchia strada che porta a chiese e tombe antiche, acquedotti romani e rovine con poca gente intorno. Sembra un sogno? Allora prima noleggia una bicicletta e poi vai al Parco Regionale dell'Appia Antica.

il tempio: *Tempel*

4. Va' a vedere i gatti al Largo di Torre Argentina
Nel 1929 alcuni archeologi scoprono questo sito meraviglioso con i resti di diversi templi antichi. La cosa particolare però sono i 250 gatti che abitano lì ed hanno un tempio tutto per loro.

insultare: *beleidigen*
l'osteria: *Gasthaus*
l'insulto: *Beleidigung*
grave: *schwer*

5. Mangia in un ristorante particolare
Il ristorante "Cencio la parolaccia" è un posto davvero unico perché i camerieri insultano la gente in romanesco, il dialetto della città. Quando entri in questa osteria tradizionale ti aspettano insulti gravi e dopo paghi per questi insulti. Ma il concetto funziona: il ristorante è sempre pieno perché il cibo è molto buono. Servono tutte le specialità tipiche di Roma.

https://www.scambieuropei.info/10-cose-strane-fare-roma-guida-alternativa/

Comprensione

14 Cinque posti particolari di Roma

I Crispi parlano dei luoghi che vogliono mostrare, ma Ben e Hannah non capiscono bene e fanno delle domande. Correggi gli errori.

trafficato, -a: *verkehrsreich*

Ben: È vero? Un egiziano costruisce una piramide con 2000 tombe vicino ad una strada trafficata di Roma?
Sig. Crispi: Ma no, Ben, …
Ben: La scuola? Il fine settimana?
Sig.ra Senai: Ascolta, Ben, …
Hannah: Andare in bici? Che bello! Ma non abbiamo una bicicletta.
Ornella: Non c'è problema, Hannah, …
Hannah: Ma in un parco c'è tanta gente il fine settimana!
Ornella: No, Hannah, …
Hannah: Cosa? Un tempio costruito solo per i gatti?
Sig.ra Senai: Hannah, non è vero, …
Ben: Un ristorante dove le persone possono insultare i camerieri? Interessante!
Sig. Crispi: No, Ben, non è così …
Ben: Ah, ok, ma la gente frequenta il ristorante solo per questo?
Sig. Crispi: No, non solo, …

15 Le congiunzioni

➔ G 4.10

@ Cerca nel testo B3 tutte le congiunzioni. Quali congiunzioni trovi nelle frasi principali e quali nelle subordinate?

Pratica

16 Dove volete andare insieme?

Fate un dialogo. Usate molte congiunzioni ed espressioni utili per fare una proposta.

Laboratorio

17 La mia città

Che cosa c'è da vedere nella vostra città? Quali sono le attrazioni più conosciute? Ci sono cose particolari da fare? Immaginate di partecipare ad uno scambio con una scuola italiana. Gli studenti italiani vengono da voi per una settimana e voi dovete progettare un programma per il giorno in famiglia. Lavorate in piccoli gruppi e organizzate una gita speciale per il vostro partner italiano. Presentate la vostra proposta alla classe.

@ 15 differenziato: Code **39300-04**

Espressioni utili

Fare una proposta:	Accettare una proposta:
• Perché non facciamo/andiamo ecc.? • Hai/Avete voglia di …? • Andiamo a …? Che cosa ne dici/dite?	• Che bella idea! • Volentieri. • La tua idea mi piace molto.
Rifiutare una proposta: • La tua idea non mi piace. • Non sono d'accordo. • Preferisco …	• D'accordo. • Va bene. • Buon'idea.

Ascolto

18 Un altro fine settimana con i Crispi

CD 1 | *81–83*

Ornella Crispi ha ancora moltissime idee per far conoscere la sua città a Ben e Hannah e vuole organizzare un altro fine settimana insieme. Ne parla con Hannah, Ben e sua madre.

1. Qual è il mezzo ideale per un giro lungo il Tevere?

2. Che cosa possono vedere le persone che fanno un giro lungo il Tevere?

- Le coppie innamorate su Ponte Sant'Angelo.
- Palazzi e ponti poco famosi di Roma.
- Ponte Milvio con i simboli dell'amore.

3. Per quali turisti è interessante visitare Villa Borghese?

1. "Mi piace molto fare shopping."
2. "Mi interesso d'arte."
3. "Amo molto fare sport. Vado spesso in bici o corro."
4. "Cerco un posto con un panorama fantastico sulla città."
5. "Non mi piace il caos del centro. Preferisco un posto tranquillo."
6. "Vorrei mangiare dei gelati con gusti speciali."

4. Che forma ha il parco di Villa Borghese?

5. Che cosa puoi fare a Campo de' Fiori?

6. Come puoi descrivere Campo de' Fiori? Vero o falso?

		vero	falso
1.	È un posto tranquillo dove puoi riposare.		
2.	Ci sono molti turisti, ma anche i romani.		
3.	È una piazza per tutti, per i giovani ed i vecchi.		
4.	Di mattina c'è solo poca gente.		

5 Tempo libero a Roma

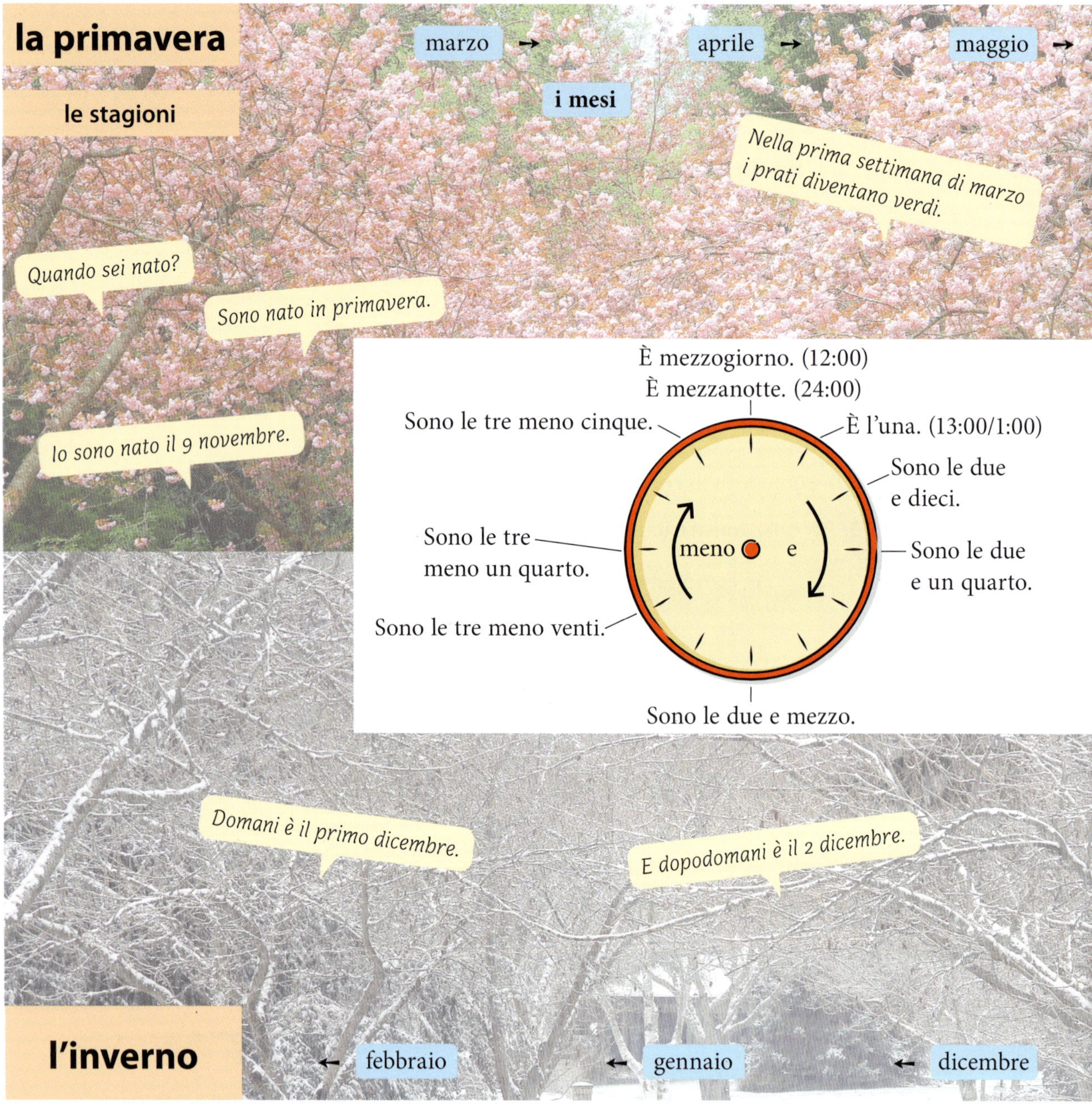

il prato: *Wiese, Rasen*

1 L'ora e la data ➡G *5.1*

Come si indica l'ora in italiano?
E come si indica la data?

2 La giornata ➡G *5.2*

1. Quali sono le parti della giornata?
2. Inscenate un dialogo e parlate della vostra giornata.

Ingresso

Le vacanze cominciano a fine luglio.

Partiamo all'inizio di luglio.

Nel mese di agosto sono sempre fuori.

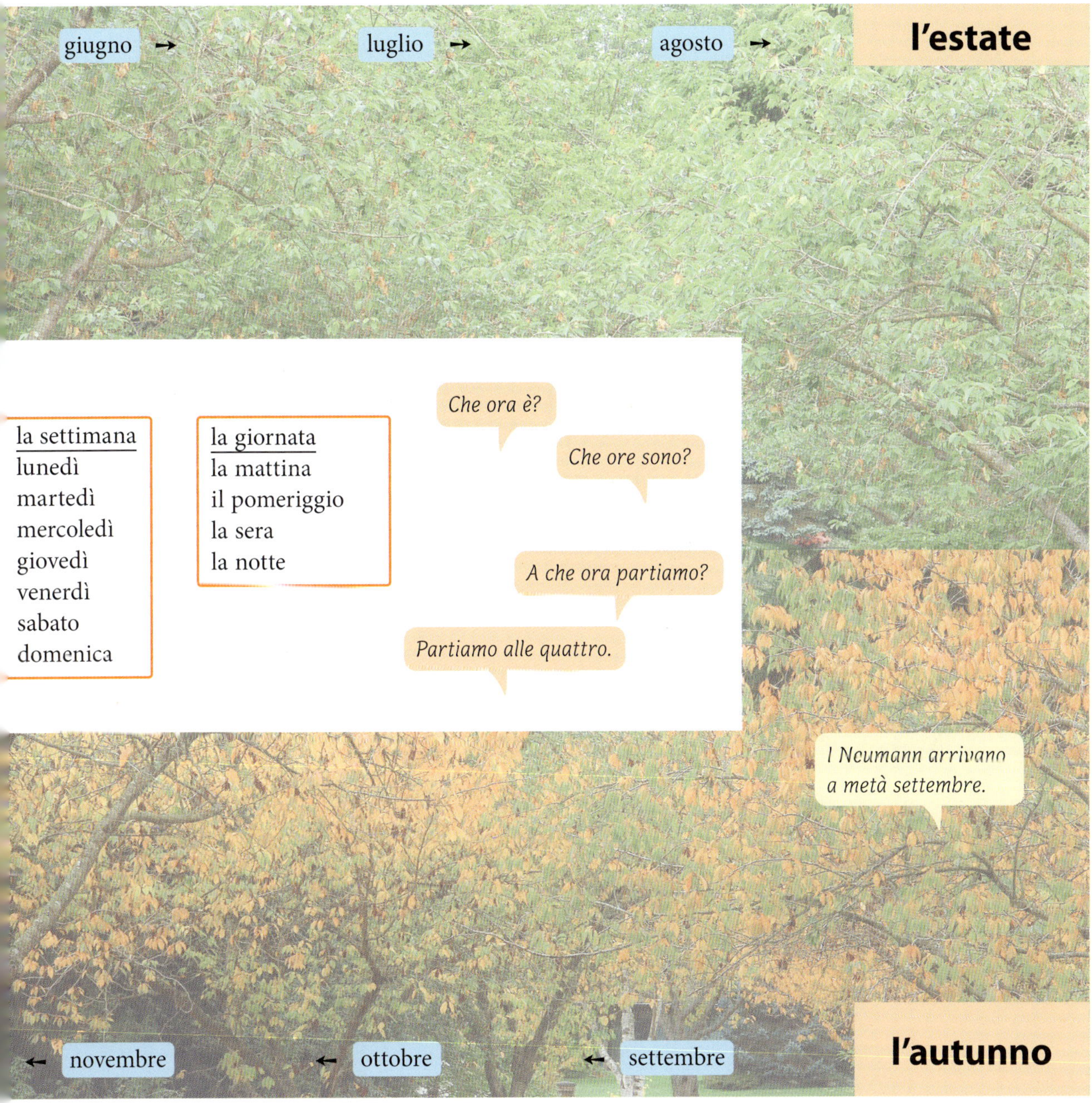

giugno → luglio → agosto →

l'estate

la settimana
lunedì
martedì
mercoledì
giovedì
venerdì
sabato
domenica

la giornata
la mattina
il pomeriggio
la sera
la notte

Che ora è?

Che ore sono?

A che ora partiamo?

Partiamo alle quattro.

I Neumann arrivano a metà settembre.

← novembre ← ottobre ← settembre

l'autunno

! Am Ende dieser Lektion kannst du
- über deinen Tagesablauf sprechen.
- dich zum Shoppen verabreden.
- Kleidung kaufen und deine Meinung dazu äußern.
- von Erlebnissen berichten.
- Aussagen zu Hobbys und Freizeitaktivitäten machen.

A Che cosa facciamo il fine settimana?

CD 2 | 2–4

A1 Hannah, alzati!

È sabato mattina. Sono le dieci meno un quarto, ma Hannah dorme ancora. Il fine settimana si sveglia sempre tardi.

Ornella

Ciao Hannah, alzati!! ☺ Che cosa stai facendo? 10:27

Hannah

Sono già in bagno e mi lavo i denti. Poi mi faccio la doccia, mi trucco e mi pettino … 10:30

Non ti vesti?? 10:30

😛 Certo … ☺ 10:31

Allora, sbrigati!! Facciamo colazione insieme … ti ricordi?? Ci incontriamo al bar! 10:32

OHH!! 😮 Arrivo subito … 10:32

Adesso le ragazze stanno al bar.

Ornella: Che bello! C'è il sole e noi beviamo un buon cappuccino.
Hannah: Sì, adoro il sabato.
Ornella: Che cosa fai nel pomeriggio?
Hannah: Non lo so ancora. Normalmente guardo la TV o ascolto la musica. A volte leggo un libro o chatto con le mie amiche in Germania …
Ornella: … e questa sera vieni alla festa di Chiara con me, va bene?
Hannah: Oh! …
Sì … volentieri.

Mentre Hannah e Ornella stanno chiacchierando, arriva anche Ben.
Ornella: Guarda, Hannah, … c'è Ben!
Ben: Ehi, ragazze! Siete sportive, no? Volete fare jogging nel parco di Villa Pamphili e allenarvi un po' con me?

5

Nel pomeriggio i ragazzi si divertono insieme: fanno sport, mangiano un gelato e parlano. La sera, c'è la festa di Chiara.

Come sempre Hannah e Ben tornano tardi e si addormentano subito.

6

Hannah

Sono stanca. Buonanotte! *00:12*

Ornella

Buonanotte! Dormi bene! *00:13*

Comprensione

1 La giornata di Hannah

Leggi ancora una volta il testo e descrivi la giornata di Hannah. Che cosa fa e quando fa qualcosa?

2 I verbi riflessivi ➜ G 5.4

Cerca nel testo le forme del verbo riflessivo e scrivi le forme nel tuo quaderno, poi coniuga il verbo. Come formi l'imperativo di un verbo riflessivo? Dove metti il pronome riflessivo con il verbo all'infinito?

Pratica

3 La vita da mamma single

Elisabetta Zucchi racconta la sua giornata da mamma single. Completa il testo con le forme giuste dei verbi fra parentesi.

La mattina Lavinia ed io ■ (alzarsi) presto perché mia figlia deve andare a scuola e io vado al lavoro. Di solito io ■ (svegliarsi) alle sei perché devo preparare la colazione e prima ■ (farsi) la doccia. Poi Lavinia va in bagno, ■ (vestirsi) e ■ (lavarsi) da sola, ma io aiuto mia figlia a ■ (pettinarsi) i capelli – ama tanto le trecce. Devo sempre dire "Lavinia, ■ (sbrigarsi)!" Alle otto porto a scuola Lavinia e vado in ufficio. Le mie colleghe ■ (lamentarsi) spesso del lavoro e ■ (chiedersi) come faccio a "sopravvivere" da mamma single. Mi chiedono: "Quando ■ (riposarsi)? ■ (divertirsi) mai?" E io rido e rispondo: "■ (non/voi/preoccuparsi)! ■ (riposarsi) dopo le 21:00, quando mia figlia dorme." Normalmente Lavinia ■ (addormentarsi) alle nove. Ma spesso c'è la babysitter e così posso incontrare i miei amici. Andiamo al cinema o a cena fuori, così anch'io ■ (divertirsi). In fin dei conti la vita da mamma single non è così male e, una cosa è sicura: io ■ (non/annoiarsi) mai!

la treccia: *Zopf*
lamentarsi: *klagen*
come faccio a: *wie ich es schaffe*
sopravvivere: *überleben*
in fin dei conti: *alles in allem*
annoiarsi: *sich langweilen*

Parlare

4 E tu?

1. Racconta al tuo compagno di banco che cosa fai il sabato e usa almeno cinque verbi riflessivi.

2. Conoscete i vostri compagni di classe? Lavorate in due, fate tante domande e prendete appunti.

1. a che ora – svegliarsi?
2. subito – alzarsi?
3. fare – la mattina (fare colazione, truccarsi, farsi la doccia, lavarsi, pettinarsi, sbrigarsi, ecc.)?
4. come – andare a scuola?
5. sbrigarsi sempre – arrivare in tempo?
6. fare – durante la pausa?
7. quando – tornare a casa?
8. che cosa fare – nel pomeriggio (riposarsi, allenarsi, fare i compiti, ecc.)?
9. quando – mangiare la sera?
10. divertirsi – la sera?
11. a che ora – andare a letto?
12. altre domande?

3. Presenta il tuo partner e la sua giornata ai compagni di classe.

Ascolto

5 La giornata della signora Marchetti

CD 2|5 @

La signora Marchetti riceve una telefonata da sua sorella Anna. Ascolta il dialogo e completa la tabella.

Alle …/A …/All'…	… la signora Marchetti …
sei del mattino	si alza e si lava.
■	■

CD 2|6–7

A2 Ho bisogno di un vestito nuovo

Il venerdì successivo Ornella, Hannah e Ben fanno progetti per il fine settimana.

Ornella
Ciao Hannah. Che cosa fai domani? *22:45*

Hannah
Non lo so. Perché? *22:48*

Ornella
Hai voglia di uscire con me? Magari possiamo andare in discoteca. Ne conosco una mitica. *22:49*

Hannah
Perché no? Non usciamo molto spesso. *22:49*

Ornella
D'accordo! ☺ *22:52*

Hannah
Ma c'è un piccolo problema: non ho niente da mettere. *22:54*

Ornella
Ma questo non è un problema. Riesco a trovare qualcosa per te. *22:54*

Ben
Hahaha, nessuno riesce a trovare vestiti adatti per Hannah … ☺ *22:56*

mitico, -a: *mythisch, toll, super*

@ 5 differenziato: Code **39300-05**

insopportabile: *unerträglich*

Ma stai zitto! Qualche volta sei proprio insopportabile … ☹ 22:56

Allora, facciamo un po' di shopping domani pomeriggio. Senza mio fratello … che deve mettere a posto la sua camera … 22:57

Ma ragazze, non potete andare in città senza di me!! È molto pericoloso!! ☺ 22:58

Hahaha!! D'accordo, puoi venire con noi, ma non devi essere insopportabile! 23:00

E stasera? Uscite in due … forse è noioso senza di me … 23:02

Ben … 😜 Allora facciamo shopping tutti insieme e la sera andiamo in discoteca in TRE … 23:03

Comprensione

6 Parole chiave

Leggi ancora una volta il testo. Formula delle frasi con le parole nella nuvoletta. Chi riesce a farne di più? Attenzione: non usare le frasi del testo!

pericoloso uscire problema shopping tre Hannah spesso pazienza discoteca proposta vestito riuscire Ben trovare adatto pomeriggio mettere Ornella domani

7 I verbi uscire e riuscire ➡G 5.5

Cerca nel testo le forme del verbo (ri)uscire. Scrivi le forme nel tuo quaderno nell'ordine giusto.

Pratica

8 Il signor Crispi vuole dormire.

Completa il testo con i verbi fra parentesi.

Venerdì sera, 23:03, il signor Crispi ■ (essere) stanco e ■ (volere) dormire, ma Ornella ■ (chattare) e ■ (ascoltare) la musica, quindi suo padre non ■ (potere) dormire: "Ma Ornella, che cosa ■ (fare)? Perché ■ (ridere) tutto il tempo? Per favore, ■ (stare) zitta! Io ■ (essere) stanco e non ■ (riuscire) ad ■ (addormentarsi)!" "■ (scusare) papà! ■ (chattare) con Ben e Hannah. ■ (fare, noi) progetti per domani. ■ (sapere, tu), Hannah, non ■ (avere) niente da ■ (mettersi) e quindi domani ■ (volere, noi) andare in città per ■ (fare) shopping."
"D'accordo, ma senza musica, per favore."
Alla fine il signor Crispi ■ (uscire) dalla stanza per ■ (andare) a letto: "Buona notte, Ornella." "Buona notte, papà!"

Lessico

9 Ma che cos'è?

Prima di andare in centro Hannah chiede a Ornella il significato di queste parole tedesche. Formulate una definizione in italiano, poi cercate le parole italiane sul dizionario. → Strategia 5, p. 278

Come si dice in italiano ...

Kleiderbügel
Zahnpasta
Schaufensterpuppe
Einkaufszentrum
Aufzug
Einkaufstasche
Lippenstift
Staubsauger
USB-Stick
Kopfhörer
Rolltreppe
Umkleidekabine
Kamm

Parlare

10 Fare shopping con le ragazze?

Ben non vuole fare shopping e quindi cerca di convincere Ornella e sua sorella a fare qualcos'altro. Inscenate un dialogo.

Mediazione

11 Fare shopping alla stazione di Lipsia

@ Ornella trova un dépliant tedesco nella camera di Hannah, ma capisce solo la parola "shopping". Aiuta Hannah a spiegare a Ornella cosa c'è scritto nel dépliant.

SHOPPING?

Natürlich im Leipziger Hauptbahnhof! – Wo sonst? Herzlich willkommen am Leipziger Hauptbahnhof! Tauchen Sie ein in die faszinierende Welt des Shoppingbahnhofs.

Sie wollen shoppen gehen und suchen möglichst viel Auswahl auf kleiner Fläche? Dann ist der Leipziger Hauptbahnhof genau der richtige Ort für Sie.
Dort, wo andere ihre Reise antreten, finden Sie auf kleinem Raum über 140 Geschäfte, die in kurzen Wegen bequem zu Fuß zu erreichen sind. Entdecken Sie eine riesige Auswahl an unterschiedlichen Angeboten in diesem einmaligen Einkaufszentrum!
Egal, ob Sie ein neues Outfit suchen, ein Buch für Ihre Freizeit oder einfach eine kulinarische Köstlichkeit – bei uns finden Sie alles! Kommen Sie vorbei!

Haben Sie Fragen? Rufen Sie uns an oder schreiben Sie uns. Weitere Informationen finden Sie auf unserer Homepage www.promenaden-hauptbahnhof-leipzig.de

Wir freuen uns auf Ihren Besuch!
Bringen Sie viel Zeit mit!

Wir sind für Sie da:
Mo–Sa: 10–21 Uhr
So: 13–18 Uhr

das Shoppingcenter: *il centro commerciale*

@ 11 differenziato: Code **39300-05**

CD 2 | 8–9

A3 Un vestito bellissimo

Qualche ora dopo i tre ragazzi sono in centro. Guardano le vetrine di un negozio di moda e entrano.

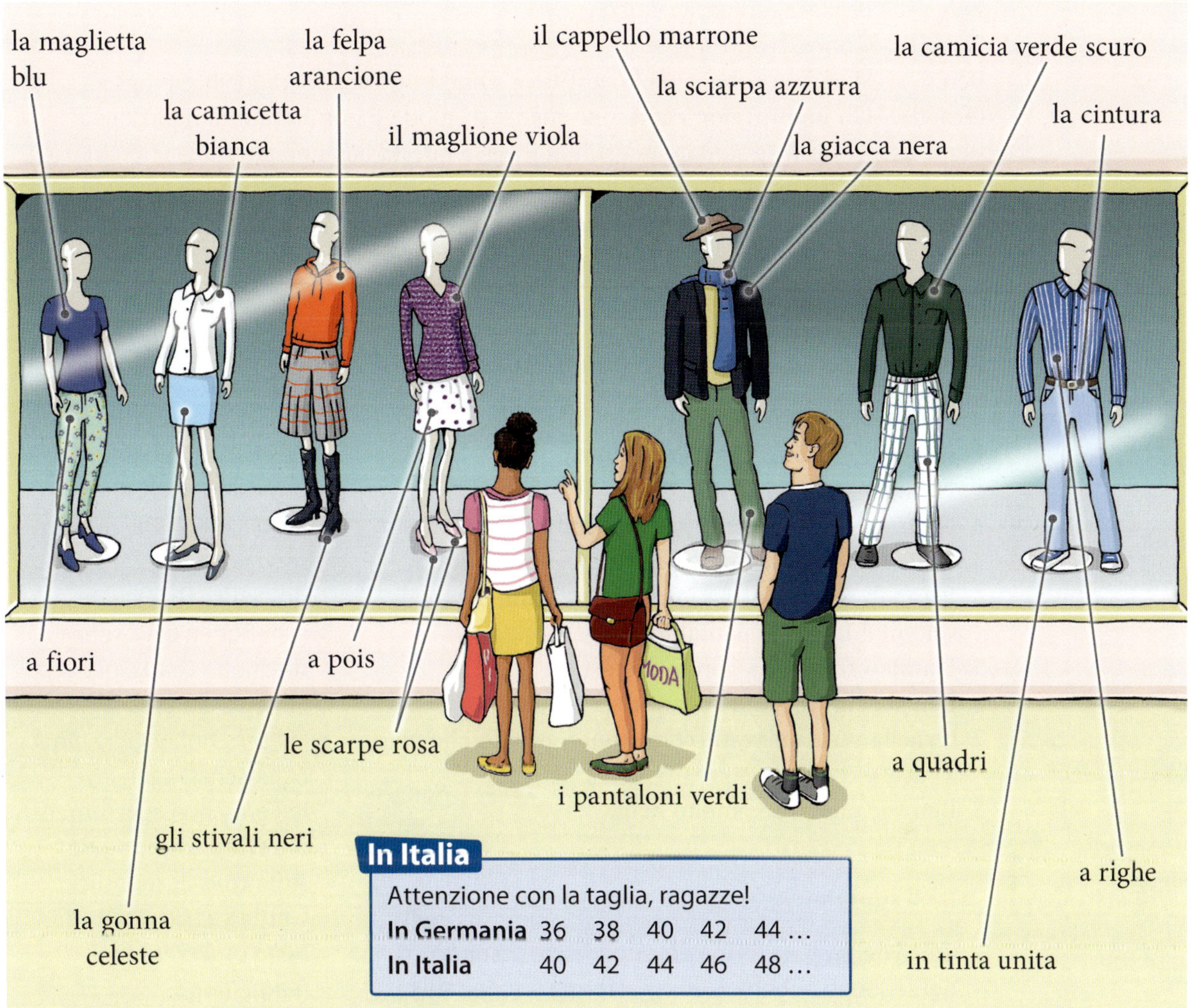

In Italia

Attenzione con la taglia, ragazze!

In Germania	36	38	40	42	44 …
In Italia	40	42	44	46	48 …

Hannah: Ornella, guarda questa bella gonna rosso fuoco. È fantastica, no?
Ornella: A dire il vero non mi piace per niente …
Hannah: Ma perché? Con la mia camicetta bianca è veramente molto bella.
Ornella: Non è affatto bella … È lunghissima … E non vedi il prezzo? È carissima!
Hannah: Sì, hai ragione … Ma … sai … vorrei vestirmi un po' più elegante. Ho molti jeans e pantaloni, ma questa gonna …
Ornella: Hannah, guarda … c'è un vestito bello bello e a buon prezzo … Quello azzurro senza maniche. È elegantissimo. Che cosa ne pensi?
Hannah: Ohhhhhh … È bellissimo. Non è né troppo lungo né troppo corto. E hai ragione, non costa neanche troppo. Lo provo! Magari posso prendere anche quegli stivali neri della vetrina. Allora?
Ornella: Wow, ti sta proprio bene! E con quegli stivali neri deve essere perfetto. Così puoi perfino andare a Milano.
Hannah: Milano? Perché?

Lo provo!: *Ich probiere es.*

Ornella: Ma Hannah! Non sai che Milano è la capitale della moda? Non è possibile!
Ben: Uffa! Non voglio più fare shopping. Dai Hannah, compra il vestito e andiamo, Ornella ha ragione è veramente bello.

Già: *hier: Genau.*

Ornella: Già. Allora mancano solo gli stivali neri che sono in vetrina. Guarda.
Ben: Faaaaaaaantaaaaaastico …
Ornella: Come? Non ti piace?
Ben: Sì, sì, ma sono … solo vestiti … Quanto dura ancora lo shopping?
Ornella: Gli uomini non capiscono niente di moda e non hanno mai pazienza!
Ben: … oh … guardate questi bei jeans e questa bella maglietta grigio chiaro … Bellissima …
Ornella: Ehi, Ben, stai cominciando a capire la moda!

Comprensione

12 Tutto chiaro?

Leggi ancora una volta il testo e metti le frasi nell'ordine giusto:

1. Hannah vuole comprare gli stivali neri della vetrina.
2. A Ornella non piace la gonna perché costa tanto.
3. I ragazzi fanno shopping in un negozio di moda.
4. Hannah vuole vestirsi in modo elegante perché ha solo molti jeans e pantaloni.
5. Hannah trova una gonna fantastica.
6. Ben sta cominciando a capire la moda.
7. Ornella vede un vestito blu a buon prezzo che piace a tutte e due le ragazze.
8. Ben vede dei jeans molto belli.

Occhio!

Stehen **molto** *(sehr)* und **poco** *(wenig)* vor Adjektiven, sind sie Adverbien und damit unveränderlich: *La gonna è molt**o** bella* und *I ragazzi sono **poco** simpatici.* Sie drücken dabei einen sehr hohen bzw. sehr niedrigen Grad einer Eigenschaft aus.
Ein sehr hoher Grad einer Eigenschaft kann im Italienischen auch durch die **Wiederholung des Adjektivs** ausgedrückt werden: *un vestito **bello bello*** und *una gonna **lunga lunga**.*

13 Il superlativo assoluto ➡G 5.7

1. Cerca nel testo le forme del superlativo assoluto dei seguenti aggettivi. Come si forma il superlativo assoluto con gli aggettivi in **-o/a** e con quelli in **-e**? Formula la regola.

lungo | caro | bello | elegante

2. Che cosa esprime il superlativo assoluto? Controlla con la grammatica.

Pratica

14 Pubblicità

Il negozio di moda fa tanta pubblicità. Completa i cartelli con il superlativo assoluto degli aggettivi.

comodo: *bequem*
lo stilista: *Modedesigner*

(Buono) prezzi!
Scarpe (comodo)!
Gonne (lungo)!
Borse (elegante)!
Mai più vestiti (noioso)!
Stilisti (famoso)!

15 Gli aggettivi di colore ➡G 5.8

1. Leggi ancora una volta il testo e scrivi tutti gli aggettivi nel tuo quaderno.
2. In italiano devi cambiare le desinenze degli aggettivi. Come?
3. Guarda adesso gli aggettivi di colore. A che cosa devi fare attenzione?

Pratica

16 Quante belle cose!

Anche a Ornella piacciono tante cose. Completa con la desinenza giusta degli aggettivi.

Mi piace/Mi piacciono tanto ...

1. i pantaloni celest■
2. i jeans grig■
3. la camicetta bl■
4. le giacche verd■
5. gli stivali viol■
6. il maglione ros■
7. la felpa ross■ fuoc■
8. il vestito giall■ con la cintura bianc■
9. le scarpe marron■
10. la gonna verd■ chiar■

Parlare

17 Chi è?

a turno: *abwechselnd*
indovinare: *raten*

Guardate i vostri compagni di classe. A turno descrivete un compagno o una compagna e gli altri devono indovinare chi è. Fate anche i complimenti.

18 L'aggettivo bello ➡G 5.9

1. Conosci già l'aggettivo e il pronome dimostrativo **quello**. Completa la tabella.

	m. sg.	m. pl.	f. sg.	f. pl.
aggettivo dimostrativo	■ cappello ■ stivale ■ armadio	■ cappelli ■ stivali ■ armadi	■ gonna ■ edicola	■ gonne ■ edicole
pronome dimostrativo	■	■	■	■

2. Adesso guarda come usano i ragazzi l'aggettivo **bello** e completa la tabella con quest'aggettivo. Formula anche la regola.

	m. sg.	m. pl.	f. sg.	f. pl.
aggettivo attributivo	un ■ cappello un ■ stivale un ■ armadio	■ cappelli ■ stivali ■ armadi	una ■ gonna una ■ edicola	■ gonne ■ edicole
aggettivo predicativo	■	■	■	■

Pratica

19 Ben compra tutto

Completa il testo con le forme giuste di **quello** e **bello**.

Ben: Oh … vedete questi ■ (bello) jeans e questa ■ (bello) maglietta grigio chiaro … Bellissima …
Ornella: Ehi, Ben, piano piano non puoi comprare tutto.
Ben: Ma certo, perché no? Ohhh, guardate questi ■ (bello) occhiali da sole!!!
Ornella: Quali occhiali? ■ (quello) blu? … Ma non sono ■ (bello). Forse prendi piuttosto gli occhiali che ci sono in ■ (quello) negozio accanto perché … Ben? Che cosa fai? Perché non ascolti?
Ben: Hm? Oh, scusa … Ma sto guardando queste ■ (bello) giacche nere qua. O preferisci ■ (quello) grigio scuro? E questi pantaloni neri!! Sono anche molto ■ (bello).
Hannah: Ehi, ragazzi, siamo qui per comprare un ■ (bello) vestito per me?!
Ben: Ma hai già ■ (quello) blu?! E anche i ■ (bello) stivali?! Sei già molto ■ (bello). Adesso tocca a me … Compro tutto … Che ■ (bello) fare shopping!
Ornella: Sono pazzi questi tedeschi …

accanto: *nebenan*

pazzo, -a: *verrückt*

20 La doppia negazione ➡ G 5.10

1. Nel testo A3 i ragazzi usano delle frasi con la doppia negazione. Abbina le frasi ai contrari e trova il significato in tedesco.

non mi piace **per niente**	voglio ancora fare shopping
non è **affatto** bella	è troppo lungo e anche troppo corto
non è **né** troppo lungo **né** troppo corto	e costa anche molto
non costa **neanche** troppo	hanno sempre pazienza
non voglio **più** fare shopping	è davvero bella
non capiscono **niente** di moda	mi piace tantissimo
non hanno **mai** pazienza	capiscono tutto di moda

2. Con l'aiuto dei contrari spiega qual è il significato della doppia negazione in queste frasi. Controlla con la grammatica.

Non ho **nessuna** voglia di fare shopping. → Ho tanta voglia di fare shopping.
Non ho **mai** tempo per fare shopping. → Ho sempre tempo per fare shopping.

Pratica

21 Anche a Ornella piacciono i vestiti.

@ Completa il dialogo con la doppia negazione.

Ornella: Questi pantaloni ■ sono ■ belli. Non mi stanno bene. Io ■ trovo ■ niente!
Hannah: Dai Ornella, non è vero. Prova questi. Secondo me, ■ sono ■ troppo stretti ■ troppo lunghi.
Ornella: Vediamo …
Hannah: Allora?
Ornella: Sì, sono belli e ■ costano ■ troppo. Guarda, costano solo 25 euro. È veramente un buon prezzo.

stretto, -a: *eng*

@ 21 differenziato: Code **39300-05**

Hannah: Sì, hai ragione. Senti, ho fame e ■ ho ■ voglia di fare shopping. Per ora basta. C'è un bar qui vicino. Perché non andiamo lì?

Ornella: Quel bar all'angolo? ■ hanno ■ di buono … I panini lì ■ mi piacciono ■ ■. Perché non andiamo al bar sotto casa? Fanno dei panini buonissimi e ■ costano ■ troppo.

Lessico

22 Per parlare di moda

Con l'aiuto del dizionario bilingue abbina le frasi italiane alle frasi tedesche.

Che taglia porti? | **C'è/Ci sono anche in un altro colore?** | **Porto la 42.** | **una maglietta di marca** | **È troppo largo/stretto.** | **Non voglio spendere tanto.** | **Vorrei provare questi pantaloni.** | **chiedere alla commessa** | **Le cabine sono là.**

Ich würde gerne … probieren. | … in einer anderen Farbe | … zu weit/eng | Die Umkleidekabinen … | Welche Größe hast du? | die Verkäuferin fragen | Ich möchte nicht so viel ausgeben. | ein Marken-T-Shirt | Ich habe Größe …

Laboratorio

23 Nel negozio

1. Mettete in ordine il dialogo tra Ornella e la commessa.

Allora? Ah … Ti sta benissimo.
Sì, c'è anche in rosso. Guarda.
Perfetto! Lo prendo.
Ciao, ti posso aiutare?
Che taglia porti?
Sì, cerco un vestito lungo in tinta unita.
È in offerta. Costa solo 39,99 euro.
La 42.
Allora, guarda. Questo vestito nero è bellissimo.
Grazie.
Sì. Quant'è?
Che bel colore! Lo provo.
Ecco. Le cabine sono a destra.
C'è anche in un altro colore? Il nero non mi piace per niente.

2. Con l'aiuto delle seguenti espressioni sviluppate altri dialoghi tra la commessa e il cliente.

pantaloni	giacca	maglione
troppo cari	troppo stretta	altro colore
di marca	altro modello	troppo largo
	buon prezzo	no grazie

la marca: *Marke*
largo, -a: *weit*

Leggere **24 Shopping a Milano**

Ornella dà un articolo a Hannah per farle conoscere Milano, la capitale italiana della moda. Leggi il testo e lavora sugli esercizi.

Milano, la capitale italiana della moda

Insieme a Parigi, Londra e New York, Milano, il capoluogo della regione Lombardia, è una delle quattro capitali mondiali della moda.

Lì i designer creano le nuove mode e tendenze, ma ci sono anche molti grandi eventi e spettacoli internazionali, soprattutto durante la settimana internazionale della moda.

Nel centro di Milano, dove c'è un grande numero di boutique di moda e di negozi di lusso, si trova il famoso Quadrilatero della moda, un quartiere chiuso tra quattro strade: Via Manzoni, Via della Spiga, Corso Venezia e Via Monte Napoleone, la via più famosa del Quadrilatero. È come l'Avenue des Champs-Élysées a Parigi o la Fifth Avenue a New York.

Nel Quadrilatero della moda ci sono le boutique e gli show-room di Versace, Dolce & Gabbana, Armani, Valentino, Prada, ecc. Ed è qui che ogni anno in settembre e in ottobre ha luogo la settimana internazionale della moda. Il mondo della moda e del fashion guarda Milano e le presentazioni delle nuove collezioni e dei nuovi trend. Lì puoi incontrare le star del settore, i designer, le modelle, … Soprattutto in questi momenti Milano è veramente un sinonimo di abbigliamento e accessori; la città diventa il centro dell'attenzione mondiale.

Ma questo non vuol dire che a Milano c'è solo il lusso o che tutto è molto caro. Nel negozio del *D Magazine Outlet* in Via Manzoni ci sono per esempio anche abiti a buon mercato.

a buon mercato: *preiswert*

Compilato secondo: https://www.milanofree.it/milano/info/milano_capitale_della_moda.html
http://www.thatsmilan.it/guide/shopping/

1. Vero o falso?
1. Milano è l'unica capitale della moda.
2. Ogni anno c'è una settimana internazionale della moda.
3. Il Quadrilatero della moda è un outlet a Milano.
4. Corso Venezia è come l'Avenue des Champs-Élysées a Parigi.

2. Rispondi alle domande.
1. Che cosa c'è a Milano in settembre e in ottobre?
2. Perché la città è così importante?
3. Chi puoi incontrare lì?
4. Milano è solo una città del lusso?

B Musica e sport

CD 2 | *10*

B1 Una serata speciale

Wow, è stata una serata … veramente speciale: ieri siamo usciti … pensate, sono andato in discoteca con Ornella e Hannah, alla discoteca *Marilyn* in Via Giuseppe Libetta, e abbiamo passato una serata "bellissima" insieme. Ma che discoteca figa! La conoscete già? C'è sempre tanta gente!
All'improvviso però non ho più visto le ragazze. Ho cercato a lungo, poi finalmente ho trovato Ornella e, lì vicino, mia sorella con un ragazzo … ☺
Poco più tardi è arrivata una DJ …, secondo me, una catastrofe, ma alle ragazze la sua musica è piaciuta moltissimo e hanno ballato per un paio di ore senza fermarsi mai. Perché impazziscono per qualcuno che non capisce la musica? Io questo non sono proprio riuscito a capirlo. Alla fine ha anche venduto tre CD a Hannah … Non ci credo!
Verso le dieci poi abbiamo visto una cosa incredibile! È arrivato un gruppetto di ragazzi e ha cominciato a fare chiasso. Uno di loro ha cercato di rubare il portafoglio di mia sorella e lei ha cominciato a gridare. I ragazzi della sicurezza sono arrivati subito e hanno buttato quei caciaroni fuori dal locale. Che spavento! Siamo rimasti scioccati! 😱
E voi? Che cosa avete fatto durante il fine settimana?

impazzire: *verrückt werden*

il caciarone: *Radaubruder*
lo spavento: *Schrecken*
scioccato, -a: *schockiert*

Comprensione

1 Errori …

Riscrivi il testo con le informazioni giuste di B1.

Mercoledì sera Ben è uscito con Hannah, Ornella e Simone. Sono andati nella nuova discoteca Monroe che si trova in Via Giuseppe Libetta e dove c'è tanta gente il mercoledì. Ma la serata non è stata veramente bella perché all'improvviso Ornella non ha più visto la sua amica. Ben ha cercato a lungo e alla fine ha trovato sua sorella con un ragazzo.

Più tardi è arrivato un DJ che è piaciuto a tutti. Le ragazze hanno ballato e Ben è impazzito per la sua musica.

Verso le undici gli amici hanno visto qualcosa di incredibile. Alcune ragazze hanno fatto chiasso e una di loro ha cercato di rubare il telefonino di Ben. I ragazzi della sicurezza però hanno visto tutto e hanno chiesto gentilmente alle ragazze di uscire dalla discoteca. Alla fine tutti hanno festeggiato insieme.

2 Il passato prossimo ➡G 5.11

1. Nel testo ci sono nuove forme grammaticali. Cerca queste forme del passato prossimo e fai una lista nel tuo quaderno.
2. Ricopia la tabella e completala.
3. Come formiamo il participio passato? Trova la regola.
4. Essere o avere? Quando usiamo l'ausiliare **essere** e quando usiamo **avere**? Formula la regola.

verbi in -are	verbi in -ere	verbi in -ire	verbi irregolari
è stata (stare)	■	■	■
■	■	■	■

Pratica

3 Anche i genitori hanno una vita!

Neela Senai racconta ad un'amica della sera prima:

Ieri sera Ornella ■ (uscire) con Hannah e Ben. I ragazzi ■ (andare) in discoteca. Gemma ■ (andare) dalla nonna e così Salvatore ed io ■ (avere) una serata libera. Alle sette ■ (prendere) la metro per andare in centro. ■ (scendere) alla stazione Flaminio. Prima ■ (fare) un giro a Villa Borghese. Vedere il tramonto ■ (essere) fantastico! Poi Salvatore e io ■ (bere) qualcosa e alle otto ■ (arrivare) i nostri amici. ■ (andare) al Ristorante Eritrea. ■ (noi/ordinare) dei piatti tipici della nostra cucina. Le specialità eritree ■ (piacere) anche ai nostri amici italiani. All'improvviso, ■ (vedere) un messaggio di Ornella sul mio cellulare: "Ciao mamma, ■ (voi/passare) una bella serata anche voi? Puoi venire a prenderci qui? Non vogliamo andare a casa a piedi." E io ■ (pensare): "No, ragazzi! Anche i genitori hanno una vita." Quindi ■ (scrivere): "Prendete un taxi!"

il tramonto: *Sonnenuntergang*

Parlare

4 Un gioco al passato

Avete bisogno di una piccola palla. Tutta la classe si alza. L'insegnante comincia e dice una frase al passato prossimo. Poi getta la palla a uno studente che formula un'altra frase al passato prossimo. Se lui fa un errore deve sedersi e la palla torna al prof. Se invece la frase è corretta getta la palla a un altro studente ecc. Vince l'ultimo della classe che resta in piedi.

Scrivere

5 Che cosa hai fatto durante il fine settimana?

@ Scrivi un breve testo al passato prossimo su un fine settimana interessante. Puoi anche usare i verbi della lezione 5 A1 e A2.

Laboratorio

6 Che cosa fare a Roma?

A Roma non ci sono soltanto discoteche, ma molte altre cose da fare.

MK
1. Cerca in internet che cosa puoi fare a Roma durante il tuo tempo libero.
2. Fai un cartellone e presenta quello che hai trovato ai tuoi compagni di classe.

@ 5 differenziato: Code **39300-05**

B2 Il programma di allenamento

CD 2 | 11–12 Valerio vuole partecipare alla Maratona di Roma. In internet ha trovato un piano di allenamento:

Il programma di allenamento settimanale meta: Maratona di Roma - 4ª settimana -		Nome: *Valerio Monti*
in generale		appunti personali di questa settimana
1. Mi sono alzato/a presto.	☑	
2. Mi sono fatto/a la doccia.	☑	
3. Per colazione ho mangiato quello che mi piace.	☑	
4. Dopo non ho mangiato troppo.	☑	Allenarsi ogni giorno è molto difficile …
5. Prima di cominciare l'allenamento mi sono riscaldato/a.	☑	
tre allenamenti settimanali per arrivare alla meta		
1. primo allenamento: correre 18 minuti, camminare un minuto, ripetere tre volte (durata 57 min)	☑	Ora devo fare una vita disciplinata e il momento più difficile è quello in cui vedo gli altri uscire o andare in discoteca.
2. secondo allenamento: correre 22 minuti, camminare un minuto, ripetere tre volte (durata 69 min)	☑	
3. terzo allenamento: correre 25 minuti, camminare un minuto, ripetere due volte (durata 52 min)	☑	Questa settimana, Giorgio ed io ci siamo alzati veramente presto. È dura, ma non vediamo l'ora di fare questa maratona per cui ci stiamo allenando già da molto tempo …
per il benessere dell'anima *Il concerto di Emma!!!*		
1. Sono uscito/a con i miei amici.	☑	Ma io ho una meta: la maratona.
2. Ho passato un pomeriggio in un posto che mi piace tanto (parco, mare ecc.).	☑	
3. Ho passato una serata in cui non ho fatto niente.	☑	Questa settimana sono veramente fiero di me perché ho fatto tutto. ☺
4. Ho guardato un film.	☑	
5. Mi sono addormentato/a presto.	☑	

il momento più difficile: *der schwierigste Moment*

Comprensione

7 Hai capito bene il testo?

Decidi se è vero o falso. Correggi le frasi sbagliate.

1. Valerio vuole partecipare alla Maratona di Roma.
2. Si prepara già da sei mesi.
3. Allenarsi ogni giorno non è troppo difficile per Valerio perché è molto sportivo.
4. Non ci sono molte regole. Si deve solo fare jogging ogni giorno.
5. Giorgio, un amico di Valerio, vuole anche partecipare alla Maratona di Roma.
6. Giorgio e Valerio vanno in discoteca ogni sera per il benessere dell'anima.
7. A Valerio piace molto la musica di Emma Marrone.
8. Questa settimana Valerio è fiero.

8 Il passato prossimo dei verbi riflessivi

➡ G 5.11.2

1. Nel testo ci sono forme al passato prossimo dei verbi riflessivi. Scrivi queste forme nel tuo quaderno.

2. Come formiamo il passato prossimo di questi verbi?

3. Coniuga "alzarsi" e "allenarsi" al passato prossimo.

Pratica

9 Valerio e Giorgio si allenano.

Completa il testo con le forme giuste del passato prossimo.

la spiaggia: *Strand*

Valerio racconta: "Stamattina alle sette e mezzo ■ (alzarsi, io) e ■ (andare) in bagno per farmi la doccia. Dopo un po' Giorgio ■ (scrivere) un messaggio: ■ (lavarsi, già) i denti e ■ (farsi) la doccia? Sì? Bravo! 😜 Mezz'ora più tardi, in due, ■ (andare) in un bar e ■ (fare) colazione. Giorgio ■ (prendere) un tè, io invece ■ (bere) un cappuccino e ■ (mangiare, noi) due cornetti. Alle nove ■ (prendere) l'autobus per andare a Ostia e dopo un'ora ■ (arrivare) e ■ (andare) in spiaggia. Ma non ■ (prendere) il sole! Prima ■ (riscaldarsi) e poi ■ (fare) il terzo allenamento: ■ (correre, avere) 25 minuti, poi ■ (camminare, avere) un minuto e ■ (ripetere) questo due volte. A mezzogiorno Giorgio ■ (riposarsi) un po', ma io ■ (nuotare, avere). Nel pomeriggio ■ (tornare) a casa. ■ (essere) veramente un buon allenamento."

Occhio!

Das *passato prossimo* der Verben **camminare**, **nuotare** und **correre** kann je nach Kontext mit **essere** und **avere** gebildet werden. ➡ G 5.11.2

10 I pronomi relativi che, cui e quello che/ciò che

➡ G 5.12

Rileggi il testo. Quando usiamo **che/cui** e quando usiamo **quello che** nella frase relativa? Formula la regola.

Pratica

11 Gli italiani amano lo sport

@ Completa le frasi seguenti con **che**, **cui** o **quello che**. Attenzione alle preposizioni.

1. Lo sport è la cosa ■ mi piace di più.
2. Lo sport ■ gli italiani parlano molto al bar, è il calcio.
3. La Squadra Azzurra è la nazionale di calcio ■ ha vinto quattro campionati mondiali.
4. *La Gazzetta dello Sport* è una rivista ■ ci sono molte informazioni sportive.
5. Mi piace tutto ■ scrivono in questa rivista.
6. Ma leggo soprattutto ■ scrivono sulla Maratona di Roma.
7. La Maratona di Roma è la maratona ■ partecipo io.
8. L'atleta ■ amo di più è Marco Belinelli.

Occhio!
Statt **quello che** kann man auch **ciò che** verwenden.

CD 2 | *13*

B3 Il concerto di Emma

Secondo il programma di allenamento, Valerio non deve dimenticare il benessere dell'anima. Quindi è andato a un concerto di Emma Marrone.

Simone: Ehi, Valerio … Com'è stato il concerto? Ti è piaciuto?
Valerio: Sì! Abbiamo passato una serata bellissima! Emma è unica!
Hannah: Ma hai pagato molto per il biglietto, vero?
Valerio: Ma no! Ho pagato 45 € … Ma è stato un concerto lungo. È cominciato alle nove e è durato fino a mezzanotte.
Ben: Come? Emma Marrone ha cominciato il concerto alle nove e ha cantato fino a mezzanotte? Incredibile!
Valerio: No, no! Il concerto è iniziato con due gruppi spalla sconosciuti. E poi alle dieci è venuta Emma. E alla fine ha cantato la sua nuova canzone …
Simone (a Ben): Secondo me, si è innamorato di Emma …
Hannah: Ma sta' zitto, Simone! … Ho un'idea … domani c'è un concerto di beneficenza in centro … in Piazza di Spagna, credo. E forse c'è anche Emma.
Valerio: Oh? Davvero?
Hannah: Allora? Che cosa ne dite?
Ben: Perché no?
Simone: Perfetto, il concerto comincia alle tre e dura due ore. Se volete, dopo possiamo anche andare a casa nostra.
Ben: Come no!

il gruppo spalla: *Vorband*

Comprensione

12 Che cos'è successo?

Abbina le frasi.

1. Valerio è andato	a. dopo vanno da Simone.
2. Ha passato	b. una bella serata.
3. Non ha pagato	c. è durato tre ore.
4. Il concerto è stato lungo:	d. c'è un concerto di beneficenza.
5. Ma Emma è venuta	e. molto per il biglietto.
6. In Piazza di Spagna	f. al concerto di Emma Marrone.
7. Forse	g. c'è anche Emma Marrone.
8. I ragazzi vogliono andarci insieme e	h. solo alle dieci.

13 Il passato prossimo con essere e avere ➡G *5.11.2, 5.11.3*

1. Sai già quando usiamo l'ausiliare **essere** e quando usiamo **avere**. Ripassa la regola nella grammatica e trova anche le eccezioni.
2. Perché nel testo usano **avere** e **essere** con il verbo cominciare? Formula la regola. Per quali altri verbi vale questa regola? Controlla con l'aiuto della grammatica.

Pratica

14 Giorgio è un po' geloso.

Completa con le forme al passato prossimo. Attenzione all'ausiliare!

l'energia: *Energie*

Giorgio: Ciao, Valerio! Com'■ (andare) l'allenamento ieri?
Valerio: Ciao, Giorgio! ■ (andare) benissimo. Come sempre ■ (cominciare) alle otto di mattina.
Giorgio: Le tue energie ■ (bastare) per i 35 minuti?
Valerio: Sì … ma senti … ieri non ■ (fare) i 35 minuti.
Giorgio: Ah? Come no?
Valerio: Sai … sabato sera ■ (parlare) con Ben e Hannah e … ieri ■ (esserci) quel concerto di beneficenza di Emma Marrone in Piazza di Spagna …
Giorgio: … e quindi non ■ (allenarsi), ma ■ (andare) a quel concerto.
Valerio: Sì. E dopo ■ (fare, noi) una piccola festa insieme.
Giorgio: ■ (capire, io). E naturalmente ■ (mettere, voi) la musica di questa Emma?
Valerio: Certo.
Giorgio: Allora la festa ■ (piacere) a tutti?
Valerio: Come no! ■ (essere) una bella festa. ■ (cominciare) alle sei e ■ (durare) fino a tardi.
Giorgio: Bene, bene. A che ora ■ (finire) la festa?
Valerio: Alle 11. Ma i miei genitori ■ (continuare) a parlare sul balcone fino alle due di notte.
Giorgio: Ah … e perché non mi ■ (invitare, tu)?
Valerio: Oh, scusa …

Parlare

15 Come passate il vostro tempo libero?

Questa settimana Giorgio e Valerio hanno fatto sport. Ben, Hannah e Ornella hanno fatto shopping e sono andati in discoteca. E voi? Che cosa avete fatto la scorsa settimana? Parlatene con il vostro compagno di banco e usate le seguenti espressioni:

Ricerca

MK

16 Emma Marrone

Valerio è un grande fan di Emma Marrone. Ma chi è questa cantante? Lavorate in gruppi, fate una ricerca in internet e presentate Emma e altre star italiane.

Ascolto

CD 2 | *14–15*

@

17 Una trasmissione radiofonica

Durante una trasmissione radiofonica alcuni fan spiegano perché Emma Marrone è fantastica.

la trasmissione radiofonica: *Radiosendung*
il fan: *Fan*

1. Ascolta la trasmissione radiofonica. Dopo il primo ascolto prova a descrivere Emma Marrone con una frase.

2. Ascolta l'intervista ancora una volta e rispondi alle domande.

1. Che cos'è "Essere qui"?
2. Perché Emma è oggi "una persona veramente felice"?
3. Che cosa pensa Angela?
4. Che fa Emma con i soldi del concerto in Piazza di Spagna?
5. Che dice il moderatore alla fine?

il moderatore: *Moderator*

@ 17 differenziato: Code **39300-05**

6 L'Italia – Duemila chilometri di cultura

Ingresso

4

Patrono d'Italia, nato ad Assisi, nella verde Umbria.

E

3

Così inizia il suo capolavoro, *La Divina Commedia:* "Nel mezzo del cammin di nostra vita, mi ritrovai per una selva oscura ..."

d

Galileo Galilei

6

Il vulcano della Campania che ha distrutto Pompei ed Ercolano, due città importanti dell'antico impero romano.

g

Castel del Monte

F

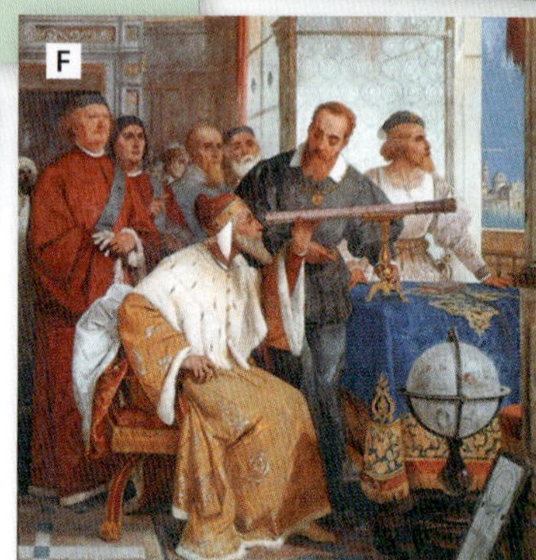

c

l'Arno

5

Federico II, imperatore, grande letterato e amante delle scienze naturali, ha fatto costruire questo famoso castello in Puglia.

H

e

San Francesco

C

8

L'UNESCO ha dichiarato questo sito siciliano Patrimonio dell'umanità.

G

A

2

Nelle sue acque si specchia la città di Firenze, il capoluogo della Toscana.

a

Dante Alighieri

b

la Valle dei Templi

f

il Monte Bianco

D

1

Un monte altissimo in una regione piccolissima, la Valle d'Aosta.

7

Con il suo telescopio ha scoperto i quattro pianeti di Giove.

B

h

il Vesuvio

specchiarsi: *sich spiegeln*
il telescopio: *Teleskop*
Giove: *Jupiter*

Comprensione

1 Luoghi e personalità d'Italia

Abbina le immagini ai nomi e alle spiegazioni.

Ricerca

2 Approfondiamo

MK

Formate dei gruppi, scegliete uno dei temi e fate una ricerca approfondita. Presentate alla classe la vostra ricerca in forma di poster o PowerPoint.

!

Am Ende dieser Lektion kannst du
- über Italiens Geographie und Städte sprechen.
- dich zu Persönlichkeiten der italienischen Kultur und Wissenschaft äußern.
- über Reisepläne diskutieren.
- ohne überflüssige Wiederholungen sprechen.

A Un paese – tante facce

CD 2 | *16*

A1 Dopo cena a casa Monti

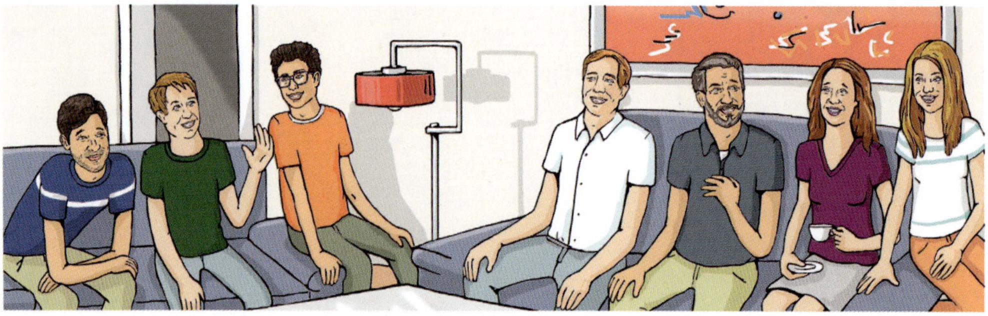

Simone: Avete voglia di giocare tutti insieme? Non so, a un gioco di società.
Valerio: Dai, ci sono i nostri amici tedeschi, perché non facciamo una partita a *L'Italia e gli italiani*, il gioco di memoria che abbiamo ricevuto per regalo dalla nonna a Natale. Ma non mi ascolti?!
Simone: Sì, sì, ti ascolto, ma non ho molta voglia di …
Sig. Monti: Bravo Valerio, questa è proprio una bella idea … Dov'è il gioco? Lo prendi tu, Marta? Marta, dove sei? Simone, la cerchi tu, per favore?
Simone: Mamma!
Ben: Speriamo di sapere abbastanza cose sull'Italia e sugli italiani.
Sig.ra Marchetti: Arrivo, arrivo, ho preso il gioco. Ma ci sono ancora i piatti. Potete toglierli, per favore?
Hannah: Ma quante carte! Le posso vedere?
Sig.ra Marchetti: Vedi Hannah, il nostro Bel Paese ha tante facce, magari in questo modo le impari tutte. Ci sono informazioni sulle regioni, sui siti archeologici famosi, su personalità come Dante Alighieri o Galileo Galilei.
Simone: Dai, cominciamo. Così li scoprono da soli.
Sig.ra Marchetti: Sì, sì, Simone, adesso cominciamo.

la personalità: *Persönlichkeit*

Comprensione

1 Un gioco di memoria all'italiana

Abbina il contenuto nei riquadri con il resto della frase e coniuga il verbo al presente o al passato prossimo.

La signora Marchetti | Valerio | Ben | Simone | Il gioco, secondo la signora Marchetti, | La nonna

1. preferire – giocare a un gioco di società.
2. avere l'idea – di giocare a un gioco di memoria
3. regalare – ai ragazzi il gioco di memoria per Natale
4. avere paura – di non sapere abbastanza cose sull'Italia e sugli italiani
5. portare – il gioco in tavola
6. contenere – tante informazioni sull'Italia

Ascolto

2 Un sogno particolare

CD 2 | 17–18

Simone prima di addormentarsi ripensa alla bella serata passata con i Neumann, ma anche a Dante Alighieri e Galileo Galilei.

@ **1.** Ecco il riassunto del sogno di Simone. Completa il testo con le parole mancanti.

Dante Alighieri cerca la strada per ■. Chiede ■ a Galileo Galilei perché ha paura di perdere di nuovo la ■. Galileo prende in giro Dante, il famoso ■ della *Divina Commedia*, per il suo grande ■. Galileo viene da ■, dove ha lavorato come professore all'■. In quella città lo scienziato ha perfezionato il ■, uno strumento per guardare le ■ inventato in ■. Galileo vuole andare a ■ per fare un ■ con il lampadario nella ■. Nel sogno di Simone, Dante ha fatto un viaggio nel tempo: Dante è nato nel Tredicesimo ■, ma incontra Galileo nel ■, l'anno in cui quest'ultimo è tornato nella sua ■ natale.

perfezionare: *verbessern*
lo strumento: *Instrument*
il lampadario: *(Kron-)Leuchter*

2. Rispondi alle domande.

1. Dov'è nato Galileo Galilei?
2. A chi vuole portare Galileo un documento?
3. A chi ha dedicato Galileo i pianeti scoperti?

In Italia

Galileo Galilei è un famoso scienziato italiano del 1600. Durante il soggiorno a Padova modifica uno strumento inventato in Olanda, il telescopio, e riesce a osservare stelle e pianeti. Scopre così quattro pianeti che appartengono a Giove e li dedica alla famosa famiglia de' Medici, Signori di Firenze.

Laboratorio

3 Le donne e la scienza

MK

SceglIete una di queste famose scienziate italiane, raccogliete informazioni su di lei e preparate un'intervista. Inscenate il dialogo in classe. → **Strategia 6**, *p. 278*

Caterina de' Medici	Artemisia Gentileschi
Margherita Hack	Samantha Cristoforetti

@ 2 differenziato: Code **39300-06**

4 I pronomi oggetto diretto ➜G 6.1

1. Cerca nel testo i pronomi diretti e completa la tabella nel tuo quaderno.

pronomi soggetto	pronomi oggetto diretto
io	■
tu	■
lui/lei/Lei	■
noi	ci
voi	vi
loro	■

2. Quali parole sostituiscono i pronomi? Qual è la posizione del pronome nella frase positiva e negativa? Formula la regola e controlla la grammatica.

3. Nel testo ci sono due esempi di verbo modale più verbo all'infinito con il pronome. Formula la regola per la posizione del pronome e controlla la grammatica.

Pratica

5 A colazione

La famiglia Monti fa colazione e organizza la giornata.

1. Sig.ra Marchetti: Gabriele, compri tu il pane?
   Sig. Monti: Sì, certo, ■ compro io.

2. Sig. Monti: Valerio, chiami i nonni oggi pomeriggio?
   Valerio: Sì, ■ chiamo.

le cuffiette: *Kopfhörer*

3. Sig.ra Marchetti: Simone, ancora quelle cuffiette!
   Simone: Sì, va bene mamma, ■ tolgo.

4. Simone: Mamma, ■ accompagni a scuola in macchina? Ho tante cose da portare per la relazione sull'Italia.
   Sig.ra Marchetti: Sì, va bene, ■ porto e poi vado al lavoro.

5. Sig. Monti: Simone, accendi la radio, per favore?
   Simone: ■ accendo subito, papà.

6. Sig.ra Marchetti: Ragazzi, ■ accompagnate da zia Anna il fine settimana?
   I ragazzi: Oh, no. Questa volta non ■ accompagniamo. Il fine settimana ci incontriamo con Hannah e Ben.

Pratica

6 Simone è un po' nervoso

nervoso, -a: *nervös*
i preparativi: *Vorbereitungen*

Simone deve tenere una relazione sul Bel Paese. In aula, prima di iniziare la sua relazione di geografia, fa gli ultimi preparativi. Formula due risposte secondo il modello.

Modello: Simone: Prof, posso avere il telecomando del proiettore?
Prof: Sì, puoi averlo./Sì, lo puoi avere.

il cavo: *Kabel*

1. Simone: Come posso collegare il computer al proiettore?
   Giacomo: potere – collegare – con questo cavo

2. Simone: Secondo te, riesco a parlare e mandare avanti le schede della PowerPoint?
   Giacomo: potere – io – mandare avanti
3. Simone: Prof, quando devo consegnare i fogli dell'handout?
   Prof: dovere – consegnare – all'inizio
4. Simone: Potete chiudere le serrande, altrimenti non vediamo bene.
   Cecilia: potere – io – chiudere

la serranda: *Rollladen*

Pratica

7 Il gioco ispira

ispirare: *inspirieren*

Durante il gioco Hannah ha imparato delle cose su Federico II, ma vuole saperne di più e guarda in internet. Riscrivi il testo, sostituendo le parole sottolineate con i pronomi oggetto diretto. Attenzione alla giusta posizione del pronome.

Puer Apuliae: *Sohn Apuliens*
statale: *staatlich*
finanziare: *finanzieren*
il falcone: *Falke*
Stupor Mundi: *„Das Staunen der Welt"*
colto: *gebildet*

Federico II di Svevia, nipote del grande Federico Barbarossa, nasce a Jesi nelle Marche. Il *Puer Apuliae*, così salutano l'imperatore al suo arrivo la prima volta in Germania, ama la Puglia e fa costruire lì molti castelli. Ancora oggi possiamo visitare i suoi castelli. Un castello famosissimo è Castel del Monte. Troviamo il castello sulla moneta da un centesimo. Nel 1224 fonda a Napoli la prima università statale. Tante persone scelgono l'università perché è aperta a tutti. Finanzia anche le scuole pubbliche. Anche i poveri frequentano queste scuole. Si interessa molto di letteratura e scienze naturali e scrive addirittura un libro sulla caccia con i falconi, perché ama molto questi uccelli. L'imperatore, detto anche *Stupor Mundi,* non è solo un uomo colto, ma parla anche nove lingue, studia le lingue per comunicare con la gente di tutto il mondo che vive alla sua corte a Palermo.

Scrivere

8 Che cos'è per te l'Italia?

Nella sua relazione Simone presenta il Bel Paese. Ma che cos'è per te l'Italia?

Prepara una mappa concettuale con le tue idee.

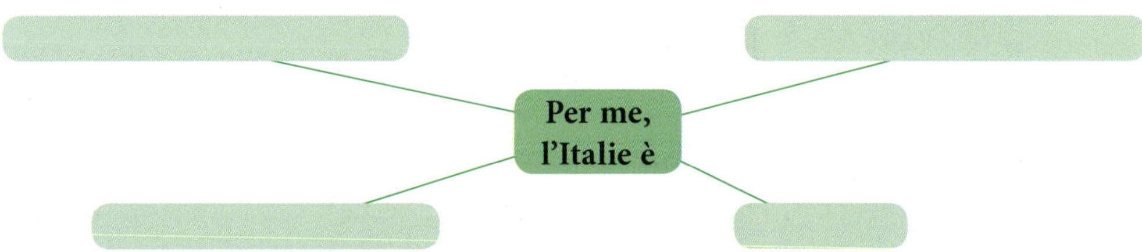

CD 2 | *19–20*

A2 Il Bel Paese – La relazione di Simone

Il Prof: Benissimo, Simone, sei pronto? Su, ragazzi, ascoltatelo e prendete appunti. Non lo dimenticate, mi raccomando!

Simone: Oddio, non mi ricordo più niente.

Giacomo: Dai, Simone, non ti preoccupare.

Cecilia: Su, non vergognarti, sei preparatissimo!

Il Prof: Ecco qui le copie dell'handout. Dalle ai tuoi compagni prima di iniziare.

Simone: L'Italia è una penisola dalla forma di un lungo stivale sul Mar Mediterraneo, che ha tanti nomi diversi a seconda della costa: Mar Ligure, Mar Tirreno, Mar Adriatico, Mar Ionio e Mar di Sicilia e Mar di Sardegna. Ci sono anche due grandi isole, la Sicilia e la Sardegna o altre più piccole, come per esempio: Capri, Ischia, l'isola d'Elba o le Eolie – tutte con spiagge bellissime.

In Italia ci sono due catene montuose, al nord le Alpi, con montagne famose come il Monte Bianco (4810 m), il Monte Rosa (4636 m) e il Monte Cervino (4478 m), e lungo tutto lo stivale la catena degli Appennini con il Gran Sasso (2912 m).

L'Italia ha anche molti vulcani attivi e pericolosi: il Vesuvio e i Campi Flegrei in Campania, l'Etna in Sicilia e Stromboli e Vulcano nelle isole Eolie.

In Italia solo il 20% del territorio è pianeggiante, a nord c'è la Pianura Padana e a sud il Tavoliere delle Puglie.

pianeggiante: *flach, eben*
la Pianura Padana: *Poebene*
il tavoliere: *Tiefebene*

I fiumi italiani importanti sono: il Po, lungo 652 km, l'Arno che passa per Firenze, il Tevere a Roma e il Volturno in Campania.

E non dimentichiamoci i laghi: il Lago di Garda, il Lago Maggiore e il Lago di Como al nord, mentre al centro il Lago Trasimeno e il lago di Bolsena. L'Italia è divisa in 20 regioni, ciascuna con un capoluogo e diverse province.

Il Prof: Simone, per favore, facci un esempio concreto!

Simone: Sì, per esempio la regione Umbria è divisa in due province, una è Perugia, che è anche il capoluogo di regione, e l'altra è Terni.

Prof: Bene, bravo, Simone. Ora dicci qualcosa sulla capitale d'Italia, per favore!

Simone: Sì, la capitale d'Italia è Roma e lì c'è la sede del governo e di molte altre istituzioni importanti anche a livello internazionale. Inoltre a Roma c'è anche lo Stato del Vaticano dove vive il Papa. Grazie per l'attenzione.

Prof: Grazie, Simone. I tuoi appunti! Non dimenticarli sulla cattedra.

Comprensione

9 Le schede della presentazione PowerPoint

Completa le schede della presentazione con le informazioni contenute nel testo.

I mari	I monti	I vulcani	Le pianure	I fiumi e i laghi

10 Il pronome oggetto diretto con l'imperativo dei verbi regolari e irregolari

➜ **G** *6.1.3*

Cerca nel testo le forme dell'imperativo con i pronomi e completa la tabella. Quali differenze noti tra le forme regolari e irregolari dell'imperativo? Dove mettiamo il pronome? Formula la regola e controlla la grammatica.

imperativo positivo		imperativo negativo	
tu	voi	tu	voi

Pratica

11 Dopo la presentazione

@ Formula delle frasi all'imperativo secondo il modello e sostituisci le parti sottolineate con il pronome oggetto diretto.

Modello: Prof: Ragazzi, ora andiamo avanti con la lezione. Prendete i libri!
Prof: prendere – i libri! ➜ Prendeteli!

1. Prof: È troppo buio qui. Potete tirare su le serrande, per favore?
   Alessandro: Giacomo, – tirare su – le serrande
2. Giacomo: È finito il quaderno. Ho bisogno di un foglio.
   Prof: Cecilia, – dare – il foglio – a Giacomo
3. Prof: Mi serve la lavagna. Ragazzi, pulite la lavagna!
   Claudio: Alessandro, – pulire – la lavagna
4. Ragazzi: Prof, ma dobbiamo studiare tutti gli appunti per domani?
   Prof: No, non – preoccupare (voi)
   studiare – gli appunti – per la prossima settimana
5. Prof: Simone, qui ci sono ancora i tuoi appunti.
   Non – dimenticare – gli appunti – sulla cattedra
6. Cecilia: Simone, mancano le fonti! Dire – dove hai trovato il materiale per la tua presentazione!
   Prof: Scrivere – le fonti – alla lavagna

la fonte: *Quelle*

@ 11 differenziato: Code **39300-06**

Ricerca

12 Le regioni d'Italia

MK

Scegli una regione italiana e informati sui seguenti punti:

geografia | città | specialità tipiche | personaggi famosi

Presenta la regione in classe. → **Strategia 7**, *p. 279*

Leggere

13 L'arte vista diversamente

Marta dà questo dépliant informativo a Franziska. L'ultima volta che è stata a Firenze a trovare sua sorella lei ha fatto questo tour in barca sull'Arno.

Una gita in barchetto sull'Arno

Firenze si può ammirare in tanti modi, ma una gita in barchetto sull'Arno vi permetterà di osservare la città da un'angolazione insolita e di godere un panorama unico!

Per una pausa tra un museo e l'altro, una gita in barchetto è una valida alternativa per osservare la città in maniera insolita e magica. La gita a bordo degli antichi barchetti rappresenta un modo originale, ma tranquillo, per apprezzare al meglio la città di Firenze e i suoi palazzi.

L'itinerario tocca le maggiori attrazioni turistiche della città: partendo da **Piazza Mentana**, il barchetto vi condurrà sotto al tradizionale **Ponte Vecchio**, il suggestivo **Ponte Santa Trinita** fino ad arrivare al **Ponte Carraia** in un susseguirsi di chiese e palazzi storici fiorentini.

Un'iniziativa interessante quella dell'**Associazione dei Renaioli** di Firenze, che da maggio a settembre organizza delle gite esclusive su prenotazione.
Ogni giorno, dalle 9 del mattino alle 9 di sera, è possibile prenotare gli antichi barchetti direttamente presso l'Associazione dei Renaioli per un giro della durata di 45 minuti circa.

Per maggiori informazioni su prenotazioni e tariffe, visitate il sito **dell'Associazione dei Renaioli** di Firenze oppure inviare una e-mail a info@renaioli.it o contattare telefonicamente l'associazione al + 39 347 7982 356.
Alcune "visite guidate in barchetto" sono anche all'interno del programma dell'**Estate Fiorentina**.

http://www.firenzeturismo.it/it/informazioni-utili/itinerari-a-firenze/itinerari-a-tema-2/2285-una-gita-in-barchetto-sull-arno.html Eigentum von Città Metropolitana di Firenze-Turismo

permetterà: *3. pers. sg. futuro di permettere*
insolito, -a: *ungewöhnlich*

valido, -a: *hier: gut, stark (gültig, wirksam)*

l'itinerario: *Reiseweg, Weg*
condurrà: *3. pers. sg. futuro di condurre*
suggestivo, -a: *eindrucksvoll, faszinierend*
il susseguirsi: *Aufeinanderfolge, dichte Folge*
Renaioli: *In der ersten Hälfte des 20. Jahrhunderts gewannen die Renaioli mit ihren Booten Sand aus dem Flussbett des Arno.*

1. Che cosa sono i barchetti?
2. In quale periodo dell'anno è possibile fare la gita?
3. Quanto dura la gita?
4. Dove bisogna informarsi per prenotare la gita?

prenotare: *buchen*

B L'imbarazzo della scelta

CD 2 | *21–22*

B1 Dove andremo in gita?

Hannah è arrivata a casa ma non c'è nessuno. Da sola si annoia e allora decide di andare dai suoi vicini, i Crispi.

Nemore: Ciao Hannah! Entra!
Hannah: Ciao Nemore! Grazie! Come va?
Nemore: Grazie, bene! E tu, sei appena tornata da scuola?
Hannah: No, sono tornata a casa da un'ora, ma non c'è nessuno e ho pensato di passare. C'è Ornella?
Nemore: Sì, è in cucina con il resto della famiglia.

Gemma: Ciao Hannah!
La famiglia: Ciao Hannah!
Hannah Ciao a tutti, che bello vedervi!
Ornella: Come stai?
Hannah: Bene, grazie! La tua interrogazione di geografia è pronta?
Ornella: Manca ancora qualcosa … potrai darmi una mano, che ne dici?
Hannah: Mmh … magari ti interrogherò dopo! E la gita?
Ornella: La faremo! Il prof ci ha proposto di andare a Perugia!
Gemma: È lontano?
Salvatore: No, da Roma saranno circa due ore in macchina.
Hannah: Anche noi abbiamo parlato di gite, quella di fine anno!
Neela: Ah, e dove andrete?

Hannah: Dobbiamo ancora decidere! L'altra classe ha già deciso: visiteranno la Toscana. Passeranno tre giorni a Firenze, seguirà Siena, Lucca, San Gimignano e vedranno anche Piazza dei Miracoli a Pisa.

Ornella: Faranno un bel giro! Alla vostra classe quest'idea non piace?

Hannah: No, perché molti sono già stati a Firenze e vogliono vedere qualcosa di nuovo. Enrico ha proposto di andare a Napoli per fare una visita geologica sul Vesuvio. Ci ha raccontato della sua vacanza allo Stromboli e ha detto che vedere un vulcano da vicino è bellissimo … quest'idea è piaciuta a molti … e io mi informerò!

Piazza del Campo a Siena

Piazza dei Miracoli a Pisa

Comprensione

1 Che confusione!

Più tardi Hannah racconta alla sua amica Mia del pranzo con i Crispi. Ma fa una gran confusione! Che cosa è giusto, che cosa è sbagliato? Correggi le sue frasi.

1. Hannah passa dalla famiglia Crispi perché vuole aiutare Ornella.
2. L'interrogazione di Ornella è andata bene.
3. La prof di geografia ha proposto alla classe di Gemma di fare una gita a Pescara.
4. Perugia non è lontana: gli studenti arriveranno lì in due ore circa.
5. La classe di Hannah vuole organizzare la gita di fine anno allo Stromboli.
6. L'altra classe farà un giro delle città toscane.
7. Molti studenti della classe di Hannah preferiscono un'altra meta.
8. Gli studenti non vogliono visitare un vulcano perché Enrico ha parlato male della sua vacanza.

Espressioni utili

Quante possibilità per dire "jemanden oder etwas besuchen"!
La prossima estate visiteremo la Toscana.
Frequento il liceo linguistico.
Frequento un corso di ballo.
Io vado a trovare il mio amico Luca.

il corso di ballo: *Tanzkurs*

Occhio!

visitare + luogo
frequentare + scuola/corso
andare a trovare + persona

Lessico

2 Mettiamo sulla lista …

bucket list: *Liste mit Dingen/Orten, die man bis zu einem gewissen Alter oder bis man stirbt erledigt/gesehen haben möchte*

Dopo pranzo Ornella pensa ai posti che vuole visitare, ma anche alle cose che vuole ancora imparare e così scrive la sua "bucket list". Completa la lista con i verbi **andare a trovare**, **visitare** o **frequentare** al presente.

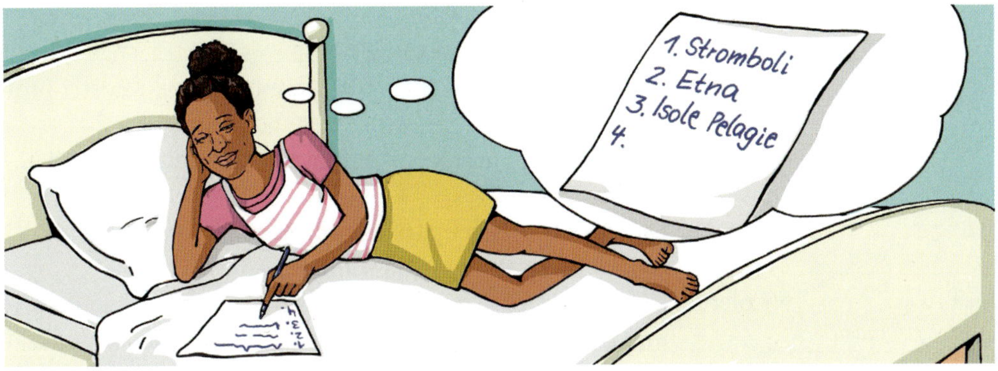

allungarsi: *sich verlängern, zunehmen*

Quanti posti che ancora non conosco! Li voglio ■ tutti! La mia lista si allunga … devo assolutamente ■ lo Stromboli! Dopo i racconti di Hannah è al primo posto! E se vado in Sicilia voglio anche vedere l'Etna! Ecco, il vulcano più alto d'Europa è al secondo posto! Anche se attualmente non sono molto in forma per salire su un vulcano … mhm … però posso ■ un corso in palestra … Alle cinque ■ Carla, lei è così sportiva! Sicuramente mi può dare qualche consiglio! Anzi mi iscrivo nella stessa palestra così ■ i corsi insieme. Mi piacerebbe ■ un corso di hip hop, vediamo cosa dice Carla! Al terzo posto ci sono le Isole Pelagie! Mi piace questa parte del Mar Mediterraneo tra l'Italia e l'Africa … e poi al quarto posto c'è … oh no, ma sono già le 3?! È tardissimo, devo finire di preparare l'interrogazione altrimenti non posso ■ Carla! Mi devo sbrigare …

Parlare

3 E la vostra "bucket list"?

Quali posti sono sulla tua "bucket list"? E per quale motivo? Fai un'intervista a tre compagni e poi presenta il risultato in classe.

Nome	"Bucket list"	Perché?
■	■	■
■	■	■
■	■	■

4 Il futuro semplice ➜ G 6.2

1. Hannah e la famiglia Crispi usano molti verbi al futuro. Cerca tutti i verbi al futuro e scrivi nel quaderno tutte le coniugazioni.
2. Come si forma il futuro dei verbi in **-are**, **-ere** ed **-ire**? Formula la regola.

Pratica

5 La gita scolastica

Hannah chiacchiera con una compagna dell'altra classe. Completa le frasi con i verbi al futuro.

Hannah: La tua classe ■ (organizzare) una gita di fine anno, giusto?
Nicoletta: Sì, siamo molto contenti!
Hannah: Ma ■ (preparare) tutto voi?
Nicoletta: No, purtroppo non ■ (potere) fare tutto noi, i nostri prof ci ■ (aiutare).
Hannah: Ah bene! Quanti professori vi ■ (accompagnare)?
Nicoletta: A dire il vero: non lo so! ■ (dovere) chiedere agli altri … proprio non mi ricordo!
Hannah: Dai, non ti preoccupare! Sicuramente ■ (essere) almeno in due! È sempre così! Il programma è già pronto?
Nicoletta: Non del tutto! Sappiamo che il programma della gita ■ (essere) legato ad una materia scolastica, ma non sappiamo ancora quale.
Hannah: Non è male! Ma non ■ (dovere) preparare anche una presentazione per la gita?
Nicoletta: Oddio, speriamo di no! Io preferisco preparare una festa per guardare insieme le foto e i video della gita quando ■ (ritornare) a casa!

legato a qc.: *an etw. gebunden*

Parlare

6 Che cosa farai durante le prossime vacanze?

@ Lavora con il tuo partner e inventate insieme una storia. Partner A inizia con una frase e usa due verbi al futuro. Partner B continua usando l'ultimo verbo al futuro di partner A e aggiungendo un altro verbo al futuro. Poi continua partner A.

Modello:
Partner A: Passerò le prossime vacanze con la mia famiglia e andremo in Italia.
Partner B: Mia madre andrà sicuramente a fare shopping e sarà molto contenta.
Partner A: …

E adesso continuate!

CD 2 | *23–24*

B2 Quante attività che si possono fare a Napoli!

Hannah è entusiasta! Ha passato tutta la serata a leggere varie pagine in internet per informarsi bene sulla città di Napoli. Ha trovato quest'articolo su un blog di viaggi e lo manda subito alla sua amica Mia.

@ 6 differenziato: Code **39300-06**

Vuoi conoscere una città speciale? Allora Napoli è la città che fa per te! Non immagini neanche quante cose si possono fare! Le possibilità che offre la città partenopea sono eccezionali! (Piccola informazione per gli amanti di storia tra di voi: secondo una leggenda, la sirena Partenope ha fondato la città di Napoli – così "partenopeo" è un sinonimo di "napoletano".)

la sirena: *Sirene, weibl. Fabelwesen der griechischen Mythologie*

Per visitare Napoli prendetevi un bel po' di tempo! Secondo me, un weekend non sarà sufficiente, personalmente vi consiglio un soggiorno di almeno cinque giorni!

E adesso vi starete sicuramente chiedendo perché? Che cosa c'è da vedere? E che cosa si può fare? Bene, vi ho incuriosito? Cominciamo!

Si può iniziare con "Spaccanapoli" la strada che taglia la città in due! In questa strada si trova tutta Napoli: si incontrano i veri napoletani e tanti turisti, si vedono palazzi tipici, tante chiese (come la Basilica di San Francesco di Paola) e si assaggia la cucina napoletana. Poi bisogna assolutamente fare una passeggiata in Piazza Plebiscito e visitare il Palazzo Reale. E non possiamo dimenticarci della Napoli che si nasconde sotto terra. Ci sono delle stazioni della metro che sembrano un museo! Stanchi dopo tanto camminare? A Napoli ci si riposa con un buon caffè.

Ovviamente chi va a Napoli deve assolutamente mangiare la pizza! Magari riuscite ad andare al *Napoli Pizza Village*? È una festa bellissima, anzi buonissima! 😋 Si tratta di una festa della pizza che si fa ogni anno a Napoli. Si possono fare dei corsi di cucina e imparare a fare la classica pizza napoletana. Oppure si osservano i pizzaioli che cercano di vincere il campionato mondiale! Che fame! … Che ne dite? Siete pronti? Allora … si parte!

il pizzaiolo: *Pizzabäcker*

Comprensione

7 Dove andare?

Abbina le immagini ai posti e agli eventi che Hannah ha nominato nel testo.

Ricerca

8 Mi interessa perché ...

MK

Tra le immagini dell'esercizio a pagina 121 qual è quella che ti interessa di più e perché? Scegli quella che preferisci e informati in internet. Poi racconta tutto al tuo compagno/alla tua compagna di banco. Trova almeno cinque informazioni sull'immagine.

Lessico

9 Parole, parole, parole

Nell'articolo su Napoli trovi dei sinonimi e contrari di alcune parole qui elencate. Rileggi il testo e trova le parole.

- un sinonimo di "mangiare un po'"
- un sinonimo di "fare un giro"
- un contrario di "ricordarsi"
- un sinonimo di "fine settimana"
- un sinonimo di "particolare"
- un sinonimo di "abbastanza"

Scrivere

10 A parole mie

Rileggi l'articolo e riassumilo con le tue parole. Usa anche i sinonimi e i contrari dell'esercizio precedente.

11 Il si impersonale ➜G *6.3*

Hannah ha raccolto molte informazioni su Napoli. Adesso vuole preparare una lista con tutti i punti importanti per mostrarli ai suoi compagni di classe.

1. Cerca nel testo, che Hannah ha inviato a Mia, tutte le cose che si possono fare a Napoli e che sono introdotte con la costruzione "si + verbo".
2. A che cosa bisogna fare attenzione con la costruzione "si +verbo"?
3. Cerca nel testo la forma del **si impersonale** con un verbo riflessivo. Come si forma il **si impersonale** con i verbi riflessivi? Formula la regola.

Pratica

12 Da fare assolutamente!

1. Per scoprire una città o regione sconosciuta si fa un giro nel centro storico e si assaggiano le specialità! E poi?

Usa la costruzione del si impersonale e forma delle frasi con questi verbi:

leggere una guida | informarsi nei blog di viaggio | visitare i musei | passeggiare in centro | comprarsi dei souvenir | fare shopping | chiedere informazioni alle persone del posto | scoprire la città con una caccia al tesoro online o geocaching | girare in bici | fare un corso di cucina | riposarsi in un bar | scrivere una cartolina

geocaching: *GPS-Schnitzeljagd, bei der anhand geographischer Koordinaten bestimmte Orte gefunden werden müssen*

2. Che cosa si deve assolutamente fare quando si visita un posto nuovo? Prepara la tua classifica con le dieci cose da vedere o fare e paragonala con quella del tuo compagno/della tua compagna. Insieme decidete le "Top 5" da fare!

Leggere **13 Due curiosità di Napoli**

@ **Il caffè sospeso**

Storia del caffè sospeso
L'usanza del "caffè sospeso" inizia durante la Seconda Guerra Mondiale, quando, in tempi molto difficili, la gente era solita pagare due tazze di caffè: una per se stessa ed una per chi non poteva permetterselo. Alla domanda: "Vuole un caffè, signore?", la gente era solita rispondere con gioia e felicità. [...]

Il caffè sospeso oggi
È per questo motivo che oggigiorno questa tradizione si è diffusa, non solo a Napoli, ma anche in Italia e nel resto del mondo. Nel 2010, infatti, il Caffè Gambrinus, in occasione dei festeggiamenti per i 150 anni di attività, ha voluto riprendere questo atto di gentilezza, in modo da riportare alla luce una delle tradizioni più importanti della cultura partenopea. Anche lo scrittore e filosofo napoletano Luciano De Crescenzo [...] ha scritto: "Quando qualcuno è felice a Napoli, paga due caffè: uno per se stesso, ed un altro per qualcun altro. È come offrire un caffè al resto del mondo." [...]

https://www.visitnaples.eu/napoletanita/sapori-di-napoli/la-tradizione-del-caffe-sospeso-a-napoli-fatti-e-curiosita

Pulcinella

La maschera di Pulcinella nasce nel '500 con la Commedia dell'Arte e da allora, insieme a quella di Arlecchino, è una delle maschere più amate del Carnevale.

Pulcinella è pigro, ironico, opportunista [...] e chiacchierone [...]. È sempre alla ricerca di cibo perché ama mangiare. Per un piatto di maccheroni è disposto a tutto: rubare, mentire, imbrogliare e prendere bastonate. [...]

Il colore del suo costume – pantaloni e un'ampia camicia – è bianco, con una maschera nera dal naso lungo [...] e un berretto bianco di stoffa. [...]

il berretto: *Mütze*

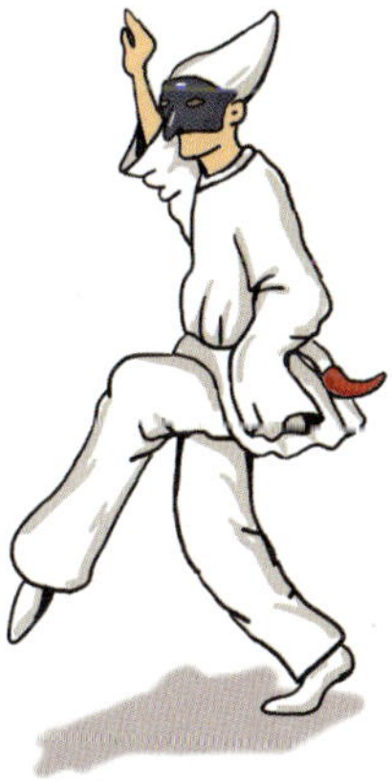

https://www.filastrocche.it/feste/pulcinella/

Con le informazioni tratte dal testo completa le frasi.

Il caffè sospeso
1. Il caffè sospeso nasce ...
2. Invece di pagare una tazza di caffè si ...
3. La persona che prende il caffè sospeso si sente ...
4. Nel 2010 ...
5. Questo non c'è solo a Napoli ma ...
6. A Napoli la gente offre un caffè sospeso quando si ...

Pulcinella
1. Pulcinella nasce ...
2. Come Arlecchino è una maschera della ...
3. Pulcinella non ama ...
4. Parla ...
5. Ha sempre fame e ...
6. Pulcinella indossa ...

@ 13 differenziato: Code **39300-06**

Laboratorio

14 Altre cose da scoprire

MK

Fate una ricerca in internet sulle seguenti curiosità di Napoli. Preparate un poster e presentate in classe i risultati della vostra ricerca.

La pizza Margherita

La Smorfia napoletana

Via San Gregorio Armeno

CD 2 | *25*

B3 Che ne dite di andare al Nord?

Hannah: Ragazzi, secondo me, Napoli è una bellissima idea, mangeremo la migliore pizza di questo mondo!

Luca: Hai ragione … però io ho un'altra idea: che cosa ne pensate del nord Italia? Torino: la prima capitale d'Italia!

Hannah: La prima capitale d'Italia?

Luca: Sì, dal 1861 al 1865. E se andiamo a Torino potremo andare al *Cioccolatò* – il Festival del cioccolato! Un evento da consigliare a tutti!

Mia: Questa sì che è un'idea! Luca continua …
Fabrizio: Ma ragazzi, ci sono anche altri festival!
Hannah: Però, Fabrizio ha ragione, abbiamo tante possibilità! Se ci informiamo bene, scopriremo sicuramente altri posti da visitare.
Mia: Esatto! Ed io ho una proposta: Sanremo – la città dei fiori – e il teatro Ariston …
Luca: E magari vuoi anche andare al Festival di Sanremo?!
Mia: Scusa, perché no?
Luca: Ma perché il festival è noioso, è da vecchi …
Mia: Ma cosa stai dicendo! Molti dei cantanti attuali sono stati a Sanremo e hanno anche vinto! Emma nel 2012, Marco Mengoni nel 2013, Arisa nel 2014 …
Luca: Va bene ho capito, tu e il Festival avete …
Mia: *Una lunga storia d'amore …*
Fabrizio: Wow, ma conosci anche le canzoni di una volta!
Mia: Allora, tutti d'accordo? Andiamo a Sanremo?
Luca: Andremo a Sanremo se non canti più!
Mia: Ma sei sempre il solito!
Luca: Su, scherzo!

Emma vince il Festival della canzone italiana di Sanremo nel 2012

Comprensione

15 Chi, cosa e perché?

1. Fabrizio riflette su quello che hanno detto i suoi compagni di classe. Vuole proporre una soluzione, ma prima deve capire chi e che cosa fare, e soprattutto perché. Completa lo schema con le informazioni della conversazione.

Hannah	Luca	Mia
vuole/propone di: perché:	vuole/propone di: perché:	vuole/propone di: perché:

2. Quale proposta farà Fabrizio ai suoi compagni? Formate dei gruppi e decidete una meta, poi proponetela alla classe.

16 Il periodo ipotetico (I) ➔ G 6.4

Hannah e i suoi compagni di classe usano queste frasi:

1. Se andiamo a Torino, potremo andare al *Cioccolatò*.
2. Se ci informiamo bene, scopriremo sicuramente altri posti da visitare.
3. Andremo a Sanremo se non canti più!

1. Che cosa esprimono queste frasi? Di quale costruzione si tratta?

2. Quali tempi verbali si usano nella frase principale e nella frase introdotta da "se"?

@ 15 differenziato: Code **39300-06**

Pratica

17 Torino o Sanremo?

Hannah prepara una lista per la classe. Chi potrà fare qualcosa? Leggi le informazioni su Torino e Sanremo e forma delle frasi. Usa il periodo ipotetico I.

Modello: Se andiamo a Sanremo, potrò … Se andiamo a Torino, tutti visiteranno …

Torino
- per tutti: conoscere la prima capitale d'Italia
- per gli sportivi: visitare lo stadio della Juventus
- per me: vedere la Sindone
- per tutti: salire sulla Mole Antonelliana e ammirare la vista
- per Mia: andare al Festival *Cioccolatò*
- per Luca e Fabrizio: visitare il famoso Museo del Cinema

Sanremo
- per me: visitare "La Pigna" – la città vecchia di Sanremo
- per Mia: potere andare al teatro Ariston
- per i romantici tra di noi: fare una passeggiata sul lungomare
- per tutti: vedere il Porto Vecchio
- per chi si interessa di storia: visitare la Chiesa russa di Cristo Salvatore

i romantici: *Romantiker*
il lungomare: *Strandpromenade*
il porto: *Hafen*

Parlare

18 Se scegli tu, cosa farai?

Lavora con il tuo partner. Partner A domanda, Partner B risponde. E poi scambiate i ruoli. Usate il periodo ipotetico! Aiutatevi con le seguenti parole.

museo, chiesa, bar, porto, le specialità del posto, ostello della gioventù, negozio, …	mangiare, riposare, dormire, leggere, ascoltare, fare una passeggiata, comprare, …

Modello:
Partner A: Che cosa farai se al museo fa troppo caldo?
Partner B: Se al museo fa troppo caldo, andrò in piazza e mangerò un gelato.

Laboratorio

19 Torino o Sanremo?

MK

Quale di queste due città ti incuriosisce di più? Scegline una e prepara una pubblicità per i tuoi compagni.

Ascolto

20 Il Festival della canzone italiana

CD 2 | *26*

A Mia piace molto la musica e sa che il Festival di Sanremo è un bel festival! Ma deve anche convincere Luca. Cercando delle informazioni, trova questo podcast.

1. Ascolta il testo e completa le frasi.

1. La prima edizione del Festival di Sanremo è stata nel …
2. Il vero nome del Festival è …
3. "Nel blu dipinto di blu" è il vero titolo della canzone conosciuta con il nome …
4. "Occidentali's Karma" è del …
5. Con questa canzone Francesco Gabbani ha …
6. Nilla Pizzi è stata la prima cantante a …

2. Secondo te, queste informazioni possono convincere Luca? Perché sì? Perché no?

Mediazione

21 La musica classica per tutti

A Hannah piace anche la musica classica. Racconta a Mia di un progetto dei *Berliner Philharmoniker*. Riassumi l'articolo.

In jedem steckt Musik

Das Education-Programm soll uns daran erinnern,
dass Musik kein Luxus ist, sondern ein Grundbedürfnis.
Sir Simon Rattle

Die Berliner Philharmoniker und Sir Simon Rattle waren auf dem Gebiet der Education-Arbeit Pioniere. Von Anfang an wollten sie vermitteln, dass Musik ganzheitlich ist, denn sie spricht gleichermaßen Seele, Körper und Geist an. Und, was besonders durch die Education-Arbeit sichtbar wird: Musik ist Motor für Weiterentwicklung und Wandel. Sie fördert Aktivität, Mitgestaltung und Kreativität, Begegnung und Austausch, die Überwindung von Hemmschwellen und Berührungsängsten. In den vergangenen zehn Jahren haben über 3.000 Menschen im Alter von 3 bis 73 Jahren aktiv an Education-Projekten der Berliner Philharmoniker teilgenommen, und die Ergebnisse wurden vor über 200.000 Zuschauern präsentiert. (...)

Wie begann alles?

Es war der Beginn einer neuen Zeit für das Selbstverständnis des Orchesters, als Sir Simon Rattle im Jahr 2002 Chefdirigent der Berliner Philharmoniker wurde. Denn er brachte aus seiner englischen Heimat eine neue Sichtweise auf die Aufgaben und Funktionen dieses Klangkörpers mit: die Herausforderung, sich einer sozialen Verantwortung zu stellen und durchlässig für alle sozialen Schichten zu werden. (...)

„Rhythm is it!" – Und die Folgen?

Die erste Saison mit Sir Simon Rattle markierte den Aufbruch in eine neue Ära, in der die Berliner Philharmoniker ihre Arbeit und ihre Musik in die gesellschaftlichen Räume außerhalb des Konzertsaals tragen. Und der erste Schritt auf diesem Weg wurde im Februar 2003 gesetzt, mit einer Bühnenproduktion von Igor Strawinskys *Le Sacre du Printemps*. In der Arena, einem alten Busbahnhof in Treptow, wurde über sechs Wochen hinweg mit 250 Kindern und Jugendlichen aus 25 Nationen – zumeist aus sogenannten Problemschulen – die Aufführung dieses Balletts geprobt, unter der Anleitung des Choreografen und Tanzpädagogen Royston Maldoom.

Große Bekanntheit, ja eine immense Resonanz erlangte diese Produktion nicht zuletzt deshalb, weil sie in dem Dokumentarfilm *Rhythm Is It!* festgehalten wurde. Der Film zeigt eine beeindruckende Entwicklung der jungen Menschen, die aus dem Projektprozess, den Schwierigkeiten, der Selbstüberwindung und den wachsenden Erfolgen immer mehr Selbstbewusstsein ziehen und als Persönlichkeit reifen. Er zeigt aber auch das Chaos der Proben, den unmotivierten Beginn der Jugendlichen und die Interventionen der besorgten Lehrer, die fürchteten, ihre Schüler würden von Maldoom überfordert. Ende und großer Höhepunkt des Films ist schließlich der umjubelte Auftritt in der Arena Berlin. (...)

https://www.berliner-philharmoniker.de/education/10-fragen/ *Andrea Tober*

Competenze 2

MK Progettare una gita di classe

In classe volete organizzare un viaggio studio, avete tre giorni a disposizione. L'idea è di andare a Verona o a Ravenna. Lavorate in due gruppi: il gruppo A progetta il viaggio a Verona, il gruppo B progetta il viaggio a Ravenna. Informatevi sui seguenti punti: 1. come andarci, 2. dove pernottare, 3. che cosa fare/visitare.
Lavorate in gruppetti da tre o quattro studenti. Decidete chi è responsabile di che cosa.

Gruppo A: VERONA

Gruppetto 1: Come andare a Verona?
- Per il viaggio informatevi sui mezzi di trasporto che potete prendere (aereo, treno, pullman, altro mezzo?).
- Presentate gli orari (ora e punto di partenza, dove cambiare?). Dite quanto tempo dura il viaggio e quanto costa.
- Cercate su una pianta della città dove sono l'aeroporto e la stazione.
- Discutete le vostre proposte nel vostro gruppo.

Piazza Bra a Verona

Gruppetto 2: Dove pernottare a Verona?
- Scegliete un albergo adatto in internet e presentate le informazioni sugli alberghi.
- Cercate su una pianta della città dove si trovano gli alberghi e dite se ci sono mezzi di trasporto nelle vicinanze per andare in centro.
- Discutete le vostre proposte nel vostro gruppo.

Gruppetto 3: Che cosa fare/visitare a Verona?
- Informatevi in internet su quello che potete fare a Verona e presentate le informazioni sui luoghi d'interesse (Che cos'è? Come andarci? Quando andarci? Quanto costa?).
- Discutete con il vostro gruppo le vostre proposte. Decidete quale proposta volete presentare alla classe.
- Presentate il vostro viaggio al gruppo B.

Modello:
Hotel Siena; categoria: *; prezzo: 90 Euro la camera singola
indirizzo: Via G. Marconi, 41, nel centro di Verona
caratteristiche dell'hotel: colazione a buffet gratuita, connessione wireless a internet gratuita, reception aperta 24/24

Gruppo B: RAVENNA

Gruppetto 1: Come andare a Ravenna?

- Per il viaggio informatevi sui mezzi di trasporto che potete prendere (aereo, treno, pullman, altro mezzo?).
- Presentate gli orari (ora e punto di partenza, dove cambiare?). Dite quanto tempo dura il viaggio e quanto costa.
- Cercate su una pianta della città dove sono l'aeroporto e la stazione.
- Discutete le vostre proposte nel vostro gruppo.

Piazza del Popolo a Ravenna

Gruppetto 2: Dove pernottare a Ravenna?

- Scegliete un albergo adatto in internet e presentate le informazioni sugli alberghi.
- Cercate su una pianta della città dove si trovano e dite se ci sono mezzi di trasporto nelle vicinanze per andare in centro.
- Discutete le vostre proposte in gruppo.

Gruppetto 3: Che cosa fare/visitare a Ravenna?

- Informatevi in internet su quello che potete fare a Ravenna e presentate le informazioni sui luoghi d'interesse (Che cos'è? Come andarci? Quando andarci? Quanto costa?).
- Discutete con il vostro gruppo le vostre proposte. Decidete quale proposta volete presentare alla classe.
- Presentate il vostro viaggio al gruppo A.

Dopo le presentazioni di gruppo A e B decidete dove volete andare.

Alcune espressioni utili per preparare il viaggio in classe

Come arriviamo a …? Dove arriviamo esattamente?
Quali mezzi di trasporto ci sono?
Quanto tempo ci vuole per viaggiare da … (luogo di partenza) a …?
Dove si trovano gli alberghi? Dove sono i luoghi di interesse?

Possiamo andare a …/ visitare ...
… è un museo, una chiesa, un castello, una galleria, un centro commerciale/artistico
… è famoso/famosa per …
… è conosciuto/ conosciuta per …

L'albergo è comodo/semplice, caro/economico, tranquillo/ rumoroso, in centro/in periferia

… è una città grande/media/ piccola, d'arte/industriale, moderna/antica/provinciale.

Secondo me quest'idea è … ☺
stupendo/stupenda
meraviglioso/meravigliosa
splendido/splendida
magnifico/magnifica
eccitante

Secondo me quest'idea è … ☹
brutto/brutta
orrendo/orrenda
orribile
modesto/modesta
noioso/noiosa

7 In viaggio

Ingresso

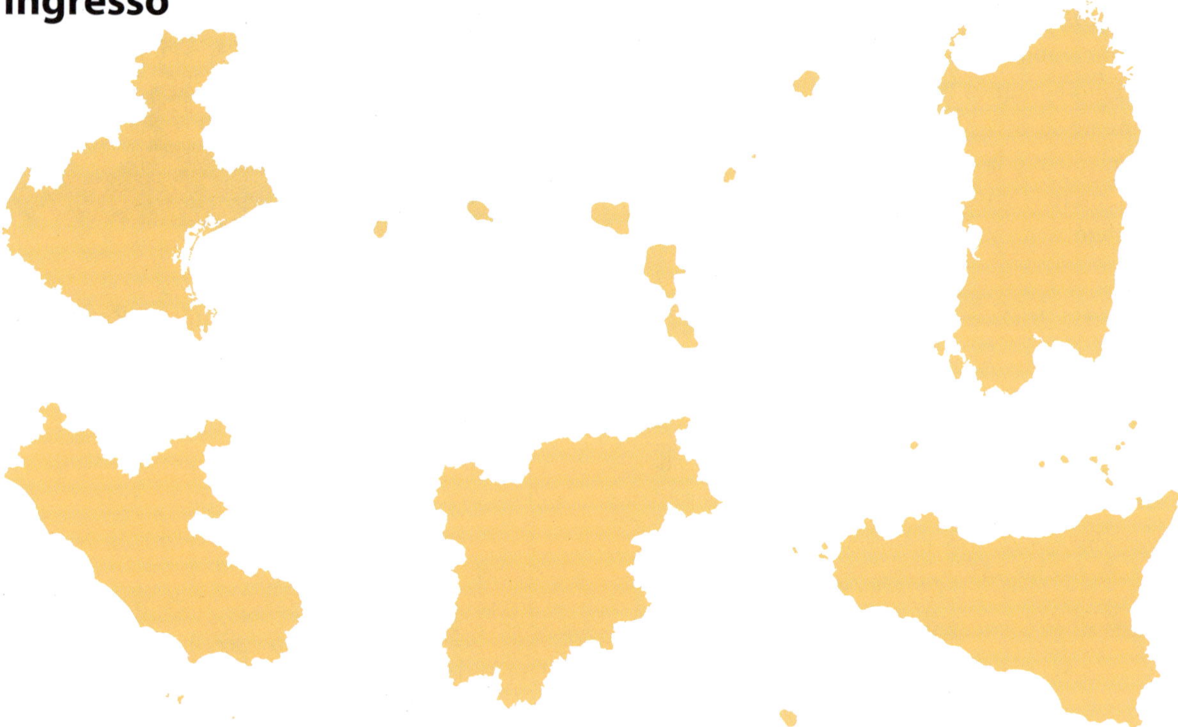

1 Dove siamo?

Come si chiamano queste regioni o isole? Scegli la risposta giusta.

1. 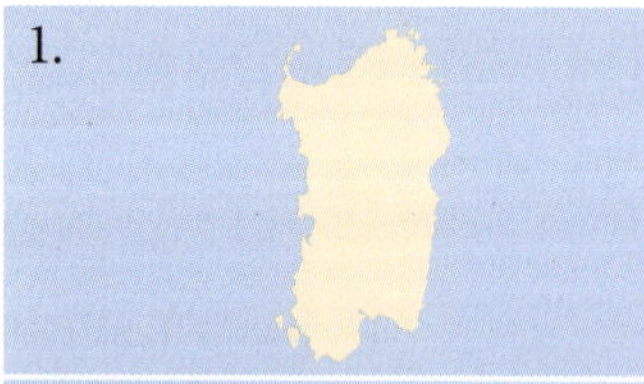	2. 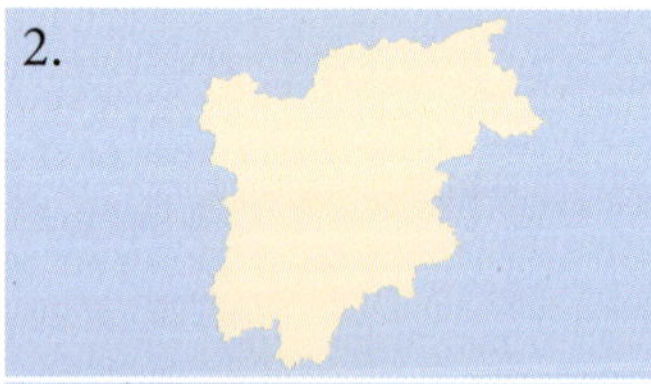	3. 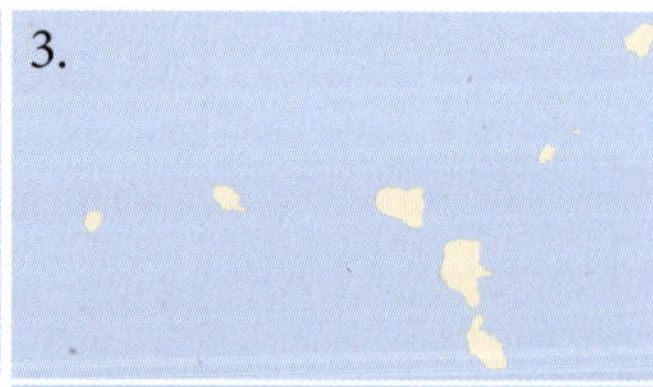
a. Sicilia b. Sardegna c. Capri	a. Valle d'Aosta b. Veneto c. Trentino-Alto Adige	a. Elba b. Isole Eolie c. Isole Tremiti
4. 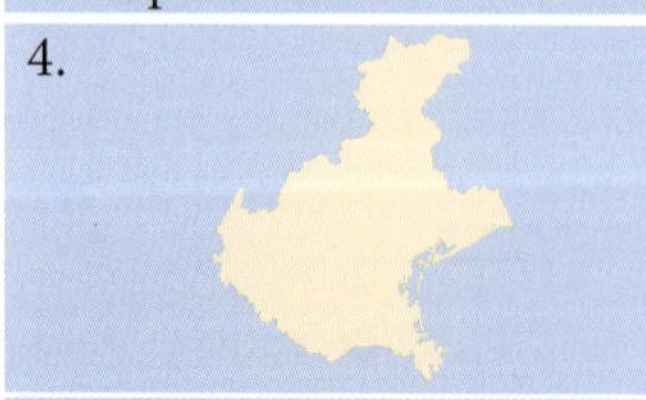	5. 	6. 
a. Veneto b. Friuli-Venezia Giulia c. Liguria	a. Procida b. Lampedusa c. Sicilia	a. Toscana b. Lazio c. Ischia

2 Impressioni d'Italia

Abbina le foto e i nomi alle regioni e alle isole di E1.

Le Dolomiti | Il Lido di Ostia | Lo Stromboli | Piazza San Marco a Venezia | La Valle dei Templi | I nuraghi - tipiche costruzioni in pietra

3 Un'app di viaggio

MK Scegli una delle mete. Fai una ricerca in internet e scrivi un breve testo per un'app di viaggio. Gli utenti dell'app hanno bisogno delle seguenti informazioni:

- Come arrivare? (treno/aereo/traghetto/macchina)
- Dove pernottare? (albergo/ostello della gioventù/campeggio)
- Cosa vedere? (monumenti/musei/siti archeologici/natura)

! Am Ende dieser Lektion kannst du
- in einem Hotel einchecken.
- Informationen zu Städten verstehen.
- über Urlaubsziele diskutieren.
- dich in typischen Situationen im Urlaub zurechtfinden.

A Venezia – la città della laguna

CD 2|27–28 A1 Una notte a Venezia

Durante le vacanze i Neumann fanno un giro attraverso l'Italia. Hanno cominciato il loro viaggio a Perugia, sono andati a Firenze e Bologna per poi arrivare a Venezia dove visiteranno attrazioni turistiche importanti come il Ponte di Rialto, Palazzo Ducale o Piazza San Marco. Naturalmente vogliono anche prendere il vaporetto e fare un giro sul Canal Grande. Gli piace questa città. Ma prima devono fare il check-in nell'albergo in cui hanno prenotato una camera. Purtroppo però li aspetta una brutta sorpresa: un problema con la prenotazione. Non ci sono più camere libere. E adesso? Trovare una camera libera a Venezia senza prenotazione è quasi impossibile … soprattutto durante l'alta stagione. Decidono così di provare in un ostello.

Sig. Neumann: Buongiorno signora. Abbiamo un piccolo problema. Stiamo cercando una camera libera, ma non abbiamo prenotato. Può aiutarci?
La receptionist: Buongiorno e benvenuti. Non c'è problema, abbiamo ancora delle camere libere che vi posso offrire.
Sig. Neumann: Meno male! Che fortuna!
Receptionist: Allora abbiamo una camera per quattro o due doppie.
Ben: Ah, per me va bene anche una per quattro.
Hannah: Ma no! Signora, ci dia due doppie, per favore!
Receptionist: Volentieri!
Sig. Neumann: Allora prendiamo le due doppie.
Receptionist: Va bene. Mi riempia questo modulo, per favore.
Sig. Neumann: Certo.
Receptionist: Nel frattempo dovrei controllare i vostri passaporti.
Sig. Neumann: Ah, Franziska, per favore, dammi i passaporti. Sono nella tua borsa. … Ecco a Lei.
Hannah: Scusi, si può fare anche colazione qui la mattina?
Receptionist: Sì, la colazione è dalle 7 alle 10 nella sala qui a destra.
Ben: E c'è la televisione in camera?
Receptionist: No, mi dispiace. Ma c'è il Wi-Fi. Se vuoi posso darti il codice d'accesso.
Ben: Sì, grazie.
Sig. Neumann: Ecco a Lei il modulo.
Receptionist: Grazie signor Neumann. Le do la chiave. La camera è la 311. È al terzo piano. Ragazzi, questa invece è la vostra chiave. A chi la do, al ragazzo?
Hannah: No! Non gli dia questa responsabilità. La prendo io.
Ben: Che spiritosa!
Receptionist: Hahaha! Vi auguro una buona permanenza e buona giornata.
Sig. Neumann: Grazie, buona giornata anche a Lei.

Comprensione

1 Finalmente arrivati

Metti le seguenti parole nell'ordine in cui sono utilizzate nel dialogo e poi usale per riassumere il testo.

problema | passaporto | viaggiare | doppia | chiave | cercare | permanenza | colazione | visitare | Wi-Fi

Lessico

2 Come fare il check-in?

Fai una mappa concettuale con tutti i vocaboli necessari per fare il check-in. Usa anche un dizionario.

l'albergo ← fare il check-in

Parlare

3 C'è una camera libera?

@ Volete fare il check-in in un albergo o un ostello. Preparate un dialogo e presentatelo ai vostri compagni di classe. Il testo e la mappa concettuale possono aiutarvi.

4 I pronomi oggetto diretto e indiretto ➜ G 7.1

1. Spiega la differenza fra il complemento oggetto diretto e indiretto. Cerca anche esempi nel testo.

2. Nella sesta lezione hai già incontrato i pronomi atoni diretti. Completa la tabella.

	pronomi atoni diretti
io	■
tu	■
…	■

3. Nel testo ci sono anche le forme dei pronomi atoni indiretti. Cercale e completa la tabella.

	pronomi atoni indiretti
io	■
tu	■
…	■

4. Qual è la posizione dei pronomi atoni indiretti e qual è la loro posizione con i verbi all'imperativo o con i modali seguiti dall'infinito? Confronta i pronomi atoni indiretti con quelli diretti.

Pratica

5 Quante domande …

Prima di andare a visitare la città, Hannah parla con la receptionist e le fa molte domande. Completa con i pronomi atoni indiretti.

Hannah: Scusi, può aiutarmi? Ho alcune domande.
Receptionist: Ma sì, certo. Ti aiuto volentieri. Che cosa vuoi sapere?
Hannah: ■ può dire qual è, per i turisti, l'attrazione più famosa di Venezia?
Receptionist: ■ dispiace, ma non lo so. I turisti le amano tutte.

@ 3 differenziato: Code **39300-07**

Hannah: Hmm, … un'altra domanda: a mio fratello piacciono molto gli animali, la natura ecc. Che cosa può consigliar■ di visitare qui in città?
Receptionist: Io ■ consiglio di visitare il Museo di Storia Naturale. È molto interessante. Se vuoi, ■ do un dépliant. ■ piace molto questo museo.
Hannah: Oh, La ringrazio. E … posso chieder■ un'ultima cosa?
Receptionist: Ma sì, certo. ■ rispondo volentieri.
Hannah: Ho letto che qui a Venezia c'è spesso l'"acqua alta". Che cos'è esattamente?
Receptionist: Oh. L'acqua alta è un problema molto serio di Venezia. ■ do anche un dépliant con le informazioni. Eccolo! Devi mostrarlo anche ai tuoi genitori. È veramente un grande problema.

Leggere

6 Acqua alta a Venezia

La receptionist ha dato ad Hannah un foglio informativo che spiega il fenomeno dell'acqua alta a Venezia. Leggi e rispondi alle domande. Usa un dizionario.

L'acqua alta, fenomeno a cui i veneziani sono da sempre abituati, non è altro che un picco di alta marea che interessa la città solitamente in autunno e in inverno, con maggiore probabilità tra novembre e dicembre.
L'acqua alta a Venezia segue dunque il ciclo della marea, che per sei ore cresce e nelle successive sei cala: nei giorni in cui c'è acqua alta, questa dura solo per le ore centrali della fase crescente. Quando in città si prevede un picco di alta marea eccezionale – il fenomeno dell'acqua alta – la popolazione è allertata da avvisi acustici grazie al servizio informativo del Centro Maree della Città di Venezia. Solitamente l'acqua alta permane a Venezia per circa tre–quattro ore, durante questo tempo la città è sempre percorribile grazie ai percorsi pedonali su passerelle. Una volta sceso il livello dell'acqua, la città ritorna alla sua normalità.
da: http://www.veneziaunica.it/it/content/l'acqua-alta

il picco: *Spitzenwert, Höchststand*
la marea: *Gezeiten, Tide*
l'alta marea: *Flut, Hochwasser*
la bassa marea: *Ebbe*
l'avviso: *Warnung; Hinweis*
crescente: *ansteigend*
permanere: *bleiben*
percorribile: *begehbar*
la passerella: *Steg, Laufsteg*

1. Completa con la frase giusta.

1. Per i veneziani l'acqua alta è a. una cosa che non conoscono. b. una cosa normale. c. una catastrofe.	2. Normalmente c'è l'acqua alta a. in inverno. b. ogni settimana. c. tre o quattro volte in estate.
3. L'acqua alta a. segue il ciclo della marea. b. dura spesso sei ore. c. dura sempre 12 ore.	4. Quando c'è l'acqua alta il Centro Maree della Città di Venezia a. salva i turisti. b. chiude tutti i negozi. c. informa i veneziani.

2. Vero o falso? Spiega perché è vero e correggi le frasi sbagliate.

1. Normalmente l'acqua alta dura due o tre giorni.
2. Si può andare dappertutto quando c'è l'acqua alta.
3. Una settimana dopo la fine dell'acqua alta ci sono ancora problemi.

Ricerca

MK

7 I musei di Venezia

Hannah e Ben vanno al museo di Storia Naturale, ma ci sono anche tanti altri musei a Venezia. Formate dei gruppi e fate una ricerca in internet sui musei di Venezia, per esempio: Collezione Peggy Guggenheim, Ca' Rezzonico, Museo del Vetro (Murano), Museo del Merletto (Burano).

Dov'è? Che cosa c'è? Quanto si paga per entrare? ecc.

Presentateli.

Collezione Peggy Guggenheim

Ca' Rezzonico

CD 2 | 29–34

A2 Un giro a Venezia

Prima di partire in vacanza Ben ha trovato un'app per il suo smartphone, la *Veneziapp.* È una guida virtuale che offre molte possibilità per scegliere percorsi tematici. Naturalmente Ben non vede l'ora di provarla. Dopo una piccola pausa nell'ostello, i Neumann iniziano il loro giro a Venezia con la *Veneziapp.* Per cominciare scelgono delle informazioni di base.

Ponte di Rialto

Ognuno ha sentito parlare di questo famosissimo ponte di Venezia. È uno dei quattro ponti veneziani che attraversano il Canal Grande. L'architetto di questo ponte si chiama Antonio da Ponte e lo costruisce fra il 1588 e il 1591. Oggi è una meta turistica molto frequentata anche perché sul ponte ci sono tantissimi negozi. Vicino al ponte c'è anche il Mercato di Rialto che ospita il mercato del pesce e un mercatino di frutta e verdura, dove fanno la spesa i veri veneziani. Se si vuole conoscere la vera atmosfera popolare veneziana, bisogna assolutamente andarci presto la mattina.

gigantesco, -a: *riesig*

Canal Grande

I veneziani lo chiamano anche "Canalazzo" o, in dialetto veneto, "El Canalasso" ed è il canale più grande ed importante della città. Ha la forma di una "S" gigantesca e divide il centro di Venezia in due parti. È l'asse principale dei trasporti nel centro storico della città e quindi è molto trafficato da vaporetti, gondole, barche turistiche, traghetti e motoscafi. Ci sono quattro ponti sul Canal Grande: il Ponte dell'Accademia, il Ponte di Rialto, il Ponte degli Scalzi ed il Ponte della Costituzione.

In Italia

Canal Grande: lunghezza (*Länge*) circa 3,8 chilometri, larghezza (*Breite*) dai 30 ai 70 metri, profondità (*Tiefe*) media cinque metri.

Piazza San Marco

Piazza San Marco è l'unico spazio della città che prende il nome di piazza a Venezia, tutti gli altri si chiamano *campi.* Piazza San Marco è il cuore della città ed è conosciuta in tutto il mondo la Basilica di San Marco con il famoso campanile chiamato "Il padrone di casa". Sulla facciata della basilica si può ammirare il Leone di San Marco, il simbolo della città di Venezia.

andarci: *hingehen*
l'asse: *Achse*
la facciata: *Fassade*

Fondaco dei Tedeschi

Il Fondaco dei Tedeschi è un palazzo veneziano nel Sestiere di San Marco vicino al Ponte di Rialto. Il palazzo risale al XIII secolo. Prende il nome dai commercianti tedeschi che, nel passato, abitano e immagazzinano lì le loro merci. Dal 2016 è un centro commerciale con tanti negozi e boutique dove si possono comprare prodotti di lusso del *Made in Italy*. Si può anche salire sulla terrazza panoramica per avere una fantastica vista sulla città.

Palazzo Ducale

Palazzo Ducale, nel passato la sede dei Dogi, è uno dei simboli della città di Venezia ed è un capolavoro del gotico veneziano.

il Sestiere: *einer der sechs Stadtteile Venedigs*
immagazzinare: *(ein)lagern*
il Palazzo Ducale: *Dogenpalast*
il doge: *Doge*
il gotico: *Gotik*

Comprensione

8 Avete usato la *Veneziapp*?

Decidi se è vero o falso. Motiva la tua scelta o correggi la frase.

1. Ci sono cinque ponti che attraversano il Canal Grande.
2. L'architetto del Ponte di Rialto si chiama Antonio da Ponte.
3. Il Canal Grande ha la forma di una "V".
4. Siccome è il canale più importante di Venezia, c'è sempre molto traffico.
5. Il Cavallo di San Marco, sulla facciata della Basilica, è il simbolo di Venezia.
6. Piazza San Marco è il centro di Venezia. C'è la famosa Basilica di San Marco con il campanile.
7. Il Fondaco dei Tedeschi è un grande centro commerciale dove si possono comprare solo prodotti tedeschi.
8. Dalla terrazza del Fondaco dei Tedeschi si può vedere tutta la città.

Scrivere

MK

9 Volete saperne di più?

I Neumann hanno ascoltato le informazioni di base di *Veneziapp*. Ma vogliono avere anche informazioni dettagliate.

dettagliato, -a: *eingehend, detailliert*
approfondito, -a: *vertieft*

1. Cercate in internet informazioni dettagliate sul Ponte di Rialto, sul Canal Grande, sul Palazzo Ducale e su Piazza San Marco, poi scrivete per ognuno di loro un articolo approfondito.
2. Cercate in internet informazioni sulle seguenti attrazioni turistiche di Venezia e scrivete ogni volta un articolo con le informazioni di base:

Campanile di San Marco | Chiesa di Santa Maria dei Miracoli | Università Ca' Foscari | Giardini Papadopoli | Murano

il giardino: *Garten*

Pratica

10 Il telefonino è rotto

l'ufficio turistico: *Touristenbüro*

Durante il loro giro attraverso Venezia con la *Veneziapp*, Ben ha un problema con il suo telefonino. All'ufficio turistico però qualcuno può aiutarlo. Completa il testo e usa i pronomi atoni diretti e indiretti.

Giorgio: Buongiorno, mi chiamo Giorgio. Posso aiutar■?
Ben: Non ■ so, ma spero. Ho la *Veneziapp* e adesso il mio telefonino non funziona più.
Giorgio: Ahhh … conosciamo questo problema. Proviamo a spegner■.
Ben: Hmm …
Giorgio: Dam■ il telefonino! … Hmmm … Devi dir■ la tua password, per favore.
Ben: Scusa, ma non voglio dar■ la mia password.
Giorgio: Allora, fai tu!
Ben: Ecco■.
Giorgio: Ok … vediamo un po'… Ah … guarda. C'è un messaggio della Veneziapp. ■ scrivono di confermare l'indirizzo e-mail.
Ben: Ok … Funziona?
Giorgio: Ma sì, certo. Guarda, c'è un altro messaggio: "■ ringraziamo! Adesso può usare tutta la *Veneziapp*. ■ mostriamo Venezia. Ha anche di nuovo accesso alle nostre informazioni approfondite."
Ben: Grazie, Giorgio.

l'accesso: *Zugang*

Occhio!

con oggetto diretto		con oggetto indiretto	
aiutare qn:	jdm helfen	chiedere a qn:	jdn fragen
aspettare qn:	auf jdn warten	telefonare a qn:	jdn anrufen
ringraziare qn:	jdm danken		
chiamare qn:	jdn anrufen		
ascoltare qn:	jdm zuhören		

Ascolto

11 Il Ponte dei Sospiri

CD 2 | 35
@

I Neumann ascoltano le informazioni approfondite della *Veneziapp* anche mentre visitano il Ponte dei Sospiri.

Ascolta due volte il testo e scrivi nel quaderno almeno tre informazioni, soprattutto perché questo ponte si chiama "il Ponte dei Sospiri".

@ 11 differenziato: Code **39300-07**

B Mare o montagna?

CD 2 | 36–37

B1 Organizziamo un viaggio

Ornella: Ciao Hannah! Com'è andata la vacanza a Venezia?
Hannah: Benissimo! Ci siamo divertiti un mondo. Venezia è stupenda!
Ornella: Oh, che invidia! La organizzerei volentieri una vacanza insieme a te! Magari per quest'estate! Oppure potremmo sfruttare qualche ponte, per esempio il ponte del 2 giugno.
Hannah: Davvero organizzeresti una vacanza con me? Guarda, sarebbe bellissimo. Per dove partiresti?
Ornella: Io partirei per la montagna. Prenderei uno chalet e dormirei qualche notte sulle Dolomiti, in Alto Adige. Oppure sull'Appennino. Sai che bello!
Hannah: Sì, hai ragione. Lì ci sono posti stupendi. Però, a dire il vero, io farei volentieri un giro delle isole. Vorrei visitare le isole Tremiti o le isole Eolie, magari la Sardegna o la Sicilia!
Ornella: La Sicilia è bellissima! Lì prenderemmo un bell'appartamento con vista mare. La sera guarderemmo il tramonto dalla nostra terrazza. Però dovremmo andarci in estate. Ma partirebbero anche gli altri con noi?
Hannah: Mio fratello partirebbe sicuramente! Ma che pensi? Gli altri preferirebbero più una vacanza al mare o in montagna? Io desidererei veramente passare tre settimane in Sicilia!
Ornella: Sarebbe bellissimo. Potremmo prepararci un bell'itinerario.
Hannah: Sai cosa dovremmo fare? Dovremmo informarci un po'.
Ornella: Ottima idea! Stasera navigherò un po' in internet. Potresti farlo anche tu. Lo potremmo dire anche agli altri e poi decideremmo insieme se andare al mare o in montagna. Forse loro preferirebbero andare in montagna.
Hannah: Va benissimo. Adesso però scappo! Ho ancora delle cose da fare a casa.
Ornella: Va bene. Allora ci sentiamo più tardi!
Hannah: Ok! A dopo!

l'invidia: *Neid*
lo chalet: *Landhaus*
scappare: *ugs. abhauen*

Comprensione

1 Due ragazze in cerca di vacanze

Leggi il testo ed indica se le seguenti affermazioni sono vere o false e in quale riga è contenuta l'informazione, correggi poi le affermazioni sbagliate.

	vero	falso	riga
1. Hannah e Ornella vorrebbero andare in vacanza a Venezia.			
2. Ornella vorrebbe andare in vacanza in montagna, mentre Hannah preferirebbe i luoghi di mare.			
3. Durante la vacanza in Sicilia Ornella e Hannah vorrebbero prenotare un bellissimo chalet.			
4. Per Hannah sarebbe bello trascorrere qualche settimana di vacanza in Sicilia.			
5. Le due ragazze vorrebbero andare in vacanza da sole.			
6. Prima di decidere dove andare in vacanza, le ragazze vogliono informarsi bene.			

Lessico

2 Parliamo di viaggi

Unisci la parola o l'espressione alla definizione giusta.

infrasettimanale: *während der Woche*

1. divertirsi un mondo	a. il calare del sole
2. sfruttare il ponte	b. le tappe di un viaggio
3. dare un'occhiata	c. collegare una festa infrasettimanale al fine settimana
4. scappare	d. divertirsi molto
5. l'itinerario	e. guardare velocemente
6. il tramonto	f. andare di corsa

3 Il condizionale presente ➔G 7.2

1. Nel testo B1 trovi un nuovo modo: il condizionale presente. Scrivi nel quaderno le coniugazioni dei verbi in -**are**, -**ere** e -**ire** presenti nelle nuvolette. Che cosa noti? Come si forma il tempo presente di questo modo? Formula la regola.

organizzare, sfruttare, giocare, guardare, desiderare

prendere, decidere

dormire, partire, preferire

2. Spiega quando si usa e che cosa esprime il condizionale presente in italiano.

Pratica

4 Le vacanze da sogno dei compagni di classe

Ecco cosa farebbero in vacanza i compagni di classe di Hannah. Leggi i testi e coniuga i verbi regolari al condizionale presente.

Mia: Io ■ (preferire) andare in vacanza alle Maldive. In vacanza ■ (rilassarsi) e ■ (dormire) tutto il giorno. La sera ■ (mangiare) in un buon ristorante e poi ■ (leggere) un bel libro prima di andare a letto.

Luca: In vacanza ■ (passare) un po' di tempo con la mia famiglia. Io e i miei genitori ■ (visitare) alcuni musei, ■ (mangiare) in ottimi ristoranti e ■ (passeggiare) in riva al mare. Mio fratello Matteo ha 13 anni e lui sicuramente ■ (giocare) tutto il giorno a beach volley.

la riva: *Ufer*

Ginevra: Quest'anno ■ (preferire) andare in vacanza con il mio ragazzo. Noi ■ (passare) molto tempo al mare, ■ (prendere) il sole e ■ (nuotare) a lungo, ma ■ (io, fare) anche delle gite e ■ (visitare) volentieri i luoghi lì vicino.

5 Il condizionale dei verbi irregolari ➔G 7.2.2

Nel testo ci sono anche le forme irregolari del condizionale presente dei verbi **dovere**, **potere**, **volere**, **fare**. Trascrivile nel tuo quaderno e completa la tabella con le forme mancanti.

Pratica

6 Hannah scrive un messaggio nel gruppo

Coniuga i verbi irregolari al condizionale presente.

> Ragazzi, io e Ornella ■ (volere) organizzare una bella vacanza. ■ (Potere) sfruttare un fine settimana lungo e andare in montagna oppure ■ (potere) partire la prossima estate per la Sicilia. ■ (essere) troppo bello passare le vacanze insieme a tutti gli amici! E voi cosa ■ (volere) fare? Io ■ (fare) molto volentieri un giro per la Sicilia, mentre Ornella ■ (volere) andare in montagna. Lì noi ■ (dovere) affittare uno chalet e ■ (potere) dormire in camere doppie. Ben mi ha appena detto che lui ■ (volere) fare volentieri una vacanza al mare. Ma in fin dei conti l'importante è passare un po' di tempo insieme!!! Un bacio a tutti … *10:11*

Laboratorio

7 E voi dove andreste?

MK

Lavorate in gruppi. Fate una ricerca in internet. Organizzate una vacanza sulle Dolomiti o in Sicilia. Create un poster e poi presentatelo alla classe. Durante la presentazione ricordate di usare il condizionale presente e le espressioni utili.

Espressioni utili

<table>
<tr><td>Buongiorno a tutti.</td><td>Per iniziare la presentazione</td></tr>
<tr><td>Oggi vorremmo presentare …</td><td rowspan="6">La parte centrale della presentazione</td></tr>
<tr><td>Noi vorremmo andare …</td></tr>
<tr><td>Lì potremmo fare delle passeggiate/andare a cavallo/sciare ….</td></tr>
<tr><td>Partiremmo dall'aeroporto di … e arriveremmo all'aeroporto di …</td></tr>
<tr><td>Poi andremmo …</td></tr>
<tr><td>Vorremmo vedere il museo ….</td></tr>
<tr><td>Grazie per la vostra attenzione!</td><td>Per finire la presentazione</td></tr>
</table>

Parlare

8 Mare o montagna?

Il tuo amico/La tua amica vuole passare le vacanze al mare. Tu invece preferisci andare in montagna. Inscenate il dialogo, cercando di convincere l'altro/a. → **Strategia 8**, *p. 280*

Mediazione

9 Gli italiani in vacanza

@ Hannah ha trovato questo articolo sui gusti degli italiani riguardo le vacanze e ne parla in tedesco con sua madre. Riassumi il testo nelle parti più importanti nominando i seguenti punti:

1. In che periodo gli italiani vanno in vacanza.
2. Dove vanno e dove alloggiano.
3. Cosa fanno volentieri in vacanza.

alloggiare: *untergebracht sein*

Agosto, vacanze per 21 milioni di italiani. E uno su due prenota in rete

Il mese per tradizione preferito nel Belpaese vedrà trascorrere almeno una notte fuori casa il 7 per cento dei connazionali […]. Il 49 per cento ha scelto attraverso il web. Il mare la meta preferita, crescono enogastronomia e agriturismo.

Agli italiani piace andare in vacanza nel mese di agosto, soprattutto nella settimana di Ferragosto. Tra gli obiettivi della vacanza la ricerca della buona alimentazione con un terzo del budget destinato alla tavola per consumare pasti in ristoranti, pizzerie, trattorie o agriturismi, ma anche per cibo di strada [il cosiddetto *streetfood*], o specialità enogastronomiche […]. Circa la metà degli italiani in viaggio ha scelto di alloggiare in case di proprietà, di parenti e amici o in affitto, ma nella classifica delle preferenze ci sono nell'ordine anche alberghi, bed and breakfast, villaggi turistici e gli agriturismi che fanno segnare un aumento anche grazie alla qualificazione e diversificazione dell'offerta, ma anche [grazie] all'ottimo rapporto tra prezzi/qualità con la scelta che avviene sempre più di frequente attraverso siti come Campagna Amica e alla nuova App "Farmersforyou" […] che sullo smartphone o sul tablet permette di accedere a tutta la rete di Campagna Amica, il più grande circuito europeo di vendita diretta e ospitalità degli agricoltori.

da: www.repubblica.it/viaggi/2017/08/05/news/vacanze_venti_milioni_di_italiani_in_partenza_a_agosto-172409290/ (adattato)

CD 2 | *38–39*

B2 Una giornata a Ostia Lido

Ornella: Dormito bene?
Hannah: Sì, benissimo grazie! E tu?
Ornella: Mah, oggi avrei dormito tutto il giorno! Sono distrutta! Penso che dormirò un po' in spiaggia! Oh, no! Nella fretta ho dimenticato il telo da mare e la crema solare a casa!
Hannah: Tu dimentichi sempre tutto! Non ti preoccupare! Il mio telo è maxi. Basta per tutte e due. E ho anche la crema solare!
Ornella: Meno male che c'è sempre qualcuno che risolve tutti i miei problemi!

@ 9 differenziato: Code **39300-07**

l'angelo custode: *Schutzengel*

Hannah: Ognuno ha il suo angelo custode! Comunque anch'io sarei rimasta volentieri a casa oggi! Avresti potuto scrivere un messaggio stamattina. Così avremmo studiato un po'.

Ornella: Secondo me, saremmo rimaste a casa e non avremmo fatto niente … anche se forse sarebbe stato meglio studiare un po'. La prossima settimana ci sono le interrogazioni. Ciascuno di noi dovrà prepararsi molto bene. Le ultime interrogazioni sono molto importanti per il voto in pagella. Ogni anno la stessa cosa … Nessuno ha più voglia di studiare.

Hannah: Eh sì, questo lo sa chiunque … Io avrei dovuto studiare ieri sera, ma non l'ho fatto … Ho navigato in internet e ho trovato qualche informazione molto interessante su come scegliere la nostra prossima vacanza …

Ornella: Mhmmm, … sai, anch'io ieri sera ho cercato un po' di informazioni.

Hannah: E hai trovato qualcosa di interessante?

Ornella: Sì, ho trovato alcune cose, ma secondo me, al momento non abbiamo molto tempo per pensare alle vacanze. Abbiamo così tanto da studiare …

Hannah: Hai ragione, Ornella. È meglio rimandare ancora un po'.

un sacco: *hier: sehr*

Ornella: Sì, anche se mi dispiace un sacco. Ma Ben? Perché non è venuto?

Hannah: Sarebbe venuto anche lui in spiaggia, ma oggi ha una partita di calcio.

Ornella: Oh che peccato! E gli altri?

Hannah: Alcuni di loro sarebbero venuti sicuramente, ma abbiamo dimenticato di avvisarli.

Ornella: Oddio è vero! Li avviseremo più tardi! Così ci raggiungono.

Hannah: Ma noi cosa facciamo? Andiamo in uno stabilimento balneare o alla spiaggia libera?

Ornella: Beh, io andrei in uno stabilimento. Ci sono le cabine per cambiarci e poi potremmo prendere un ombrellone e due lettini o due sdraio! Nello stabilimento dove vado di solito con i miei genitori c'è anche la piscina. Così se il mare è mosso, ci possiamo fare il bagno lì.

la tariffa giornaliera/stagionale: *Preis für ein Tages-/Saisonticket*

Hannah: Ottima idea!!! Quanto costa la tariffa giornaliera?

Ornella: Sai che non lo so … I miei genitori hanno fatto la tariffa stagionale.

Hannah: Come si chiama lo stabilimento?

Ornella: È il Nuovo Pineta Pinetina. Aspetta un attimo che cerco in internet …

Comprensione

10 Tutti al mare

Leggete il testo e rispondete alle seguenti domande:

1. Dove vanno Hannah e Ornella?
2. Cosa avrebbe fatto Ornella tutto il giorno?
3. Cosa ha dimenticato a casa Ornella?
4. Cosa avrebbero dovuto fare Ornella e Hannah a casa?
5. Perchè Hannah e Ornella decidono di rimandare l'organizzazione delle vacanze?
6. Perchè Hannah e Ornella decidono di andare in uno stabilimento balneare?

Lessico

11 Cose da portare al mare

Aiutiamo Ornella a preparare la sua borsa da mare. Disegna una borsa nel tuo quaderno e fai una lista con gli oggetti che Ornella porterebbe in spiaggia.

12 Il condizionale passato →G 7.3

1. Cerca le forme del condizionale passato nel testo B2 e trascrivile nel tuo quaderno.
2. Formula la regola su come si forma e quando si usa questo tempo, completa poi la lista con le forme di **dovere**, **potere** e **volere**.

Pratica

13 Un messaggio per Carla

Ornella scrive un messaggio whatsapp alla sua amica Carla e le chiede di venire anche lei ad Ostia. Leggi il messaggio di Ornella e coniuga i verbi al condizionale passato.

mannaggia: *Verflixt!*
sgridare: *ausschimpfen*

Ciao Carla, ■ (io, volere/chiamarti) prima, ma ho avuto molto da fare. Io ed Hannah siamo al mare ad Ostia. In effetti ■ (dovere/essere) a casa anche noi. Io ■ (dovere/studiare). Mi ■ (servire) molto. Secondo me, la prof di storia mi interroga. Tu che fai? Sicuramente studi. ■ (noi, potere/studiare) insieme. Mannaggia … ■ (io, dovere/essere) una ragazza responsabile come te!!!! Per fortuna stamattina mia madre non era in casa quando sono uscita, altrimenti mi ■ (sgridare) e mi ■ (dire): "Vai subito in camera tua e studia." Hai voglia di venire qui anche tu? Noi vorremmo prendere un ombrellone e due lettini al Nuovo Pineta Pinetina. Prendo un lettino o una sdraio anche per te? Ti mando una foto delle tariffe, così sai già i prezzi. Un bacio. A più tardi. *11:17*

14 I pronomi e gli aggettivi indefiniti →G 7.4

@ 1. Cerca nel testo B2 le parole e le frasi italiane che corrispondono alle seguenti traduzioni tedesche. Copiale nel tuo quaderno e sottolinea i pronomi indefiniti.

alles | für beide (f) | jemand | jeder | jeder von uns | jedes Jahr | niemand | jeder/jedermann | einige Informationen | etwas Interessantes | einige Dinge | viel zu lernen | einige von ihnen

2. Quale differenza noti tra **alcune/i** e **qualche**? Formula la regola.
3. Quale differenza c'è tra **ognuno** e **ogni**? Anche qui formula la regola.

Pratica

15 Benvenuti alla Nuova Pineta Pinetina

Completa il sito web della Nuova Pineta Pinetina con i seguenti pronomi indefiniti.

alcune | qualche | qualcosa | nessuno | ogni | tutti | tutto | ognuno

rinfrescarsi: *sich abkühlen*
il frappè: *aufgeschäumter Instantkaffee mit Eiswürfeln*
ghiacciato, -a: *mit Eiswürfeln gekühlt*

L'estate è arrivata e ■ cose non cambiano mai: con questo caldo ■ vuole stare in casa – ■ vogliono andare al mare 😎. Potete trascorrere ■ il giorno oppure solo ■ ora dopo il lavoro alla Nuova Pineta Pinetina. Il nostro stabilimento non offre solo sdraio, lettini e ombrelloni, ma anche il servizio bar e caffetteria. ■ può rinfrescarsi con un frappè, una coca cola ghiacciata o un gelato. Se volete mangiare ■ di buono, il nostro bar offre panini, tramezzini e insalate. ■ giorno c'è anche un piatto di pasta in offerta. 😋

@ 14 differenziato: Code **39300-07**

Leggere

16 Le tariffe della Nuova Pineta Pinetina

Hannah e Ornella guardano le tariffe sul sito web della Nuova Pineta Pinetina.

l'esigenza: *Anspruch, Bedürfnis*

Le Tariffe

Spaziose e confortevoli, le cabine della Nuova Pineta Pinetina sono adatte ad ogni esigenza: famiglie grandi e piccole, gruppi d'amici, visitatori giornalieri. Le cabine da dieci posti sono dotate di docce con acqua calda e fredda e di tutti quegli accessori indispensabili all'organizzazione della propria giornata al mare. Attenzione, l'uso della piscina è solo per gli abbonati.

la tessera: *Ausweis, Mitgliedskarte*
il capanno: *Umkleide-, Badekabine*
l'attrezzatura aggiuntiva: *zusätzliche Ausstattung*

Tariffe stagione balneare

- Cabina 6 tessere (€ 1.900,00) 1 ombrellone, 1 sdraio, 60 ingressi piscina
- Capanno 10 tessere con doccia (€ 3.550,00) 1 ombrellone, 2 lettini, 100 ingressi piscina
- Attrezzatura aggiuntiva: (previsti sconti sulla seconda attrezzatura aggiunta con costo inferiore o pari alla prima)

Ombrellone € 270,00 Sdraio € 180
Lettino € 330,00 Regista € 120

Tariffe giornaliere

	feriale	festivo	pomeridiano (dalle ore 14.00)
sdraio	€ 7,00	€ 8,00	€ 5,50
lettino	€ 10,00	€ 12,00	€ 7,00
ombrellone	€ 9,00	€ 10,00	€ 6,00

Leggi il testo e rispondi alle seguenti domande.

1. Per chi sono adatte le cabine dello stabilimento?
2. Quali cabine hanno le docce con acqua calda e fredda?
3. Cosa comprende nel prezzo la cabina da sei?
4. Quanto costano al giorno un ombrellone e un lettino nei giorni festivi?
5. A che ora inizia il turno pomeridiano?
6. Chi può usare la piscina dello stabilimento?

Ascolto

17 Allo stabilimento Nuova Pineta Pinetina

CD 2|40

1. Decidi se le informazioni sono vere o false. Se sono false, riscrivile in maniera corretta.

1. Hannah e Ornella vogliono prendere due ombrelloni e un lettino.
2. Anche Carla vorrebbe prendere un lettino.
3. C'è solo un ombrellone libero in quarta fila.
4. Le ragazze non possono però usare la cabina.
5. Le ragazze pagano in tutto 24 euro.
6. Il bagnino dà la possibilità alle ragazze di usare anche la piscina.

2. Che cosa risponde il bagnino alle seguenti domande?

usufruire di qc: *sich etw. zunutze machen*
riservato, -a: *vorbehalten, reserviert*

1. Perché gli ombrelloni sono tutti occupati?
2. Di cosa possono usufruire le ragazze al lido?
3. A chi è riservata di solito la piscina del lido?

8 Nessun uomo è un'isola

Ingresso

A

B

C

D

E

F

Parlare

1 Il tempo libero

1. Abbina le foto con le espressioni giuste.

Fare una passeggiata insieme | Passare del tempo insieme al partner | Fare un giro al centro commerciale | Andare a trovare i parenti | Ascoltare musica | Fare volontariato | Leggere un libro | Fare sport di squadra | Giocare con i videogame

2. Descrivi due delle foto a un partner. → Strategia 10, p. 282

Scrivere

2 Le mie attività

E tu? Quali attività hai fatto ieri/la settimana scorsa/in estate? Scrivi un testo di circa 150 parole.

! Am Ende dieser Lektion kannst du
- über die Freizeitgestaltung italienischer Jugendlicher sprechen.
- Statistiken beschreiben.
- über gesellschaftliches Engagement sprechen.
- die Rolle des Sports in der italienischen Gesellschaft beschreiben.

A Che si fa?

CD 2 | 41–42

A1 Un podcast sul tempo libero dei giovani

Hannah intervista due compagni di classe sul loro tempo libero.

Hannah: Giulia, me la concedi un'intervista? Che cosa fai nel tempo libero? Vorrei fare un podcast per il mio blog. Te ne ricordi?

Giulia: Certo! Me ne ricordo bene. Chiediamo anche a Carlo? Adesso glielo dico che cominciamo! Carlo! Vieni!

Hannah: Va bene. Aspetta … Sono alla Scuola Germanica di Roma e di ragazzi giovani da intervistare ce ne sono tanti. Oggi ve ne presento due, Carlo e Giulia. Comincia Giulia che ci parla del suo tempo libero.

Giulia: Beh, che dire, sono una ragazza abbastanza normale. Se ce la faccio, dopo la scuola mi piace incontrare gli amici o scambiare messaggi. Due volte a settimana, di sera, suono il violino. Il fine settimana io ed i miei amici ci incontriamo spesso in piazza, facciamo un giro in centro oppure andiamo a mangiare fuori. Dopo una settimana di studio ce le meritiamo le nostre pizze!

Hannah: Sei una ragazza sportiva?

Giulia: Me lo chiedi sul serio? Sono molto pigra, purtroppo.

Hannah: In Italia se ne parla molto di sport, per esempio di calcio o di Formula 1, ma l'attività fisica vera la fanno in pochi.

Giulia: Se ne parla molto nei giornali e in televisione, è vero. I ragazzi forse sono più sportivi delle ragazze. Ve lo confesso: non mi piace lo sport. Ma fa bene alla salute, no?

Hannah: Sentiamo Carlo, invece. Carlo, tu sei un giocatore di calcio molto bravo.

Carlo: Grazie. In effetti se ne sono accorti i miei insegnanti della scuola primaria e hanno parlato con i miei genitori. Da allora faccio allenamento durante la settimana e il fine settimana ci sono le partite.

Hannah: Quando trovi il tempo?

Carlo: Secondo me, bisogna concederselo. Me lo prendo perché mi fa stare bene. Se posso fare questa raccomandazione a tutti i ragazzi: teneteveli stretti i vostri hobby e i vostri amici di squadra. Lo studio è importante, ma anche l'attività fisica lo è, e poi, io studio meglio dopo l'allenamento.

Hannah: Grazie, ragazzi! Devo dirvelo, siete stati bravissimi!

Comprensione

1 I ragazzi raccontano

Completa le seguenti frasi e riassumi il testo.

1. Il testo “Un podcast sul tempo libero dei giovani” è …
2. Hannah li intervista …
3. Nella prima parte Giulia racconta …
4. Nella seconda parte Carlo …

Parlare

2 Parlare del tempo libero

1. Completa le espressioni con le parole del testo A1.

1. Giocare ■ calcio
2. Fare un ■ in centro
3. Incontrarsi ■ piazza
4. Andare a ■ fuori
5. Fare ■ durante la settimana
6. ■ il violino

2. Con un compagno di classe, parla di questa lista di attività per il tempo libero. Che cosa (non) vi piace e perché?

3 I pronomi doppi ➜ G 8.1

1. Nel testo A1 ci sono tanti pronomi doppi. Rileggi il testo e completa la tabella.

2. Come si formano i pronomi doppi? Qual è il primo pronome e qual è il secondo? Formula la regola.

3. Che cosa cambia nell’ortografia con i pronomi **gli** e **le** o con un verbo all’infinito?

	lo	la	li	le	ne
mi	■	■	■	■	■
ti	■	■	■	■	■
gli/le	■	■	■	■	■
ci	■	■	■	■	■
vi	■	■	■	■	■
gli	■	■	■	■	■

Pratica

4 Sì o no?

Rispondi alle domande con i pronomi doppi. Se la risposta è negativa, correggila.

1. Giulia si ricorda del podcast di Hannah? – Sì, …
2. Giulia ce la fa ad incontrare gli amici dopo la scuola? – Sì, a volte …
3. Giulia ci confessa di non amare lo sport? – Sì, …
4. Se n’è accorta la mamma di Carlo del suo talento? – No, non …
5. Carlo ce la fa a studiare dopo l’allenamento? – Sì, …
6. Carlo raccomanda ai giovani di studiare, piuttosto che allenarsi? – No, non …

Pratica

5 Ce l’hai il numero di Ornella?

@ Completa il dialogo con i pronomi doppi.

Luca: Ciao Hannah! Vorrei chiamare Ornella per uscire insieme, ma non ho il suo numero. Per favore, ■ dai tu?
Hannah: Certo che ■ do. Aspetta un momento, non ■ ricordo. Devo controllare.
Luca: Anch’io non mi ricordo i numeri! ■ devo scrivere tutti!

@ 5 differenziato: Code **39300-08**

Hannah: Eccolo qua. Se ■ ricordi, saluta Ornella da parte mia. Ah, e puoi anche dirle di chiamarmi?
Luca: ■ ricordo di sicuro, tranquilla. ■ dico. Grazie ancora.
Hannah: Non ■ dimenticare, mi raccomando.

Mediazione

6 Il tempo libero dei giovani tedeschi

Roberto, un compagno di classe di Ben, deve fare una presentazione sul tempo libero dei giovani tedeschi. Chiede aiuto a Ben. Scrivi un'e-mail con le informazioni più importanti tratte da questa statistica.

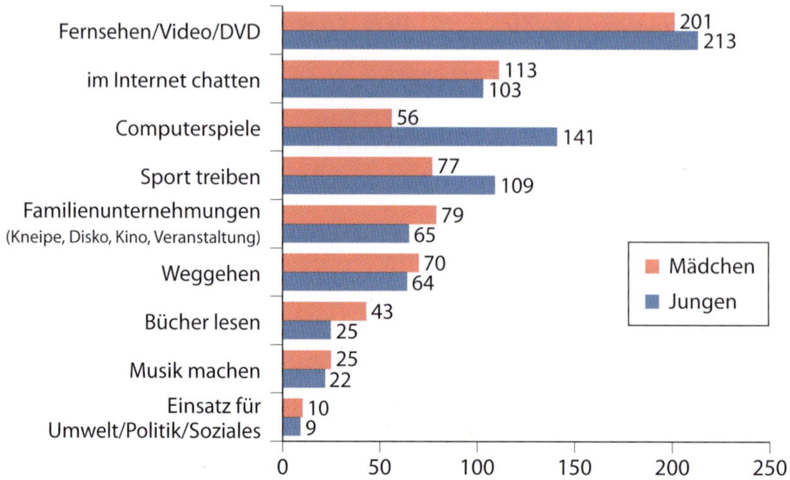

Kriminologisches Forschungsinstitut Niedersachsen e. V., Forschungsbericht Nr. 108: Computerspielabhängigkeit im Kindes- und Jugendalter, März 2009, Seite 20

Espressioni utili per parlare di statistiche

Dallo studio/dalla statistica emerge/ risulta che …	Aus der Studie, Untersuchung geht hervor, dass …
la maggioranza/la minoranza	die Mehrheit/die Minderheit
una buona parte (di)	ein guter/großer Teil
il (50) per cento + Verbo al singolare	(50) Prozent (im Italien. mit Sg!)
uno su tre	einer von drei

Laboratorio

7 E il vostro tempo libero?

1. Preparate un questionario per la classe, fate un sondaggio e presentatene i risultati.

Che cosa? Quando? Con chi? Dove?

2. Paragonate i vostri risultati con la statistica del 2009 di E 6. Com'è cambiato il tempo libero dei ragazzi?

Laboratorio

8 Antenna Giovani Fai da te

MK

Fate una video-intervista a quattro compagni di classe sul loro tempo libero. Presentatela in classe.

CD 2|43

A2 Il piacere di uscire insieme

Hannah, Nemore, Ornella ed altri amici sono nel quartiere Testaccio. Hanno appena ordinato dei trapizzini.

Venditore: Ecco i trapizzini.
Hannah: Sono i nostri? Evviva! Non vedo l'ora di assaggiarli!
Venditore: Sì, sono vostri.
Nemore: È mio questo qua? È con le polpette al sugo?
Ornella: È tuo. E questi altri sono vostri, ragazzi.
Hannah: Grazie. Buonissimo!
Ornella: Piace a molti. Il signore che ha creato il trapizzino si chiama Stefano Callegari. Ha aperto il locale nel 2008. E li vendono anche a New York!
Nemore: Dai! Davvero? Ma ha venduto il negozio qua?
Ornella: No, è sempre suo. O meglio: è sempre loro, di Callegari e dei suoi soci.
Hannah: Interessante. È stata una buona idea uscire insieme! Poi Testaccio è proprio ideale per divertirsi!
Nemore: Che cosa vi ho detto? Di chi era l'idea, ragazzi, eh?
Ornella: Era tua, grazie! Adesso noi ragazze decidiamo che cosa fare … Vediamo … Prendiamo un aperitivo al bar! In quel locale lì!
Nemore: Aspettate, di chi sono queste chiavi qua? Sono rimaste sul tavolo.
Hannah: Sono mie, meno male che le hai trovate! Grazie! E adesso prendiamo qualcosa da bere. Offro io!

triangolare: *dreieckig*
l'impasto: *Teig*
il carciofo: *Artischocke*
la coda alla vaccinara: *röm. Schmorgericht aus Ochsenschwanz*

In Italia

Il trapizzino

Il trapizzino è un neologismo che viene da due parole, da "tramezzino" e da "pizza". Del tramezzino ha la forma triangolare, della pizza l'impasto. Si riempie con sughi a scelta, a seconda dei gusti. Ci sono, per esempio, con le verdure alla romana, i carciofi alla romana oppure con la coda alla vaccinara. Tutti questi sono piatti tipicamente romani.
Pensate: per ora il trapizzino lo si può mangiare solo in Italia e a New York!
Se volete saperne di più, guardate il sito www.trapizzino.it.

lo stuzzichino: *Appetithäppchen*
la nocciolina: *Erdnuss*
le patatine: *(Kartoffel-)Chips*

In Italia

L'aperitivo

In Italia si prende l'aperitivo prima di cena, di solito tra le 18 e le 21. Molti bar e ristoranti servono sia aperitivi analcolici come il Crodino sia aperitivi alcolici come vini o l'Aperol Spritz. L'aperitivo è sempre accompagnato da stuzzichini, noccioline e patatine e, in alcuni posti, c'è un vero e proprio buffet con pasta, pizzette e insalate. In questo caso l'aperitivo può anche sostituire la cena e diventa una vera e propria apericena.

Comprensione

9 Il giorno dopo

Il giorno dopo Ornella parla con Gemma della serata a Testaccio. Rispondi alle domande di Gemma.

1. Dove siete stati?
2. Che cosa avete fatto all'inizio?
3. Come si chiama il creatore del trapizzino?
4. Chi ha avuto l'idea di uscire?
5. Dove siete andati dopo?
6. Perché Hannah, alla fine, era contenta?

il creatore: *Schöpfer, Erfinder*

Scrivere

10 Uscire con gli amici

Che cosa hanno fatto i ragazzi? Riassumi il testo A2 e usa le espressioni nei riquadri.

divertirsi | ordinare qualcosa da mangiare | assaggiare qualcosa | offrire qc | prendere un aperitivo | prendere qc da bere | decidere che cosa fare

Parlare

11 Uscire in Germania

E voi? Cosa avete fatto lo scorso fine settimana? Vi siete divertiti/annoiati?

12 I pronomi possessivi ➜G 8.2

Cerca le nuove forme dei possessivi nel dialogo A2, qual è il verbo prima del possessivo? Qual è il significato di questa forma grammaticale? Formula la regola.

Pratica

13 Che confusione!

@ Dopo l'aperitivo i ragazzi vogliono andare a casa, ma sul tavolo c'è un po' di confusione. Completa con i pronomi possessivi. Attenzione all'articolo!

Ornella: Queste chiavi sono ■, le metto subito in borsa. Di chi è questo cellulare invece?
Nemore: È ■. Dammelo!
Edoardo: No, non è ■. È ■, guarda!
Nemore: Oh, scusa! E i biglietti da visita di Trapizzino?
Hannah: Sono ■. Li porto ai miei genitori.
Nemore: Bene. E questa roba qua? Dov'è Ben? Questi occhiali da sole sono ■.
Ornella: Boh, non lo so. Ha dimenticato anche questa. La sciarpa è ■, no?
Edoardo: È vero! Dov'è finito? E questo cappello?
Nemore: Uffa, è sempre ■. Chiamiamolo!
Hannah: Aspetta! Vedi quel tavolo lì in fondo? È lì con alcuni amici.
Ornella: Ben, scusa, stiamo andando via. Questi accessori non sono ■?
Ben: Se non sono ■!
Hannah: Molto spiritoso. Non sono ■.
Ben: Dai! Sto scherzando!
Hannah: Su, andiamo a casa. E non mi chiedere se a casa ■ o a casa ■!

@ 13 differenziato: Code **39300-08**

Laboratorio

14 Creare un'infografica online

MK Crea un'infografica sul tempo libero dei giovani tedeschi per il blog di Hannah.

- Qual è il tuo messaggio?
- Quali dati sostengono il tuo messaggio?
- Quale sito o programma vuoi utilizzare? Per esempio ci sono easel.ly o infoactive.co.
- Metti a punto le tue informazioni.

Ascolto

15 Roma per ragazzi

CD 2 | 44 È venerdì sera e i ragazzi iniziano a fare progetti per il fine settimana. Hannah e Ben ascoltano alla radio la trasmissione "Roma per ragazzi".

Luoghi da visitare
San Pietro
Isola Tiberina
Castel Sant'Angelo
Piazza Navona
Colosseo
Ostiense
Trastevere
Fontana di Trevi

Primo ascolto

1. Di quali luoghi dell'elenco parlano nella trasmissione?

Secondo ascolto

2. Quando andare? E quanto costa? Copia la tabella e completala.

Luogo	Quando?	Prezzo?	Perché è interessante?
■	■	■	■

Parlare

3. Presenta i tuoi risultati alla classe e spiega quali dei posti presentati vorresti vedere e perché.

Piazza Navona

Castel Sant'Angelo

Isola Tiberina

B Cose che stanno a cuore

CD 2 | *45*

altruista: *selbstlos*

B1 Roma altruista

Ben: Nemore, tu hai mai pensato di fare volontariato? Di fare del bene donando il tuo tempo?

Nemore: C'ho pensato, ma non ho trovato la cosa giusta per me.

Ben: Non l'abbiamo trovata neanche io e Hannah. Qual è il tuo problema?

Nemore: Mi vorrei impegnare e ci sono tante associazioni a Roma, ma vorrei anche rimanere flessibile. E il tuo?

Ben: Le ho viste le liste infinite di associazioni e ne ho visitati tanti di siti, da *Save the Children* alla Caritas. Ci sono davvero tante iniziative … Come scegliere?

Nemore: Li abbiamo letti tutti e due quei siti, ma conosci www.trovavolontariato.com?

Ben: No, non l'ho mai sentito. Che cos'è?

Nemore: È un servizio per chi vuole impegnarsi, ma non sa dove e con chi. Aiuta a trovare un'associazione nella tua zona. Scegli a chi vuoi donare il tuo tempo, ad esempio bambini, anziani, immigrati o persone con disabilità.

Ben: Che forte! Grazie del consiglio. Anch'io ho un'iniziativa da consigliarti, non so se l'hai già vista … Si chiama Romaltruista.

Nemore: No, non ne ho mai sentito parlare. Dimmi, che cosa fanno?

Ben: Dà l'opportunità di fare volontariato senza impegno fisso. Puoi decidere tu quando partecipare.

Comprensione

1 Ben, Nemore e il volontariato

Abbina le frasi.

1. Il volontariato significa	a. trovare iniziative in zona e scegliere che tipo di attività fa per loro.
2. Si può fare volontariato con	b. un'associazione che aiuta per esempio bambini o persone con disabilità.
3. Ben è interessato a fare volontariato e	c. di andare sul sito www.trovavolontariato.com.
4. Nemore ancora non ha trovato	d. vorrebbe rimanere flessibile.
5. A Nemore piacerebbe impegnarsi, ma	e. ha già visitato tanti siti web, ma non sa come scegliere.
6. Nemore consiglia a Ben	f. offre attività di volontariato senza impegno fisso.
7. Su questo sito le persone interessate a fare volontariato possono	g. dedicare il proprio tempo a persone che hanno bisogno di aiuto.
8. Ben raccomanda l'iniziativa Romaltruista che	h. il tipo di volontariato giusto.

Lessico

2 Nemore racconta

Durante la cena Nemore racconta a sua madre del volontariato. Completa con le seguenti parole.

fare volontariato · donare tempo · impegnarsi · impegno · fare del bene · associazione · bambini · anziani · immigrati · persone con disabilità · partecipare · opportunità

"Ho fatto un giro con Ben e tutti e due vorremmo ■ perché ci piace l'idea di ■ a persone che ne hanno bisogno, come ■ o ■. È anche un'■ per crescere come persona e ■ non costa niente, ma ■ ti fa stare a contatto con le persone intorno a te. Nell'■ incontri altri giovani che desiderano ■ alla società. Nella vita siamo tutti ■ all'inizio e ■ alla fine, quindi è bene stare vicino alle persone che hanno bisogno. L'■ mi gratifica, ne sono sicuro."

gratificare qn: *jdn belohnen*

3 Il passato prossimo con i pronomi atoni diretti → G 8.3

Cerca nel testo B1 tutte le forme del passato prossimo con i pronomi oggetto diretto atoni, scrivile nel quaderno e indica la riga. Che cosa noti? Come cambia il participio passato se il passato prossimo è preceduto da un pronome? Formula la regola.

Pratica

4 Mamma aiutami!

Nemore ora fa volontariato presso l'associazione *Save the Children Roma* e deve scrivere un testo informativo per il loro sito. Per questo ha portato un po' di materiale a casa. Ma sulla sua scrivania c'è molto caos, così chiede a sua madre se ha visto dove sono le sue cose …

Modello: Mamma, hai visto…? No, non …

il tablet | la penna | i fogli di carta | i dépliant dell'associazione | la chiavetta USB | il cellulare

Pratica

5 Il progetto di Nemore

Per scrivere bene il suo testo Nemore ha preparato degli appunti.

Quando Nemore ha finito, Ornella lo aiuta a controllare se ha scritto tutto.

Modello: Ornella: Hai dato informazioni generali su *Save the Children Roma?*
Nemore: Sì, le ho date.

l'esigenza: *Bedürfnis, Notwendigkeit*

1. *Dare informazioni generali su Save the Children Roma.*
2. *Ringraziare i volontari*
3. *Mettere fotografie di eventi già organizzati*
4. *Spiegare l'importanza dei progetti*
5. *Chiedere ai lettori di contribuire*
6. *Incoraggiare i lettori a fare volontariato*
7. *Sottolineare l'esigenza di aiutare i più piccoli*
8. *Spiegare il proprio ruolo nell'associazione*

Ricerca

6 Iniziative romane di volontariato

MK

Fai una ricerca online su una di queste iniziative di volontariato a Roma e presenta quella che ti piace di più ai tuoi compagni di classe.

ALFA: Associazione Love For Animals | Associazione Nuova Scuola Serena | Terra dei piccoli | Legambiente | Comunità di Sant'Egidio

Parlare

7 Un sondaggio in classe

Fate un sondaggio in classe sul volontariato.

	Anne	Mahsun	Ferdinand
Hai già fatto volontariato?	■	■	■
Vuoi farlo?	■	■	■
Che tipo di iniziativa ti interessa?	■	■	■

MK Scrivere

8 Iniziative locali

la cronaca: *Reportage, Bericht*

Scrivi un articolo (cronaca, intervista, …) su un'iniziativa locale di volontariato per il giornalino scolastico italiano.

Parlare

9 Una cartolina sul volontariato

@ 1. Descrivi la cartolina. → Strategia 10, p. 282

2. Quali valori trasmette?

3. Vi stimola al volontariato? Parlatene in gruppo e usate le seguenti espressioni.

Secondo me, …
(Non) Sono d'accordo, ma/perché …

stimolare: *anregen*

CD 2 | 46–48

B2 Gli italiani e lo sport

L'integrazione si fa con lo sport: ecco come la pensano i giovani

Cnr: *Centro nazionale delle ricerche*
destinare: *bestimmen*
la distinzione: *Unterscheidung*
il blocco di partenza: *Startblock (Leichtathletik)*
il background migratorio: *Migrationshintergrund*
il fanalino di coda: *Schlusslicht*
l'adolescente: *Jugendliche/r*
l'estrazione (f): *Herkunft*
lo svago: *Ablenkung, Zerstreuung*
semmai: *falls je*

Una ricerca realizzata dal Cnr […] su mille studenti e una trentina di docenti delle scuole medie di tutta Italia racconta come i ragazzi di diverso background sociale e geografico vivono l'attività sportiva. Con una certezza: fare sport insieme aiuta l'integrazione di chi viene da famiglie immigrate o dallo status economico precario. Ma in Italia non si fa abbastanza per promuoverlo, soprattutto al Sud.
Otto su dieci praticano sport fuori dall'orario scolastico, ma i numeri sono destinati a scendere quando si tratta di ragazze o di stranieri. Essere nati in Italia ed essere maschi rappresenta un vantaggio. […]
Lo sport è un veicolo potente: si rivolge a tutti senza distinzioni, parla un linguaggio universale, promuove e diffonde valori fondamentali per l'integrazione quali il merito, l'impegno e l'uguaglianza. Nelson Mandela amava ricordare che [lo sport] "ride in faccia ad ogni tipo di discriminazione". Eppure ai blocchi di partenza non siamo tutti uguali.
Oltre mille studenti e una trentina di docenti delle scuole medie da Genova a Bari, da Trieste a Latina raccontano differenze di genere e tra ragazzi che hanno un background migratorio, ma anche di status economico e di un Mezzogiorno che continua a rappresentare il fanalino di coda. "Non conta se siamo stranieri, dobbiamo giocare tutti insieme", ha detto un'adolescente ai ricercatori, eppure oltre la metà delle ragazze straniere e di estrazione sociale umile non si dedica ad attività sportive al di fuori dell'orario scolastico.
Quando i ragazzi praticano sport lo fanno per divertirsi, in pochi per vincere. Per la maggior parte è sinonimo di svago, da condividere in un gioco di squadra, tra successi e sconfitte. […]
I problemi principali nelle relazioni non nascono a causa della lingua o per il fatto di provenire da un Paese diverso, ma soprattutto dall'abilità nel gioco. Semmai sono le studentesse più soggette all'esclusione proprio a causa del loro essere "femmine".
E quando i ricercatori hanno provato a forzarli, chiedendo di scegliere chi includere nella propria squadra, indicando se un italiano o uno straniero, molti ragazzi non hanno accettato la provocazione perché "questa domanda non spiega le qualità!". […]

http://espresso.repubblica.it/attualita/2017/03/28/news/lo-sport-come-veicolo-d-integrazione-1.298125?refresh_ce

Floriana Bulfon

Comprensione

10 L'integrazione si fa con lo sport: i fatti importanti

1. Decidi se le frasi sono vere o false. Motiva la tua risposta con citazioni tratte dal testo.

1. Lo sport è un veicolo di integrazione per i ragazzi con background migratorio e i poveri.
2. L'Italia si impegna molto per promuovere l'integrazione attraverso lo sport.
3. Il 50% dei ragazzi fa sport dopo la scuola.
4. La maggior parte delle ragazze straniere fa sport dopo la scuola.
5. Molti ragazzi fanno sport per vincere.
6. Nello sport le ragazze vengono talvolta discriminate perché i maschi sono più forti.

2. Spiega il significato delle seguenti frasi tratte dal testo.

"Lo sport (...) parla un linguaggio universale"

"Nelson Mandela amava ricordare che lo sport ride in faccia ad ogni tipo di discriminazione"

"Eppure ai blocchi di partenza non siamo tutti uguali."

Scrivere

11 L'articolo in breve

@ **1.** Dai un titolo a ogni paragrafo dell'articolo "L'integrazione si fa con lo sport".

2. Scrivi un breve riassunto dell'articolo.

Lessico

12 Un dépliant per giovani immigrati

Completa il testo con le seguenti parole.

uguaglianza | partita | squadra | giocare | economico | sport | team | abilità | bravo/a | attività | impegno | background

Sei nuovo/a a Roma? Ti senti solo/a?
Vieni a ■ a calcio con noi! Siamo un ■ che ama divertirsi facendo ■ insieme! Tutti sono benvenuti! Non importa il tuo ■ sociale, geografico o ■. Non importa la tua ■ nel gioco. Non sarai escluso/a se non sei ancora ■.
Con l'■ sportiva ti sentirai più a casa perché la nostra ■ include tutti e crede nell'■ e nell'■. Vieni a vedere la nostra prossima ■!

Ascolto

13 Intervista con la campionessa olimpica di fioretto Beatrice "Bebe" Vio

CD 2 | *49–52* Ascolta l'intervista a Beatrice Vio e riassumila con queste espressioni.

il fioretto: *Florett*

Rio 2016 | oro olimpico nel fioretto individuale/bronzo nella prova a squadra | Presidente Obama/selfie | terza Coppa del Mondo | portabandiera | famiglia/fratelli | allenamenti/fisioterapia | art4sport | bambini e ragazzi amputati

@ 11 differenziato: Code **39300-08**

Parlare

14 Lo sport in cifre

Descrivi la tua statistica al partner, dopo paragonate "il messaggio".

Partner A:

Fig 2 – Fai sport o qualche attività fisica al di fuori dell'orario scolastico?
valori percentuali per sesso e cittadinanza

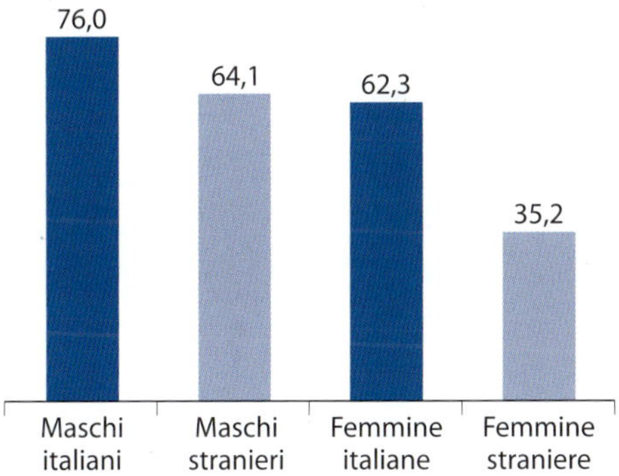

Partner B:

Fig 1 – Fai sport o qualche attività fisica al di fuori dell'orario scolastico?
valori percentuali per cittadinanza

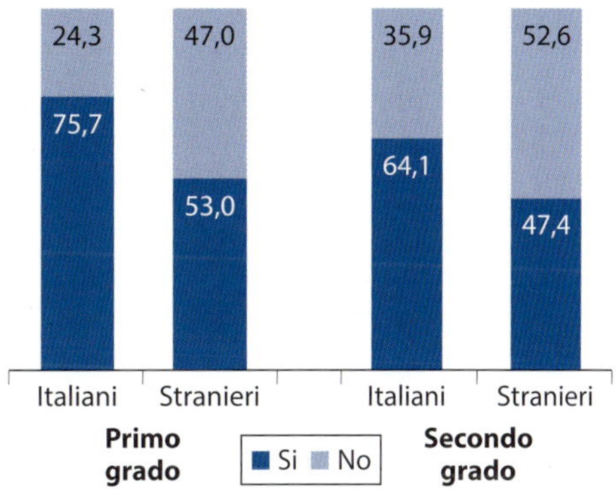

Fonte: Istat, Indagine sull'integrazione delle seconde generazioni 2015
http://www.neodemos.info/wp-content/uploads/2017/06/Schermata-2017-06-28-alle-14.31.49.png, Aufruf: 07.02.2018.

In Italia

primo grado: scuola secondaria di primo grado (ragazzi 11–13 anni)
secondo grado: scuola secondaria di secondo grado (ragazzi 13–18 anni)

Leggere

15 Il Giro d'Italia – la biografia di un mito

Biografia • Su e giù per lo Stivale

Il Giro d'Italia parte da Milano per la prima volta il giorno 13 maggio 1909. Quella storica edizione del secolo scorso si conclude sempre a Milano, dopo otto tappe, dopo […] 2.448 chilometri. Partecipano in 130 (circa), lo terminano in meno di 50: il vincitore di quell'edizione è Luigi Ganna (1883–1957).

concludersi: *ausklingen*

La manifestazione è da sempre organizzata da *La Gazzetta dello Sport* […]. Negli anni il Giro è entrato a far parte delle tre corse più importanti dall'Unione Ciclistica Internazionale, che l'ha inserita nel suo circuito professionistico insieme alle altre due altrettanto storiche corse internazionali, il Tour de France e la Vuelta a España.

la maglia: *Trikot*

Se durante il Tour la maglia del leader è caratterizzata dal colore giallo, il leader della classifica generale del Giro d'Italia indossa ogni giorno la maglia rosa (istituita nel 1931), ovvero il colore de *La Gazzetta dello Sport*. [...]

Nella storia del Giro il record di vittorie è detenuto da tre grandi personaggi di questo glorioso sport: sull'albo d'oro, ognuno con cinque vittorie, vi sono gli italiani Alfredo Binda (vincitore negli anni 1927, 1928, 1929 e 1933), Fausto Coppi (vincitore negli anni 1940, 1947, 1949, 1952 e 1953) e il belga Eddy Merckx (vincitore negli anni 1968, 1970, 1972, 1973 e 1974). [...]

Ad eccezione degli anni di interruzione dovuti alla Prima e Seconda Guerra Mondiale, dal 1909 il Giro si è sempre corso; se la località di partenza in genere di anno in anno varia, l'arrivo – salvo poche eccezioni – è sempre stato nella città di Milano, sede del giornale che da sempre organizza la corsa.

1. Con l'aiuto delle informazioni della sua "biografia" completa il "biglietto da visita" del Giro d'Italia.

Nome: ■
Data di nascita: ■
Luogo della prima partenza: ■
Numero di tappe della prima edizione: ■
Primo vincitore: ■
Organizzatore: ■

2. Usa queste parole chiave tratte dal testo per parlare del Giro d'Italia e della sua storia.

rosa | 1931 | Fausto Coppi | guerra | Milano

Parlare

16 Pittogrammi

1. Con l'aiuto del dizionario bilingue trova l'espressione giusta per questi sport.

2. Adesso parla delle tue attività sportive:

1. Quali di questi sport guardi in TV/online/allo stadio?
2. Quale sport pratichi tu? Perché l'hai scelto?
3. Quale sport (non) ti piacerebbe fare? Spiega perché?

Mediazione

17 Ein Mann für alles – Cosimo Salis von Italia Bochum

A Cosimo Salis serve aiuto per la preparazione della Coppa Italia. Hannah ha scritto della Coppa Italia sul suo blog. Salis contatta Hannah e i suoi amici italiani e chiede di …

contattare: *Kontakt aufnehmen*

1. … creare un poster pubblicitario per la Coppa Italia in italiano.
2. … scrivere un breve comunicato stampa sulla FC Italia Bochum e sulla Coppa Italia per i giornali italiani.

Cosimo Salis ist das Gesicht des FC

Cosimo Salis, Gründer und 1. Vorsitzender des Vereins, blickt zurück auf die Entstehung und Geschichte des Multi-Kulti-Vereins. […]
Salis ist ein lebenslustiger Mensch, erst recht, wenn er von seinem FC Italia spricht. „Bei uns ist jeder willkommen. Egal welche Herkunft oder Hautfarbe er hat, wir verständigen uns teilweise mit Händen und Füßen“, erklärt Salis, der 1968 mit 23 Jahren als Gastarbeiter aus Sardinien nach Deutschland kam. Dort gründete der heute 64-Jährige 1978 den ersten ausländischen Fußballverein in Bochum, den FC Italia Bochum.

Er ist der Mann für alles im Verein, eigentlich verkörpert Salis den FC Italia. Vorsitzender, Betreuer, Platzwart, es gibt kaum eine Funktion, die Salis nicht inne hat oder hatte. Die Mitstreiter der ersten Stunde waren Pizzabäcker, Schlosser und Mechaniker bei Opel und Krupp. Zu besten Vereinszeiten waren 200 Sportbegeisterte, zumeist Südländer, stolze Mitglieder des FC Italia.

[…] „Ich sehe den Klub und besonders die Coppa Italia als Mittel für die Völkerverständigung“, erklärt Salis, weshalb er jahrzehntelang ehrenamtlich für den Verein arbeitet. „Ich wurde für meine Tätigkeiten und sozialen Verdienste sogar schon vom Bürgermeister geehrt“, berichtet Salis nicht ohne ein wenig Stolz.

[…] „Die Coppa Italia soll ein großes Fest der Nationalitäten werden. Hierzu werden Folklore-Tänze aufgeführt und Spezialitäten der Länder präsentiert“, erklärt der Rentner den Sinn des Turniers, das bereits zum siebten Mal ausgetragen wird. Mit Sicherheit wird auch Salis' kleiner Pizzawagen vor Ort sein, mit dem er seit Jahrzehnten durch Bochum fährt um Geld für seinen Verein zu sammeln.

Zum Turnier eingeladen sind Mannschaften, die größtenteils mit Kickern ausländischer Herkunft bestückt sind. Eine portugiesische, eine griechische und eine arabische Mannschaft sowie niederländische Teams werden teilnehmen. […] Salis weiter: „Aber natürlich wird auch eine deutsche Auswahl teilnehmen.“ […]
„Momentan spielen sogar 60 Prozent Deutsche bei uns im Verein, jeder ist hier herzlich willkommen. Wir empfangen alle mit offenen Armen“, erklärt Salis.

da: Reviersport 10.03.2009, zit. nach http://www.fcitalia-bochum.de/int.htm

Sebastian Laing

9 Il passato nel presente

Ingresso

Parlare

1 L'evoluzione della "specie" familiare

Come si è evoluta la famiglia italiana? Collega le date con le descrizioni e le foto.

A

La famiglia cambia, la donna è più emancipata, anche nel vestire, gli uomini si fanno crescere i capelli.

emancipato, -a: *emanzipiert*

fine Ottocento

Oggi moglie e marito lavorano, ci sono pochi bambini, non si ha più molto tempo per i figli.

L'uomo aiuta in casa e non esistono più differenze all'interno della famiglia.

B

C

XXI secolo

La famiglia italiana è numerosa con molti figli e nonni in casa.

anni '70

D

I nonni italiani si emancipano e iniziano ad organizzarsi, a viaggiare e non hanno più molto tempo per figli o nipoti.

E

Parlare

2 Da ieri a oggi

Formate cinque gruppi. Ogni gruppo sceglie un'immagine e la descrive alla classe.

Ieri

A

oggi

B

C

D

E

Scrivere

3 E nel futuro?

Immagina una famiglia del futuro, quale sarà la sua evoluzione? Scrivi un commento di 100 parole circa e confrontalo con quello del tuo/della tua partner.

Am Ende dieser Lektion kannst du
- über Erfahrungen in der Vergangenheit und der eigenen Kindheit berichten.
- über die Entwicklung der italienischen Familie sprechen.
- dich zum Umgang mit Verschiedenheit in der heutigen Gesellschaft äußern.
- über Musik und deren Bedeutung in der heutigen Zeit sprechen.

A Ricordi, sogni e prospettive

CD 3 | 2–6

A1 Ricordi d'infanzia

la casa famiglia: *Wohnheim*
l'aneddoto: *Anekdote*

Simone Monti ed i suoi compagni di classe partecipano ad un progetto organizzato dall'insegnante di storia e d'italiano. I ragazzi devono intervistare delle persone che vivono in una casa famiglia per anziani, farsi raccontare di quando erano giovani, che cosa amavano, come giocavano e alla fine i ragazzi devono presentare le loro interviste a scuola. Simone raccoglie tanti aneddoti e storie interessanti.

Piero, 77 anni
"Noi eravamo cinque figli, tutti e cinque maschi, io ero l'ultimo. I nostri genitori, soprattutto nostro padre, erano molto severi. Esistevano delle regole, degli orari di uscita e di rientro. All'ora di pranzo e di cena dovevano essere tutti a tavola e se noi facevamo ritardo, nostro padre diceva: 'Questa casa non è un albergo!' Poi pranzavamo o cenavamo in cucina, ma solo grazie alla mamma che, senza farsi vedere, ci dava qualcosa da mangiare."

Enrico, 83 anni
"Noi non avevamo né la TV, né il computer o i cellulari, ma 'solo' degli amici e forse leggevamo anche più libri. Dopo pranzo e dopo aver fatto i compiti, se faceva bel tempo, uscivamo e stavamo fuori, in piazza o per strada. Andavamo in giro in bicicletta, non c'era il casco allora e non c'erano neanche le macchine parcheggiate. Dovevamo fare solo attenzione a non farci male."

Amalia, 75 anni
"Incredibile, non esistevano i cellulari, la *Playstation* e tutto quello che hanno i miei nipoti oggi! Loro però si annoiano o non sanno che cosa fare quando non possono usarli. Io e le mie amiche non ci annoiavamo mai! Di pomeriggio tutti uscivano a passeggiare sul corso della nostra città. Noi ragazze andavamo alla ricerca dei giovani che ci piacevano e spesso anche loro andavano 'a caccia' di ragazze a cui fare la corte."

Gina, 81 anni
"Eh sì … non avevamo sempre le cuffiette sulle orecchie o lo smartphone in mano. Non c'erano i selfie, ci facevamo le foto con la macchina fotografica Polaroid e giocavamo con tutto quello che trovavamo, spesso ci costruivamo anche i giocattoli da soli. I nostri genitori ci facevano regali, ma solo a Natale o per il compleanno e non ci davano tutto quello che volevamo, però eravamo felici lo stesso."

Comprensione

1 Una vita di ricordi

Queste affermazioni sono vere o false? Indica la riga in cui è contenuta l'informazione e correggi le affermazioni false.

	vero	falso	riga
1. Simone ed i suoi compagni di classe visitano un ospedale per anziani.	■	■	■
2. Piero aveva cinque fratelli.	■	■	■
3. La mamma di Piero non era così severa come il padre.	■	■	■
4. Enrico ed i suoi amici giocavano all'aperto.	■	■	■
5. Amalia e le sue amiche spesso si annoiavano e non sapevano cosa fare.	■	■	■
6. Gina ed i suoi fratelli da bambini ricevevano molti regali.	■	■	■

Lessico

2 Tra le righe

@ Questa è la spiegazione di sei vocaboli presenti nel testo. Trovali e indica anche la riga in cui è scritto il vocabolo.

autoritario, -a: *autoritär*

Spiegazione	vocabolo	riga
1. Storia poco significativa di una persona.	■	■
2. Persona autoritaria.	■	■
3. Oggetto che permette di comunicare con qualcuno lontano.	■	■
4. I figli di un fratello o di una sorella, ma anche dei miei figli.	■	■
5. Creare qualcosa di nuovo.	■	■
6. Una cosa donata a qualcuno.	■	■

3 L'imperfetto ➜G *9.1*

In A1 le persone usano un nuovo tempo per raccontare della loro infanzia: l'imperfetto.

1. Cerca tutte le forme di **giocare, dovere** e **uscire** nel testo. Ricopia la seguente tabella e con l'aiuto della grammatica completa la coniugazione, aggiungi i pronomi personali e sottolinea anche le desinenze finali. Quali sono le differenze? Trova la regola per la formazione dei verbi in **-are**, **-ere** e **-ire**.

-are	-ere	-ire
giocare	dovere	uscire
■	■	■

2. E i verbi irregolari? Trova gli infiniti delle seguenti forme verbali: **ero**, **diceva**, **dava**, **avevamo**, **faceva**, **andavamo** e completa la coniugazione nel quaderno.

3. Nel testo le persone usano l'imperfetto per raccontare azioni o situazioni che hanno vissuto durante l'infanzia. Che tipo di azioni sono? Formula la regola e consulta la grammatica.

@ 2 differenziato: Code **39300-09**

Pratica

4 Quanti ricordi …

Nella classe di Ben ci sono alcuni ragazzi che, come lui, vengono da Paesi diversi. Oggi durante l'ora d'italiano raccontano della loro infanzia nel loro Paese d'origine. Questo è il racconto di Radu. Completa con le forme dell'imperfetto.

la Romania: *Rumänien*

chiacchierona: *geschwätzig*

il cortile: *Hof*

la gallina: *Huhn*

il suono: *Klang*

"Io vengo dalla Romania e, con i miei genitori, mia sorella e mia nonna, vivo in Italia da cinque anni.
Come ■ (io – essere) da piccolo? La mia mamma mi racconta che ■ (io – essere) un bambino molto tranquillo, mentre invece mia sorella ■ (essere) molto vivace e chiacchierona. ■ (noi – abitare) in una grande casa in campagna vicino a un piccolo paese – con noi ■ (vivere) la mia nonna materna. ■ (noi – avere) tanti animali che ■ (correre) liberamente nel cortile: ■ (esserci) cani, qualche gatto e tante galline. D'inverno nel mio paese ■ (fare) molto freddo e ■ (noi – stare) spesso a casa. Mi ■ (piacere) molto giocare a carte con mia sorella e soprattutto ■ (io – amare) le storie che mio padre ci ■ (raccontare).
D'estate, invece, io e la mia famiglia ■ (andare) sempre al mare in Croazia, dove degli amici dei miei genitori ■ (avere) una casa. Loro ■ (essere) italiani e ■ (parlare) in italiano con i miei genitori. Io e mia sorella non ■ (capire) niente, ma ci ■ (piacere) tanto ascoltare il suono di questa bella lingua."

Parlare

5 Noi giovani e la realtà

Molti giovani di "ieri" hanno difficoltà ad orientarsi nella caotica (per loro) realtà del presente. Inscenate una situazione in cui immaginate di essere, come Simone, in una casa famiglia per anziani e di voler spiegare come vivono, che cosa amano i ragazzi della vostra età e che cosa è importante per loro.

Usate le seguenti parole:

smartphone | social network | videogiochi | navigare in internet

Pratica

6 La parola agli oggetti …

Gina nel suo racconto parla di un oggetto "antico", una macchina fotografica Polaroid. Qui ci sono altri oggetti che si usavano in passato e che oggi, in parte, si trovano solo nei musei …

1. Completa le descrizioni con i verbi nel riquadro all'imperfetto.

essere (6x) | servire (3x) | esserci (2x) | chiamarsi (2x) | potere (2x) | produrre | trovarsi (2x) | stare | riscaldare | ascoltare | avere | dovere

2. Collega le immagini a quello che gli oggetti raccontano di se stessi.

A

B

C

D

E

F

G
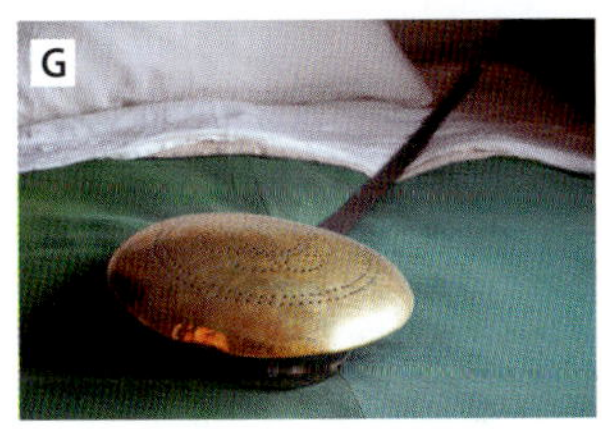

il rumore: *Geräusch, Lärm*
il disco: *Platte; Scheibe*
l'inchiostro: *Tinte*
lo scrittoio: *Schreibpult*
la cornetta: *Telefonhörer*

1 Dove ■ io, ■ musica! Ma con me ■ dischi. Il mio nome ■ grammofono. Solo il nome è tutta una musica, e dal 1887!

2 Io ■ un oggetto molto bello, ma ■ un bel rumore. ■ a scrivere lettere, documenti e tante altre cose, ■ l'importante macchina da scrivere.

3 Noi ■ sempre tutti e tre insieme. Io, l'inchiostro e la nostra cara amica, la penna. Da bravo calamaio ■ sugli scrittoi.

4 Io ■ ad asciugare i capelli tutti in una volta e, per usarmi, non si ■ uscire di casa. Il mio nome? Cuffia asciugacapelli.

5 Io ■ mangianastri e anche dove ■ io, ■ sempre musica!

6 Io ■ una cornetta ed un disco che ■ a fare il numero. ■ ricevere e fare telefonate. ■ il telefono, ma non ■ muovermi troppo perché ■ il telefono fisso.

7 Con me ■ sempre il letto prima di andare a dormire. ■ di metallo o di terracotta. ■ scaldino o scaldaletto.

CD 3 | *7–9*

A2 La cara e vecchia famiglia italiana

Simone va in soffitta alla ricerca di una vecchia macchina fotografica del nonno che vuole portare a scuola. Mentre si guarda intorno, vede una grande scatola con dentro tante fotografie in bianco e nero, ma anche un vecchio quaderno.

Simone: Mamma, mentre ero in soffitta e cercavo la macchina fotografica del nonno, ho trovato delle foto. Guarda qui! Ma chi è questa bella ragazza? Quando ho visto la foto, ho pensato subito a te!

Marta: Grazie del complimento, tesoro. No, non sono io, è mia madre, tua nonna Vittoria quando aveva più o meno trent'anni. Allora io avevo quattro o cinque anni, non andavo ancora a scuola. Abitavamo in campagna e trascorrevo molto tempo con i miei fratelli fuori: quando c'era il sole, quando pioveva … per noi era sempre lo stesso. Sai, in casa non avevamo molte cose come avete voi oggi. Sì, c'era la TV, ma la potevamo guardare solo un'oretta la sera prima di andare a letto.

Simone: Ma che cosa sta facendo qui la nonna?

Marta: Qui è in cucina, come sempre. Mia madre ha passato quasi tutta la sua vita in cucina …

Simone: Ma perché, amava così tanto cucinare?

Marta: Sì, le piaceva cucinare, ma doveva anche cucinare moltissimo. Sai, quando io e i miei fratelli eravamo bambini, si mangiava sempre tre volte al giorno: colazione, pranzo e cena. La mattina ci svegliavamo presto, anche il fine settimana, mia madre prima metteva in ordine la casa, rifaceva i letti e poi andava in cucina e faceva il pane, la nostra cucina profumava sempre di pane appena sfornato! E mentre faceva il pane, preparava anche la pasta!

sfornare: *aus dem Backofen herausnehmen*

Simone: Come quella che hai fatto tu qualche giorno fa?

Marta: Sì, è vero. Ma io non la faccio così spesso come mia madre. Oggi la vita è molto più frenetica e spesso manca il tempo.

Simone: Vuoi dire che oggi si lavora più di allora?

Marta: No, no, assolutamente! Solo che oggi spesso il lavoro a casa è solo sulle mie spalle. Tu e tuo fratello non mi aiutate molto.

Simone: Ma perché, voi aiutavate di più i vostri genitori?

Marta: Una volta, soprattutto quando la nonna era piccola, tutti lavoravano: giovani, anziani, donne e bambini. Ognuno in casa e nei campi aveva il proprio compito e il proprio lavoro. Tua nonna mi raccontava sempre che sua madre, oltre al pane e alla pasta, faceva anche il formaggio in casa. Allora, questo oggi sembra quasi impossibile, non c'erano le lavatrici e si andava, con un pezzo di sapone, dove scorreva l'acqua a lavare la biancheria.

Simone: Mamma, com'era nonna Vittoria?

Marta: Tua nonna era una donna molto bella e attiva. Non ricordo mai di averla vista seduta, faceva sempre qualcosa. Aveva dei bellissimi capelli lunghi e neri. Inoltre era abbronzata perché lavorava spesso nei campi e passava tante ore al giorno fuori.

Simone: Se non stava in cucina …

Comprensione

7 Una nonna molto attiva

Rispondi alle seguenti domande.

1. Perché Simone è andato in soffitta?
2. Che cosa ha trovato lì?
3. Chi è la persona di cui parla Marta?
4. Che cosa amava fare la nonna di Simone?
5. Che cosa doveva fare la madre di Marta ogni giorno?
6. Come era questa "nonna"?

Lessico

8 Il serpente delle parole

1. Nel serpente sono nascoste otto parole. Trovale e scrivile nel quaderno.

@ **2.** Cerca i contrari delle parole del serpente nel testo A2 e indica la riga; con l'aiuto del dizionario trova anche un sinonimo.

9 Passato prossimo o imperfetto? ➜G *9.1.2–9.1.4*

Nel testo A2 ci sono forme sia dell'imperfetto che del passato prossimo.

1. Ricopia la tabella e scrivi, come nel modello, gli esempi presenti nella prima parte del testo (righe 1–15).

Modello:

passato prossimo	**imperfetto**
1. … ho trovato delle foto.	1. …, mentre ero in soffitta e cercavo …
2. ■	2. ■

2. Osserva la frase:

Mamma, mentre ero in soffitta e cercavo la macchina fotografica del nonno, ho trovato delle foto.

Quando usiamo il passato prossimo e quando invece l'imperfetto?

3. Trova nel testo due esempi per le seguenti situazioni:

imperfetto + imperfetto per esprimere due azioni contemporanee nel loro svolgimento e azioni abitudinarie	**passato prossimo + passato prossimo** per esprimere una serie di azioni successive, ma concluse
1. ■ 2. ■	1. ■ 2. ■

@ 8 differenziato: Code **39300-09**

Pratica

10 Testimonianze di un tempo passato

Simone apre il vecchio quaderno che è nella scatola, è il diario di nonna Vittoria. Lui e sua madre iniziano a sfogliarlo, tra due pagine trovano una foto e un foglio scritto a mano. Completa con le forme dell'imperfetto o del passato prossimo.

*Caro diario ♡,
ti voglio raccontare una storia incredibile. Oggi pomeriggio ■ (conoscere) una persona speciale ☼.
Io e le mie amiche ■ (essere) in piazza quando "lui" ■ (arrivare) con l'autobus. Prima ■ (guardarsi) intorno, poi ■ (iniziare) a camminare nella nostra direzione, ■ (fermarsi) davanti a noi e ci ■ (dire) che non ■ (conoscere) il paese, ■ (volere) sapere dove ■ (essere) la scuola.
Prima naturalmente ■ (presentarsi), ohhh ☼, caro diario, che bel nome ♡, si chiama Carlo ed è il nuovo maestro della nostra scuola elementare. Non ■ (smettere) di guardarmi, ■ (avere) una grande voglia di tornare a scuola, poi mi ■ (venire) subito un'idea, sai cosa faccio domani? Andrò a prendere Clara, la mia cuginetta a scuola, così potrò rivederlo! ♡*

*Cara Vittoria,
dal primo momento che ti ■ (vedere) non ■ (smettere) di pensare a te. Questa è la foto che ti ■ (scattare) la scorsa settimana quando ■ (tu, essere) tornata dal lavoro.
Sai, quando ■ (sentire) che ■ (dovere) andare ad insegnare in un piccolo paese di campagna, ero molto triste. Non ■ (conoscere) il luogo e ■ (pensare) subito ai miei pomeriggi, dopo la scuola, tutto solo nella camera della pensione. Ma poi ti ■ (vedere), ■ (essere) insieme alle tue amiche e ■ (ridere) così felici, da quel momento ■ (capire) che ■ (volere) vivere lì, per sempre, insieme a te.
Tuo,
Carlo*

Ascolto

11 Incontri di famiglia

CD 3 | 10–11 Abbinate i dialoghi alle seguenti feste:

compleanno | prima comunione | funerale | battesimo | matrimonio

Attenzione: c'è un'espressione in più.

Mediazione

12 Una nonna tutta italiana

Simone è da Ben e vede un libro sul tavolo del soggiorno. Riassumi il testo rispondendo alle domande di Simone.

Meine Nonna ist klein und rund. Zu Hause trägt sie meist geblümte Hauskleider. Ihre kleinen Füße stecken in rosaroten Frotteehausschuhen oder sie schlittern auf zwei Stofflappen durch die Wohnung, um den Marmorboden zu polieren. Wenn Nonna aus dem Haus geht, trägt sie einen Jeansrock, eine bordeauxrote Strickjacke und kleine ausgetretene Schuhe mit Absatz, die sie vor ihrer Wohnungstür in einem hohen Terracottatopf aufbewahrt. (…)

Obwohl sie mittlerweile schon weit über achtzig ist, arbeitet sie im Sommer noch immer in der Küche einer kleinen Pension, um für ein paar Stunden am Tag kochen zu können. Mit schnellen routinierten Handgriffen rollt sie mit einer Gabel Unmengen von Gnocchi oder bereitet ihre leckere grüne Sauce zu, die man sowohl zu Fleisch als auch zu Fisch essen kann. Hin und wieder hilft sie auch ihrer Nachbarin, die von ihrem Mann sitzengelassen wurde und zwei kleine Kinder hat, beim Kochen, Bügeln und Putzen. Wenn Nonna nichts zu tun hat, bekommt sie Depressionen. Sie braucht es, unter Menschen zu sein, es macht ihr Spaß zu reden, zu scherzen, und ab und zu muss sie auch einfach mal ihre schlechte Laune an jemandem auslassen. Aber meistens lacht sie. Nonna lacht gerne und oft; (…)

noleggiare: *mieten*

Im Sommer sitzt sie abends gern mit ihrer Nachbarin Rosetta auf einer Bank an der Straße neben den Garagen, um zu plaudern und Neuigkeiten auszutauschen. Rosetta ist fünfzehn Jahre jünger, aber dauernd krank und hat immer etwas zu jammern. Meine Nonna meint, das komme nur davon, dass sie nicht arbeite und zu wenig andere Sorgen habe. Manchmal bringen sie sich Kostproben ihrer Gerichte mit, und dann diskutieren sie darüber, wer den besten Arrosto di tacchino, einen Putenbraten, oder die beste Zuppa inglese macht.

(…) Im Winter strickt Nonna für meinen Vater und meinen Bruder Wollpullover und räumt die Möbel in ihrer Wohnung um. Die ganze Wohnung hängt voll mit Bildern, auf denen entweder Blumen oder weinende Kinder zu sehen sind. Auf einem Ölgemälde ist Nonna als junges Mädchen in einem gelben Kleid mit roten Punkten abgebildet; der frühere Bürgermeister von Finale Ligure hat es gemalt.

(…) Seit kurzem besitzt Nonna auch ein Handy, das zu Hause neben dem Fernseher in einer roten Plastikhand steht. An einem Handy findet sie besonders praktisch, dass man darin so viele Nummern speichern kann. Deshalb telefoniert sie von zu Hause nur noch damit und ist ganz hilflos, wenn der Akku leer ist. Wenn sie unterwegs ist, nimmt sie es natürlich nie mit.

Testo tratto da: Larissa Bertonasco: La nonna La cucina La vita, Büchergilde Gutenberg

Laboratorio

13 Chiacchiere di una volta

La nonna e la sua amica Rosetta sono sedute sulla panchina e parlano. Inscenate un dialogo con l'aiuto dei seguenti verbi:

la panchina: *Sitzbank*

cucinare | pulire | essere | stanca | dormire | male | riposarsi

Leggere

14 La cara famiglia italiana … qualche volta ancora numerosa!

Neela e Ornella sono dal parrucchiere. Sfogliano delle riviste, Ornella trova un articolo curioso e lo mostra a sua madre.

Sanremo, una famiglia con 16 figli

16. Sedici. S-e-d-i-c-i.

A Sanremo è passata sul palco la famiglia Anania, una famiglia con 16 figli, la più numerosa d'Italia: il più grande ha 20 anni e l'ultima è nata nel 2013.

"Siamo un'opera di Dio, grazie al Signore, grazie allo Spirito Santo", ha detto il capofamiglia (caposquadra?!) Aurelio, che con la moglie Rita tira su la famiglia "con la collaborazione dei figli più grandi. Il Signore provvede". […]

Una volta un mio professore citava una frase del presidente del Censis, Giuseppe De Rita, che di figli ne ha otto (sei maschi e due femmine): "È difficile tirar su i primi tre figli, poi gli altri vengono su da soli."[…]

E forse De Rita ha anche ragione, visto che noi, [al secondo], stiamo dando molte meno attenzioni rispetto al [primo]. Lui infatti sta già lottando per la sopravvivenza, soprattutto quando il fratellone gli si avvicina per dargli i bacini con un po' di nervoso e lui piange perché ha paura.

Anche se ha solo due mesi ha già lo sguardo […] di uno che ha già capito come va il mondo e che per ricevere un po' di attenzioni dalla mamma deve farsi sentire come si deve […] oppure fare i sorrisini quando il "rivale" non c'è.

Però se con due figli ce la stiamo facendo (più o meno …) con sedici come si fa? E come ti muovi per andare in vacanza? Noleggi un pullman? Prendi otto ombrelloni per andare in spiaggia? Quanti chili di pasta devi buttare per cena? E che pentola usi, scusa? La tua lavastoviglie e lavatrice sono di quelle industriali o fai tutto a mano? Domande che vengono spontanee.

E però, gli Anania, a vederli lì sul palco erano belli. […]

da: http://www.vitadapapa.it/2015/02/10/sanremo-una-famiglia-con-16-figli/ (adattato)

il palco: *Bühne*

avvicinarsi: *sich nähern*

Dove c'è scritto nel testo che …

1. … la famiglia Anania è una famiglia numerosa? → r. ■
2. … i figli grandi aiutano i genitori a crescere quelli piccoli? → r. ■
3. … il professore dell'autore aveva anche molti figli? → r. ■
4. … i primi figli ricevono più attenzioni degli altri? → r. ■
5. … il secondo figlio dell'autore è molto piccolo? → r. ■
6. … con tanti figli è difficile muoversi? → r. ■

Scrivere

15 Una grande famiglia

Vivere in una famiglia numerosa è una fatica o un divertimento? Scrivi la tua opinione su questo tema e usa circa 150 parole. → **Strategia 9**, *p. 281*

B La musica è vita

CD 3 | 12–14

B1 La musica impegnata e i cantautori italiani di ieri e di oggi

Hannah va dai Monti per invitarli a cena per il fine settimana. Marta sta ascoltando un CD e, poiché ad Hannah piace la musica, ne iniziano a parlare.

Hannah: Marta, anche quando eri più giovane ascoltavi volentieri la musica?

Marta: Sì, certamente. Dai miei la radio era sempre accesa. Allora la musica più ascoltata di tutte era quella dei Rolling Stones, di Frank Zappa o dei Beatles – la preferita di mio padre –, ma io spesso ascoltavo più quella italiana che quella straniera. E cantautori come Lucio Dalla, Francesco De Gregori, Fabrizio De Andrè e Lucio Battisti, secondo me, erano migliori di tanti altri.

Hannah: Che tipo di musica facevano?

Marta: Mah, la musica era, anzi ancora oggi è la migliore in assoluto, ma non era la cosa più significativa. C'erano i testi che, per noi giovani di allora, non erano meno importanti della musica. Parlavano degli amori, dei problemi della nostra generazione. Erano testi impegnati tanto socialmente quanto politicamente.

Hannah: E di che cosa parlavano esattamente?

Marta: I temi dei testi erano sulla mia generazione post-sessantottina, raccontavano di noi giovani, delle nostre emozioni, ma soprattutto della rivolta verso una classe politica cattiva, anzi a volte pessima e che diventava sempre più borghese. Non volevamo più un regime fascista al governo e si lottava anche per dare maggiori diritti agli operai, quelli che hanno dato vita al boom economico. Insomma, io mi riconoscevo in quelle parole. Ma anche oggi ci sono degli ottimi cantautori.

la rivolta: *Revolte, Auflehnung*
borghese: *bürgerlich*
il regime (fascista): *(faschistisches) Regime*

Hannah: Come Vasco Rossi?

Marta: Sì, sicuramente il più popolare cantante rock italiano. Hai seguito il concerto che ha fatto al Parco Ferrari di Modena per festeggiare i suoi 40 anni di carriera?

Hannah: Naturalmente, è stato il massimo evento dell'anno, forse del secolo. Nessuno è mai riuscito a fare un concerto di più di quattro ore con 40 canzoni e per 220.000 persone di tutte le età. Anche questa volta Vasco è andato "al massimo".

Marta: Soprattutto in questo difficilissimo periodo politico, in cui c'è la paura di partecipare ai grandi eventi.

Hannah: Verissimo, e quante volte l'ha gridato dal palco l'inno alla vita "L'amore sopra la paura" e "Il nemico è la paura, noi non abbiamo paura" … Ma, … scusa, di chi è questa musica? Cosa stai ascoltando?

Marta: Questa canzone dici? Ah, questa è di Carmen Consoli ed io amo moltissimo il suo testo perché mi ricorda il bel rapporto che avevo con mia madre quando ero piccola.

Comprensione

1 Che cosa intende Marta?

Indica il significato delle frasi sottolineate, le lettere di quelle giuste ti danno la soluzione.

1. Dai miei la radio era sempre accesa. a. La radio faceva sempre luce. (z) b. La radio si ascoltava tutto il giorno. (m) c. La radio trasmetteva solo musica. (f)	2. Lucio Dalla, Francesco De Gregori, Fabrizio De André e Lucio Battisti, secondo me, erano i migliori. a. Loro erano i più bravi. (u) b. Loro erano i più conosciuti. (e) c. Loro erano i più belli. (o)
3. C'erano i testi, che per noi giovani di allora, non erano meno importanti della musica. a. La musica era più importante dei testi. (b) b. I testi erano più importanti della musica. (r) c. Sia i testi che la musica erano importanti. (s)	4. Ma anche oggi ci sono degli ottimi cantautori. a. I cantautori sono bravissimi. (i) b. I cantanti sono bravissimi. (a) c. Gli autori di testi sono bravissimi. (g)
5. Anche questa volta Vasco è andato al massimo. a. Ha dato il meglio di sé. (c) b. Ha festeggiato per 40 giorni. (h) c. Ha fatto 40 concerti. (d)	6. Amo il suo testo perché mi ricorda il rapporto che avevo con mia madre. a. Mi ricorda le emozioni di mia madre. (l) b. Mi ricorda mia madre da giovane. (q) c. Mi ricorda la relazione tra me e mia madre. (a)

Soluzione:

Carmen Consoli

Francesco De Gregori

Lucio Battisti

Lessico

2 Messaggi politici nella musica

Collega le parole alle loro spiegazioni.

1. il cantautore	a. lavorano all'interno di una fabbrica e fanno un lavoro manuale.
2. la rivolta	b. canta le canzoni scritte da lui stesso.
3. gli operai	c. una forte crescita economica di un'industria, di un settore commerciale, di un paese.
4. il boom economico	d. una ribellione collettiva, a volte anche violenta, contro il potere.

3 Il comparativo

→ G 9.2, 9.2.1

1. Nel testo B1 ci sono alcune forme di comparativo, scrivile nella tabella e indica la riga.

Il comparativo		
maggioranza (+)	**minoranza (–)**	**uguaglianza (0)**
■	■	■

2. Come si formano i comparativi di maggioranza, di minoranza e di uguaglianza? Formula la regola con l'aiuto della grammatica.

3. Osserva le comparazioni nel testo. Per introdurre il secondo termine di paragone a volte usi **che**, mentre altre volte **di**. Qual è la differenza?

Pratica

4 Più o meno, ma sempre musica

@ Completa con il comparativo di maggioranza (+), di minoranza (–) o di uguaglianza (0). Fai attenzione a **di** o **che**!

1. Fuori dall'Italia la musica italiana è (famoso (–)) ■ quella inglese.
2. In Germania Adriano Celentano è (conosciuto (+)) ■ Vasco Rossi.
3. Per i giovani degli anni '70 i testi delle canzoni erano (importante (0)) ■ la musica.
4. Vasco Rossi ha molto successo, ma è (celebre (–)) ■ Lady Gaga.
5. Secondo me, ascoltare la musica classica è (rilassante (+)) ■ ascoltare la musica rock.
6. I cantautori degli anni Sessanta erano (impegnato (0)) politicamente ■ socialmente.

Adriano Celentano nel film Asso, *1981, Regia: Castellano & Pipolo*

@ 4 differenziato: Code **39300-09**

Ascolto **5 I grandi nomi della canzone d'autore**

CD 3 | *15–19* Hannah resta colpita dal mondo dei cantautori. Per caso scopre in rete un podcast che parla dei grandi nomi della musica italiana.

Primo ascolto

1. Abbina i cantautori ai dati e crea una linea del tempo.

Fabrizio de André

Paolo Conte

Lucio Dalla

Simone Cristicchi

Domenico Modugno

fine anni '50 | anni '60 | fine anni '70 | anni '70/'80/'90 | anni 2000

Secondo ascolto

2. Chi è conosciuto e perché è conosciuto? Abbina le informazioni ai cantautori.

volare: *fliegen*

Scuola Genovese | "Nel blu dipinto di blu"/"Volare" | musica con ritmi jazz | Sanremo 1958 | grande tour di concerti insieme a Francesco de Gregori | ritmi rap | con lui nasce la nuova canzone italiana | temi sociali e politici | la sua carriera continua ancora oggi | non solo cantautore, ma anche pittore | cantautore bolognese | "La guerra di Piero" e "Via del Campo" | la canzone nasce dopo un periodo di volontariato | non suona solo il pianoforte | "Ti regalerò una rosa" vince il Festival di Sanremo

6 Il comparativo e il superlativo relativo e assoluto → G 9.2.2, 9.2.3

Nel testo B1 Marta e Hannah usano queste espressioni al superlativo:

Marta: "Allora **la musica più** ascoltata **di tutte** era quella dei Rolling Stones, …"
Hannah: "… **l'evento più** importante **dell'**anno, forse **del** secolo."

Ma anche le forme: "… in questo **difficilissimo** periodo politico …", "**Verissimo**, …" o "… io amo **moltissimo** il testo di questa canzone …"

1. Qual è la differenza tra le due diverse forme? Formula la regola e controlla la grammatica.
2. Nel testo ci sono delle forme di comparativo e superlativo irregolari che possono essere usate accanto alle loro forme regolari. Completa la tabella con la forma base degli esempi tratti dal testo. Con l'aiuto della grammatica aggiungi le forme di **piccolo**.

aggettivo	forma del comparativo a. regolare b. irregolare	superlativo relativo a. regolare b. irregolare	superlativo assoluto a. regolare b. irregolare
buono	a. più buono b. ■	a. il più buono b. ■	a. buonissimo b. ■
cattivo	a. più cattivo b. peggiore	a. il più cattivo b. il peggiore	a. cattivissimo b. ■
grande	a. più grande b. ■	a. il più grande b. il maggiore	a. grandissimo b. ■
piccolo	a. ■ b. ■	a. ■ b. ■	a. ■ b. ■

Pratica

7 Confronti musicali

Riscrivi le frasi nel quaderno e completale con le forme dei comparativi o dei superlativi regolari e irregolari.

Nota bene

Falsi amici
la batteria = das Schlagzeug
die Batterie = la pila o la batteria

CD 3 | *20–21*

B2 La nostra musica

Hannah trova un testo in internet e lo spedisce a Marta.

> Ciao Marta,
> in internet c'è di tutto, anche su noi giovani e la nostra musica ;-) *17:38*

La musica è semplice passatempo? Non proprio. Per noi giovani è tutto e accompagna molti momenti della nostra giornata. La mattina, cuffiette dell'MP3 nelle orecchie e via di corsa a scuola mentre la nostra musica preferita ci mette di buon umore e ci dà la forza per affrontare le ore scolastiche. […]
La musica piace, diverte, fa sognare, incoraggia. […]. La musica ci comunica messaggi, ci fa provare emozioni, … ci aiuta quando ci sentiamo tristi e ci fa riflettere sulla vita; […]. La musica diventa una casa, la nostra casa in cui possiamo liberamente entrare e uscire. Ecco perché si dice che noi giovani non viviamo la musica ma la abitiamo. Negli ultimi anni il motivo per cui il rapporto tra i giovani e la musica è diventato sempre più stretto, è che le canzoni del nostro tempo riflettono in modo sempre più realistico la vita di tutti i giorni con i suoi problemi, delusioni e speranze. […]. La musica, inoltre, attraverso le canzoni, assolve anche ad un'importante funzione sociale in quanto diventa messaggera di pace […]. La musica è per tutti un'amica silenziosa sempre pronta a darti una mano senza chiedere nulla in cambio.

affrontare: *entgegentreten, ins Auge blicken*
assolvere: *hier: erreichen*
messagggera: *Botin*

da: http://scuola.repubblica.it/di stefy 94 (medie Superiori) scritto il 03.05.11 (testo leggermente abbreviato e semplificato)

> Cara Hannah,
> grazie per avermi spedito questo interessante testo. È stato un grande piacere parlare con te di musica oggi pomeriggio. Ho ripensato volentieri alla bella musica che sentivo da giovane soprattutto a quella dei cantautori italiani. Sai, a certe cose non si pensa tutti i giorni. Come leggo dal testo anche voi, però, avete buoni motivi per ascoltarla ed è proprio la musica che a volte può aiutare a superare i momenti grigi di una giornata. Spiegami però una cosa! Che intendete voi giovani con l'espressione "abitare la musica"? Magari ne riparliamo ascoltando il nuovo CD di Vasco ;-) *17:43*

Comprensione

8 Musica è …

@ Formate dei gruppi e create una mappa concettuale sulla musica.

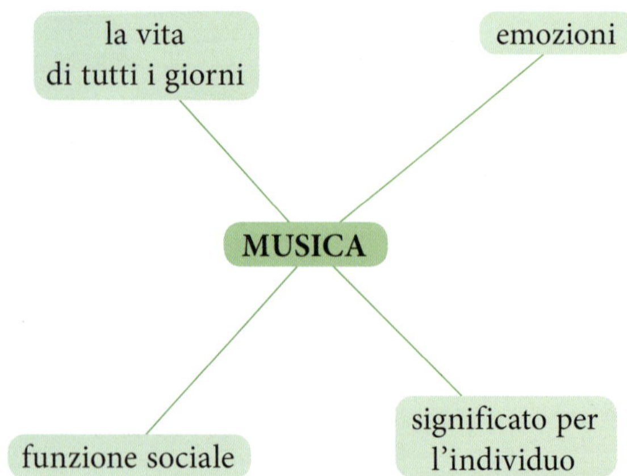

@ 8 differenziato: Code **39300-09**

9 La posizione dell'aggettivo ➜G 9.3

1. Nel testo B2 ci sono degli esempi in cui l'aggettivo o precede o segue il sostantivo. Spiega quali aggettivi precedono e quali seguono il sostantivo. Controlla nella grammatica.

grande piacere	musica preferita
bella musica	cantautori italiani
buoni motivi	momenti grigi

2. Nel testo ci sono anche i seguenti esempi in cui l'aggettivo precede il sostantivo. Confrontali con le frasi accanto e spiega, abbinando le parole tedesche, come cambia il significato quando l'aggettivo segue il sostantivo.

gewisse | nur | einfach | sicher

La musica è semplice passatempo?	È una domanda semplice.
Sai, a certe cose non si pensa tutti i giorni.	La canzone avrà un successo certo.

Pratica

10 Prima o dopo può fare la differenza

Con l'aiuto della grammatica abbina alla frase il significato giusto.

1. È un bell'artista. È un artista bello.	a. L'artista è molto carino. b. L'artista è bravo.
2. Ha comprato una macchina nuova. Ha comprato una nuova macchina.	a. La macchina non è di seconda mano. b. Ha più di una macchina.
3. È una prof buona. È una buona prof.	a. La prof è gentile. b. La prof spiega bene.
4. È un attore giovane. È un giovane attore.	a. È ancora un ragazzo. b. È agli inizi della carriera.
5. È una povera famiglia. È una famiglia povera.	a. La famiglia ha pochi soldi. b. La famiglia non ha fortuna.
6. È un vecchio amico del padre. È un amico vecchio del padre.	a. L'amico non è più giovane. b. Sono amici da tanti anni.

Parlare

11 Ma che cos'è veramente la musica?

Formate dei gruppi e fate una conversazione usando anche le parole della mappa concettuale. Qui avete alcuni esempi che vi possono aiutare durante il dialogo.

È la musica che influenza il tuo stato d'animo o è il contraio?	In quali occasioni l'ascolti?	Potresti mai rinunciare alla musica? Perché?

Scrivere

12 La "mia" musica

Che cos'è la musica per te? Scrivi un commento di circa 150 parole e spiega il tuo punto di vista.

Competenze 3

Produrre un podcast audio

In piccoli gruppi preparate un podcast audio su alcuni sport estremi. Questo podcast, che avrà una durata di circa tre minuti, è destinato ad altri studenti che imparano l'italiano.

Prima di cominciare riflettete sui seguenti punti:

1. Informarsi su alcuni sport estremi, come per esempio

Bungee jumping

Canyoning

Fly pulley

Gole

Rafting

Parapendio

Raccogliete informazioni su questi (o se volete su altri) sport estremi e indicate dove si praticano, che attrezzatura ci vuole, che tipo devi essere per praticarli e quali condizioni fisiche devi possedere per fare questo sport. Quanto sono pericolosi (per la persona e per la natura)?

2. Definire lo scopo del podcast

Decidete qual è lo scopo che volete raggiungere con il vostro podcast.

Volete
- intrattenere gli ascoltatori?
- informare sugli sport estremi?
- fare della pubblicità per questi sport?
- segnalarne rischi e problemi?

3. Scegliere uno stile adatto

Adattate lo stile del vostro podcast a seconda dello scopo definito.

Stili diversi possono essere:

- lo stile **informativo**: si concentra sui fatti, vengono forniti p. es. numeri e dati esatti, si usano termini tecnici precisi. Vengono date informazioni dettagliate. Il modo della presentazione sarà oggettivo.
- lo stile **persuasivo**: mette in rilievo certi aspetti della tematica (sia positivi che negativi). Vengono scelte parole espressive (p. es. superlativi) e strutture appellative (p. es. forme imperative). Il modo della presentazione sarà soggettivo.
- lo stile dell'**intrattenimento**: mira a dare informazioni che interessano un grande pubblico di ascoltatori non specialisti; perciò le informazioni sono piuttosto semplici e generali, non troppo specializzate. Allo stesso tempo questo stile vuole divertire gli ascoltatori. Il modo della presentazione sarà spiritosa, con battute in tono scherzoso.

4. Decidere la forma del podcast

Quando vi siete messi d'accordo sul contenuto e sullo stile, definite la forma del vostro podcast.

Quanti speaker ci saranno?

Ci saranno solo monologhi, dialoghi o conversazioni tra varie persone?

Ci sarà una breve introduzione al tema o cominciate di punto in bianco?

Volete basarvi su appunti preparati o preferite parlare liberamente?

Volete inserire musica di sottofondo per creare una certa atmosfera o per sottolineare alcuni aspetti tematici? Se volete la musica, la userete per la durata intera del podcast o soltanto all'inizio e/o alla fine?

5. Creare il podcast

Prima di registrare il podcast fate almeno una prova. Ricordatevi che gli ascoltatori non conoscono bene la tematica. Per questo bisogna parlare in modo chiaro e non troppo veloce, fate anche delle pause. Siccome il microfono è molto sensibile, non respirate troppo forte! Se necessario rielaborate la vostra registrazione. Potete usare un programma gratuito come per esempio Audacity.

10 Lavoro – media – lingua

Ingresso

Comprensione

1 Lavoro – Media – Lingua

la didascalia: *Bildunterschrift*
le minoranze linguistiche: *sprachliche Minderheiten*
il cartello: *Schild*

Abbina le didascalie alle immagini e ai tre temi.

1. In Italia – lingua standard, dialetti e minoranze linguistiche
2. Maria de Filippi – famosa conduttrice televisiva
3. La stampa italiana – i quotidiani più importanti del Paese
4. Cartello scritto in italiano e albanese
5. *Striscia la notizia* – telegiornale satirico in onda dal 1989
6. Manca il lavoro – alternative all'estero

Lessico

2 Tre campi semantici

la colonna: *Spalte*

Copia la tabella nel tuo quaderno e con l'aiuto del dizionario inserisci le parole nella colonna giusta.

CV | la rete | essere bilingue | lo stage | l'italiano standard | il conduttore/la conduttrice | guadagnare | le minoranze linguistiche | contratto fisso | la rivista | le vocali e le consonanti | lo stipendio | il telegiornale | pronunciare | il portale internet

Nota bene

Falsi amici
lo stipendio = Lohn, Gehalt
das Stipendium = la borsa di studio

Lavoro	Media	Lingua
■	■	■

Parlare

3 Tre temi – trenta secondi

prendere spunto: *ausgehen von/sich inspirieren lassen von*
la facoltà: *Fakultät/Fachbereich einer Universität*
abbonarsi a: *abonnieren*

Parla delle tue idee ed esperienze su temi come il lavoro, la lingua e i media. Prepara per ogni tema una breve presentazione di 30 secondi, prendi spunto dalle seguenti domande.

Lavoro: Sai già che cosa vuoi fare dopo la maturità? Vuoi studiare all'università? Quale facoltà ti interessa? Che tipo di lavoro (non) ti piacerebbe fare?

Media: Siete abbonati ad un quotidiano a casa tua? Guardi programmi in lingua originale (inglese/francese/italiano ecc.)? Leggi libri inglesi/francesi/italiani ecc.?

Lingua: Perché hai deciso di studiare l'italiano? Quali altre lingue parli? C'è una lingua che vuoi assolutamente imparare?

!
Am Ende dieser Lektion kannst du
- dich zu Studium, Berufsleben und Arbeitswelt äußern.
- zu Medien und Mediennutzung Sellung beziehen.
- über Sprache und Dialekte sprechen.
- deine eigene Meinung und deine Wünsche ausdrücken.

A Un futuro non sempre sicuro

CD 3 | 22–23

A1 Cosa faremo da grandi?

Ornella e Valerio sono in centro davanti al cinema e aspettano Hannah per andare a guardare il nuovo film "Non è un paese per giovani". Il titolo del film li porta a parlare di ciò che vogliono fare dopo la maturità.

Valerio: Sai già cosa vorrai fare dopo la maturità?

Ornella: No, non ho ancora le idee chiare. Sono dell'opinione che la facoltà di Scienze della Comunicazione o quella di Giornalismo siano la scelta giusta per me. Sebbene i miei genitori siano d'accordo con le mie scelte, pensano che io debba fare uno stage prima di iniziare gli studi! Non so, forse hanno paura che altrimenti io non prenda la decisione giusta. Benché loro mi diano consigli sempre molto utili, io non voglio che influenzino la mia decisione.

le Scienze della Comunicazione: *Kommunikationswissenschaften*

Valerio: Secondo me, non ti vogliono influenzare, vogliono solo consigliarti. Forse potresti fare uno stage alla RAI!

Ornella: È una buona idea! Tu sai già cosa farai?

Valerio: Io vorrei studiare Scienze del Turismo, però non vorrei iniziare subito. Per il momento lavoro al bar, metto da parte un po' di soldi e poi vorrei andare all'estero. Penso che mi faccia bene passare un po' di tempo in un altro paese visto che attualmente l'Italia non è un paese per giovani, come dice il titolo del film.

mettere da parte: *auf die Seite legen*

Ornella: E dove vuoi andare?

Valerio: Credo che l'Inghilterra sia la scelta giusta per me! Anche se i miei genitori desiderano tanto che passi anche qualche mese in Germania. Loro sono dell'idea che debba imparare a parlare bene sia l'inglese che il tedesco. E hanno ragione. Ho bisogno di perfezionare le lingue all'estero, nonostante io le parli già bene.

Ornella: Mi sembra che tu abbia già deciso tutto! Immagino che tu sia felice di fare questa esperienza!

Valerio: Sì, sono felicissimo. Speriamo che tutto vada bene e che le esperienze all'estero mi offrano tante opportunità quando tornerò in Italia. Tu invece non mi sembri molto convinta …

Ornella: Hai ragione. Prima di prendere qualsiasi decisione è importante che mi chiarisca un po' le idee. Al momento non penso che io possa già decidere.

Valerio: E i tuoi genitori non vogliono che passi qualche tempo all'estero?

Ornella: Beh, loro si augurano che noi prendiamo una simile decisione, anzi papà ci dice sempre: 'Ragazzi, è necessario che parliate le lingue straniere.' Perciò forse l'estero farebbe bene anche a me. Non so, devo riflettere …

Valerio: Ah guarda! Arriva Hannah!

Hannah: Ciao ragazzi. Tutto bene?
Ornella: Ciao Hannah. Parlavamo di noi e del nostro futuro.
Valerio: Sì, pensiamo che dopo la maturità sia importante fare uno stage oppure andare all'estero prima di iniziare gli studi universitari.
Hannah: Io prima di decidere andrò al Salone dello Studente. Credo che i ragazzi della nostra scuola che ci sono andati lo scorso anno, si siano informati bene e siano tornati con idee più chiare.
Ornella: Sì, certo, ma ne parliamo dopo. Adesso andiamo a vederci il film affinché ci ispiri …

il Salone dello studente: *Studien-informationstag*

Occhio!
Invece di **affinché + cong.** si potrebbe anche ursare **perché + cong.** = *damit*
perché + indic. = *weil*

Comprensione

1 Il futuro dei ragazzi

1. Vero o falso? Correggi la frase se necessario.

1. Dopo la maturità Ornella vuole studiare giornalismo.
2. I genitori di Ornella vogliono che lei faccia uno stage prima di iniziare l'università.
3. Valerio vuole fare uno stage alla RAI prima di iniziare gli studi.
4. I genitori di Valerio vogliono che lui impari bene il tedesco e l'inglese.
5. La scelta giusta per Valerio è andare in Germania.
6. Hannah ha già scelto la sua facoltà universitaria.

2. Chi dice che cosa? Forma delle frasi e indica chi le ha dette.

1. Sono dell'opinione		a. l'Inghilterra sia la scelta giusta per me.
2. I miei genitori pensano		b. tu sia felice di fare quest'esperienza.
3. I miei genitori hanno paura		c. dopo la maturità sia importante fare uno stage.
4. Credo		d. tutto vada bene.
5. Mi sembra	che	e. la facoltà di Scienze della Comunicazione o quella di Giornalismo siano la scelta giusta per me.
6. Immagino		f. parliate le lingue straniere
7. Speriamo		g. tu abbia già deciso tutto.
8. È importante		h. mi chiarisca un po' le idee.
9. È necessario		i. debba fare uno stage.
10. Pensiamo		l. altrimenti io non prenda la decisione giusta.

2 Il congiuntivo presente dei verbi regolari e irregolari ➜G *10.1*

1. Cerca nel testo le forme del congiuntivo presente dei seguenti verbi regolari in **-are** e completa la coniugazione per analogia. Che cosa noti riguardo alle forme del congiuntivo presente? Formula la regola.

Modello: **parlare** ➞ (noi) parliamo

influenzare | passare | ispirare | parlare

2. Cerca nel testo le forme del congiuntivo presente di **prendere**, **offrire** e **chiarire** e completa la coniugazione con le altre forme. Che cosa noti? Formula la regola per i verbi regolari in **-ere** e **-ire**.

chiariscano · prenda · offra · chiariamo · chiarisca · offriate · prendiate · offra · prenda · prendiamo · prendano · offra · chiarisca · chiariate · offriamo

3. Osserva nel testo A1 i verbi e le espressioni che introducono il congiuntivo! Spiega che cosa esprimono e controlla nella grammatica.

4. Cerca nel testo le forme del congiuntivo presente di questi verbi irregolari e scrivi la coniugazione nel quaderno.

essere · avere · andare · dare · fare · dovere · potere · volare

Pratica

3 Quanti pensieri

Non solo i giovani pensano al proprio domani, ma anche i genitori riflettono sul futuro dei loro figli. Coniugate i verbi regolari al congiuntivo presente.

1. Vogliamo che Valerio ■ (studiare) meglio le lingue.
2. È meglio che Ornella ■ (chiarirsi) le idee prima di scegliere la facoltà universitaria.
3. Non voglio che i miei mi ■ (spingere) verso qualcosa che non mi interessa.
4. È importante che i giovani ■ (decidere) da soli cosa fare dopo la maturità.
5. Temiamo che nostra figlia non ■ (prendere) la decisione giusta.
6. I miei genitori desiderano che io ■ (passare) un po' di tempo all'estero.
7. Ragazzi, è necessario che prima ■ (informarsi) bene al Salone dello Studente.
8. Spero che Valerio ■ (potere) perfezionare le lingue e che ■ (tornare) presto dall'estero.
9. Spero che io ■ (fare) delle buone esperienze all'estero.
10. Mi auguro che tutto ■ (andare) bene per i nostri figli e che ■ (essere) felici.

Parlare

4 I vostri progetti

Formate dei gruppi e usate le seguenti espressioni per parlare del vostro futuro.

spero | mi auguro | penso | ho paura | è importante

5 Il congiuntivo passato ➜G 10.2

Nel testo ci sono anche tre verbi al congiuntivo passato. Come formiamo questo tempo? Formula la regola.

Mi sembra che tu **abbia** già **deciso** tutto!
Credo che i ragazzi della nostra scuola che ci sono andati lo scorso anno, si **siano informati** bene e **siano tornati** con idee più chiare.

Pratica

6 Anche Nemore riflette

le Scienze Politiche: *Politikwissenschaft*

la tesina: *Seminararbeit*

Erasmus: *Studien- und Stipendienprogramm der EU für ein Auslandsstudium in einem europäischen Land*

Nemore ha già preso una decisione: studia Scienze Politiche all'università di Roma "La Sapienza". Formula delle frasi con i verbi al congiuntivo passato.

Penso che

1. la mia famiglia (capire) che ho fatto la scelta giusta.
2. i miei genitori mi (dare) dei buoni consigli.
3. anche Valerio (scegliere) la facoltà giusta.

Spero che

4. la professoressa all'università (essere) contenta della mia tesina.
5. la facoltà di Scienze Politiche (accettare) la mia domanda per fare l'Erasmus in Inghilterra.
6. anche i miei compagni di università (informarsi) sul programma Erasmus.

Pratica

7 Pausa al cinema

Nella pausa tra il primo e il secondo tempo del film Valerio, Ornella e Hannah discutono un po' sui contenuti del film e sul loro futuro. Completa il testo con i verbi al congiuntivo presente e passato.

In Italia

In Italia al cinema c'è sempre una pausa tra il primo e il secondo tempo di un film.

Hannah: Allora vi piace il film?

Ornella: Sì, penso che ■ (essere) un bel film. È un film che fa riflettere molto. Credo che ■ (dovere) informarci veramente bene su ciò che vogliamo fare da grandi e sulle nostre prospettive di lavoro. Anche se tu, Valerio, l'hai già fatto.

Valerio: In effetti, sì! E credo che adesso ■ (dovere) farlo anche voi! Comunque sono dell'idea che l'Italia ■ (dare) poche possibilità ai giovani per realizzarsi nel mondo del lavoro e che ■ (essere) normale che loro ■ (andare) a lavorare all'estero. È triste vedere che negli ultimi tempi i politici ■ (dimenticarsi) di noi giovani.

Hannah: Sono comunque dell'opinione che i giovani italiani ■ (avere) molta fantasia e che non si ■ (dare) per vinti.

Ornella: Sta per cominciare il secondo tempo … Andiamo!

darsi per vinti: *sich geschlagen geben*

8 Le congiunzioni che richiedono il congiuntivo ➜G 10.1.2

1. Trova nel testo A1 le due congiunzioni che corrispondono al tedesco "obwohl/auch wenn".

2. Come si esprime in italiano la congiunzione "damit"?

3. Formula insieme ad un partner quattro frasi con le suddette congiunzioni. Tu dici una congiunzione e il tuo partner formula la frase, poi scambiate i ruoli.

Occhio!
La congiunzione **anche se** non richiede mai il congiuntivo in italiano!

Pratica

9 Ma qual è la decisione giusta?

@ Completa le frasi con la congiunzione giusta.

1. ■ Valerio abbia studiato lingue a scuola, deve andare all'estero per impararle meglio.
2. I genitori di Valerio non vogliono influenzare le sue decisioni, ■ gli diano dei consigli molto utili.
3. Ornella non sa cosa fare dopo la maturità, ■ si sia già informata su diverse facoltà.
4. Valerio consiglia ad Ornella di informarsi bene prima di scegliere la facoltà ■ prenda la decisione giusta.
5. ■ Hannah non sa ancora cosa fare dopo la maturità, sa che vuole andare al Salone dello Studente.
6. I genitori di Valerio vogliono che lui vada anche in Germania ■ lui voglia andare solo in Inghilterra.

Lessico

10 E dopo la maturità?

Leggi il testo e con l'aiuto del dizionario metti la parola giusta al posto giusto.

orientamento universitario | laurea | all'estero | dottorato
maturità | test di ammissione | mondo del lavoro | stage
neo-laureati | curriculum vitae (cv) | professionale | numero chiuso
ricercatori | lavoro fisso | contratto a termine | colloquio di lavoro

I giovani italiani dopo la ■ devono scegliere cosa fare da grandi. Molte facoltà sono a ■, gli studenti devono quindi superare un ■ per poter iscriversi. Alcuni giovani decidono di fare uno ■ prima di iniziare l'università, perché sono ancora indecisi su cosa fare nella vita, altri vanno ■ per perfezionare le lingue o per lavorare. Prima di decidere sul loro ■ o ■ molti giovani si informano in manifestazioni come il *Salone dello Studente*. Lì loro possono anche imparare a scrivere il loro ■ o a preparare il loro ■. In Italia è sempre più difficile realizzarsi nel ■. Dopo la ■ alcuni ragazzi fanno un ■ e lavorano come ■ all'università. Ma spesso i ■ non trovano un ■, hanno solo un ■ e guadagnano pochissimo.

indeciso, -a: *unentschlossen*

@ 9 differenziato: Code **39300-10**

MK Ricerca

11 Come si informano gli studenti in Germania?

l'orientamento: *Orientierung*
formativo, -a: *(berufs)bildend*

Fate una ricerca in internet. Quali manifestazioni vengono organizzate in Germania per informare gli studenti sull'orientamento universitario, formativo e professionale? Presentate i vostri risultati alla classe.

Leggere

12 "Non è un paese per giovani" – Una recensione del film

la recensione: *Rezension, Besprechung*

Recensione di Paola Casella, giovedì 16 marzo 2017

Sandro e Luciano fanno i camerieri in un ristorante, ma coltivano sogni più grandi: Sandro vorrebbe diventare uno scrittore, mentre Luciano, figlio di un giornalista, vorrebbe veder allargare i suoi orizzonti, anche se non sa bene in quale direzione. È Luciano a trovare l'occasione giusta per entrambi: la possibilità di aprire il mitico chiringuito (chiosco) sulla spiaggia a Cuba, dove il mare è trasparente e la connessione internet è centellinata dallo Stato. A Cuba i due amici troveranno ad aspettarli Nora, un'espatriata italiana stramba ma a suo modo autentica e profonda. L'idea di "Non è un paese per giovani" è nata dall'esperienza di Veronesi a Radio 2 con la trasmissione omonima (condotta insieme a Massimo Cervelli) che lo mette in contatto con i ragazzi espatriati per trovare quel lavoro che in Italia, almeno per loro, non c'è più. [...]

Testo tratto e accorciato da: http://www.mymovies.it/film/2017/non-e-un-paese-per-giovani/

Leggete il testo e rispondete alle domande:

svolgere: *(Tätigkeit) verrichten, ausüben*

1. Chi sono i personaggi principali del film?
2. Che tipo di lavoro svolgono in Italia?
3. Quali sono i loro sogni?
4. Dove si trasferiscono questi ragazzi?
5. Che tipo di lavoro fanno a Cuba?
6. Com'è venuta a Veronesi l'idea di girare questo film?
7. Qual è il problema che viene raccontato in questo film?

Sara Serraiocco interpreta nel film il ruolo di Nora

CD 3 | *24–25*

A2 Dopo gli studi faccio il precario

Dopo il cinema Valerio, Ornella e Hannah vanno in un bar a bere qualcosa. Hannah prende un giornale e trova quest'immagine. La mostra anche agli altri e la commentano.

In Italia
Sia nella scuola materna che nella scuola primaria i bambini in Italia portano sempre un grembiule, che può essere di diversi colori.

il grembiulino: *Kittel, Schürze*

Hannah: Beh guarda questa vignetta! È questa la fine che faremo dopo gli studi?

Valerio: Sì, che tristezza. In Italia mancano i posti di lavoro soprattutto per noi giovani.

Ornella: Sì, è vero. Chi vuole guadagnarsi uno stipendio decente deve aspettare degli anni. E prima di avere un contratto fisso, ti danno un contratto a termine dopo l'altro.

il contratto a termine: *befristeter Vertrag*

Valerio: Ammiro il coraggio di chi decide di andare all'estero e si allontana dalla propria famiglia e dai propri affetti.

Ornella: Sì, per chi si sente pronto! Io non ce la farei a lasciare la mia famiglia e i miei amici per andare a vivere all'estero. Ho troppa paura di sentirmi tutta sola.

Hannah: Beh, però se ci pensi bene le distanze si sono accorciate. Fai presto a tornare nel tuo Paese. Se vivi in Germania o in Inghilterra, ci metti un paio di ore a tornare in aereo in Italia.

Ornella: Sì, i mezzi oggi sono veloci, non c'è dubbio! Però si parla un'altra lingua, ci si deve confrontare quotidianamente con un'altra cultura. Dubito di farcela. Sarebbe una vita molto stressante. E comunque ci sono anche giovani che restano e che riescono, anche senza raccomandazioni, a crearsi un futuro nel nostro Paese.

la raccomandazione: *Empfehlung*

Valerio: Hai ragione! Però io non vorrei fare il precario a vita solo per rimanere a vivere in Italia. Pensa anche a tutti gli svantaggi che avresti.

Ornella: Eh sì, certo … capisco cosa intendi dire! Guadagni poco, non hai una sicurezza economica, non puoi fare progetti per il futuro …

Valerio: E poi dicono che noi italiani siamo dei mammoni … Ma come si fa ad andar via di casa se non si ha un lavoro?!

Hannah: Mammone? Cosa significa la parola mammone?

il mammone: *Muttersöhnchen*

Ornella: Il termine mammone si può riferire ad una persona dipendente dalla mamma o dalla famiglia, ma anche a qualcuno che, nonostante abbia già una certa età, vive ancora a casa con i suoi genitori. Figurati che i politici italiani definiscono noi giovani "mammoni" o addirittura "bamboccioni" senza cercare una soluzione ai nostri problemi.

Valerio: Eh sì, i politici italiani ... Proprio loro che non si sono mai occupati di fare una politica a favore dei giovani ...

Hannah: Chi pensa che la scuola sia faticosa non sa che i problemi vengono dopo.

il bamboccione: *Muttersöhnchen*

faticoso, -a: *mühsam, anstrengend*

Comprensione

13 Un messaggio molto critico

1. Descrivi e interpreta il messaggio critico di questa vignetta.

@ **2.** Rispondi alle domande.

1. Chi ammira Valerio?
2. Secondo Ornella, chi può andare all'estero?
3. Secondo Hannah, perché oggi non è più un problema vivere all'estero?
4. Per Ornella, quali sono le difficoltà maggiori di chi vive all'estero?
5. Quali sono i problemi dei giovani che vivono in Italia?
6. Cosa si intende con il termine italiano "mammone" o "bamboccione"?

14 Le frasi implicite all'infinito ➜ G *10.1.3, 10.1.4*

1. Cerca nel testo A2 le frasi che corrispondono all'espressione tedesca "zu + Infinitiv", "um ... zu + Infinitiv" e "ohne ... zu + Infinitiv". Formula la regola.

2. Cerca nel testo A2 le frasi che esprimono lo stesso concetto delle seguenti frasi con congiunzione e congiuntivo. Quale tempo verbale viene usato dopo le congiunzioni? Quando è possibile usare questa costruzione?

Prima che tu **abbia** un contratto fisso, ti danno un contratto a termine dopo l'altro.
Ho troppa paura che io mi **senta** tutta sola.
Dubito che io ce la **faccia**.

prima che + cong.: *bevor* (➜ G *13.1*)

Pratica

15 Cervelli in fuga

Cervelli in fuga: *wörtl. Flucht der Gehirne: Tatsache, dass viele sehr gut ausgebildete junge Italiener das Land verlassen, weil sie dort keine (gute) Arbeit finden*

Completate le frasi infinitive con le seguenti preposizioni.

a | di | per | senza

Alcuni giovani non si sentono ancora pronti ■ andare ■ vivere all'estero. Altri invece non vogliono fare i precari a vita solo ■ rimanere a vivere in Italia. Per i giovani la colpa è dei politici che li criticano ■ essere dei bamboccioni ■ però fare niente di concreto ■ aiutarli. Quindi molti giovani decidono ■ andare all'estero, anche perché oggi si fa presto ■ tornare a casa.

@ 13 differenziato: Code **39300-10**

Pratica

16 Restare o partire?

Ornella riflette sulla sua situazione e su quella di altri giovani italiani. Riscrivi le frasi con una costruzione all'infinito.

Valerio è veramente forte. Non ha paura che si senta solo in Inghilterra. Io sono diversa … Temo che io non riesca a vivere senza i miei genitori e amici. Prima che io lasci l'Italia, farò di tutto per trovare un buon lavoro qui. Ma se penso alla vignetta … Oddio! Forse al Salone dello Studente mi possono dare dei consigli …

17 La frase relativa (2) ➜G *10.3*

Osserva le seguenti frasi. Come si esprimono nel testo A2 le frasi con il significato di **quelli/coloro che**? Come cambia la forma verbale della frase secondaria? Formula la regola.

1. **Quelli/Coloro che** vogliono guadagnarsi uno stipendio decente devono aspettare degli anni.
2. Ammiro il coraggio di **quelli/coloro che** decidono di andare all'estero.
3. Sì, per **quelli/coloro che** si sentono pronti!
4. **Quelli/Coloro che** pensano che la scuola sia faticosa, non sanno che i problemi vengono dopo.

Pratica

18 Scelte di vita

Riscrivi le frasi sostituendo **quelli che** e **coloro che** con **chi** e viceversa. Attenzione alla forma del verbo e dei sostantivi (singolare/plurale).

1. Coloro che vogliono andare all'estero, devono allontanarsi dalle loro famiglie e dai loro amici.
2. Quelli che non sanno cosa fare dopo la maturità, devono informarsi bene.
3. Chi pensa che i problemi finiscano dopo la maturità, sbaglia!
4. Quelli che si trasferiscono all'estero, hanno molto coraggio.
5. Chi rimane ad abitare a casa con i propri genitori, non è sempre un mammone.
6. Coloro che non si impegnano, non raggiungono nulla nella vita.

Ascolto

19 Me ne vado a vivere all'estero

CD 3 | *26–28* Ascolta le tre testimonianze di questi giovani e cerca di capire le seguenti informazioni:

- in quale materia si sono laureati
- quando si sono laureati
- dove vivono ora
- che tipo di lavoro svolgono
- perché sono andati all'estero
- cosa pensano dell'Italia

B I mass media e la lingua italiana

CD 3 | 29–30

B1 I mass media in Italia

Nemore sta navigando in internet quando all'improvviso bussano forte alla porta della sua camera. È Hannah.

Hannah: Ciao, Nemore, non ti ricordi che volevamo uscire?

Nemore: Oddio, scusa! Il tempo passa veloce! Navigavo in internet, ecco, guarda.

Hannah: Beh, ho capito solamente qualche parola, aspetta: internet, RAI, tre mesi, tirocinio, percorsi formativi. Di che parla esattamente? Cosa stai cercando?

Nemore: Sai che studio Scienze Politiche all'università e, secondo me, fare esperienze lavorative durante lo studio è importante. Ho pensato di fare uno stage, possibilmente alla RAI visto che offre dei posti per studenti, prima però devo informarmi bene. Ho anche trovato un articolo sui mass media in Italia, ma non l'ho ancora letto. Veramente ho appena iniziato a cercare e devo capire meglio. Sai che in Italia la televisione è un mezzo ancora frequentissimamente usato. Ci sono trasmissioni di attualità, *soap*, *talk show*, *reality*, *talent show* e programmi di intrattenimento. Ma alcuni parlano male – anzi malissimo – della TV italiana, per molti è TV spazzatura.

Hannah: Come da noi in Germania!

Nemore: Guarda questo articolo … Ti riassumo velocemente i risultati di uno studio di alcuni ricercatori svizzeri. È uno studio sulla stampa italiana, giornali e riviste, sulla radio, sulla televisione e su internet.

Hannah: I *mass media*, quindi.

Nemore: Sì, appunto e l'uso che ne fanno gli italiani. I ricercatori affermano per esempio che gli italiani usano la TV quotidianamente anche per informarsi, i notiziari della RAI e il Tg5 sono per esempio molto seguiti.

Hannah: E tu sei d'accordo?

Nemore: Beh, è vero, mio padre dice sempre che il telegiornale delle 20 su Rai Uno è un momento sacro per tutta la famiglia. Lui si interessa anche molto a *Geo*, un programma televisivo su natura, animali e nuove tecnologie. A me invece piace molto *Striscia la notizia*, un particolare telegiornale satirico che è trasmesso su Italia Uno, è molto divertente. Le giovani generazioni usano poco l'informazione cartacea e si servono della rete più regolarmente della generazione dei loro genitori ma, anche se leggono meno frequentemente i giornali, di solito si informano benissimo, spesso però solo online. Il giornalaio qui sotto afferma che vende sempre meno quotidiani, sai, *il Messaggero*, *il Corriere della Sera*, *la Stampa* o *la Repubblica*. Dice sempre che ha venduto, vende e venderà solo *la Gazzetta dello Sport*.

Hannah: Sì, lo dice chiaramente anche qui, vedi? "La stampa lascia spazio al mondo digitale" e cita *Virgilio* … ma non è un autore latino?

Nemore: Sì, certo. Ecco, questa è la pagina web di Mediaset. Anche questa azienda offre degli stage. Bello, così potrei facilmente conoscere Maria de Filippi.

Hannah: Chi è?

Nemore: Dopo il Papa la persona più "importante" in Italia!

il percorso formativo: *Ausbildung (hier im Rahmen eines Praktikums)*

cartaceo, -a: *Papier-; gedruckt*

Virgilio: *un portale internet, molto usato in Italia*

Comprensione

1 I mass media

1. Rispondi alle seguenti domande.

1. Che cosa offre la RAI?
2. Che cosa sta cercando Nemore? Perché?
3. Quali sono i risultati dello studio dei ricercatori svizzeri sui media in Italia?
4. Che cosa dice Nemore sull'uso dei mass media?

2. Di quali canali, programmi, giornali e portali internet parlano Nemore e Hannah? Completa la tabella con gli esempi del testo.

televisione	stampa	internet
■	■	■

Lessico

2 Per parlare dei media

Copia la tabella e con l'aiuto del dizionario completala con le seguenti espressioni.

la televisione pubblica – il telegiornale – navigare in internet – il quotidiano – il giallo – il libro tascabile – la televisione/la rete privata – la trasmissione/trasmettere (in diretta) – postare – il programma sportivo – il telecomando – la TV spazzatura – i cartoni animati – il telefilm – il romanzo – la stampa nazionale – il programma culturale – la stampa rosa – la serie televisiva – programmi educativi/istruttivi – la casa editrice – la commedia – la copertina – la chiavetta USB – il film d'amore – il/la giornalista – scaricare un file dalla rete – mandare in onda – il documentario – fare zapping – cliccare – il supplemento – il film d'azione – il canale – la soap

Parlare

3 Tu e i media

Qual è la tua esperienza personale con i media? Come ti informi? Cosa leggi? Guardi la TV?

4 L'avverbio ➜G *10.4*

1. Trova nel testo B1 gli avverbi che corrispondono ai seguenti aggettivi. Come formiamo gli avverbi regolari degli aggettivi in **-o/-a** e in **-e**? Formula la regola.

solo – esatto – possibile – vero – quotidiano – regolare – frequente – chiaro – facile

2. Trova nel testo B1 gli avverbi che corrispondono agli aggettivi **buono** e **cattivo**.

3. Guarda questi esempi tratti dal testo. Che cosa noti?

bussano **forte** alla porta | Il tempo passa **veloce**

Pratica

5 I media in Via dei Torriani, 20

@ Completa il testo con gli avverbi dei seguenti aggettivi.

approfondito: *ausführlich, vertieft*
costante: *ständig, stetig*

approfondito | attento | buono | cattivo | costante | esclusivo | felice | quotidiano | regolare | vero

Tutti gli inquilini del palazzo in Via dei Torriani, 20 usano ■ i *mass media*. Il signor Monti legge ■ *il Corriere della Sera* e si informa ■ sulla politica italiana. Valerio invece si informa ■ su Virgilio e Simone segue online ■ tante serie televisive americane in lingua originale. Perciò parla ■ l'inglese. La piccola Lavinia Zucchi guarda ■ i cartoni animati in TV. Ornella invece guarda ■ dei video in internet, anche se sua madre considera ■ informarsi in questo modo. Salvatore Crispi preferisce la vecchia radio, è ■ la sua fonte di informazione preferita.

la fonte di informazione: *Informationsquelle*

6 La comparazione degli avverbi ➜G *10.5*

1. Trova con l'aiuto della grammatica le forme di comparativo e superlativo dei seguenti avverbi presenti nel testo B1 e completa la tabella per analogia.

avverbio	comparativo	superlativo
regolarmente	■	■
frequentemente	■	■

2. Come formiamo la comparazione degli avverbi? Formula la regola.

3. Trova le forme irregolari dei seguenti avverbi presenti nel testo B1 e completa la tabella di **1.** con l'aiuto della grammatica.

bene | male | molto | poco

Pratica

7 In casa Neumann: giornale, televisione, radio o rete?

@ Come si informano i Neumann? Formula delle frasi con il comparativo (+)/(–) e il superlativo (++) degli avverbi.

1. Michael Neumann – leggere *la Repubblica* – frequente (–) di sua moglie
2. Franziska Neumann – parlare l'italiano – bene (++) – perché ascolta sempre la radio italiana
3. Ben e Hannah – navigare in rete – regolare (+) – dei loro genitori
4. Franziska Neumann – seguire – molto (++) le notizie dalla Germania
5. Hannah – riuscire a leggere i quotidiani italiani – bene (+) – di Ben
6. Michael Neumann – trovare la TV italiana – male (+) – della TV tedesca, per questo motivo la guarda poco (++).

@ 5 7 differenziato: Code **39300-10**

Ricerca

8 Uno stage in Germania

MK

Un tuo amico italiano vuole fare uno stage presso un'azienda di telecomunicazioni in Germania e ti chiede di aiutarlo. Fai una ricerca in internet. Consulta i siti web delle reti più importanti e informa il tuo amico sui seguenti punti:

- il nome e le caratteristiche della rete (per esempio ARD, ZDF, RTL ecc.)
- le offerte di stage

9 Il discorso indiretto del presente

➜G 10.6

1. Trova nel testo B1 le frasi al discorso indiretto che corrispondono a queste frasi del discorso diretto. Come introduciamo un discorso indiretto? Che cosa noti riguardo all'uso dei tempi verbali? Formula la regola.

1. I ricercatori: "Gli italiani usano la TV quotidianamente."
2. Il padre di Nemore: "Il telegiornale delle 20 su RAI Uno è un momento sacro per tutta la famiglia."
3. Il giornalaio: "Ho venduto, vendo e venderò solo la *Gazzetta dello Sport*."

2. Adesso guarda questo esempio. Che cosa noti riguardo all'uso dei pronomi? Formula la regola.

Nemore: "Mi piacerebbe fare uno stage alla RAI, ma prima devo informarmi bene."
Nemore dice che gli piacerebbe fare uno stage alla RAI, ma prima deve informarsi bene.

Pratica

10 Tutti davanti alla TV … oppure in rete

Metti le frasi al discorso indiretto.

1. Lavinia: "Il mio canale preferito è RAI YoYo. Mi piace molto perché posso vedere tutti i miei cartoni animati preferiti come *Peppa Pig* e *Calimero*."
2. Simone: "La TV non mi interessa. Guardo solo programmi online. Stasera Ben e io guarderemo la nuova puntata della nostra serie preferita."
3. Gemma: "Per il mio compleanno ho ricevuto un eBook Reader. Leggo molto e scarico un nuovo libro ogni settimana."
4. Valerio: "Non guardo la TV da quando ero bambino. È solo per i vecchi. Preferisco informarmi online."

Laboratorio

11 La stampa e la televisione italiana

MK

Formate dei gruppi e scegliete uno dei seguenti canali televisivi o giornali. Fate una ricerca in internet e preparate un poster oppure una presentazione PowerPoint in cui mostrate alla classe i fatti importanti e la storia del canale o giornale.

RAI 1 | Il Corriere della Sera | Canale 5 | La Repubblica | La 7 | RAI 2 | Il fatto quotidiano | RAI 3

Mediazione

12 La storia della TV tedesca

Nemore vuole sapere com'è nata e come si è evoluta la televisione in Germania. Hannah ha trovato questo articolo. Riassumilo con l'aiuto del dizionario e delle frasi utili.

Espressioni utili

in schwarz-weiß	**in bianco e nero**
erfinden	**inventare**
Olympische Spiele	**i Giochi Olimpici**
2. Weltkrieg	**la Seconda Guerra Mondiale**
Vizekanzler	**il vicecancelliere**
einen Knopf drücken	**premere un pulsante**
Attrappe	**l'imitazione**
Rundfunkgebühren	**il canone**

Die Geschichte des Fernsehens

Im März 1935 startete das erste regelmäßige Fernsehprogramm der Welt – und zwar in Deutschland. Damals waren die Bilder allerdings noch nicht in Farbe, sondern nur schwarz-weiß. Das Farbfernsehen wurde erst 30 Jahre später erfunden. Das erste große Fernsehereignis waren die Olympischen Spiele 1936 in Berlin. Zwischen 1939 und 1945 war dann der Zweite Weltkrieg. Die Nationalsozialisten unter der Führung von Adolf Hitler stellten während des Krieges, im Jahr 1944, das Fernsehen in Deutschland wieder ein. Erst sieben Jahre nach dem Kriegsende, also 1952, gab es in Deutschland wieder Fernsehen. Deshalb gilt dieses Jahr auch als das eigentliche Geburtsjahr des deutschen Fernsehens. Jedes Jahr wird am 21. November seit 1997 der Welttag des Fernsehens gefeiert.

Erste Fernsehshow in Farbe

Von da dauerte es noch 15 Jahre, bis aus den schwarz-weißen endlich farbige Fernsehbilder wurden. Das geschah am 25. August 1967 auf der Internationalen Funkausstellung (IFA) in Berlin. Damals startete der deutsche Vizekanzler Willy Brandt per Knopfdruck das Farbfernsehen. Der Knopf war allerdings nur eine Attrappe. In Wirklichkeit hatten Techniker hinter der Kamera das Fernsehbild auf Farbe umgestellt. Die erste Fernsehshow in Farbe war „Der goldene Schuss", sie lief noch am gleichen Abend im ZDF.

Zuerst nur zwei Fernsehsender

Bis ins Jahr 1984 mussten sich die Fernsehzuschauer in Deutschland mit den beiden Sendern ARD und ZDF begnügen. Sie werden als „öffentlich-rechtliche" Sender bezeichnet. Finanziert werden die Sender auch von den Zuschauern. Jeder Haushalt muss regelmäßig eine Gebühr für den öffentlich-rechtlichen Rundfunk bezahlen.

Private Fernsehsender kamen dazu

1984 ging dann der erste private Fernsehsender PKS (Programmgesellschaft für Kabel- und Satellitenrundfunk; später SAT1) auf Sendung. Das Privatfernsehen war geboren. Privatsender bekommen ihr Geld nicht vom Zuschauer, sondern von Firmen, die im Fernsehen ihre Produkte bewerben. Heute gibt es mehrere hundert Fernsehsender in Deutschland. Die meisten davon sind private Anstalten. Da fällt die Wahl des Programms manchmal ganz schön schwer.

https://www.zdf.de/kinder/logo/die-geschichte-des-fernsehens-100.html

Ann-Cathrin Hoffmann, 1.10.2016

CD 3 | 31–32

B2 Alla scoperta della lingua italiana

Hannah è dai Monti. In cucina vede un dépliant di un supermercato.

Hannah: Quanta Nutella! Che buona! Cosa c'è scritto, *uaghlío* … Aiuto! Ma che lingua è? Sono sicura che non è italiano.

Simone: Fammi vedere! Ah! Penso che sia dialetto.

Sig. Monti: Hai ragione, sono espressioni dialettali di diverse regioni italiane.

Hannah: Cosa significa … *ganzo*? E *'uaglío*?

Sig. Monti: *Ganzo* in toscano, ma anche a Roma vuol dire bello, bravo e *uaglió* si usa a Napoli per dire ragazzo.

Hannah: Signor Monti, Lei sa proprio tutto! Ci sono molti dialetti in Italia?

Sig. Monti: Domanda difficile, cara Hannah. Diciamo così: c'è l'italiano standard, la lingua nazionale che si parla anche in TV, poi c'è l'italiano regionale, tipico di una regione con caratteristiche precise di una zona. Per esempio, in Toscana la gente pronuncia diversamente la "c" dura davanti a una vocale. Dicono quindi "la hasa" invece di "la casa". Questo fenomeno si chiama "la gorgia toscana". E al Nord spesso si pronuncia "bene" con la e chiusa invece di "bene" con la e aperta …

la "c" dura: *der Laut [K]*

Simone: Papà, dai, non ricominciare, per favore. Sappiamo che hai letto tantissimi libri, ma non fare il professore, ti prego!

Sig. Monti: Simone, voglio solo spiegare ad Hannah la situazione linguistica qui in Italia. Sai, Hannah, ogni paese o cittadina possiede anche un dialetto stretto specifico: per esempio, c'è il lombardo e poi c'è anche il milanese, molto diverso dal bergamasco e così via.

Hannah: Non credo che il nostro professore abbia già detto che in Italia ci siano così tante differenze linguistiche.

Sig. Monti: Sì, è vero. Ci sono le minoranze linguistiche, per esempio, al Nord, nel Trentino-Alto Adige si parla il tedesco e nel Friuli-Venezia Giulia lo sloveno, mentre al Sud, in Calabria e in Puglia, ci sono alcuni posti in cui si parlano il greco e l'albanese.

lo sloveno: *die slowenische Sprache*

Hannah: Grazie mille, signor Monti, molto interessante. Spero proprio che uno di questi giorni verrà da noi a scuola a tenere una lezione sulle lingue in Italia.

Simone: Hannah, sei matta! Sai che mio padre verrebbe davvero …

Sig. Monti: Ma è chiaro che verrò!

Comprensione

13 L'Italia – un paese, tante lingue

@ Completa il testo con le informazioni del testo B2.

La lingua ufficiale d'Italia si chiama anche ■ ■ oppure lingua nazionale. Nelle 20 regioni d'Italia si parla sia la lingua ufficiale sia l'italiano ■. Le caratteristiche variano a seconda della regione. Al ■, per esempio, la vocale "e" è molto ■, mentre in Toscana esiste la cosiddetta ■ ■. Poi ci sono tanti dialetti, che spesso cambiano da paese a paese. Le persone che parlano per esempio il ■, l'albanese oppure il greco fanno parte di una delle 12 ■ ■ che sono presenti sul nostro territorio.

14 La concordanza dei modi e dei tempi verbali (I) ➜G *10.7*

Osserva le seguenti frasi tratte dal dialogo B2. Quale differenza noti tra i verbi della frase principale? Quali tempi e modi usiamo nella frase secondaria per esprimere un'azione passata, un'azione contemporanea e un'azione futura? Formula la regola e controllala con l'aiuto della grammatica.

Sono sicura che non **è** italiano.

Ma **è chiaro** che **verrò**.

Sappiamo che **hai letto** tantissimi libri.

Penso che **sia** dialetto.

Non **credo** che il nostro professore **abbia** già **detto** che in Italia si parlano anche altre lingue.

Spero proprio che un giorno **verrà** da noi a scuola a tenere una lezione sulle lingue in Italia.

Pratica

15 Hannah e le lingue

Completa le frasi con i verbi al modo e tempo giusti e abbina la seconda parte della frase. Attenzione: P = azione passata, C = azione contemporanea, F = azione futura

1. Penso che la lingua italiana **essere** (C)	solo il dialetto di Lipsia.
2. È chiaro che fra qualche anno **parlare** (F)	dal latino in modo così diverso.
3. È interessante che i dialetti italiani **svilupparsi** (P)	fluentemente l'italiano e l'eritreo. Interessante!
4. Speriamo che i dialetti italiani **sopravvivere** (F)	l'italiano ancora meglio.
5. La mamma dice che da bambina **parlare** (P)	bellissima.
6. So che il signor Crispi **parlare** (C)	anche nel 21° secolo.

Ascolto

16 Minoranze linguistiche

CD 3 | *33* Prendi appunti sulle seguenti parole chiave e usale per riassumere il contenuto del testo.

San Demetrio Corone · Cosenza · Calabria · comunità albanese · l'italiano · vestiti · religione · conservare · il 5 % · comunicare · ricchezza

@ 13 differenziato: Code **39300-10**

11 Made in Italy

Ingresso

CD 3 | *34–38*

baci

1 Ne puoi dare o ricevere, ma sono sempre dolci.

ceramiche

2 Prima è polvere della terra, ma dopo la cottura cosa diventa?

la cottura: *Brennen*

10 Quella che disegnano gli stilisti influenza gli armadi di tutto il mondo.

Milano

vetro

Sorrento

moda

Caltagirone

Sulmona

9 Hanno più di mille anni e mostrano ancora oggi bellezza e tradizioni della loro antica terra. Il *Made in Italy* le ha fatte diventare addirittura gioielli.

il gioiello: *Schmuck; Juwel*

3 È una bella rossa che molti guardano con grande meraviglia.

Maranello

terracotta

Sant'Elpidio a Mare

confetti

Murano

Perugia

8 Ha un colore solare ed è fatto con un frutto ovale.

solare: *Sonnen-*
ovale: *oval*
pari: *gleich, gerade (Zahl)*

4 Puoi vedere oltre e nonostante ciò lo guardi affascinato.

6 Un forte vento li piega, ma non impedisce loro di diventare qualcosa di dritto che serve per tappare.

tappare: *verschließen*

Ferrari

sughero

Calangianus

5 Le cita Boccaccio nel *Decameron* e ancora oggi sono le due cose che stanno più in basso, ma crescono con te.

il sughero: *Kork, Korkeiche*
la terracotta: *Terrakotta, Ton(erde)*

7 Sono bianchi, piccoli e ovali. Fuori sono duri e dolci, ma dentro teneri. Non si ricevono mai a numeri pari e comunicano sempre un evento molto speciale.

scarpe

limoncello

Pienza

A

B

C

D

E

F

G

H

I

L

Comprensione

1 Arte + design + moda = creatività italiana

Ma che cosa è? Abbinate le descrizioni con l'oggetto e l'immagine.

Nota bene

Falsi amici
i confetti = mit Zucker überzogene Mandeln
das Konfetti = i coriandoli

Ricerca

2 Da dove viene?

MK

Fate una ricerca in internet e individuate le città e le regioni da cui vengono questi prodotti.

Laboratorio

3 Un collage tutto *Made in Italy*

MK

In gruppo preparate un collage con pezzi di giornale su un prodotto italiano. Informatevi in internet e poi presentate il prodotto in classe.

Laboratorio

4 E in Germania?

MK

Cercate in internet dei prodotti tedeschi famosi e indicatene la provenienza.

la provenienza: *Herkunft*

!
Am Ende dieser Lektion kannst du
- über berühmte Produkte und Marken des *Made in Italy* Auskunft geben.
- dich über Produktpiraterie austauschen.
- über die Einflüsse der italienischen Kunst sprechen.
- kritisch zu den regionalen Unterschieden Italiens Stellung nehmen.

A Il design italiano

CD 3 | 39–40

A1 Un'artigiana della fantasia

Franziska Neumann vuole comprare delle scarpe per andare al matrimonio di un'amica e, navigando in internet, trova questo sito: www.italianstories.it

Intervista di Ingrid Ickler a Olivia Monteforte

Vivi il tuo sogno?
Sono entrata nel mondo dell'artigianato quasi dieci anni fa. Volevo diventare artigiana di scarpe su misura. Allora non ne sapevo nulla di questo mestiere. Quando studiavo filosofia creavo solo pensieri e non cose. Poi ho scoperto che lavorare con le mani mi dava benessere. E questa era la strada giusta per me. A breve aprirò il mio atelier laboratorio! Se non avessi sempre nuovi sogni, non potrei partire per questa nuova avventura.

il laboratorio: *hier: Werkstatt*

Da dove vengono le tue idee?
Tutto nasce dalle emozioni tra me e chi dovrà indossare le scarpe. Ogni modello è unico, così come lo sono tutte le persone che incontro. Traduco tutto ciò che vedo nell'altro in linee, colori e forme.

Da cosa viene la tua creatività?
Inizio a fare uno schizzo della mia idea e ci penso, poi ci lavoro su fino a quando non riesco a convogliare tutto in un unico oggetto: le scarpe.

lo schizzo: *Skizze*
convogliare: *leiten, zuführen*

Come riesci a farti pubblicità?
Ci riesco con il passaparola e i social (facebook, instagram e linkedin).

Made in Italy. *Che cosa significa per te?*
È un sapore, un profumo, una piccola imperfezione. È ciò che non puoi ripetere per due volte nello stesso modo e che ha in sé un fascino unico.

il passaparola: *Mund-zu-Mund-Werbung*
l'imperfezione: *Unvollkommenheit*

Secondo te, sei un simbolo del Made in Italy *nel senso positivo del termine (artigianato)?*
Direi di sì … ma lascio a voi l'ultima parola!

Esiste una rete, un network di artigiani come te?
Ne esistono tante, ma te ne citerò due in particolare. La prima si chiama *Italian Stories*, è un portale che ha cambiato il modo di visitare l'Italia, guidando i turisti in giro per il paese a seconda dei laboratori artigiani che vogliono visitare. La seconda è *Guado*, un'associazione culturale che promuove gli artigiani e i loro prodotti, principalmente nella regione Marche.

La tua vita fra cinque anni?
Felice!

Se vuoi maggiori informazioni sulla storia e l'esperienza di Olivia questo è il suo sito: https://www.italianstories.it

Comprensione

1 Ritorno ai vecchi mestieri

Olivia ci racconta molte cose di sé e dell'amore per il suo lavoro. Ma è tutto chiaro?

1. Da dove si capisce che (indica la riga)

1. … Olivia all'inizio non conosceva il suo lavoro? (r. ■)
2. … lei presto sarà professionalmente indipendente? (r. ■)
3. … le sue ispirazioni si sviluppano dall'incontro con la persona che vuole le scarpe? (r. ■)
4. … lei non produce mai due volte lo stesso paio di scarpe? (r. ■)
5. … il primo passo del suo lavoro è il disegno? (r. ■)
6. … c'è un network che mostra ai turisti un lato particolare dell'Italia? (r. ■)

l'ispirazione: *Anregung, Inspiration*

2. Termina le seguenti frasi con le informazioni contenute nel testo.

1. Olivia Monteforte ha iniziato ■.
2. Lei ha scoperto che si sentiva bene se ■.
3. Olivia traduce quello che vede nelle persone in ■.
4. La giovane artigiana si fa pubblicità ■.
5. Il *Made in Italy* per lei è ■.
6. Per Olivia il futuro è ■.

2 Le particelle pronominali ci e ne →G *11.1*

1. Nell'intervista Olivia usa dei verbi preceduti da **ci** e **ne**. Trovali e indica la riga.

2. A cosa si riferiscono le particelle nelle frasi? Formula la regola con l'aiuto della grammatica.

Pratica

3 Più *ci* rifletto, più *ne* sono convinta

Completa i pensieri di Olivia con la particella giusta.

Quando studiavo filosofia, non ■ pensavo proprio a fare questo mestiere. Poi un giorno ■ ho scoperta la bellezza e la creatività. Non ■ è riuscito nessuno a farmi cambiare idea. Da allora ■ ho create tante di scarpe e, secondo me, tutte uniche e bellissime. Quando parlo con la persona a cui devo fare le scarpe nasce una forte emozione e dopo l'incontro ■ metto tutta la fantasia nello schizzo e ■ viene fuori una scarpa che piace subito al cliente.

4 Il congiuntivo imperfetto →G *11.2*

Sempre nella sua intervista la giovane artigiana dice: "Se non **avessi** sempre nuovi sogni, …".

1. Si tratta del congiuntivo imperfetto del verbo **avere**. Con l'aiuto della grammatica scrivi la coniugazione completa sul quaderno, non dimenticare i pronomi!

2. Consulta la grammatica e indica gli infiniti delle seguenti forme al congiuntivo imperfetto:

volessimo fossi andaste potesse dessimo facessero
bevesse stessi doveste diceste venissero producessimo ponessi

Pratica

5 E se invece …?

(im)previsto, -a: *vorhersehbar; unvorhergesehen*

A volte si creano delle situazioni impreviste o quelle previste si sviluppano in un modo diverso. Metti i verbi al congiuntivo imperfetto e abbina le frasi.

1. Se i clienti non ■ (comprare) le sue scarpe, Olivia	a. non riuscirebbe a perfezionare le sue scarpe.
2. Se lei non ■ (fare) prima degli schizzi,	b. venderebbe le sue scarpe solo a Urbino.
3. Se Olivia non ■ (usare) i social network,	c. i prodotti del *Made in Italy* non sarebbero unici.
4. Se gli artigiani ■ (produrre) tutti nello stesso modo,	d. non aprirebbe un suo laboratorio.

6 Il periodo ipotetico (II) ➜G *11.3*

1. Torniamo sulla frase di Olivia, lei afferma: "Se non avessi sempre nuovi sogni, non potrei partire per questa nuova avventura." Come abbiamo visto precedentemente nella prima frase, quella secondaria con il se, lei usa un congiuntivo imperfetto, ma cosa usa nella frase principale?

2. Conosci il periodo ipotetico I dalla sesta lezione, quali differenze noti con il periodo ipotetico II? Formula la regola.

Pratica

7 Quanti "se" prima di una decisione

@ Ma dieci anni fa Olivia era veramente sicura di voler diventare un'artigiana? Completa le frasi con il periodo ipotetico II.

volere – lasciare – potere – liberarsi – essere – riuscirci – dovere – sbagliare – creare – fare – capire – usare – avere – aprire

E se ■ a voler diventare un'artigiana, ■ ancora lavorare come filosofa? Ma se ■ fare un giorno delle scarpe su misura, ■? Magari ■ essere un errore se ■ la filosofia! Se però ■ più le mani, ■ forse meno idee, ma sicuramente più scarpe! Non so proprio cosa fare. Però ■ volentieri un mio atelier laboratorio se questa ■ la strada giusta per me. Ma come faccio a decidermi? Cosa ■ se un giorno non ■ più idee e soprattutto se ■ di aver fatto una scelta sbagliata? Vediamo un po', e se ora ■ una passeggiata in campagna, ■ sicuramente la testa da tanti pensieri, forse ■ anche dormirci su e rimandare a domani questa decisione.

Ascolto

8 "Gelati Pepino" – Un prodotto *Made in Italy*

CD 3 | *41–45*

Ascolta la storia di Gelati Pepino e completa le frasi.

il ghiaccio secco: *Trockeneis*
il gelato su stecco: *Eis am Stil*

"Gelati Pepino" è nato ■. Domenico Pepino è di ■ ma poi si è trasferito a ■. L'azienda usa il "ghiaccio secco" e perciò è nata la frase che "il gelato Peppino ■ ovunque". Nel 1939 hanno inventato il primo gelato al mondo su stecco che si chiama ■. Negli anni '30 con due lire si ■. Si può andare alla Gelateria Pepino anche per fare ■ e bere ■.

@ 7 differenziato: Code **39300-11**

Mediazione

9 Stilisti d'Oltralpe

Franziska sa che Marta ama molto la moda così le mostra un articolo su due giovani stiliste tedesche e glielo riassume. Scrivi un testo di circa 100 parole.

Jan 'n June: Der Traum vom eigenen Mode-Label

Mutig oder völlig verrückt? Anna und Jula aus Hamburg haben mit Mitte 20 ihr eigenes Mode-Label, *Jan 'n June*, gegründet. Die beiden haben Mode- und Designmanagement studiert und wollen nicht weniger, als die deutsche Modelandschaft zu revolutionieren – mit Klamotten aus nachhaltigen Materialien, die einfach richtig gut aussehen.

BRIGITTE: Im August 2014 habt ihr euch mit eurem eigenen Label selbstständig gemacht. Rückblickend betrachtet: War diese Entscheidung total mutig oder total verrückt?
Anna: Ich würde sagen: Es war viel mutiger und krasser, als es sich damals angefühlt hat. Natürlich wussten wir, was wir machen. Als wir beim Notar saßen, war uns klar: Wir gründen gerade wirklich. [...]
Jula: Plötzlich jonglierst du mit Zahlen und bewegst große Summen auf dem Geschäftskonto, das ist einfach ungewohnt. Am Anfang gehst du in Vorkasse. Die Läden bestellen bei dir, du musst die Stoffe und die Produktion bezahlen und kriegst dein Geld erst, wenn du auslieferst.
Wie läuft es denn? Könnt ihr von eurem Label leben?
Anna: Das Geschäft wächst, wir sind auf dem richtigen Weg. Aber davon leben können wir noch nicht. Im Grunde funktioniert das nur mit Nebenjobs – und weil wir unsere Lebenshaltungskosten komplett reduziert haben. Wir sind zum Beispiel beide wieder bei unseren Eltern eingezogen. [...]
Einen Rock bekomme ich bei euch für 70 Euro, eine Jacke für 90 Euro, alles aus Bio-Baumwolle und unter fairen Bedingungen produziert – wie schafft ihr das?
Anna: Wir wollen eine Alternative anbieten, die man mit gutem Gewissen kaufen kann und die trotzdem unseren modischen Vorstellungen entspricht – und dabei erschwinglich ist. Dieses Modell funktioniert im Prinzip nur über die Menge und den direkten Verkauf. Unser Einkaufspreis ist sehr knapp kalkuliert. [...]
Tragt ihr [...] nur eure eigenen Sachen?
Jula: Natürlich tragen wir unsere eigenen Sachen. Wir mögen ja alles, was wir designen. Aber nicht ausschließlich, so groß sind unsere Kollektionen noch gar nicht. [...]
Was müsste sich eurer Meinung nach in der Modebranche ändern?
Anna: Ich fände es wichtig, dass sich die Kunden wirklich bewusst darüber werden, woher die Teile kommen, die sie tragen, und wie sie hergestellt wurden.
Jula: Wir sind ja nicht gegen Konsum. Aber wir haben etwas gegen diese Wegwerf-Mentalität. Wenn die Leute bewusster shoppen und alte Kleidung weitergeben oder recyceln, wäre schon viel gewonnen.

http://www.brigitte.de/mode/trends/jan--n-june--der-traum-vom-eigenen-mode-label-10214752.html

Parlare

10 Che tipo di consumatore/consumatrice sei?

Che cosa è importante per te quando fai shopping? Ti interessa di più la qualità o il prezzo? Guardi se il prodotto è particolare o preferisci comprare solo cose di marca?

CD 3 | *46–48*

A2 Contraffazioni all'italiana – una *crime story*

Hannah ha comprato su una bancarella al mercato una bella borsa di un famoso stilista italiano. Quando arriva a scuola la mostra entusiasta alla sua amica Mia.

Hannah: Guarda qui la mia nuova borsa! Che te ne pare?
Mia: Sì, è molto bella. Dove l'hai comprata?
Hannah: La borsa l'ho comprata al mercatino vicino casa mia. Non solo è bella, ma è stata un affarone!
Mia: Hmm … Hannah, ma sei proprio sicura che sia un originale? Sai, ai mercatini si trovano cose belle e a buon mercato, ma spesso non sono originali, sono delle contraffazioni. Per questo motivo la borsa non l'hai pagata molto!
Hannah: Una contraffazione? Che cosa vuol dire?
Mia: "Contraffare" un prodotto vuol dire produrre e mettere in commercio un oggetto esattamente uguale a quello originale. Il consumatore non conosce la reale provenienza della merce perché non è in grado di distinguere il prodotto originale dalla copia. Sai, l'anno scorso abbiamo lavorato ad un progetto sulla contraffazione e in classe abbiamo creato un fumetto. Te lo spedisco più tardi.

la provenienza: *Herkunft*

Ecco il fumetto. *10:04*

l'informatore: *Informand*
cantare: *singen; hier: „auspacken"*
la scorta: *Eskorte*
il giro d'affari: *Umsatz*

QUESTURA di Napoli

reinvestire: *wieder investieren*
stavolta: *diesmal*
il clandestino: *illegaler Einwanderer*
sbarcare: *landen, an Land gehen*

Comprensione

11 Contr-affar(on)e

@ Nel fumetto ci sono tante informazioni che riguardano il mondo delle contraffazioni. Usa i dati per rispondere alle seguenti domande.

1. Qual è attualmente il valore delle merci contraffatte?
2. Ci sono altre mafie internazionali che collaborano con la Camorra?
3. Come è reinvestito il denaro guadagnato con le contraffazioni?
4. Quali merci venivano usate in passato per il contrabbando?

12 La messa in rilievo →G *11.4*

Durante la loro conversazione Hannah e la sua amica dicono: "La borsa l'ho comprata al mercatino …" oppure "… la borsa non l'hai pagata molto! " Usando questo tipo di costruzione diamo più importanza ad un'informazione rispetto ad un'altra.

rispetto a: *im Vergleich zu*

1. Trova nel testo tutte le frasi con la messa in rilievo e scrivile nel quaderno.

2. Che cosa usi per esprimere la frase in questo modo? Qual è nella frase l'informazione più importante?

Pratica

13 Informazioni … in rilievo

Riscrivi le seguenti frasi usando la messa in rilievo.

1. Il giro d'affari dei beni contraffatti è intorno ai 338 miliardi di euro.
2. Per la Camorra questo tipo di business è più conveniente e meno rischioso del traffico di droga o di armi.
3. A Napoli è tutto sotto la Camorra, il traffico di merci, quello dei clandestini.
4. Qui in città ormai il fenomeno della contraffazione ha sostituito il contrabbando di sigarette.
5. Presto, Maresciallo, andiamo al porto.
6. Alle 10:00 arriva una nave piena di container.

Prodotto contraffatto

Leggere

14 L'altra faccia della pirateria

Tornata a casa, Hannah mostra la borsa a sua madre e le racconta quello che le ha detto la sua amica sulle falsificazioni. Insieme si informano in internet e trovano questa testimonianza in un blog.

la falsificazione: *Fälschung*

Sono Yun Zhang, una migrante cinese, ho conosciuto Caterina al CIE di Ponte Galeria e lei mi ha chiesto di raccontare la mia storia sul suo blog.
Come molti cinesi vengo dal sud est della Cina, zona oggi ricchissima grazie anche ai soldi che noi abbiamo sempre inviato regolarmente a casa. In Cina la maggior parte delle persone che migrano sono donne di circa trent'anni che, come me, provengono dalle campagne e che molto spesso hanno dei figli che lasciano ai nonni. Oggi normalmente si trasferiscono nelle grandi metropoli come Pechino o Shanghai, ma negli anni Novanta non era così, noi siamo partite in molte verso l'Europa.

@ 11 differenziato: Code **39300-11**

I motivi però sono sempre gli stessi: abbiamo figli che dobbiamo crescere da sole, oppure un familiare malato e la nostra famiglia è poverissima.
Anche la procedura non è cambiata, devi trovare qualcuno che ti procuri i documenti, dargli dei soldi e non fare domande.
La mia storia è quella di tante altre ragazze, sono rimasta orfana a dieci anni, a sedici ho lasciato la scuola e sono andata a lavorare in fabbrica, lì ho conosciuto mio marito. Il nostro matrimonio è andato male e così ho lasciato il bambino ai nonni paterni e sono emigrata in Italia. Da noi si guadagna pochissimo e quando ho sentito che in Italia avrei guadagnato 1.000 € ho deciso di partire. Ho preso contatto con un "intermediario", loro lavorano con persone che si trovano a Pechino o Shanghai e ti procurano un visto sportivo o turistico. Il costo varia tra i 4.000 e i 15.000 € e dipende dal tipo o durata del viaggio. Tu paghi una piccola somma iniziale di circa 200 € e, arrivata a destinazione, telefoni alla tua famiglia che consegna il resto della somma all'intermediario.
Sono partita in aereo con altre ventiquattro persone e tre accompagnatori, abbiamo fatto scalo a Dubai e poi siamo ripartiti per la Polonia – la maggior parte dei visti sono per quel Paese visto che ogni anno lì si organizza un evento sportivo internazionale. Ad aspettarci c'era un autobus che ci ha portati in Italia, mentre i nostri accompagnatori sono tornati in Cina. In Italia ho subito scoperto la cruda realtà che mi aspettava. Il mio stipendio era di 150 € – normalmente variano dai 40 ai 250 €. All'inizio ti portano in dormitori gestiti da cinesi e da lì prendi contatti con le fabbriche.
Ogni giorno si lavora dalle 16 alle 18 ore per sette giorni a settimana, per anni non esci dalla fabbrica e con la crisi attuale spesso devi cambiarla. A noi avevano tolto i documenti quindi anche per questo motivo hai paura di uscire. Oggi le ragazze non consegnano più i documenti perché i nostri capi hanno paura di essere denunciati, ma arrivano giovanissime e senza esperienze lavorative, così sono costrette a lavorare gratuitamente per un periodo iniziale. Non ci sono ferie o permessi di malattia, la nostra condizione è di semi-schiavitù.
A causa di una retata nell'ultima fabbrica in cui lavoravo la polizia mi ha portato nella Questura di Prato, sono rimasta lì un giorno e poi mi hanno trasferita al CIE di Ponte Galeria e, dopo circa due anni passati in quel luogo terribile, sono riuscita a convertire il mio permesso di soggiorno per protezione sociale in uno di due anni per motivi di lavoro. Io ho avuto grande fortuna ad incontrare persone come Caterina che mi hanno convinta ad aderire al progetto art. 18, non è stato facile all'inizio, ma senza di lei e senza questa opportunità sarei dovuta tornare subito in Cina e non avrei potuto più aiutare finanziariamente la mia famiglia.

I "Centri di identificazione ed espulsione (CIE)", prima chiamati "Centri di permanenza temporanea (CPT)", sono luoghi in cui gli stranieri senza permesso di soggiorno sono ospitati prima di essere rimandati nei loro paesi.

1. Completa l'identikit di Yun Zhang attraverso le seguenti domande.

1. Come si chiama?
2. Di dov'è precisamente?
3. È sposata ed ha figli?
4. Perché negli anni Novanta molte ragazze, anche le più giovani, lasciavano la Cina per venire in Europa?
5. E lei perché è venuta in Italia?
6. Come è arrivata in Italia e chi l'ha aiutata?
7. Che cosa sperava di trovare lì e come era invece la realtà quando ha iniziato a lavorare?
8. Com'è oggi la sua situazione, ha un lavoro?

Nome: *Yun Zhang*
Cittadinanza:
Stato civile:
____
____

2. Cerca nel testo le parole delle seguenti spiegazioni e indica la riga.

1. È una persona che per motivi diversi (economici, politici o familiari) è costretta a lasciare il proprio Paese.
2. Andare a vivere in un altro luogo, per esempio, per motivi di studio o di lavoro.
3. È un bambino che non ha più i genitori.
4. È un documento con cui una persona ha il permesso di entrare in un altro Paese.
5. Ricevere qualcosa senza pagare.
6. Quando la polizia ferma, controlla e qualche volta arresta delle persone.

Scrivere

15 Una vita legale

MK

l'attrezzo: *Werkzeug*

Lin Chen, che lavora in una fabbrica vicino a Prato, ha letto la testimonianza di Yun Zhang. Anche lei e le altre sue colleghe si sentono sfruttate dal datore di lavoro (tanto lavoro, attrezzi vecchi e pericolosi, basso guadagno, poca igiene etc.). Decidono allora di scrivere tutte insieme per il giornale locale una lettera in cui parlano della propria situazione. Scrivi la loro lettera usando circa 150 parole.

Laboratorio

16 E i nostri vestiti?

MK

l'etichetta: *Etikett*

1. Controllate le etichette dei vostri vestiti o accessori. Da dove vengono? Dove sono prodotti?

2. Scegliete un prodotto e fate una ricerca in internet sul luogo di produzione, ma anche sulla situazione dei lavoratori in quel paese.

3. Ci sono delle alternative? Presentate un'azienda che produce in modo ecologico e rispetta l'ambiente o i diritti dei lavoratori.

Distruzione di merci contraffatte

B Arte a 360°

CD 3 | *49–51*

B1 Il primo industrial designer della storia: Leonardo da Vinci

il marchio: *Marke, Markenzeichen*

Oggi la prof di storia dell'arte di Ben ha parlato di Leonardo da Vinci come del primo designer della storia. Ha mostrato un video e anche delle immagini di una borsa, la "Pretiosa di Leonardo", che è stata creata da Carla Braccialini per il marchio Gherardini, secondo un disegno di Leonardo della fine del Quattrocento.

la funzionalità: *Funktionalität*

terreno: *irdisch*

La prof:

Pensare a Leonardo Da Vinci come al primo designer della storia, come a colui che ha veramente inventato l'idea del design, non è affatto lontano dalla realtà. Infatti tutte le arti, anche la lavorazione della pelle, venivano studiate continuamente da questo genio universale. La funzionalità e la bellezza erano usate da Leonardo per ideare degli oggetti di cui servirsi tutti i giorni.

Gli artisti del Rinascimento, così è definita artisticamente l'epoca in Italia tra la fine del Trecento e la metà del Cinquecento e in cui ha vissuto anche Leonardo, si ispiravano ad un nuovo modo di capire l'uomo e la natura. L'uomo "nuovo" del Rinascimento è quello che sente il bisogno di scoprire verità scientifiche fino ad allora a lui nascoste, ha anima e corpo e viene posto al centro del mondo terreno. Ed è anche un uomo che torna ad ammirare l'età classica greco-romana.

Questa è un'immagine che sicuramente tutti avrete già visto da qualche parte, su orologi, magliette, manifesti, è l'*Uomo Vitruviano* di Leonardo.

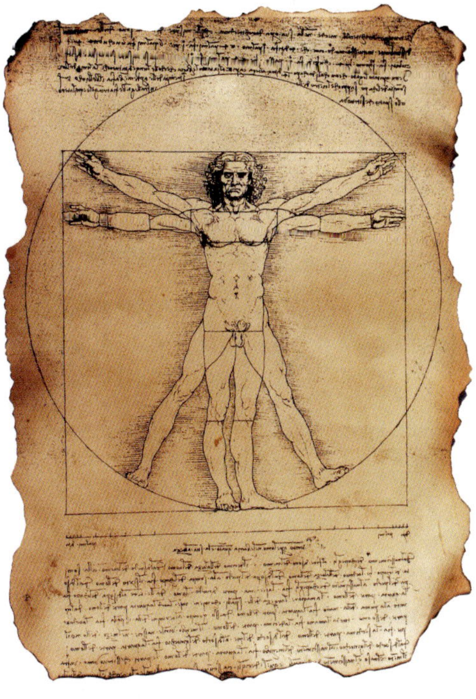

il trattato: *Abhandlung*

Quest'opera gli verrà ispirata dalla lettura di un trattato dell'architetto romano Vitruvio: *De Architectura*, che oggi è conservata a Venezia e indica sia le misure ideali del corpo umano che l'armonia dell'uomo con l'universo.

la riflessione: *Überlegung*
tendere (la braccia): *Arme anspannen/ ausstrecken*

Per Vitruvio il corpo umano serviva come base per l'architettura stessa e le due figure principali dell'anatomia umana, il cerchio e il quadrato, sono le forme geometriche senza le quali non si può costruire nulla. Da queste riflessioni Leonardo disegna un uomo nudo, con le gambe e le braccia tese e raddoppiate, all'interno di un cerchio e di un quadrato.

Comprensione

1 Facciamo ordine

1. Mettete in ordine le seguenti parti del testo e scrivete le righe a cui si riferiscono.

1. L'architetto romano Vitruvio è l'autore del trattato *De Architectura* che ha ispirato *l'Uomo Vitruviano* di Leonardo.	r. ■
2. L'uso e la bellezza degli oggetti da lui creati erano due fattori fondamentali per Leonardo.	r. ■
3. Secondo Vitruvio, le forme geometriche del cerchio e del quadrato sono alla base dell'architettura.	r. ■
4. Nell'epoca del Rinascimento si diffonde un nuovo pensiero che dà all'uomo una posizione centrale nell'universo.	r. ■

2. Con l'aiuto del dizionario indicate il significato delle seguenti parole del testo.

la fantascienza: *Sciencefiction*

1. genio (r. ■)	a. È una persona che ha una forma di intelligenza primitiva. b. Una persona che ha grandissime capacità intellettuali.
2. l'epoca (r. ■)	a. È un periodo storico di una certa lunghezza. b. È un periodo particolare in un romanzo di fantascienza.
3. il trattato (r. ■)	a. Testo in cui ci sono tutte le leggi di uno stato. b. Testo letterario su una particolare materia.
4. l'anatomia (r. ■)	a. È una disciplina che studia la struttura dell'essere umano. b. È una disciplina che studia l'anima degli esseri umani.

2 Il passivo nei tempi semplici →G 11.5

Nel testo ci sono alcune forme verbali nuove. Si tratta di verbi al passivo. Come formiamo il passivo? Qual è la differenza tra gli ausiliari **essere** e **venire** nella formazione del passivo?

compiere: *hier: ausführen*

Qual è la preposizione che introduce la persona che compie l'azione? Formula la regola con l'aiuto della grammatica.

Pratica

3 Ritorno all'attivo

Trasforma le frasi passive del testo in frasi attive secondo i modelli.

Modelli:
Forma passiva: La borsa "Pretiosa di Leonardo" è stata creata da Carla Braccialini.
..., così è definita artisticamente l'epoca [...] in cui ha vissuto anche Leonardo, ...
Forma attiva: Carla Braccialini ha creato la borsa "Pretiosa di Leonardo".
..., così si definisce artisticamente l'epoca in cui ha vissuto anche Leonardo, ...

1. Infatti tutte le arti, anche la lavorazione della pelle, venivano studiate continuamente da questo genio universale.
2. La funzionalità e la bellezza erano usate da Leonardo per ideare degli oggetti che dovevano servire alla vita quotidiana dei suoi tempi.
3. Così è definita in Italia l'epoca tra il Trecento e il Cinquecento.
4. L'uomo ha anima e corpo e viene posto al centro del mondo terreno.
5. Quest'opera gli verrà ispirata dalla lettura di un trattato dell'architetto romano Vitruvio.
6. Il trattato *De Architectura*, oggi è conservato a Venezia.

Ascolto

4 Un altro mito del design italiano

CD 3 | *52–54* @

1. Completa questa "originale" autobiografia con le informazioni dell'audio. Spesso devi scrivere più di una parola.

"Buongiorno! Il mio nome è ■, ma in realtà dovevo chiamarmi ■. Chi sono i miei genitori? Sono due grandi uomini: uno si chiama ■ e fa l'imprenditore, l'altro è ■, di mestiere progettista.

il progettista: *Konstrukteur*

Sono nata a metà dello ■, per essere precisi nel ■. Allora andavo a ■ chilometri orari, beh, per quei tempi ero abbastanza veloce!
Ero un ■ molto pratico ed economico (allora costavo ■) e – grande novità! – ero amata anche dalle ■ che per la prima volta potevano guidare una moto con la ■ e senza ■. Quelli erano anni importanti per le donne e nel mio primo manifesto pubblicitario sono ritratta con una donna in ■, una donna che lavora. Sono stata anche protagonista di molti ■ nel corso della storia del cinema italiano, uno molto famoso che mi ha dato la celebrità si intitola ■.

ritrarre: *abbilden*

la celebrità: *Berühmtheit*

In Toscana, in una cittadina non lontana da Pisa, c'è un ■ dedicato a me e in cui puoi ripercorrere tutta la mia ■ dalle origini ad oggi. Se vuoi, ti aspetto a Pontedera o in qualsiasi altra città italiana dove puoi noleggiarmi e visitare in sella a me il nostro Bel Paese!"

la sella: *Sattel*

2. Collega le definizioni o i sinonimi di queste parole presenti nel testo.

1. l'imprenditore	a. foglio, più o meno grande, dove c'è qualcosa che tutti possono vedere e magari comprare
2. il progettista	b. la persona più importante in un film o uno spettacolo
3. il manifesto pubblicitario	c. chi guida o possiede una società
4. il/la protagonista	d. una persona molto famosa o conosciuta
5. la celebrità	e. chi ha un'idea, un piano per fare o realizzare qualcosa

CD 3 | *55–60*

B2 Italia divisa, ma unita nel nome dell'arte

Michael Neumann legge un'intervista molto interessante che è stata fatta ad un famoso architetto italo-israeliano, David Fisher, e in cui si parla anche degli influssi dell'arte italiana nell'architettura moderna mondiale.

Intervista all'architetto italo-israeliano David Fisher

la culla: *Wiege*
tuttora: *noch (immer)*

[Lei] è andato a studiare a Firenze, la culla del Rinascimento, e tuttora centro della tradizione classica nell'arte italiana. Perché ha scelto proprio l'Italia e Firenze?
Non esiste al mondo una città più bella di Firenze. […]

Ci potrebbe descrivere la sua esperienza di studio in Italia? Che cosa Le ha dato di speciale l'Italia, che cosa aveva di unico?

per antonomasia: *schlechthin, par excellence*
insuperato, -a: *unübertroffen*
ingegneristico, -a: *Ingenieur-*

Io ho scelto Firenze perché ero e sono fondamentalmente un artista. […] Firenze è la culla del Rinascimento e la città d'arte per antonomasia. Nel tempo ho poi scoperto che Firenze non è soltanto la sede della bellezza, ma anche della logica e della scienza! L'architettura oggi non è, infatti, solo stile e bellezza, ma anche e soprattutto logica e tecnologia […] Il principale monumento di Firenze è sicuramente la cupola del Duomo realizzata dal Brunelleschi […]. La cupola non è solo un'espressione di bellezza, ma è soprattutto un'insuperata opera ingegneristica. […]

Il Duomo Santa Maria del Fiore di Firenze con la famosa cupola di Brunelleschi

il bagno intelligente di Leonardo: *stanza da bagno prefabbricata per alberghi e case di lusso*

Uno dei suoi progetti più noti è il "bagno intelligente di Leonardo". E anche la torre che ha progettato a Dubai è stata intitolata al maestro di Vinci. Chi è per Lei Leonardo?

La "Rotating Tower" o "Da Vinci Tower" a Dubai

Credo che tutto nella vita sia possibile. L'unica cosa realmente impossibile è che nasca un altro Leonardo da Vinci! Cosa rappresenta Leonardo? Direi un genio assoluto, "di un altro pianeta" [...]. Leonardo è probabilmente uno dei pochissimi se non l'unico ad aver capito che la bellezza dev'essere sempre anche un'espressione di tecnica perfetta. [...]

l'osservatore: *Beobachter*
evidenziare: *herausstellen*

Molti osservatori evidenziano il rapporto profondo che in Italia c'è tra il paesaggio e l'architettura. [...] A Suo avviso, si possono fare altri esempi, oltre alla Toscana, di questa interazione tra uomo e natura?
Tutta l'Italia, direi ... tutte le regioni sono bellissime, dall'Alto Adige al Lazio, dalla Puglia alla Sicilia, che è meravigliosa. Uno degli aspetti unici dell'Italia è che ogni regione, ogni città è diversa dall'altra ... e se vogliamo osservare un'altra cultura, un'altra storia, un'altra architettura è sufficiente spostarsi di 100 km. Nessun altro Paese ha niente di simile. [...]

la conservazione: *Erhaltung*
restaurare: *restaurieren, wiederherstellen*
valorizzare: *wertschätzen*
sottovalutare: *unterschätzen*
preservare: *erhalten*
applicare: *anwenden*
l'ingegneria: *Ingenieurskunst*

E invece, ci dica che cosa pensa, da architetto, dello stato di conservazione del patrimonio storico italiano? Come andrebbe mantenuto, restaurato e valorizzato, secondo Lei?
Occorre sicuramente essere più attenti alla conservazione del nostro patrimonio. Spesso sottovalutiamo ciò che abbiamo in Italia. [...] Quando si possiede una tale ricchezza, uno non si rende conto di quello che ha ... e noi italiani dobbiamo sicuramente prestare maggiore attenzione a preservare ancora meglio i tesori che abbiamo. [...]

Se uno ci pensa bene, l'idea di tecnologia applicata all'architettura non appartiene solo al razionalismo ... anche il Pantheon, in fondo, è un'opera di ingegneria ...
Certo. [...]

Qual è, secondo Lei, il futuro delle Città d'Arte italiane? È ancora possibile costruire qualcosa di moderno? Ad esempio, è immaginabile costruire una delle Sue "torri dinamiche" in città come Firenze, Roma o Venezia?
È una domanda complessa. Occorre sicuramente rispettare le città antiche. Gli edifici storici devono rimanere come testimonianza di una cultura passata e non devono mai essere abbattuti. [...] Gli edifici moderni, secondo me, si possono fare altrove [...] no, non costruirei una torre dinamica a Firenze! [...]

abbattere: *abreißen, fällen*
altrove: *woanders*

C'è qualche regione, oltre alla Toscana, in cui Le piace stare?
Direi quasi tutte le regioni, che sono così diverse l'una dall'altra. Direi sicuramente le Marche, la Sardegna, l'Emilia-Romagna ... La Sicilia è una favola, sotto tutti i punti di vista. In Sicilia abbiamo il 30% del patrimonio archeologico europeo ... il 30%! C'è una storia incredibile, non credete? [...] Una cultura inimmaginabile [...]. Questa è la Sicilia! Questa è l'Italia! Una ricchezza inimmaginabile ... [...]
Mi chiedono spesso "Qual è il paese più bello del mondo?"... Io non sono nato in Italia, viaggio spesso in tutto il mondo e quindi posso esser relativamente obiettivo ... L'Italia è il Paese più bello in assoluto! Senza dubbio! [...].

https://it.latuaitalia.ru/.../l-**architettura**-del-futuro-verra-da-firenze, Anastasia Svotina e Lev Kats.

Comprensione

5 Le opinioni di David Fisher

David Fisher ha delle opinioni molto precise sull'Italia. Rileggi il testo e rispondi alle seguenti domande.

1. Che cosa pensa l'architetto di Firenze?
2. Chi è secondo lui Leonardo da Vinci?
3. Cosa deve fare l'Italia per proteggere il suo patrimonio storico?
4. Quali regioni italiane piacciono di più a David Fisher?

Lessico

6 Per parlare d'arte e d'architettura

@ Con l'aiuto del dizionario completa le due mappe concettuali.

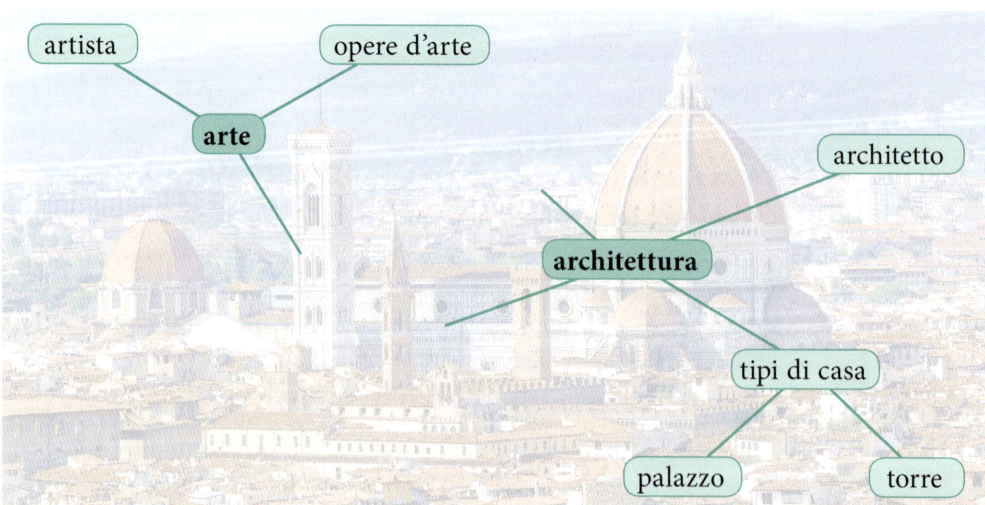

@ 6 differenziato: Code **39300-11**

7 Il passivo (II) ➜G 11.5.3

1. Nel testo B1 hai già incontrato la forma passiva del verbo. Ora osserva questa frase. Che cosa noti?

… la torre che ha progettato a Dubai *è stata intitolata* al maestro di Vinci.

Quale ausiliare usi per esprimere un'azione al passato? E quale forma verbale lo segue? Formula la regola con l'aiuto della grammatica.

2. Ecco un'altra forma di passivo, ma qual è in questo caso l'ausiliare e da cosa è seguito? Ma soprattutto, che cosa esprime?

Come *andrebbe mantenuto, restaurato e valorizzato,* …

Non dimenticare che questa forma può essere però usata solo con i tempi semplici!

Pratica

8 Le bellezze d'Italia

Riscrivi le frasi come nel modello.

Modello: Gli edifici storici non *devono mai essere abbattuti.*
Gli edifici storici non *vanno mai abbattuti.*

1. Si deve dire che Firenze è la culla del Rinascimento.
2. Secondo Leonardo, la bellezza deve essere considerata un'espressione di tecnica perfetta.
3. Il patrimonio storico italiano dovrebbe essere conservato meglio.
4. I monumenti antichi delle città italiane devono essere rispettati.
5. Fisher pensa che gli edifici antichi debbano essere considerati come testimonianze di una cultura passata.
6. Secondo Fisher, le sue torri dinamiche non dovrebbero mai essere costruite a Firenze.

Ricerca

9 Le monete *made in Italy*

MK

l'antichità: Antike

Sulle monete italiane si trovano delle famose opere d'arte dall'antichità all'epoca moderna. Quali luoghi, opere o personaggi sono rappresentati sulle monete? Fate una ricerca.

2 Euro

1 Euro

50 centesimi

20 centesimi

10 centesimi

5 centesimi

2 centesimi

1 centesimo

12 L'Italia – dal passato al presente

Ingresso

CD 4 | 2–12

1 Le nuove banconote e monete in euro entrano in circolazione il 1° gennaio 2002.

2 Durante la Seconda Guerra Mondiale Roma viene bombardata per la prima volta nel 1943.

3 La "Marcia su Roma" è l'inizio della rivoluzione fascista negli anni '20. Le camicie nere marciano per Roma gridando "o Roma o morte!"

4 Per ben quattro volte l'Italia è governata da uno degli uomini più ricchi del mondo: Silvio Berlusconi.

5 2 giugno 1946: gli italiani vanno a votare. Il referendum dà questi risultati: 12.717.925 voti per la Repubblica. 10.719.294 voti a favore della Monarchia. Il re va in esilio.

la circolazione: *Umlauf, -kreislauf*
bombardare: *bombardieren*
l'esilio: *Exil*
la marcia: *Marsch*
marciare: *marschieren*
l'Asse: *Achse*

A

B

19…	anni '20	anni '30	anni '40	anni '50	a…

F

G

I
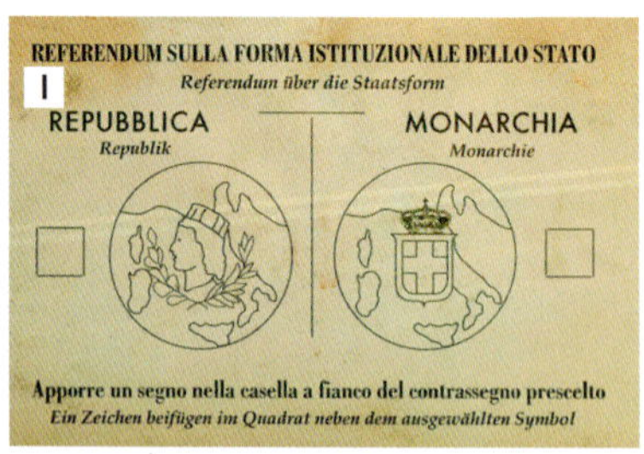

L

1 ***"Gli uomini passano, le idee restano."*** **(Giovanni Falcone)**

Simone e sua nonna sfogliano l'album di famiglia in cui si trovano tanti ritagli di vecchi giornali. La nonna gli spiega …

Abbina ad ogni foto il testo corrispondente!

6 Nella primavera del 1946 viene presentato un piccolo veicolo a due ruote: diventa in pochi anni il simbolo dell'Italia del dopoguerra.

7 L'amicizia fra Hitler e Mussolini viene confermata nel 1936 con "l'Asse Roma – Berlino".

8 Aldo Moro era un politico e uno dei fondatori della Democrazia Cristiana. Nel 1978 viene rapito e ucciso dalle Brigate Rosse.

9 Giovanni Falcone e Paolo Borsellino sono due giudici siciliani che hanno dedicato la loro vita alla lotta contro la mafia.

10 Con il termine "Tangentopoli" si indica lo scandalo delle tangenti nella pubblica amministrazione scoppiato a Milano negli anni '90.

11 Quest'automobile è considerata l'icona del boom economico italiano degli anni '60.

C

l'icona: *Ikone, Symbol*

D

E

anni '70 | anni '80 | anni '90 | anni 2000 | anni 2010

M

N

il fondatore: *Begründer*
Democrazia Cristiana: *wichtigste politische Partei Italiens zwischen 1945 und 1993*
rapire: *entführen*
le Brigate Rosse: *Rote Brigaden, linke Terrorgruppe der 70er Jahre*
lo scandalo: *Skandal*
la tangente: *Schmiergeld*

! Am Ende dieser Lektion kannst du
- über Faschismus und Widerstand in Italien sprechen.
- die Geschichte Italiens nach dem Zweiten Weltkrieg verstehen und bewerten (unter anderem das Schicksal Südtirols, das Wirtschaftswunder und die Schmiergeldaffäre Tangentopoli).

A Storie di storia

CD 4 | *13–14*

A1 Un'enciclopedia vivente

l'enciclopedia: *Nachschlagewerk*

Il 24 aprile Ben va a cena dal suo vicino e amico Simone; ci sono anche i nonni di Simone e Valerio.

Ben: Che bello! Domani non dobbiamo andare a scuola!

Simone: Sì, il 25 aprile è un giorno festivo. Ha a che fare con la Seconda Guerra Mondiale, ma non ricordo perché. Nonna! Tu sei l'esperta di storia italiana.

La nonna: Sai, Ben, a me la storia è sempre piaciuta tanto. Ma, ragazzi, è possibile che non vi abbia mai raccontato di quel periodo che viene chiamato anche "il Ventennio", cioè i vent'anni, del fascismo?

Valerio: Forse sì. Ma mi ricordo solo che la parola "fascismo" deriva dalla parola latina "fascis" che era il simbolo dell'autorità nell'antica Roma.

il Duce: *„Führer", Titel des Diktators Benito Mussolini*

La nonna: Giusto. Allora, la Prima Guerra Mondiale aveva causato una situazione economica drammatica e la vita della popolazione italiana era durissima. In questo clima ha trovato spazio un nuovo partito, il Partito Nazionale Fascista, il cui capo era Benito Mussolini, "il Duce", che già nel 1922 aveva conquistato il potere con la "Marcia su Roma". A questa marcia avevano partecipato le cosiddette "Camicie Nere". Venivano chiamate così per il colore delle camicie che indossavano.

Simone: Ma sei proprio un'enciclopedia vivente, nonna!

il patto: *Pakt*

La nonna: Non esagerare! Dove ero rimasta? Sì, dunque, nel 1936 Hitler e Mussolini avevano firmato un patto di amicizia, l'Asse Roma-Berlino, una prima cooperazione fra i due dittatori. Questi, infatti, si erano incontrati più volte e avevano condiviso idee e convinzioni politiche. Tre anni più tardi, nel 1939, la Germania ha attaccato la Polonia e così, l'anno dopo, anche l'Italia è entrata in guerra, visto che si era alleata con Hitler e la Germania contro Inghilterra e Francia.

Simone: Uffa, nonna, sempre tutte queste date!

Ben: Ma allora perché domani è festa?

sbarcare: *landen*

lo scontro: *Auseinandersetzung, Zusammenstoß*

La nonna: Il 10 luglio 1943 gli americani e gli inglesi erano sbarcati in Sicilia e dal sud avevano iniziato a combattere contro nazisti e fascisti. Nel settembre del 1943 Mussolini fondava la Repubblica di Salò e divideva così l'Italia in due. Dopo lunghi scontri e tanti morti il 25 aprile 1945 tutta l'Italia viene liberata, per questo domani è la Festa della Liberazione, e Mussolini ucciso dai partigiani a Milano.

colpevolizzare: *jdm die Schuld geben*

Il nonno: Sono i nazisti e i fascisti che hanno fatto la guerra. Non possiamo colpevolizzare i "tedeschi". Che brutta cosa la guerra! Oggi siamo più fortunati, viviamo in un'Europa unita e tu sei il benvenuto a casa nostra!

Espressioni utili

Parlare di avvenimenti storici
In quel periodo/secolo …
A quei tempi …
Allora …
Nel 1943…
Durante l'era fascista …

Lessico

1 Tutto chiaro, Ben?

Ben ha imparato tante cose nuove dalla nonna di Simone. Con l'aiuto del dizionario abbina il vocabolo alla sua spiegazione.

1. la guerra	a. persona autoritaria e dispotica
2. gli alleati	b. sinonimo di lottare
3. l'asse	c. fascisti militanti, vestiti in nero
4. il fascista	d. persona che appartiene al PNF
5. attaccare qn	e. prendere qualcosa con la forza/con azioni militari
6. il partigiano	f. gruppo di persone unito ad altri
7. la marcia (marciare)	g. modo di camminare, usato spesso dalle truppe
8. il fascismo	h. unione (anche immaginaria) fra due punti
9. "le camicie nere"	i. entrare in guerra con qn
10. combattere	l. persona che appartiene al movimento di resistenza contro il fascismo
11. il dittatore	m. regime politico che ha governato l'Italia dal 1922–1943
12. conquistare (p. es. un paese)	n. situazione di forte contrasto fra due stati che porta all'uso delle armi

Comprensione

2 Sempre queste date!

Completa la linea del tempo con le informazioni della nonna di Simone.

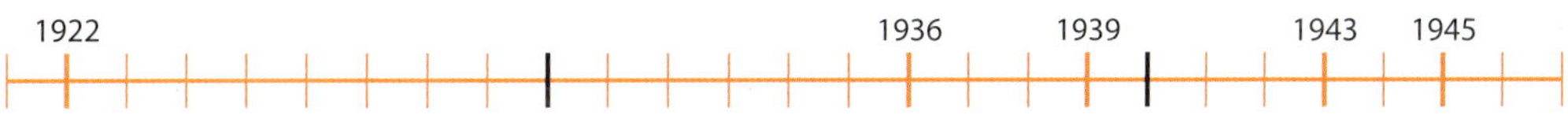

3 Il trapassato prossimo → C 12.1

1. Trova le forme del trapassato prossimo nelle nuvolette.
2. In quali situazioni del suo racconto la nonna usa il trapassato prossimo?
3. Come viene formato il trapassato prossimo? Trova altri esempi nel dialogo.

Pratica

4 L'arrivo degli americani

@ Ora il nonno di Simone racconta della fine della guerra. Completa il testo con i seguenti verbi al trapassato prossimo.

partire | chiudersi | riuscire | sfuggire | mettere | arrivare | nascondere | prendere | rimanere | portare

il soldato: *Soldat*
il condominio: *Mehrfamilienhaus*
il rosario: *Rosenkranz*
il grembiule: *Schürze*
il peluche: *Kuscheltier*

"Mi ricordo ancora l'arrivo degli americani nel nostro quartiere. Ci ■ tutti ■ in casa, perché non sapevamo se il rumore fuori derivasse da soldati tedeschi o americani. Tutte le donne del nostro condominio ■ i loro bambini, alcune ■ in cantina e ■ qualcosa da mangiare per poter "sopravvivere" almeno un paio d'ore lì sotto, in quel buio assoluto. La mia mamma ci ■ per mano e ■ velocemente il suo rosario nel grembiule. Io invece ■ a portarmi dietro "Briciola", il mio peluche preferito. Stavamo per scendere le scale, quando abbiamo sentito qualcuno bussare alla porta d'ingresso. Alla fine Edoardo, un nostro vicino, ha aperto la porta e un soldato americano gli ha chiesto in modo gentile qualcosa da bere. In seguito, ogni volta che noi bambini passavamo da loro, i soldati ci davano chewing-gum e roba in scatola. Che bel ricordo! Dopo cinque giorni quegli americani ■ all'improvviso e ne ■ altri nel nostro quartiere, ma anche loro ■ solo un paio di giorni. Finalmente ci sentivamo liberi."

Leggere

5 La vita quotidiana durante il fascismo

1. Guarda le foto e abbina ad ognuna il testo adatto.
Attenzione: c'è un testo senza immagine.

1
"La Balilla" era l'istituzione fascista per l'educazione fisica e morale dei giovani; era formata da ragazzi dagli 8 ai 14 anni (i Balilla), i giovani dai 14 anni compiuti ai 18 (gli Avanguardisti) e le Piccole e le Giovani italiane. I ragazzi dovevano essere educati al pensiero fascista e fare esercizi sportivi; nel tempo libero venivano organizzati dei viaggi collettivi.

2
Mussolini cambia anche il calendario: gli anni venivano contati non solo dalla nascita di Cristo, ma anche dal 1922, anno dell'ascesa al potere fascista!

3
Il **"sabato fascista"** faceva interrompere la giornata lavorativa del sabato alle ore tredici, in modo che i pomeriggi venissero usati per attività premilitari, politiche e sportive. Spesso, per gli studenti, erano previsti esercizi fisici per mantenersi in forma. Chi non partecipava a quelle attività, era costretto a passare la domenica in prigione!

4
L'uso di parole straniere era vietato e veniva punito! Inoltre Mussolini introduce il "Voi" invece del "Lei" per la forma di cortesia.

@ 4 differenziato: Code **39300-12**

il cerchio: *hier: (Gymnastik-) Reifen*
esibirsi: *sich zur Schau stellen*

5
Le ragazze, di solito in camicetta bianca e gonna nera, facevano esercizi con cerchi e bandiere e si esibivano nella corsa e nel salto.

l'italianizzazione: *Italianisierung*

7
Il regime fascista usava i simboli dell'antica Roma, come per esempio il "saluto romano" invece della stretta di mano, e si presentava come unico movimento in grado di riportare l'Italia all'antica posizione di dominazione culturale e politica nel Mediterraneo.

6
Nel 1939 i cittadini di lingua tedesca dell'Alto Adige hanno dovuto decidere se emigrare in Germania oppure rimanere in Italia ed accettare la loro completa italianizzazione.

A

E

Amarcord
(Amarcord, IT/FR 1973,
Regie: Federico Fellini)

D

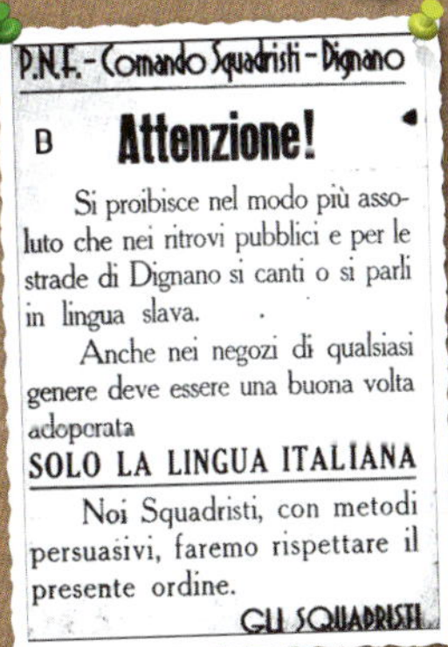
B

P.N.F. - Comando Squadristi - Dignano

Attenzione!

Si proibisce nel modo più assoluto che nei ritrovi pubblici e per le strade di Dignano si canti o si parli in lingua slava.

Anche nei negozi di qualsiasi genere deve essere una buona volta adoperata

SOLO LA LINGUA ITALIANA

Noi Squadristi, con metodi persuasivi, faremo rispettare il presente ordine.

GLI SQUADRISTI

F

C

2. Completa le frasi con le informazioni giuste.

Il sabato tutti gli studenti dovevano ….
Il "saluto romano" è un simbolo …
Nel 1922 Mussolini …
Durante il Ventennio fascista tutti i ragazzi …
Le ragazze invece …
Nel 1939 …
Chi usava parole straniere …

Mediazione

6 Conosci l'Alto Adige?

La storia dell'italianizzazione dell'Alto Adige durante la Seconda Guerra Mondiale interessa molto a Ben, che trova delle informazioni in internet e ne parla con Simone. Riassumi il testo sulla situazione storico-linguistica del Trentino-Alto Adige, indicando anche qualche particolarità.

- Von 1363 bis 1919 war Südtirol zusammen mit Nordtirol, das heute zu Österreich gehört, Teil des Habsburgerreiches. Nach Ende des 1. Weltkrieges wurde das Gebiet südlich des Brenners aber Italien zugewiesen.
- Während des Faschismus durchlebte die Region ein wechselhaftes Schicksal: Deutsche Zeitungen wurden verboten, in den Kindergärten und Schulen Italienisch als Amtssprache angeordnet und sogar Orte, Berge, Flüsse und Gewässer wurden mit italienischen Bezeichnungen versehen! Dabei gab es verschiedene Methoden: Man verwendete Ortsnamen aus der römischen Zeit (Sterzing → Vipiteno), nutzte den Ortsheiligen als Namensgeber (Innichen → San Candido), leitete den Namen von geografischen Gegebenheiten ab (Grünsee → Lago Verde) oder erfand auch frei neue Namen, die dem deutschen Namen ähnlich klangen (Hafling → Avelengo).
- Südtirol hat heute ca. 520.000 Einwohner, mit ca. 105.000 Einwohnern ist Bozen die größte Stadt Südtirols. Sie ist Landeshauptstadt und Sitz der Südtiroler Landesregierung.
- In der Region Trentino-Alto Adige gibt es drei offizielle Landessprachen: 64% der Bevölkerung sind deutscher, 24% italienischer und 4% ladinischer Muttersprache (ca. 30.000 Personen).
- Das Schulsystem in Südtirol ist nach Sprachen getrennt. Deutsch bzw. Italienisch wird als erste Fremdsprache unterrichtet.

- Politisch genießt die Region Trentino-Alto Adige heute einen weit reichenden Autonomiestatus und kann viele Dinge unabhängig von Rom regeln.
- Der Tourismus ist ein wichtiges Standbein für die Region; so verspricht das Skigebiet „Dolomiti Superski" 1.200 km schneesichere Pisten!
- Der bekannte Extrembergsteiger Reinhold Messner residiert in Südtirol, und zwar auf Schloss Juval. Vor vielen Jahren hat Reinhold Messner tibetanische Hochlandrinder nach Südtirol gebracht, die sogenannten Yaks. Da die klimatischen Bedingungen im Vinschgau denen in ihrem Herkunftsland recht ähnlich sind, fühlen sich die imposanten Tiere auch hier recht wohl.

In Italia

Il ladino è un idioma neo-latino parlato da circa 30.000 persone nella parte centro-orientale delle Alpi. Si mescola con la lingua delle popolazioni delle Dolomiti e, subendo poi l'influenza d'italiano e tedesco, si trasforma nel ladino di oggi. I linguisti non sono d'accordo sul fatto se si tratti di una lingua o di un dialetto.

l'idioma ***m*****:** *Sprache, Mundart*
orientale: *östlich*

CD 4 | *15–16*

A2 Una mattina …

Il giorno dopo Ben e Simone girano per la città; all'edicola comprano *La Gazzetta dello Sport* e Ben vede una rivista con una foto della famiglia reale d'Inghilterra.

Ben: Strano … Se gli italiani avessero scelto la monarchia, ci sarebbe stato ancora oggi un re a governare l'Italia?

Simone: Probabilmente sì. Che idea interessante, no? Una famiglia reale come in Inghilterra!

Ben: Ma guarda quella scritta strana lì sul muro!

Simone: Sì, è l'inizio della canzone "Bella ciao", la canzone dei partigiani italiani. Aspetta, ora te la faccio sentire sul mio smartphone …

Ascoltano la canzone.

Ben: Ma chi sono questi partigiani di cui aveva anche parlato tua nonna?

Simone: Uhm … come posso spiegarlo. Un attimo, guardiamo in internet … Ah, ecco:

> I partigiani erano giovani, spesso soldati fuggiti dall'esercito, che volevano liberare l'Italia dal nazifascismo; perciò si nascondevano sulle montagne del Centro-Nord d'Italia e, da lì, organizzavano attentati contro fascisti e nazisti. Anche le donne avevano un ruolo importante nella cosiddetta "resistenza", curavano o portavano cibo e messaggi ai partigiani, erano le famose "staffette".

la staffetta: *Staffel(lauf); Kurier, Bote*

Ben: Allora, se i partigiani non avessero sacrificato la loro vita per la lotta contro i fascisti, l'Italia sarebbe ancora nelle mani dei nazifascisti?

Simone: Boh, che domanda. Chissà che cosa avrei fatto io se fossi nato in quel periodo …

Comprensione

7 La storia dei partigiani

1. Spiega chi sono i partigiani. Le seguenti informazioni e espressioni ti possono aiutare.

liberare | fascismo | giovani | organizzare | montagne | nascondere | attentati | l'Italia

"La guerra di liberazione" dura circa due anni. Durante questo periodo migliaia di partigiani vengono uccisi dai nazifascisti. Quando i partigiani attaccavano i soldati tedeschi, questi si vendicavano con l'uccisione di persone o la distruzione delle loro case (→ La strage di Marzabotto, Le Fosse Ardeatine).

Espressioni utili

Parlare delle conseguenze di eventi storici	
Il fascismo è crollato	a causa di … in seguito a …
Il crollo del fascismo è stato	una conseguenza di … il risultato di …

vendicarsi: *sich rächen*
la distruzione: *Zerstörung, Vernichtung*

2. Che cosa s'intende con il termine "staffette"?

MK **3.** Cerca la canzone "Bella ciao" in internet e ascoltala. Di cosa parla? Quali sono i suoi contenuti?

Ascolto

8 Oriana Fallaci racconta

CD 4 | *17–19*

l'era: *Ära*

Simone e Ben trovano sullo stesso sito web anche un servizio podcast sull'era fascista e così decidono di ascoltarlo. Rispondi alle domande.

Oriana Fallaci

1. Di quale libro si parla nel testo?

La paura è un peccato | Oriana Fallaci intervista Oriana Fallaci | Solo io posso scrivere la mia storia | La passione della memoria

la passione: *Leiden(schaft)*

2. Spiega il ruolo della giovane Oriana durante la Seconda Guerra Mondiale.

3. Quali informazioni ci sono nel testo sul padre di Oriana Fallaci?

9 Il congiuntivo trapassato e il periodo ipotetico (III)

→ G *12.2, 12.3*

1. Ecco due forme del congiuntivo trapassato tratti dal testo: avessero scelto, fossi nato. Con l'aiuto della grammatica spiega come viene formato il congiuntivo trapassato.

2. Il periodo ipotetico I e il periodo ipotetico II (paragonabili alle frasi ipotetiche con *if* in inglese) li conosci già. Ti ricordi come si formano e quando si usano?

3. Cerca nel testo A2 tre esempi con il periodo ipotetico III.

- Che cosa si esprime con il periodo ipotetico III?
- Come si formano le frasi?

Pratica

10 Ma cosa sarebbe successo se ...?

@ **1.** Finisci le frasi usando il periodo ipotetico III.

1. Se i nazifascisti avessero vinto la guerra, ...
2. Se io avessi dovuto combattere per la libertà, ...
3. Se gli americani non fossero arrivati in Europa, ...
4. Se voi italiani non aveste votato per la Repubblica, ...
5. Se mio padre mi avesse chiesto di collaborare come staffetta, ...
6. Se la mia famiglia fosse stata costretta ad emigrare, ...

2. Costruisci delle frasi usando il periodo ipotetico III.

Modello: Quest'anno non ho preso buoni voti, perché non ho studiato tanto.
→ Se (io) avessi studiato di più, avrei preso buoni voti.

1. Simone e Giacomo: Non abbiamo visto l'inizio del documentario sul fascismo in Italia, perché siamo arrivati tardi a scuola.

2. Simone: Non sono stato attento durante la lezione di storia e così la prof mi ha rimproverato.

3. Mattia e Cecilia non hanno studiato per la verifica e hanno preso un'insufficienza.

4. La prof: Non avete preso appunti ragazzi! Perciò vi ho messo una nota.

rimproverare: *tadeln*

Laboratorio

11 Una passeggiata per il quartiere ebraico

MK

ritrovarsi: *sich (wieder) finden*
imponente: *beeindruckend*

Il 25 aprile dopo essere stati al ristorante, i Neumann, passeggiando, si ritrovano davanti ad un imponente edificio, la Sinagoga di Roma.

Una volta a casa, Michael Neumann vuole saperne di più sul destino degli ebrei italiani durante il fascismo e s'informa sul sito del Museo ebraico di Roma. Insieme con sua moglie decide di tornarci il fine settimana per conoscere meglio questo quartiere, chiamato ancora oggi "Ghetto ebraico".

1. Cercate delle informazioni

- sulle comunità ebraiche in Italia durante il fascismo
- sulle leggi razziali
- sul rastrellamento nel Ghetto di Roma
- sulla politica delle deportazioni
- sul destino dei sopravvissuti

i sopravvissuti: *Überlebende*
il rastrellamento: *Durchkämmen, Razzia*

2. Fate una passeggiata virtuale nel "Ghetto" di Roma e presentate i vostri risultati agli altri.

@ 10 differenziato: Code **39300-12**

B Un paese tra progresso e crisi

CD 4 | *20–21*

B1 Il miracolo economico

Dopo una giornata in giro con la sua famiglia, Ben incontra Simone e lo accompagna a casa dei suoi nonni. In soggiorno il nonno di Simone sta guardando la TV.

Ben: Adoro le giornate di festa! Ne potremmo avere più spesso! Dormi di più, poi esci, scopri dei posti nuovi …

Simone: Dove sei stato? Cosa hai scoperto?

Ben: Sono stato con i miei a visitare un Palazzo storico di Roma, Palazzo Antici Mattei e poi abbiamo mangiato in un posto particolare di Roma, al Ghetto ebraico!

Il nonno: Ah bene, Palazzo Antici Mattei è in Via Caetani, una strada diventata purtroppo famosa nella storia del nostro Paese. Lì hanno ritrovato il corpo senza vita di un grande politico italiano, Aldo Moro.

Simone: Lo sai, in questa famiglia siamo appassionati di storia!

Il nonno: Non si può negare, stavo proprio guardando un documentario sulla storia italiana: "I 50 anni dopo la Seconda Guerra Mondiale".

Ben: Questa parte della storia italiana non la conosco ancora bene! Che cosa è successo?

Il nonno: Durante i primi anni di ricostruzione dopo la guerra il paese si è trasformato. Negli anni '50 c'è stato il cosiddetto "miracolo economico" e, fino all'inizio degli anni '60, si è avuto un cambiamento positivo del paese. Nel triangolo industriale si è aumentata la produzione e si sono inventati nuovi prodotti – macchine, oggetti di design ecc. Mentre le aziende crescevano, molte persone del Sud Italia si sono trasferite al Nord perché lì si aveva bisogno di manodopera. In quegli anni si è parlato molto del boom edilizio: nelle città industriali del Nord si sono costruite nuove case per gli operai e a Torino si è costruito anche il Grattacielo RAI. Le persone lavoravano, guadagnavano bene ed erano felici. Si usciva e ci si divertiva. Pensa, prima solo in pochi potevano permettersi un frigorifero in casa e poterne comprare uno era una rivoluzione! Per non parlare della Fiat 500 … Un vero evento, si è saliti in macchina e si è partiti per fare un giro con tutta la famiglia. Che bei momenti, mi ricordo bene il giorno in cui l'abbiamo comprata …

La nonna: Ragazzi, la cena è pronta! Ben, ceni con noi?

Ben: Volentieri, ma devo avvertire i miei genitori! Signor Monti, dopo cena continua a raccontare?

Il nonno: Se ti interessa, molto volentieri!

il triangolo industriale: *Region zwischen Turin, Mailand und Genua, in der der größte Teil der italienischen Industrie angesiedelt ist*
la manodopera: *Arbeitskräfte*
il boom edilizio: *Bauboom*

In Italia

Il Ghetto di Roma, chiamato anche Ghetto ebraico, è uno dei più antichi del mondo. Voluto da Papa Paolo IV nel 1555, è oggi uno dei più interessanti e meravigliosi "ghetti" del mondo. Al suo interno si trova una maestosa Sinagoga e il bellissimo Museo ebraico oltre alle trattorie storiche del quartiere in cui è possibile degustare i piatti più tipici e tradizionali dell'antica cucina romana.

maestoso, -a: *majestätisch*

Comprensione

1 Informazioni più precise, per favore!

1. Simone racconta ai suoi genitori la serata passata dai nonni, ma non è molto preciso nei suoi racconti. Leggi il suo riassunto e correggi le informazioni sbagliate.

   Oggi Ben è passato dai nonni. È venuto a pranzo dopo che aveva fatto un giro con Hannah in centro. Ci siamo seduti sul divano e il nonno stava guardando – come al solito – un film sulla Seconda Guerra Mondiale. È incredibile, sa tutto, conosce ogni particolare! Purtroppo il nonno ha parlato così tanto che Ben si è annoiato un po' …

2. Che cosa racconta il nonno del miracolo economico? Crea una mappa concettuale.

2 Il si impersonale al passato prossimo

→G 12.4

Trova nel testo le frasi con il si impersonale al passato prossimo con o senza oggetto diretto. Che cosa noti? Formula la regola.

Pratica

3 Gli anni '60

Anche la nonna si ricorda degli anni '60 in Italia. Forma delle frasi con il si impersonale al passato prossimo.

1. aprire nuovi negozi di moda in città
2. guardare il festival di Sanremo in TV
3. andare al cinema per vedere "La dolce vita"
4. parlare di Marcello Mastroianni
5. comprarsi la Fiat 500
6. comprare oggetti di design
7. bere un aperitivo al bar
8. leggere le nuove riviste di moda come "Amica"

In Italia

"La dolce vita" è un film del 1960 diretto da Federico Fellini.
Il film è stato un grande successo per l'attore Marcello Mastroianni, nel ruolo del giornalista di servizi scandalistici Marcello Rubini, e l'attrice svedese Anita Ekberg.
Questa immagine mostra la famosa scena in cui i due attori sono nella Fontana di Trevi.

Laboratorio

4 Gli anni '60 in Germania

@ Intervista i tuoi nonni sulla vita negli anni '60 in Germania. Poi formula cinque frasi con il si impersonale al passato prossimo. Confronta i risultati della tua intervista con quelli degli altri compagni di classe.

@ 4 differenziato: Code **39300-12**

Ascolto

5 La Fiat 500: la macchina degli italiani!

CD 4 | 22–24

1. Prima dell'ascolto descrivi questa foto. Secondo te, qual è la città che si vede sullo sfondo?

2. Ascolta il testo e decidi se le affermazioni sono vere o false. Correggi le affermazioni sbagliate.

1. La Fiat 500 esiste già da più di 60 anni.
2. La Fiat 500 viene anche chiamata "Cinquecentino".
3. Prima della 500 era nata la 600, ma non piaceva molto alle persone.
4. Era facile riparare la 500, si potevano utilizzare oggetti della vita quotidiana.
5. Il prezzo della 500 corrispondeva allo stipendio annuale di un operaio.
6. La Fiat ha venduto più macchine di quanto potesse immaginare.
7. Alla prima versione del 1957 sono seguite molte altre versioni che confermano il successo della piccola auto.
8. Il MoMA di New York si è rifiutato di mostrare i modelli della Fiat 500.

MoMA: *Museum of Modern Art*

B2 Aldo Moro: chi era?

CD 4 | 25–26

Incuriosito dalle parole del nonno di Simone, Ben si mette alla ricerca di un video che gli spieghi meglio chi fosse Aldo Moro e trova questo podcast.

Ciao appassionati di storia! Benvenuti alla mia nuova puntata di "easyhistory/storiafacile: quando si è informati, si è preparati"! Oggi ci occuperemo del 9 maggio 1978.

il bagagliaio: *Kofferraum*
la prigionia: *Gefangenschaft*

Che cosa è successo? Aldo Moro viene trovato morto nel bagagliaio di una macchina a Roma. Uno dei politici più importanti degli anni '60 e '70 è stato ucciso dopo 55 giorni di prigionia. Tutti i tentativi della famiglia, degli amici politici e della Chiesa per liberarlo sono stati inutili.

grave: *schwer*

Ma chi sono i responsabili della sua morte? Sono le Brigate Rosse, un gruppo terroristico di sinistra che si era formato all'inizio degli anni '70. Quando si legge la storia di questo periodo, purtroppo ci si rende conto di quante altre stragi abbiano colpito l'Italia in quegli anni. Ricordiamoci della strage di Piazza Fontana a Milano nel 1969, la strage del treno Italicus nel '74 e la strage alla stazione di Bologna del 1980 – la più grave, con più di 80 morti. Non si sono mai trovati tutti i colpevoli di queste stragi, ma quello che si è potuto constatare è la presenza di due forme di terrorismo – quello "rosso" di estrema sinistra e quello "nero", ovvero neofascista – che hanno influenzato e terrorizzato la società italiana per più di dieci anni.

il rapimento: *Entführung*
armare: *bewaffnen*
il piombo: *Blei*
il proiettile: *Geschoss, Projektil*

Gli scioperi e le lotte studentesche per un cambiamento di valori della società, che erano iniziati nel famoso '68, si erano trasformati in un decennio segnato da rapimenti e attentati e dalla lotta armata contro lo Stato e la politica di quei tempi. Quando si era politici, si era sempre in pericolo in quel periodo. Un periodo buio e difficile per l'Italia: gli "anni di piombo".

Perché si chiamano "anni di piombo"? Con questo termine si è messo in rilievo il materiale dei proiettili usato nelle stragi degli anni '70.

Avete le idee più chiare adesso? Bene, cliccate "mi piace" e continuate a seguirmi, sto preparando altre puntate sugli anni '80 e '90. Avete mai sentito parlare di "Tangentopoli"? Non vi preoccupate, ve la faccio conoscere io! Alla prossima puntata!

Maria-Lucia Di Miceli

Informazioni tratte da: Manca, S.; Variara, S.: Saperi per contare. Storia: Avvenimenti e problemi. Dall'anno Mille ai giorni nostri. Torino: Loescher Editore, 2012.

Comprensione

6 Che periodo buio

Ben ha preso alcuni appunti, ma le informazioni sono in disordine. Collega le frasi tra di loro e completale con le date.

Inizio degli anni '70 | Dal 1969 al 1980 | Anni '60 e '70 | Il 09-05-1978 | Nel 1980 | Nel '68

1. Finalmente viene trovato Aldo Moro	a. si forma e si dà il nome "Brigate Rosse".
2. La più grave strage con il più alto numero di morti	b. purtroppo però senza vita.
3. Gli studenti avevano iniziato a	c. è ricordato per le stragi che hanno terrorizzato in quegli anni la società italiana.
4. Un gruppo terroristico di sinistra	d. protestare per raggiungere un cambiamento della società.
5. Questo periodo, che porta il nome "anni di piombo",	e. uno dei politici più importanti d'Italia.
6. In questo periodo Aldo Moro era	f. avviene alla stazione di Bologna.

Lessico

7 Cerchiamo di capire meglio

1. Per capire bene il video, Ben ha cercato alcune parole nel dizionario. Quali sono le parole? Rileggi il testo, trova le parole e indica la riga. Ecco le definizioni:

1. Una persona che ama tanto un argomento o una materia.
2. Parlare di un tema, trattare un tema a scuola.
3. Un luogo in cui mettere le valigie.
4. Un esperimento o una prova che fai anche più volte per raggiungere un risultato.
5. Toccare qc, anche con la forza.
6. Una protesta di persone contro una situazione particolare, come quella economica per la mancanza di lavoro.
7. Principio morale ed etico che guida ad azioni e posizioni nella vita o in un'attività.
8. Un periodo di dieci anni.

2. E tu come spiegheresti delle parole? Scegli altre quattro parole del testo e dai una tua definizione. Dopo lavora con il tuo/la tua partner e spiegagli/spiegale le tue definizioni. Il tuo/la tua partner deve indovinare le parole del testo. Poi scambiate i ruoli.

8 Il si impersonale con aggettivi e sostantivi ➜G 12.5

Trova nel testo le forme del si impersonale con l'aggettivo o il sostantivo. Che cosa noti? Formula la regola.

Pratica

9 Che cosa (non) si fa?

@ Forma delle frasi con gli aggettivi o i sostantivi e il si impersonale.

Quando (non) si è …	studente politico professore giovane appassionato di storia disinteressato maturo sportivo grande intelligente	si …

Leggere

10 1992: Scandalo a Milano – corruzione politica!

Ben è incuriosito dalla parola Tangentopoli e così inizia subito a cercare delle informazioni e trova questo articolo.

Tangentopoli è un'espressione che viene usata in Italia a partire dal 1992. Si tratta di una combinazione delle parole "tangente" e "polis": la prima indica del denaro che viene pagato illegalmente in cambio di qualcosa; la seconda viene dal greco e significa "città", in questo caso la città di Milano. Nel capoluogo della Lombardia si

@ 9 differenziato: Code 39300-12

parla per la prima volta di questo scandalo: è una "tangentopoli" ovvero una città in cui paghi dei soldi e ricevi dei favori in cambio.

"Mani pulite" è il nome dell'inchiesta fatta dai giudici milanesi guidati da Antonio Di Pietro e che ha portato a dei risultati terribili: corruzione in diversi settori e tanti politici coinvolti. È uno scandalo per la politica italiana di quegli anni che mostra un livello di corruzione mai visto prima e in cui sono coinvolte moltissime persone della cosiddetta "classe dirigente" ovvero ministri e politici di vari partiti, manager e responsabili di diverse aziende e industrie. Le conseguenze sono drammatiche: i partiti politici vanno in crisi e il popolo italiano perde la fiducia nel governo e nello Stato. La domanda che tutti si pongono è: cosa si può fare affinché le persone credano di nuovo nella politica?

Antonio Di Pietro è l'uomo di quest'inchiesta. Con un passato di poliziotto, si laurea e diventa giudice. Ha idee chiare sulla giustizia e con il suo comportamento chiaro e diretto dà speranza agli italiani.

Con le informazioni tratte dal testo descrivi queste immagini con le tue parole.

Laboratorio

11 Quel 1992 …

MK

turbare: *stören, beunruhigen*

Quali altri eventi hanno turbato la storia italiana nel 1992? Lavora con un tuo compagno/una tua compagna. Fate una ricerca in internet e informatevi su eventi e persone che hanno segnato quell'anno. Scegliete una persona o un evento storico e presentate i vostri risultati alla classe.

Ricerca

12 E dal '92?

MK

Quali eventi hanno interessato l'Italia? Create una linea del tempo con le notizie più importanti fino ad oggi.

Competenze 4

Fare domanda per un lavoretto durante le vacanze

il lavoretto: *Aushilfsjob, Gelegenheitsarbeit*

Lavorare in un villaggio turistico per tre o quattro settimane durante le vacanze estive? Perché no? Sono disponibili i seguenti lavori:

✓ lavorare alla reception
✓ dare una mano in cucina e nel servizio
✓ fare l'animatore/l'animatrice

richiedere: *verlangen*

La direzione richiede una **lettera di motivazione** e un **Curriculum Vitae (CV)**.

1. Lavorate in due. Decidete per quale dei lavori volete fare la richiesta e scrivete la lettera di motivazione (circa 100 parole). Create il CV (vostro o di un personaggio inventato).

Espressioni utili per la lettera di motivazione

Per iniziare:

- Gentili Signore e Signori,
- Gentile Signora Cassari,
- Gentile Signor De Valli,
- Egregio Direttore,
- Stimata Dottoressa,

Per scrivere la parte centrale:

- con la presente desidero candidarmi …
- vorrei chiedere/presentare …
- Vi prego di …

Per strutturare e collegare:

- all'inizio/per primo
- poi/più tardi …
- inoltre/in più/…
- infine/alla fine

Per finire:

- Se desidera/Se desiderate ulteriori informazioni, non esiti/non esitate a contattarmi.
- In attesa di una Vostra gentile risposta, invio cordiali saluti
- Gradirei molto ricevere presto Vostre notizie.
- RingraziandoVi anticipatamente, porgo distinti saluti.

ringraziandoVi: *indem ich Ihnen danke*

Ecco alcune idee per strutturare un CV

nome: ______
cognome: ______
luogo e data di nascita: ______
indirizzo postale ed elettronico: ______
numero di telefono: ______
istruzione: ______
lingue straniere: ______
esperienze extra-scolastiche: ______
interessi: ______
data e firma: ______

2. Formate gruppi da sei. Presentate le lettere di motivazione e i CV. Poi decidete quale lavoro sarà affidato a chi e perché. Se ci sono più candidati per lo stesso lavoro discutete chi è più qualificato e perché. Per chiarire chi è più adatto, i candidati devono rispondere in che modo risolverebbero una delle seguenti situazioni insolite.

Situazioni insolite potrebbero essere le seguenti:

per il lavoro alla reception:
Una famiglia arriva con tre cani grandissimi; nel villaggio però, gli animali non sono ammessi. Come reagisci?

per l'aiuto in cucina e nel servizio:
Ogni settimana il cuoco del centro prepara cose tipiche della regione; tu devi fare la spesa al mercato, ma non riesci a comprare tutti gli ingredienti necessari. Come spieghi la situazione al cuoco?

per il lavoro di animatore/animatrice:
Ci sono clienti che vogliono fare escursioni in gruppo, ma arrivano sempre in ritardo e fanno aspettare gli altri clienti. Che fai per integrarli nel gruppo?

13 L'Italia attuale

Ingresso

A

B

C

D

E

Lavori domestici
(ore e minuti)

cucinare, lavare, riordinare le stoviglie	0,45	1,48
pulizia e riordino della casa	0,52	1,34
lavare, stirare e altra cura del vestiario	0,35	1,01
giardinaggio, cura degli animali	1,25	0,59
costruzioni e riparazioni	1,33	1,05
gestione della famiglia	0,22	0,26

https: //www.insidemarketing.it/donne-tra-maternita-e-lavoro-femminile/

domestico, -a: *Haus-, häuslich*
le stoviglie: *Geschirr*
la pulizia: *Reinigung*
stirare: *bügeln*
il giardinaggio: *Gartenarbeit*
la gestione: *(Geschäfts-) Führung*

Scrivere

1 Il biglietto da visita del Bel Paese

Completa il biglietto da visita con le informazioni nei riquadri, scegli quella giusta per ogni categoria. Se non sei sicuro/a, fai una breve ricerca in internet.

Il Bel Paese

Bandiera: ■
Data di nascita/Festa nazionale: ■
Forma di Stato: ■
Numero degli abitanti: ■
Nome ufficiale: ■

2 giugno | Italia | Monarchia costituzionale | più di 80 milioni | Il Tricolore | Repubblica Italiana | La triscele | 8 marzo | Repubblica parlamentare | più di 60 milioni

Parlare

2 Impressioni dall'Italia di oggi

Con l'aiuto di queste espressioni e del dizionario descrivi le foto e la statistica, spiega inoltre che cosa rivelano dell'Italia attuale.

Espressioni utili

l'atleta (m./f.)	Sportler/in
l'immigrato/a	Immigrant/in
integrarsi nella società Italiana	sich in die italienische Gesellschaft integrieren
partecipare ad una manifestazione	demonstrieren
manifestare per/contro qualcuno/qualcosa	für/gegen jemanden/etwas protestieren
tenere in mano un cartello	ein Schild in den Händen halten
le pari opportunità tra i sessi e per gli omosessuali	Gleichberechtigung zwischen den Geschlechtern/der Homosexuellen
la diversità	Verschiedenheit, Vielfalt
svolgere i lavori domestici	Hausarbeiten erledigen
la criminalità organizzata	organisiertes Verbrechen
il turismo di massa	Massentourismus
la città affollata	überfüllte Stadt

!
Am Ende dieser Lektion kannst du
- dich zu Politik und Staatsaufbau in Italien äußern.
- über die aktuellen Themen Migration, Frauenbild und Kriminalität diskutieren.
- verschiedene Formen des Tourismus beschreiben und bewerten.
- differenziert und situationsgerecht zu komplexen Themen Stellung nehmen.

A Realtà italiane

CD 4 | 27–32

A1 L'Italia politica e la politica in Italia

Palazzo Madama

Palazzo di Montecitorio

Palazzo del Quirinale

Palazzo Chigi

Per le lezioni di educazione civica Hannah e la sua compagna di classe, Giulia, devono informarsi sulla politica in Italia. Hannah si occupa delle istituzioni politiche, mentre Giulia preferisce scoprire cosa pensano gli italiani della politica. Ecco quello che ha trovato Hannah:

L'Italia è una Repubblica e il suo capo è il Presidente della Repubblica. La sua sede è nel Palazzo del Quirinale a Roma e lui viene eletto ogni sette anni dal Parlamento. Chi si candida a Capo dello Stato deve essere cittadino italiano e aver compiuto cinquant'anni. Il Presidente della Repubblica è la massima autorità del Paese: ha il comando delle forze armate, cioè dell'esercito, firma le leggi e controlla che tutti rispettino la Costituzione.
Sulla base dei risultati delle elezioni politiche nazionali il Presidente della Repubblica nomina il Presidente del Consiglio dei Ministri, il Capo del Governo, che viene eletto ogni cinque anni, la sua sede è a Palazzo Chigi. La funzione del Presidente del Consiglio è dirigere e coordinare l'attività politica del Governo.
Il Governo ha il potere esecutivo, cioè mette in atto le leggi approvate dal Parlamento.
I cittadini eleggono i deputati e i senatori che formano il Parlamento italiano, questo ha potere legislativo, cioè approva le leggi. Il Parlamento è formato da due Camere: la Camera dei Deputati con sede a Palazzo Montecitorio e il Senato della Repubblica con sede a Palazzo Madama. Vengono eletti 630 deputati e 315 senatori. Il Parlamento nomina i Presidenti di Camera e Senato, le più alte cariche dello Stato dopo il Presidente della Repubblica.
Per quanto riguarda i partiti politici italiani bisogna dire che la situazione è in continuo cambiamento.

Ecco quello che ha trovato Giulia:

1. Anna-Rita, 22 anni, laureata in filosofia:

Dubito che i politici siano in grado di fare qualcosa per i giovani. L'Italia è proprio un paese difficile per i giovani laureati, ma io resto e continuo a combattere perché sono sicura che ce la farò.

2. Tullio, 27 anni, informatico, ma lavora in un call-center:

Se chiedi a me, ti dico apertamente che i politici hanno dimenticato i giovani. I leader se ne fregano di noi e non sono sicuro che la politica prenda le misure adatte per migliorare la nostra situazione. Presumo che l'Italia così perda risorse preziosissime. La politica dovrebbe reagire prima che sia troppo tardi!

3. Giacomo, 34 anni, ingegnere:

I politici eletti sono tutti incapaci! La prossima volta voterò un partito di protesta in modo che cambi qualcosa!

4. Margherita e Ludovico, 74 anni, pensionati:

Siamo molto preoccupati per l'Italia, dubitiamo che vada a finire bene. Tuttavia siamo sempre stati ottimisti e pensiamo che l'Italia si possa riprendere.

5. Gianni, 45 anni, meccanico:

Il governo ha fatto un bel lavoro in passato per quanto riguarda l'immigrazione. Ma presumo che in futuro si possa gestire il problema solo in ambito europeo. Gli altri stati europei devono muoversi prima che l'Italia crolli!

6. Laura, 80 anni, casalinga:

Vengono spesi tanti soldi senza che il governo si renda conto della difficile situazione di noi anziani.

7. Federica, 27 anni, madre single:

Parità tra i sessi, suppongo che possa esistere solo a condizione che donne e uomini vengano trattati nello stesso modo e qui in Italia non è sempre così.

8. Marzia, 30 anni, laureata in sociologia:

L'Italia è una repubblica fondata sul lavoro – e ci sono troppi giovani che non ce l'hanno. A tutti vorrei però dire di continuare a lottare, perché se uno vuole veramente qualcosa, alla fine riesce ad ottenerlo.

Comprensione

1 Tutto chiaro sulle istituzioni politiche?

Decidi se queste informazioni sono vere o false. Correggi quelle false.

1. Il Presidente della Repubblica viene eletto ogni cinque anni.
2. Palazzo Chigi è la sede del Presidente della Repubblica.
3. Il Presidente del Consiglio nomina il Presidente della Repubblica.
4. Il Governo ha il potere legislativo.
5. Il Parlamento italiano è formato da ministri.
6. La carica più alta dello Stato italiano è quella del Presidente del Consiglio.
7. La Camera dei Deputati ha sede a Palazzo Madama.
8. Ci sono sempre gli stessi partiti politici in Italia.

Lessico

2 Per parlare di politica

@ Copia la tabella nel tuo quaderno e completala con le parole che hanno a che fare con:

i politici	i luoghi della politica	le istituzioni politiche	le azioni che si fanno in politica
■	■	■	■

Ricerca

3 Italia oggi – chi è al potere?

MK Hannah vuole sapere chi sono le persone che occupano i posti menzionati nel testo. Fai una ricerca in internet e crea un identikit sulle attuali cariche dello Stato. Parla di queste persone:

Presidente della Repubblica
Presidente del Senato
Presidente della Camera
Presidente del Consiglio
i leader dei partiti politici

In Italia
Attualmente i maggiori partiti italiani sono: il Partito democratico, +Europa e Lista Civica Lorenzin nel Centrosinistra, i partiti populisti Forza Italia, Fratelli d'Italia e Lega al Centrodestra o Destra radicale e il partito indipendente Movimento Cinque Stelle.

Comprensione

4 La voce degli elettori

Leggi i testi che Giulia ha trovato in internet. Chi ha detto le seguenti frasi o a chi si riferiscono?

1. Il governo spende tanti soldi senza aiutare gli anziani.
2. Anche in una situazione difficile vale la pena di combattere per il proprio futuro.
3. In Italia donne e uomini non vengono trattati nello stesso modo.
4. A livello europeo l'Italia non riceve abbastanza aiuti.
5. La politica italiana non aiuta i giovani ad entrare nel mercato del lavoro.
6. I partiti di protesta approfittano dell'insoddisfazione di alcuni cittadini.
7. Il futuro dell'Italia sembra insicuro.
8. L'Italia non reagisce in modo soddisfacente ai bisogni dei giovani.

vale la pena: *es lohnt sich*
l'insoddisfazione: *Unzufriedenheit*

5 Altri verbi e congiunzioni che richiedono il congiuntivo →G 13.1

Nei testi che ha trovato Giulia ci sono alcune frasi con verbi e congiunzioni che richiedono il congiuntivo. Ordina le frasi del testo secondo le seguenti categorie:

dopo certe congiunzioni | esprimere dubbi | esprimere una supposizione/un'ipotesi

@ 2 differenziato: Code **39300-13**

Pratica

6 Tutti parlano di politica!

Forma delle frasi al congiuntivo presente con i seguenti elementi.

Gli elettori	avere forti dubbi dubitare non essere sicuri avere l'impressione non credere non sapere	che se come	i politici alcuni il governo i leader	(non) esserci soluzioni facili
I cittadini italiani				(non) farcela in futuro
I giovani				(non) esistere politici capaci
Alcuni anziani				(non) cambiare la situazione
Qualche gruppo				(non) votare partiti di protesta
Gli italiani				(non) dimenticarsi del popolo

Pratica

7 Gli italiani e la politica

Indicativo o congiuntivo? Completa le frasi.

1. Gli italiani sperano che il governo ■ (impegnarsi) per il paese.
2. I giovani hanno forti dubbi che i politici ■ (fare) tutto il loro possibile per migliorare la situazione, ma alcuni di loro non ■ (volere) smettere di lottare per i loro diritti.
3. Alcuni confessano che ■ (votare) partiti di protesta finché non cambierà qualcosa.
4. Gli anziani presumono che i leader non ■ (interessarsi) dei loro problemi.
5. C'è gente che dubita che la situazione in Italia ■ (cambiare) presto.
6. Una grande parte della popolazione si lamenta che il governo ■ (rimanere) passivo.
7. Le persone senza lavoro non sono sicure se la politica ■ (prendere) le misure giuste.
8. I politici sono sicuri che ■ (fare) un bel lavoro.

smettere: *aufhören, aufgeben*

lamentarsi: *sich beklagen*

Scrivere

8 Il mondo politico tra 100 anni

Immagina come sarà il mondo politico tra 100 anni e presenta le tue idee in un testo di circa 150 parole. Usa minimo otto di queste espressioni e – se vuoi – le idee che sono nei riquadri:

suppongo che | presumo che | non so se | ho forti dubbi che | penso che

affinché | mi auguro che

perché | temo che

robot che fanno politica
elezioni online
un partito unico
un re/una regina
cittadini contenti

senza che | a condizione che | in modo che | prima che | ho paura che

CD 4 | *33–34*

A2 Gianmaria Testa, *Ritals*

Tra i suoi CD Hannah ne trova uno che le ha prestato Ornella: è un album di Gianmaria Testa dal titolo *Da questa parte del mare*.

la stiva: *Laderaum*
disimparare: *verlernen*
il fiato: *Atem*
tiepido: *lauwarm*
l'onta: *Schande, Schmach*
muto: *stumm*
l'offesa: *Beleidigung*
muto, -a: *stumm, sprachlos*

Eppure lo sapevamo anche noi
l'odore delle stive
l'amaro del partire
Lo sapevamo anche noi
e una lingua da disimparare
e un'altra da imparare in fretta
prima della bicicletta
Lo sapevamo anche noi
e la nebbia di fiato alla vetrine
e il tiepido del pane
e l'onta di un rifiuto
lo sapevamo anche noi
questo guardare muto

E sapevamo la pazienza
di chi non si può fermare
e la santa carità
del santo regalare
lo sapevamo anche noi
il colore dell'offesa
e un abitare magro e magro
che non diventa casa
e la nebbia di fiato alle vetrine
e il tiepido del pane
e l'onta del rifiuto
lo sapevamo anche noi
questo guardare muto

Comprensione

9 Una canzone sulla migrazione

1. Parla con un compagno delle emozioni che hai provato durante l'ascolto della canzone. Quanto sono importanti la musica e il ritmo? In due elencate tre emozioni. Spiegate poi la vostra scelta.
2. Quali affermazioni sono vere e quali sono false? Rileggi il testo e indica dove si trovano.

	vero	falso	riga
1. Le persone dovevano imparare una nuova lingua.	■	■	■
2. Le persone si sentono subito a casa nel nuovo paese.	■	■	■
3. Le persone nella canzone sono state offese.	■	■	■
4. Le abitazioni delle persone erano belle.	■	■	■

3. Chi sono i *Ritals*?
4. Descrivi e confronta le due immagini.

Lessico

10 Poesia in musica

Nella canzone Gianmaria Testa usa un linguaggio molto poetico. Che vuole esprimere? Abbina le espressioni del linguaggio poetico a quelle del linguaggio fattuale:

fattuale: *sachlich, tatsächlich*

Linguaggio poetico	Spiegazione fattuale
1. l'odore delle stive	a. I sentimenti che si provano quando non si è accettati dalla gente o si devono subire atti di razzismo.
2. l'amaro del partire	b. Le persone guardano i negozi da fuori, si avvicinano molto per vedere meglio la merce in vetrina e lasciano il fiato sul vetro, ma non entrano perché non hanno soldi per comprare queste cose.
3. la lingua a disimparare	c. Il pane che è ancora caldo dà una sensazione positiva e forse fa pensare al paese lasciato.
4. la nebbia del fiato alla vetrina	d. Gli immigrati guardano senza parlare, forse perché non conoscono la lingua o sono traumatizzati.
5. il tiepido del pane	e. Una nuova abitazione in cui però non ci si sente accolti.
6. l'onta di un rifiuto	f. I sentimenti che si provano quando si viene offesi.
7. il guardare muto	g. La tristezza che si sente nel lasciare tutto.
8. la santa carità del santo regalare	h. Si ha ancora nel naso la puzza della nave con cui si è attraversato il mare.
9. il colore dell'offesa	i. Le cose che la gente dà agli immigrati sembrano piuttosto un'elemosina.
10. un abitare magro magro	l. Non possono più parlare la loro madrelingua.

la puzza: *Gestank*

l'elemosina: *Almosen*

11 Gli italiani – un paese di migranti

Ricerca MK

1. Fate una ricerca in Internet sulla storia della migrazione italiana negli USA e in Germania. Preparate un poster e presentatelo alla classe.
2. Intervistate un italiano/un'italiana che vive nella vostra città e raccontate la sua storia in classe.

In Italia

Tra il 1861 e il 1985 quasi 30 milioni di italiani sono emigrati all'estero. Con gli anni l'Italia si è trasformata da un Paese di emigrazione ad un Paese di immigrazione.

CD 4 | 35–36

A3 Donne in Italia

Sebbene Hannah viva in Italia già da parecchio tempo, si stupisce ancora del modo in cui le donne vengono rappresentate nei mass media e nelle pubblicità. In internet ha trovato questo articolo che parla delle donne nei media:

Media e stereotipi

La rappresentazione della donna sui media influisce sia sull'autopercezione delle donne stesse, che sulla percezione che delle donne hanno gli uomini, e in particolar modo i minori. E guardando anche a questo, va sottolineato che in genere l'immagine delle donne, che i media propongono, in particolare nella pubblicità e nell'intrattenimento, non può certo essere considerata positiva per un equilibrato sviluppo dei giovani. L'effetto è travolgente soprattutto sulle giovani generazioni. Ragazze, ma anche ragazzi, prendono ad esempio le giovani che vedono in TV [come modello] e cercano di diventare come loro, diminuendo così la loro autostima, il rispetto verso se stesse [e spesso rasentano la malattia, come l'anoressia o la bulimia]. Inoltre l'esempio che arriva da queste ragazze usate in pubblicità ed in televisione come "puro arredamento" arriva anche ai bambini, ai ragazzi che identificano il loro immaginario femminile in quelle espressioni costruendo un'immagine distorta di tutto il genere femminile.

da: http://www.italiadeivalori.it/immagine-della-donna-no-a-mercificazione/

l'(auto)-percezione: *(Selbst-) Wahrnehmung*
equilibrato, -a: *ausgeglichen*
travolgente: *überwältigend*
rasentare: *streifen*
l'anoressia: *Magersucht, Anorexie*
la bulimia: *Bulimie*
l'arredamento: *Einrichtung; hier: Ausstattung*

In Italia

La festa della donna

L'otto marzo è la **Giornata internazionale della donna** (detta: Festa della donna) che si festeggia per ricordare il ruolo della donna nella società e per protestare contro ogni discriminazione verso le donne. In Italia si usa donare alle donne di tutte le età dei mazzetti di mimosa. Molte donne trascorrono una serata solo tra amiche e senza ragazzi o mariti.

Comprensione

12 Le donne nei mass media

1. Cosa potrebbe pensare Hannah di queste foto? Descrivile e spiega come vengono rappresentate o si presentano le donne. Quali aspetti vengono messi in rilievo?

2. Leggi le seguenti affermazioni e indica la riga in cui si trovano.

giovanile: *jugendlich*

	riga
1. Le immagini televisive hanno effetti su telespettatrici e telespettatori.	■
2. La pubblicità di questo tipo crea problemi nell'evoluzione giovanile.	■
3. Donne e ragazze vogliono diventare come i loro modelli pubblicitari.	■
4. Il genere maschile riceve un'immagine sbagliata del genere femminile.	■

@ **3.** Hannah parla con Ornella dell'articolo che ha trovato in internet. Che cosa le dice? Usa le seguenti parole chiave tratte dal testo per riassumere l'immagine delle donne nei mass media.

pubblicità · intrattenimento · autostima · malattia · arredamento · immagine · distorta

Espressioni utili

l'aspetto fisico	Aussehen
le caratteristiche intellettuali	geistige/intellektuelle Merkmale
i valori interiori	innere Werte
il ruolo sociale	soziale Rolle

Ricerca

13 Donne del tutto diverse

MK

Anche in Italia molte donne contraddicono gli stereotipi: sono politiche, scienziate, scrittrici, cantanti, chef stellate e imprenditrici. Formate dei gruppi e sceglietene una, poi fate una presentazione.

chef stellato, -a: *mit einem Michelin-Stern ausgezeichnete Köche/Köchinnen*

Occhio!

Falsi amici
lo chef = Chefkoch
der Chef = il capo, il direttore

Federica Mogherini · Dacia Maraini · Angela Missoni · Cecilia Bartoli · Rita Levi-Montalcini · Maria Patrizia Grieco · Marianna Vitale

Laboratorio

14 Una pubblicità diversa

MK

Crea un poster pubblicitario per dare un'immagine positiva delle donne.

Ascolto

15 Anna Tatangelo, *Essere una donna*

MK

Ascoltate la canzone di Anna Tatangelo in internet e parlate del testo in classe. Quali cliché e quali ruoli della donna sono menzionati? Ha ragione o no la cantante?

Scrivere

16 Essere un uomo

Come potrebbe essere il testo di una canzone dal titolo "Essere un uomo"? Riflettete sui cliché e ruoli dell'uomo e scrivete un testo analogo.

@ 12 differenziato: Code **39300-13**

B Turismo a 360°

CD 4 | 37–42

B1 Che tipo di viaggiatore sei?

l'alloggio: *Unterkunft*

Ecco un divertente test per scoprirlo. Dal mezzo di trasporto all'alloggio, con questo test puoi scoprire che tipo di viaggiatore sei.

1. Parto in ...

a. macchina – aria condizionata accesa e musica a tutto volume. È l'unico modo per sentirsi liberi!
b. treno – più comodo e veloce della macchina. Lasciamo aspettare gli altri in coda!
c. bicicletta – amo la natura e sono sportivo/a! Niente di più bello che muoversi in mezzo alla natura!

2. La mia vacanza perfetta ...

a. su una nave da crociera: piscina, ristoranti ed eleganti boutique a bordo. Facciamo lavorare il personale 24 ore su 24 per la nostra vacanza di lusso.
b. in un piccolo borgo storico con feste, sagre e tradizioni antiche. Che bello!
c. in viaggio a piedi con lo zaino – amo essere a tu per tu con la natura.

sopportare: *aushalen, ertragen*
la corsia: *(Fahr-) Spur*

3. È vietato dimenticare ...

a. la carta di credito di papà. Il mio papà non si arrabbia se faccio pagare lui.
b. lo smartphone. Voglio fotografare e condividere le mie impressioni.
c. il mio amico a quattro zampe. Lascio correre libero il mio cane!

4. Dormo ...

a. in un grande hotel sul mare con altri 500 turisti, ma con tutti i comfort per una vacanza comoda e rilassante.
b. in un piccolo albergo nel cuore di un centro storico. Niente piscina o lussi, ma l'atmosfera giusta per sentirsi parte del luogo.
c. in un agriturismo con animali, stalle e campi, dove lasciano collaborare anche gli ospiti.

5. Mangio ...

a. hamburger e patatine fritte, pizza e coca cola ovunque nel mondo!
b. piatti regionali tipici. Mi faccio servire anche un buon dolce della casa.
c. cibi biologici a chilometro zero. Niente carne, per favore, sono vegetariano/a!

6. Non sopporto ...

a. la coda in autostrada. Quando costruiranno la quinta corsia?
b. grandi alberghi e spiagge affollate.
c. vedere che mancano piste ciclabili e spazi per le bici.

Risultati del test:

il fuoristrada: *Geländewagen*

Più risposte A: Non sei propriamente un ecoviaggiatore. Hai mai pensato a quanto inquinamento produciamo durante le nostre vacanze? Hai mai pensato a una vacanza a piedi, in bici o con i mezzi pubblici invece che su un fuoristrada o a bordo di una nave da crociera che inquinano la natura? Sarebbe molto meglio per il nostro pianeta.

pittoresco, -a: *malerisch*

Più risposte B: Ami viaggiare senza macchina e scoprire luoghi insoliti. Conosci tutti i trenini regionali e le zone più pittoresche d'Italia e di altri paesi. Vuoi una vacanza rilassante, conoscere gente nuova senza rinunciare alle comodità. Una vacanza "senza corrente" non fa per te.

Più risposte C: Congratulazioni! Sei un vero ecoviaggiatore, ami la natura, cerchi di prendertene cura e di conoscere il luogo in cui vai o le sue caratteristiche. Ami andare in bici o a piedi e preferisci i cibi biologici, durante le tue vacanze produci pochissimo CO_2 e riesci benissimo a ridurre la tua *carbon footprint.*

A: il viaggiatore poco ecosostenibile; **B:** il viaggiatore verde; **C:** l'ecoviaggiatore perfetto

http://ecobnb.it/blog/2014/01/test-quanto-sei-eco-viaggiatore/ (abbreviato e modificato)

Comprensione

1 E tu? Che tipo di viaggiatore sei?

Fai il test per scoprire che tipo di viaggiatore sei. Confronta i tuoi risultati con gli atri studenti e discutete se i risultati rispecchiano veramente il vostro modo di viaggiare.

Ascolto

2 I risultati di Valerio

@ CD 4 | *43–44* Anche Valerio fa il test. Che tipo di viaggiatore è: A, B o C? Quali risposte ha dato?

3 I verbi lasciare e fare con l'infinito ➜G *13.2*

Nel test ci sono frasi come: "Facciamo lavorare il personale 24 ore su 24 per la nostra vacanza di lusso" o "Lascio correre il mio cane". Trova gli altri esempi con **lasciare/fare** + **infinito**.
In italiano si usano due modi diversi per esprimere il tedesco *lassen*. Uno esprime "fare in modo che qualcuno faccia qualcosa", l'altro "permettere a qualcuno di fare qualcosa". Ricopia gli esempi con **lasciare/fare** + infinito e indica se si tratta della prima o della seconda parafrasi.

Pratica

4 Vacanze bellissime! Benvenuti a bordo della "Bella del Mediterraneo"!

Completa le frasi del dépliant con le forme giuste di **lasciare** o **fare**. Attenzione ai pronomi!

sguazzare: *planschen*

1. Volete ordinare qualcosa da bere? Basta una telefonata alla reception. Noi ■ arrivare la vostra ordinazione il più presto possibile.
2. A bordo della "Bella del Mediterraneo" potete ■ giocare i vostri figli tranquillamente nella piscina per bambini. Il nostro personale qualificato li ■ sguazzare nell'acqua e gli ■ bere e mangiare cibo sano.
3. Cani a bordo? Chiamate i nostri dog sitter che ■ correre i vostri amici a quattro zampe in un'area tutta per i cani.
4. Volete festeggiare un compleanno o una festa a bordo? ■ organizzare alla squadra di cucina la vostra serata indimenticabile!

@ 2 differenziato: Code **39300-13**

il consulente: *Berater*

5. Prenotare una gita? Vi potete ■ aiutare dal nostro consulente turistico che conosce tutte le città del Mediterraneo – Genova, Napoli, Bari, Venezia …
6. ■vi ispirare dalle bellezze del Mediterraneo!

Parlare

5 Venezia – un sogno?

Hannah manda queste due immagini a Valerio e scrive sul messaggio:

A proposito di Venezia. Guarda queste! *10:04*

Con l'aiuto del dizionario bilingue descrivi e analizza la foto e la vignetta. Quale problema fanno vedere?

Leggere

6 Turismo mordi e fuggi

In internet Hannah ha trovato un articolo che parla di questo problema.

la calle: *via (parola veneziana)*

la paccottiglia: *Ramsch, Ausschussware;* hier: *billige Souvenirs*

Il turismo sommerge Venezia

Invadono le calli, rendono insopportabile la vita ai residenti. Sono trenta milioni all'anno, e aumenteranno ancora, trasformando Venezia in una Disneyland mordi-e-fuggi. *di Paolo Cagnan*

Marciano compatti nella calle, dietro la guida con l'ombrello […]. Fanno foto mentre camminano, senza fermarsi perché non c'è tempo: poco più di mezza giornata per vedere Venezia, la città più bella del mondo. Sono arrivati presto la mattina, ripartiranno nel pomeriggio. Compreranno un po' di paccottiglia: una maschera qua, una mini-gondola là. Mangeranno panini e tranci di pizza.

Forse, non trovando un cestino delle immondizie, getteranno distrattamente una bottiglia d'acqua vuota in un canale. E alla fine del tour avranno speso in media

16 euro a testa, perché questo dicono le statistiche. Sono i turisti mordi e fuggi: tanti, tantissimi. [...]

il mantra: qui: *una frase che viene ripetuta molte volte*

Bisogna fare qualcosa, è il mantra che recitano un po' tutti, periodicamente. Ma quel fiume di gente è anche un fiume di denaro. E il turismo, a Venezia, è il business principale. Sul suo altare, nei decenni passati, si è sacrificato un po' di tutto. Svuotata dei suoi abitanti, delle botteghe storiche, persino dei supermercati, la città sull'acqua si sta trasformando in una sorta di parco tematico. Dove al posto dei residenti, che si sono trasferiti in terraferma [...] ci saranno le comparse [...].

I turisti passano su ponti, guardano i palazzi storici che cadono a pezzi e tornano a casa felici con la foto-trofeo scattata in piazza San Marco, su una gondola o a Rialto. I veneziani hanno a disposizione tre negozi di frutta e verdura in tutta la città. Fanno la coda alle Poste per comprare un francobollo, visto che i tabaccai – troppo impegnati a vendere paccottiglia *made in Taiwan o Hong Kong* – non li tengono più. Spendono tantissimi soldi per risanare palazzi che richiedono cure continue. Se si sentono male, devono farsi trasportare in terraferma, perché l'Ospedale a Mare (al Lido) è stato venduto e l'altro [...] è sempre più ridimensionato. Si intruppano nei vaporetti affollati. [...]

intrupparsi: *sich anschließen*

La soluzione al problema? Per Jan van der Borg, docente di economia del turismo all'università di Venezia, ci vorrebbero almeno dieci milioni di ospiti in meno, per riportare la situazione sotto controllo: è la cosiddetta "carrying capacity", ovvero la dimensione fisica, economica e sociale entro la quale bisogna restare per evitare che il giocattolo si rompa.

Dal mare, per ora, continuano ad arrivare – duemila grandi navi, bestioni da quattromila passeggeri [...] che fanno l'inchino a San Marco e scaricano in centro altri turisti mordi-e-fuggi che si fermano qualche ora per poi tornare a bordo, visto che i pasti sono compresi nel pacchetto. [...]

http://espresso.repubblica.it/attualita/cronaca/2012/07/17/news/il-turismo-sommerge-venezia-1.44948 (abbreviato e modificato)

1. Turisti e veneziani. Decidi se queste affermazioni sono vere o false. Correggi quelle false.

1. Di solito i turisti rimangono a Venezia per un minimo di due giorni.
2. Molti turisti comprano souvenir prodotti dagli artigiani veneziani.
3. I turisti inquinano la città di Venezia.
4. Negli ultimi anni il numero degli abitanti di Venezia è cresciuto.
5. Per i veneziani è difficile fare la spesa in centro.
6. Venezia ha bisogno di sempre più turisti per pagare la ristrutturazione dei palazzi storici.

2. Riassumi il testo e spiega perché i turisti vengono chiamati "mordi e fuggi".

3. Spiega anche qual è l'impatto di questo tipo di turismo sulla città e sulla vita quotidiana dei veneziani.

MK **4.** La città di Venezia vuole risolvere questo problema. Informati in internet in che modo e quali sono le proposte attuali.

CD 4 | 45–49

B2 Vacanze alternative

Il turismo "mordi e fuggi" non fa per Hannah, ma non vuole rinunciare alle vacanze. Per fortuna ci sono tante alternative.

l'allevamento: *(Auf-)Zucht; Tierhaltung*
i pici: *dicke, von Hand gerollte Spaghetti aus Hartweizengrieß*
la vigna: *Weinberg*

1. L'agriturismo Cacciamici, Toscana
La famiglia Rappuoli, la cui passione è da più di un secolo coltivare le terre senesi, vi dà il benvenuto. Oltre alla coltivazione di cereali e grano duro, la famiglia occupa il suo tempo anche con l'allevamento dei vitelli. Gli ospiti dell'agriturismo possono gustare la buona cucina toscana – un piatto di pici o tagliatelle fatte in casa – accompagnata da un ottimo vino delle vigne della famiglia Cacciamici.
http://www.agriturismo.it/it/agriturismi/toscana/siena/Cacciamici-0570045/index.html

valorizzare: *aufwerten*

2. Ecoturismo in Sicilia
La Sicilia, le cui bellezze sono conosciute in tutto il mondo, è la regione più grande dell'Italia. Ogni anno sono milioni i turisti che arrivano sull'isola per visitarla. Negli ultimi anni la Sicilia ha iniziato a valorizzare il suo enorme patrimonio naturale diventando una delle mete più ricercate d'Italia. A tal proposito l'isola ha iniziato a proporre una forma di turismo più responsabile. Dalla spiaggia sostenibile all'alloggio a basso impatto ambientale c'è di tutto per il turista che vuole abbracciare l'ecoturismo.
https://www.ideegreen.it/ecoturismo-alloggi-sicilia-24747.html

3. Vacanze per ciclisti nelle Dolomiti
Vacanze a impatto zero! Durante le vacanze in bicicletta, i ciclisti possono vivere tutto il fascino della bici da corsa e tutelare l'ambiente. Le cime più alte delle Alpi sono una vera e propria sfida per tutti quelli che amano il ciclismo.
http://www.bikehotels.it/it/bici-da-corsa.html

la cascata: *Wasserfall*

4. Rafting in Umbria
Se siete amanti dello sport all'aria aperta e dell'avventura, la verde Umbria, i cui fiumi sono adatti per il rafting, fa per voi. L'Umbria, terra di cascate e di corsi d'acqua immersi nel verde, sembra fatta apposta per questo sport che regala emozioni indimenticabili, unendo l'avventura alla bellezza del paesaggio naturale. Nonostante le apparenze, il rafting è abbastanza semplice da praticare.
http://www.bellaumbria.net/it/itinerari/i-migliori-luoghi-dove-fare-rafting-in-umbria/

5. Corso di cucina per turisti appassionati a Ravenna. Imparate a cucinare la buona cucina romagnola durante le lezioni di cucina con le vere "sfogline" romagnole. Osteria Passatelli 1962 è il ristorante conosciuto in tutta l'Emilia-Romagna.
http://www.mariani-ravenna.it/corsi-cucina-per-turisti-appassionati/

In Italia

Slow Food
Nata in Piemonte nel 1986 *Slow Food* è una grande associazione internazionale no profit che vuole ridare il giusto valore al cibo, nel rispetto di chi produce in armonia con ambiente ed ecosistemi. (...) Ogni giorno *Slow Food* lavora in 150 Paesi per promuovere un'alimentazione buona, pulita e giusta per tutti.
http://www.slowfood.it/chi-siamo/che-cose-slow-food/ (abbreviato e modificato)

Comprensione

7 Dove andare in vacanza?

1. Descrivi le foto e abbinale ai testi. Spiega a chi potrebbero piacere questi tipi di vacanze. Piacerebbero anche a te?
2. Ecco i vicini dei Neumann. Leggi quello che gli piace fare nelle vacanze e decidi quale posto o quali posti gli consiglieresti. Motiva la tua risposta.

☺ mangiare bene/rilassarsi/prendere il sole

☺ uscire dalla città/essere all'aria aperta

☺ fare sport

Ricerca

8 *Slow Food* Germania

MK

Slow Food è presente anche in Germania. In gruppo fate una ricerca in internet e presentate i diversi progetti che *Slow Food* organizza nella vostra regione.

9 Il pronome relativo cui

➜G *13.3*

Come si traduce in tedesco **i cui** nella frase "la verde Umbria, **i cui** fiumi sono adatti per il rafting"? Trova altri esempi con **articolo** + **cui** e formula la regola.

Pratica

10 L'Italia – un paese per tutti i gusti

Per ogni frase scegli il pronome relativo giusto.

1. L'Agenzia Nazionale del Turismo,	a. il cui b. i cui c. la cui	sito internet offre tante informazioni, ha sedi in tutto il mondo.
2. La Toscana,	a. la cui b. le cui c. i cui	vini sono sempre di alta qualità, è una delle principali mete turistiche in Italia.
3. La Sicilia,	a. il cui b. le cui c. i cui	coste sono spesso affollate, propone anche un'alternativa al turismo di massa: l'ecoturismo.
4. Le Dolomiti,	a. il cui b. la cui c. le cui	montagna più alta è la Marmolada, sono la meta ideale per ciclisti ed alpinisti.

l'alpinista: *Bergsteiger/in*

Mediazione

11 Vacanze alternative – anche per i giovani!

@

Ben ha deciso di impegnarsi durante le vacanze. Vuole andare all'estero con un programma dell'organizzazione *Projects Abroad*. Siccome Simone è molto curioso, Ben gli racconta del progetto. Parla dei seguenti aspetti:

- A quali progetti si può partecipare? E dove?
- Perché il programma è adatto ai ragazzi tra i 16 e i 19 anni?
- Che cosa si può fare nel tempo libero?

Ab ins Ausland: Engagiere dich freiwillig in deinen Ferien

Du möchtest die Welt entdecken und dabei etwas Sinnvolles für die Zukunft tun? Dann mach mit bei unseren Schulferien-Specials in Afrika, Asien, Lateinamerika, der Karibik oder im Südpazifik.

Jugendliche von 16 bis 19 Jahren, die daran interessiert sind sich während ihrer Ferien in Entwicklungsländern einzusetzen, können mit anderen jungen Menschen aus der ganzen Welt an diesem speziell konzipierten Programm teilnehmen. Neben sozialer Arbeit mit Kindern kannst du dich u. a. auch in der Medizin, für die Menschenrechte oder im Naturschutz engagieren.

@ 11 differenziato: Code **39300-13**

- 2 bis 4-wöchige Projekte mit strukturiertem Programmablauf
- 29 Zielländer & 10 Themenbereiche von Archäologie bis Tiermedizin
- Praktische Projektarbeit in der Gruppe
- Abendaktivitäten und Wochenendausflüge werden für dich organisiert
- Betreuung rund um die Uhr durch unsere Mitarbeiter vor Ort
- Jugendreise, Ferienlager und Sprachreise in einem!

Was sind Schulferien-Specials?
Unsere „Schulferien - Specials“ sind speziell auf unsere jüngeren Teilnehmer zwischen 16 und 19 Jahren zugeschnitten, die sich gerne für einen kürzeren Zeitraum freiwillig in unseren internationalen Projekten engagieren. [...]

[...] Im Rahmen des Projekts werden unsere Teilnehmer rund um die Uhr von unseren qualifizierten Mitarbeitern betreut. Von montags bis freitags arbeiten unsere jungen Freiwilligen gemeinsam mit unseren Mitarbeiten in ihren jeweiligen Wunschprojekten. Abends und an den Wochenenden organisieren unsere Mitarbeiter zahlreiche kulturelle Aktivitäten und besuchen gemeinsam touristische Sehenswürdigkeiten. [...]

Die Teilnehmer unserer Schulferien-Specials sind stets mit einer festen Gruppe unterwegs, die aus der ganzen Welt stammt. Das Projekt beginnt zu einem festen Termin und dauert, je nach Projekt, zwei bis vier Wochen, [...].

Viele Freiwillige sind überrascht, wie international die Gruppen der Schulferien-Specials sind. Durchschnittlich kommen die 15 Teilnehmer einer Gruppe aus fünf bis zehn unterschiedlichen Ländern. Die gemeinsame Freiwilligenarbeit im Ausland trägt dazu bei, dass die Teilnehmer sehr schnell Freundschaften schließen, die auch nach der Rückkehr ins Heimatland oft ein Leben lang Bestand haben. [...]

http://www.projects-abroad.de/projekte/schulferien-specials/

Laboratorio **12 Una vacanza da sogno**

MK

Prepara un poster con delle foto e dei testi sulla tua vacanza da sogno, su una vacanza che hai già trascorso o su una vacanza che vorresti fare in futuro. È anche eco-sostenibile la tua vacanza?

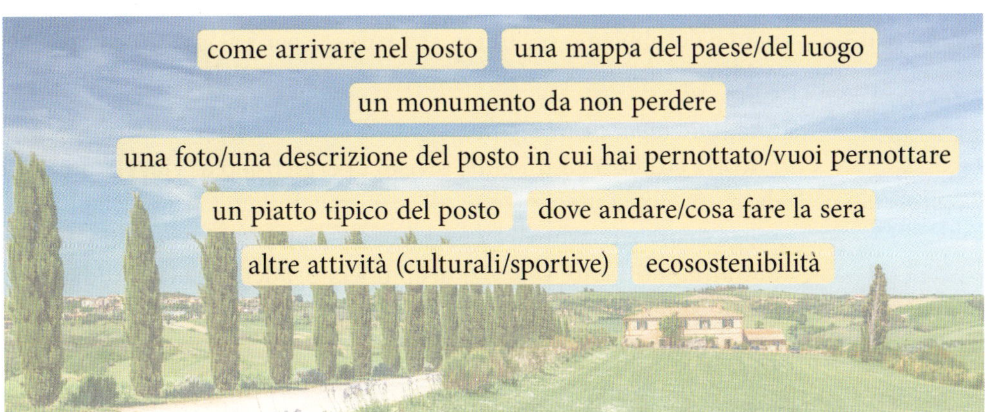

CD 4 | 50–52

B3 Turismo e mafia

Addiopizzo Travel e il turismo etico in Sicilia

Il 23 maggio 1992 Giovanni Falcone, sua moglie Francesca Morvillo e gli agenti della scorta muoiono a Capaci in un attentato ad opera di Cosa Nostra. Per ricordare la vita di queste persone, dedicata e sacrificata alla lotta contro la mafia, oggi intervisto Francesca Vannini Parenti, cofondatrice, insieme a Dario Riccobono ed Edoardo Zaffuto, di Addiopizzo Travel, un progetto di turismo etico e responsabile.

la cofondatrice: *Mitbegründerin*

Ciao Francesca, raccontaci i vostri inizi: come nasce Addiopizzo Travel?

Addiopizzo Travel nasce dall'idea di tre amici e volontari del Comitato Addiopizzo di Palermo, Dario, Edoardo e Francesca. Il Comitato Addiopizzo è un'associazione palermitana di volontariato nata nel 2004 intorno allo slogan "Un intero popolo che paga il pizzo è un popolo senza dignità" e che da anni porta avanti la campagna di consumo critico a sostegno dei negozi e delle imprese che si oppongono alla mafia. Poi nel novembre 2009 nasce il progetto Addiopizzo Travel, turismo etico a sostegno di chi ha detto no alla mafia.

palermitano, -a: *aus Palermo*
il pizzo: *Spitze; hier: Schutzgeld*
opporsi: *sich widersetzen, entgegentreten*

Per partire avete dovuto costruire una rete di operatori pizzo-free, come li avete trovati? È stato semplice comunicare il vostro messaggio o avete incontrato resistenze e difficoltà?

Dal 2005 raccogliamo le iscrizioni di tutti quelli che non vogliono più pagare il pizzo e che sono disposti anche a dichiararlo pubblicamente. Sapevamo che la mafia influiva molto sulla vita quotidiana della città. Era ovvio che negli anni dopo la morte di Falcone e Borsellino le cosche sarebbero di nuovo diventate molto forti. E sì, certamente all'inizio è stato difficile comunicare con una città che non voleva nemmeno parlare di pizzo, una città in cui tutti pensavano che la mafia fosse troppo forte da combattere. Ma non volevamo che la morte di tanti attivisti antimafia fosse stata inutile. E sapevamo anche che in qualche modo ci saremmo riusciti.
Ci siamo dunque presentati agli imprenditori con una lista di 5.000 cittadini (oggi più di 10.000) disposti a fare acquisti da loro perché non pagano il pizzo. Era chiaro che non sarebbe stato facile convincere le aziende, ma questa nostra lista ha convinto numerose aziende che l'aria stava cambiando. Creare invece la rete turistica è stato più facile: abbiamo scelto i nostri partner per i viaggi fra coloro che già aderivano a Addiopizzo.

la cosca: *Mafia-Klan*
aderire: *beitreten*

Che tipo di pacchetti offrite?

I nostri prodotti ed itinerari turistici permettono ai viaggiatori responsabili di poter dare un contributo concreto all'economia pulita. Gli ospiti hanno la possibilità di soggiornare e consumare i pasti presso alberghi e ristoranti che non pagano il pizzo, potranno utilizzare i servizi degli operatori della lista di Addiopizzo e avranno la possibilità di visitare le aziende sorte su terreni confiscati alla mafia. Faranno insomma un tour al 100 % pizzo-free.

il contributo: *Beitrag*
confiscare: *beschlagnahmen*

http://www.addiopizzotravel.it/public/file/press/addiopizzo_travel__una_lezione_di_turismo_etico.pdf
(testo abbreviato e modificato)

Comprensione

13 Addiopizzo Travel

Con l'aiuto delle parole chiave tratte dall'intervista spiega che cos'è Addiopizzo e AddiopizzoTravel, ma anche come sono nate le organizzazioni.

economia pulita | Palermo | ristoranti | dignità | negozi | turismo etico | imprenditori | lista | terreni confiscati | volontari | alberghi | pizzo-free

Ricerca

14 Gli eroi dell'anti-mafia

MK

L'intervista parla di Giovanni Falcone, un eroe dell'anti-mafia. Ma ci sono anche altri eroi che hanno dedicato la loro vita alla lotta contro la mafia. Formate dei gruppi, fate una ricerca in internet e presentate il vostro eroe in classe.

In Italia

I nomi delle organizzazioni criminali in Italia cambiano secondo la regione:
- Sicilia: Cosa Nostra
- Campania: Camorra
- Calabria: 'Ndrangheta
- Puglia: Sacra Corona Unita

15 La concordanza dei modi e tempi verbali (II) ➔G 13.4

Le seguenti frasi contengono degli esempi della concordanza dei modi e tempi verbali:

1. … una città in cui tutti **pensavano** che la mafia **fosse** troppo forte da combattere.
2. **Sapevamo** che la mafia **influiva** molto sulla vita quotidiana della città.
3. Tutti **sapevano** che Falcone **aveva dato** la vita per la lotta contro la mafia.
4. Dopo la morte di Falcone e Borsellino i siciliani **temevano** che la mafia **sarebbe** di nuovo **diventata** più forte.
5. Ma non **volevamo** che la morte di tanti attivisti antimafia **fosse stata** inutile.
6. Ma noi **sapevamo** anche che in qualche modo ci **saremmo riusciti**.

Quali tempi e modi usiamo nella frase principale e quali nella frase secondaria? Dove si parla di un'azione passata, contemporanea oppure futura? Formula la regola e trova altri esempi nel testo B3.

Pratica

16 Voci dell'antimafia

@ Completa le frasi con i tempi e modi giusti. Attenzione alla relazione temporale: P = azione passata, C = azione contemporanea, F = azione futura.

1. Già all'inizio ero dell'opinione che con il tempo sempre più commercianti e clienti ■ (aderire) al movimento "Addiopizzo". (F)
2. Negli anni '80 molti pensavano che ■ (essere) pericoloso parlare di mafia apertamente. (C)
3. La morte di Falcone è stata una tragedia per il movimento antimafia, tutti sapevano che lui ■ (contribuire) come nessun altro alla lotta contro la mafia. (P)
4. Ma dopo gli attentati a Falcone e Borsellino eravamo dell'opinione che i due magistrati non ■ (dare) le loro vite inutilmente. (P)

@ 16 differenziato: Code **39300-13**

14 Un viaggio tra le lettere

Ingresso

CD 5 | *2–5* **E un bel giorno nacque l'italiano**

4 Ogni regione cominciò a vivere una vita per conto proprio, perdendo per lunghi periodi i contatti con le regioni vicine.

2 Quando l'impero romano d'Occidente cadde (476 d. C.), arrivarono in Italia nuove popolazioni.

isolato, -a: *isoliert*
frantumarsi: *zerbrechen*
la parlata: *Sprech-, Redeweise*
l'aldilà: *Jenseits*
il/la linguista: *Sprachwissen-schaftler/in*
elevare: *erheben*
per eccellenza: *par excellence, schlechthin*

1 Si formarono così tante piccole comunità isolate. In questa situazione anche la lingua usata dal popolo si frantumò in tante parlate diverse e da queste nacquero i dialetti italiani.

3 Nel Trecento fu proprio Dante uno dei primi poeti ad usare il fiorentino per raccontare il suo viaggio ideologico nell'aldilà. Il famoso linguista Pietro Bembo, nel XVI secolo, mise poi tutti d'accordo sull'idea di elevare il fiorentino a idioma italiano per eccellenza. Una nascita, dunque, quella della lingua italiana, voluta fortemente dagli intellettuali del tempo e necessaria a diffondere una cultura umanistica che potesse unificare anche socialmente il "Bel Paese", come già allora era considerata l'Italia.

Comprensione

1 Evoluzione millenaria

millenario, -a: *tausendjährig*
la didascalia: *Bildunterschrift*

L'italiano però non è nato in un solo giorno, ma ha alle spalle millenni di cambiamenti. Collegate le didascalie con le immagini.

Lessico

2 Dal dialetto all'italiano standard

Abbina le espressioni dialettali dell'immagine **C** alle corrispondenti espressioni italiane.

l'italiano standard: *Italienische Hochsprache*

Il mio bambino | Facciamo festa! | Dove vai? | Ragazzo | Bellezza | Che bello

!
Am Ende dieser Lektion kannst du
- dich über die Entstehung der italienischen Sprache äußern.
- über Autorinnen und Autoren der Vergangenheit und Gegenwart sprechen.
- die Verbindung der Oper *Nabucco* mit der italienischen Geschichte verstehen.
- dich über die Geschichte der italienischen Filmproduktion unterhalten.

A Storia della lingua = Storia d'Italia

CD 5|6–8

A1 Unità politica e unità linguistica

unitario, -a: *einheitlich, Einheits-*
l'esigenza: *Bedürfnis*
comune: *gemeinsam*
manifestarsi: *sichtbar werden*

Dal XVI secolo al XIX il fiorentino si impose sempre più come lingua unitaria, usata soprattutto come mezzo di comunicazione da scrittori e scienziati, ma non nei rapporti quotidiani. Solo in Toscana si parlava quella che diventerà poi la lingua italiana, nelle altre regioni ognuno continuò a parlare il proprio dialetto. L'esigenza di una lingua comune si manifestò nei primi decenni dell'Ottocento quando iniziò a diffondersi l'idea di un'Italia unita sia politicamente che linguisticamente. "Fatta l'Italia ora bisogna fare gli italiani", questa frase dello scrittore e politico italiano Ferdinando Martini spiega quanto fosse difficile nel 1896 poter unire gli italiani, così diversi per abitudini e modi di pensare, in un unico Paese.

obbligatorio: *obligatorisch, verpflichtend*
la divulgazione: *Verbreitung*
il Novecento: *20. Jhdt.*

Un grande merito lo ebbe anche la scuola. Grazie al suo studio obbligatorio l'italiano standard, anche se inizialmente solo la lingua scritta, si diffuse in tutto il territorio. La divulgazione nel Novecento dei mezzi di comunicazione di massa permise all'italiano standard di entrare in tante case e raggiungere molti italiani. Anche il cinema, la radio e la televisione nel dopoguerra consentirono alla lingua italiana di raggiungere la maggior parte della popolazione e di combattere l'analfabetismo allora ancora esistente in Italia. Sarebbe tuttavia un errore pensare che il dialetto sia un fenomeno nato da culture ritenute inferiori, il dialetto rimane ancora oggi un segno distintivo di appartenenza a un gruppo, e in nessun caso, un mezzo di esclusione.

il segno: *Zeichen*

l'introduzione: *Einführung*

Grazie all'influenza dell'unificazione politica, l'introduzione nella lingua scritta e parlata di parole dialettali fu più forte che nei periodi precedenti.
Alcune parole che appartenevano ai diversi dialetti entrarono a far parte della lingua italiana, per esempio proviene dal dialetto la parola forse più usata dagli italiani: ciao → deriva dal dialetto veneto "s-ciàvo" poi "s'ciào" che significa "schiavo", salutare con un "ciao" corrisponderebbe a "servo vostro" ovvero "sono tuo schiavo; sono al tuo servizio".

Paola Bernabei

Comprensione

1 Lo sviluppo della lingua italiana – linea del tempo

1. Quando "nasce" l'italiano? Disegna una linea del tempo e nomina le grandi tappe del suo sviluppo fino ad oggi.

2. Tutto chiaro? Completa le frasi con le informazioni del testo.

1. In tutte le regioni la gente continua a parlare il suo dialetto, solo ■.
2. "Fatta l'Italia ora bisogna fare gli italiani" significa che ■.
3. Il merito della scuola italiana consiste ■.
4. Salutare con un "ciao" vuol dire ■.

3. E il tuo partner? Ha capito tutto? Formula tre domande sul testo! Poi scambiate i ruoli.

2 Il passato remoto ➜G 14.1

@ **1.** Cerca nell'Ingresso e nel testo A1 tutte le forme del passato remoto che corrispondono ai seguenti infiniti e aggiungi il pronome personale. Controlla la formazione del passato remoto dei verbi regolari con l'aiuto della grammatica.

nascere | avere | imporsi | permettere | essere | continuare | manifestarsi | iniziare | cadere | diffondersi | consentire | entrare | cominciare | arrivare | formarsi | mettere

2. Aiutati con la grammatica e scrivi nel quaderno la coniugazione di **essere** e **avere.**

3. Giocate a ping-pong! Partner A dice un verbo al passato remoto, Partner B risponde con la forma corrispondente dell'infinito o del passato prossimo e "ricomincia" con un nuovo verbo al passato remoto.

Pratica

3 Un incontro particolare

1. Sempre con l'aiuto della grammatica scrivi nel tuo quaderno la coniugazione al passato remoto dei seguenti verbi.

leggere | fare | incontrare | chiedere | crescere | morire | mettere | decidere

2. Riscrivi il testo usando il passato prossimo al posto del passato remoto.

Quando Botticelli incontrò Dante
Ci fu un tempo, tra il 1480 e il 1495, in cui Sandro Botticelli incontrò Dante Alighieri. Naturalmente non lo incontrò di persona, infatti il grande pittore fiorentino lesse la *Divina Commedia* e decise di illustrarla. Botticelli nacque nel 1445 in Via Nuova a Firenze e crebbe in una famiglia povera. Il suo apprendistato lo fece nella bottega di Filippo Lippi. Quando Lippi morì a Spoleto nel 1470, Botticelli aprì la sua bottega. Lorenzo di Pierfranco de' Medici, cugino del famoso Lorenzo il Magnifico, gli chiese di fare le illustrazioni per la *Divina Commedia*.

l'apprendistato: *Lehre Lehrzeit*
la bottega: *Laden; hier: Werkstatt*

Parlare

4 Lingua standard o dialetto?

(in)formale: *(in)formell*

1. Quali lingue o dialetti si parlano nel tuo paese? Quali si usano in contesti formali e quali in contesti informali?

2. Secondo te, bisogna conservare i dialetti? Scambia le tue idee con un partner.

Dante, da Botticelli

Botticelli 1445–1510

@ 2 differenziato: Code **39300-14**

CD 5 | *9–12*

A2 Il Decameron: uno dei primi libri in lingua italiana

C'era una volta Firenze!

Giornata I, Novella 3, Prima parte

Il Saladino era un uomo di grande valore e, sebbene di umili origini, divenne sultano d'Egitto e riportò molte vittorie sopra i re musulmani e cristiani. Avendo però consumato tutto il suo tesoro e per le guerre e per le sue magnificenze ed avendo all'improvviso necessità di una grande somma di denaro, non sapeva dove poterlo trovare. Gli venne in mente un ricco giudeo di nome Melchisedech che ad Alessandria prestava il denaro a forte interesse e pensò che questi, se avesse voluto, avrebbe potuto aiutarlo. L'uomo però era molto avaro e non gli avrebbe mai offerto il denaro spontaneamente; il Saladino d'altra parte non voleva usare la forza ma, spinto dal bisogno, pensò di costringere l'ebreo con una violenza ammantata di giustizia. Per questo lo convocò a corte, lo ricevette con cordialità e, dopo averlo fatto accomodare, gli pose questo problema: "Ho saputo da molte persone che tu sei un uomo veramente saggio ed esperto di cose religiose, per questo mi piacerebbe sapere quale per te è la vera religione: l'ebraica, la musulmana o la cristiana."
L'ebreo, che era veramente un uomo savio, capì subito che il Saladino cercava di coglierlo in fallo nella risposta per aver modo di contraddirlo e pensò che non poteva esaltare una delle tre religioni senza che il Saladino ottenesse ciò che si era proposto. Per questo, alla ricerca di una risposta che non lo facesse cadere in trappola, aguzzato l'ingegno, gli venne subito in mente quello che doveva dire: "Signore, voi mi avete posto una domanda interessante, ma per poter chiarire il mio pensiero debbo raccontarvi una breve novella. Se non vado errato, ricordo di aver molte volte sentito dire che esisteva un uomo importante e ricco che possedeva, tra i gioielli più preziosi del suo tesoro, un anello bellissimo e di gran valore. Per sottolineare la bellezza e la preziosità di questo anello e lasciarlo per sempre ai suoi discendenti, stabilì che quello dei suoi figliuoli che lo avesse ricevuto da lui, doveva diventare l'erede delle sue sostanze ed essere da tutti gli altri onorato e riverito come capo della famiglia. Quello che lo aveva ereditato si comportò allo stesso modo con i suoi discendenti e così via per molti successori, finché l'anello giunse nelle mani di un uomo che aveva tre figli belli, virtuosi ed obbedienti che egli amava con uguale affetto. Ciascuno dei tre giovani, che conosceva la consuetudine dell'anello, desideroso di essere prescelto dal padre che ormai era vecchio, lo pregava di poter ereditare l'anello alla sua morte. Quell'uomo virtuoso, che amava i suoi figli in ugual misura, non sapeva decidersi a chi lasciarlo e pensò di prometterlo a tutti e volerli così accontentare.

da: Claudio Bura, M. Antonietta Morettini, Dieci novelle dal Decameron di Giovanni Boccaccio "tradotte" e commentate con testo originale a fronte, Guerra Edizioni, Perugia 1997

la magnificenza: *Herrlichkeit, Pracht*
questi = questo
ammantare: *ummanteln, umhüllen*
convocare: *zusammenrufen, versammeln*
saggio: *weise*
savio: *vernünftig, weise, klug*
cogliere in fallo: *auf frischer Tat ertappen*
esaltare: *preisen, verherrlichen*
aguzzare: *spitzen, schärfen*
la preziosità: *Kostbarkeit*
i discendenti: *Nachkommenschaft*
stabilire: *festlegen, bestimmen*
la sostanza: *Substanz; hier: Vermögen*
riverito: *geehrt*
accontentare: *zufriedenstellen*

Comprensione

5 La storia dietro la storia

1. Guarda le illustrazioni e decidi quale riassunto è corretto.

il rifugio: *Zuflucht*
il ballo in maschera: *Maskenball*

1. Per sfuggire ad una terribile malattia dieci giovani fiorentini trovano rifugio in una villa in campagna. Ciascuno sarà il re o la regina per 24 ore, decidendo tutto per tutti. Panfilo è il primo e propone un grande ballo in maschera.
2. Sfortunatamente la peste nera invade Firenze. Dieci giovani sfuggono al pericolo e scrivono ogni giorno per dieci giorni una novella ciascuno. Nascono così 100 novelle.
3. Un gruppo di giovani fiorentini sfugge alla peste nera. I ragazzi trascorrono due settimane insieme. Come passatempo Pampinea propone la scrittura delle novelle.

2. Quali delle affermazioni sono vere, quali false? Correggi quelle false.

svolgersi: *sich abspielen*
ingenuo: *naiv*

1. La storia si svolge in Egitto.
2. Melchisedech vuole farsi prestare dei soldi dal Saladino.
3. Il Saladino prepara una trappola per Melchisedech.
4. Il Saladino vuole sapere quale delle tre grandi religioni sia quella giusta.
5. Melchisedech è molto ingenuo.
6. Melchisedech risponde direttamente alla domanda del Saladino.

3. Con l'aiuto delle seguenti parole riassumi la storia che Melchisedech racconta al Saladino:

uomo ricco | tre figli | amare | anello prezioso | ereditare | promettere

4. Secondo te, quali sono le intenzioni dell'uomo ricco della storia e come finisce la terza novella del primo giorno?

Leggere

6 Giornata I, Novella 3, Seconda parte

CD 5 | 13–14

1. Riassumi la fine della storia che Melchisedech racconta al Saladino.

@ **2.** Spiega come si sviluppa il rapporto tra Melchisedech e il Saladino.

di nascosto: *heimlich*
l'orefice: *Goldschmied*
a stento: *mit Mühe und Not*
aspirare al titolo: *nach dem Titel streben*
irrisolto, -a: *ungelöst*
la destrezza: *Geschick, Gewandtheit*
il tranello: *Falle*

Di nascosto chiamò un bravo orefice al quale fece fare due altri anelli che riuscirono così simili al primo che, lui stesso che li aveva ordinati, poteva a stento distinguere quale fosse il vero. Poco prima di morire diede in segreto un anello a ciascuno dei figli. Dopo la sua morte, ognuno dei tre che aspirava al titolo e all'onore di erede, per poterlo pretendere legittimamente mostrò il proprio anello; ma gli anelli erano identici e nessuno fu in grado di stabilire quale fosse il vero e per questo la questione di chi fosse il vero erede del padre rimase irrisolta e lo è tutt'ora. La stessa cosa accade, mio Signore, per le tre religioni date da Dio al popolo ebraico, musulmano e cristiano sulle quali voi avete formulato la domanda: ciascuno di questi crede, a buon diritto, di possedere la verità e rispettare le sue leggi, ma chi in realtà la possieda, come per gli anelli, ancora se ne discute."
Il Saladino capì che Melchisedech, con grande destrezza, aveva evitato il tranello che gli aveva teso e per questo decise di parlargli a cuore aperto per vedere se

@ 6 differenziato: Code **39300-14**

manifiestare = **manifestare:** *kundtun*
ricoprire qn di qc: *jdn mit etw. überhäufen*
il dono: *Geschenk*
la stima: *Achtung*

voleva soddisfare le sue richieste. Gli manifiestò infatti quello che aveva intenzione di fare se non gli avesse risposto con tanto discernimento. L'ebreo generosamente gli prestò tutto il denaro che gli richiese e il Saladino poi glielo restituì interamente; lo ricoprì inoltre di grandissimi doni, lo considerò sempre suo amico e lo tenne presso di sé in alta stima e dignità.

da: Claudio Bura, M. Antonietta Morettini, Dieci novelle dal Decameron di Giovanni Boccaccio "tradotte" e commentate con testo originale a fronte, Guerra Edizioni, Perugia 1997

Laboratorio

7 La Terza Novella – il suo messaggio

Riassumi in una frase il senso e l'attualità della novella. Discutine con un partner.

8 Il passato remoto e l'imperfetto →G *14.1*

1. Trova nel testo tutte le forme dell'imperfetto e del passato remoto.
2. Secondo te, quando si usa il passato remoto, quando si usa l'imperfetto? Controlla le tue idee con l'aiuto della grammatica.

Ascolto

9 Dante – il supereroe dell'italiano!

CD 5 | *15–16*

Roberto, un compagno di classe di Ben, non ha voglia di studiare e per unire lo studio e il divertimento scarica un podcast sul tema. Ascolta il podcast e indica se le affermazioni sono vere o false. Poi dopo il secondo ascolto completa il testo.

	vero	falso
1. Dante viene considerato il padre della lingua italiana.	■	■
2. Dante è vissuto nel Duecento.	■	■
3. Lo scopo di Dante era quello di far capire a tutti le opere scritte.	■	■
4. Senza Dante non si sarebbe sviluppata la lingua italiana che conosciamo oggi.	■	■

era | fece | diede | scrisse | si sviluppò | potevano | riteneva | fu | si considerava | cambiò

Dante Alghieri ■ uno dei primi a credere nell'italiano. È proprio così. Dante, il più grande poeta italiano, è giustamente chiamato "il padre della lingua italiana". Perché? Perché Dante per l'italiano ■ tantissimo e ■ a quella che sarebbe diventata la lingua nazionale, un nuovo valore, non più semplicemente lingua del volgo, cioè del popolo, ma lingua letteraria. ■ il 1300, ben cinque secoli prima della nascita dello Stato italiano, e allora ■ il latino ancora la lingua ufficiale dei documenti scritti. Dante ■ questa prospettiva e, sebbene ammettesse la superiorità del latino, ■ che il volgare potesse essere compreso da tutti e in questo modo tutte le persone ■ avvicinarsi alle opere letterarie. Per questo motivo ■ in fiorentino l'opera più famosa della letteratura italiana: la *Divina Commedia*. E dal fiorentino, nel corso dei secoli, ■ la lingua italiana che tanti nel mondo ci invidiano!

ammettere: *zugeben*
la superiorità: *Überlegenheit*
comprendere: *verstehen*
invidiare: *(be)neiden*

Ascolto **10 Intervista ad un grande letterato**

CD 5 | *17–21* Ben e Roberto devono presentare alla loro classe Giovanni Boccaccio, ma in modo originale e producono un podcast audio per i loro compagni di classe.

1. L'infanzia e il trasferimento a Napoli

I due hanno anche preparato un foglio con qualche domanda facile.

1. Che fa Boccaccio all'inizio dell'intervista?
2. Dov'è nato?
3. La sua famiglia era povera?
4. Perché è stato mandato a Napoli?

2. Il ritorno a Firenze

Dopo la seconda parte, le domande sono più difficili.

1. Perché è ritornato a Firenze?
2. Descrivi il suo rapporto con Dante.
3. Caratterizza il suo incontro con Petrarca.
4. Secondo te, era solo un poeta?

In Italia

I Bardi

I Bardi erano potenti banchieri e ricchissimi mercanti di Firenze. Tra i più noti la Contessina de' Bardi, nonna di Lorenzo de' Medici, e Beatrice Portinari, moglie di Simone de' Bardi e musa ispiratrice di Dante.

Espressioni utili

il mercante	Kaufmann
la corte	Königshof
il Filostrato	poemetto del 1335 ambientato durante la guerra troiana
il Filoloco	Storia d'amore in prosa scritta tra il 1336 e il 1338

Le "Tre corone". Nel Trecento, Dante Alighieri (Firenze 1265 – Ravenna 1321), Francesco Petrarca (Arezzo 1304 – Padova 1374) e Giovanni Boccaccio (Firenze 1313 – Certaldo 1375), le cosiddette " Tre Corone", scrivono tre capolavori importanti per la storia della lingua e della letteratura italiana: la *Commedia* (poi detta *Divina*) di Dante Alighieri, il *Canzoniere* di Francesco Petrarca e il *Decameron* di Giovanni Boccaccio. Il primo è un poema d'argomento sacro, il secondo una raccolta di poesie di tema amoroso e il terzo una raccolta di novelle in prosa.

Dante Alighieri

Giovanni Boccaccio

Francesco Petrarca

A3 Lingua, musica ed emozioni: l'opera lirica italiana

CD 5 | 22 I Neumann vanno a vedere il *Nabucco*. Hannah è curiosa di sapere perché i suoi genitori sono tanto euforici. Fa una ricerca in internet e scopre che ha già sentito il famoso coro dell'opera di Verdi. Continua a cercare e sullo stesso sito trova il testo con la traduzione tedesca.

Va' pensiero – Coro dal Nabucco

Va', pensiero, sull'ali dorate; va', ti posa sui clivi, sui colli, ove olezzano tepide e molli l'aure dolci del suolo natal!	Flieg, Gedanke, auf goldenen Schwingen, lass dich nieder auf jenen Hängen und Hügeln, wo sanft und mild der wonnige Hauch der Heimaterde duftet.
Del Giordano le rive saluta, di Sionne le torri atterrate ... Oh, mia patria sì bella e perduta! Oh, membranza sì cara e fatal!	Grüße die Ufer des Jordan, die zerfallenen Türme Zions… O mein Vaterland, du schönes, verlorenes! O Erinnerung, du teure, verhängnisschwere!
Arpa d'or dei fatidici vati, perché muta dal salice pendi? Le memorie nel petto raccendi, ci favella del tempo che fu!	Goldene Harfe der Schicksalsverkünder, warum hängst du stumm am Weidenbaum? Entzünde neu die Erinnerung in den Herzen, sprich uns von den Tagen von einst!
O simile di Solima ai fati traggi un suono di crudo lamento, o t'ispiri il Signore un concento che ne infonda al patire virtù!	O passend zu den Schicksalen Jerusalems bring einen schmerzlichen Klageton hervor! Möge dir der Herr einen Klang eingeben, der Kraft zum Leiden verleiht.

In Italia

Nabucco

Nabucco è una celebre opera di Giuseppe Verdi. È stata presentata per la prima volta al Teatro alla Scala di Milano il 9 marzo 1842. Parla della prigionia degli ebrei e della loro oppressione, la stessa oppressione che Verdi vedeva per gli italiani prima dell'unificazione.

L'unità d'Italia

borbonico, -a: *bourbonisch*

L'Ottocento è un secolo di rivolte e rivoluzioni perché il popolo italiano non vuole più la dominazione straniera, per esempio austriaca (nord) o borbonica (sud). C'è il forte desiderio di una riunificazione d'Italia, cioè del **Risorgimento**. Per realizzare l'unità d'Italia ci sono state tante guerre, molte di cui finite con la sconfitta degli italiani, alla fine però l'Italia ha vinto potendo così proclamare l'indipendenza sotto il regno di Vittorio Emanuele II, primo re d'Italia. Nel 1861 nasce il Regno d'Italia, il primo stato unitario italiano dopo così tanti secoli.

Comprensione

11 Un popolo – una preghiera

la preghiera: *Bitte; Gebet*

Quest'aria del *Nabucco* è una preghiera del popolo ebreo alla sua patria. Con l'aiuto delle informazioni contenute in "In Italia" spiega:

1. le similitudini tra il popolo ebraico e il popolo italiano nell'Ottocento;

2. perché questo coro è spesso stato proposto come Inno nazionale italiano?

Ricerca

12 I padri della patria

MK

1. Chi sono i padri della patria? Con l'aiuto d'internet abbinate i nomi ai ritratti.

Giuseppe Mazzini | Camillo Benso Conte di Cavour | Giuseppe Garibaldi | Vittorio Emanuele di Savoia

2. Formate quattro gruppi. Scegliete uno dei padri della patria e fate una ricerca in internet seguendo l'ordine di queste parole:

Biografia | Ideali | Contributo al Risorgimento | Problemi

Presentate il vostro personaggio in classe.

Mediazione

13 **3. Oktober: Warum feiern wir den Tag der Deutschen Einheit?**

Dopo le sue ricerche su *Nabucco*, Hannah vuole presentare il tema "popolo unito" dal suo punto di vista e riassume in italiano questo articolo per i suoi compagni di classe.

Tag der Deutschen Einheit

Am 3. Oktober gibt es schulfrei und auch die meisten Erwachsenen müssen nicht arbeiten. Es ist einer der wichtigsten Feiertage in Deutschland. Denn am 3. Oktober 1990 wurde aus zwei deutschen Staaten wieder einer. Vorher hatte es mehr als 40 Jahre lang zwei deutsche Staaten gegeben: die Bundesrepublik Deutschland und die Deutsche Demokratische Republik (DDR). Viele waren über diese Trennung sehr traurig, denn die Bürger der DDR konnten ihr Land nicht einfach so verlassen. Zwischen beiden deutschen Teilen war eine streng bewachte Grenze aus Mauern und Stacheldraht. Wenn Teile der Familie in der DDR und der Rest in der Bundesrepublik gelebt haben, war es schwer, sich zu besuchen. Manchmal haben sich Familien deshalb jahrelang nicht gesehen.

Im Herbst 1989 öffnete die DDR-Regierung dann endlich die Grenze zwischen der DDR und der Bundesrepublik Deutschland. Ein Jahr später wurde die DDR aufgelöst. Am 3. Oktober 1990 war es dann so weit: Deutschland wurde offiziell wiedervereinigt. Aus den beiden deutschen Staaten wurde wieder ein Deutschland.

Wiedervereinigung feiern

Überall in Deutschland feierten die Menschen dieses Ereignis und waren sehr froh über diese Wiedervereinigung. Seitdem ist der 3. Oktober der „Tag der Deutschen Einheit" und ein Feiertag in ganz Deutschland. Die meisten Menschen haben an diesem Tag frei, damit sie sich an das wichtige Ereignis erinnern können. Jedes Jahr gibt es eine große Feier in einer anderen deutschen Stadt. In diesem Jahr findet das große Einheitsfest in Berlin statt.

https://www.zdf.de/kinder/logo/tag-der-deutschen-einheit-100.html

Anna Ulatus, 3.10.2018

Scrivere

14 **Festeggiare la festa nazionale – uno spreco di tempo?**

@ Scrivi un commento personale, usando le tue idee sul tema. Usa all'incirca 200 parole.

Parlare

15 **Amanti dell'opera lirica?**

I Neumann sono amanti dell'opera, ma alcune persone dicono: "L'opera lirica è troppo complicata per me!" E tu, che ne pensi?

@ 14 differenziato: Code **39300-14**

B Cinema e letteratura

CD 5 | 23–28

B1 Oggi lezione di cinema

Oggi l'insegnante di Ben mostra ai suoi studenti delle schede su tre generi di film che hanno fatto la storia del cinema italiano.

a *Prodotto in Italia nel 1964, il film ebbe un enorme successo europeo dando vita al famoso western all'italiana. Diretto da Sergio Leone e avendo come protagonista un giovanissimo Clint Eastwood, con questo film si riuscì a superare la grave crisi cinematografica italiana di quegli anni. Vestito in modo elegante e ben rasato, Eastwood impersonava un pistolero con un cappello calato sugli occhi e un sigarillo in bocca.*

grave: *schwer*
rasare: *rasieren*
impersonare: *verkörpern, darstellen*
il pistolero: *Revolverheld*
il sigarillo: *Zigarillo*

1 *Sviluppatosi dal Neorealismo, in questo genere si mostra una realtà italiana ormai lontana dal dopoguerra. Ridicolizzando vizi e virtù di un'intera nazione, i suoi film sono rappresentati in forma di "commedia". Usando un linguaggio pieno di satira, si portavano sul grande schermo temi sulla famiglia, sul mondo del lavoro, sulla storia o sulla politica.*

2 *Finita la Seconda Guerra Mondiale, negli Studi di Cinecittà, non si poterono più produrre film. Costretti a girare per le strade e le campagne, i registi diedero vita alla nota "primavera italiana", il "nuovo realismo" che mostrava la cruda realtà del dopoguerra. Introducendo le lingue straniere, ma soprattutto i dialetti italiani, si apriva il cinema italiano al plurilinguismo.*

il plurilinguismo: *Mehrsprachigkeit*

b *Contribuendo alla nascita di un nuovo genere, il regista Mario Monicelli apre nel 1958 la grande stagione della commedia. Mostrando un paese in trasformazione, il suo film racconta di un gruppo di scassinatori improvvisati, poco professionali, ma rigorosamente italiani e veri portatori di "nuovi" valori come consumismo, nuova morale, successo economico e ricchezza – considerati allora unici ideali per raggiungere la felicità.*

lo scassinatore: *Einbrecher*

c *Premiato con l'Oscar come miglior film straniero, il film è uno dei più importanti del Neorealismo. Ambientato nella Roma del dopoguerra, racconta la storia di un povero operaio, Antonio, a cui viene rubata la bicicletta durante il lavoro. Camminando per le vie della capitale con il figlioletto per ritrovarla, il protagonista mostra una Roma distrutta dalla guerra, ma anche la sua lenta ripresa verso il cosiddetto "miracolo economico italiano".*

3 *Affermandosi in Italia tra il 1962 e il 1976 e conosciuto negli Stati Uniti come "Spaghetti western", questo tipo di film ebbe un grande successo internazionale con i suoi oltre 450 lungometraggi. Dando importanza all'azione, in questo genere si gioca molto sulle riprese e sulla musica, in particolare quella del grande Ennio Morricone, per attirare l'attenzione del pubblico.*

il lungometraggio: *Spielfilm*
attirare: *anziehen, auf sich ziehen*

Comprensione

1 Che caos!

Abbinate i tre termini alle foto (A, B, C) e alle schede sui generi (1, 2, 3) e sui film (a, b, c), date poi ad ogni lungometraggio il titolo giusto.

il Neorealismo | la commedia all'italiana | western all'italiana

A

B

C

2 Il gerundio e il participio passato ➜ G 14.2

Sulle schede si trovano dei gerundi come "ridicolizzando" per esprimere "visto che ridicolizza ..." e dei participi come "prodotto" cioè "che era stato prodotto".

1. Trova tutti gli esempi nel testo.
2. Qual è la posizione dei pronomi riflessivi nell'uso delle forme implicite?
3. In che altro modo si possono esprimere queste frasi implicite? Formula la regola e controlla le tue idee nella grammatica.

Pratica

3 Rendiamo tutto esplicito

@ Cercate nei testi sei frasi implicite e trasformatele in frasi esplicite. Usate il passato prossimo al posto del passato remoto.

Modello:
Prodotto in Italia nel 1964, questo film ebbe un enorme successo europeo dando vita al famoso western all'italiana.
➝ Questo film, che è stato prodotto in Italia nel 1964, ha avuto un enorme successo e ha dato vita al famoso western all'italiana.

@ 3 differenziato: Code **39300-14**

CD 5 | *29–31*

B2 Opinioni sul cinema

allestire una mostra: *Ausstellung organisieren*

Alla Scuola Germanica è la settimana dello stage. Ben e Roberto hanno deciso di farlo in un cinema e ora devono aiutare ad allestire una mostra così vanno in centro per intervistare dei passanti, capire i gusti della gente e invitarli alla mostra.

Ben: Buongiorno signora, mi scusi possiamo farLe qualche domanda? Siamo degli studenti della Scuola Germanica e stiamo facendo uno stage presso il Cinema Alhambra. Stiamo lavorando per allestire una mostra sul cinema italiano. Avrebbe qualche minuto?

Signora 1: Certo, ditemi pure!

Ben: La prima domanda è, naturalmente, se Le piace il cinema.

Signora 1: Sì, vado spesso al cinema, mi piace molto. Anche se negli ultimi tempi vederne uno buono di film, specialmente italiano, diventa sempre più difficile.

Roberto: Cosa intende, signora?

la calma: *Ruhe, Stille*

Signora 1: Secondo me, il cinema italiano sta attraversando un momento di crisi, o, per dirla in modo più semplice, di calma. Ma penso che confrontandolo con il cinema americano o francese non ci siano grandi differenze. Credo sia una crisi mondiale.

Ben: Grazie, signora, è stata veramente gentile, e La invitiamo a visitare la mostra al Cinema Alhambra.

senz'altro: *sicher, auf jeden Fall*

Signora 1: Di niente, ragazzi. In bocca al lupo per il vostro lavoro e verrò senz'altro.

Roberto: Scusi, signore, possiamo rubarLe qualche minuto? Lei cosa pensa del cinema italiano?

Signore 1: Eh, ragazzi! Bella domanda. Il cinema italiano ha vissuto grandi momenti quando, come il paese, ha fatto i conti con la ricostruzione, regalandoci il Neorealismo, o con gli anni del boom, in cui splendevano figure come Fellini o Antonioni. Ma dopo …

Ben: Potrebbe spiegarci meglio?

incassare: *(ein)kassieren, einnehmen*

Signore 1: Finché il cinema italiano, o il cinema in generale, penserà solo ad incassare, il problema resterà. E non saranno un paio di commedie di modesto valore a risolverlo. Ora però devo andare ragazzi, buona giornata.

Roberto: Anche a Lei e grazie ancora. Se ha un po' di tempo libero, venga a vedere la nostra mostra al Cinema Alhambra.

Ben: Scusi, signora? Potrebbe aiutarci?

Signora 2: Certo, ma come posso aiutarvi?

Roberto: Stiamo facendo uno stage al Cinema Alhambra e raccogliamo delle interviste. Vorremmo sapere la sua opinione sul cinema.

Signora 2: Sto aspettando degli amici proprio per andare al cinema. Adoro il cinema e fortunatamente a Roma abbiamo tante possibilità. Anche se oggi non è sempre facile vedere un bel film.

Ben: Lei è la terza persona che ci dice la stessa cosa.

Signora 2: Non meravigliatevene ragazzi, questa è la realtà. Per fortuna qui abbiamo ancora cinema piccoli dove si possono guardare film d'autore. Se pensate però ai multiplex, li hanno costruiti con l'idea di dare più spazio alla proiezione di film di qualità, ma senza successo. Comunque, come ho detto prima, c'è ancora oggi la possibilità di vedere buoni film e fortunatamente ci sono anche in Italia giovani cineasti bravi che fanno il loro lavoro seriamente e non pensano solo agli incassi. Ma ora devo proprio andare, arrivano i miei amici.

il cineasta: *Filmproduzent*

Roberto: Cosa va a vedere?

Signora 2: "Sicilian Ghost Story" di Fabio Grassadonia e Antonio Piazza.

Ben: Buona serata e grazie. Ah, signora, venga a visitare la nostra mostra sul cinema.

Signora 2: Grazie, verrò volentieri. Buona serata anche a voi e, mi raccomando, continuatelo ad amare il cinema!

Comprensione

4 Ma chi l'ha detto?

Roberto ha preso degli appunti, ma non si ricorda più di chi sono le affermazioni!

Trova la persona giusta per ogni pezzetto di carta.

1 ama andare al cinema, ma pochi film belli, contro i cinema grandi, ma c'è speranza

2 cinema italiano in crisi,  il cinema, una crisi mondiale, viene alla mostra

3 esperta di cinema, il problema sono gli incassi

Ricerca

5 Nuovo cinema e vecchi temi

MK

Informati su *Sicilian Ghost Story* e scrivi una recensione sul film, poi parlatene in classe.
→ Strategia 11, *p. 283*

6 I pronomi enclitici →G *14.3*

Nel testo B2 vengono usati i pronomi enclitici, p. es. "**rubarLe**, **regalandoci**, **continuatelo**". Guarda bene i tre esempi: quale forma del verbo si combina con quale forma del pronome? Trova altri esempi nel testo e analizza le forme. Formula la regola e controlla le tue idee nella grammatica.

Pratica

7 Il cinema italiano nei dettagli

@ Ben racconta a sua sorella delle interviste. Lei è curiosa e fa delle ricerche sul cinema italiano. Ne parla con Ornella.
Coniuga i verbi e completa con i pronomi semplici o doppi.

Ornella: Ecco il grande libro del cinema. Te lo passo?
Hannah: Grazie, ■ (passare) per favore.
Ornella: Ti serve anche la guida 'Cinesperta'?
Hannah: Sì, ■ (dare), per favore.
Ornella: Hai già mandato un messaggio a Ben?
Hannah: No, voglio ■ (mandare) più tardi.
Ornella: Va bene ma ■ (fare) sapere, perché vorrei aggiungere qualcosa.
Hannah: Come no? Anzi ■ (scrivere) insieme questo messaggio!
Ornella: Brava! Hai ragione. ■ (pensare/gerundio) bene possiamo ■ (scrivere) insieme.

Scrivere

8 Uno strano sogno

il risveglio: *Aufwachen*
circondare: *umringen*

Un giorno ti addormenti in un cinema e al tuo risveglio ti accorgi di essere circondato dai personaggi dei tuoi film preferiti. Tutti ti guardano. Scrivi dei dialoghi tra te e i tuoi idoli.

CD 5 | *32–37*

B3 Grandi della letteratura

Ad Hannah non interessa solo il cinema, ma anche la letteratura e chiede a Ornella informazioni su alcuni grandi letterati italiani. Legge le seguenti biografie.

mettere in risalto: *etw. hervorheben*

Carlo Goldoni (Venezia 1707 – Parigi 1793) è il più grande commediografo italiano. Nelle prime opere si serve ancora molto della tecnica della Commedia dell'Arte con le sue maschere e i ruoli fissi dei personaggi. In seguito riesce a rinnovare il teatro mettendo in risalto la realtà quotidiana e il carattere degli uomini. Uno dei suoi capolavori è *Il servitore di due padroni*, scritto nel 1745. Goldoni ha influenzato molto la produzione teatrale in Europa, soprattutto in Francia dove si era trasferito prima della sua morte.

Alessandro Manzoni e **Giovanni Verga** sono due scrittori dell'Ottocento. In questo periodo le idee del romanticismo influiscono molto sulla letteratura europea. Con il suo capolavoro *I promessi sposi* Manzoni introduce il genere del romanzo storico nella letteratura italiana. Verga invece è considerato uno dei "veristi" più famosi. Con il termine "verista" vengono definiti gli scrittori che descrivono nelle loro opere "la verità", cioè la realtà sociale della gente semplice e povera.

@ 7 differenziato: Code **39300-14**

Dario Fo, autore, regista e attore, è uno dei protagonisti più importanti del teatro contemporaneo. Gli è stato assegnato il premio Nobel per la letteratura nel 1997.

Stefano Benni, nato a Bologna nel 1947, è noto soprattutto per i suoi racconti tragicomici sull'Italia di oggi (p. es. *L'ultima lacrima*, 1994).

Leonardo Sciascia (1921–1989) è uno scrittore siciliano noto per i suoi romanzi che trattano il tema della mafia. Alcuni racconti e romanzi, tra cui *Il giorno della civetta* e *Una storia semplice*, sono stati tradotti in molte lingue.

Luigi Pirandello viene considerato il più innovativo drammaturgo europeo del primo Novecento (*Sei personaggi in cerca d'autore,* 1922). Ma ha scritto anche molte novelle e nel 1934 riceve il Premio Nobel per la letteratura.

Niccolò Machiavelli, scrittore, storico e filosofo, descrive nella sua opera, *Il Principe* (scritto nel 1513), il profilo del sovrano ideale.

il sovrano: *Herrscher*

Nelle sue poesie **Giacomo Leopardi** (1798-1837), uno dei maggiori poeti della letteratura italiana e mondiale, esprime una concezione dolorosa e pessimista dell'uomo, combattuto tra le illusioni della gioventù e la triste realtà della ragione. Temi ancora oggi molto attuali.

Grazia Deledda, che ricevette il premio Nobel per la letteratura nel 1926, scrisse romanzi e racconti nei quali dava vita a personaggi della Sardegna, sua terra natale.

Alessandro Baricco (25 gennaio 1958) autore, regista, interprete e musicista. Con le sue opere e i suoi saggi, tradotti in moltissime lingue, rappresenta una delle personalità più importanti della scena letteraria italiana contemporanea. Tra i suoi romanzi più famosi: *Oceano mare*, *Novecento* e *Seta*.

Paolo Giordano (Torino 19 dicembre 1982). Giovane fisico e scrittore italiano, pubblica nel 2008 il suo primo libro, *La solitudine dei numeri primi*, che diventa immediatamente un best-seller. Con questo libro ha avuto la possibilità di vincere molti premi letterari e farsi conoscere dal grande pubblico.

Dacia Maraini, nata in Toscana nel 1936, ha iniziato la sua attività di scrittrice nel 1963 con il romanzo *L'età del malessere*, che affronta il tema della gioventù dal punto di vista femminile. Al centro del suo interesse ci sono le donne e come queste vengono trattate dagli uomini. Alcuni dei suoi romanzi sono stati premiati. Dal libro *La lunga vita di Marianna Ucrìa* è stato tratto un film.

la concezione: *Auffassung, Entwurf*
la ragione: *Verstand, Vernunft*
il saggio: *Essay*
immediatamente: *sofort, unverzüglich*

Comprensione

9 Esperto di letteratura

@ Rileggi i testi e risolvi il quiz.

1. La sua originalità letteraria gli fa vincere un Nobel tra le due Guerre Mondiali.
2. Nelle sue opere viene rappresentata la realtà amara delle persone povere.
3. Nei suoi scritti c'è la sua terra ed è l'unica italiana premiata con il Premio Nobel.
4. Scrive ancora oggi e lo fa con grande umorismo.
5. I suoi versi non sono quasi mai allegri, ma hanno influenzato molto l'animo poetico di tante persone.
6. È l'ultimo Nobel della letteratura italiana e un grande protagonista teatrale.
7. Le sue maschere sono conosciute e apprezzate ancora oggi in tutti i teatri europei.
8. La sua opera più famosa è un romanzo storico in cui parla di due giovani che vogliono sposarsi.
9. Con il titolo del suo primo libro si riferisce ad un concetto matematico.
10. Ancora oggi, nonostante l'età, lotta nelle sue opere, e non solo, per i diritti delle donne.
11. Ha portato nei suoi racconti i temi della mafia.
12. *Soie* e *Seide* sono i titoli di un suo libro tradotto in francese e tedesco.
13. Ancora oggi molti Capi di Stato sono influenzati dalle sue teorie su come governare un Paese.

Ricerca

10 Quanti scrittori! Quanti libri!

MK Formate dei gruppi e fate una ricerca su questi autori italiani contemporanei.

Seguite il seguente schema:
- biografia
- dove vive/ha vissuto
- il libro/romanzo più famoso
- la casa editrice che pubblica i suoi libri
- perchè è così famoso/famosa

Dino Buzzati | Italo Calvino | Antonio Tabucchi | Niccolò Ammaniti | Giulia Carcasi | Federico Moccia | Natalia Ginzburg | Umberto Eco

Laboratorio

11 Lo scrittore sei tu!

Scegli uno dei tre esercizi e mettiti al lavoro!

1. Apri il dizionario o un libro che ti piace su una pagina a caso. Annota la prima parola che ti salta all'occhio. Ripeti l'azione per dieci volte. Poi scrivi un testo cercando di utilizzare tutte e dieci le parole che hai annotato.
2. Qual è la prima parola che ti viene in mente se senti la parola "sole"? E la seconda? E la terza? Scegli una parola a caso dal dizionario, annotala su un foglio e scrivi subito tutte le parole che ti vengono in mente. Non pensare troppo, procedi nella massima libertà e usa queste parole per scrivere una poesia sulla parola.
3. Scrivi una lettera indirizzata a te stesso/stessa quando avevi dieci anni, il destinatario sei sempre tu, ma oggi. Ci sono molte cose che non ti sei detto in tutto questo tempo? Non sarebbe il caso di metterle nero su bianco? Cosa ti deve rivelare il tuo "te" bambino?

a caso: *auf gut Glück*

@ 9 differenziato: Code **39300-14**

Ascolto

CD 5 | 38–42

12 La prima grande prova

Ascolta questo brano "Ma le stelle quante sono" tratto dal libro di Giulia Carcasi.

1. Ascolta la prima parte del brano.

1. Scegli la risposta giusta.

Carlo, l'io narrante, parla
a. degli esami di quinta elementare.
b. degli esami di terza media.
c. degli esami di maturità.

2. Indica se le frasi sono vere o false, correggi quelle sbagliate.

incoraggiare qn: *jdn ermutigen*
esconoI limoni di Montale: *Die Prüfungsaufgaben sind zu (dem Gedicht)* I limoni *von Eugenio Montale.*

	vero	falso
1. Il giorno della prima prova il padre incoraggia Carlo.		
2. La madre non ha mai accompagnato Carlo a scuola per gli esami.		
3. La madre accompagna il figlio fino alla fermata dell'autobus.		
4. Paolo ha letto in internet che escono *I limoni* di Montale.		
5. Paolo, prima di andare a scuola, ha studiato *I limoni* di Montale.		
6. Alice è seduta su un muretto del cortile e fuma.		

2. Ascolta la seconda parte del brano

Con l'aiuto delle frasi chiave riassumi come Carlo vive l'esame.

1. la paura   2. banchi più lontani   3. la busta/due carabinieri
4. I diversi argomenti dei temi

3. Ascolta la terza parte del brano

1. Rispondi alle seguenti domande.

1. Che cosa è successo a Ostia quando il protagonista era un bambino?
2. Qual è oggi il suo rapporto con il padre?
3. Come si sentono i ragazzi dopo la prima prova e cosa fanno dopo aver consegnato i compiti?

2. Che rapporto hai con i tuoi genitori? Scrivi loro una lettera e spiegagli ciò che non gli hai mai detto, ma avresti sempre voluto dirgli.

Giulia Carcasi (Roma, 13 dicembre 1984) è una giovane scrittrice romana e studentessa di medicina. Il suo primo libro, *Ma le stelle quante sono*, uscito nel 2005 e pubblicato da Feltrinelli ha come protagonisti dei diciottenni. Altri suoi romanzi sono: nel 2007, *Io sono di legno* e nel 2010, *Tutto torna* e nel 2012, uscito solo in formato ebook, *Perché si dice addio.*

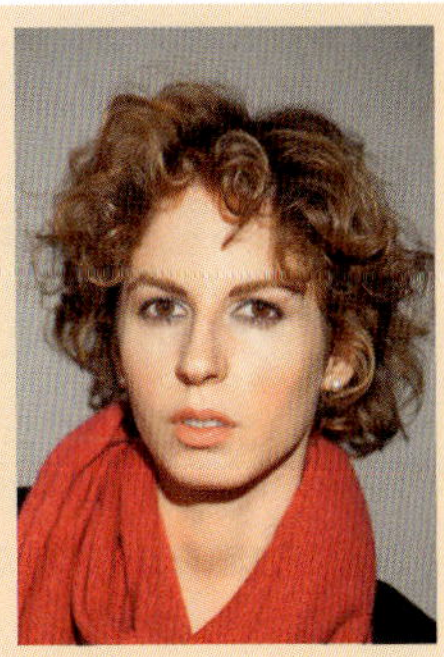

Strategie

1. Hörverstehen

Es ist ganz normal, wenn man bei einem reinen Hörtext nicht jedes Wort sofort verstehen kann, insbesondere wenn die Sprechgeschwindigkeit sehr hoch ist. Regelmäßiges Üben und folgende Strategien können dir dabei helfen, Hörtexte ganz oder zum größten Teil zu verstehen.

1. Vor dem ersten Zuhören

Versuche, dich auf den Inhalt bzw. das Thema des Hörtextes einzustellen. Wenn du weißt, was du heraushören willst, gelingt dir das Verstehen besser. Bei Hörtexten aus dem Lehrbuch kannst du dir für ein geleitetes Hörverstehen zuerst die Fragen zum Text ansehen.

2. Während des ersten Zuhörens

Konzentriere dich vor allem auf das Heraushören allgemeiner Informationen und achte dabei vor allem auf das, was du verstehst, nicht auf das, was du nicht verstehst!

- Wie viele Personen sprechen?/Von wie vielen Personen ist die Rede?
- Wie heißen sie?
- Wo und wann findet das Gespräch statt?
- Worüber wird – ganz generell – gesprochen?
- Können Stimmlage, Tonhöhe und Lautstärke des Gesprächs, aber auch Hintergrundgeräusche etwas über die Thematik/den Anlass/die Sprechsituation aussagen?

3. Nach dem ersten Zuhören

Überlege dir das Ziel des zweiten Zuhörens: Welche Informationen möchtest du genauer herausarbeiten? Was gilt es zu ergänzen?

4. Während des zweiten Zuhörens

- Konzentriere dich auf die Stellen, die du nach dem ersten Hören ergänzen möchtest.
- Versuche, unbekannte Wörter aus dem Zusammenhang heraus zu verstehen.

2. Vernetztes Lernen mit *Mindmaps*

Durch das Erlernen anderer Fremdsprachen weißt du sicherlich, dass man sich Wörter besser merken kann, wenn man sie thematisch sichtbar ordnet, wie z. B. in der folgenden *Mindmap* zum Thema *l'appartamento*:

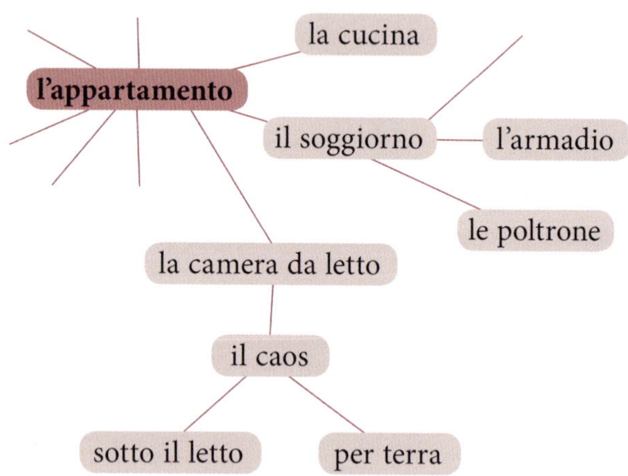

Ausgehend von einem zentralen Überbegriff suchst du untergeordnete Überbegriffe, die dann mit möglichst vielen Unterbegriffen unterlegt werden. Somit lernst du nicht nur neue Wörter, indem du sie in einen sinnvollen Kontext stellst, sondern wiederholst zugleich bereits bekannte Wörter aus vorhergehenden Lektionen.

3. Sprachmittlung

Der Begriff Sprachmittlung beinhaltet eigentlich jede Art von Übertragung von einer Sprache in die andere, also sowohl die originalgetreue, stilistisch gute Übersetzung in die Muttersprache (Version) als auch jede Art von mehr oder weniger freier Übertragung von ganzen Texten oder einzelnen Informationen von einer **Ausgangssprache** in eine **Zielsprache**.
In den letzten Jahren hat sich der Begriff Sprachmittlung aber vor allem für verschiedene

Aufgabenformen einer freieren Übertragung durchgesetzt. Da im praktischen Leben die Version nur selten zum Einsatz kommt, sollen Techniken geübt werden, gezielt Informationen aus einem Text zu entnehmen und für einen **Adressaten** in der Zielsprache zu formulieren: Italienisch → Deutsch oder Deutsch → Italienisch. Dabei ist es sehr wichtig zu beachten:

- Welche Informationen benötigt der Adressat?
- Wie spreche ich mit dem Adressaten?

Beispiel: Ein Freund drückt dir eine italienische Broschüre über die Universität in Bologna in die Hand. Sie umfasst zehn eng bedruckte Seiten komplizierten Textes mit vielen Vokabeln, die du nicht kennst. Er sagt: mein Bruder hat mir das gegeben, übersetz das doch mal schnell …
Nach vielen Stunden mühsamer Arbeit gibst du dem Bruder deine Übersetzung. Der sagt: „Vielen Dank, aber eigentlich wollte ich nur wissen, wie man sich immatrikuliert und was es für Sprachkurse an der Uni gibt …"
Du hättest dir also viel Arbeit ersparen können, wenn du gewusst hättest, was für Informationen benötigt werden.
Im wirklichen Leben ist das natürlich meist durch die Situation klar. Bei der Aufgabenstellung in der Schule musst du genau lesen und verstehen, **was** du für **welchen Adressaten** übertragen sollst. Es ist dabei natürlich ein Unterschied, ob du etwas für einen Freund, Eltern, Lehrer, Arbeitgeber oder Polizisten zusammenfassen sollst. Du musst also den richtigen Ton treffen: Ist die Anrede du, ihr oder Sie? Wie vertraut ist der Adressat? Kann man umgangssprachlich formulieren oder sollte man sich gewählter ausdrücken? Die Sprachmittlung ist also eine adressaten- und kontextgebundene Zusammenfassung des Originaltextes.

4. Leseverstehen

Wenn du den Text „Che buoni!, – I supplì al telefono" auf Seite 84 durchliest, stellst du fest, dass du nicht jedes Wort auf Anhieb verstehst. Du könntest natürlich gleich im Wörterbuch nachsehen – doch das ist oft nicht notwendig! Wie kannst du am besten vorgehen?

Techniken zum Leseverständnis

1. Skimming

Beim *Skimming* überfliegst du den Text, um die wichtigsten Informationen zu erkennen

- Lies dir die Überschriften und in jedem Fall die ersten und letzten Sätze des Textes kurz durch – sie geben dir wichtige Informationen, worum es in dem Text geht.
- Lies nicht jedes Wort des Textes, sondern konzentriere dich auf Schlüsselwörter.

2. Scanning

Beim *Scanning* sollen spezifische Informationen herausgefiltert werden

- Suche den Text nach Wörtern ab, die mit deiner gesuchten Information zu tun haben, z. B.
- **Chi ?** Von welchen Personen ist im Text die Rede? Werden Eigennamen genannt?
- **Dove?** Wo, in welcher Stadt, befinden sich die Personen? Wird ein Land oder eine Stadt erwähnt, oder spielt die Geschichte in einem geschlossenen Raum (Haus, Bar …)
- **Che cosa?** Was passiert in dem Text? Was machen die Personen?
- Ignoriere die unwichtigen bzw. detaillierteren Informationen – sie sind erst später für das detaillierte Leseverständnis relevant.

3. Close reading

Beim *Close reading* wird das Detailverständnis getestet. Hier kommt es auf jedes Wort an. Daher ist es wichtig, den Text nochmals genau, Wort für Wort, langsam durchzulesen.

- Lies den Text Absatz für Absatz durch, unterstreiche die wichtigsten Informationen oder schreibe dir wichtige Dinge auf ein Notizblatt.
- Versuche, dir unbekannte Wörter herzuleiten oder durch den Kontext zu erschließen.
- Schlage Schlüsselwörter im Wörterbuch nach.
- Bearbeite den Aufgabenkatalog.

Natürlich können dir beim Leseverstehen auch Techniken zur Erschließung von unbekanntem Vokabular helfen.

Das Italienische gehört zu den romanischen Sprachen. Entsprechend kannst du sehr viele Wörter aus dem Lateinischen, dem Französischen oder anderen romanischen Sprachen erschließen. Aber auch über das Englische und natürlich auch das Deutsche kann man viele Wörter verstehen.

	Italienisch	Latein	Französisch	Spanisch	Englisch	Deutsch
Subst.	zucchero		sucre	azúcar	sugar	Zucker
Verb	abitare	habitare	habiter	habitar		
Adj.	onesto	honestus	honnête	honesto	honest	

5. Mit einem Online-Wörterbuch arbeiten

Wörterbücher gibt es mittlerweile viele im Internet. Sie haben den großen Vorteil, dass man nicht umständlich viele Seiten umblättern muss, bevor man den gesuchten Begriff findet. Doch eine Recherche im Internet hat auch Tücken. Hier ein paar Hilfestellungen:

- Überlege vorher, was genau du suchst: Soll es ein zweisprachiges Wörterbuch sein? Oder hättest du gerne eine Definition auf Italienisch? Dann wäre ein einsprachiges angemessen. Außerdem gibt es auch Synonym- und Antonymwörterbücher, die oftmals helfen können, wenn man den gleichen Ausdruck nicht ständig wiederholen möchte.
- Bleibe nie beim ersten Vorschlag für eine Übersetzung/Erläuterung stehen! Lies immer alle Übersetzungsvorschläge durch, denn fast jedes Wort hat mehrere Bedeutungen, von denen nur eine oder wenige der von dir gesuchten entspricht.
- Vergleiche unterschiedliche Wörterbücher im Internet. Du findest sie, wenn du in einer Suchmaschine „Wörterbücher online" oder auch „dizionari online" eingibst. So bleibst du immer auf dem neuesten Stand, was die Entwicklung von Online-Wörterbüchern betrifft. Bedenke aber, dass nicht alle Wörterbücher von Verlagen kontrolliert werden. Sie sind also tendenziell fehleranfällig! Es gilt: besser mehrfach überprüfen, damit kein fehlerhafter Text entsteht.

6. Internet-Recherche

Diese Strategie hilft dir dabei, passende Quellen für deine Recherche zu finden.

1. Denke an Begriffe, Wörter und Situationen, die für dein Thema hilfreich sind, zum Beispiel „scienza" und „ricerca". Vergiss nicht die Vokabeln, die einer Familie angehören, wie „scienziato/a" oder „ricercare".
2. Wenn du deine Recherche zu *Le donne e la scienza* detaillierter gestalten möchtest, so setze Wörter wie „donne e scienza" oder „scienziate italiane" in Anführungszeichen.
3. Schlage in Online-Enzyklopädien nach wie: www.treccani.it, www.sapere.it
   Kontrolliere die ausgewählten Internet-Seiten mit wikibu, um herauszufinden, wie vertrauenswürdig der Artikel ist.
4. Kontrolliere die Ergebnisse deiner Recherche, zunächst können dir Titel und Beschreibungen helfen.
5. Überprüfe die Wahrheitstreue der Internet-Seite: Wer hat den Artikel geschrieben? Wie lautet die Internet-Adresse? Artikel von den Webseiten der RAI (televisione di stato italiana) oder der *Repubblica* (eine der größten italienischen Tageszeitungen) sind sicher seriös und vertrauenswürdig.
6. Analysiere die Komplexität der Informationen. Kontrolliere das Datum der Veröffentlichung und seine Nützlichkeit für deine Recherche. Kopiere

die Quelle und erstelle eine Liste der wichtigsten Informationen, die der Artikel enthält.

7. Speichere den Artikel ab, wenn du ihn für hilfreich hältst. Erstelle einen Ordner und lege ihn so ab, dass du leicht und schnell die Informationen wiederfindest.
8. Die Quellen der Artikel oder Abbildungen, die du für deine Recherche aus dem Internet herunterlädst, müssen immer angegeben werden:
Internet-Adresse, Name des Autors (oder des Fotografen) in Klammern (wenn vorhanden), Datum der Veröffentlichung und Datum des Downloads des Artikels (oder der Abbildung), z. B. „Donne protagoniste della scienza, è la giornata internazionale" (Repubblica, 11 febbraio 2018, https://www.repubblica.it/scienze/2018/02/11/news/donne_protagoniste_della_scienza_e_la_giornata_internazionale-188609870/?refresh_ce – Datum des Zugriffs: 20.06.2020
9. Benutze einen Filter für die Recherche, wenn du frei verfügbare Abbildungen herunterlädst.

7. Monologisches Sprechen: Mündliche Präsentation

Tipps für mündliche Präsentationen

- Überlege dir vor der Recherche, welche Aspekte interessant für deine Zuhörer sind.
- Wähle geeignete Fotos oder Videos aus, um deine Präsentation mit Bildmaterial zu unterstützen.
- Strukturiere deine Präsentation: Einstieg, Hauptteil und Schluss sollen klar erkennbar sein.
- Nutze folgende Strukturen und Redemittel für deine Präsentation:

1. Einleitung/Thema nennen
Oggi io vorrei parlare di …
Ho scelto il tema … perché …

2. Einige interessante Daten zum Thema vorbringen
Prima di tutto vorrei presentare …
Vorrei cominciare con alcuni dati/fatti importanti su …

3. Bildmaterial einbringen
Vi ho portato alcune foto/immagini …
Come vedete in questa foto …
Guardate …/ Ecco …/Vi faccio vedere …

4. Neue Aspekte/Argumente einleiten
Un altro aspetto interessante …
Adesso vorrei parlare di un'altra cosa che …
Bisogna (anche) considerare che …

5. Deutsche Konzepte erklären/Dinge umformulieren
Non c'è una traduzione per "…", ma adesso vi spiego cos'è …
Bisogna sapere che in Germania è diverso …/Dovete sapere che …
In Italia al contrario …/è diverso.
In altre parole …
Quello che voglio dire è …/Mi spiego …

6. Aufmerksamkeit der Zuhörer sichern
Mi sono spiegato bene? Riuscite a seguirmi?
Avete capito quello che voglio dire?
Avete delle domande?/Ci sono delle domande?
È tutto chiaro?

7. Präsentation abschließen
Secondo me …
Devo dire che personalmente …
Quello che mi piace/mi ha colpito …
Per finire/Per concludere vorrei dire che …
Alla fine vorrei aggiungere …
Vi ringrazio della vostra attenzione/
Grazie per l'ascolto
Se avete ancora delle domande …

Beachte zudem folgendes:
- Langsam, klar und deutlich sprechen!
- Nervosität unter Kontrolle halten und die wichtigsten grammatikalischen Grundregeln im Hinterkopf behalten!
- Kein ausgefallenes Vokabular aus dem Wörterbuch benutzen, sondern den Wortschatz, den auch nicht muttersprachliche Zuhörer problemlos verstehen können!
- Blickkontakt mit den Zuhörern halten!
- Während des Sprechens an Gestik und Mimik denken, um die Präsentation so ansprechend und kurzweilig wie möglich zu gestalten!
- Das benötigte Material bereitlegen und die Notizkarten nicht vergessen!

8. Dialogisches Sprechen: Diskussionen und Rollenspiele

Folgende Redemittel helfen dir, ein Rollenspiel oder eine Diskussion mit einem Partner/einer Partnerin zu gestalten.

Eine Diskussion beginnen
- Dobbiamo decidere che cosa vogliamo fare il fine settimana/nelle vacanze/durante …
- Hai già visto …?
- Conosci il sito web …?
- Ieri sera ho visto un programma molto interessante alla TV.
- Ho letto un articolo sul giornale che parlava di … Che cosa ne pensi?

Zustimmen
- Capisco.
- Hai (assolutamente) ragione.
- Sono (completamente) d'accordo con te.
- Sì, è vero.
- Appunto.
- Anch'io la penso così.
- È (davvero) un'ottima idea.

Einen Kompromiss finden
- Perché non facciamo così: …
- Facciamo così: … Che ne dici?
- Facciamo un compromesso.
- Che ne dici se …

Den Partner unterbrechen
- Scusa, potrei interromperti?
- Posso dire la mia?
- Scusa, vorrei solo aggiungere una cosa.

Die eigene Meinung ausdrücken
- Secondo me …
- A mio avviso/parere …
- Dal mio punto di vista …
- Sono dell'opinione che … (+ congiuntivo)
- Penso che … (+ congiuntivo)
- Mi sembra che … (+ congiuntivo)

Widersprechen
- Ti capisco, ma …
- Capisco quello che dici, ma …
- Mi dispiace, ma non sono d'accordo con te.
- Hai ragione, ma credo che … (+ congiuntivo)
- Scusa, ma penso che tu non abbia ragione.
- Non è del tutto vero.
- Sei sicuro/a?
- Sì, ma forse sarebbe meglio fare …

Den Partner einbeziehen
- Cosa ne pensi tu?
- Che ne dici?
- Ti piacerebbe?
- Cosa vorresti fare tu?
- Qual è la tua opinione?

Ratschläge erteilen
- La migliore cosa sarebbe …
- Hai provato a fare …?
- Secondo me, potresti …
- Se fossi in te, farei …
- Perché non cerchi di …

Um Erläuterungen bitten
- Ho capito bene?
- Potresti ripetere per favore.
- Mi dispiace, ma non ho capito bene.
- Potresti spiegarti meglio?

9. Commento personale

Einen *commento personale* zu schreiben bedeutet nicht nur, die eigene Meinung zu einem bestimmten Thema (Zitat, Zeitungsartikel etc.) wiederzugeben, sondern auch zu bekräftigen, ob man dem Autor zustimmt oder nicht, womöglich indem man einen Kompromiss findet.
Unter dem Mediencode @ **39300-15** findest du einen Kommentar zum Thema „volontariato", welcher für dich hilfreich sein kann. Lies ihn und wähle alle Begriffe und Ausdrücke aus, die dir von Nutzen sein könnten.

Vorschläge zur Ausführung:
- Beginne mit einem Brainstorming und notiere alle Aspekte, die du in deinem Kommentar aufgreifen möchtest.
- Versuche, deine Argumente zu sortieren. Beginne beispielsweise mit dem schwächsten und hebe dir das stärkste Argument bis zum Schluss auf.
- Erkläre deine Meinung und vergiss nicht, die Argumente mit Beispielen zu veranschaulichen.
- Überlege dir eine gute Einleitung und einen Schluss. Auch der Hauptteil sollte gut strukturiert sein. Zitiere das Thema des Kommentars in der Einleitung und greife es im Schluss wieder auf, aber vergiss dabei nicht, deine eigene Meinung bzw. deine wichtigste These zu untermauern.
- Beginne ein Konzept zu schreiben und versuche dann möglichst viele *frasi utili* zu benutzen, um deinen Kommentar stilistisch zu verbessern.
- Lies dir anschließend alles nochmals durch, kontrolliere Grammatik und Rechtschreibung und achte darauf, dass dein Kommentar kohärent und logisch aufgebaut ist.

Frasi utili per un commento personale

Introduzione
Il testo/La citazione parla del tema/tratta del tema …
Secondo me, (+ indicativo) …
Penso che/Credo che/Mi sembra che (+ congiuntivo) … questa tesi/frase/citazione sia vera/giusta/corretta/sbagliata …
L'autore/L'autrice (non) ha ragione …
L'argomento principale …

Conclusione
Dunque/Quindi …
Considerando tutto quello …
Per concludere …/Concludendo si può dire …
Tutto sommato …

Struttura della parte centrale
Prima vorrei dire/sottolineare …
Poi …/C'è anche da dire che ….
Vorrei aggiungere …/Un altro punto …
Bisogna anche dire/menzionare/considerare …
Alla fine/Per finire …
Da un lato … dall'altro lato …

Opinione personale
L'articolo/La citazione (non) mi convince …
(Non) sono completamente d'accordo con l'autore/l'autrice … perché …
Secondo me è esagerato …
Per quanto mi riguarda …

10. Ein Foto/eine Zeichnung/ein Gemälde/ ein Bild beschreiben

1. Tipo di immagine

Si tratta di …/ Vedo …	• una foto • un quadro • un affresco (*Fresko*) • un disegno/un'illustrazione • una vignetta *(Comiczeichnung)*/caricatura • (dei) fumetti	• a colori • in bianco e nero

2. Descrivere

La foto/l'immagine Il quadro …	• mostra • fa vedere • illustra …
La scena	si svolge in/a *(spielt in)*
In centro/Al centro In primo piano In fondo Sopra/In alto Sotto/In basso A destra A sinistra	• si trova/trovano • si vede/vedono • si riconosce/riconoscono *(erkennt man)* • c'è/ci sono

3. Commentare

La foto/l'immagine Il quadro …	• esprime che • mette in rilievo che • critica • mi fa pensare a/riflettere su • mi ricorda *(erinnert mich an)* • suscita (un sentimento di …) *(ruft … hervor)* • si riferisce a *(bezieht sich auf)*
Trovo che …/Mi sembra/È strano che (+ congiuntivo)	

11. Über einen Film sprechen

Il tipo di film	Il film è Si tratta di	una commedia. una tragedia. un documentario. un giallo. un film d'azione.

Il luogo, l'azione, l'epoca	Il film	è ambientato si svolge	a Roma in Italia	negli anni 50. nel XXI secolo.
	La scena	fa vedere illustra approfondisce	il rapporto tra padre e figlio.	

I personaggi	Il protagonista del film Uno dei personaggi meno importanti	si chiama Mario. è il padre. ha un carattere molto difficile. ha cinquant'anni.

L'opinione personale	Il film	è	interessante. divertente. romantico. critico. violento. noioso.
	Il film	mi è piaciuto/ non mi è piaciuto tanto	perché …

12. Analyse literarischer Texte

Espressioni utili per l'analisi letteraria

Il testo				
Il racconto La poesia Il brano La canzone	si divide in consiste in è composto/a da	due tre	parti strofe	diverse. contrastanti. identiche. simili.
	parla di	un evento storico. una persona infelice.		
La prima parte La parte centrale	comincia con comprende	la prima riga	e va e prosegue	fino alla … riga.

Il titolo/L'introduzione			
Nel titolo Nell'introduzione Nel prologo	lo scrittore, la scrittrice il narratore, la narratrice il poeta, la poetessa l'autore, l'autrice	annuncia introduce presenta	il tema. l'argomento. il contenuto.

L'azione				
L'azione	si svolge	in Italia in campagna in città a Roma	nel 2000. all'inizio del secolo. la mattina presto. nel Medioevo.	
In questa parte All'inizio Nella parte centrale Nel testo In questo paragrafo	il narratore, la narratrice lo scrittore, la scrittrice l'autore, l'autrice il poeta, la poetessa	inventa immagina descrive	una situazione un mondo una società un'azione	reale. irreale. fittizio/a.
Il racconto La canzone La poesia	procede in non rispetta l'	ordine cronologico.		

I personaggi				
Il personaggio L'io narrante	osserva riflette su	la scena l'azione l'accaduto	e reagisce in modo	sorpreso. deluso. divertito. arrabbiato.
Il/La protagonista		ha un carattere	nervoso. ottimista. pessimista. riflessivo.	
		rappresenta	l'uomo moderno. un tipo particolare.	

Lo sviluppo di un personaggio			
Il carattere Un personaggio Un uomo Una donna Una persona	può	rimanere restare	coerente. uguale.
		cambiare	d'un tratto. di colpo.
		svilupparsi	lentamente. rapidamente.

Il lettore/La lettrice				
Attraverso	i personaggi l'azione gli avvenimenti	il lettore	scopre viene a conoscere	una situazione a lui sconosciuta.
			si accorge di	essere coinvolto direttamente. dover prendere posizione. avere compassione.
Alla fine Dopo questo capitolo	il lettore la lettrice	rimane	un po' confuso/a. rilassato/a.	
		comincia a	riflettere	sul mondo moderno. su se stesso/a.
			capire	il messaggio del narratore.

Il narratore/La narratrice			
Il narratore La narratrice	vuol	far capire far vedere esprimere	la sua visione del mondo.
		criticare	la società attuale.

L'autore		
L'autore	scrive secondo la prospettiva di … introduce come narratore …	
	racconta in un modo	neutro/impersonale/personale.
	prende posizione per … parla in prima/terza persona. suscita/crea stupore/meraviglia nel lettore.	
	dà l'impressione di essere	neutro. immerso/coinvolto nella storia.

Il linguaggio					
L'autore Lo scrittore ...	utilizza usa si serve di	parole immagini espressioni	chiare oscure ambigue immaginarie	che rendono bene	il suo stato d'animo. l'atmosfera. la realtà. la condizione dell'uomo d'oggi.
Il testo comprende elementi di lingua				parlata. scritta.	

Vocabolario

Im folgenden Vokabelverzeichnis findet ihr die neuen Wörter jeder Lektion aufgeführt. Diese bilden den Lernwortschatz und werden in der Folge als bekannt vorausgesetzt.

In der ersten Spalte findet ihr das neue italienische Wort oder einen neuen italienischen Ausdruck, die deutsche Entsprechung dazu in der zweiten Spalte. In der dritten Spalte schließlich stehen Beispielsätze, Lerntipps und Verweise auf andere Sprachen, also alles, was euch dabei hilft, die neuen Wörter leichter zu behalten. Ebenso findet ihr in der dritten Spalte die konjugierten Formen der unregelmäßigen Verben.

Am Ende des Buches befindet sich ein Register mit einer alphabetischen Auflistung des gesamten Wortschatzes von ***Ci siamo***. Hinter jedem Eintrag wird auf die Lektion verwiesen, in der das Wort/ der Ausdruck erstmals vorkommt.

Außerdem befinden sich in einigen Lektionen so genannte ***campi semantici***, die bestimmte Wörter in Wortfelder zusammenfassen, so zum Beispiel das Wortfeld zum Thema Kleidung in Lektion 5.

Im Anschluss folgen Listen mit Redewendungen für den Unterricht, Arbeitsanweisungen und eine Übersicht über die grammatischen Begriffe und ihre Abkürzungen, die in Lektions- und Vokabelteil verwendet werden – auf Italienisch und Deutsch!

Per parlare italiano in classe – Italienisch im Unterricht

Per parlare alla professoressa/al professore

Scusi il ritardo.	Entschuldigen Sie die Verspätung.
Ho dimenticato il libro/il quaderno d'italiano a casa.	Ich habe das Buch/mein Italienischheft zu Hause vergessen.
Non ho fatto i compiti.	Ich habe die Hausaufgaben nicht gemacht.
Scusi, può ripetere? Non ho capito.	Entschuldigen Sie bitte. Können Sie wiederholen? Ich habe nicht verstanden.
Non capisco la parola …, la frase …	Ich verstehe das Wort …, den Satz … nicht.
Che significa la parola …?	Was bedeutet das Wort …?
Come si dice … in italiano?	Wie sagt man … auf Italienisch?
Come si pronuncia …?	Wie spricht man … aus?
Scusi, ho una domanda.	Entschuldigen Sie. Ich habe eine Frage.
Non lo so.	Ich weiß es nicht.
Non ce l'ho.	Ich habe das nicht.
Posso aprire/chiudere la finestra?	Darf ich/Kann ich das Fenster öffnen/schließen?
Posso andare al bagno?	Darf ich/Kann ich zur Toilette gehen?

Per parlare ai compagni di classe

A che lezione/paragrafo/pagina/riga siamo?	Bei welcher Lektion/welchem Abschnitt/welcher Seite/welcher Zeile sind wir?
Che lezione/che pagina è?	Welche Lektion/welche Seite ist das?
Mi dai una mano?	Kannst du mir helfen?
Puoi prestarmi la matita/la penna/ la gomma/il temperamatite/il libro?	Kannst du mir den Bleistift/den Stift/den Radiergummi/den Spitzer/das Buch leihen?
Puoi darmi un foglio, per favore?	Kannst du mir bitte ein Blatt geben?
– Chi comincia? – Comincia tu!	– Wer fängt an? – Fang du an!
Tocca a me/a te.	Ich bin dran./Du bist dran.
Quest'esercizio (non) mi piace.	Diese Übung gefällt mir (nicht).

Per fare gli esercizi del libro – Arbeitsanweisungen zu den Übungen im Buch

Abbina le seguenti parole./Abbinate le frasi ai disegni.	Ordne die folgenden Wörter zu./Ordnet die Sätze den Zeichnungen zu.
Analizza …	Analysiere …
Ascolta il dialogo/i dialoghi.	Höre dir den Dialog/die Dialoge an.
Chiedi/Chiedete …	Frage/Fragt … (nach)
Comincia/Cominciate …	Beginne/Beginnt …
Collegate le frasi.	Verbindet die Sätze.
Combina/Combinate …	Ordne/Ordnet … zu
Completa (le frasi) con le forme adatte.	Ergänze (die Sätze) mit den passenden Formen.
Completa il testo con queste parole.	Ergänze den Text mit diesen Wörtern.
Completa le frasi con i seguenti verbi.	Ergänze die Sätze mit den folgenden Verben.
Completa la tabella.	Ergänze/Vervollständige die Tabelle.
Copia/Copiate la tabella nel quaderno.	Schreibe/Schreibt die Tabelle ins Heft ab.
Descrivi/Descrivete …	Beschreibe/Beschreibt …
Elenca …	Liste … auf.
Fate un dialogo.	Führt einen Dialog.
Fai/Fate una lista degli aggettivi possessivi.	Erstelle/Erstellt eine Liste mit den Possessivbegleitern.
Finisci le seguenti frasi.	Beende die folgenden Sätze.
Forma delle frasi. Formula/Formulate …	Bilde Sätze. Formuliere/Formuliert …
Inventa/Inventate un dialogo.	Entwirf/Entwerft einen Dialog.
Inscenate/Mettete in scena il dialogo.	Spielt den Dialog.
Lavorate in coppie.	Arbeitet zu zweit.
Leggi/Leggete ad alta voce.	Lies/Lest laut vor.
Metti l'articolo determinativo.	Setze den bestimmten Artikel ein.
Metti al plurale.	Setze in den Plural.
Metti nell'ordine giusto ...	Bringe … in die richtige Reihenfolge.
Motiva la tua risposta.	Begründe deine Antwort.
Presenta il tuo partner alla classe.	Stelle deinen Interviewpartner der Klasse vor.
Raccogli/Raccogliete …	Sammle/Sammelt …
Riassumi il testo nelle parti più importanti.	Fasse die wichtigsten Aussages des Textes zusammen.
Rispondi alle domande.	Beantworte die Fragen.
Scegli/Scegliete …	Wähle/Wählt … (aus)
Scrivi un commento personale, usando le tue idee sul tema. Usa all'incirca 200 parole.	Schreibe einen Kommentar mit deinen eigenen Ideen zum Thema. Verwende circa 200 Wörter.
Spiega perché …	Erkläre, warum …
Usa/Usate le espressioni nuove.	Verwende/Verwendet die neuen Ausdrücke.
Trovate gli errori e scrivete le frasi corrette nel vostro quaderno.	Findet die Fehler und schreibt die richtigen Sätze in euer Heft.
Vero o falso?	Richtig oder falsch?

Per parlare della lingua

l'accento		der Akzent	
l'aggettivo	*agg.*	das Adjektiv	*Adj.*
analogo		analog, ähnlich	
l'articolo (in)determinativo		der (un)bestimmte Artikel	
l'ausiliare *m*		das Hilfsverb	
l'avverbio	*avv.*	das Adverb	*Adv.*
il comparativo		der Komparativ	
il complemento (di tempo)		Objekt (der Zeit)	
il condizionale (presente/passato)		das Konditional (der Gegenwart/ Vergangenheit)	
il congiuntivo (presente/passato)		der Konjunktiv (Präsens/Perfekt)	
la congiunzione	*congz.*	die Konjunktion	
la coniugazione; coniugare		die Konjugation; konjugieren	
la desinenza		die Endung	
il discorso diretto/indiretto		die direkte/indirekte Rede	
l'espressione di luogo/quantità/tempo		die Orts-, Mengen-, Zeitangabe	
femminile	*f.*	feminin; weiblich	*f.*
la forma (verbale/del verbo, della preposizione, ...)		die Form (des Verbs, der Präposition, …)	
la forma di cortesia		die Höflichkeitsform	
la frase (principale/subordinata)		der (Haupt-/untergeordnete Neben-)Satz	
il futuro (semplice); il futuro anteriore	*fut.*	das Futur (I), das Futur II	
il gerundio		das Gerund	
l'imperativo	*imp.*	der Imperativ, die Befehlsform	
l'imperfetto	*impf.*	das Imperfekt	
(in)definito		(un)bestimmt	
l'indicativo	*ind.*	der Indikativ	
l'infinito	*inf.*	der Infinitiv	*Inf.*
(ir)regolare		(un)regelmäßig	
maschile	*m.*	maskulin; männlich	*m.*
la messa in rilievo		die Hervorhebung	
monosillabo		einsilbig	
la negazione		die Verneinung	
l'oggetto diretto		das direkte Objekt (Akkusativ)	
l'oggetto indiretto		das indirekte Objekt (Dativ)	
l'ordine della frase		die Satzstellung	
l'ortografia		die Rechtschreibung	
la particella (pronominale)		die (Pronominal-)Partikel	
il participio (presente/passato)	*part. (pres./ pass.)*	das Partizip (Präsens/Perfekt)	

partitivo		Teilungs-	
il passato (prossimo)	*pass. pross.*	das Perfekt	
il passivo		das Passiv	
il periodo ipotetico		der Bedingungssatz	
la (prima, seconda, ...) persona		die (erste, zweite, ...) Person	
il plurale	*pl.*	der Plural	*Pl.*
il prefisso		das Präfix, die Vorsilbe	
la preposizione (temporale/locale)	*prep.*	die Präposition (der Zeit/des Orts)	
il presente	*pres.*	das Präsens	
il pronome (personale, possessivo, relativo, indefinito)	*pron. (pers., poss., rel., indef.)*	das (Personal-, Possessiv-, Relativ-, Indefinit-)Pronomen	
qualcosa	*qc.*	etwas	*etw.*
qualcuno/a qualcuno	*qn./a qn.*	jemanden (Akkusativ)/jemandem (Dativ)	*jdn./ jdm.*
il raddoppiamento		die Verdoppelung	
la sillaba		die Silbe	
il singolare	*sg.*	der Singular	*Sg.*
il soggetto		das Subjekt	
il sostantivo	*sost.*	das Substantiv	
il suffisso		das Suffix, die Endsilbe	
il superlativo (relativo/assoluto)	*sup.*	der (relative/absolute) Superlativ	
i tempi semplici/composti		die einfachen/zusammengesetzten Zeiten	
il trapassato prossimo		das Plusquamperfekt	
l'uso		der Gebrauch	
il verbo (ausiliare/modale)	*vb.*	das (Hilfs-/Modal-)Verb	*V.*
il verbo riflessivo		das reflexive Verb	*V.*

Ingresso

l'ingresso	der Einstieg, Eintritt; der Eingang	**L** ingredi
Arrivederci!	Auf Wiedersehen!	
ciao!	hallo; tschüss	› Ciao, Luciana!
la città, *pl.* le città	die Stadt	**L** civitas **E** city
la famiglia	die Familie	**L** familia **F** la famille **E** family
il signore/la signora; *pl.* i signori *m.*	der Herr/die Dame; *Pl.* die Herrschaften	› Il signor Neumann è a Roma con la sua famiglia.
e	und	**L/F** et
il gatto	die Katze	
Buongiorno!	Guten Tag!	› Buongiorno, signor Neumann!
tedesco, -a; il/la tedesco/a; il tedesco	deutsch; der/die Deutsche; Deutsch	› Franziska è tedesca e Dario è italiano.
nuovo, -a	neu	**L** novus **F** nouveau, nouvelle
la casa; a casa	das Haus; nach Hause, zu Hause	› Il signor Monti è a casa.
l'appartamento	die Wohnung	**F** l'appartement **E** apartment › L'appartamento di Claudio è nuovo e bello.
in	in; nach	› Il signor Neumann è in Italia.
un, uno, una *art. indet.*	ein, eine	**L** unus **F** un, une
il palazzo	das Wohnhaus; der Palast	**F** le palais
romano, -a; il/la romano/a	römisch; der/die Römer/in	**L** Romanus **E** Roman
il nome	der Name	**L** nomen **F** le nom **E** name
il cognome	der Nachname	› Franziska è un nome e Neumann è un cognome.
la professione	der Beruf	**E** profession
il/la giornalista	der/die Journalist/in	**F** le/la journaliste **E** journalist › La signora Neumann è giornalista.
l'indirizzo	die Adresse; die (Ausbildungs-) Richtung	› Ecco il mio indirizzo: Via dei Torriani, 20, 00163 Roma
la via	der Weg; die Straße	**L** via ! in Via Goethe = in **der** Goethestraße › Siamo in Via dei Torriani.
il numero; il numero di telefono	die Zahl; die Telefonnummer	**E** phone number
il cellulare	das Handy	**E** cell phone
l'e-mail *f.*	die E-Mail	! Das Wort E-Mail ist weiblich: **una nuova email**
il/la vicino/a; vicino, -a	der/die Nachbar/in; nahe	**F** le voisin
di	von, aus	**L** de **F** de › Il signor Monti e il signor Neumann sono vicini di casa.
E2 **italiano, -a, -i, -e; l'italiano/a; l'italiano**	italienisch; der/die Italiener/in; Italienisch	**F** italien, ne **E** Italian › Il signor Monti è italiano e il signor Neumann è tedesco.

Lezione 1

Ingresso

benvenuto, -a	willkommen	**L** bene + venire **F** bienvenu, e › Benvenuti in Italia!
a	in, an; nach	**F** à ! in Italia (Land), a Roma (Stadt) › La signora Neumann è a Roma.
grazie	danke	**L** gratia
Piacere!; il piacere	Angenehm!; das Vergnügen	**L** placet
mi chiamo; si chiamano (*inf.* chiamarsi)	ich heiße; sie heißen (heißen)	› Mi chiamo Ben e loro si chiamano Karin e Ute.
sono (*inf.* essere)	ich bin; sie sind (sein)	**L** sum; sunt › Io sono Michael, sono tedesco e loro sono Franziska e Hannah.

Permesso?; il permesso	Darf ich? Gestatten Sie? (*Höflichkeitsformel, wenn man als Gast einen Raum betritt*); die Erlaubnis	**L** permittere **F** permettre **E** permit
Scusa! (*inf.* scusare)	Entschuldige (bitte)! (entschuldigen)	**F** excuser **E** excuse
io, tu, lui, lei	ich, du, er, sie/Sie	**L** ego, tu
Come ti chiami?	Wie heißt du?	› Scusa! Come ti chiami?
con	mit	**L** cum › Il signor Neumann è a Roma con la sua famiglia.
Come stai?	Wie geht es dir?	
bene *avv.*	gut	**L** bene › – Ciao, Nemore! Come stai? – Bene, e tu?
loro *pron. pl.*	sie	› Loro sono i nuovi vicini.
Salve!	Hallo!/Servus!	**L** salve **F** Salut
Buonasera!	Guten Abend!	
Prego!	Bitte!	› – Grazie! – Prego!
male *avv.*	schlecht	*ant.* bene **L** malus **F** mal
così	so	**L** sic
abbastanza *avv.*	ziemlich; genügend	
Sto bene.	Mir geht es gut.	› – Come stai? – Sto abbastanza bene, grazie!
A 1 le scale	die Treppen	
avere	haben	**L** habere **F** avoir › ho, hai, ha, abbiamo, avete, hanno
la mano *f.*, *pl.* le mani	die Hand	**L** manus **F** la main
la valigia	der Koffer	**F** la valise › Hannah ha una valigia in mano.
parlare	sprechen	**F** parler › I nuovi vicini parlano italiano.
il ragazzo/la ragazza	der Junge/das Mädchen	› Ben parla con una ragazza italiana.
Chi?	Wer? Wen?	**L** quis **F** qui
è (*inf.* essere)	er, sie, es ist (sein)	**L** esse **F** être › sono, sei, è, siamo, siete, sono
il fratello/fratellino; *pl.* i fratelli	der Bruder/das Brüderchen; *Pl.* die Geschwister	**L** frater › – E lui, chi è? – È mio fratello, si chiama Ben.
la sorella	die Schwester	**L** soror › È mia sorella, si chiama Hannah.
Quanti anni hai?	Wie alt bist du?	
quanto, -a?	wie viel?	**L** quantus
l'anno; avere … anni	das Jahr; alt sein	**L** annus › – Quanti anni hai? – Ho 15 anni.
anche; anch'io	auch; ich auch	› Anch'io ho 15 anni.
ma	aber	**F** mais
siamo (*inf.* essere)	wir sind (sein)	
no	nein	**L** non **F** non
inglese; l'inglese *m./f.*; l'inglese	englisch; der/die Engländer/in; Englisch	› George è inglese, ma parla anche italiano.
francese; il/la francese *m./f.*; il francese	französisch; der Franzose/die Französin; Französisch	› – Parli francese? – No, ma parlo inglese.
solo *avv.*	nur	**L** solum › Parlo solo italiano e inglese.
proprio *avv.*	wirklich	
bravo, -a	gut, tüchtig	! tedesco: **brav** = buono – italiano: **bravo** = gut, tüchtig
studiare	lernen; studieren	› Studiate molto. Siete proprio bravi, ragazzi!
molto, -a; molti, -e *agg.*; molto *avv.*	viel; viele; sehr	**L** multus
simpatico, -a	sympathisch, angenehm	**F** sympatique › Nemore trova le ragazze tedesche simpatiche e belle.
sì	ja	
certo, -a *agg.*; certo *avv.*	bestimmt; sicher; klar	**L** certus **E** certain(ly) › – Parli francese? – Sì, certo!
perfetto, -a	perfekt, vollkommen	**L** perficere **E** perfect
che?; che (piano)?	was; welche/r/s; was für ein/e; wie; welches (Stockwerk)?	› A che piano abitate? Abitiamo al quarto piano.
il (primo/secondo) piano; al secondo/terzo piano	der (erste/zweite) Stock; der Plan; im zweiten/dritten Stock	› Ben e Hannah abitano al terzo piano.

	abitare	wohnen	**L** habitare **F** habiter ❯Ben è di Lipsia, ma abita a Roma.
	noi; voi	wir; uns; ihr; euch	**L** nos, vos **F** nous, vous ❯Noi siamo di Lipsia, ma voi siete romani.
E3	**il paese**	das Land; das Dorf	**F** le pays ❯L'Italia è un Paese bello, si chiama anche il "Bel Paese".
E4	**preparare**	zu-, vorbereiten	**F** préparer **E** prepare
	cantare	singen	**L** cantare
	chattare	chatten	
	amare	lieben, mögen	**L** amare ❯La signora Neumann ama cantare in italiano.
E5	**la scuola (primaria)**	die (Grund-)Schule	**F** l'école **E** school
	la pizza	die Pizza	
E8	**incontrare**	begegnen, treffen	
	la strada; per strada	die Straße; auf der Straße, unterwegs	❯Via Giulia è una strada di Roma molto bella.
	(di) dove?	wo(her)?	❯– Di dove sei? – Sono di Colonia.
	adesso *avv.*	jetzt, nun	*sin.* ora ❯Hannah è tedesca, ma adesso abita in Italia.
	la mamma	die Mama	! Attenzione alla "m" doppia!
	il papà	der Papa	*ant.* mamma ! il papà = der Papa – il Papa = der Papst
A2	**tutto, -a**	jede/r/s; all; ganz	**L** totus **F** tout, toute ! tutti i paesi = alle Länder
	Che/Che cosa/Cosa?	was?	❯Che/Che cosa cerchi?
	cerchi (*inf.* **cercare)**	du suchst (suchen)	**F** chercher **E** search ❯Cerco il mio gatto. Dov'è?
	grande	groß	**F** grand, e ❯Che gatto è? È grande o è piccolo?
	piccolo, -a	klein	*ant.* grande
	nero, -a	schwarz	**F** noir, e
	bello, -a	schön	❯Il mio gatto è nero e bello.
	vero, -a; vero?	wahr, echt; nicht wahr?	**L** verus **F** vrai
	trovare	finden	**F** trouver
	allora	also; nun, jetzt; damals	**F** alors ❯Non trovi il tuo gatto? Allora cerchiamo tutti!
	frequentare	(eine Schule) besuchen	❯– Che scuola frequenti? – Frequento la Scuola Germanica di Roma.
	austriaco, -a; austriaci, austriache; l'austriaco/a	österreichisch; der/die Österreicher/in	**F** autrichien, ne **E** Austrian ❯Martina è austriaca, è di Vienna.
	svizzero, -a; lo/la svizzero/a	schweizerisch; der/die Schweizer/in	**F** suisse **E** Swiss ❯Claudia non è tedesca, è svizzera.
	l'amico/l'amica	der Freund/die Freundin	**L** amicus **F** l'ami
	l'origine *f.*	der Ursprung; die Herkunft	**F** l'origine **E** origin ❯Nemore è italiano, ma di origine eritrea.
	qui *avv.*	hier	
	la cena	das Abendessen	**L** cena
	pronto, -a	fertig, bereit	❯La cena è pronta. Mangiamo subito!
	subito	sofort	**L** subito (!)
	la madre	die Mutter	**L** mater **F** mère
	il padre	der Vater	*ant.* madre **L** pater **F** père
	ecco	Schau(t); hier ist/sind	**L** ecce **F** voici ❯Ecco mio fratello, si chiama Ben.
E11	**falso, -a**	falsch	**L** falsus
	il problema	das Problem	**F** le problème **E** problem
E16	**presto** *avv.***; a presto**	schnell, früh; bis bald	❯Arrivederci a presto!

	L'appartamento	Die Wohnung		
B1	**la porta**	die Türe; das Tor	**il bagno**	das Bad
	il soggiorno	das Wohnzimmer; der Aufenthalt	**la doccia**	die Dusche
	la camera (da letto)	das (Schlaf-)Zimmer	**lo studio**	das Arbeitszimmer
	il balcone	der Balkon	**la finestra**	das Fenster
			la cucina	die Küche

L'appartamento	Die Wohnung		
lo specchio	der Spiegel	il tavolo	der Tisch
l'ombrello	der Schirm	l'asciugamano	das Handtuch
il quadro	das Bild	il lavabo	das Waschbecken
il divano	das Sofa	il bidet	das Bidet
il televisore	der Fernseher	il sapone	die Seife
lo stereo	die Stereoanlage	il computer	der Computer
la radio	das Radio	la scrivania	der Schreibtisch
l'armadio	der Schrank	lo scaffale	das Regal
il letto	das Bett	la lampada	die Lampe
la sedia	der Stuhl	il forno	der Herd

	lo studio	das Arbeitszimmer; die Studie; das Lernen	
	la foto(grafia)	das Foto	**F** la photo ! la foto(grafia) – le foto(grafie)
	il caffè	der Kaffee	**F** le café **E** coffee
	lo yogurt	der Joghurt	› Sono in cucina e cerco uno yogurt.
	l'insalata	der Salat	**F** salade **E** salad
B2	**mostrare**	zeigen	**F** montrer
	loro *agg. poss.*	ihr/e/s	› Simone e Valerio mostrano il loro soggiorno a Hannah e Ben.
	nostro, -a	unser/e/s	**L** noster **F** notre › Ecco il nostro soggiorno.
	c'è; ci sono	es gibt, da ist; es gibt, da sind	› In bagno c'è un lavabo e ci sono tre asciugamani.
	purtroppo *avv.*	leider	› Siamo in quattro, ma purtroppo c'è solo un lavabo in bagno.
	vecchio, -a	alt	**L** vetus **F** vieux, vieille
	lì, là	dort	**L** illic
	il libro	das Buch	› Nello (= in) studio di Michael ci sono tre scaffali con molti libri.
	il fumetto	der Comic	
	preferito, -a	Lieblings-, bevorzugt	**L** praeferre **F** préféré, e **E** prefer › Il mio fumetto preferito è *Topolino*.
	il caos	das Chaos	› Qui c'è un caos terribile. Non trovo i miei libri!
	terribile	schrecklich	**F/E** terrible
	suo, sua, *pl.* **suoi, sue**	sein/e, ihr/e	› Tutti i suoi fumetti sono belli!
	la cosa	die Sache, das Ding	**L** causa **F** la chose
	un po'/poco *avv.***; poco, -a**	ein bisschen; wenig	**L** pauci **F** un peu, peu
	dappertutto	überall	› Che caos la camera di Simone! Le sue cose sono un po' dappertutto.
	lo zaino	der Rucksack	
	la chitarra	die Gitarre	**E** guitar
	vostro, -a	euer/eure	**L** vester **F** votre
	il mobile	das Möbel(stück)	**L** movere **F** le meuble
	veramente *avv.*	wirklich, wahrlich	**L** verus **F** vraiment
	particolare	besondere/r/s	› È un ragazzo molto particolare.
	fantastico, -a	fantastisch	**F** fantastique **E** fantastic › I vostri mobili sono veramente particolari. Sono fantastici!
	Come si dice in italiano?	Wie sagt man auf Italienisch?	**L** dicere
E6	**l'oggetto**	der Gegenstand, das Objekt	**F** l'objet **E** object
	il dizionario	das Wörterbuch	**F** le dictionnaire **E** dictionary › Se non conosci una parola, puoi usare il dizionario.
	la parola	das Wort	**F** la parole
E14	**il pianoforte**	das Klavier	! piano – forte = „leise – laut"
	la collezione	die Sammlung, Kollektion	**L** colligere **F** la collection **E** collection
	il film	der Film	› Il film *La vita è bella* di Roberto Benigni è molto famoso.

Lezione 2

Ingresso

la vita	das Leben	L vita F la vie

mangiare	essen
il pasto	die Mahlzeit
la (prima) colazione	das Frühstück
il caffellatte	der Milchkaffee
il latte	die Milch
il latte macchiato	Milch mit einem Schuss Kaffee
il tè	der Tee
il cappuccino; il cappuccio	der Cappuccino
l'acqua *m*; l'acqua minerale (naturale)	das Wasser; das Mineralwasser (ohne Kohlensäure)
il succo (di arancia)	der (Orangen-)Saft
il burro	die Butter
la marmellata	die Marmelade
il miele	der Honig
il biscotto	der Keks
le fette biscottate	der Zwieback
il cornetto	das Hörnchen, das Croissant
il pane	das Brot
il panino	das (belegte) Brötchen, die Semmel
il prosciutto	der Schinken
il salame	die Salami
il pranzo	das Mittagessen
l'antipasto	die Vorspeise
la verdura	das Gemüse
la pasta	die Pasta, die Nudeln
il risotto	das Risotto *(typisch italienisches Reisgericht)*
il primo/secondo piatto	der erste/zweite Gang
la carne	das Fleisch
il pesce	der Fisch
il dolce; dolce *agg.*	die Nachspeise; der Kuchen; die Süßigkeit; süß
il gelato	das Eis
la torta	die Torte
la frutta (fresca)	das (frische) Obst
la minestra	die Suppe
l'uovo, *pl.* le uova	das Ei
il formaggio	der Käse

	festeggiare	feiern	*cf.* la festa
	il compleanno	der Geburtstag	L complere annum
	la zia/lo zio	die Tante/der Onkel	› Ecco mia zia, la sorella di mio padre!
E3	la persona	die Person, der Mensch	F la personne E person
	la pizzeria	die Pizzeria	
	o = oppure	oder	› – Risotto o pasta? – Io mangio il risotto.
	il ristorante	das Restaurant	› I turisti cercano un ristorante per mangiare qualcosa.
A1	i genitori	die Eltern	› Ecco i miei genitori, mia madre e mio padre!
	il figlio/la figlia	der Sohn/die Tochter	L filius/filia F le fils/la fille
	la tartaruga	die Schildkröte	F la tortue E tortoise
	lavorare	arbeiten	L laborare
	il/la barista	der/die Barkeeper/in	› Renzo è un barista, cioè lavora in un bar.
A2	il centro; al centro	das Zentrum, die Mitte; in der Mitte	F le centre E centre › – Chi è il ragazzo al centro? – È mio fratello.
	la donna	die Frau	L domina
	a sinistra	links	L sinister › Ecco una foto di famiglia: la donna a sinistra è mia madre.
	il marito	der Ehemann	L maritus F le mari
	i capelli	die Haare	
	castano, -a	kastanienbraun	› Enzo ha i capelli castani.
	il cugino/la cugina	der Cousin, die Cousine	› Il figlio di mia zia è mio cugino.
	unico, -a	einzeln; einzigartig	E unique › Lavinia non ha fratelli. È figlia unica.
	intelligente	intelligent	L intellegere F/E intelligent
	la Toscana; toscano, -a	die Toskana; toskanisch	› Molti tedeschi hanno una casa in Toscana.
	sapere	wissen	L sapere › so, sai, sa, sappiamo, sapete, sanno
	l'uomo, *pl.* gli uomini	der Mann; der Mensch	*ant. la* donna L homo (*Pl.* homines) F l'homme

a destra	rechts	*ant.* a sinistra **L** dexter › Ecco una foto di famiglia: l'uomo a destra è il marito di mia zia, mio zio Alberto.
invece	stattdessen; hingegen	› Lui è italiano, lei invece è tedesca.
per *prep.*	für, wegen, um zu	**L** per **F** pour
biondo, -a	blond	› Laura è bionda, Roberta invece ha i capelli castani.
la moglie	die Ehefrau	*ant.* il marito **L** mulier
cioè	das heißt	› La figlia di mia zia, cioè mia cugina, si chiama Gabriella.
il/la gemello/a	der Zwilling	**F** jumeau, jumelle › Claudio e Camilla sono gemelli.
allegro, -a	fröhlich, froh	› Gabriella ha una sorella, sono gemelle, sono carine e allegre.
carino, -a	lieb, nett; hübsch	**L** carus
sportivo, -a	sportlich	**F** sportif, ve
poi *avv.*	dann, darauf; außerdem	**L** post **F** puis
il nonno/la nonna; i nonni	der Großvater/die Großmutter; die Großeltern	› La madre di mio padre è mia nonna.
la piazza	der Platz	**E** place › Siamo spesso in piazza e andiamo in un bar.
andiamo (da loro)	wir gehen (zu ihnen)	
spesso *avv.*	oft	
da	von, aus; zu, bei	› I miei nonni sono spesso qui da noi a Roma.
sempre	immer	**L** semper
felice	glücklich	**L** felix › Siamo sempre felici quando incontriamo i nonni.
quando; quando?	wenn, als; wann?	**L** quando **F** quand
il/la nipote	der/die Enkel/in; der Neffe, die Nichte	› I nipoti sono sempre felici quando c'è la nonna.
lungo, -a	lang	**L** longus **F** long, longue **E** long
morto, -a (*part. pass.*) (*inf.* morire)	tot, gestorben (sterben)	**F** mort, e
il cane	der Hund	**L** canis **F** le chien › I Visconti hanno un cane e due gatti.
B1 la tavola	der (gedeckte) Tisch	**F** la table › In tavola troviamo l'acqua minerale, i tovaglioli, i piatti, i coltelli, i cucchiai e i cucchiaini.
apparecchiare; apparecchiato, -a	decken; gedeckt	**L** parare › Chi apparecchia la tavola?
la bottiglia; la bottiglietta	die Flasche; das Fläschchen	**F** la bouteille **E** bottle
il bicchiere *m.*	das (Trink-)Glas, der Becher	› Un bicchiere d'acqua, per favore!
il piatto	der Teller; das Gericht	**F** le plat (!) **E** plate › Oggi mangio due piatti di pasta.
il coltello	das Messer	**F** le couteau
la forchetta	die Gabel	**F** la fourchette **E** fork
il cucchiaio	der (Ess-)Löffel	**F** la cuillière
il cucchiaino	der Teelöffel	**F** la petite cuillière › Dove sono i cucchiaini per il té?
il tovagliolo	die Serviette	
B2 l'appetito; Buon appetito!	der Appetit; Guten Appetit!	**L** appetere › Quando ho molto appetito mangio anche due piatti di pasta.
l'ora; ora *avv.*	die Stunde; jetzt	**L** hora **F** l'heure
bere	trinken	**L** bibere **F** boire › bevo, bevi, beve, beviamo, bevete, bevono
frizzante	sprudelnd, mit Kohlensäure	*ant.* l'acqua naturale › Molti tedeschi amano l'acqua frizzante.
il melone	die (Honig-)Melone	› Il melone con il prosciutto è un antipasto tipico.
la bruschetta	die Bruschetta (*geröstete Weißbrotscheibe m. Öl, Knoblauch u. Tomaten*)	
l'oliva	die Olive	**F** l'olive **E** olive

buono, -a	gut	L bonus F bon, bonne
altrettanto *avv./agg.*	gleichfalls; ebenso viel	›– Buon appetito! – Altrettanto.
piacere; mi/ti piace; Vi piacciono le olive?	gefallen; schmecken; mir/dir gefällt; mir/dir schmeckt; Schmecken euch/Mögt ihr Oliven?	L placere ›piaccio, piaci, piace, piacciamo, piacete, piacciono ›– Ti piace la bruschetta? – Sì, mi piacciono tutti gli antipasti.
tanto, -a; tanto *avv.*	(so) groß, viel; so sehr	L tantus F tant
il vino	der Wein	L vinum F le vin E wine ›Luciano non beve il vino, beve solo l'acqua.
volentieri *avv.*	gerne	L voluntas F volontiers
gli spaghetti alla carbonara	Spaghetti alla carbonara *(mit Speck und Eiern)*	
tipico, -a	typisch	›Gli spaghetti alla carbonara sono un primo piatto tipico di Roma.
ottimo, -a	sehr gut, hervorragend	L optimus ›Le olive sono ottime!
il pollo (arrosto)	das (Brat-)Hähnchen	F le poulet
il tiramisù	das Tiramisù	›Il tiramisù è un dessert tipico italiano.
finire, -sc-	(be)enden	F finir ›finisco, finisci, finisce, finiamo, finite, finiscono
prendere	nehmen	L prehendere F prendre
me	mich	E me
E5 il tipo	der Typ, die Art	F le type E type
dopo *prep./avv.*	nach; danach	›Dopo il secondo piatto mangiamo il tiramisù.
E6 il cibo	die Speise	L cibus ›Al ristorante *Da Ninno* il cibo è ottimo, lì si mangia veramente bene.
E15 vincere	(be)siegen; gewinnen	L vincere F vaincre
la festa	das Fest	F la fête
prima *avv.*	zuerst	*ant.* dopo L primo ›Prima lavoriamo un po', poi facciamo merenda.
l'immagine *f.*	das Bild	L imago F l'image E image

Lezione 3

Ingresso

il tempo; il tempo libero	die Zeit; das Wetter; die Freizeit	›Salvatore lavora molto, ha poco tempo libero.
l'edicola	der Kiosk	
il bar *m.*	die (ital.) Bar, das Café	E bar
il giornale *m.*	die Tageszeitung	F le journal E *Wall Street Journal*
la rivista	die Zeitschrift	›*Gente* è una rivista italiana e *Brigitte* è una rivista tedesca.
lo scontrino	der Kassenzettel	›Prima si fa lo scontrino, poi si prende qualcosa.
il biglietto	die Fahrkarte	›In edicola compriamo il giornale e anche il biglietto per l'autobus.
la classe	die Klasse	F la classe E class ›In classe siamo 14 ragazze e 12 ragazzi.
il/la prof(essore/essoressa)	der/die Lehrer/in; der/die Professor/in	F le/la prof
il quaderno	das Heft	›Il professore dice: "Prendete i quaderni e scrivete!"
E1 il luogo	der Ort	L locus
familiare	familiär, Familien-	L familia
A1 il giro	die Runde, der Spaziergang	L ire ›Un giro per Roma? Fantastico! Così vediamo i monumenti famosi.
andare	gehen; fahren	›vado, vai, va, andiamo, andate, vanno
il momento	der Augenblick, Moment	F le moment
la metro(politana)	die U-Bahn	›Per andare a San Pietro non prendiamo l'autobus, ma la metro.
l'abbonamento	das Abonnement	›Non ho l'abbonamento, così prendo solo un biglietto.

ancora	noch	❯ Non hai ancora lo scontrino? Allora vai prima alla cassa!
vendere	verkaufen	**L** vendere **F** vendre ❯ Ecco un'edicola dove vendono anche i biglietti per l'autobus.
il giornalaio	der Zeitungshändler	*cf.* il giornale
per favore; il favore	bitte; der Gefallen; die Gunst	**E** favour ❯ Due biglietti, per favore.
l'euro	der Euro	❯ – Quant'è? – Quattro euro.
sentire	hören; fühlen	**L** sentire **F** sentir ❯ Senti, Simone, perché non andiamo a San Pietro?
l'autobus/il bus	der Bus	
qual, quale	was für ein(e), welche(r)	**L** qualis **F** quel, quelle
la linea	die Linie	**E** line ❯ – Quale metro prendiamo? – Prendete la linea A in direzione Battistini.
la direzione	die Richtung; die Leitung	**F** la direction **E** direction
scendere	hinab-, aussteigen, heruntergehen, sinken	**L** descendere **F** descendre
la fermata	die Haltestelle	❯ Scendete dopo tre fermate.
insieme	zusammen, gemeinsam	**F** ensemble ❯ Non mi piace studiare da solo, perché non studiamo insieme?
il/la compagno/a ***m./f.*** **(di scuola)**	der/die Mitschüler/in	**F** le copain **E** company ❯ Mi piace studiare con Giacomo, il mio compagno di scuola.
lontano, -a da	weit (entfernt)	*ant.* vicino a **F** lointain, e ❯ Monaco non è troppo lontana da Norimberga.
la zona	das Gebiet, die Zone	**F** la zone **E** zone
cambiare	(ver)ändern	❯ Ragazzi, per andare a San Pietro dovete cambiare direzione!
il piede; a piedi	der Fuß; zu Fuß	**L** pes **F** le pied ❯ Non prendiamo l'autobus, andiamo a piedi.
conoscere	kennen(lernen)	**L** cognoscere **F** connaître ❯ Complimenti, Ben! Parli bene l'italiano, conosci già tanti vocaboli.
il mezzo (pubblico)	das (öffentliche Verkehrs-)Mittel	**L** medius **E** means of transport ❯ Non andiamo in macchina, ma prendiamo i mezzi pubblici.
E2 **fino a**	bis	❯ Prendete la metro, andate fino a Termini e poi scendete!
E9 **la matematica**	die Mathematik	**E** maths
la verifica	die Klassenarbeit	❯ Forse il prof di storia non ci interroga perché abbiamo la verifica di matematica.
A2 **fare**	machen, tun; lassen	**L** facere **F** faire ❯ faccio, fai, fa, facciamo, fate, fanno
oggi ***avv.***	heute	**L** hodie **F** aujourd'hui ❯ Oggi lavoro molto, ma domani faccio una pausa.
il giorno	der Tag	**F** le jour
normalmente ***avv.***	normalerweise	**F** normalement **E** normally
lo sport	der Sport	**F** le sport
la piscina	das Schwimmbad	**F** la piscine ❯ Laura va spesso in piscina.
giocare a qc	etw. spielen	**F** jouer à qc ❯ A che cosa giochi nel tuo tempo libero?
il calcio; giocare a calcio	Fußball; Fußball spielen	❯ Nel mio tempo libero gioco spesso a calcio.
la bici(cletta)	das Fahrrad	**F** la bicyclette **E** bicycle ❯ Georg va sempre a scuola in bicicletta. Non prende mai i mezzi pubblici.
qualche volta	manchmal	**F** quelquefois
il cinema	das Kino	❯ Stasera andiamo al cinema a vedere un bel film.
la musica	die Musik	**F** la musique **E** music
soprattutto	vor allem	❯ Amo lo sport, soprattutto il calcio.
suonare ***tr./intr.***	(ein Instrument) spielen; klingen, klingeln	**E** sound ❯ A Ben piace suonare la chitarra.
la palestra	das Fitnesscenter; die Sporthalle	❯ Sergio fa molto sport, va sempre in palestra.

leggere	lesen	**L** legere **F** lire › A Cecilia piacciono i libri, legge molto.
il fine settimana	das Wochenende	**E** weekend – finesettimana *umgekehrte Reihenfolge!*
dormire	schlafen	› Il fine settimana Lucia non lavora e dorme molto.
il sabato	der Samstag; samstags	› I ragazzi italiani vanno spesso a scuola anche il sabato.
la fortuna	das Glück	**L** fortuna › Voi tedeschi non andate a scuola il sabato. Che fortuna!
giusto, -a	gerecht, fair; richtig	› Voi non andate a scuola il sabato e noi invece sì. Non è giusto!
davvero ***avv.***	wirklich	**L** vero
alto, -a	hoch (gewachsen), groß	**L** altus › La piccola Lavinia è alta un metro e 20 (= venti).
moro, -a	dunkelhaarig, schwarz	› In Italia non tutte le ragazze sono more, molte sono anche bionde.
di solito ***avv.***	gewöhnlich; normalerweise	*sin.* normalmente **L** solere
la discoteca	die Disko	› Il sabato molti ragazzi vanno in discoteca.
(mi) dispiace	es tut (mir) leid	› – Andiamo al bar? – Mi dispiace. Ma ho molto da studiare.
Peccato!; il peccato	Schade!; die Sünde	› – Purtroppo non posso venire alla tua festa. – Peccato!
la voglia; avere voglia di	die Lust; Lust haben auf	› Giulia ha voglia di andare in discoteca con le sue amiche, ma purtroppo ha molto da studiare. Peccato!
E12 **il/la cantante**	der/die Sänger/in	**L** cantans, cantantis **F** le chanteur
A3 **il bancone**	die Theke, der Tresen	
forse ***avv.***	vielleicht	› – Ben, cosa prendi? – Non so, forse una pizzetta.
questo, -a	diese/r/s	**L** ecce istum
la pizzetta	die kleine Pizza	
caldo, -a; il caldo	warm, heiß; die Wärme, Hitze	**F** chaud, e › L'estate è la stagione più calda.
il toast	der Toast	
però	aber	› Vorrei andare in piazza, però non ho tempo.
il tramezzino	das Sandwich	
vorrei	ich hätte gerne	**F** je voudrais › Vorrei un cappuccino e un cornetto.
quello, -a	jene/r/s	**L** ille
il tonno	der Thunfisch	**F** le thon
il pomodoro	die Tomate	› Non mangiare questo pomodoro perché non è ancora rosso.
preferire, -sc-	vorziehen, etwas lieber wollen/tun	**L** praeferre **F** préférer **E** prefer › Marta prende un caffè, io invece preferisco un tè.
freddo, -a	kalt	*ant.* caldo **F** froid, e
la cassa	die Kasse	**F** la caisse
l'aranciata	die Orangenlimonade	
pagare; Quanto pago?	zahlen, bezahlen; Wie viel kostet es? (*wörtl.* Wie viel bezahle ich?)	
offrire	anbieten; (andere zu etwas) einladen	**L** offerre **F** offrir **E** offer › Andiamo in gelateria! Prendete il gelato che vi piace! Oggi offro io!
il mito	der Mythos; *hier:* ein Supertyp	**E** myth
possibile	möglich	**F/E** possible
il gusto	der Geschmack	
senza	ohne	*ant.* con **L** sine **F** sans

Il gelato	Eis		
la gelateria	die Eisdiele	**la nocciola**	die Haselnuss
il cono	die Waffel (Eis); der Kegel	**la stracciatella**	Stracciatella
la coppetta	der (Eis-)Becher	**la fragola**	die Erdbeere
la panna	die Sahne	**il limone**	die Zitrone
la crema	die Creme, Sahne	**il pistacchio**	die Pistazie
il cioccolato	die Schokolade		

E18	**ordinare**	bestellen	E order
	il/la cliente	der Kunde/die Kundin	F le client, la cliente › Il cliente ordina due gelati al bancone.
E20	**stasera**	heute Abend	› Stasera, dopo cena, andiamo tutti in gelateria.
E22	**normale** *agg.*	normal	F normal, e E normal
B1	**chiedere a**	fragen	L quaerere › Se hai problemi con i compiti di matematica perché non chiedi aiuto a Claudio?
	l'aiuto	die Hilfe	
	dire	sagen	L dicere F dire › dico, dici, dice, diciamo, dite, dicono
	aiutare	helfen	
	domani	morgen	F demain
	interrogare	abfragen	L interrogare F interroger › Dobbiamo studiare tanto perché il nostro prof interroga sempre.
	la storia	die Geschichte	L historia F l'histoire E history
	tranquillo, -a	ruhig, still	F tranquille › State tranquilli! Vi aiuto quando avete un problema.
	dare; dare una mano a	geben; (jdm) helfen	L dare › do, dai, da, diamo, date, danno › *Dare una mano a* un amico vuol dire *aiutare* un amico.
	l'interrogazione *f.*	die Abfrage	*cf.* interrogare
	altrimenti *avv.*	sonst, andernfalls	› Studia, altrimenti non sai niente quando la prof ti interroga.
	il voto	die Note	› In Italia un due è un voto brutto, in Germania invece no.
	diverso, -a	unterschiedlich, verschieden, anders	L diversus F divers, e E diverse
	la sufficienza/l'insufficienza	*hier:* ausreichende/nicht ausreichende Leistung	› Il cinque è un'insufficienza in Italia, ma anche in Germania.
	Va bene!	Ok! Geht in Ordnung!	› – Mi aiuti con questi compiti? – Va bene.
	difficile	schwierig, schwer	L difficilis F difficile E difficult › Per molti la matematica è una materia difficile.
	meno male	zum Glück („weniger schlimm")	
	ultimo, -a	letzte/r/s	*ant.* primo L ultimus

Le materie (scolastiche)	Die (Schul-)Fächer		
la fisica	Physik	**la storia**	Geschichte
la scienza; le scienze	die Wissenschaft; die Naturwissenschaften	**l'educazione fisica**	Sportunterricht
		il latino	Latein
la matematica	Mathematik	**l'inglese**	Englisch
l'informatica	Informatik	**il francese**	Französisch
l'arte *f.*	Kunst	**il tedesco**	Deutsch
la storia dell'arte	Kunstgeschichte	**la religione**	Religion

il compito	die (Haus-)Aufgabe	
l'appuntamento	die Verabredung, das Treffen; der Termin	E appointment
lo schiaffo	die Ohrfeige	› Oggi gli insegnanti non danno gli schiaffi agli studenti.
qualcuno	jemand	F quelqu'un

l'insegnante *m./f.*	der/die Lehrer/in	*sin.* professore/essa ❯ La nostra insegnante interroga sempre qualcuno, ma non sappiamo chi.
il pomeriggio	der Nachmittag	**L** post meridiem ❯ La mattina vado a scuola, il pomeriggio studio e dopo gioco a basket.
telefonare a	anrufen, telefonieren mit	❯ Prima faccio i compiti e poi telefono a mia nonna.
ringraziare	danken	❯ Devi ringraziare il tuo amico Giacomo perché ti aiuta sempre con i compiti.
E4 **la chance** *inv.*	die Chance	**F** la chance **E** chance ❯ Tutti quelli che studiano hanno la chance di prendere un buon voto.
controllare	kontrollieren, durchsehen	**F** contrôler **E** control
l'aggressività	die Aggressivität, Angriffslust	**L** aggredi **E** aggressiveness
aggressivo, -a	aggressiv, angriffslustig	**F** aggressif, ve **E** aggressive
l'idea	die Idee, Vorstellung	**F** l'idée **E** idea ❯ La piccola Lavinia ha tante belle idee, è proprio creativa.
Dai!	Komm schon!	❯ Aiuta mia sorella con la matematica! Dai!
E6 **l'orario**	der Stunden-, Fahr-, Zeitplan	**F** l'horaire ❯ Guardo il mio orario per sapere quando abbiamo fisica.
scolastico, -a	schulisch, Schul-	❯ L'anno scolastico va da settembre a giugno.
durare	dauern	**F** durer ❯ Una lezione in Germania dura 45 minuti.
B2 **il diario**	das Aufgabenheft; das Tagebuch	**L** dies **E** diary
il cuore	das Herz	**L** cor **F** le cœur ❯ Mio nonno è una persona di buon cuore, è sempre così carino.
volere	wollen, mögen	**L** velle **F** vouloir ❯ voglio, vuoi, vuole, vogliamo, volete, vogliono ❯ Io voglio molto bene a mio nonno.
zitto, -a	ruhig, still	❯ Ragazzi, state zitti ed ascoltate il vostro compagno!
ripassare	wiederholen	❯ Adesso voglio ripassare i vocaboli perché domani abbiamo un test.
scherzare	Witze machen, scherzen	
avanti *avv./prep.*	vorwärts, weiter; vor	❯ Oggi il prof va avanti con il programma, non ha tempo per interrogare.
il programma	das Programm, der Lehrplan	**F** le programme **E** programme
dovere	müssen	**L** debere **F** devoir ❯ devo, devi, deve, dobbiamo, dovete, devono
se	wenn, falls	**L** si ❯ Devi studiare molto per il test anche se non ti piace.
sperare	hoffen	**L** sperare **F** espérer
almeno	mindestens	❯ Devi studiare almeno tre ore al giorno!
potere	können, dürfen	**L** posse **F** pouvoir ❯ posso, puoi, può, possiamo, potete, possono
guardare	schauen	**F** regarder ❯ Adesso studio tre ore, ma poi posso guardare la tv, mamma?
chiamare	(an)rufen	**L** clamare ! Attenzione alle costruzioni differenti: chiamare qn = telefonare a qn
il/la bidello/a	der/die Hausmeister/in in einer Schule	❯ Il bidello della scuola si chiama Guido, aiuta i ragazzi e i professori.
riparare	reparieren	**F** réparer **E** repair
pulire, -sc-	reinigen, putzen	❯ Simone, pulisci la lavagna per favore!
la lavagna	die Tafel	❯ La prof scrive le parole importanti sulla lavagna.
rotto, -a	kaputt	❯ Qualcuno mi può aiutare a riparare la mia bicicletta, è rotta?
Oddio!	Oh mein Gott!	! Attenzione alla doppia "d"!
la campanella	der Gong, die Schulglocke	❯ Ragazzi, quando suona la campanella dovete essere in classe.
venire	kommen	**L** venire **F** venir ❯ vengo, vieni, viene, veniamo, venite, vengono

	presente; il presente	anwesend, präsent; die Gegenwart	L praesens › Siamo 28 studenti, ma oggi solo 24 sono presenti.
	la giustificazione	die Rechtfertigung; die Entschuldigung	L ius E justification › Se non vieni a scuola devi portare la giustificazione il giorno dopo.
	l'astuccio	das Federmäppchen	
	sopra *prep./avv.*	über, auf; oben	L supra
	il banco	die (Schul-)Bank; der Tresen	
	la penna	der Stift	› Ci sono tante penne nel mio astuccio.
	la matita	der Bleistift	
	la gomma	der (Radier-)Gummi	› Se usi una matita, puoi cancellare tutto con la gomma.
	usare	(ge)brauchen, benutzen	L uti E use
	spegnere	ausschalten, löschen	› spengo, spegni, spegne, spegniamo, spegnete, spengono
	il telefonino	das Handy	*sin.* il cellulare
	la cattedra	das Lehrerpult; der Lehrstuhl	
	distribuire, -sc-	aus-, verteilen	F distribuer E distribute
	il foglio	das Blatt	F la feuille › Mi puoi dare un foglio e una penna? Grazie!
	copiare	abschreiben, kopieren	L copia F copier E copy
	il silenzio	die Stille, Ruhe	L silentium F le silence E silence › Fate silenzio e non copiate dal vostro vicino, altrimenti prendete un due.
E9	descrivere	beschreiben	F décrire E describe
	aprire *part. pass.* aperto	öffnen	L aperire
E11	durante *prep.*	während	› Durante il fine settimana ho molto tempo per leggere.
	la pausa	die Pause	› Dopo tre ore di lavoro dobbiamo fare una pausa.
	la presentazione	die Präsentation, Vorstellung	
E13	la segreteria	das Sekretariat	E secretary

Lezione 4

Ingresso

	scoprire	entdecken	F découvrir E discover › Nel 1492 Colombo scopre l'America.
E1	la fontana	der Springbrunnen	L fons F la fontaine E fountain › Chi non conosce la Fontana di Trevi a Roma?
	la basilica	die Basilika	› Una basilica è una chiesa molto grande e importante, come per esempio la Basilica di San Marco a Venezia.
	il museo	das Museum	F le musée E museum
	la stazione	der Bahnhof	E station
	l'attrazione turistica *f.*	die Attraktion, Sehenswürdigkeit	› Il Ponte di Rialto è una delle attrazioni turistiche di Venezia.
	indicare	(an)zeigen	L indicare F indiquer E indicate
A1	il monumento	das Denkmal, Monument	L monumentum F le monument E monument
	la specialità	die Spezialität	F la spécialité E speciality
	invitare; invitante	einladen; einladend	F inviter E invite › Perché non andiamo a vedere il film *La Tenerezza* di Gianni Amelio? Il titolo è invitante.
	cenare	zu Abend essen	*cf.* la cena L cenare
	interessante	interessant	L interesse F intéressant, e E interesting
	arrivare	ankommen	L ad ripam F arriver E arrive
	il ritardo	die Verspätung	F le retard › Ragazzi, non arrivate in ritardo, dovete essere tutti puntuali!
	in tempo	rechtzeitig	*ant.* in ritardo

	aspettare	warten	**L** exspectare **E** expect ❯ Aspetta un momento! Arrivo subito.
	famoso, -a	berühmt	**L** fama **E** famous ❯ Il Pantheon è un monumento molto famoso.
	la pazienza	die Geduld	**F** la patience **E** patience
	la chiesa	die Kirche	**F** l'église
	la lingua	die Sprache; *auch:* die Zunge	**L** lingua **F** la langue **E** language
	antico, -a	alt, antik	**L** antiquus **F** antique
	greco, -a	griechisch	**F** grec, grecque **E** Greek ❯ Il nome *Pantheon* viene dal greco.
	breve	kurz	*ant.* lungo **L** brevis **E** brief
	stare	stehen, bleiben; sich befinden, sein	**L** stare **E** stay ❯ sto, stai, sta, stiamo, state, stanno
	attento, -a	aufmerksam	**F** attentif, ve **E** attentive ❯ Ragazzi, state attenti, ci sono tanti borseggiatori in giro.
	dimenticare	vergessen	**L** de + mens ❯ Quando vai in centro non dimenticare di comprare il pane.
	la gente	die Leute	**L** gens **F** les gens ❯ Si vede che questo ristorante è famoso, c'è sempre tanta gente.
	significare	bedeuten	**F** signifier ❯ Usa il dizionario per sapere che cosa significa questa parola.
	rubare	stehlen	**F** dérober **E** rob
	la borsa	die (Hand-)Tasche	
	il portafoglio	der Geldbeutel	**L** portare + folium **F** le portefeuille ❯ Attento! Ci sono persone che rubano borse e portafogli!
	mi raccomando	ich möchte/darf doch sehr bitten!; denk(t) daran!	❯ Ragazzi, mi raccomando, state attenti!
	l'attenzione *f.*	die Aufmerksamkeit	**F** l'attention **E** attention
	il/la turista	der/die Tourist/in	**F** le/la touriste **E** tourist ❯ A Roma ci sono sempre tantissimi turisti.
	lanciare	werfen	**E** launch
	la moneta	die Münze	❯ Molti turisti lanciano una moneta in quella fontana per poter ritornare a Roma.
	la leggenda	die Legende, Sage	**F** la légende **E** legend ❯ Secondo me, questa storia non è vera, è solo una leggenda.
	(ri)tornare	zurückkehren	**F** retourner **E** return
	capire, -sc-	verstehen	**L** capere ❯ Conosci bene l'italiano se capisci già quasi tutto quello che diciamo.
	succedere	vorfallen, passieren	**L** succedere **E** succeed (!) ❯ Succede spesso che …
	i soldi	das Geld	❯ Mia dimentica sempre il suo portafoglio, così non ha mai soldi per pagare.
	regalare	schenken	❯ Mia zia mi regala un libro tutti gli anni. È molto carina.
	la parte	der Teil	**L** pars **F** la partie **E** part
	l'organizzazione *f.*	die Organisation	**F** l'organisation **E** organization ❯ Alcune organizzazioni sono molto importanti per la vita sociale.
E1	**ripensare**	überdenken, nochmals denken an	**F** repenser
	trovarsi	sich (be)finden	❯ Il vostro hotel si trova nel centro storico.
E3	**il dialogo;** ***pl.*** **i dialoghi**	der Dialog	**F** le dialogue
	partire	abreisen, -fahren	**F** partir
	perdere	verlieren, verpassen	**F** perdre ❯ Andiamo subito alla stazione perché il treno parte presto.
	facile ***agg.***	einfach, leicht (zu tun)	*ant.* difficile
E4	**la lista**	die Liste	**E** lista
	la regola	die Regel	
E5	**il messaggio**	die Nachricht	**F** le message

	l'ordine *m.*	der Befehl; die Ordnung; der Orden	L ordo F l'ordre E order › Dopo che suo marito ha cucinato Franziska dice di dover sempre mettere in ordine la cucina.
	navigare	segeln, surfen	› Perché non leggi un libro invece di navigare in internet tutto il tempo?
	ascoltare	(an)hören	F écouter › Nel mio tempo libero mi piace ascoltare la musica classica.
A2	attraversare	überqueren	› Attenti, ragazzi, quando attraversate la strada!
	sembrare	scheinen	› Questa chiesa è proprio grande, sembra una cattedrale.
	visitare	besuchen	E visit › Tanti turisti visitano il Pantheon ogni giorno.
	ogni *agg.*	jede/r/s	L omnis
	entrare	eintreten, betreten	L intrare F entrer E enter › Entrare nel Pantheon e vedere la cupola è un'esperienza unica.
	su *prep./avv.*; su!	auf; über; auf geht's	› Vai su *Youtube* e clicca su …!
	alcuni, -e	einige, manche	
	l'informazione (di base) *f.*	die (grundlegende) Information	E information › Prima la guida dà alcune informazioni sulla città e dopo comincia la visita guidata.
	più; in più	mehr; dazu, zusätzlich	L/F plus
	la cupola	die Kuppel	› La cupola del Brunelleschi a Firenze è molto famosa.
	aperto, -a	offen, geöffnet	› La chiesa è aperta, allora possiamo entrare.
	la luce	das Licht	L lux
	la pioggia	der Regen	L pluit
	Che bello!	Wie schön!	
	fra/tra	in, innerhalb	› Mi puoi richiamare fra/tra un'ora?
	il metro	der Meter	› Il ristorante è solo a pochi metri dal Pantheon.
	nascere, *part. pass.* nato	geboren werden; entstehen	L nasci
	cattolico, -a	katholisch	› Il Pantheon nasce come tempio antico, ma oggi è una chiesa cattolica.
	la tomba	das Grab(mal), die Grabstätte	F la tombe
	l'esempio; ad/per esempio = p. es.	das Beispiel; zum Beispiel = z. B.	L exemplum E example
	l'artista *m./f.*	der/die Künstler/in	L ars F l'artiste E artist › Raffaello è un artista molto famoso.
	il pittore/la pittrice	der/die Maler/in	F le peintre E painter
	il Quattrocento	das 15. Jahrhundert	L quatuor + centum
	il Cinquecento	das 16. Jahrhundert	L quinque + centum › Raffaello è un pittore famoso del Quattrocento e del Cinquecento, cioè del Rinascimento.
	il Rinascimento	die Renaissance	L re + nasci E renaissance
	il re/la regina	der König/die Königin	L rex, regina F le roi, la reine
E6	l'identikit *m.*	der Steckbrief	L idem
E8	la giornata	der Tag (in seinem Verlauf)	F la journée › Buona giornata! = Noch einen schönen Tag(esverlauf)!
	ideale *agg.*; l'ideale	ideal; das Ideal	F idéal, e E ideal
	il posto	der Platz, Ort; die Stelle	› Ci sono tanti posti meravigliosi da scoprire in Italia.
	il panorama	das Panorama, die Aussicht	› Da quel palazzo si ha un bellissimo panorama sulla laguna.
	il quartiere	das Stadtviertel	L quartus F le quartier E quarter
	la fine	das Ende	L finis F la fin › In Baviera l'anno scolastico finisce solo a fine luglio.
E9	il secolo	das Jahrhundert	L saeculum F le siècle › Un secolo ha 100 anni.
	esprimere	ausdrücken	F exprimer E express
	aver luogo	stattfinden	L locus F avoir lieu
	spiegare	erklären	F expliquer › Mi puoi spiegare dove ha luogo il concerto?

vivere, ***part. pass.*** **vissuto**	leben	**L** vivere **F** vivre ❯ Sono nata a Bologna, ma vivo a Verona.
la differenza	der Unterschied	**L** differre **F** la différence **E** difference ❯ C'è una grande differenza tra capire e parlare una lingua.
notare	(be)merken	! italiano: Ho **notato** qualcosa. inglese: I **noticed** something.
E 11 **la bellezza**	die Schönheit	*cf.* bello ❯ Il quadro della *Gioconda* è di una bellezza unica.
A 3 **altro, -a**	andere/r/s	**L** alter **F** autre ❯ Questo ristorante non mi piace, allora andiamo da un'altra parte.
il menù	die Speisekarte	❯ Ecco il menù, così potete vedere che c'è da mangiare.
finalmente	endlich	❯ Finalmente arrivate, vi aspettiamo da venti minuti.
l'invito	die Einladung	*cf.* invitare
già	schon, bereits	**L** iam **F** déjà
le lasagne	die Lasagne (Sing.!)	
il cameriere	der Kellner	❯ Il cameriere porta il menù.
il contorno	die Beilage	❯ Non prendere solo il pollo arrosto, ma anche un contorno, per esempio le verdure.
le verdure cotte	gekochtes Gemüse	
le patate fritte; le patatine fritte	die Pommes frites	**F** les (pommes de terre) frites **E** fries ❯ Non mangiare solo patate fritte, ma anche la verdura!
una fame (da lupi)	ein (Bären-)Hunger	**F** la faim (de loup) ❯ Devo mangiare qualcosa, ho una fame da lupi.
consigliare	raten, empfehlen	**L** consilium ❯ – Che dolce mi consigliate? – Perché non prendi un tiramisù?
la macedonia	der Obstsalat	**F** la macédoine de fruits ❯ Se ti piace la frutta, puoi anche prendere una macedonia.
E 12 **l'ordinazione**	die Bestellung	
E 13 **siccome**	da, weil	❯ Siccome gli altri non capiscono l'italiano devo spiegare il menù. ! *Siccome* si usa solo all'inizio della frase.
vegetariano, -a	vegetarisch	**F** végétarien, ne ❯ Nicoletta non mangia la carne, è vegetariana.
allergico, -a	allergisch	**F** allergique **E** allergic ❯ Lei è allergica alle nocciole.
la ricerca	die Untersuchung, die Recherche	**E** research ❯ Molti usano internet per fare una ricerca.
E 15 **l'espressione**	der Ausdruck	**F** l'expression **E** expression
E 17 **l'errore** ***m.***	der Fehler	**F** l'erreur **E** error
correggere	verbessern, korrigieren	**F** corriger **E** correct ❯ Devi correggere tutti gli errori.
B 1 **fare la spesa**	einkaufen gehen	❯ Il sabato faccio sempre la spesa, prima vado al mercato, poi ...
malato, -a	krank	**L** malus **F** malade
restare	bleiben	**F** rester ❯ Lavinia è malata, allora deve restare a casa.
il negozio	das Geschäft	**L** negotium
avere ragione	Recht haben	**F** avoir raison
girare	abbiegen; umher-, spazierengehen	**L** ire ❯ Se giri a sinistra, trovi il negozio che cerchi.
il fruttivendolo	der Obst- und Gemüsehändler, -verkäufer	**L** fructum vendere ❯ Il fruttivendolo vende la frutta fresca.
la farmacia	die Apotheke	**F** la pharmacie **E** pharmacy
la tosse	der Husten	**F** la toux
la macelleria	die Metzgerei	
la salumeria	der Wurstwarenladen	
l'etto	100 Gramm	❯ In salumeria Elisabetta compra tre etti di prosciutto.
cotto, -a	gekocht	
la cipolla	die Zwiebel	
il chilo	das Kilo	
la carota	die Karotte, die Möhre	**E** carrot ❯ Prendo mezzo chilo di carote.

	mezzo, -a	halb	› Prendo mezzo chilo di fragole.
	l'uva	die Traube	› Si usa l'uva per fare il vino.
	il supermercato	der Supermarkt	F le supermarché
	la tavoletta (di cioccolato)	die Tafel (Schokolade)	
	la panetteria	die Bäckerei	› La signora Zucchi va sempre nella sua panetteria preferita per comprare il pane integrale.
	comprare	kaufen	› La signora Zucchi compra sempre le verdure in quel negozio in Via dei Trinci.
	integrale	Vollkorn-	
	l'incrocio	die Kreuzung	› Vai fino al grande incrocio e poi gira a destra.
	seguire	folgen	L sequi › Signore, se segue questa strada e va sempre dritto, trova la banca sulla sinistra.
	dritto *avv.*	geradeaus	F tout droit › Vada sempre dritto e poi all'incrocio giri a sinistra.
	continuare	weitergehen, -fahren; weitermachen	F continuer E continue
	dietro	hinter	F derrière
	l'angolo	die Ecke	
	di niente	Keine Ursache! Gerne!	› – Grazie mille del suo aiuto! – Di niente.
E1	la cartina	der Stadtplan, die Landkarte	› Guardi questa cartina. Via dei Trinci si trova qui.
E3	il testo	der Text	E text
E5	darsi del tu/Lei	sich duzen/siezen	› Devi dare del Lei al tuo professore.
E6	la quantità	die Menge, die Quantität	L quantus F la quantité E quantity
B2	l'offerta	das Angebot	L offerre F l'offre E offer
	il lampone	die Himbeere	
	la ciliegia	die Kirsche	E cherry
	la pesca	der Pfirsich	E peach
	l'albicocca	die Aprikose	› – Che cosa desidera? – Prendo un chilo di albicocche.
	ne	davon, darüber	› – Vorrei delle pesche. – Quanto ne vuole? – Ne prendo un chilo.
	desiderare	wünschen, ersehnen	L desiderare F désirer E desire
	la zucchina, *pl.* le zucchine	die Zucchini *(nur Pl.)*	
	gli spinaci	der Spinat	F les épinards E spinach
	costare	kosten	L constare F coûter E cost
	soltanto *avv.*	nur	*sin.* solo › Le zucchine costano soltanto due euro al chilo.
	ArrivederLa	Auf Wiedersehen!	F Au revoir!
E11	necessario, -a	notwendig, nötig	L necessarius F nécessaire E necessary
	il peperone	der Paprika	› Per comprare dei peperoni vado dal fruttivendolo.
E13	curioso, -a	neugierig	F curieux, se E curious › Gemma vuole sempre sapere tutto, è proprio curiosa.
	(l')interno	das Innere; innere/r/s	› Questa chiesa non sembra bella da fuori, ma l'interno è proprio meraviglioso.
	l'ingrediente *m.*	die Zutat	F l'ingrédient E ingredient
B3	la natura; naturale *agg.*	die Natur; Natur-, natürlich	L natura F la nature E nature
	la guida	der/die (Fremden-)Führer/in; der/die Reiseführer/in	E guide › Se vuoi avere altre informazioni su questo tempio, chiedi alla guida.
	alternativo, -a; l'alternativa	alternativ; Alternativ-; die Alternative	L alter F alternatif, ve E alternative
	il traffico	der Verkehr	F le trafic E traffic › A Roma ci sono sempre tante macchine ed autobus, il traffico è un vero problema.
	costruire, -sc-	errichten, (auf)bauen, konstruieren	L construere E construct › A Roma non è più possibile costruire strade nuove.
	fa	vor	› È di 2000 anni fa la Piramide del ricco romano Caio Cestio.
	ricco, -a	reich	F riche
	storico, -a	historisch, geschichtlich	F historique E historic

	immaginare	sich vorstellen	**L** imago **F** s'imaginer **E** imagine
	il parco	der Park	**F** le parc **E** park › Questo parco ha tanti alberi belli.
	l'albero	der Baum	**L** arbor **F** l'arbre
	portare	tragen, bringen; führen	**L** portare **F** porter › Mi può portare un piatto di bucatini all'amatriciana, per favore?
	intorno a *avv.*	herum; in der Nähe	
	il sogno	der Traum	
	l'archeologo/a; *pl.* **gli/le archeologi/ghe**	der/die Archäologe/in	**E** archeologist
	il sito	die Stätte; die Internetseite	› Sandro fa l'archeologo e così conosce tutti i siti d'Italia.
	meraviglioso, -a	wunderbar	**F** merveilleux, se **E** marvellous
	il resto	der (Über-)Rest	
	il dialetto	der Dialekt	**E** dialect › Capisco solo l'italiano standard e non i dialetti.
	tradizionale	traditionell, herkömmlich	**L** tradere **E** traditional
	pieno, -a (di)	voll (von)	**L** plenus **F** plein, e de › L'Italia è piena di siti archeologici.
E14	**la domanda**	die Frage	› Ho una domanda. Quando facciamo la nostra gita a Roma?
E16	**la proposta**	der Vorschlag	**L** proponere **E** proposal › Che cosa facciamo domani? Chi ha una proposta?
E17	**partecipare (a)**	teilnehmen (an)	**F** partéciper à **E** participate in
	lo scambio	der Austausch	**F** l'échange › Molte scuole italiane fanno uno scambio con un'altra scuola europea.
	progettare	planen	*cf.* il progetto **L** proicere **E** project
	il gruppo; il gruppetto	die Gruppe; das Grüppchen	**F** le groupe **E** group
	organizzare	organisieren	**F** organiser **E** organize
	la gita	der Ausflug	**L** ire › Domani vogliamo andare a Roma con la classe e adesso dobbiamo progettare la gita.
	speciale	besonders	*ant.* generale **F** spécial, e **E** special
	accettare	annehmen, akzeptieren	**F** accepter **E** accept › Siamo contenti perché il prof accetta la nostra proposta.
	rifiutare	ablehnen, verweigern	*ant.* accettare **E** refuse
	d'accordo	einverstanden	**F** d'accord
E18	**il ponte**	die Brücke; der Brückentag	**L** pons **F** le pont › A Venezia ci sono tanti ponti per attraversare i canali.
	correre	laufen, rennen	**L** currere **F** courir › Valerio corre nel parco quasi tutti i giorni.

Lezione 5

Ingresso

La stagione, ***pl.*** **le stagioni**	Die Jahreszeit(en)		
la primavera	der Frühling	**l'autunno**	der Herbst
in primavera	im Frühling	**l'inverno**	der Winter
l'estate (f.)	der Sommer		
Il mese, ***pl.*** **i mesi**	Der Monat, die Monate		
(il) gennaio	Januar	**(il) luglio**	Juli
(il) febbraio	Februar	**(l') agosto**	August
(il) marzo	März	**(il) settembre**	September
(l') aprile	April	**(l') ottobre**	Oktober
(il) maggio	Mai	**(il) novembre**	November
(il) giugno	Juni	**(il) dicembre**	Dezember

I giorni della settimana	Die Wochentage		
il lunedì	Montag, montags	il venerdì	Freitag, freitags
il martedì	Dienstag, dienstags	il sabato	Samstag, samstags
il mercoledì	Mittwoch, mittwochs	la domenica	Sonntag, sonntags
il giovedì	Donnerstag, donnerstags		

	la settimana	die Woche	L septem F la semaine › Una settimana ha sette giorni.
	la mattina	der Morgen; Vormittag	F le matin
	il mezzogiorno	der Mittag	› A mezzogiorno vuol dire alle ore 12.
	la sera	der Abend	L serus F le soir
	la notte	die Nacht	L nox F le soir › A mezzanotte vuol dire alle ore 24.
	dopodomani	übermorgen	› Domani lavoriamo tutto il giorno, ma dopodomani facciamo una bella gita.
	la metà	die Hälfte; die Mitte	› La scuola comincia a metà settembre.
	che ora è/che ore sono?	Wie spät ist es?	› – Che ore sono? – Sono le cinque.
	A che ora?	Um wie viel Uhr?	› – A che ora partite? – Partiamo alle otto.
	l'inizio	der Anfang	L initium
E1	**la data; la data di nascita**	das Datum; das Geburtsdatum	F la date de naissance
A1	**alzarsi**	aufstehen	› Franziska si alza sempre alle sette meno un quarto.
	meno	weniger	F moins L minus
	il quarto	das Viertel	L quartus F le quart › Ci vediamo alle cinque meno un quarto.
	svegliarsi	aufwachen	L vigilia › Hannah si sveglia alle sette, ma si alza solo alle otto meno un quarto.
	tardi	spät	L tardus F tard
	lavarsi; lavare	sich waschen; waschen	F se laver
	il dente	der Zahn	F la dent › Vado in bagno per lavarmi i denti.
	farsi la doccia	sich duschen	F la douche
	truccarsi	sich schminken	› Ornella è in bagno da quasi un'ora solo per truccarsi.
	pettinarsi	sich kämmen	› Guarda i tuoi capelli, devi pettinarti.
	vestirsi	sich anziehen, sich kleiden	
	sbrigarsi	sich beeilen	› Dai, sbrigati! Non abbiamo molto tempo. Vestiti subito!
	ricordarsi; ricordare	sich erinnern; erinnern	
	il sole	die Sonne	L sol F le soleil › Oggi c'è un bel sole, perché non andiamo fuori?
	adorare	anbeten, verehren	F adorer E adore
	la tele(visione) = TV	das Fernsehen	F la télé(vision) E television
	a volte; la (prima) volta	manchmal; das (erste) Mal	
	fare jogging	joggen	
	allenarsi	trainieren	› A Claudio piace tantissimo il basket, infatti si allena quasi ogni giorno.
	divertirsi	Spaß haben, sich amüsieren	› Alcuni si divertono a leggere libri, altri a guardare un film.
	addormentarsi	einschlafen	› Se bevi troppo caffè, non ti addormenti.
	stanco, -a	müde	› Quando sono stanca mi addormento subito.
E3	**raccontare**	erzählen	F raconter › Mi puoi raccontare quello che è successo? Voglio sapere tutto.
	il lavoro	die Arbeit, Beschäftigung, Tätigkeit	
	l'ufficio	das Büro; das Amt	
	riposarsi	sich ausruhen	› Dopo tutto questo lavoro dovete riposarvi un po'.
	ridere	lachen	L ridere
	rispondere	antworten	*ant.* domandare › Leggete il testo e rispondete alle domande.
	fuori	(nach) draußen; außer Haus	
E4	**gli appunti (personali)**	die (persönlichen) Notizen	› Alla fine del libro c'è spazio per gli appunti personali.

A2	**aver bisogno di; il bisogno (di)**	etw. brauchen, nötig haben; das Bedürfnis (nach)	**F** avoir besoin de
	il vestito; i vestiti	das Kleid; die Kleidung	**L** vestis › Mia ha bisogno di un vestito nuovo perché vuole andare a una festa e essere molto elegante.
	il progetto	das Projekt	**F** le projet **E** project
	uscire	weg-, (hin)ausgehen	**L** exire › esco, esci, esce, usciamo, uscite, escono › Sabato sera esco sempre con i miei amici, ma la domenica resto a casa.
	mettere	legen, setzen, stellen; *hier*: anziehen	**L** mittere **F** mettre › Voglio andare a teatro, ma non ho niente da mettere.
	riuscire a	können, es schaffen, etw. zu tun	*cf.* uscire › Aiutami per favore. Non riesco a fare questo compito da solo.
	qualcosa = qc	etwas	**F** quelque chose
	adatto, -a	angemessen, passend	› In questo esercizio bisogna trovare la parola adatta al contesto.
	qualche *sing.*	manche, einige	› La minestra è ancora troppo calda, devi aspettare qualche minuto.
	pericoloso, -a	gefährlich	› È troppo pericoloso uscire da sola a quest'ora, Carla. Sono già le dieci di sera.
	noioso, -a	langweilig	
E6	**la chiave**	der Schlüssel	**F** la clé › Non dimenticare le chiavi quando esci di casa!
	la nuvola; la nuvoletta	die Wolke; das Wölkchen	› Il tempo è bellissimo, il cielo è azzurro, non ci sono nuvole.
E9	**il significato**	die Bedeutung	*cf.* significare **L** signum
E10	**convincere** *part. pass.* **convinto; convinto di**	überzeugen; überzeugt von	**E** convince
E11	**il dépliant**	das Prospekt, Faltblatt	**F** le dépliant › Ecco il dépliant con tutte le informazioni per visitare il museo.
A3	**la vetrina**	das Schaufenster	› Quando Hannah vede una gonna in vetrina deve comprarla subito.
	la moda	die Mode	› Milano è la città della moda.

I vestiti	Kleidung		
lo stivale	der Stiefel	**i pantaloni**	die Hose
la scarpa	der Schuh	**la camicia**	das Hemd
la felpa	das Sweatshirt	**la giacca**	die Jacke
il maglione	der Pullover	**il cappello**	der Hut
la maglietta	das T-Shirt	**la sciarpa**	der Schal
la gonna	der Rock	**la cintura**	der Gürtel
la camicetta	die Bluse	**i jeans**	die Jeans

I colori	Die Farben		
nero, a	schwarz	**rosa** *inv.*	rosa
bianco, -a	weiß	**viola** *inv.*	violett
giallo, -a	gelb	**scuro, -a**	dunkel
rosso, -a	rot	**chiaro, -a**	hell, klar
azzurro, -a	azurblau; (himmel)blau	**rosso fuoco** *inv.*	feuerrot
grigio, -a	grau	**in tinta unita**	einfarbig
verde	grün	**a righe**	gestreift
marrone	braun	**a quadri**	kariert
celeste	himmelblau	**a fiori**	geblümt
arancione	orange(farben)	**a pois**	gepunktet
blu *inv.*	blau		

niente; per niente	nichts; überhaupt nicht	› Questa camicetta rosso fuoco non mi piace per niente.
(non …) affatto *avv.*	überhaupt (nicht)	› Quello che ha detto lui non è affatto vero.

	Italiano	Deutsch	
	vedere, ***part. pass.*** **visto**	sehen	**F** voir **L** videre
	la taglia	die Größe	
	il prezzo	der Preis	**L** pretium **F** le prix **E** price › Guarda il prezzo della camicetta! Costa solo la metà.
	caro, -a	lieb, teuer	**L** carus **F** cher
	elegante	elegant	**E** elegant › Questa gonna è elegante. Ma guarda il prezzo! È carissima.
	la manica	der Ärmel	**F** la manche › Ti piace la camicia blu a maniche lunghe?
	né … né	weder … noch	
	troppo, troppa; troppo ***avv.***	zu viel	
	neanche	auch nicht, nicht einmal	› – Io stasera non vado al cinema. – Neanche io.
	provare; provare a fare qc	(an)probieren; versuchen, etw. zu tun; empfinden	**L** probare
	magari	vielleicht, möglicherweise; Schön wär's!	**L** magis › Ci vediamo in piazza e dopo magari andiamo in pizzeria.
	persino; perfino	sogar	
	la capitale	die Hauptstadt	**L** caput **F** la capitale **E** capital › Roma è la capitale d'Italia.
	mancare	fehlen	**F** manquer Abbiamo tutto, non manca niente.
	mai	nie	**F** jamais › Ben dice che a Hannah non piace mai niente.
	cominciare ***tr./intr.***	beginnen	› Nella nostra scuola la lezione comincia sempre alle otto.
E12	**il modo**	die Art und Weise	**L** modus
E19	**piano, -a**	leise; langsam	› Parla piano, non devi sbrigarti.
	gli occhiali (da sole)	die (Sonnen-)Brille	
	piuttosto	eher, vielmehr; ziemlich	**F** plutôt › Mia madre non va mai al cinema, va piuttosto a teatro.
E20	**non …nessuno**	niemand; gar kein, -e(r)	› Oggi sono stanca e non ho nessuna voglia di andare a fare shopping.
E21	**bastare**	(aus)reichen	› Per sapere se ti sta bene, basta entrare nel negozio e provare il vestito.
E23	**il/la commesso/a**	der/die Verkäufer/in	
E24	**diventare**	werden	› Il traffico a Roma sta diventando un vero problema.
B1	**la serata**	der Abend (in seinem Verlauf)	**F** la soirée › È stata una serata bellissima, ci siamo proprio divertiti.
	ieri	gestern	**F** hier
	pensare	denken	**F** penser
	passare ***tr./intr.; part. pass.*** **passato, -a**	verbringen; vergehen; vorbeikommen; vergangen	*ant.* futuro, -a **F** passer **E** pass; **F** passé, e **E** past
	figo, -a	toll, cool	› Che bici figa che hai! È proprio bellissima.
	all'improvviso	auf einmal, plötzlich	
	secondo ***prep.***	gemäß, nach	› Secondo me, Alessandro ha ragione.
	la catastrofe	die Katastrophe	**F** la catastrophe **E** catastrophy
	ballare	tanzen	› Molti ragazzi vanno in discoteca per ballare.
	il paio; ***pl.*** **le paia**	das Paar	› Hannah ha dieci paia di scarpe.
	fermare; fermarsi	auf-, anhalten	› I poliziotti fermano l'uomo che ha rubato una borsa.
	credere	glauben	**L** credere **F** croire › Maria che ama solo il rosso vuole comprarsi una gonna gialla? Non ci posso credere!
	incredibile	unglaublich	**L** incredibilis **E** incredible
	il chiasso	der Lärm	› La madre dice ai figli di non fare troppo chiasso quando giocano.
	gridare	schreien	**F** crier › Ragazzi, la lezione è già cominciata. Non potete gridare come volete!
	la sicurezza	die Sicherheit	**F** la sécurité **E** security

	buttare (fuori)	(hinaus)werfen	›Gli uomini della sicurezza hanno buttato fuori quel tipo che faceva tanto chiasso.
	il locale	das Lokal	**L** locus
E1	**gentile** *agg.*; **gentilmente** *avv.*	höflich	**F** gentil, le **E** gentle ›Vi chiedo gentilmente di essere un po' più attenti.
E4	**la palla**	der Ball	›Non possiamo giocare a calcio perché ci manca la cosa più importante, cioè la palla.
	gettare	werfen; wegwerfen	**F** jeter ›Non gettare via questo CD, forse qualcuno lo può usare.
	sedersi, *part. pass.* **seduto**	sich setzen	**L** sedere ›mi siedo, ti siedi, si siede, ci sediamo, vi sedete, si siedono
E6	**il cartellone**	das Plakat	›Alla stazione devi guardare il cartellone, ci sono tutte le informazioni più importanti.
B2	**l'allenamento**	das Training	›Valerio è molto sportivo, va all'allenamento tre volte alla settimana.
	la meta (turistica)	das (Touristen-)Ziel	! meta # metà ›Il museo Correr è una delle mete turistiche più interessanti di Venezia.
	la maratona	der Marathon	**E** marathon
	generale *agg.*; **in generale**	allgemein, generell; im Allgemeinen	**F** en général **E** in general
	riscaldarsi	sich aufwärmen	›Riscaldarsi prima dell'allenamento è molto importante.
	camminare	(zu Fuß) gehen, wandern	! camminare = gehen als Bewegungsart, andare = gehen/fahren: Fortbewegung allg., häufig mit Zielangabe
	ripetere	wiederholen	**L** repetere **F** répetér **E** repeat
	la durata	die Dauer	**F** la durée **E** duration
	disciplinato, -a	diszipliniert	›Devi essere molto disciplinato se ti alleni ogni giorno.
	duro, -a	hart	**L** durus **F** dur, e
	non vedere l'ora di	sich auf etwas freuen	›Non vedo l'ora di vedere i miei nonni che sono sempre così carini con noi.
	il concerto	das Konzert	**F** le concert **E** concert
	il benessere	das Wohl(befinden)	**L** bene + esse **F** le bien-être
	l'anima	die Seele	**L** anima ›Non dobbiamo pensare solo al benessere del corpo, ma anche a quello dell'anima.
	il mare	das Meer	**L** mare **F** la mer ›In estate molti vanno al mare per fare il bagno o per prendere il sole.
	cui *pron. rel.*	dem, der	›Giorgio è un amico con cui corro spesso nel parco.
	fiero, -a (di)	stolz (auf)	**F** fier, fière ›Mauro Forlai è bravissimo a scuola ed i suoi genitori ne sono fieri.
E9	**stamattina**	heute Morgen	
	nuotare	schwimmen	›Vado in piscina per nuotare.
E11	**seguente**	folgend	**L** sequi
	la squadra	die Mannschaft	›L'*A.C. Milan* è una squadra di calcio famosa, ha avuto tanti successi.
	nazionale	national	**L** natio **E** nationale
	il campionato (mondiale)	die (Welt-)Meisterschaft	**F** le championnat **E** championship ›Quest'anno vogliamo vincere il campionato nazionale di basket.
	l'atleta	der/die Athlet/in	**E** athlete
B3	**mezzanotte**	Mitternacht	*ant.* il mezzogiorno
	iniziare *tr./intr.*	anfangen, beginnen	*sin.* cominciare ›Il concerto è iniziato alle otto ed è finito alle dieci.
	sconosciuto, -a	unbekannt	*cf.* conoscere
	la canzone	das Lied	**F** la chanson ›A Fabrizio piace cantare canzoni napoletane.
	innamorarsi di	sich verlieben in	**L** amor ›Nicoletta si è innamorata di Claudio, lo vuole vedere tutti i giorni.

	la beneficenza	die Wohltätigkeit	L bene + facere
E 14	geloso, -a	eifersüchtig	F jaloux, se E jealous
E 15	la pallavolo	Volleyball	
	il tennis	Tennis	
E 17	l'intervista	das Interview	

Lezione 6

	il chilometro	der Kilometer	E kilomètre
	Ingresso		
	il monte	der Berg	L mons E mountain
	la regione	die Region, das Gebiet	L regio F la région E region › L'Italia ha 20 regioni.
	la valle	das Tal	F la vallée E valley
	il capoluogo	die Hauptstadt (einer Region/ Provinz)	› Firenze è il capoluogo della regione Toscana.
	il capolavoro	das Meisterwerk	› Ca' Pesaro è uno dei capolavori di Venezia.
	il patrono	der Patron	F le patron E patron › San Francesco è il patrono d'Italia.
	l'imperatore	der Kaiser	L imperator F empeurer E emperor
	il/la letterato/a	der/die Literat/in	
	l'amante *m/f*	der/die Liebhaber/in	L amare
	il castello	die Burg; das Schloss	F le château E castle › Il castello tedesco più famoso si chiama *Neuschwanstein*.
	il vulcano	der Vulkan	F le volcan E volcano
	distruggere, *part. pass.* distrutto	zerstören	E destroy › Il vulcano ha distrutto la città di Pompei.
	importante	wichtig	L in + portare F/E important
	l'impero	das Reich	L imperium F l'empire E empire
	dichiarare	erklären	E declare › Il presidente ha dichiarato che domani visiterà la Francia.
	siciliano, -a	sizilianisch	*cf.* la Sicilia
	il patrimonio	das Vermögen, das Erbe	F le patrimoine › In Italia si trovano tanti siti del patrimonio culturale mondiale.
	l'umanità	die Menschheit, die Menschlichkeit	E humanity
	il pianeta	der Planet	F la planète E planet
E 1	la spiegazione	die Erklärung	E explication › Il prof: "Sapete darmi una spiegazione di quello che è successo?"
E 2	approfondire, -sc-	vertiefen	F approfondir
	presentare	vorstellen, darstellen, zeigen	L praesens E present › Ragazzi, domani dovete presentare i risultati delle vostre ricerche.
	la forma	die Form	L forma F forme E form
A 1	la faccia	das Gesicht	F la face E face
	il gioco	das Spiel	*cf.* giocare F le jeu
	la società	die Gesellschaft	F la société E society › Ognuno può avere una funzione nella società, cioè contribuire in qualche modo alla vita pubblica.
	la memoria	das Gedächtnis, die Erinnerung	L memoria F la mémoire E memory
	ricevere	erhalten, bekommen	L recipere F recevoir E receive
	il regalo	das Geschenk	
	(il) Natale *m.*	Weihnachten	F Noël › Quando sentono Natale quasi tutti pensano ai regali.
	togliere, *part. pass.* tolto	weg-, herausnehmen; entfernen	› tolgo, togli, toglie, togliamo, togliete, tolgono › Togliti la giacca perché qui fa molto caldo.
	la carta	die Karte; das Papier	
	il Bel Paese	Italien („das schöne Land")	› Lo stivale che vedi sulla cartina è l'Italia, chiamato anche il Bel Paese.

	imparare	lernen	› Ben studia la grammatica italiana per imparare bene l'italiano.
	archeologico, -a	archäologisch	**E** archeological
E1	**il contenuto**	der Inhalt	**F** le contenu
	contenere	enthalten	**L** continere **F** contenir **E** contain › Questo libro contiene 352 pagine.
E2	**inventare**	erfinden	**L** invenire **F** inventer **E** invent
	natale agg.	Geburts-, Heimat-	› La Toscana è la terra natale di Galileo Galilei.
	il documento	das Dokument	
	dedicare (a)	widmen	› Le stelle, che nel 1610 Galileo dedica alla famiglia Medici, si chiamano *Medicea Sidera*.
	osservare	beobachten	**F** observer **E** observe › Mi piace osservare il pizzaiolo mentre prepara la pizza.
	la stella	der Stern	
E3	**raccogliere**	sammeln, ernten; aufheben	› raccolgo, raccogli, raccoglie, raccogliamo, raccogliete, raccolgono › Devi raccogliere quello che ti è caduto. Non lo puoi lasciare per terra.
E5	**accompagnare**	begleiten	**F** accompagner › Quando vado a fare la spesa, non vado mai da sola, mi accompagna sempre il mio cane.
	la macchina	das Auto; die Maschine	
	la relazione	das Referat; die Beziehung	
	accendere, ***part. pass.*** **acceso**	anschalten, anzünden	**L** accendere
E6	**l'aula**	das Klassenzimmer	*sin.* la classe › I ragazzi sono già tutti in aula.
	la risposta	die Antwort	**F** la réponse › Non mi sono piaciute le risposte del manager alle domande dei giornalisti.
	il telecomando	die Fernbedienung	**F** la télécommande
	il proiettore	der Beamer, Projektor	**F** projecteur **E** projector
	collegare	verbinden	› Il ponte collega le due parti della città.
	mandare	schicken, senden	**L** mandare › Hai già letto l'e-mail che ti ho mandato ieri?
	la scheda	die (Kartei-)Karte, der Zettel	
	consegnare	ab-, übergeben	› Consegnate i compiti per venerdì!
E7	**l'arrivo**	die Ankunft	*cf.* arrivare *ant.* la partenza
	il centesimo	der Cent	**L** centum
	fondare	gründen	**F** fonder **E** found › Secondo la leggenda, Romolo e Remo hanno fondato Roma.
	scegliere, ***part. pass.*** **scelto**	wählen, entscheiden	› Dobbiamo scegliere una delle tre possibilità.
	l'università	die Universität	**F** l'université **E** university
	povero, -a; il/la povero/a	arm; der/die Arme	*ant.* ricco **L** pauper **E** poor
	la letteratura	die Literatur	**F** la littérature **E** literature
	addirittura	sogar	
	la caccia	die Jagd	**F** la chasse › Molti giovani vanno a caccia di selfie ed autografi di cantanti famosi.
	l'uccello	der Vogel	
	comunicare	kommunizieren	**L** communis **E** communicate › Molti sembrano comunicare con gli altri solo con i cellulari.
	la corte	der Hof; der Hofstaat	**F** la cour **E** court › Alessandro vuole sempre uscire con Cecilia, le sta facendo la corte.
A2	**preoccuparsi**	sich Sorgen machen	
	vergognarsi	sich schämen	
	la penisola	die Halbinsel	**L** paene + insula
	mediterraneo, -a	Mittelmeer-	**E** Mediterranean
	a seconda di	je nach	› Il Mar Mediterraneo cambia nome a seconda della costa.
	la costa	die Küste	**E** coast

	l'isola	die Insel	**L** insula **F** l'île › La Sicilia è l'isola più grande del Mar Mediterraneo.
	la spiaggia	der Strand	› Molti vanno in spiaggia per prendere il sole.
	la catena	die Kette	**F** la chaîne
	montuoso, -a	gebirgig, Berg-	› La Basilicata è una regione in gran parte montuosa.
	la montagna	das Gebirge, die Berge	**L** mons **F** la montagne **E** mountain › Invece di andare al mare possiamo passare una settimana in montagna.
	attivo, -a	aktiv	**F** actif, active
	il territorio	das Gebiet, Territorium	**L** terra **F** le territoire
	il fiume	der Fluss	› Il Tevere è il fiume che attraversa la città di Roma.
	il lago	der See	**L** lacus **F** le lac **E** lake
	dividere, ***part. pass.*** **diviso**	teilen	**L** dividere **E** divide › Solo tre chilometri dividono la Sicilia dal resto d'Italia.
	ciascuno, -a	jede/r/s	*sin.* ogni
	la provincia	die Provinz	**F** la province
	concreto, -a	konkret	
	la sede	der Sitz	**L** sedes
	il governo	die Regierung	**F** le gouvernement **E** government
	l'istituzione ***f.***	die Institution, Einrichtung	**E** institution
	il livello	das Niveau, die Ebene	**E** level
	internazionale	international	
	inoltre ***avv.***	außerdem	
	lo stato	der Staat	**F** l'état **E** state › Lo stato più piccolo del mondo è la Città del Vaticano.
	il Papa	der Papst	! Attenzione: il Papa ↔ il papà
E 11	**buio, -a; il buio**	dunkel; das Dunkel	› È troppo buio in questa stanza. Così non potete prendere appunti.
	tirare	ziehen	
	servire	dienen, nützlich sein; servieren, auftragen	› Il computer serve a me./Il cameriere serve il cliente.
	il materiale	das Material	**E** material
E 12	**il punto**	der Punkt	**E** point
E 13	**la barca**	das Boot	
	ammirare	bewundern	**F** admirer **E** admire
	meglio ***avv.***	besser; am besten	
B 1	**l'imbarazzo**	die Verlegenheit	**E** embarrassment › Tutti conosciamo l'imbarazzo della scelta (= *die Qual der Wahl*).
	la scelta	die (Aus-)Wahl	*cf.* scegliere
	annoiarsi	sich langweilen	**F** s'ennuyer › Molti si annoiano quando non hanno niente da fare.
	decidere, ***part. pass.*** **deciso**	entscheiden	**F** décider **E** decide
	appena ***avv./congz.***	gerade (eben); sobald	› Non ti ho ancora chiamato perché sono appena tornata dalle vacanze.
	proporre, ***part. pass.*** **proposto**	vorschlagen	*cf.* la proposta **L** proponere **F** proposer **E** propose
	circa	ungefähr	**L** circum
	geologico, -a	geologisch	
	la vacanza	der Urlaub; *Pl.* die Ferien	**F** les vacances **E** vacation › Non dimenticheremo mai le belle vacanze che abbiamo passato a Procida.
	informare; informarsi	informieren, benachrichtigen; sich informieren	**F** informer **E** inform
E 1	**la confusione**	das Durcheinander	**F** la confusion **E** confusion
	sbagliare	(sich) irren, falsch machen	› Hai sbagliato strada, devi tornare all'incrocio e girare a sinistra.
	la possibilità	die Möglichkeit	**F** la possibilité **E** possibility

E2	**completare**	ergänzen	**L** complere **F** compléter **E** complete ❯ Completate il testo con le forme corrette dei verbi!
	assoluto, -a; assolutamente	unbedingt, absolut, völlig	**F** absolu, e, absolument **E** absolute, absolutely
	il racconto	die Erzählung	❯ Il grande Ernest Hemingway ha scritto molti racconti importanti.
	attuale; attualmente	aktuell, gegenwärtig	**E** actual (!) ❯ Molte opere degli scrittori antichi sono ancora attuali.
	salire	hinaufgehen, aufsteigen; einsteigen	*ant.* scendere **L** salire ❯ salgo, sali, sale, saliamo, salite, salgono
	il corso	der Kurs; der Verlauf	**L** cursus **E** course ❯ Mia vuole iscriversi a un corso di storia dell'arte.
	il consiglio	der Rat(schlag)	**L** consilium **F** le conseil
	iscriversi	sich einschreiben, anmelden	
	il risultato	das Ergebnis	**F** le résultat **E** result
	chiacchierare	schwatzen, plaudern	
E5	**contento, -a di**	froh, zufrieden mit	**L** contentus **F** content, e de
	il video	das Video	
E6	**prossimo, -a**	nächste/r/s	**L** proximus **F** prochain, e
	aggiungere	hinzufügen	
B2	**entusiasta**	begeistert, enthusiastisch	**E** enthusiastic ❯ Appena il prof propone un'attività nuova, i ragazzi sono entusiasti.
	vario, -a	verschieden	**L** varius **E** various
	la pagina	die Seite	**F** la page **E** page ❯ Questo libro è lunghissimo, ha più di 800 pagine.
	l'articolo	der Artikel	**F** l'article **E** article ❯ In quel giornale trovi vari articoli interessanti sul nostro argomento.
	il viaggio	die Reise	**F** le voyage **E** voyage
	eccezionale	außergewöhnlich	**F** exceptionnel, le **E** exceptional
	il sinonimo	das Synonym, gleichbedeutende Wort	❯ "Napoletano" e "partenopeo" sono sinonimi.
	napoletano, -a	neapolitanisch, aus Neapel	
	sufficiente	genügend, ausreichend	**F** suffisant **E** sufficient
	sicuro, -a	sicher	**E** secure
	incuriosire, -sc-	neugierig machen	❯ Quello che ho visto in vetrina mi ha incuriosito, perciò sono entrata nel negozio.
	tagliare	schneiden	❯ Domani andrò a farmi tagliare i capelli.
	assaggiare	probieren, kosten	❯ – Assaggia questi strozzapreti, forse ti piacciono. – Sì, sono buonissimi.
	bisogna	man muss	*sin.* si deve/devono ❯ Quando si è a Napoli bisogna vedere *Spaccanapoli.*
	la passeggiata	der Spaziergang	❯ Ogni domenica i Rossi fanno una passeggiata nel parco.
	nascondere, *part. pass.* nascosto	verstecken, verbergen	❯ La piccola Anna si nasconde dietro la porta, così gli altri non la vedono.
	sotto *prep./avv.*	unter; unten	❯ O qualche volta si nasconde sotto il tavolo.
	la terra	die Erde; der Boden	**L** terra **F** terre
	ovviamente	offensichtlich	**E** obviously
	anzi	im Gegenteil, vielmehr	❯ La visita guidata non è stata noiosa, anzi è stata proprio interessante.
	trattarsi (di); trattare	sich handeln (um); behandeln, bearbeiten	**F** se traiter de ❯ In questo caso si tratta di un fenomeno eccezionale.
	classico, -a	klassisch; altsprachlich	**F** classique **E** classical
E7	**l'evento**	das Ereignis; die Veranstaltung	**L** evenire **E** event ❯ Il Cioccolatò è un evento molto famoso a Torino.
	nominare	nennen	*cf.* il nome
E8	**interessare**	interessieren	**L** interesse **F** intéresser

E9	il contrario	das Gegenteil	*ant.* il sinonimo **F** le contraire
E10	precedente	vorherig, vorangegangen	**F** précédent, e **E** preceding
E11	inviare	schicken, senden	*sin.* mandare **L** via **F** envoyer
	introdurre, *part. pass.* introdotto	einführen, einleiten	**F** introduire **E** introduce
	la costruzione	die Konstruktion, der Bau	› Bisogna fare un'attenzione particolare alla costruzione *si* + verbo.
E12	passeggiare	spazierengehen	› Mio nonno passa i suoi pomeriggi a passeggiare nel parco.
	il tesoro	der Schatz	**F** le trésor **E** treasure
	la cartolina	die (Ansichts-)Karte	› Sono stato a Parigi e ho scritto una cartolina a mia nonna.
	paragonare	vergleichen	*sin.* confrontare
E13	sentirsi	sich fühlen	
	la maschera	die Maske	**F** le masque **E** mask
	indossare	anziehen, tragen *(Kleidung)*	› Laura indosserà un vestito elegantissimo per il matrimonio di Caterina.
B3	miglior(e) *agg.*	besser; beste/r/s	› Per molti Buffon è stato uno dei migliori portieri *(Torhüter)*. Alcuni pensano che fino ad oggi nessuno sia migliore di lui.
	esatto, -a	genau, exakt	**E** exact › – Chi è quel personaggio? Galileo Galilei? – Esatto!
	il fiore	die Blume	**F** la fleur **E** flower
	il teatro	das Theater	**F** le théâtre **E** theatre › Mia madre preferisce il teatro al cinema.
	solito, -a; il/la solito/a	gewohnt, üblich; der/die/das Übliche	*ant.* insolito **L** solere
E15	riflettere	überlegen, reflektieren	**E** reflect › Devo riflettere un po', forse troverò una soluzione.
	la soluzione	die Lösung	**F** la solution **E** solution
	la conversazione	die Unterhaltung, Konversation	**F** la conversation **E** conversation
E17	lo stadio	das Stadion	**F** le stade
	la vista	der Ausblick, die Aussicht; der Blick	**F** la vue › Dalla mia camera hai una vista meravigliosa, si vede tutta la città.
	russo, -a	russisch	**E** Russian
E18	scambiare	austauschen	*cf.* lo scambio **F** échanger › Conosci i gemelli di Loredana? Sì, certo, ma li scambio sempre l'uno con l'altro.
	il ruolo	die Rolle	**F** le rôle **E** role
	l'ostello (della gioventù)	die (Jugend-)Herberge	**L** hospes › Se non hai tanti soldi cerca una camera in un ostello.
E19	la pubblicità	die Werbung	**L** publicus **F** la publicité › La pubblicità serve a far conoscere e comprare un prodotto.
E20	l'edizione	die Ausgabe; Veranstaltung	**L** edere **E** edition
	il titolo	der Titel	**E** title

Lezione 7

Ingresso

E2	l'impressione	der Eindruck	**F** l'impression **E** impression
	il lido	der (Sand-)Strand	› Parte di spiaggia dove poter fare passeggiate e in cui si trovano delle strutture per passare il giorno in spiaggia.
	la pietra	der Stein	**F** la pierre
E3	l'app *f.* (l'applicazione)	die App, Anwendung	› Conosci la nuova app per visitare e muoversi nelle città italiane?

	l'utente	der/die Nutzer/in	**L** uti **E** user
	il treno	der Zug	**F** le train **E** train
	l'aereo	das Flugzeug	**L** aer **E** airplane
	il traghetto	die Fähre	› Per arrivare sull'isola potete prendere il traghetto.
	pernottare	übernachten	**L** per + noctem
	l'albergo	das Hotel	› Cerchiamo un albergo per pernottare.
	il campeggio	der Campingplatz, das Zeltlager	**L** campus › Durante l'estate molti vanno in campeggio.
A	la laguna	die Lagune	**L** lacus
A1	attraverso *prep.*	durch, hindurch	*cf.* attraversare **F** à travers
	naturalmente	natürlich	
	il vaporetto	das Dampf-, Linienboot	› A Venezia non ci sono autobus, ma solo vaporetti.
	prenotare	buchen, reservieren	› Vogliamo passare qualche giorno a Venezia, ma dobbiamo ancora prenotare un albergo.
	brutto, -a	hässlich	*ant.* bello › Questa cartolina mi sembra brutta, cerchiamone una più bella.
	la sorpresa	die Überraschung	**F** la surprise **E** surprise › Che brutta sorpresa! C'è un problema con la nostra prenotazione.
	la prenotazione	die Buchung, Reservierung	
	libero, -a	frei	**L** liber **F** libre › Ma per fortuna ci sono ancora due camere libere per noi.
	impossibile	unmöglich	*ant.* possibile
	l'alta stagione	die Hochsaison	› Durante l'alta stagione è difficile trovare una camera in un albergo.
	la receptionist	die Empfangsdame	**L** recipere
	doppio, -a	doppelt, Doppel-	**F** double › Siamo in due e vorremmo una camera doppia.
	riempire	füllen; ausfüllen	
	il modulo	das Formular	› Può riempire questo modulo per favore?
	nel frattempo	in der Zwischenzeit	› Nel frattempo io Le preparo il secondo modulo.
	il passaporto	der Reisepass	**F** le passeport › La receptionist deve controllare i passaporti dei Neumann.
	la sala	der Saal, (große) Raum	**F** la salle
	il codice d'accesso	der Zugangscode	› Con questo codice d'accesso potete usare il Wi-Fi.
	la responsabilità	die Verantwortung	**L** respondere **F** la responsabilité **E** responsibility
	spiritoso, -a	witzig, geistreich	› Giacomo cerca di fare lo spiritoso a scuola, vuole che gli altri compagni si divertano quando parla con i prof.
	augurare; augurarsi	wünschen; sich wünschen, sich erhoffen	
	la permanenza	der Aufenthalt	› La receptionist augura ai Neumann una buona permanenza.
E1	utilizzare	gebrauchen, verwenden	*sin.* usare
E4	diretto, -a; indiretto, -a	direkt; indirekt	**E** direct
E5	l'animale; l'animaletto *dim.*	das Tier; das Tierchen	**F** l'animal **E** animal › Luisa ha tre animali domestici, un cane e due gatti.
	serio, -a	ernst(haft), seriös	**F** sérieux, se **E** serious
E6	il fenomeno	das Phänomen	**F** le phénomène **E** phenomenon
	il/la veneziano/a; veneziano, -a *agg.*	der/die Venezianer/in; venezianisch	› L'acqua alta è un fenomeno tipico veneziano.
	basso, -a	niedrig, klein	*ant.* alto
A2	virtuale *agg.*	virtuell	**L** virtus **E** virtual
	il percorso (tematico)	der (thematische) Rundgang	**F** le parcours
	la base	der Ausgangspunkt, die Basis	**F** la base
	l'architetto	der Architekt	**F** l'architecte **E** architect

	ognuno *pron.*	jeder	*sin.* tutti **L** omnis **!** *agg.*: ogni ragazzo; *pron.*: ognuno dei ragazzi
	il mercato	der Markt	**F** le marché ❯ Michael non va mai al supermercato, compra quasi tutto al mercato.
	ospitare	beherbergen; *hier:* Platz bieten für	**L** hospes ❯ Giorgio abita a Venezia e ospita tutti i suoi amici che vogliono visitare la sua città.
	l'atmosfera	die Atmosphäre	❯ A Venezia c'è un'atmosfera speciale perché non ci sono le macchine.
	popolare	populär, Volks-	**L** populus **F** populaire **E** popular
	medio, -a	durchschnittlich	
	principale	Haupt-, hauptsächlich	**L** princeps
	il trasporto	der Transport, die Beförderung	❯ Il Canal Grande è la via principale dei trasporti a Venezia, è sempre molto trafficato.
	trafficato, -a	befahren; verkehrsreich	**E** traffic
	la gondola	die Gondel	❯ La gondola è il modo più romantico e tradizionale di muoversi sul Canal Grande.
	il motoscafo	das Motorboot	❯ Per andare da Palazzo Ducale alla stazione di Santa Lucia potete prendere il motoscafo, così ci arrivate subito.
	il campo	das Feld; *in Venedig:* der Platz	**L** campus ❯ Per giocare a calcio abbiamo bisogno di un campo.
	lo spazio	der Raum	**L** spatium **F** l'espace **E** space
	il campanile	der Glockenturm	
	il padrone	der Eigentümer, Herr	**F** le patron ❯ Se hai comprato una casa, ne sei il padrone.
	il leone	der Löwe	**L** leo **F** le lion **E** lion
	il simbolo	das Symbol	**F** le symbole **E** symbol ❯ Il tricolore è il simbolo d'Italia.
	risalire (a)	zurückgehen (auf); wieder aufsteigen	*ant.* riscendere ❯ risalgo, risali, risale, risaliamo, risalite, risalgono
	il commerciante	der Händler	**F** le commerçant
	il passato	die Vergangenheit	**F** le passé **E** past ❯ Ai miei nonni piace parlare del passato.
	la merce	die Ware	
	il centro commerciale	das Einkaufszentrum	❯ In un centro commerciale trovi quasi tutto quello che vuoi comprare.
	il prodotto (di lusso)	das Produkt; der Luxusartikel	
	la terrazza (panoramica)	die Terrasse (mit Ausblick)	
E10	**funzionare**	funktionieren	❯ Non posso usare il mio cellulare perché non funziona.
	confermare	bekräftigen, bestätigen	**L** confirmare **F** confirmer **E** confirm
E11	**il sospiro**	der Seufzer	**F** le soupir
B1	**il mondo**	die Welt, die Erde	**F** le monde
	stupendo, -a	großartig, erstaunlich	*sin.* meraviglioso
	sfruttare	(aus)nutzen; ausbeuten	❯ Perché non sfruttiamo il fine settimana per fare un bel viaggio?
	l'Alto Adige	Südtirol	
	il tramonto	der Sonnenuntergang	
	l'itinerario	die Reiseroute	**L** iter **F** l'itinéraire ❯ Faremo un viaggio in Cina. Ecco il nostro itinerario con tutte le tappe.
E1	**l'affermazione** *f.*	die Behauptung; die Bestätigung	**E** affirmation
	trascorrere *tr. /intr., part. pass.* **trascorso**	verbringen	*sin.* passare ❯ Molti trascorrono troppo tempo davanti alla TV.
E2	**unire, -sc-**	verbinden, vereinen	**L** unus **F** unir
	la tappa	die Etappe, der Abschnitt	**F** l'étape
	veloce	schnell	❯ L'aereo è un mezzo di trasporto molto veloce.
E4	**rilassarsi**	entspannen	

E6	**affittare**	mieten	› Affittare una camera in una città come Roma può essere carissimo.
	in fin dei conti	letzten Endes	**F** en fin de compte
	il bacio	der Kuss	**F** le baiser
E7	**il cavallo**	das Pferd	
	l'aeroporto	der Flughafen	
E9	**riguardo a** *prep.*	bezüglich, in Bezug auf	
	la rete	das Netz	› "La rete" può essere usato come un sinonimo di "internet".
	l'obiettivo; obiettivo, -a *agg.*	das Ziel; objektiv, sachlich	**E** objective › Diventare una grande tennista è il suo obiettivo.
	permettere	erlauben, ermöglichen	**L** permittere **E** permit
	la fretta; in fretta	die Eile; in Eile	
B2	**il telo da mare**	das Strandtuch	
	la crema solare	die Sonnencreme	› Vai in spiaggia? Allora non dimenticare di portarti un telo da mare e di metterti un po' di crema solare!
	risolvere	lösen	**F** résoudre **E** solve
	comunque *avv./congz.*	jedenfalls, sowieso; jedoch; wie auch immer	› Io non andrei al mare oggi, comunque devi decidere tu.
	rimanere, *part. pass.* **rimasto**	bleiben	**L** remanere **E** remain › Ieri non sono uscita, sono rimasta a casa.
	scrivere, *part. pass.* **scritto**	schreiben	**L** scribere **F** écrire
	la pagella	das Zeugnis	› Alla fine dell'anno scolastico tutti gli alunni ricevono una pagella con i loro voti.
	chiunque	jeder beliebige, wer auch immer	
	rimandare	verschieben	**L** re + mandare › Dobbiamo rimandare la nostra partita per la pioggia.
	la partita	das Spiel (Sport), Match	
	avvisare	benachrichtigen, warnen	› Domani farà brutto tempo. Dobbiamo avvisare i nostri amici che vogliono andare in montagna.
	raggiungere	erreichen; treffen	**L** iungere
	lo stabilimento balneare	die Badeanstalt, das Strandbad	*sin.* il lido
	la cabina	die Kabine	› È meglio andare in uno stabilimento balneare perché ci sono le cabine per cambiarci.
	l'ombrellone	der Sonnenschirm	› Dobbiamo stare sotto l'ombrellone perché il sole è troppo forte.
	il lettino	die Liege	**L** lectus
	la (sedia a) sdraio	der Liegestuhl	
	mosso, -a	bewegt	**L** movere › Se il mare è troppo mosso possiamo fare il bagno in piscina.
E11	**disegnare**	zeichnen; entwerfen	**F** dessiner **E** design
E13	**in effetti**	eigentlich, tatsächlich	› Non ci vuole molto per preparare un dolce, in effetti è facile.
	responsabile	verantwortlich, verantwortungsbewusst	**L** respondere **F** responsable **E** responsible
E14	**corrispondere (a)**	entsprechen	**F** correspondre à **E** correspond
E16	**proprio, -a** *agg.*	eigen	› Mio padre ha costruito questa casa con le sue proprie mani.
	(il giorno) feriale	der Wochentag; der Werktag	› Durante i giorni feriali i negozi sono quasi sempre aperti.
	(il giorno) festivo	der Feiertag	*ant.* feriale
	il turno (pomeridiano)	die (Nachmittags-)Schicht	› Il turno pomeridiano inizia alle due e mezza.
	l'uso	der Gebrauch, die Verwendung	*cf.* usare **L** usus › Purtroppo non è sempre possibile controllare l'uso del cellulare.
	lo sconto	der Preisnachlass, die Ermäßigung	› Mi hanno fatto uno sconto, così ho pagato meno.
E17	**la maniera**	die Art und Weise	*sin.* il modo

	la fila	die Reihe	› In estate c'è spesso una fila lunga davanti alla piscina, perché molti ci vogliono andare.
	il bagnino	der Bademeister	› Quando sei in piscina devi fare attenzione a quello che ti dice il bagnino.

Lezione 8

Ingresso

E1	**i parenti**	die Verwandten	**L** parentes (!) **E** parents (!) › I nonni e gli zii sono i miei parenti.
	il volontariato	der Freiwilligendienst, das Volontariat	**L** voluntas **E** voluntary › Alcuni ragazzi fanno un anno di volontariato dopo la scuola.
E2	**l'attività**	die Tätigkeit, Aktivität	**F** l'activité **E** activity
	scorso, -a	vergangen	› Sabato scorso mi sono informata sul volontariato all'estero.
A1	**intervistare**	interviewen	
	concedere; concedersi	gewähren; sich gönnen, erlauben	**L** concedere
	giovane ***agg.***	jung	**L** iuvenis **F** jeune
	farcela	es schaffen	› Non ce la faccio a portare tutte queste borse. Mi potresti dare una mano?
	il violino	die Geige, Violine	**F** le violon **E** violin
	meritare	verdienen	**F** mériter › Il suo impegno nel volontariato merita un premio.
	pigro, -a	faul	› Giacomo non fa mai i suoi compiti, è proprio pigro.
	fisico, -a	physisch, körperlich	**E** physical
	confessare	gestehen, beichten	**L** confiteri **F** confesser **E** confess
	la salute	die Gesundheit	
	il giocatore/la giocatrice	der/die Spieler/in	› Giulia Gwinn è una giocatrice di calcio tedesca.
	accorgersi (di qc), ***part. pass.*** **accorto**	(etw.) bemerken	› Laura è entrata in classe in ritardo, ma la prof non se n'è accorta.
	la raccomandazione	die Empfehlung	**E** recommendation › Io seguirei le raccomandazioni del medico.
	tenere	halten; behalten	**L** tenere **F** tenir › tengo, tieni, tiene, teniamo, tenete, tengono › Secondo Hannah, il signor Monti potrebbe tenere una lezione nella sua classe.
	stretto, -a	eng, schmal; *hier:* rein	› In quella zona parlano un dialetto molto stretto che neanche gli stessi italiani capiscono.
	l'hobby ***m.***	das Hobby	› Non mi annoio mai perché ho tanti hobby.
E4	**negativo, -a**	negativ, verneinend	**L** negare **E** negative
	il talento	das Talent, die Begabung	› Questo ragazzo è bravissimo, ha talento!
	raccomandare	empfehlen	› Mi raccomando, allenati regolarmente e un giorno sarai un grande giocatore.
	salutare qn	jdn grüßen, begrüßen	
E6	**tratto, -a da**	(entnommen) aus	**L** tractum/trahere › Questo brano è tratto da un romanzo famoso di Alberto Moravia.
	la statistica	die Statistik	**L** stare **F** la statistique **E** statistics
	il (50) per cento	(50) Prozent	
	la maggioranza	die Mehrheit	*ant.* la minoranza **L** maior **F** la majorité **E** majority
	la minoranza	die Minderheit	
E7	**il questionario**	der Fragebogen	**L** quaerere **F** le questionnaire **E** questionaire
	il sondaggio	die Umfrage	**F** le sondage › I sondaggi ci sono per far conoscere l'opinione della gente su certe questioni.
A2	**evviva**	es lebe (hoch)	**L** vivere
	la polpetta	die Frikadelle, das Fleischklößchen	
	creare	(er)schaffen	**F** créer **E** create
	l'aperitivo	der Aperitif	

	il sugo	die Sauce	› Come secondo mangiamo le polpette al sugo.
	il socio/la socia	das Mitglied, der/die Teilhaber/in	**L** socius
	il neologismo	der Neologismus	› Un neologismo è una parola nuova, per esempio "apericena", un aperitivo prima della cena.
	analcolico, -a	alkoholfrei	› Fino a 18 anni possiamo consumare solo bevande analcoliche.
	alcolico, -a	alkoholisch	*ant.* analcolico
	il buffet	das Buffet	
	il caso	der Fall	**L** casus **F** le cas **E** case
	sostituire, -sc-	ersetzen	**F** substituer **E** substitute
E13	**il biglietto da visita**	die Visitenkarte	› Ti do il mio biglietto da visita, così sai come trovarmi.
	la roba	die Sache, das Zeug	*sin.* la cosa
	in fondo	hinten	**F** au fond › Vedi quel tavolo lì in fondo? È ancora libero.
	gli accessori	das Zubehör; die Accessoires	**L** accedere **E** accessories
E14	**il dato; *pl.* i dati**	die Tatsache; *Pl.* die Daten	› Non sappiamo che fine faranno i nostri dati in internet.
	sostenere	stützen; behaupten	**E** sustain
E15	**la trasmissione**	die Sendung	**F** la transmission **E** transmission
B1	**il bene**	das Gute; das Gut	**F** le bien
	donare	schenken, spenden	*sin.* regalare › Donando il tempo agli altri, puoi fare del bene.
	impegnarsi	sich engagieren, sich einsetzen	› Con le sue canzoni impegnate Simone Cristicchi critica certi fenomeni della società moderna.
	l'associazione *f.*	der Verein, Verband	**L** socius **F** l'association **E** association › Un'organizzazione in cui tutti hanno gli stessi obiettivi è un'associazione.
	flessibile	flexibel	**E** flexible
	infinito, -a	endlos, unbegrenzt	**F** infini, e **E** infinite
	l'iniziativa	die Initiative	**L** initium **F** l'initiative **E** initiative › Non possiamo sempre aspettare senza fare niente, qualcuno deve prendere l'iniziativa.
	il servizio	der Service, die Dienstleistung; der Beitrag	**L** servire **F** le service **E** service
	il bambino	das Kind	
	anziano, -a; gli anziani	alt *(bei Personen);* ältere Leute	*ant.* giovane
	l'immigrato	der Einwanderer	**F** l'immigré **E** immigrate
	la disabilità	die Behinderung	**E** disability
	l'opportunità	die Gelegenheit	**L** opportunus **E** opportunity › Se hai un'opportunità, devi utilizzarla.
	l'impegno	der Einsatz, das Engagement	› Luisa non ha quasi mai tempo perché ha tanti impegni.
	fisso, -a	fest	› Molti non hanno più un telefono fisso a casa perché usano solo il cellulare.
E2	**crescere**	(auf)wachsen	**L** crescere › La mia amica è nata a Ferrara, ma è cresciuta a Bologna.
	il contatto	der Kontakt	
E3	**precedere**	vorangehen	*cf.* precedente **F** précéder **E** precede
E4	**presso**	bei	› Molti fanno un volontariato presso l'associazione *Save the Children Roma.*
	la chiavetta USB	der USB-Stick	› Ho tutti i dati sulla mia chiavetta USB.
E5	**volontario, -a; il/la volontario/a**	freiwillig; der/die Freiwillige	**L** voluntas **F** volontaire **E** voluntary › Un'attività volontaria è un'attività che vuoi, ma non devi fare.
	l'importanza	die Wichtigkeit	**F** l'importance **E** importance
	il lettore/la lettrice	der/die Leser/in	**L** legere **F** le lecteur, la lectrice
	contribuire, -sc-	beitragen	**F** contribuer à **E** contribute

incoraggiare (a)	(zu etw.) ermutigen	**E** encourage
sottolineare	unterstreichen	**F** souligner **E** "underline" ❯ Sottolineamo quello che ci sembra più importante.
E8 **il giornalino (scolastico)**	die Schülerzeitung	*cf.* il giornale
E9 **il valore**	der Wert	**F** la valeur **E** value
B2 **l'integrazione** *f.*	die Integration	**F** l'intégration **E** integration
realizzare	verwirklichen, durchführen	**E** realize
una trentina di	etwa dreißig	**F** une trentaine de ❯ Una trentina vuol dire più o meno trenta.
il docente	der Lehrer, Dozent	**L** docere
sociale	sozial	**L** socius **F** social, e **E** social
geografico, -a	geographisch	**F** géographique **E** geographic
la certezza	die Sicherheit	**L** certus **E** certainty
economico, -a	ökonomisch, wirtschaftlich	**F** économique **E** economic
precario, -a; il/la precario/a	prekär, unsicher; der/die Angestellte mit Zeitvertrag	**F** précaire ❯ Sergio non riesce a trovare un lavoro sicuro, la sua situazione è precaria.
promuovere, ***part. pass.*** **promosso**	fördern, vorrücken lassen	**F** promouvoir **E** promote ❯ L'hanno promossa, sarà la futura direttrice.
praticare	praktizieren	**F** pratiquer **E** practise ❯ Quasi tutti praticano un hobby nel loro tempo libero.
straniero, -a	ausländisch	❯ Poiché a Marta piace più la musica italiana di quella straniera conosce tutti i cantautori del nostro Paese.
il maschio	der Mann; das Männchen	*ant.* la femmina
il vantaggio	der Vorteil	**F** l'avantage **E** advantage ❯ Essere alti rappresenta un vantaggio quando si gioca a basket.
il veicolo	das Fahrzeug, Vehikel; *hier:* Mittel	**L** vehi **F** le véhicule **E** vehicle
il linguaggio	die (Fach-)Sprache	**F** le language **E** language ❯ Il linguaggio poetico non è sempre facile da capire.
rappresentare	darstellen	**F** représenter **E** represent
rivolgersi a	sich wenden an	❯ Rivolgiti al tuo amico migliore se hai problemi d'amore.
diffondere, ***part. pass.*** **diffuso**	verbreiten	❯ Internet si è diffusa negli ultimi venticinque anni in tutti i paesi del mondo.
fondamentale	grundlegend, fundamental	
il merito	das Verdienst	**F** le mérite **E** merit ❯ È anche merito dei nostri nonni se oggi viviamo in una società libera.
l'uguaglianza	die Gleichheit	**F** l'égalité
la discriminazione	die Diskriminierung	**F** la discrimination **E** discrimination
eppure	(und) doch	❯ "Eppur si muove." (= „Und sie bewegt sich doch.") (Galileo Galilei)
uguale (a)	gleich	**E** equal
oltre ***prep.*****; oltre a**	über, mehr als; außer	**L** ultra ❯ Oltre ai compiti per la scuola devo anche aiutare i miei genitori in casa.
il genere; in genere	die Gattung; das Geschlecht, Genus; das Genre; im Allgemeinen	**L** genus **E** gender
contare	zählen	
il ricercatore/la ricercatrice	der/die Forscher/in	*cf.* la ricerca ❯ Sandro fa il ricercatore, lavora in un laboratorio, ma è anche docente.
umile ***agg.***	bescheiden, demütig	**L** humus
dedicarsi a	sich widmen	**E** dedicate
condividere	teilen (mit)	❯ Se non sono d'accordo con qualcuno, non condivido la sua opinione.
il successo	der Erfolg	**L** succedere **F** le succès **E** success
a causa di	wegen, aufgrund	
la sconfitta	die Niederlage	*ant.* la vittoria
il fatto	die Tatsache	**L** factum **F** le fait **E** fact

	provenire da	kommen/stammen von/aus	*cf.* venire › Il treno proveniente da Perugia arriva con un ritardo di 15 minuti.
	l'abilità	die Fähigkeit	**E** ability
	l'esclusione	der Ausschluss	**F** l'exclusion **E** exclusion
	la femmina	die Frau; das Weibchen	**L** femina
	forzare	zwingen	**E** force › È meglio fare qualcosa volontariamente che esserci forzati.
	includere, ***part. pass.*** **incluso**	einschließen	**F** inclure **E** include
	la provocazione	die Provokation; die Herausforderung	**F** la provocation **E** provocation
	la qualità	die Qualität	**L** qualis **F** la qualité **E** quality › La qualità di un prodotto deve contare più della quantità.
E10	**la citazione**	das Zitat	**F** la citation **E** cite
	talvolta	manchmal	*sin.* qualche volta
	discriminare	diskriminieren, unterscheiden	**F** discriminer **E** discriminate against
E11	**il paragrafo**	der Abschnitt, Absatz	**E** paragraph
	il riassunto	die Zusammenfassung	› Prima di vedere il film ne ho letto un riassunto.
E12	**non importa/importano**	es ist/(sie) sind nicht wichtig	› Tutti possono partecipare a un corso di lingua. Non importano i voti a scuola.
	escludere, ***part. pass.*** **escluso**	ausschließen	*ant.* includere
E14	**la cittadinanza**	die Staatsangehörigkeit	**L** civitas **E** citizenship
E15	**la biografia**	die Biographie	**F** la biographie **E** biography
	il vincitore/la vincitrice	der/die Sieger/in	*cf.* vincere
	la manifestazione	die Veranstaltung	
	la guerra; la Prima/Seconda Guerra Mondiale	der Krieg; der 1./2. Weltkrieg	**F** la guerre (mondiale)
	la partenza	die Abfahrt	*cf.* partire **E** departure **F** le départ
E16	**bilingue** ***agg.***	zweisprachig	**F** bilingue › Un dizionario tedesco – italiano è un dizionario bilingue.

Lo sport	Sport		
ballare	Tanzen	**l'atletica leggera**	Leichtathletik
nuotare/il nuoto	Schwimmen	**andare a cavallo**	Reiten
sciare	Skifahren	**andare in palestra**	Fitnessstudio
la pallavolo *f.*	Volleyball	**tirare di scherma**	Fechten
il tennis *m.*	Tennis	**tiro con l'arco**	Bogenschießen
la pallamano *f.*	Handball	**giocare in una squadra**	einen Mannschaftssport betreiben
il basket *m.*	Basketball		

E17	**la preparazione**	die Vorbereitung	*cf.* preparare **F** la préparation **E** preparation
	pubblicitario, -a	Werbe-	**F** publicitaire › Le trasmissioni televisive sono spesso interrotte da spot pubblicitari.

Lezione 9

Ingresso

E1	**l'evoluzione**	die Evolution, Entwicklung	**F** l'évolution **E** evolution
	la specie	die Spezies, Art	**L/E** species › In biologia abbiamo studiato l'evoluzione della specie umana.
	evolversi	sich entwickeln	› La società si evolve continuamente.
	la descrizione	die Beschreibung	**F** la description **E** to describe
	l'Ottocento	das 19. Jahrhundert	› L'Ottocento (1800–1899) vuol dire il Diciannovesimo secolo.
	numeroso, -a	zahlreich	› Grazie a tutti per essere venuti numerosi al nostro concerto!
A1	**il ricordo**	die Erinnerung	*cf.* ricordarsi **E** record (!)

	la prospettiva	die Aussicht, die Perspektive	› Quali sono le prospettive per l'anno nuovo?
	l'infanzia	die Kindheit	F l'enfance › Quell'uomo ha avuto un'infanzia molto felice.
	severo, -a	streng	F sévère E severe › Il mio prof di latino era molto severo, ma questo ci ha aiutato tanto.
	esistere	existieren, vorhanden sein	F exister E exist
	l'uscita	der Ausgang	*cf.* uscire
	il rientro	die Heimkehr, Rückkehr	› Domani facciamo una gita, partiamo alle otto e il rientro è per le 19:00.
	pranzare	zu Mittag essen	*cf.* pranzo › Domani pranziamo più tardi, cioè alle due.
	il casco	der Helm	F le casque › Andare in bicicletta senza casco è pericoloso, soprattutto per i bambini.
	parcheggiare	parken	› Con tante macchine parcheggiate dappertutto è difficile passare con la bicicletta.
	farsi male	wehtun	› La piccola Emanuela è caduta dalla bicicletta e si è fatta male.
	la cuffietta	der Kopfhörer	
	l'orecchio, *pl.* gli orecchi, le orecchie	das Ohr	L auris F l'oreille › Con le cuffiette nelle orecchie Gemma non sente mai quello che diciamo noi.
	lo smartphone	das Smartphone	
	il selfie *inv.*	das Selfie	› Fare un selfie con lo smartphone è ormai una moda.
	la macchina fotografica	der Fotoapparat	! die Kamera # la camera
	il giocattolo	das Spielzeug	*cf.* giocare
	stesso, -a; lo stesso	selbst, der/dieselbe; trotzdem	› In quel bar incontro sempre le stesse persone.
E1	**la riga**	die Zeile	› La citazione si trova nelle righe 23 e 24.
	l'ospedale	das Krankenhaus	F l'hôpital E hospital
	all'aperto	im Freien	› Dovresti fare più passeggiate. Muoverti all'aperto ti farà bene.
E2	**significativo, -a**	bedeutsam, wichtig	*sin.* importante E significant
E3	**la formazione**	die Bildung	L forma F la formation E formation › Ha avuto un'ottima formazione scolastica.
	l'azione *f.*	die Handlung	L actio F l'action E action
	la situazione	die Situation	F la situation E situation
E4	**vivace**	lebhaft	*ant.* tranquillo
	la campagna	das Land *(als Gegensatz zur Stadt)*; die Kampagne	L campus F la campagne E campaign › Luisa preferisce la campagna alla città, le piace la vita tranquilla.
	materno, -a	mütterlich	F maternel, le
E5	**la realtà**	die Realität, Wirklichkeit	L res F la réalité E reality
	la difficoltà	die Schwierigkeit	F la difficulté E difficulty
	orientarsi	sich orientieren	› Non è facile orientarsi in una città nuova, soprattutto quando il traffico è caotico.
	caotico, -a	chaotisch	
E6	**produrre**	produzieren, erzeugen	L producere F produire E produce › produco, produci, produce, …
	riscaldare	auf-, erwärmen	*cf.* caldo
	sé; se stesso *pron. rifl.*	sich; sich selbst	› Roberto è un egoista, pensa solo a se stesso.
	la lettera	der Brief; der Buchstabe	L littera F la lettre E letter
	la macchina da scrivere	die Schreibmaschine	› Una volta quando non c'erano ancora i computer si usavano le macchine da scrivere.
	asciugare	trocknen	› Devi asciugarti i capelli prima di uscire.
	la telefonata	das Telefongespräch	*cf.* telefonare
	muovere, *part. pass.* mosso	bewegen	L movere F mouvoir E move › Devi muoverti di più! Perché non vai a scuola a piedi?
A2	**la soffitta**	der Dachboden	› I vecchi mobili si trovano in soffitta perché non c'è abbastanza spazio nelle altre camere.

	mentre	während	› Mentre cercavo le mie scarpe, ho trovato un libro sotto l'armadio.
	la scatola	die Schachtel, Dose	› In una scatola di cartone ho trovato le fotografie di mia nonna.
	dentro ***avv./prep.***	drinnen; in	*ant.* fuori › Vista da fuori la casa sembra brutta, però dentro è bellissima.
	il complimento	das Kompliment; *Pl.* die Glückwünsche	› Hai fatto tutto da solo. Complimenti!
	piovere	regnen	› Guarda quelle nuvole, credo che pioverà.
	cucinare	kochen	*cf.* la cucina **F** cuisiner
	profumare (di)	duften (nach)	**E** perfume
	frenetico, -a	hektisch	**F** frénétique › Oggi i ritmi sono più frenetici di una volta, la gente sembra più stressata.
	la spalla	die Schulter	
	la lavatrice	die Waschmaschine	*cf.* lavare
	scorrere ***intr./tr.***	fließen; überfliegen	› Il fiume Po scorre in Piemonte, Lombardia, Veneto ed Emilia Romagna.
	la biancheria	die (weiße) Wäsche	*cf.* bianco
	abbronzarsi	sich bräunen	› Per abbronzarsi molti vanno in spiaggia, altri vanno al solario.
E8	**il serpente**	die Schlange	**F** le serpent
E9	**contemporaneo, -a**	gleichzeitig, zeitgenössisch	**F** contemporain, e › Un artista contemporaneo vive ai nostri tempi.
	lo svolgimento	der Vorgang, Ablauf	*cf.* svolgere
	la serie	die Reihe, Folge	**F** la série
	successivo, -a	nachfolgend	**L** succedere **E** successive
E10	**sfogliare**	durchblättern	*cf.* il foglio › Oggi non ho avuto tempo per leggere bene il giornale, l'ho solo sfogliato.
E11	**la prima comunione**	die Erstkommunion	
	il funerale	die Beerdigung	
	il battesimo	die Taufe	
	il matrimonio	die Hochzeit; die Ehe	
E14	**il/la parrucchiere/a**	der/die Friseur/in	› Devi andare dal parrucchiere per farti tagliare i capelli.
	infatti	in der Tat; denn	**L** factum **F** en effet **E** in fact
	l'autore/autrice	der/die Autor/in	**L** auctor **F** l'auteur **E** author
E15	**la fatica**	die Anstrengung	› Abbiamo fatto tutto a piedi. Che fatica!
	il divertimento	das Vergnügen, der Spaß	› State andando al concerto? Allora, buon divertimento!
B1	**il cantautore, la cantautrice**	der/die Liedermacher/in	**L** cantare + auctor › Un cantautore come Simone Cristicchi scrive e canta le sue canzoni.
	poiché ***congz.***	da, weil	› Poiché non si vede più niente in questa classe, dobbiamo accendere la luce.
	l'amore	die Liebe	**L** amor **F** l'amour
	la generazione	die Generation	**F** la génération **E** generation
	politico, -a; il/la politico/a	politisch, Politik-; der/die Politiker/in	› I cantautori impegnati parlano dei problemi sociali e politici.
	il tema	das Thema	**E** theme ! das **Thema** meines Referats = **l'argomento** della mia relazione
	cattivo, -a	böse; schlecht	
	pessimo, -a	sehr schlecht	*ant.* ottimo **L** pessimus
	lottare	kämpfen	› Lottare contro la mafia non è facile per nessun governo.
	maggiore	größer; höher; älter; größte/r/s; älteste/r/s	**L** maior **E** major › Carlo ha tre figli, il maggiore, cioè il più grande, ha trent'anni.
	il diritto	das Recht	**F** le droit
	l'operaio	der Arbeiter	**L** opera › Bisogna impegnarsi per i diritti degli operai.

	il boom economico	der wirtschaftliche Aufschwung	
	riconoscere	(wieder)erkennen	**L** re + cognoscere **F** reconnaître ❯ Ho visto la mia prof in centro, ma lei non mi ha riconosciuta subito.
	la carriera	die Karriere	**F** la carrière **E** career
	massimo, -a	Höchst-, größte(r)	**L** maximus ❯ Il cantautore ha dato il massimo di sé, è stato bravissimo.
	l'età	das Alter	**L** aetas ❯ Al concerto c'erano persone di ogni età, dai giovanissimi agli anziani.
	il periodo	die Periode, die Zeit	**F** la période **E** period
	la paura	die Angst	
	il palco(scenico)	die Bühne	❯ Tutti guardavano il cantante che dal palco cantava l'inno alla vita.
	l'inno	die Hymne	❯ *Fratelli d'Italia* è l'inizio dell'inno italiano.
	il nemico	der Feind	*ant.* l'amico **L** inimicus
	il rapporto	der Bericht; das Verhältnis; die Beziehung	❯ Non ho problemi con i miei genitori. Abbiamo un ottimo rapporto.
E1	intendere	verstehen; meinen, beabsichtigen	❯ Che cosa si intende per "inno nazionale"?
E2	la fabbrica	die Fabrik	*cf.* pubblico ! attenzione alla "b" doppia
	forte *agg./avv.*	stark, kräftig; laut	**L** fortis **F** fort, e ❯ Parla forte, così gli altri ti capiranno meglio.
	l'industria; industriale	die Industrie; industriell	**F** l'industrie **E** industry
	il settore	der Sektor, der Bereich	**F** le secteur **E** sector
	il potere	die Macht	**L** potestas **F** le pouvoir
E4	celebre	berühmt, gefeiert	*sin.* famoso
	rilassante	entspannend, beruhigend	**E** relaxing
E5	colpire	treffen, beeindrucken	
	il ritmo	der Rhythmus	**F** le rythme **E** rhythm
E7	il confronto	der Vergleich, die Gegenüberstellung	❯ Fate un confronto tra i due testi e trovate le differenze.
	la batteria	das Schlagzeug	*cf.* battere = **E** beat
	la voce	die Stimme	**L** vox **F** la voix **E** voice
	il/la chiacchierone/a	der/die Schwätzer/in; die Plaudertasche	❯ Alessandro parla in continuazione, è un grande chiacchierone.
B2	semplice	einfach, schlicht	
	il passatempo	der Zeitvertreib	**F** le passe-temps ❯ Leggere è il mio passatempo preferito.
	la corsa; di corsa	der Lauf, das Rennen; in Eile	❯ Sei sempre di corsa. Cerca di fare le cose con calma, almeno durante il fine settimana!
	l'umore	die Stimmung, Laune	**F** l'humeur ❯ Giorgio è sempre di buon umore, non si arrabbia mai anche se ci sono problemi.
	la forza; forza!	die Kraft; los geht's!	**F** la force **E** force ❯ Forza, ragazzi! Dovete lavorare!
	l'emozione *f.*	das Gefühl, die Emotion	**F** l'émotion **E** emotion, emoticon
	triste	traurig	*ant.* felice **F** triste ❯ Se vedi che un tuo compagno è triste, cerca di aiutarlo.
	il motivo	das Motiv; die Ursache, der (Beweg-)Grund	
	realistico, -a	realistisch	
	la delusione	die Enttäuschung	❯ Non mi ha aiutato nessuno dei miei compagni. Che delusione!
	la speranza	die Hoffnung	**L** spes ❯ La speranza è l'ultima a morire.
	la funzione	die Funktion; die Aufgabe	**F** la fonction **E** function
	la pace	der Friede	**L** pax **F** la paix **E** peace ❯ Il Papa vuole diffondere la pace in tutto il mondo.
	silenzioso, -a	ruhig, still	*cf.* il silenzio **F** silencieux, se
	nulla *pron.*	nichts	*sin.* niente **L** nullus

	il cambio; in cambio	der Wechsel; dafür	›La musica ti può dare tanto e non chiede niente in cambio.
	spedire, -sc-	schicken, senden	*sin.* inviare
	superare	übertreffen, überschreiten	
E9	la posizione	die Stellung, Position	F la position E position
E11	influenzare	beeinflussen	
	l'animo	das Gemüt	L animus
	l'occasione	die Gelegenheit	E occasion
	rinunciare a	verzichten auf	F renoncer à qc. ›Non puoi rinunciare ad un'occasione così importante.

Lezione 10

Ingresso

	i media; i mass media	die Medien; die Massenmedien	
E1	il conduttore/la conduttrice (televisivo/a)	der/die TV-Moderator/in	L conducere
	la stampa	die Presse	›I quotidiani fanno parte della stampa.
	il quotidiano; quotidiano, -a	die Tageszeitung; täglich	F le quotidien; quotidien, ne ›Un quotidiano è un giornale che esce tutti i giorni, cioè quotidianamente.
	il telegiornale	die Fernsehnachrichtensendung	›Elisabetta guarda il telegiornale delle otto per tenersi informata.
	satirico, -a	satirisch, Satire-	
	l'onda; (essere) in onda	die Welle, Woge; auf Sendung (sein)	›Quando siamo in onda i telespettatori ci possono vedere.
	all'estero	ins/im Ausland	›Alcuni italiani vanno all'estero perché in Italia non trovano lavoro.
E2	inserire, -sc-	einfügen	E insert
	lo stage	das Praktikum	›Molti fanno uno stage per avere una prima esperienza di lavoro.
	guadagnare	verdienen	F gagner ›Ma spesso non guadagnano (quasi) niente durante lo stage.
	linguistico, -a	sprachlich, Sprach-	*cf.* la lingua E linguistic
	il contratto	der Vertrag	F le contrat ›Sergio ha trovato un lavoro, ma non è molto contento perché non ha un contratto fisso.
	lo stipendio	der Lohn, das Gehalt	›Anche il suo stipendio è basso, cioè guadagna poco.
	pronunciare	aussprechen, vortragen	F prononcer E pronounce
	il portale internet	das Internetportal	L porta
E3	l'esperienza	die Erfahrung	F l'expérience E experience
	la maturità	das Abitur	L maturus ›Dopo la maturità molti ragazzi vanno all'estero per fare nuove esperienze.
	originale	ursprünglich, Original-; originell	F original, e E original
A1	davanti a	vor	
	ciò (che)	dies; das (was)	! tedesco: alles, was italiano: tutto **ciò** che
	l'opinione *f.*	die Meinung	
	il giornalismo	der Journalismus	*cf.* il/la giornalista
	sebbene *congz.*	obwohl	›Sebbene io non condivida la tua opinione accetto la tua decisione.
	la decisione	die Entscheidung	F la décision E decision
	benché *congz.*	obwohl	*sin.* sebbene
	utile	nützlich	›Il tuo consiglio è stato veramente utile, mi ha aiutato molto.
	il turismo	der Tourismus	
	sia … che/sia	sowohl … als auch	

	perfezionare	verbessern, vervollkommnen	L perficere F perfecionner › Alrun va in Italia sia per perfezionare il suo italiano sia per conoscere gente nuova.
	nonostante *congz./prep.*	obwohl; trotz	
	qualsiasi *agg.*	irgendein/e; jede/r beliebige	› Anche se Gabriele ha sempre tanto da fare, aiuta i colleghi in qualsiasi momento.
	chiarire, -sc-	klären; klarstellen, erläutern	*cf.* chiaro
	simile	ähnlich	L similis E similar › Guarda, le due cose sono simili, ma non uguali!
	perciò	deshalb	*sin.* per questo (motivo)
	il futuro; futuro, -a	die Zukunft; das Futur; zukünftig, Zukunfts-	F futur, e E future › Laura riflette molto sul suo futuro, soprattutto sul luogo dove vivrà.
	universitario, -a; gli studi universitari	Universitäts-; das Studium	*cf.* l'università
	affinché *congz.*	damit	› Ti do queste informazioni affinché tu sappia che possibilità ci sono.
	ispirare	inspirieren, anregen	F inspirer E inspire
E2	per analogia	entsprechend, analog	
E3	spingere, *part. pass.* spinto	schieben, drängen	› Ragazzi, aspettate in fila e non spingete!
	temere	fürchten	*sin.* aver paura L timere
E7	discutere	diskutieren, besprechen	F discuter E discuss
	la fantasia	die Fantasie	F la fantaisie E fantasy › Giuseppe è un artigiano di grande fantasia e creatività. Guarda le figure originali che ha creato!
E8	richiedere	verlangen, erfordern	› Certe congiunzioni come "affinché" o "sebbene" richiedono il congiuntivo.
E10	professionale	beruflich, Berufs-	E professional › Neela è una persona felicissima per motivi sia privati sia professionali.
	quindi	also, folglich; dann	› C'è tanta TV spazzatura, quindi non la guardo quasi mai.
E11	lo studente/la studentessa	der/die Student/in	
E12	il personaggio	die Figur, Gestalt; die Persönlichkeit	
	trasferirsi	umziehen	
A2	commentare	kommentieren	E to comment on
	la vignetta	die Karikatur, Witzzeichnung	› Guardate con attenzione la vignetta e commentatela.
	la tristezza	die Traurigkeit	*cf.* triste
	decente	anständig	F décent, e E decent
	il coraggio	der Mut	*ant.* la paura L cor F le courage E courage
	allontanarsi (da)	sich entfernen (von)	*cf.* lontano
	l'affetto	die Zuneigung	L afficere
	lasciare	(ver)lassen	
	la distanza	die Entfernung	F la distance E distance
	accorciare	ab-, verkürzen	› I treni veloci e gli aerei accorciano le distanze.
	il dubbio	der Zweifel	F le doute E doubt
	confrontarsi con	sich auseinandersetzen mit, sich vergleichen mit	E confront › Bisogna confrontarsi con gli altri, benché non la pensino sempre come noi.
	la cultura	die Kultur	
	dubitare	zweifeln	L dubitare F douter
	stressante	stressig	
	lo svantaggio	der Nachteil	*ant.* il vantaggio
	il termine	der Begriff; der Abschluss	E term
	riferirsi a, -sc-	sich beziehen auf	L referre F se référer à E refer › Questi termini tecnici sono difficili da capire perché si riferiscono a argomenti particolari.
	dipendere da; dipendente	abhängen von; abhängig	F dépendre de E depend on; dependent
	figurarsi	sich vorstellen	

	definire, -sc-	definieren, bezeichnen	F définir E define
	occuparsi di	sich beschäftigen mit	F s'occuper de E occupy oneself with
	la politica	die Politik	› Il governo deve fare una politica a favore dei giovani, cioè occuparsi di più dei loro problemi.
	il favore; a favore di	der Gefallen, die Gunst; zugunsten	F la faveur E favor
E13	critico, -a; la critica	kritisch; die Kritik	F (la) critique E critical; criticism
E14	il concetto	das Konzept, die Vorstellung	L concipere E concept
E15	la colpa	die Schuld	L culpa
	criticare	kritisieren	
E19	la testimonianza	das Zeugnis	E testimony › Salvatore ha visto ciò che è successo, la sua testimonianza è importantissima.
	laurearsi	einen Universitätsabschluss machen	› Franziska ha frequentato l'università per cinque anni e si è laureata in due materie.
B1	bussare	klopfen	
	solo, -a; solamente *avv.*	allein, einsam; nur	*sin.* soltanto *avv.*
	il tirocinio	die Probezeit, das Praktikum	
	lavorativo, -a	Arbeits-	*cf.* il lavoro › Molti vanno all'estero per fare delle esperienze lavorative o un tirocinio.
	i mezzi (di comunicazione di massa)	die (Massen-)Medien; die Massenkommunikationsmittel	E means of mass communication › I *mass media* sono mezzi di comunicazione di massa, come la stampa, la televisione e soprattutto internet.
	frequente	häufig	L frequens F fréquent, e E frequent
	l'attualità	die Aktualität; das Zeitgeschehen	*cf.* attuale
	l'intrattenimento	die Unterhaltung	E entertainment › Ornella guarda molti programmi di intrattenimento, soprattutto i film romantici.
	la spazzatura	der Abfall, Müll	
	appunto	eben, genau	*sin.* per questo (motivo) › Appunto! Anch'io non passo più il mio tempo libero davanti alla tv.
	affermare	behaupten	F affirmer E affirm
	il notiziario	die Nachrichten(sendung)	*sin.* il telegiornale › Il notiziario è molto importante per informarsi sui temi d'attualità.
	sacro, -a	heilig	L sacer E sacred
	televisivo, -a	Fernseh-	› Non guardo tutti i programmi televisivi perché alcuni sono proprio tv spazzatura.
	la tecnologia	die Technologie	› Grazie alle tecnologie moderne possiamo comunicare facilmente con persone che vivono in un altro continente.
	trasmettere, *part. pass.* trasmesso	übertragen	F transmettre › *Striscia la Notizia* è un telegiornale satirico che è trasmesso su Italia Uno.
	divertente	unterhaltsam	*cf.* divertirsi
	regolare	regelmäßig	F régulier,- ière E regular
	citare	zitieren	› Quando si scrivono delle frasi di qualcuno su un testo bisogna citare correttamente l'autore.
	l'azienda	das Unternehmen, der Betrieb	› Abbiamo un'azienda agricola e produciamo frutta e verdure.
E1	il canale	der Kanal	E channel
E2	il giallo	der Krimi	
	i cartoni animati	der Zeichentrickfilm	› *Alla ricerca di Nemo* è uno dei cartoni animati più famosi.
	il romanzo	der Roman	F le roman E romance (!)
	culturale	kulturell	F culturel, le E cultural
	la casa editrice	der Verlag, das Verlagshaus	› La casa editrice Bompiani ha pubblicato molti romanzi di Alberto Moravia.
	scaricare (un file)	eine Datei herunterladen	› Oggi come oggi si possono scaricare tanti romanzi da internet.
	il documentario	die Dokumentarsendung	F le documentaire

	cliccare	klicken	› Ti interessano le montagne? Allora clicca qui e potrai vedere tutti i documentari del nostro canale su questo tema.
E3	personale	persönlich	E personal
E5	l'inquilino/a	der/die Mieter/in; der/die Bewohner/in	› Chi abita in una casa che non è sua e paga dei soldi ogni mese.
	considerare	bedenken; betrachten (als)	F considérer E consider
E7	la notizia	die Nachricht; die Neuigkeit	
E8	la caratteristica	die Eigenschaft	F la caractéristique E characteristic
E10	la puntata	die Folge, Fortsetzung	› Potete ascoltare o scaricare le puntate del Podcast direttamente dal nostro sito.
B2	dialettale	Dialekt-	*cf.* il dialetto
	preciso, -a	genau, präzise	F précis, e E precise
	pregare	bitten; beten	E pray › Aiutami con i compiti, ti prego.
	la cittadina *dim.*	das Städtchen, die Kleinstadt	*cf.* la città – la citta**dina**, la ragazza – la ragaz**zina**, la mano – la man**ina**
	possedere	besitzen	*cf.* sedersi › possiedo, possiedi, possiede, possediamo, possedete, possiedono
	specifico, -a	spezifisch	F spécifique E specific
	e così via	und so weiter	
	matto, -a	verrückt	› Ma sei matta? Non puoi uscire senza giacca con questa pioggia!
E13	ufficiale	offiziell, Amts-	F officiel, le E official
	variare	variieren, abwechseln	› I dialetti variano a seconda delle regioni.
	cosiddetto, -a	sogenannt	
E15	svilupparsi	sich entwickeln	F développer E develop
	sopravvivere, *part. pass.* sopravvissuto	überleben	
	fluentemente	flüssig	› Luisa parla fluentemente quattro lingue, non ha problemi di comunicazione all'estero.
E16	la comunità	die Gemeinschaft	L communis E community ! In italiano si usa una sola "m".
	la ricchezza	der Reichtum	*cf.* ricco F la richesse

Lezione 11

Ingresso

lo/la stilista	der/die Designer/in; der/die Stylist/in	› Miuccia Prada è una stilista italiana molto famosa.
la ceramica	die Keramik	
il vetro	das Glas *(Material)*	F la vitre › Compriamo l'acqua minerale in bottiglie di vetro e non di plastica.
la polvere	der Staub	
la meraviglia	das Wunder; die Bewunderung	F la merveille › La Torre di Pisa è una meraviglia.
affascinare; affascinato, -a	faszinieren; fasziniert, bezaubert	› È così bella che tanti turisti ne rimangono affascinati.
in basso	unten	↓ in basso – in alto ↑
il vento	der Wind	L ventus F le vent
piegare	biegen; falten	› Il vento piega gli alberi.
impedire a qn di, -sc-	jdn. daran hindern zu …	L impedire › Il mio orario di lavoro mi impedisce di partecipare alla conferenza. Purtroppo non posso venire.
tenero, -a	zart, weich	
il frutto	die Frucht; der Ertrag	! **il frutto**: La mela è un frutto che cresce anche in Germania./**la frutta**: Devi mangiare più frutta, fa bene alla salute!
la tradizione	die Tradition	L tradere F la tradition

E1	**la creatività**	die Kreativität	**F** la créativité **E** creativity
E3	**il pezzo**	das Stück	
A1	**l'artigiano/a**	der/die Kunsthandwerker/in	*cf.* l'arte
	l'artigianato	das Kunsthandwerk	*cf.* l'artigiano
	la misura; su misura	das Maß, die Maßnahme; nach Maß	**F** la mesure, sur mesure ❯ Per il suo matrimonio Caterina si è fatta fare un vestito su misura.
	il mestiere	der Beruf	**F** le métier
	la filosofia	die Philosophie	**E** philosophy
	il pensiero	der Gedanke	*cf.* pensare ❯ I pensieri sono liberi, puoi pensare quello che vuoi.
	l'avventura	das Abenteuer	**F** l'aventure **E** adventure ❯ Molti bambini conoscono le avventure di Pinocchio raccontate da Carlo Collodi.
	il modello	das Modell; das Vorbild	**F** le modèle **E** model
	tradurre	übersetzen, übertragen	❯ I cosiddetti *online translators* traducono un testo da una lingua all'altra, ma non potranno sempre sostituire il lavoro di un traduttore umano.
	il sapore	der Geschmack	❯ L'acqua non ha sapore, ma tutti ne abbiamo bisogno.
	il profumo	der Duft; das Parfüm	
	il fascino	der Zauber, die Faszination	❯ I vestiti di quello stilista hanno un fascino particolare.
	il senso	der Sinn	**L** sensus **F** le sens **E** sense ❯ Per capire il senso di una parola bisogna spesso leggerla nel contesto.
	guidare	führen; fahren (Auto etc.)	*cf.* la guida
E1	**il ritorno**	die Rückkehr	**F** le retour **E** return
	indipendente	unabhängig	**F** indépendant, e **E** independent
	l'incontro	die Begegnung	*cf.* incontrare
	il lato	die Seite	❯ Con Olivia potete conoscere un lato particolare dell'Italia, cioè l'artigianato.
E7	**liberarsi; liberare**	sich befreien; befreien	**L** liberare **F** se libérer ❯ Molti stati si sono liberati dal colonialismo e sono diventati indipendenti.
	il/la filosofo/a	der/die Philosoph/in	**F** le philosophe ❯ Socrate è considerato uno dei filosofi più famosi.
	la testa	der Kopf	
E8	**ovunque**	überall; wohin auch immer	
E10	**il consumatore/la consumatrice**	der/die Verbraucher/in	**L** consumere **F** le consommateur, la consommatrice **E** consumer
	la marca	die Marke	❯ Molti consumatori comprano sempre la stessa marca di prodotti.
A2	**la contraffazione**	die Fälschung	❯ La contraffazione dei prodotti *Made in Italy* è un grande problema per l'artigianato italiano.
	la bancarella	der (Verkaufs-)Stand	❯ Al mercato ci sono tante bancarelle dove si vendono tanti tipi di frutta.
	Che te ne pare?	Was hältst du davon?	
	l'affare *m.*; l'affarone	die Angelegenheit, das Geschäft; das Supergeschäft	**F** l'affaire ❯ Ho speso solo 150 euro per questa bicicletta quasi nuova, è stato un affarone.
	a buon mercato	günstig	❯ Qui trovi tante cose a buon mercato, cioè non spendi tanto.
	contraffare	fälschen	**L** contra facere
	il commercio	der Handel	**F** le commerce ❯ Molti artigiani italiani sono preoccupati per il commercio di prodotti contraffatti.
	reale	wirklich; königlich	*cf.* il re **L** rex
	essere in grado di fare qc	imstande sein, etw. zu tun	
	distinguere, *part. pass.* distinto	unterscheiden	**E** distinguish ❯ I sensori sono in grado di distinguere tra chiaro e scuro.
	la copia	die Kopie	*cf.* copiare

	il controllo	die Kontrolle; die Aufsicht	
	gestire, -sc-	leiten, führen; betreiben	› Da quando l'azienda viene gestita da una donna si vendono più prodotti.
	il porto	der Hafen	**L** portus **F** le port **E** port
	la sigaretta	die Zigarette	**F** la cigarette **E** cigarette
	risparmiare	sparen; schonen	› Da quando Ludovica non compra più sigarette, spende meno, cioè risparmia molti soldi.
	conveniente	lohnend, günstig, angemessen	
	rischioso, -a	riskant, gefährlich	*sin.* pericoloso › Anche le sigarette elettroniche sono rischiose.
	l'arma, *pl.* le armi	die Waffe	**L** arma **F** l'arme **E** arms
	la droga	die Droge	**F** la drogue **E** drug › Lui è un uomo pericoloso perché gestisce il mercato delle armi e della droga.
	furbo, -a; furbone *agg./sost.*	schlau; raffiniert; der Schlaumeier	› È una persona molto furba.
	l'area	die Fläche; der Bereich	**E** area
	criminale	kriminell, verbrecherisch	**L** crimen **F** criminel, le **E** criminal
	il denaro	das Geld	*sin.* i soldi
	legale	legal	**L** lex **F** légal, e **E** legal › Il denaro guadagnato con prodotti contraffatti non è legale.
	indebolire, -sc-	schwächen	
	l'economia	die Wirtschaft	**F** l'économie **E** economy › Gli affari illegali indeboliscono l'economia di un Paese.
	rinforzare	verstärken	*ant.* indebolire
	agire, -sc-	handeln	**L** agere **F** agir **E** act › Non possiamo più aspettare, bisogna agire, dobbiamo fare qualcosa!
	la nave	das Schiff	**L** navis **E** navy *cf.* la barca
	cinese *agg.*; il/la cinese	chinesisch; der Chinese/die Chinesin	
E11	**riguardare**	betreffen	› Questo non mi riguarda e non mi interessa.
	collaborare	zusammenarbeiten	**L** con + laborare **F** collaborer **E** collaborate
	il contrabbando	der Schmuggel	› Tutti i paesi devono collaborare per risolvere il problema internazionale del contrabbando di droga.
E13	**ormai**	mittlerweise, inzwischen	› Sono già le dieci di sera. Ormai è troppo tardi per uscire.
E14	**sposato, -a; sposarsi**	verheiratet; heiraten	
	lo stato civile	der Familienstand	**F** l'état civil
	costringere, *part. pass.* costretto	zwingen	› I miei genitori mi costringono sempre a rimanere a casa, non mi danno mai il permesso di uscire.
	la polizia	die Polizei	**F** la police **E** police
	arrestare	festnehmen	**F** arrêter **E** arrest › La polizia ha arrestato un uomo sospetto.
E15	**il/la collega**	der Kollege/die Kollegin	
E16	**ecologico, -a**	ökologisch, Umwelt-	
	rispettare	respektieren, beachten	**F** respecter **E** respect
	l'ambiente	die Umgebung; die Umwelt	
B1	**colui (che)**	er, dieser; derjenige (der)	
	la lavorazione	die Verarbeitung	*cf.* lavorare
	la pelle	das Leder; die Haut	**F** la peau › La lavorazione della pelle è una delle attività più antiche dell'uomo.
	continuo, -a	ständig, dauernd, kontinuierlich	**F** continu, e **E** continuous
	il genio	das Genie	**L/E** genius **F** le génie
	universale	Welt-, Universal-; universell	› Leonardo da Vinci è stato un genio universale.
	ideare	sich ausdenken	*cf.* l'idea
	servirsi di qc	sich einer Sache bedienen, etw. gebrauchen	**F** se servir de qc › Scrivete un commento servendovi delle seguenti espressioni.

l'epoca	die Epoche, das Zeitalter	**F** l'époque › All'epoca dei miei nonni si viaggiava molto meno.
la verità	die Wahrheit	**L** veritas **F** la vérité › Per conoscere le verità scientifiche abbiamo bisogno di tante ricerche.
scientifico, -a	wissenschaftlich	*cf.* la scienza
il corpo	der Körper, der Leib	**L** corpus **F** le corps
porre, *part. pass.* posto	setzen, stellen	**L** ponere › pongo, poni, pone, poniamo, ponete, pongono
l'orologio	die Uhr	**F** l'horloge
il manifesto	das Plakat	
l'opera	das Werk, die Arbeit	**L** opera
la lettura	die Lektüre, das Lesen	› L'autrice si è ispirata alla lettura della *Divina Commedia.*
conservare	(auf)bewahren	**L** conservare **F** conserver › Per conservare quel palazzo abbiamo bisogno dell'aiuto di un architetto con molta esperienza.
umano, -a	menschlich	**L** humanus **F** humain, e **E** human
l'armonia	die Harmonie, der Einklang	**F** l'harmonie **E** harmony
l'universo	das Universum	**F** l'univers **E** universe
l'architettura	die Architektur	› L'architettura di Andrea Palladio è alla base di molti edifici moderni, per esempio la Casa Bianca.
la figura	die Figur, Gestalt	**E** figure
l'anatomia	die Anatomie; der Körperbau	**F** l'anatomie **E** anatomy
il cerchio	der Kreis	**F** le cercle
il quadrato	das Quadrat	
geometrico, -a	geometrisch	› Il quadrato è una figura geometrica.
nudo, -a	nackt	**L** nudus **F** nu, e
la gamba	das Bein	**F** la jambe › Quel signor è altissimo, e ha delle gambe e delle braccia lunghissime.
il braccio, *pl.* le braccia	der Arm	

Le parti del corpo — Die Körperteile

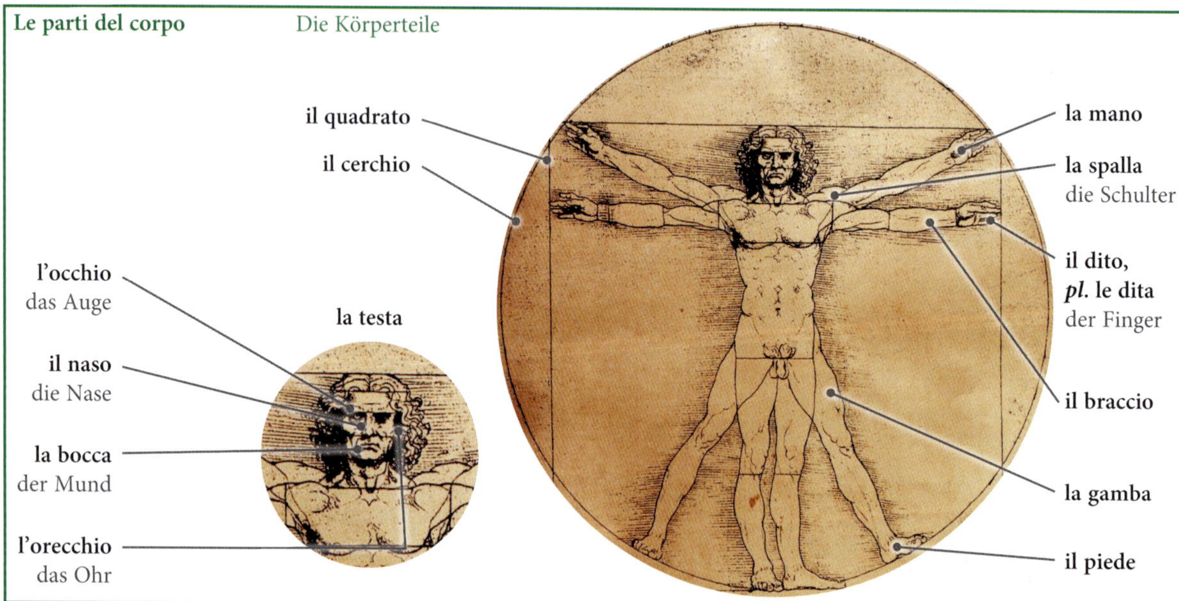

raddoppiare	verdoppeln	*cf.* doppio
E1 **il fattore**	der Faktor	**L** facere **F** le facteur **E** factor
l'intelligenza	die Intelligenz	**L** intellegere **F** l'intelligence **E** intelligence
la capacità	die Fähigkeit	**L** capere **F** la capacité **E** capacity

	intellettuale; l'intellettuale *m./f.*	intellektuell, geistig; der/die Intellektuelle	**F** intellectuel, le **E** intellectual ❯ Chi non ammira le capacità intellettuali di un genio come Leonardo da Vinci?
	la lunghezza	die Länge	
	la legge	das Gesetz	**L** lex **F** la loi **E** law/legal
	letterario, -a	literarisch	**L** littera **F** littéraire **E** literary
	l'essere	das Wesen	❯ In alcuni testi letterari, per esempio nelle favole, i protagonisti sono gli animali e non gli esseri umani.
E4	**l'autobiografia**	die Autobiographie	**E** autobiography ❯ In un'autobiografia si racconta la propria vita.
	l'imprenditore/ l'imprenditrice	der/die Unternehmer/in	
	la novità	die Neuigkeit	
	la moto(cicletta)	das Motorrad	
	il/la protagonista	der/die Protagonist/in; die Hauptperson	❯ Il protagonista è il personaggio più importante di un testo letterario.
	noleggiare	mieten	❯ Durante le vacanze in Irlanda abbiamo noleggiato una macchina per vedere i posti dove non si arriva con gli autobus.
B2	**l'influsso**	der Einfluss	**E** influence ❯ Andrea Palladio ha avuto un forte influsso sull'architettura moderna.
	moderno, -a	modern	**F** moderne **E** modern
	la logica	die Logik	**F** la logique **E** logic
	lo stile	der Stil	**F** le style **E** style
	il duomo	der Dom	**L** domus ❯ Lo stile del Duomo di Milano è gotico.
	noto, -a	bekannt	**L** notus ❯ *Il Decameron* di Giovanni Boccaccio è una delle opere letterarie più note al mondo.
	la torre	der Turm	**L** turris **F** la tour
	il maestro	der Meister	❯ Aldo Rossi era un grande maestro dell'architettura, ha progettato palazzi come quello del *Deutsches Historisches Museum* a Berlino.
	probabile	wahrscheinlich	**F/E** probable
	la tecnica	die Technik	**F** la technique **E** technique ❯ La parola "tecnica" viene dal greco τέχνη e vuol dire "arte".
	profondo, -a	tief(greifend)	**F** profond, e **E** profound
	il paesaggio	die Landschaft	*cf.* il paese
	l'aspetto	der Aspekt, Gesichtspunkt	**L** aspicere **F** l'aspect **E** aspect
	spostarsi	sich fortbewegen	*cf.* il posto ❯ Un aspetto positivo di una grande città come Colonia è che ci si sposta facilmente con i mezzi pubblici.
	mantenere	aufrechterhalten	**F** maintenir **E** maintain
	occorre	man muss	*sin.* bisogna
	tale *agg.*	solch ein(e), derartige/r/s	
	rendersi conto di qc, *part. pass.* **reso**	sich etwas bewusst machen	**F** se rendre compte de qc ❯ L'importante è rendersi conto che la ricchezza non è tutto.
	prestare; prestare attenzione a qc	(aus)leihen; einer Sache Aufmerksamkeit schenken	**E** pay attention to **F** prêter ❯ Mi potresti prestare dieci euro, te li ridò domani.
	appartenere a	gehören zu	*cf.* (far) parte (di) ❯ appartengo, appartieni, appartiene, apparteniamo, appartenete, appartengono
	(in)immaginabile	(un)vorstellbar	❯ La Sicilia ha un patrimonio archeologico inimmaginabile. Assolutamente incredibile!
	complesso, -a	komplex	**E** complex
	l'edificio	das Gebäude	**L** aedificium **F** l'édifice
	la favola	die Fabel; das Märchen	**L** fabula **E** fable

	il punto di vista	der Blickwinkel	**F** le point de vue **E** point of view › Dal mio punto di vista occorre fare molto di più per rispettare la natura.
	europeo, -a	europäisch	
	viaggiare	reisen	*cf.* il viaggio **F** voyager
E5	proteggere	(be)schützen	**F** protéger **E** protect › Proteggere la natura significa proteggere se stessi.

Lezione 12

	Ingresso		
	la banconota	der Geldschein, die Banknote	
	governare	regieren	*cf.* il governo **E** govern
	votare	wählen; abstimmen	› Nel 1946 gli italiani hanno votato per la prima volta.
	la repubblica	die Republik	
	la monarchia	die Monarchie	**F** la monarchie › In una monarchia il re o la regina è il Capo dello Stato.
	la rivoluzione	die Revolution	**F** la révolution **E** revolution
	il/la fascista; fascista *agg.*	der/die Faschist/in; faschistisch	› La rivoluzione fascista ha cambiato radicalmente la società italiana.
	la ruota	das Rad	**F** la roue › La vespa è un veicolo a due ruote.
	il dopoguerra	die Nachkriegszeit	! Attenzione al genere: **la** guerra – **il** dopoguerra = periodo che inizia nel maggio del 1945.
	l'amicizia	die Freundschaft	*cf.* l'amico **L** amicitia **F** l'amitié › Giorgio fa amicizie in tutto il mondo.
	uccidere, *part. pass.* ucciso	töten, umbringen	**L** occidere
	il giudice	der Richter	**L** iudex **F** le juge **E** judge
	la lotta	der Kampf	› I due giudici Falcone e Borsellino sono diventati famosi per la loro lotta alla mafia.
	l'amministrazione	die Verwaltung	**F** l'administration **E** administration
	scoppiare	ausbrechen	› Nel 1939 è scoppiata la Seconda Guerra Mondiale.
	l'automobile *f.*	das Auto	› Oltre all'automobile ci si può spostare anche in treno.
E1	l'album	das Album	
A1	vivente	lebend; Lebe-	**F** vivant, e
	l'esperto/a	der Experte/die Expertin	**F** l'expert **E** expert › Io non posso rispondere alla tua domanda, devi rivolgerti ad un esperto.
	il fascismo	der Faschismus	
	derivare da	sich ableiten, kommen von	› La parola "Ventennio" deriva da "venti anni".
	l'autorità *f.*	die Macht(befugnis); die Obrigkeit; die Behörde	**L** auctoritas **F** l'autorité
	causare	verursachen	**F** causer › Chi va troppo veloce in macchina può causare incidenti.
	drammatico, -a	dramatisch	**F** dramatique **E** dramatic ! Attenzione alla doppia "m" in italiano!
	la popolazione	die Bevölkerung	**L** populus **F** la population **E** population
	il clima	das Klima	**F** le climat **E** climate
	il partito	die Partei	**L** pars › In Italia ci sono molti partiti politici.
	il capo	der Anführer; der Chef	› Il capo di un partito politico è anche chiamato leader.
	conquistare	erobern; ergreifen	› Gli italiani hanno conquistato la città di Gorizia nel 1916.
	esagerare	übertreiben	**F** exagérer **E** exaggerate › – Sai proprio tutto! – Ma non esagerare, nessuno può sapere tutto.
	dunque	also, daher	
	firmare	unterschreiben, unterzeichnen	**L** firmus › Questo documento deve essere firmato dal capo del partito.

	la cooperazione	die Zusammenarbeit	› I due politici hanno firmato un protocollo per migliorare la cooperazione tra i due paesi.
	il dittatore	der Diktator	**L** dicere **E** dictator › Hitler e Mussolini erano due dittatori.
	la convinzione	die Überzeugung	**E** conviction
	attaccare	angreifen	**F** attaquer **E** attack
	allearsi a/con qn	sich mit jdm verbünden	› Gli americani si sono alleati con i francesi e gli inglesi contro i nazifascisti.
	contro	gegen, entgegen	
	combattere	kämpfen	**F** combattre **E** combat
	il/la nazista; nazista *agg.*	der/die Nazi(anhänger/in); Nazi-, nazistisch	
	la liberazione	die Befreiung	**L** liberare **F** la libération **E** liberation › I partigiani hanno combattuto per la liberazione dell'Italia.
	il partigiano	der Partisane	**L** pars **E** partisan › I partigiani erano degli uomini che combattevano contro il fascismo.
	fortunato, -a	glücklich	**L** fortuna › Oggi siamo fortunati perché non viviamo più in un periodo di guerra.
E1	**il movimento**	die Bewegung	**L** movere **F** le mouvement **E** movement
	il contrasto	der Gegensatz; der Konflikt	
E4	**chiudere; chiudersi**	schließen; sich (ein)schließen	
	sfuggire; fuggire	fliehen, entkommen	**L** fugere
	il rumore	der Lärm	**E** rumour (!)
	la cantina	der Keller	
	in seguito a; in seguito	infolge; danach, später	*cf.* seguire › In seguito al crollo della casa è stata chiusa tutta la strada.
E5	**emigrare**	auswandern, emigrieren	**F** émigrer **E** emigrate › Emigrare è quando si lascia il proprio paese per andare a vivere in un altro.
	il saluto	der Gruß	
E6	**la particolarità**	die Besonderheit, Eigenheit	**F** la particularité **E** particularity
	mescolare	(ver)mischen	*ant.* separare **L** miscere **E** mix › Se si mescolano il blu e il giallo si ottiene il verde.
	subire, -sc-	erleiden, ertragen	**L** subire **F** subir
	l'influenza	der Einfluss	**F** l'influence **E** influence
A2	**la scritta**	die (In-)Schrift	**L** scribere
	il muro	die Mauer	
	l'attimo	der Augenblick	*sin.* il momento › Aspetta un attimo! Arrivo subito.
	l'esercito	das Heer	**L** exercitus
	il nazifascismo	der Nazifaschismus	› Nazifascismo è un termine che unisce il fascismo italiano e il nazionalsocialismo tedesco.
	l'attentato	das Attentat	› Con l'attentato di Via Rasella i partigiani hanno posto resistenza ai nazisti.
	la resistenza	der Widerstand	**L** resistere **F** la résistance **E** resistance
	curare	behandeln, pflegen	**L** curare **E** cure
	sacrificare	opfern	**F** sacrifier **E** sacrifice › Molti partigiani italiani hanno sacrificato la loro vita per la libertà del Paese.
	Chissà? (= Chi sa?)	Wer weiß?	
E7	**un migliaio, *pl.* migliaia di**	tausend; tausende	› Migliaia di persone hanno protestato contro i neofascisti.
	l'uccisione *f.*	die Tötung	*cf.* uccidere
	la strage	das Blutbad, das Massaker	› Nella strage delle "Fosse ardeatine" sono morte più di trecento persone.
	la conseguenza	die Konsequenz, Folge	
	crollare	einstürzen, fallen	
	il crollo	der Niedergang, Fall	*cf.* crollare
E10	**la libertà**	die Freiheit	**L** libertas **F** la liberté **E** liberty

	la nota	der Verweis *(Schule)*; die Note *(Musik)*	**F** la note
E11	**ebraico, -a**	jüdisch; hebräisch	**E** Hebrew
	la sinagoga	die Synagoge	**E** synagogue
	il destino	das Schicksal	**F** le destin **E** destination › *La forza del destino* è il titolo di un'opera di Giuseppe Verdi.
	l'ebreo/a	der Jude/die Jüdin	› La sinagoga è il luogo dove gli ebrei si incontrano per pregare.
	il ghetto	das Getto	› Le comunità ebraiche erano spesso costrette a vivere nei ghetti, cioè in spazi chiusi e isolati.
B	**il progresso**	der Fortschritt	**L** progredi **F** le progrès **E** progress
	la crisi	die Krise	! Attenzione al genere e alla desinenza "i" al singolare.
B1	**il miracolo**	das Wunder	**F** le miracle **E** miracle
	appassionato, -a	begeistert, leidenschaftlich	**F** la passion **E** passion, passionate
	negare	leugnen	› Non si può negare che Michael sia un grande appassionato di libri: legge ovunque.
	la ricostruzione	der Wiederaufbau; die Rekonstruktion	› Dopo la Seconda Guerra Mondiale iniziano i lavori di ricostruzione.
	trasformarsi	sich verwandeln	› Il miracolo economico ha trasformato l'Italia in un paese moderno.
	il cambiamento	die Veränderung	*cf.* cambiare
	aumentare	erhöhen, steigern	**L** augere **F** augmenter
	la produzione	die Produktion, Herstellung	*cf.* produrre **E** production **F** la production
	il grattacielo	der Wolkenkratzer	**F** le gratte-ciel **E** sky-scraper = gratta-cielo ! Attenzione alla posizione invertita delle parole nei nomi composti!
	permettersi	sich leisten; sich erlauben	**L** permittere **F** se permettre
	il frigorifero	der Kühlschrank	› Negli anni '50 sempre più italiani avevano un frigorifero in casa.
	avvertire	benachrichtigen; warnen	**L** ad + vertere › Qualcuno deve avvertirlo del pericolo.
	la trattoria	die Gaststätte, das Wirtshaus	
	degustare	kosten, probieren	**F** déguster › In questa trattoria si possono degustare le specialità toscane.
E3	**dirigere,** *part. pass.* **diretto**	dirigieren, leiten; die Regie führen	› Claudio Abbado ha diretto l'orchestra filarmonica di Berlino.
	l'attore/l'attrice	der/die Schauspieler/in	**F** l'acteur, l'actrice **E** actor/actress
	la scena	die Szene	
E5	**lo sfondo**	der Hintergrund	**F** le fond › Sullo sfondo del quadro della Gioconda si vede un paesaggio toscano.
	annuale	jährlich, Jahr(es)-	*cf.* l'anno
	la versione	die Version, Fassung; Ausführung	**E** version › Alcuni leggono una versione moderna della *Divina Commedia* per capirne meglio il contenuto.
B2	**il podcast**	der Podcast	
	preparato, -a	(gut) vorbereitet; kompetent	**F** préparé, e › Il professor Vicomandi è preparatissimo, sa rispondere bene a tutte le domande dei suoi studenti.
	il tentativo	der Versuch	**F** la tentative **E** attempt
	inutile	nutz-, zwecklos	*ant.* utile
	terroristico, -a	terroristisch	› Le Brigate Rosse erano un gruppo terroristico che ha ucciso tante persone negli anni '70.
	il/la colpevole	der/die Schuldige	*cf.* la colpa
	constatare	feststellen, konstatieren	**L** constat **F** constater
	la presenza	die Anwesenheit; das Vorhandensein	
	il terrorismo	der Terrorismus	

	terrorizzare	terrorisieren	❯ I gruppi neofascisti hanno spesso terrorizzato la popolazione civile.
	lo sciopero	der Streik	❯ Oggi c'è sciopero, perciò molte fabbriche rimangono chiuse.
	studentesco, -a	Studenten-, studentisch	*cf.* lo studente
	il decennio	das Jahrzehnt	**L** decem **E** decade ❯ "Un decennio" vuol dire dieci anni.
	segnare	kennzeichnen, markieren	**L** signum **E** sign ≠ segnare
	il pericolo	die Gefahr	**L** periculum
	mettere in rilievo	hervorheben, betonen	**F** mettre en relief ❯ Usiamo un colore per mettere in rilievo una parola nel nostro quaderno.
E6	**protestare**	protestieren	**F** protester **E** protest
	avvenire	sich ereignen	*sin.* succedere
E7	**la definizione**	die Definition	**F** la définition **E** definition
	l'argomento	das Argument; das Thema	❯ Ieri a scuola abbiamo parlato di un argomento molto interessante, cioè il ruolo delle donne nella resistenza.
	toccare	berühren, anfassen	
	la protesta	der Protest	*cf.* protestare
	la mancanza	das Fehlen, der Mangel	*cf.* mancare ❯ La mancanza di posti di lavoro è un grande problema soprattutto per i giovani.
	il principio (morale)	das (moralische) Prinzip, der (moral.) Grundsatz	**F** le principe **E** principle
	etico, -a	ethisch	**E** ethic
	indovinare	(er)raten	**L** divinus ❯ – Quanti anni hai? – Indovina! – Non so, forse 28.
E9	**disinteressato, -a**	desinteressiert; selbstlos	❯ L'aiuto di Ben è sempre disinteressato, cioè lui non si aspetta niente in cambio.
	maturo, -a	reif	**L** maturus **E** mature
E10	**la corruzione**	die Korruption, Bestechung	❯ È spaventoso vedere quanta corruzione ci sia nel mondo.
	l'inchiesta	die Untersuchung	**E** inquiry
	coinvolgere	miteinbeziehen, betreffen	**E** involve ❯ Un buon insegnante riesce a coinvolgere tutti gli studenti nella sua lezione.
	la fiducia	das Vertrauen	**L** fides
	il poliziotto	der Polizist	**E** policeman
	la giustizia	die Gerechtigkeit	**L** iustitia **F** la justice **E** justice
	il comportamento	das Verhalten	**F** le comportement ❯ Lavinia è una bambina buona, il suo comportamento piace a tutti.

Lezione 13

Ingresso

E1	**la bandiera**	die Fahne, Flagge	
	l'abitante *m./f.*	der/die Einwohner/in	**F** l'habitant ❯ La città di Torino ha circa 900 000 abitanti.
	il Tricolore	die Trikolore *(dreifarbige italienische Flagge)*	❯ La bandiera italiana è anche chiamata Tricolore per i suoi tre colori: bianco, rosso e verde.
E2	**rivelare**	enthüllen	**F** révéler **E** reveal
A1	**l'educazione civica**	die Sozialkunde	❯ L'educazione civica è una materia che spiega anche le varie forme di governo.
	il Presidente della Repubblica	der Staatspräsident	❯ Chi si candida alla Presidenza della Repubblica deve essere cittadino italiano e aver compiuto 50 anni.
	eleggere, *part. pass.* **eletto**	(aus)wählen	**F** élire **E** elect ❯ Il popolo elegge il Parlamento.
	il parlamento	das Parlament	❯ L'Italia è una repubblica parlamentare, cioè il popolo viene rappresentato dal parlamento.

candidarsi	sich bewerben	**E** candidate
il/la cittadino/a	der/die Bürger/in	**F** le citoyen, la citoyenne **E** citizen
compiere	ausführen, vollenden	› Per votare bisogna aver compiuto 18 anni.
il comando	der Befehl, das Kommando	**E** command
le forze armate	die Streitkräfte	*sin.* le truppe **F** les forces armées › Il Presidente della Repubblica ha il comando delle forze armate.
la costituzione	die Verfassung; die Konstitution	
l'elezione *f.*	die Wahl	*cf.* eleggere **F** l'élection
il Presidente del Consiglio (dei Ministri)	der Ministerpräsident	› Il Presidente del Consiglio è il capo del governo.
il ministro	der Minister	**F** le ministre **E** minister
coordinare	koordinieren	
esecutivo	ausführend, Exekutiv-	**E** executive
mettere in atto	umsetzen, anwenden	› Il governo ha il potere esecutivo, cioè mette in atto le leggi decise dal Parlamento.
approvare	genehmigen, billigen	**L** probare **F** approuver **E** approve
il/la deputato/a	der/die Abgeordnete	**F** le député
il senatore/la senatrice	der/die Senator/in	**L/E** senator
legislativo, -a	gesetzgebend	› Il Parlamento ha il potere legislativo.
la Camera (dei deputati)	die Abgeordnetenkammer	› La Camera dei deputati approva le leggi e controlla il governo.
il Senato	der Senat	› Il Parlamento è formato dal Senato e dalla Camera dei deputati.
la carica	das Amt; die Ladung	› Quella del Presidente della Repubblica è la carica più alta dello Stato.
per quanto riguarda	was ... betrifft	
l'informatico	der Informatiker	› Per quanto riguarda i problemi con il computer bisogna rivolgersi ad un informatico.
fregarsene di qc	auf etwas pfeifen, gleichgültig gegenüber etw. sein	› Nemore se ne frega di quello che pensano gli altri, fa quello che gli pare.
migliorare	verbessern	*cf.* migliore
presumere	vermuten	**F** présumer **E** presume
la risorsa	die Ressource	**F** la ressource **E** resource › Il turismo è una delle risorse economiche più preziose per il Paese.
prezioso, -a	wertvoll	*cf.* il prezzo **F** précieux, se **E** precious
reagire, -sc-	reagieren	**F** réagir **E** react
l'ingegnere	der Ingenieur	**L** ingenium **E** engineer
(in)capace	(un)fähig	*sin.* in grado di **E** (in)capable › Un ingegnere informatico è capace di aiutarti con il tuo computer.
il/la pensionato/a	der/die Rentner/in	
tuttavia	dennoch, trotzdem	
l'/la ottimista; ottimista	der/die Opimist/in; optimistisch	
riprendersi	sich erholen	
il meccanico	der Mechaniker	**F** le mécanicien **E** mechanic
l'immigrazione *f.*	die Einwanderung	**F** l'immigration **E** immigration
l'ambito	Bereich	› Loredana lavora nell'ambito del marketing.
la casalinga	die Hausfrau	*cf.* la casa › Momentaneamente non lavora, ma è casalinga.
la parità	die Gleichheit; die Gleichberechtigung	
la condizione; a condizione che	die Bedingung, Lage; der Stand; unter der Bedingung, dass	**L** condicio **F** la condition **E** condition › Loredana vuole ricominciare a lavorare, ma solo a condizione che possa fare un lavoro part-time.
la sociologia	die Soziologie	**F** la sociologie **E** sociology
ottenere	erhalten, erlangen	
E3 **occupare**	besetzen; beschäftigen	**L** occupare **F** occuper **E** occupy

	menzionare	erwähnen	**E** mention
E4	**l'elettore/l'elettrice**	der/die Wähler/in	*cf.* eleggere
	spendere	ausgeben, aufwenden	
	approfittare di	profitieren von	**F** profiter de **E** profit › Approfittiamo del bel tempo ed usciamo!
	soddisfacente	zufriedenstellend	**F** satisfaisant, e **E** satisfying
E5	**la supposizione**	die Vermutung	**E** supposition
	l'ipotesi	die Hypothese, Annahme	**F** l'hypothèse **E** hypothesis › La teoria del "Big Bang" è l'ipotesi più accettata sull'origine dell'universo.
E6	**l'elemento**	das Element, der Bestandteil	
E7	**finché**	solange, bis	› Bisogna agire finché si è in tempo.
E8	**supporre**	vermuten, annehmen	
	il robot	der Roboter	› Nell'industria i robot possono sostituire molti operai.
A2	**l'odore *m.***	der Geruch	**F** l'odeur **E** odour
	amaro, -a *agg.*; l'amaro	bitter; das Bittere	
	la nebbia	der Nebel	› Fuori non si vede quasi niente per la nebbia.
	il rifiuto	die Weigerung, Ablehnung	*cf.* rifiutare **E** refusal
	santo, -a *agg.*; il/la santo/a	heilig; der/die Heilige	
	la carità	das Mitleid, die Barmherzigkeit	**L** caritas **E** charity (!)
	magro, -a	mager	**F** maigre
E9	**la migrazione**	die Wanderung	
	offendere, *part. pass.* offeso	beleidigen	**E** offend
	l'abitazione *f.*	die Wohnung; die Behausung	**F** l'habitation › Matera è famosa per i suoi Sassi, le antiche abitazioni dei contadini.
E10	**la poesia**	das Gedicht; die Dichtung, Poesie	**F** la poésie **E** poem › Ho comprato una raccolta di poesie di Leopardi.
	poetico, -a	poetisch, Dichter-	**F** poétique **E** poetic
	il sentimento	das Gefühl	
	il razzismo; l'atto di razzismo	der Rassismus; die rassistisch motivierte Tat	**F** le racisme **E** racism
	avvicinarsi (a)	sich nähern	*cf.* vicino, -a *ant.* allontanarsi da
	la sensazione	das Gefühl; der Eindruck	**F** la sensation
	accogliere, *part. pass.* accolto	aufnehmen	**L** ad + colligere **F** accueillir › Quando arriveremo in Italia per lo scambio, i nostri partner italiani ci accoglieranno.
	la madrelingua; il/la madrelingua	die Muttersprache; der/die Muttersprachler/in	› Sono nata e cresciuta in Germania, quindi il tedesco è la mia madrelingua./Ci vuole un madrelingua per capire tutti i dettagli del discorso.
A3	**parecchio, -a**	viel, etlich	*sin.* molto
	stupire, -sc-	erstaunen	
	lo stereotipo	das Stereotyp	**E** stereotype
	la rappresentazione	die Darstellung	
	influire su qn/qc	jdn/etw. beeinflussen	
	il/la minore (d'età)	der/die Minderjährige	**F** le mineur/la mineure › Uno che ha meno di 18 anni è un minore.
	lo sviluppo	die Entwicklung	
	l'effetto	die Wirkung, der Effekt	**F** l'effet **E** effect
	diminuire, -sc-, *tr./intr.*	mindern; (sich) verringern	**F** diminuer **E** diminish
	l'autostima	das Selbstwertgefühl	› Dopo che Luisa è stata criticata, la sua autostima è diminuita.
	il rispetto	der Respekt, die Achtung	**L** respicere **F** le respect **E** respect
	la malattia	die Krankheit	*cf.* malato **F** la maladie
	puro, -a	rein	**F** pur, e **E** pure
	identificare	identifizieren	**L** idem **F** identifier **E** identify
	distorto, -a	verdreht, verzerrt	**L** dis + torquere **E** distort

	il mazzo; il mazzetto	der Strauß; das Sträußchen	› L'otto marzo in Italia si regala alle donne un mazzo di mimose.
E12	**il/la (tele)spettatore/ -spettatrice**	der/die (Fernseh-)Zuschauer/in	**F** le téléspectateur/la téléspectatrice
E13	**contraddire qn**	jdm widersprechen	› Nessuno può contraddire un esperto. ! In italiano si usa l'oggetto diretto!
	lo/la scienziato/a	der/die Wissenschaftler/in	**F** le/la scientifique **E** scientist
	lo scrittore/la scrittrice	der/die Schriftsteller/in	*cf.* scrivere › Dacia Maraini è una delle scrittrici italiane più famose al mondo.
E15	**il cliché**	das Klischee	*sin.* lo stereotipo
E16	**analogo, -a**	analog, entsprechend	**F** analogique **E** analogous
B1	**il viaggiatore/la viaggiatrice**	der/die Reisende	*cf.* il viaggio
	il test	der Test	! il test = Test, il testo = Text
	l'aria	die Luft	**L** aer **F** l'air **E** air
	l'aria condizionata	die Klimaanlage	› Ad alcuni viaggiatori l'aria condizionata nei bus fa male.
	il volume	die Lautstärke	**F** le volume **E** volume › Per favore, puoi alzare il volume della radio, non sento niente.
	comodo, -a	bequem, gemütlich	› Franziska, siediti su quel divano, starai più comoda.
	la coda	der Schwanz; die (Warte-)Schlange; *hier:* der Stau	› Davanti al cinema c'era una coda lunghissima.
	la nave da crociera	das Kreuzfahrtschiff	› Le navi da crociera sono un pericolo per le città come Venezia.
	la boutique	die Boutique	
	a bordo	an Bord	**F** à bord **E** on board
	il personale	das Personal	› Il personale di bordo su una nave da crociera lavora molto, ma spesso è pagato male.
	il lusso	der Luxus	**F** le luxe **E** luxury
	il borgo	das Dorf, die Ortschaft	
	la sagra	das Volksfest	**L** sacer › La sagra, per esempio del vino, è una festa popolare.
	vietare	verbieten	
	arrabbiarsi	wütend werden, erzürnen	*cf.* la rabbia
	fotografare	fotografieren	› La Basilica di San Marco è uno dei monumenti più fotografati al mondo.
	la zampa	die Pfote	
	l'hotel	das Hotel	*sin.* l'albergo
	l'agriturismo	der Urlaub auf dem Bauernhof	› Per me l'agriturismo è più rilassante di una vacanza al mare, lì trovi meno gente e meno confusione.
	la stalla	der Stall	› Ho comprato una stalla nuova per il mio cavallo.
	l'ospite	der Gast	**L** hospes **F** l'hôte
	regionale	regional	*cf.* la regione
	biologico, -a	biologisch, Bio-	› In questo mercato trovi prodotti biologici e regionali.
	l'autostrada	die Autobahn	
	affollato, -a	überfüllt	
	la pista ciclabile	der Radweg	› A Ferrara ci sono molte più piste ciclabili rispetto ad altre città italiane.
	l'inquinamento	die Verschmutzung	› Andare in bicicletta aiuta a ridurre l'inquinamento.
	inquinare	verschmutzen	
	la corrente	der Strom	**L** currere **F** le courant **E** current
	Congratulazioni!	Glückwunsch!	**L** gratus **E** congratulations › Ti hanno promosso. Congratulazioni!
	la cura; prendersi cura di	die Pflege, Kur; sich kümmern um	**L** cura › Prenditi cura del tuo amico quando sta male. Cerca di stargli vicino.
	ridurre	reduzieren	*cf.* produrre

	ecosostenibile	ökologisch nachhaltig, umweltfreundlich	❯ È un modo ecosostenibile di spostarsi.
E1	**rispecchiare**	widerspiegeln	*cf.* lo specchio
E3	**la parafrasi**	die Umschreibung, die Paraphrase	**E** paraphrase ❯ Dopo aver letto la poesia cerchiamo di farne una parafrasi.
E4	**il più presto possibile**	so schnell wie möglich	❯ In caso di bisogno la polizia deve arrivare il più presto possibile.
	sano, -a	gesund	
	indimenticabile	unvergesslich	*cf.* dimenticare
E5	**a proposito di; il proposito; a tal proposito**	apropos; die Absicht; der Vorsatz; zu diesem Zweck	❯ Si dice "a proposito di" per richiamare l'attenzione su un argomento.
E6	**la ristrutturazione**	die Renovierung, Sanierung	❯ Dopo i lavori di ristrutturazione il palazzo sembra nuovo.
	l'impatto	die Auswirkung; der Aufprall	**E** impact
B2	**coltivare**	bebauen, anbauen; pflegen	**F** cultiver ❯ Bisogna coltivare le amicizie, cioè comunicare con gli amici regolarmente.
	la coltivazione	der Anbau; die Bewirtschaftung	
	i cereali	das Getreide	**F** les céréales ❯ Molti italiani fanno colazione con i cereali.
	il grano duro	der Hartweizen	
	il vitello	das Kalb	**F** le veau ❯ Il piccolo della mucca si chiama vitello.
	gustare	(aus)kosten; genießen	❯ Hai gustato questo vino? È davvero buono.
	enorme	enorm, außerordentlich	**F** énorme **E** enormous
	ricercare	suchen; erforschen	*cf.* cercare **F** rechercher **E** research
	sostenibile	nachhaltig	**L** sustinere **E** sustainable
	ambientale	Umwelt-	*cf.* l'ambiente
	abbracciare	umarmen; sich entscheiden für	❯ Tutti i politici dovrebbero abbracciare di più i temi sulla politica ambientale.
	il/la ciclista	der/die Radfahrer/in	*cf.* la bicicletta
	tutelare	schützen	❯ Per tutelare l'ambiente ci vogliono più ciclisti e meno automobilisti.
	la cima	der Gipfel	
	la sfida	die Herausforderung	❯ Per Lorenzo diventare il miglior ciclista della sua città è ormai una sfida.
	il ciclismo	der Radsport	❯ Siccome a Lorenzo piace il ciclismo, ha deciso di comprare una bicicletta da corsa.
	immergere, *part. pass.* **immerso**	eintauchen	**E** to immerse ❯ Immergere le gambe nell'acqua fredda a volte può aiutare.
	apposta *avv.*	absichtlich	❯ Mamma, mi è caduto il bicchiere e si è rotto, ma non l'ho fatto apposta.
	l'apparenza	der (An-)Schein	**F** l'apparence **E** appearance ❯ L'apparenza inganna. = Der Schein trügt.
	l'ecosistema	das Ökosystem	
	l'alimentazione *f.*	die Ernährung	❯ Anche la nostra alimentazione, cioè quello che mangiamo, ha un influsso sull'ecosistema.
E10	**l'agenzia**	die Agentur	**F** l'agence **E** agency ❯ Per prenotare una vacanza possiamo andare in un'agenzia di viaggi.
E12	**la mappa**	die (Land-)Karte; der Plan	❯ È importante avere una mappa quando visiti una città nuova.
	la sostenibilità; l'ecosostenibilità	die Nachhaltigkeit; die ökologische Nachhaltigkeit	❯ Molti sono amici dell'ecosostenibilità, ma pochi fanno qualcosa di concreto per l'ambiente.
B3	**gli agenti della scorta**	die Personenschützer	❯ Gli agenti della scorta devono proteggere il Presidente.
	lo slogan (pubblicitario); *pl.* **gli slogan**	der (Werbe-)Slogan	❯ Abbiamo finito il progetto, adesso ci vuole un bello slogan pubblicitario per renderlo noto.
	intero, -a	ganz, völlig	**F** entier, ière **E** entire ❯ l'intero paese = tutto il paese

il popolo	das Volk; die Bevölkerung	
la dignità	die Würde	**L** dignitas **F** la diginité **E** dignity
il consumo	der Konsum	**E** consumption
il sostegno	die Unterstützung	*sin.* l'aiuto
l'impresa	das Unternehmen	**F** l'entreprise **E** enterprise
l'iscrizione *f.*	die Einschreibung, Anmeldung	*cf.* iscriversi **F** l'inscription
disposto, -a a	bereit zu	› Molte imprese sarebbero disposte a produrre in modo più ecosostenibile se ci fossero più aiuti da parte dello Stato.
ovvio, -a	offensichtlich	**E** obvious
la morte	der Tod	
nemmeno *avv.*	nicht einmal, auch nicht	
l'attivista	der/die Aktivist/in	*cf.* attivo **F** l'activiste **E** activist
l'acquisto	der Einkauf, Erwerb	› L'acquisto di tre macchine nuove è costato 100 000 euro alla nostra impresa.
il pacchetto	das Paket	**F** le paquet › Il governo ha deciso un pacchetto di misure per aiutare le piccole e medie imprese.
pulito, -a	sauber	
soggiornare	verweilen, sich aufhalten	*cf.* il soggiorno
consumare	konsumieren, verbrauchen; *hier:* einnehmen	*cf.* il consumo **L** consumere **F** consommer **E** consume
sorgere, *part. pass.* **sorto**	entstehen; aufgehen; sich erheben	**L** surgere
il terreno	das Land, der Grund; das Gebiet	**L** terra **F** le terrain
E14 **l'eroe/l'eroina**	der/die Held/in	**F** le héros, l'héroïne **E** hero/heroine › Questa ragazza ha salvato la vita di un bambino. È una vera eroina.
E16 **la tragedia**	die Tragödie	**F** la tragédie **E** tragedy
il magistrato	der Richter	*sin.* il giudice **L** magistratus

Lezione 14

Ingresso

per conto proprio	auf eigene Rechung	**F** à son propre compte
l'occidente	der Westen	*sin.* l'ovest *ant.* l'oriente **L** occidens **F** l'Occident **E** occident
cadere	fallen	
il poeta	der Dichter	**F** le poète **E** poet › Una persona che scrive poesie.
fiorentino, -a	florentinisch, aus Florenz	› Il fiorentino è il dialetto di Firenze.
umanistico, -a	humanistisch, geisteswissenschaftlich	
unificare	(ver)einen	*cf.* unire › Lo Stato italiano è stato unificato nel 1861.
A1 **l'unità**	die Einheit	*cf.* unire **F** l'unité
imporsi	sich durchsetzen	**L** imponere **E** impose
l'abitudine *f.*	die Gewohnheit	**F** l'habitude **E** habit › Il sabato Giorgio va sempre al bar per fare colazione. È un'abitudine.
consentire	erlauben, ermöglichen	
l'analfabetismo	der Analphabetismus	**F** l'analphabétisme › Ancora oggi molte persone non sanno né leggere né scrivere, l'analfabetismo purtroppo è un fenomeno ancora comune in alcuni paesi.
ritenere	glauben; halten für	*cf.* tenere *sin.* pensare
inferiore	niedriger, geringer; minderwertig	**E** inferior
distintivo, -a	Unterscheidungs-	› Il dialetto può essere un segno distintivo di appartenenza a un gruppo.
l'appartenenza	die Zugehörigkeit	*cf.* appartenere **F** l'appartenance
l'unificazione	die (Ver-)Einigung; die Vereinheitlichung	

	veneto, -a	venetisch	❯ Il capoluogo veneto è Venezia.
	lo schiavo/la schiava	der/die Sklave/Sklavin	**F** l'esclave
	il servo/la serva	der/die Diener/in	**L** servus **E** servant
E1	consistere di	bestehen aus	**F** consister en **E** consist of
E3	l'illustrazione *f.*	die Abbildung, Veranschaulichung	**F** l'illustration **E** illustration
A2	c'era una volta	es war einmal	❯ *C'era una volta* è il tipico inizio di una favola.
	la novella	die Novelle	**F** la nouvelle ❯ Boccaccio scrisse il famoso *Decameron* che consiste di 100 novelle.
	il sultano	der Sultan	**F** le sultan
	l'Egitto	Ägypten	❯ L'Egitto è famoso per le piramidi.
	riportare	berichten; zurückbringen; (Sieg) erringen	❯ Il generale riportò la vittoria contro i nemici del sultano.
	la vittoria	der Sieg	**L** victoria **F** la victoire **E** victory
	musulmano, -a	muslimisch	**F** musulman, e ❯ La religione musulmana è tra le più diffuse al mondo.
	la necessità	die Notwendigkeit	*cf.* necessario **F** la nécessité **E** necessity
	la somma	die Summe	**L** summa **E** sum
	il giudeo	der Jude	**F** le juif **E** Jew
	avaro, -a	habsüchtig, geizig	**F** avare ❯ Una persona avara vuole avere molto e spendere poco o niente.
	spontaneo, -a	spontan	**L** sponte mea **F** spontané, e **E** spontaneous
	la cordialità	die Herzlichkeit	**L** cor **F** la cordialité **E** cordiality
	accomodarsi	Platz nehmen	❯ Il signore ci ha detto di accomodarci.
	la trappola	die Falle	❯ Attenzione, non cadere nella trappola!
	l'ingegno	der Geist, Verstand	**L** ingenium
	se non vado errato	wenn ich mich nicht irre	*sin.* se non sbaglio
	il gioiello	das Juwel, der Schmuck	**F** les joyaux **E** jewel
	l'anello	der Ring	**F** l'anneau ❯ La signora Rossi è proprio ricca, ha tanti anelli e gioielli preziosi.
	il figliuolo	der Sohn; der Knabe	*dim. di* figlio **F** le fils
	l'erede	der Erbe/die Erbin	**F** l'héritier **E** heir
	onorare	ehren	**F** honorer **E** honour
	ereditare	erben	**F** hériter ❯ Giorgio ha ereditato l'azienda di suo padre che va benissimo. È un erede fortunato.
	giungere, *part. pass.* giunto	ankommen, gelangen	*sin.* arrivare **F** joindre
	virtuoso, -a	tugendhaft	**L** virtus **F** vertueux, se **E** virtuous
	obbedire, -sc-; obbediente (ubbidiente)	gehorchen; gehorsam, folgsam	**F** obéir ❯ Se un bambino fa quello che gli dicono i genitori, obbedisce.
	la consuetudine	die Gewohnheit, der Brauch	**L** consuetudo
	desideroso, -a di	sehnsüchtig nach	*cf.* desiderare
	prescelto, -a	auserwählt	*cf.* scegliere
	promettere, *part. pass.* promesso	versprechen	**L** promittere **F** promettre **E** promise ❯ I ragazzi hanno promesso al prof di impegnarsi di più.
E5	sfortunatamente	zum Unglück	*ant.* per fortuna
	la peste	die Pest	**F** la peste **E** pestilence
	invadere, *part. pass.* invaso	eindringen, angreifen	**F** envahir **E** invade
	la scrittura	das Schreiben, Abfassen; die Schrift	*cf.* scrivere **F** l'écriture **E** scripture
	l'intenzione	die Absicht; der Wille	**E** intention
E6	in segreto; il segreto	im Geheimen; das Geheimnis	❯ Non lo dire a nessuno, è un segreto!
	restituire -sc-	zurückerstatten, zurückgeben	
E9	lo scopo	das Ziel	
	volgare	Vulgär-	**L** vulgus ❯ L'italiano moderno deriva dal latino volgare.
E10	il trasferimento	der Umzug	*cf.* trasferirsi
	la corona	die Krone	**F** la couronne **E** crown
	la raccolta	die Sammlung; die Ernte	*cf.* raccogliere

A3	l'opera lirica	die Oper	! Sie liebt die **Oper**. = Ama l'**opera lirica**. l'opera = das Werk
	euforico, -a	euphorisch	› Capisco le reazioni euforiche del pubblico. Quella di ieri sera era un'opera lirica magnifica.
	il coro	der Chor	**F** la chorale **E** choir
	la patria	die Heimat, das Vaterland	**F** la patrie **L** patria
	l'oppressione	die Unterdrückung	**L** opprimere **F** l'oppression **E** oppression
	la rivolta	der Aufruhr, die Revolte	**F** la révolte **E** revolt › Dopa una lunga oppressione il popolo fece una rivolta.
	la dominazione	die Herrschaft	**F** la domination **E** domination
	il desiderio	die Sehnsucht	**E** desire › La dominazione straniera fu il motivo principale per il desiderio di indipendenza che portò al Risorgimento.
	il Risorgimento	Freiheits- und Einigungsbewegung im Italien des 19. Jhdt.	**L** re + surgere
	proclamare	ausrufen	**F** proclamer **E** proclaim
	l'indipendenza	die Unabhängigkeit	**F** l'indépendance **E** independence
	il regno	das Königreich	**L** regnum › Nel 1861 fu proclamato il Regno d'Italia.
E11	la similitudine	die Ähnlichkeit	*cf.* simile **F** la similitude
E14	lo spreco	die Verschwendung	
E15	complicato, -a	kompliziert	**F** compliqué, e **E** complicated
B1	cinematografico, -a	Kino-	**F** cinématographique › Il mondo cinematografico gli deve moltissimo.
	calare *tr./intr.*	herunterlassen; sinken, abnehmen	› Negli ultimi decenni i prezzi per i computer sono calati. Prima i computer erano più cari.
	il/la regista	der/die Regisseur/in	› Fellini è stato uno dei più famosi registi italiani.
	il realismo	der Realismus, die Wirklichkeit	**F** le réalisme **E** realism
	crudo, -a	roh; rauh	! prosciutto crudo ↔ cotto **F** cru, e
	ambientare	als Schauplatz wählen, spielen lassen	› Il romanzo *Il Gattopardo* è ambientato in Sicilia.
	premiare	auszeichnen	*cf.* il premio **L** praemium
	lento, -a	langsam	*ant.* veloce
	la ripresa (economica/ cinematografica)	die (wirtschaftliche) Erholung; die Filmaufnahme	› Con la ripresa economica più persone troveranno un posto di lavoro.
	pubblico, -a *agg.*; il pubblico	öffentlich; das Publikum	
	ridicolizzare	lächerlich machen	**F** ridiculiser **E** ridicule
	il vizio	das Laster	*ant.* la virtù **F** le vice
	la nazione	die Nation, der Staat	
	la commedia	die Komödie	
	la satira	die Satire	**F** la satire › Con la sua satira il comico ridicolizza i vizi dei ricchi e dei potenti.
	lo schermo	der Bildschirm	**F** l'écran **E** screen › Non so se ti fa bene passare tante ore davanti allo schermo.
	la trasformazione	die Umwandlung, Veränderung	**F** la transformation **E** transformation
	improvvisare	improvisieren	**F** improviser **E** improvise › Nemore fa quasi tutto all'ultimo minuto, gli piace improvvisare.
	rigoroso, -a	streng, rigoros	**F** rigoureux, se **E** rigorous
	il portatore	der Träger	*cf.* portare
	il consumismo	das Konsumverhalten	*cf.* il consumo
	la morale	die Moral	**F** la morale › Hai capito la morale della favola?
	la felicità	das Glück	
B2	il/la passante	der/die Passant/in	*cf.* passare **F** le passant, la passante **E** passerby
	In bocca al lupo!	Hals- und Beinbruch!	› – L'esame di domani è difficile. – Allora in bocca al lupo!
	fare i conti con	abrechnen mit	› Non avevano fatto i conti con il traffico e così sono arrivati quando il film era già cominciato.

	splendere	glänzen	› Oggi è una bella giornata e il sole splende.
	modesto, -a	bescheiden	**F** modeste **E** modest
	fortunatamente	zum Glück	*ant.* sfortunatamente
	meravigliarsi	sich wundern	*cf.* la meraviglia
	la proiezione	die Vorführung	› Prima della proiezione la prof ci ha dato un foglio con alcune domande sul film che stavamo per vedere.
	l'incasso	die Einnahme	
E7	**il dettaglio**	das Detail, die Einzelheit	**F** le détail **E** detail › Non si possono conoscere tutti i dettagli di un film se lo si è visto una sola volta.
B3	**il commediografo**	der Komödienschriftsteller	
	rinnovare	erneuern	› Goldoni ha rinnovato tutto il teatro europeo.
	il carattere	der Charakter	**F** le caractère **E** character
	il servitore	der Diener	**L** servire **F** le serviteur **E** servant
	teatrale *agg.*	Theater-	**F** théâtral, e › La nostra scuola ha fatto una rappresentazione teatrale di *Il servitore di due padroni* di Carlo Goldoni.
	il romanticismo	die Romantik	**F** le romantisme **E** romanticism
	tragicomico, -a	tragikomisch	
	assegnare	zuteilen, zuerkennen	**E** assign › Gli è stato assegnato il Premio Nobel nel 1997.
	il Premio Nobel	der Nobelpreis	› Dario Fo fu un attore e drammaturgo che ha vinto il Premio Nobel.
	innovativo, -a	innovativ	**L** novus **E** innovative
	il drammaturgo	der Dramatiker, Bühnendichter	
	lo storico	der Historiker, Geschichtsschreiber	**F** l'historien **E** historian
	il profilo	das Profil, Charakterporträt	**F** il profil **E** profile
	doloroso, -a	schmerzhaft	**L** dolor **F** douloureux, se
	pessimista *agg.*; **il/la pessimista**	pessimistisch; der/die Pessimist/in	**L** pessimus **F** pessimiste **E** pessimistic
	combattuto, -a tra	hin- und hergerissen zwischen	*cf.* combattere › Non so che fare. Sono combattuto fra due decisioni completamente diverse.
	l'illusione *f.*	die Illusion, Täuschung	**F** l'illusion **E** illusion
	la gioventù	die Jugend	**L** iuventus
	il malessere	das Unwohlsein, Unbehagen	**L** malus + esse **F** le mal-être
	affrontare qc	sich einer Sache stellen, etw. angehen	› Nel libro la scrittrice affronta un tema davvero difficile.
	pubblicare	veröffentlichen, herausgeben	
E9	**l'originalità**	die Originalität	*cf.* originale
	l'umorismo	der Humor	**E** humour
	apprezzare	würdigen, schätzen	**E** appreciate
	la teoria	die Theorie, die Lehre	**E** theory
E11	**annotare**	aufzeichnen, notieren	› Durante l'ascolto mi sono annotato alcune parole chiave.
	saltare	springen	› La prima cosa che salta all'occhio nel leggere il libro è la perfetta descrizione di ogni situazione.
	venire in mente	einfallen	
	procedere	vorgehen	**L** procedere **F** procéder **E** proceed
	indirizzare	addressieren, richten an	› Le lettere vanno indirizzate al giusto destinatario.
	il/la destinatario/a	der/die Adressat/in	**F** le destinataire **E** destination

Alphabetisches Vokabelverzeichnis

a	1
a bordo	13 B1
a buon mercato	11 A2
a causa di	8 B2
A che ora?	5 Ingresso
a destra	2 A2
a fiori	5 A3
a pois	5 A3
a proposito di	13 B1 E5
a quadri	5 A3
a righe	5 A3
a seconda di	6 A2
a sinistra	2 A2
a volte; la (prima) volta	5 A1
abbastanza *avv.*	1 Ingresso
abbonamento	3 A1
abbracciare	13 B2
abbronzarsi	9 A2
abilità	8 B2
abitante	13 Ingresso E1
abitare	1 A1
abitazione *f.*	13 A2 E9
abitudine *f.*	14 A1
accendere, *part. pass.* acceso	6 A1 E5
accessori	8 A2 E13
accettare	4 B3 E17
accogliere, *part. pass.* accolto	13 A2 E10
accomodarsi	14 A2
accompagnare	6 A1 E5
accorciare	10 A2
accorgersi (di qc.), *part. pass.* accorto	8 A1
acqua; acqua minerale (naturale)	2 Ingresso
acquisto	13 B3
adatto, -a	5 A2
addirittura	6 A1 E7
addormentarsi	5 A1
adesso *avv.*	1 A1 E8
adorare	5 A1
aereo	7 Ingresso E3
aeroporto	7 B1 E7
affare *m.*; affarone	11 A2
affascinare; affascinato, -a	11 Ingresso
affermare	10 B1
affermazione *f.*	7 B1 E1
affetto	10 A2
affinché	10 A1
affittare	7 B1 E6
affollato, -a	13 B1
affrontare qc.	14 B3
agenti della scorta	13 B3
agenzia	13 B2 E10
aggiungere	6 B1 E6
aggressività	3 B1 E4
aggressivo, -a	3 B1 E4
agire, -sc-	11 A2
agosto	5 Ingresso
agriturismo	13 B1
aiutare	3 B1
aiuto	3 B1
albergo	7 Ingresso E3
albero	4 B3
albicocca	4 B2
album	12 Ingresso E1
alcolico, -a	8 A2
alcuni, -e	4 A2
alimentazione *f.*	13 B2
all'aperto	9 A1 E1
allearsi a/con qn	12 A1
allegro, -a	2 A2
allenamento	5 B2
allenarsi	5 A1
allergico, -a	4 A3 E13
all'estero	10 Ingresso E1
all'improvviso	5 B1
allontanarsi (da)	10 A2
allora	1 A2
almeno	3 B2
alta stagione	7 A1
alternativo, -a; alternativa	4 B3
Alto Adige	7 B1
alto, -a	3 A2
altrettanto *avv./agg.*	2 B2
altrimenti *avv.*	3 B1
altro, -a	4 A3
alzarsi	5 A1
amante	6 Ingresso
amare	1 A1 E4
amaro, -a; amaro	13 A2
ambientale	13 B2
ambientare	14 B1
ambiente	11 A2 E16
ambito	13 A1
amicizia	12 Ingresso
amico/amica	1 A2
amministrazione	12 Ingresso
ammirare	6 A2 E13
amore	9 B1
analcolico, -a	8 A2
analfabetismo	14 A1
analogo, -a	13 A3 E16
anatomia	11 B1
anche; anch'io	1 A1
ancora	3 A1
andare	3 A1
andiamo (da loro)	2 A2
anello	14 A2
angolo	4 B1
anima	5 B2
animale; l'animaletto *dim.*	7 A1 E5
animo	9 B2 E11
anno; avere … anni	1 A1
annoiarsi	6 B1
annotare	14 B3 E11
annuale	12 B1 E5
antico, -a	4 A1
antipasto	2 Ingresso
anzi	6 B2
anziano, -a; anziani	8 B1
aperitivo	8 A2
aperto, -a	4 A2
app *f.* (applicazione)	7 Ingresso E3
apparecchiare; apparecchiato, -a	2 B1
apparenza	13 B2
appartamento	Ingresso
appartenenza	14 A1
appartenere a	11 B2
appassionato, -a	12 B1
appena *avv./congz.*	6 B1
appetito; Buon appetito!	2 B2
apposta *avv.*	13 B2
apprezzare	14 B3 E9
approfittare di	13 A1 E4
approfondire, -sc-	6 Ingresso E2
approvare	13 A1
appuntamento	3 B1
appunti (personali)	5 A1 E4
appunto	10 B1
aprile	5 Ingresso
aprire *part. pass.* aperto	3 B2 E9
aranciata	3 A3
arancione	5 A3
archeologico, -a	6 A1
archeologo; *pl.* archeologi/-ghe	4 B3
architetto	7 A2
architettura	11 B1
area	11 A2
argomento	12 B2 E7
aria	13 B1
aria condizionata	13 B1
arma, *pl.* armi	11 A2
armadio	1 B1
armonia	11 B1
arrabbiarsi	13 B1
arrestare	11 A2 E14
arrivare	4 A1
Arrivederci!	Ingresso
ArrivederLa	4 B2
arrivo	6 A1 E7
arte *f.*	3 B1
articolo	6 B2
artigianato	11 A1
artigiano/a	11 A1
artista *m./f.*	4 A2
asciugamano	1 B1
asciugare	9 A1 E6
ascoltare	4 A1 E5
aspettare	4 A1
aspetto	11 B2
assaggiare	6 B2
assegnare	14 B3
associazione *f.*	8 B1
assoluto, -a; assolutamente	6 B1 E2
astuccio	3 B2
atleta	5 B2 E11
atmosfera	7 A2
attaccare	12 A1
attentato	12 A2
attento, -a	4 A1
attenzione *f.*	4 A1
attimo	12 A2
attivista	13 B3
attività	8 Ingresso E2
attivo, -a	6 A2
attore/attrice	12 B1 E3
attraversare	4 A2
attraverso *prep.*	7 A1
attrazione turistica *f.*	4 Ingresso E1
attuale; attualmente	6 B1 E2
attualità	10 B1
augurare; augurarsi	7 A1
aula	6 A1 E6
aumentare	12 B1
austriaco, -a; austriaci, austriache; austriaco/a	1 A2
autobiografia	11 B1 E4
autobus/bus	3 A1
automobile *f.*	12 Ingresso
autore/autrice	9 A2 E14
autorità *f.*	12 A1
autostima	13 A3
autostrada	13 B1
autunno	5 Ingresso
avanti *avv./prep.*	3 B2
avaro, -a	14 A2
aver bisogno di; bisogno di	5 A2
aver luogo	4 A2 E9
avere	1 A1
avere ragione	4 B1
avvenire	12 B2 E6
avventura	11 A1
avvertire	12 B1
avvicinarsi (a)	13 A2 E10
avvisare	7 B2
azienda	10 B1
azione *f.*	9 A1 E3
azzurro, -a	5 A3
bacio	7 B1 E6
bagnino	7 B2 E17
bagno	1 B1
balcone	1 B1
ballare	5 B1
bambino	8 B1
bancarella	11 A2
banco	3 B2
bancone	3 A3
banconota	12 Ingresso
bandiera	13 Ingresso E1
bar *m.*	3 Ingresso
barca	6 A2 E13
barista	2 A1
base	7 A2
basilica	4 Ingresso E1
basso, -a	7 A1 E6
bastare	5 A3 E21
batteria	9 B1 E7
battesimo	9 A2 E11
Bel Paese	6 A1
bellezza	4 A2 E11
bello, -a	1 A2
benché *congz.*	10 A1
bene	8 B1
bene *avv.*	1 Ingresso
beneficenza	5 B3
benessere	5 B2
benvenuto, -a	1 Ingresso
bere	2 B2
biancheria	9 A2
bianco, -a	5 A3
bicchiere *m.*	2 B1
bici(cletta)	3 A2
bidello	3 B2
bidet	1 B1
biglietto	3 Ingresso
biglietto da visita	8 A2 E13
bilingue *agg.*	8 B2 E16
biografia	8 B2 E15
biologico, -a	13 B1
biondo, -a	2 A2
biscotto	2 Ingresso
bisogna	6 B2
blu *inv.*	5 A3
bocca	11 B1
boom economico	9 B1
borgo	13 B1
borsa	4 A1
bottiglia; bottiglietta	2 B1
boutique	13 B1
braccio, *pl.* braccia	11 B1
bravo, -a	1 A1
breve	4 A1
bruschetta	2 B2
brutto, -a	7 A1
buffet	8 A2
buio, -a; buio	6 A2 E11
Buonasera!	1 Ingresso
Buongiorno!	Ingresso
buono, -a	2 B2
burro	2 Ingresso
bussare	10 B1
buttare (fuori)	5 B1
cabina	7 B2
caccia	6 A1 E7
cadere	14 Ingresso
caffè	1 B1
caffellatte	2 Ingresso
calare *tr./intr.*	14 B1
calcio; giocare a calcio	3 A2
caldo, -a; caldo	3 A3
cambiamento	12 B1
cambiare	3 A1
cambio; in cambio	9 B2
camera (da letto)	1 B1
Camera (dei deputati)	13 A1
cameriere	4 A3
camicetta	5 A3
camicia	5 A3
camminare	5 B2
campagna	9 A1 E4
campanella	3 B2
campanile	7 A2
campeggio	7 Ingresso E3
campionato (mondiale)	5 B2 E11
campo	7 A2
canale	10 B1 E1

candidarsi	13 A1
cane	2 A2
cantante	3 A2 E12
cantare	1 A1 E4
cantautore, cantautrice	9 B1
cantina	12 A1 E4
canzone	5 B3
caos	1 B2
caotico, -a	9 A1 E5
capacità	11 B1 E1
capelli	2 A2
capire, -sc-	4 A1
capitale	5 A3
capo	12 A1
capolavoro	6 Ingresso
capoluogo	6 Ingresso
cappello	5 A3
cappuccino; cappuccio	2 Ingresso
carattere	14 B3
caratteristica	10 B1 E8
carica	13 A1
carino, -a	2 A2
carità	13 A2
carne	2 Ingresso
caro, -a	5 A3
carota	4 B1
carriera	9 B1
carta	6 A1
cartellone	5 B1 E6
cartina	4 B1 E1
cartolina	6 B2 E12
cartoni animati	10 B1 E2
casa editrice	10 B1 E2
casa; a casa	Ingresso
casalinga	13 A1
casco	9 A1
caso	8 A2
cassa	3 A3
castano, -a	2 A2
castello	6 Ingresso
catastrofe	5 B1
catena	6 A2
cattedra	3 B2
cattivo, -a	9 B1
cattolico, -a	4 A2
causare	12 A1
cavallo	7 B1 E6
c'è; ci sono	1 B2
celebre	9 B1 E4
celeste	5 A3
cellulare	Ingresso
cena	1 A2
cenare	4 A1
centesimo	6 A1 E7
centro commerciale	7 A2
centro; al centro	2 A2
c'era una volta	14 A2
ceramica	11 Ingresso
cerchi (*inf.* cercare)	1 A2
cerchio	11 B1
cereali	13 B2
certezza	8 B2
certo, -a *agg.*, certo *avv.*	1 A1
chance *inv.*	3 B1 E4
chattare	1 A1 E4
Che bello!	4 A2
che ora è/che ore sono?	5 Ingresso
Che te ne pare?	11 A2
Che/Che cosa/Cosa?	1 A2
Che?; Che (piano)?	1 A1
Chi?	1 A1
chiacchierare	6 B1 E5
chiacchierone/a	9 B1 E7
chiamare	3 B2
chiarire, -sc-	10 A1
chiaro, -a	5 A3
chiasso	5 B1
chiave	5 A2 E6
chiavetta USB	8 B1 E4
chiedere a	3 B1
chiesa	4 A1

chilo	4 B1
chilometro	6
Chissà? (= Chi sa?)	12 A2
chitarra	1 B2
chiudere; chiudersi	12 A1 E4
chiunque	7 B2
ciao!	Ingresso
ciascuno, -a	6 A2
cibo	2 B2 E6
ciclismo	13 B2
ciclista	13 B2
ciliegia	4 B2
cima	13 B2
cinema	3 A2
cinematografico, -a	14 B1
cinese *agg.*; cinese	11 A2
Cinquecento	4 A2
cintura	5 A3
ciò (che)	10 A1
cioccolato	3 A3
cioè	2 A2
cipolla	4 B1
circa	6 B1
citare	10 B1
citazione	8 B2 E10
città, *pl.* città	Ingresso
cittadina *dim.*	10 B2
cittadinanza	8 B2 E14
cittadino/a	13 A1
classe	3 Ingresso
classico, -a	6 B2
cliccare	10 B1 E2
cliché	13 A3 E15
cliente	3 A3 E18
clima	12 A1
coda	13 B1
codice d'accesso	7 A1
cognome	Ingresso
coinvolgere	12 B2 E10
collaborare	11 A2 E11
collega	11 A2 E15
collegare	6 A1 E6
collezione	1 B2 E14
colore	5 A3
colpa	10 A2 E15
colpevole	12 B2
colpire	9 B1 E5
coltello	2 B1
coltivare	13 B2
coltivazione	13 B2
colui (che)	11 B1
comando	13 A1
combattere	12 A1
combattuto, -a tra	14 B3
Come si dice in italiano?	1 B2
Come stai?	1 Ingresso
Come ti chiami?	1 Ingresso
cominciare *tr./intr.*	5 A3
commedia	14 B1
commediografo	14 B3
commentare	10 A2
commerciante	7 A2
commercio	11 A2
commesso/a	5 A3 E 23
comodo, -a	13 B1
compagno/a *m./f.* (di scuola)	3 A1
compiere	13 A1
compito	3 B1
compleanno	2 Ingresso
complesso, -a	11 B2
completare	6 B1 E2
complicato, -a	14 A3 E15
complimento	9 A2
comportamento	12 B2 E10
comprare	4 B1
computer	1 B1
comunicare	6 A1 E7
comunità	10 B2 E16
comunque *avv./cong.*	7 B2
con	1 Ingresso
concedere; concedersi	8 A1
concerto	5 B2

concetto	10 A2 E14
concreto, -a	6 A2
condividere	8 B2
condizione; a condizione che	13 A1
conduttore/ conduttrice (televisivo/a)	10 Ingresso E1
confermare	7 A2 E10
confessare	8 A1
confrontarsi con	10 A2
confronto	9 B1 E7
confusione	6 B1 E1
Congratulazioni!	13 B1
cono	3 A3
conoscere	3 A1
conquistare	12 A1
consegnare	6 A1 E6
conseguenza	12 A2 E7
consentire	14 A1
conservare	11 B1
considerare	10 B1 E5
consigliare	4 A3
consiglio	6 B1 E2
consistere di	14 A1 E1
constatare	12 B2
consuetudine	14 A2
consumare	13 B3
consumatore/ consumatrice	11 A1 E10
consumismo	14 B1
consumo	13 B3
contare	8 B2
contatto	8 B1 E2
contemporaneo, -a	9 A2 E9
contenere	6 A1 E1
contento, -a di	6 B1 E5
contenuto	6 A1 E1
continuare	4 B1
continuo, -a	11 B1
contorno	4 A3
contrabbando	11 A2 E11
contraddire qn	13 A3 E13
contraffare	11 A2
contraffazione	11 A2
contrario	6 B2 E9
contrasto	12 A1 E1
contratto	10 Ingresso E2
contribuire, -sc-	8 B1 E5
contro	12 A1
controllare	3 B1 E4
controllo	11 A2
conveniente	11 A2
conversazione	6 B3 E15
convincere *part. pass.* convinto; convinto, -a di	5 A2 E10
convinzione	12 A1
cooperazione	12 A1
coordinare	13 A1
copia	11 A2
copiare	3 B2
coppetta	3 A3
coraggio	10 A2
cordialità	14 A2
cornetto	2 Ingresso
coro	14 A3
corona	14 A2 E10
corpo	11 B1
correggere	4 A3 E17
corrente	13 B1
correre	4 B3 E18
corrispondere (a)	7 B2 E14
corruzione	12 B2 E10
corsa; di corsa	9 B2
corso	6 B1 E2
corte	6 A1 E7
cosa	1 B2
così	1 Ingresso
cosiddetto, -a	10 B2 E13
costa	6 A2
costare	4 B2
costituzione	13 A1

costringere, *part. pass.* costretto	11 A2 E14
costruire, -sc-	4 B3
costruzione	6 B2 E11
cotto, -a	4 B1
creare	8 A2
creatività	11 Ingresso E1
credere	5 B1
crema	3 A3
crema solare	7 B2
crescere	8 B1 E2
criminale	11 A2
crisi	12 B
criticare	10 A2 E15
critico, -a; critica	10 A2 E13
crollare	12 A2 E7
crollo	12 A2 E7
crudo, -a	14 B1
cucchiaino	2 B1
cucchiaio	2 B1
cucina	1 B1
cucinare	9 A2
cuffietta	9 A1
cugino/cugina	2 A2
cui *pron. rel.*	5 B2
cultura	10 A2
culturale	10 B1 E2
cuore	3 B2
cupola	4 A2
cura; prendersi cura di	13 B1
curare	12 A2
curioso, -a	4 B2 E13
da	2 A2
d'accordo	4 B3 E17
Dai!	3 B1 E4
dappertutto	1 B2
dare; dare una mano a	3 B1
darsi del tu/Lei	4 B1 E5
data; data di nascita	5 Ingresso E 1
dato; *pl.* i dati	8 A2 E14
davanti a	10 Ingresso E3
davvero *avv.*	3 A2
decennio	12 B2
decente	10 A2
decidere, *part. pass.* deciso	6 B1
decisione	10 A1
dedicare (a)	6 A1 E2
dedicarsi a	8 B2
definire, -sc-	10 A2
definizione	12 B2 E7
degustare	12 B1
delusione	9 B2
denaro	11 A2
dente	5 A1
dentro *avv./prep.*	9 A2
dépliant	5 A2 E11
deputato/a	13 A1
derivare da	12 A1
descrivere	3 B2 E9
descrizione	9 Ingresso E1
desiderare	4 B2
desiderio	14 A3
desideroso, -a di	14 A2
destinatario/a	14 B3 E11
destino	12 A2 E11
dettaglio	14 B2 E7
di	E1Ingresso
di niente	4 B1
di solito *avv.*	3 A2
(di) dove?	1 A1 E8
dialettale	10 B2
dialetto	4 B3
dialogo; *pl.* dialoghi	4 A1 E3
diario	3 B2
dicembre	5 Ingresso
dichiarare	6 Ingresso
dietro	4 B1
differenza	4 A2 E9
difficile	3 B1

difficoltà	9 A1 E5
diffondere, *part. pass.* diffuso	8 B2
dignità	13 B3
dimenticare	4 A1
diminuire, -sc- *tr./intr.*	13 A3
dipendere da; dipendente	10 A2
dire	3 B1
diretto, -a; indiretto, -a	7 A1 E4
direzione	3 A1
dirigere, *part. pass.* diretto	12 B1 E3
diritto	9 B1
disabilità	8 B1
disciplinato, -a	5 B2
discoteca	3 A2
discriminare	8 B2 E10
discriminazione	8 B2
discutere	10 A1 E7
disegnare	7 B2 E11
disinteressato, -a	12 B2 E9
disposto, -a a	13 B3
distanza	10 A2
distinguere, *part. pass.* distinto	11 A2
distintivo, -a	14 A1
distorto, -a	13 A3
distribuire, -sc-	3 B2
distruggere, *part. pass.* distrutto	6 Ingresso
dito, *pl.* dita	11 B1
dittatore	12 A1
divano	1 B1
diventare	5 A3 E24
diverso, -a	3 B1
divertente	10 B1
divertimento	9 A2 E15
divertirsi	5 A1
dividere, *part. pass.* diviso	6 A2
dizionario	1 B2 E6
doccia	1 B1
docente	8 B2
documentario	10 B1 E2
documento	6 A1 E2
dolce; dolce *agg.*	2 Ingresso
doloroso, -a	14 B3
domanda	4 B3 E14
domani	3 B1
domenica	5 Ingresso
dominazione	14 A3
donare	8 B1
donna	2 A2
dopo *prep./avv.*	2 B2 E5
dopodomani	5 Ingresso
dopoguerra	12 Ingresso
doppio, -a	7 A1
dormire	3 A2
dovere	3 B2
drammatico, -a	12 A1
drammaturgo	14 B3
dritto *avv.*	4 B1
droga	11 A2
dubbio	10 A2
dubitare	10 A2
dunque	12 A1
duomo	11 B2
durante *prep.*	3 B2 E11
durare	3 B1 E6
durata	5 B2
duro, -a	5 B2
e	Ingresso
è (*inf.* essere)	1 A1
e così via	10 B2
ebraico, -a	12 A2 E11
ebreo/a	12 A2 E11
eccezionale	6 B2
ecco	1 A2
ecologico, -a	11 A2 E16
economia	11 A2
economico, -a	8 B2
ecosistema	13 B2
ecosostenibile	13 B1
edicola	3 Ingresso
edificio	11 B2
edizione	6 B3 E20
educazione civica	13 A1
educazione fisica	3 B1
effetto	13 A3
Egitto	14 A2
elegante	5 A3
eleggere, *part. pass.* eletto	13 A1
elemento	13 A1 E6
elettore/elettrice	13 A1 E4
elezione *f.*	13 A1
e-mail *f.*	Ingresso
emigrare	12 A1 E5
emozione *f.*	9 B2
enorme	13 B2
entrare	4 A2
entusiasta	6 B2
epoca	11 B1
eppure	8 B2
erede	14 A2
ereditare	14 A2
eroe/eroina	13 B3 E14
errore *m.*	4 A3 E17
esagerare	12 A1
esatto, -a	6 B3
escludere, *part. pass.* escluso	8 B2 E12
esclusione	8 B2
esecutivo	13 A1
esempio; ad/per esempio = p. es.	4 A2
esercito	12 A2
esistere	9 A1
esperienza	10 Ingresso E3
esperto/a	12 A1
espressione	4 A3 E15
esprimere	4 A2 E9
essere	11 B1 E1
essere in grado di fare qc.	11 A2
estate *f.*	5 Ingresso
età	9 B1
etico, -a	12 B2 E7
etto	4 B1
euforico, -a	14 A3
euro	3 A1
europeo, -a	11 B2
evento	6 B2 E7
evoluzione	9 Ingresso E1
evolversi	9 Ingresso E1
evviva	8 A2
fa	4 B3
fabbrica	9 B1 E2
faccia	6 A1
facile *agg.*	4 A1 E3
falso, -a	1 A2 E11
fame (da lupi)	4 A3
famiglia	Ingresso
familiare	3 Ingresso E1
famoso, -a	4 A1
fantasia	10 A1 E7
fantastico, -a	1 B2
farcela	8 A1
fare	3 A2
fare i conti con	14 B2
fare jogging	5 A1
fare la spesa	4 B1
farmacia	4 B1
farsi la doccia	5 A1
farsi male	9 A1
fascino	11 A1
fascismo	12 A1
fascista; fascista *agg.*	12 Ingresso
fatica	9 A2 E15
fatto	8 B2
fattore	11 B1 E1
favola	11 B2
favore; a favore di	10 A2
febbraio	5 Ingresso
felice	2 A2
felicità	14 B1
felpa	5 A3
femmina	8 B2
fenomeno	7 A1 E6
fermare; fermarsi	5 B1
fermata	3 A1
festa	2 B2 E15
festeggiare	2 Ingresso
fette biscottate	2 Ingresso
fiducia	12 B2 E10
fiero, -a (di)	5 B2
figlio/figlia	2 A1
figliuolo	14 A2
figo, -a	5 B1
figura	11 B1
figurarsi	10 A2
fila	7 B2 E17
film	1 B2 E14
filosofia	11 A1
filosofo/a	11 A1 E7
finalmente	4 A3
finché	13 A1 E7
fine	4 A2 E8
fine settimana	3 A2
finestra	1 B1
finire, -sc-	2 B2
fino a	3 A1 E2
fiore	6 B3
fiorentino, -a	14 Ingresso
firmare	12 A1
fisica	3 B1
fisico, -a	8 A1
fisso, -a	8 B1
fiume	6 A2
flessibile	8 B1
fluentemente	10 B2 E15
foglio	3 B2
fondamentale	8 B2
fondare	6 A1 E7
fontana	4 Ingresso E1
forchetta	2 B1
forma	6 Ingresso E2
formaggio	2 Ingresso
formazione	9 A1 E3
forno	1 B1
forse *avv.*	3 A3
forte *agg./avv.*	9 B1 E2
fortuna	3 A2
fortunatamente	14 B2
fortunato, -a	12 A1
forza; forza!	9 B2
forzare	8 B2
forze armate	13 A1
foto(grafia)	1 B1
fotografare	13 B1
fra/tra	4 A2
fragola	3 A3
francese; francese *m./f.*; francese	1 A1
fratello/fratellino; *pl.* fratelli	1 A1
freddo, -a	3 A3
fregarsene di qc	13 A1
frenetico, -a	9 A2
frequentare	1 A2
frequente	10 B1
fretta; in fretta	7 B2
frigorifero	12 B1
frizzante	2 B2
frutta (fresca)	2 Ingresso
fruttivendolo	4 B1
frutto	11 Ingresso
fumetto	1 B2
funerale	9 A2 E11
funzionare	7 A2 E10
funzione	9 B2
fuori	5 A1 E3
furbo, -a; furbone *agg./sost.*	11 A2
futuro; futuro, -a	10 A1
gamba	11 B1
gatto	Ingresso
gelateria	3 A3
gelato	2 Ingresso
geloso	5 B3 E14
gemello/a	2 A2
generale *agg.*; in generale	5 B2
generazione	9 B1
genere; in genere	8 B2
genio	11 B1
genitori	2 A1
gennaio	5 Ingresso
gente	4 A1
gentile *agg.*; gentilmente *avv.*	5 B1 E1
geografico, -a	8 B2
geologico, -a	6 B1
geometrico, -a	11 B1
gestire, -sc-	11 A2
gettare	5 B1 E4
ghetto	12 A2 E11
già	4 A3
giacca	5 A3
giallo	10 B1 E2
giallo, -a	5 A3
giocare a qc	3 A2
giocatore/giocatrice	8 A1
giocattolo	9 A1
gioco	6 A1
gioiello	14 A2
giornalaio	3 A1
giornale *m.*	3 Ingresso
giornalino (scolastico)	8 B1 E9
giornalismo	10 A1
giornalista	Ingresso
giornata	4 A2 E8
giorno	3 A2
(giorno) feriale	7 B2 E16
(giorno) festivo	7 B2 E16
giovane *agg.*	8 A1
giovedì	5 Ingresso
gioventù	14 B3
girare	4 B1
giro	3 A1
giro d'affari	11 A2
gita	4 B3 E 17
giudeo	14 A2
giudice	12 Ingresso
giugno	5 Ingresso
giungere, *part. pass.* giunto	14 A2
giustificazione	3 B2
giustizia	12 B2 E10
giusto, -a	3 A2
gomma	3 B2
gondola	7 A2
gonna	5 A3
governare	12 Ingresso
governo	6 A2
grande	1 A2
grano duro	13 B2
grattacielo	12 B1
grazie	1 Ingresso
greco, -a	4 A1
gridare	5 B1
grigio, -a	5 A3
gruppo; gruppetto	4 B3 E17
guadagnare	10 Ingresso E2
guardare	3 B2
guerra; Prima/Seconda Guerra Mondiale	8 A2 E15
guida	4 B3
guidare	11 A1
gustare	13 B2
gusto	3 A3
hobby *m.*	8 A1
hotel	13 B1
idea	3 B1 E4
ideale *agg.*; ideale	4 A2 E8
ideare	11 B1
identificare	13 A3
identikit *m.*	4 A2 E6
ieri	5 B1
illusione *f.*	14 B3
illustrazione *f.*	14 A2 E5
imbarazzo	6 B1
immaginare	4 B3

immagine *f.*	2 B2 E15
immergere, *part. pass.* immerso	13 B2
immigrato	8 B1
immigrazione *f.*	13 A1
imparare	6 A1
impatto	13 B1 E6
impedire a qn di, -sc-	11 Ingresso
impegnarsi	8 B1
impegno	8 B1
imperatore	6 Ingresso
impero	6 Ingresso
imporsi	14 A1
importante	6 Ingresso
importanza	8 B1 E5
impossibile	7 A1
imprenditore/imprenditrice	11 B1 E4
impresa	13 B3
impressione	7 Ingresso E2
improvvisare	14 B1
in	Ingresso
in basso	11 Ingresso
In bocca al lupo!	14 B2
in effetti	7 B2 E13
in fin dei conti	7 B1 E6
in fondo	8 A2 E13
in primavera	5 Ingresso
in segreto; segreto	14 A2 E6
in seguito a; in seguito	12 A1 E4
in tempo	4 A1
in tinta unita	5 A3
(in)capace	13 A1
(in)immaginabile	11 B2
incasso	14 B2
inchiesta	12 B2 E10
includere, *part. pass.* incluso	8 B2
incontrare	1 A1 E8
incontro	11 A1 E1
incoraggiare	8 B1 E5
incredibile	5 B1
incrocio	4 B1
incuriosire, -sc-	6 B2
indebolire, -sc-	11 A2
indicare	4 Ingresso E1
indimenticabile	13 B1 E4
indipendente	11 A1 E1
indipendenza	14 A3
indirizzare	14 B3 E11
indirizzo	Ingresso
indossare	6 B2 E13
indovinare	12 B2 E7
industria; industriale *agg.*	9 B1 E2
infanzia	9 A1
infatti	9 A2 E14
inferiore	14 A1
infinito, -a	8 B1
influenza	12 A1 E6
influenzare	9 B2 E11
influire su qn/qc	13 A3
influsso	11 B2
informare; informarsi	6 B1
informatica	3 B1
informatico	13 A1
informazione (di base) *f.*	4 A2
ingegnere	13 A1
ingegno	14 A2
inglese; inglese *m./f.*	1 A1
ingrediente *m.*	4 B2 E13
ingresso	Ingresso
iniziare *tr./intr.*	5 B3
iniziativa	8 B1
inizio	5 Ingresso
innamorarsi di	5 B3
inno	9 B1
innovativo, -a	14 B3
inoltre *avv.*	6 A2
inquilino/a	10 B1 E5
inquinamento	13 B1
inquinare	13 B1
insalata	1 B1
insegnante *m./f.*	3 B1
inserire, -sc-	10 Ingresso E2
insieme	3 A1
integrale	4 B1
integrazione *f.*	8 B2
intellettuale; intellettuale *m./f.*	11 B1 E1
intelligente	2 A2
intelligenza	11 B1 E1
intendere	9 B1 E1
intenzione	14 A2 E5
interessante	4 A1
interessare	6 B2 E8
internazionale	6 A2
interno	4 B2 E13
intero, -a	13 B3
interrogare	3 B1
interrogazione *f.*	3 B1
intervista	5 B3 E17
intervistare	8 A1
intorno a *avv.*	4 B3
intrattenimento	10 B1
introdurre, *part. pass.* introdotto	6 B2 E11
inutile	12 B2
invadere, *part. pass.* invaso	14 A2 E5
invece	2 A2
inventare	6 A1 E2
inverno	5 Ingresso
inviare	6 B2 E11
invitare; invitante	4 A1
invito	4 A3
io, tu, lui, lei	1 Ingresso
ipotesi	13 A1 E5
iscriversi	6 B1 E2
iscrizione *f.*	13 B3
isola	6 A2
ispirare	10 A1
istituzione *f.*	6 A2
italiano, -a; italiano/a; italiano	Ingresso E2
itinerario	7 B1
jeans	5 A3
lago	6 A2
laguna	7A
lampada	1 B1
lampone	4 B2
lanciare	4 A1
lasagne	4 A3
lasciare	3 B2, 10 A2
latino	3 B1
lato	11 A1 E1
latte	2 Ingresso
latte macchiato	2 Ingresso
laurearsi	10 A2 E19
lavabo	1 B1
lavagna	3 B2
lavarsi; lavare	5 A1
lavatrice	9 A2
lavorare	2 A1
lavorativo, -a	10 B1
lavorazione	11 B1
lavoro	5 A1 E3
legale	11 A2
legge	11 B1 E1
leggenda	4 A1
leggere	3 A2
legislativo, -a	13 A1
lento, -a	13 B1
leone	7 A2
lettera	9 A1 E6
letterario, -a	11 B1 E1
letterato/a	6 Ingresso
letteratura	6 A1 E7
lettino	7 B2
letto	1 B1
lettore/lettrice	8 B1 E5
lettura	11 B1
lì, là	1 B2
liberarsi; liberare	11 A1 E7
liberazione	12 A1
libero, -a	7 A1
libertà	12 A2 E10
libro	1 B2
lido	7 Ingresso E2
limone	3 A3
linea	3 A1
lingua	4 A1
linguaggio	8 B2
linguistico, -a	10 Ingresso E2
lista	4 A1 E4
livello	6 A2
locale	5 B1
logica	11 B2
lontano, -a da	3 A1
loro *agg. poss.*	1 B2
loro *pron. pl.*	1 Ingresso
lotta	12 Ingresso
lottare	9 B1
luce	4 A2
luglio	5 Ingresso
lunedì	5 Ingresso
lunghezza	11 B1 E1
lungo, -a	2 A2
luogo	3 Ingresso E1
lusso	13 B1
ma	1 A1
macchina	6 A1 E5
macchina da scrivere	9 A1 E6
macchina fotografica	9 A1
macedonia	4 A3
macelleria	4 B1
madre	1 A2
madrelingua; madrelingua	13 A2 E10
maestro	11 B2
magari	5 A3
maggio	5 Ingresso
maggioranza	8 A1 E6
maggiore	9 B1
magistrato	13 B3 E16
maglietta	5 A3
maglione	5 A3
magro, -a	13 A2
malato, -a	4 B1
malattia	13 A3
male *avv.*	1 Ingresso
malessere	14 B3
mamma	1 A1 E8
mancanza	12 B2 E7
mancare	5 A3
mandare	6 A1 E6
mangiare	2 Ingresso
manica	5 A3
maniera	7 B2 E17
manifestazione	8 B2 E15
manifesto	11 B1
mano *f., pl.* mani	1 A1
mantenere	11 B2
mappa	13 B2 E12
maratona	5 B2
marca	11 A1 E10
mare	5 B2
marito	2 A2
marmellata	2 Ingresso
marrone	5 A3
martedì	5 Ingresso
marzo	5 Ingresso
maschera	6 B2 E13
maschio	8 B2
massimo, -a	9 B1
matematica	3 A1 E9
materia (scolastica)	3 B1
materiale	6 A2 E 11
materno, -a	9 A1 E4
matita	3 B2
matrimonio	9 A2 E11
mattina	5 Ingresso
matto, -a	10 B2
maturità	10 Ingresso E3
maturo, -a	12 B2 E9
mazzo; mazzetto	13 A3
me	2 B2
meccanico	13 A1
media; mass media	10 Ingresso
medio, -a	7 A2
mediterraneo, -a	6 A2
meglio *avv.*	6 A2 E13
melone	2 B2
memoria	6 A1
meno	5 A1
meno male	3 B1
mentre	9 A2
menù	4 A3
menzionare	13 A1 E3
meraviglia	11 Ingresso
meravigliarsi	14 B2
meraviglioso, -a	4 B3
mercato	7 A2
merce	7 A2
mercoledì	5 Ingresso
meritare	8 A1
merito	8 B2
mescolare	12 A1 E6
mese	5 Ingresso
messaggio	4 A1 E5
mestiere	11 A1
metà	5 Ingresso
meta (turistica)	5 B2
metro	4 A2
metro(politana)	3 A1
mettere	5 A2
mettere in atto	13 A1
mettere in rilievo	12 B2
mezzanotte	5 B3
mezzi (di comunicazione di massa)	10 B1
mezzo (pubblico)	3 A1
mezzo, -a	4 B1
mezzogiorno	5 Ingresso
mi chiamo; si chiamano (*inf.* chiamarsi)	1 Ingresso
mi raccomando	4 A1
(mi) dispiace	3 A2
miele	2 Ingresso
migliaio, *pl.* migliaia di	12 A2 E7
miglior(e) *agg.*	6 B3
migliorare	13 A1
migrazione	13 A2 E9
minestra	2 Ingresso
ministro	13 A1
minoranza	8 A1 E6
minore (d'età)	13 A3
miracolo	12 B1
misura; su misura	11 A1
mito	3 A3
mobile	1 B2
moda	5 A3
modello	11 A1
moderno, -a	11 B2
modesto, -a	14 B2
modo	5 A3 E12
modulo	7 A1
moglie	2 A2
molto, -a; molti, -e *agg.*; molto *avv.*	1 A1
momento	3 A1
monarchia	12 Ingresso
mondo	7 B1
moneta	4 A1
montagna	6 A2
monte	6 Ingresso
montuoso, -a	6 A2
monumento	4 A1
morale	14 B1
moro, -a	3 A2
morte	13 B3
morto, -a *part. pass.* (*inf.* morire)	2 A2
mosso, -a	7 B2
mostrare	1 B2
motivo	9 B2
moto(cicletta)	11 B1 E4
motoscafo	7 A2
movimento	12 A1 E1

muovere, *part. pass.* mosso	9 A1 E6
muro	12 A2
museo	4 Ingresso E1
musica	3 A2
musulmano, -a	14 A2
napoletano, -a	6 B2
nascere *part. pass.* nato, -a	4 A2
nascondere, *part. pass.* nascosto	6 B2
naso	11 B1
natale *agg.*	6 A1 E2
Natale *m.*	6 A1
natura; naturale *agg.*	4 B3
naturalmente	7 A1
nave	11 A2
nave da crociera	13 B1
navigare	4 A1 E5
nazifascismo	12 A2
nazionale	5 B2 E11
nazista; nazista *agg.*	12 A1
ne	4 B2
né ... né	5 A3
neanche	5 A3
nebbia	13 A2
necessario, -a	4 B2 E11
necessità	14 A2
negare	12 B1
negativo, -a	8 A1 E4
negozio	4 B1
nel frattempo	7 A1
nemico	9 B1
nemmeno *avv.*	13 B3
neologismo	8 A2
nero, -a	1 A2
niente; per niente	5 A3
nipote	2 A2
no	1 A1
nocciola	3 A3
noi; voi	1 A1
noioso, -a	5 A2
noleggiare	11 B1 E4
nome	Ingresso
nominare	6 B2 E7
(non ...) affatto *avv.*	5 A3
non importa/ importano	8 B2 E12
non vedere l'ora di	5 B2
(non) ... mai	5 A3
(non) ... nessuno	5 A3 E 20
nonno/a; nonni	2 A2
nonostante *congz./ prep.*	10 A1
normale *agg.*	3 A3 E22
normalmente *avv.*	3 A2
nostro, -a	1 B2
nota	12 A2 E 10
notare	4 A2 E9
notizia	10 B1 E7
notiziario	10 B1
noto, -a	11 B2
notte	5 Ingresso
novella	14 A2
novembre	5 Ingresso
novità	11 B1 E4
nudo, -a	11 B1
nulla *pron.*	9 B2
numero; numero di telefono	Ingresso
numeroso, -a	9 Ingresso E1
nuotare	5 B2 E9
nuovo, -a	Ingresso
nuvola; nuvoletta	5 A2 E6
o = oppure	2 Ingresso E3
obbedire, -sc-; obbediente	14 A2
obiettivo; obiettivo, -a *agg.*	7 B1 E9
occasione	9 B2 E11
occhiali (da sole)	5 A3 E19
occhio	11 B1
occidente	14 Ingresso
occorre	11 B2
occupare	13 A1 E3

occuparsi di	10 A2
Oddio!	3 B2
odore *m.*	13 A2
offendere, *part. pass.* offeso	13 A2 E9
offerta	4 B2
offrire	3 A3
oggetto	1 B2 E6
oggi *avv.*	3 A2
ogni *agg.*	4 A2
ognuno *pron.*	7 A2
oliva	2 B2
oltre *prep.*; oltre a	8 B2
ombrello	1 B1
ombrellone	7 B2
onda; (essere) in onda	10 Ingresso E1
onorare	14 A2
opera	11 B1
opera lirica	14 A3
operaio	9 B1
opinione *f.*	10 A1
opportunità	8 B1
oppressione	14 A3
ora; ora *avv.*	2 B2
orario	3 B1 E6
ordinare	3 A3 E18
ordinazione	4 A3 E12
ordine *m.*	4 A1 E5
orecchio, *pl.* orecchi, orecchie	9 A1
organizzare	4 B3 E17
organizzazione *f.*	4 A1
orientarsi	9 A1 E5
originale	10 Ingresso E3
originalità	14 B3 E9
origine *f.*	1 A2
ormai	11 A2 E13
orologio	11 B1
ospedale	9 A1 E1
ospitare	7 A2
ospite	13 B1
osservare	6 A1 E2
ostello (della gioventù)	6 B3 E18
ottenere	13 A1
ottimista *m./f.*, ottimista	13 A1
ottimo, -a	2 B2
ottobre	5 Ingresso
Ottocento	9 Ingresso E1
ovunque	13 B1
ovviamente	6 B2
ovvio, -a	13 B3
pacchetto	13 B3
pace	9 B2
padre	1 A2
padrone	7 A2
paesaggio	11 B2
paese	1 A1 E3
pagare; Quanto pago?	3 A3
pagella	7 B2
pagina	6 B2
paio; *pl.* paia	5 B1
palazzo	Ingresso
palco(scenico)	9 B1
palestra	3 A2
palla	5 B1 E4
pallavolo	5 B3 E15
pane	2 Ingresso
panetteria	4 B1
panino	2 Ingresso
panna	3 A3
panorama	4 A2 E8
pantaloni	5 A3
Papa	6 A2
papà	1 A1 E8
parafrasi	13 B1 E3
paragonare	6 B2 E12
paragrafo	8 B2 E11
parcheggiare	9 A1
parco	4 B3
parecchio, -a	13 A3

parenti	8 Ingresso E1
parità	13 A1
parlamento	13 A1
parlare	1 A1
parola	1 B2 E6
parrucchiere/a	9 A1 E14
parte	4 A1
partecipare (a)	4 B3 E17
partenza	8 B2 E15
particolare	1 B2
particolarità	12 A1 E6
partigiano	12 A1
partire	4 A1 E3
partita	7 B2
partito	12 A1
passante	14 B2
passaporto	7 A1
passare *tr./intr.; part. pass.* passato, -a	5 B1
passatempo	9 B2
passato	7 A2
passeggiare	6 B2 E12
passeggiata	6 B2
pasta	2 Ingresso
pasto	2 Ingresso
patate fritte; patatine fritte	4 A3
patria	14 A3
patrimonio	6 Ingresso
patrono	6 Ingresso
paura	9 B1
pausa	3 B2 E9
pazienza	4 A1
Peccato!; peccato	3 A2
pelle	11 B1
penisola	6 A2
penna	3 B2
pensare	5 B1
pensiero	11 A1
pensionato/a	13 A1
peperone	4 B2 E11
per analogia	10 A1 E2
(50) per cento	8 A1 E6
per conto proprio	14 Ingresso
per favore; favore	3 A1
per *prep.*	2 A2
per quanto riguarda	13 A1
perciò	10 A1
percorso (tematico)	7 A2
perdere	4 A1 E3
perfetto, -a	1 A1
perfezionare	10 A1
pericolo	12 B2
pericoloso, -a	5 A2
periodo	9 B1
permanenza	7 A1
Permesso?; permesso	1 Ingresso
permettere	7 B1 E9
permettersi	12 B1
pernottare	7 Ingresso E3
però	3 A3
persino; perfino	5 A3
persona	2 Ingresso E3
personaggio	10 A1 E12
personale	10 B1 E3
personale	13 B1
pesca	4 B2
pesce	2 Ingresso
pessimista; pessimista	14 B3
pessimo, -a	9 B1
peste	14 A2 E5
pettinarsi	5 A1
pezzo	11 Ingresso E3
Piacere!; piacere	1 Ingresso
piacere; mi/ti piace; Vi piacciono ...?	2 B2
pianeta	6 Ingresso
piano, -a	5 A3 E19
pianoforte	1 B2 E14
piatto	2 B1
piazza	2 A2
piccolo, -a	1 A2
piede; a piedi	3 A1

piegare	11 Ingresso
pieno, -a (di)	4 B3
pietra	7 Ingresso E2
pigro, -a	8 A1
pioggia	4 A2
piovere	9 A2
piscina	3 A2
pista ciclabile	13 B1
pistacchio	3 A3
pittore/pittrice	4 A2
più presto possibile	13 B1 E4
più; in più	4 A2
piuttosto	5 A3 E19
pizza	1 A1 E5
pizzeria	2 Ingresso E3
pizzetta	3 A3
podcast	12 B2
poesia	13 A2 E10
poeta	14 Ingresso
poetico, -a	13 A2 E10
poi *avv.*	2 A2
poiché *congz.*	9 B1
politica	10 A2
politico, -a; politico/a	9 B1
polizia	11 A2 E14
poliziotto	12 B2 E10
pollo (arrosto)	2 B2
polpetta	8 A2
polvere	11 Ingresso
pomeriggio	3 B1
pomodoro	3 A3
ponte	4 B3 E18
popolare	7 A2
popolazione	12 A1
popolo	13 B3
porre, *part. pass.* posto	11 B1
porta	1 B1
portafoglio	4 A1
portale internet	10 Ingresso E2
portare	4 A3
portatore	14 B1
porto	11 A2
posizione	9 B2 E9
possedere	10 B2
possibile	3 A3
possibilità	6 B1 E1
posto	4 A2 E8
potere	3 B2
potere	9 B1 E2
povero, -a; povero/a	6 A1 E7
pranzare	9 A1
pranzo	2 Ingresso
praticare	8 B2
precario, -a; precario/a	8 B2
precedente	6 B2 E10
precedere	8 B1 E3
preciso, -a	10 B2
preferire, -sc-	3 A3
preferito, -a	1 B2
pregare	10 B2
Prego!	1 Ingresso
premiare	14 B1
Premio Nobel	14 B3
prendere	2 B2
prenotare	7 A1
prenotazione	7 A1
preoccuparsi	6 A2
preparare	1 A1 E4
preparato, -a	12 B2
preparazione	8 B2 E17
prescelto, -a	14 A2
presentare	6 Ingresso E2
presentazione	3 B2 E9
presente; presente	3 B2
presenza	12 B2
Presidente del Consiglio (dei Ministri)	13 A1
Presidente della Repubblica	13 A1
presso	8 B1 E4

prestare; prestare attenzione a qc	11 B2
presto *avv.*; a presto	1 A2 E16
presumere	13 A1
prezioso, -a	13 A1
prezzo	5 A3
prima *avv.*	2 B2 E15
prima comunione	9 A2 E11
(prima) colazione	2 Ingresso
primavera	5 Ingresso
primo/secondo piatto	2 Ingresso
(primo/secondo) piano; al secondo/terzo piano	1 A1
principale	7 A2
principio (morale)	12 B2 E7
probabile	11 B2
problema *m.*	1 A2 E11
procedere	14 B3 E11
proclamare	14 A3
prodotto (di lusso)	7 A2
produrre	9 A1 E6
produzione	12 B1
prof(essore/essoressa)	3 Ingresso
professionale	10 A1 E10
professione	Ingresso
profilo	14 B3
profondo, -a	11 B2
profumare (di)	9 A2
profumo	11 A1
progettare	4 B3 E17
progetto	5 A2
programma	3 B2
progresso	12 B
proiettore	6 A1 E6
proiezione	14 B2
promettere, *part. pass.* promesso	14 A2
promuovere, *part. pass.* promosso	8 B2
pronto, -a	1 A2
pronunciare	10 Ingresso E2
proporre, *part. pass.* proposto	6 B1
proposito; a tal proposito	Lez13B2
proposta	4 B3 E16
proprio *avv.*	1 A1
proprio, -a *agg.*	7 B2 E16
prosciutto	2 Ingresso
prospettiva	9 A1
prossimo, -a	6 B1 E6
protagonista	11 B1 E4
proteggere	11 B2 E5
protesta	12 B2 E7
protestare	12 B2 E6
provare; provare a fare qc.	5 A3
provenire da	8 B2
provincia	6 A2
provocazione	8 B2
pubblicare	14 B3
pubblicità	6 B3 E19
pubblicitario, -a	8 B2 E17
pubblico, -a; pubblico	13 B1
pulire, -sc-	3 B2
pulito, -a	13 B3
puntata	10 B1 E10
punto	6 A2 E12
punto di vista	11 B2
puro, -a	13 A3
purtroppo *avv.*	1 B2
quaderno	3 Ingresso
quadrato	11 B1
quadro	1 B1
qual, quale	3 A1
qualche *sing.*	5 A2
qualche volta	3 A2
qualcosa = qc	5 A2
qualcuno = qn	3 B1
qualità	8 B2
qualsiasi *agg.*	10 A1
quando; quando?	2 A2
Quanti anni hai?	1 A1
quantità	4 B1 E6
quanto, -a?	1 A1
quartiere	4 A2 E8
quarto	5 A1
Quattrocento	4 A2
quello, -a	3 A3
questionario	8 A1 E7
questo, -a	3 A3
qui *avv.*	1 A2
quindi	10 A1 E10
quotidiano; quotidiano, -a	10 Ingresso E1
raccogliere	6 A1 E3
raccolta	14 A2 E10
raccomandare	8 A1 E4
raccomandazione	8 A1
raccontare	5 A1 E3
racconto	6 B1 E2
raddoppiare	11 B1
radio	1 B1
ragazzo/ragazza	1 A1
raggiungere	7 B2
rapporto	9 B1
rappresentare	8 B2
rappresentazione	13 A3
razzismo; atto di razzismo	13 A2 E10
re/regina	4 A2
reagire, -sc-	13 A1
reale	11 A2
realismo	14 B1
realistico	9 B2
realizzare	8 B2
realtà	9 A1 E5
receptionist	7 A1
regalare	4 A1
regalo	6 A1
regionale	13 B1
regione	6 Ingresso
regista	14 B1
regno	14 A3
regola	4 A1 E4
regolare	10 B1
relazione	6 A1 E5
religione	3 B1
rendersi conto di qc., *part. pass.* reso	11 B2
repubblica	12 Ingresso
resistenza	12 A2
responsabile	7 B2 E13
responsabilità	7 A1
restare	4 B1
restituire -sc-	14 A2 E6
resto	4 B3
rete	7 B1 E9
riassunto	8 B2 E11
ricchezza	10 B2 E16
ricco, -a	4 B3
ricerca	4 A3 E13
ricercare	13 B2
ricercatore/ricercatrice	8 B2
ricevere	6 A1
richiedere	10 A1 E8
riconoscere	9 B1
ricordarsi; ricordare	5 A1
ricordo	9 A1
ricostruzione	12 B1
ridere	5 A1 E3
ridicolizzare	14 B1
ridurre	13 B1
riempire	7 A1
rientro	9 A1
riferirsi a, -sc-	10 A2
rifiutare	4 B3 E17
rifiuto	13 A2
riflettere	6 B3 E15
riga	9 A1 E1
rigoroso, -a	14 B1
riguardare	11 A2 E11
riguardo (a) *prep.*	7 B1 E9
rilassante	9 B1 E4
rilassarsi	7 B1 E4
rimandare	7 B2
rimanere, *part. pass.* rimasto	7 B2
Rinascimento	4 A2
rinforzare	11 A2
ringraziare	3 B1
rinnovare	14 B3
rinunciare a	9 B2 E11
riparare	3 B2
ripassare	3 B2
ripensare	4 A1 E1
ripetere	5 B2
riportare	14 A2
riposarsi	5 A1 E3
riprendersi	13 A1
ripresa (economica/cinematografica)	14 B1
risalire (a)	7 A2
riscaldare	9 A1 E6
riscaldarsi	5 B2
rischioso, -a	11 A2
risolvere	7 B2
Risorgimento	14 A3
risorsa	13 A1
risotto	2 Ingresso
risparmiare	11 A2
rispecchiare	13 B1 E1
rispettare	11 A2 E16
rispetto	13 A3
rispondere	5 A1 E3
risposta	6 A1 E6
ristorante	2 Ingresso E3
ristrutturazione	13 B1 E6
risultato	6 B1 E3
ritardo	4 A1
ritenere	14 A1
ritmo	9 B1 E5
(ri)tornare	4 A1
ritorno	11 A1 E1
riuscire a	5 A2
rivelare	13 Ingresso E2
rivista	3 Ingresso
rivolgersi a	8 B2
rivolta	14 A3
rivoluzione	12 Ingresso
roba	8 A2 E13
robot	13 A1 E8
romano, -a; romano/a	Ingresso
romanticismo	14 B3
romanzo	10 B1 E2
rosa *inv.*	5 A3
rosso fuoco *inv.*	5 A3
rosso, -a	5 A3
rotto, -a	3 B2
rubare	4 A1
rumore	12 A1 E4
ruolo	6 B3 E18
ruota	12 Ingresso
russo, -a	6 B3 E17
sabato	3 A2
sacrificare	12 A2
sacro, -a	10 B1
sagra	13 B1
sala	7 A1
salame	2 Ingresso
salire	6 B1 E2
saltare	14 B3 E11
salumeria	4 B1
salutare qn	8 A1 E5
salute	8 A1
saluto	12 A1 E5
Salve!	1 Ingresso
sano, -a	13 B1 E4
santo, -a; santo/a	13 A2
sapere	2 A2
sapone	1 B1
sapore	11 A1
satira	14 B1
satirico, -a	10 Ingresso E1
sbagliare	6 B1 E1
sbrigarsi	5 A1
scaffale	1 B1
scale	1 A1
scambiare	6 B3 E18
scambio	4 B3 E17
scaricare (un file)	10 B1 E2
scarpa	5 A3
scatola	9 A2
scegliere, *part. pass.* scelto	6 A1 E7
scelta	6 B1
scena	12 B1 E3
scendere	3 A1
scheda	6 A1 E6
schermo	14 B1
scherzare	3 B2
schiaffo	3 B1
schiavo/schiava	14 A1
sciare	8 B2 E16
sciarpa	5 A3
scientifico, -a	11 B1
scienza; scienze	3 B1
scienziato/a	13 A3 E13
sciopero	12 B2
scolastico, -a	3 B1 E6
sconfitta	8 B2
sconosciuto, -a	5 B3
sconto	7 B2 E16
scontrino	3 Ingresso
scopo	14 A2 E9
scoppiare	12 Ingresso
scoprire	4
scorrere *intr./tr.*	9 A2
scorso, -a	8 Ingresso E2
scritta	12 A2
scrittore/scrittrice	13 A3 E13
scrittura	14 A2 E5
scrivania	1 B1
scrivere, *part. pass.* scritto	7 B2
scuola (primaria)	1 A1 E5
scuro, -a	5 A3
Scusa! (*inf.* scusare)	1 Ingresso
se	3 B2
se non vado errato	14 A2
sé; se stesso *pron. rifl.*	9 A1 E6
sebbene *congz.*	10 A1
secolo	4 A2 E9
secondo *prep.*	5 B1
sede	6 A2
sedersi, *part. pass.* seduto	5 B1 E4
sedia	1 B1
(sedia a) sdraio	7 B2
segnare	12 B2
segreteria	3 B2 E 13
seguente	5 B2 E11
seguire	4 B1
selfie *inv.*	9 A1
sembrare	4 A2
semplice	9 B2
sempre	2 A2
Senato	13 A1
senatore/senatrice	13 A1
sensazione	13 A2 E10
senso	11 A1
sentimento	13 A2 E10
sentire	3 A1
sentirsi	6 B2 E 13
senza	3 A3
sera	5 Ingresso
serata	5 B1
serie	9 A2 E9
serio, -a	7 A1 E5
serpente	9 A2 E8
servire	6 A2 E11
servirsi di qc.	11 B1
servitore	14 B3
servizio	8 B1
servo/serva	14 A1
settembre	5 Ingresso
settimana	5 Ingresso
settore	9 B1 E2
severo, -a	9 A1
sfida	13 B2
sfogliare	9 A2 E10

sfondo	12 B1 E5
sfortunatamente	14 A2 E5
sfruttare	7 B1
sfuggire; fuggire	12 A1 E4
sì	1 A1
sia ... che/sia	10 A1
siamo (*inf.* essere)	1 A1
siccome	4 A3 E13
siciliano, -a	6 Ingresso
sicurezza	5 B1
sicuro, -a	6 B2
sigaretta	11 A2
significare	4 A1
significativo, -a	9 A1 E2
significato	5 A2 E9
signore/signora; *pl.* signori *m.*	Ingresso
silenzio	3 B2
silenzioso, -a	9 B2
simbolo	7 A2
simile	10 A1
similitudine	14 A3 E11
simpatico, -a	1 A1
sinagoga	12 A2 E11
sinonimo	6 B2
sito	4 B3
situazione	9 A1 E3
slogan (pubblicitario)	13 B3
smartphone	9 A1
sociale	8 B2
società	6 A1
socio/socia	8 A2
sociologia	13 A1
soddisfacente	13 A1 E4
soffitta	9 A2
soggiornare	13 B3
soggiorno	1 B1
sogno	4 B3
soldi	4 A1
sole	5 A1
solito, -a; solito/a	6 B3
solo *avv.*	1 A1
solo, -a; solamente *avv.*	10 B1
soltanto *avv.*	4 B2
soluzione	6 B3 E15
somma	14 A2
sondaggio	8 A1 E7
sono (*inf.* essere)	1 Ingresso
sopra *prep./avv.*	3 B2
soprattutto	3 A2
sopravvivere, *part. pass.* sopravvissuto	10 B2 E15
sorella	1 A1
sorgere, *part. pass.* sorto	13 B3
sorpresa	7 A1
sospiro	7 A2 E11
sostegno	13 B3
sostenere	8 A2 E14
sostenibile	13 B2
sostenibilità; ecosostenibilità	13 B2 E12
sostituire, -sc-	8 A2
sotto *prep./avv.*	6 B2
sottolineare	8 B1 E5
spaghetti alla carbonara	2 B2
spalla	9 A2
spazio	7 A2
spazzatura	10 B1
specchio	1 B1
speciale	4 B3 E 17
specialità	4 A1
specie	9 Ingresso E1
specifico, -a	10 B2
spedire, -sc-	9 B2
spegnere	3 B2
spendere	13 A1 E4
speranza	9 B2
sperare	3 B2
spesso *avv.*	2 A2
spiaggia	6 A2
spiegare	4 A2 E9
spiegazione	6 Ingresso E1

spinaci	4 B2
spingere, *part. pass.* spinto	10 A1 E3
spiritoso, -a	7 A1
splendere	14 B2
spontaneo, -a	14 A2
sport	3 A2
sportivo, -a	2 A2
sposato, -a; sposarsi	11 A2 E14
spostarsi	11 B2
spreco	14 A3 E14
squadra	5 B2 E11
stabilimento balneare	7 B2
stadio	6 B3 E 17
stage	10 Ingresso E2
stagione *f.*; *pl.* stagioni	5 Ingresso
stalla	13 B1
stamattina	5 B2 E9
stampa	10 Ingresso E1
stanco, -a	5 A1
stare	4 A1
stasera	3 A3 E20
statistica	8 A1 E6
stato	6 A2
stato civile	11 A2 E14
stazione	4 Ingresso E1
stella	6 A1 E2
stereo	1 B1
stereotipo	13 A3
stesso, -a; lo stesso	9 A1
stile	11 B2
stilista	11 Ingresso
stipendio	10 Ingresso E2
stivale	5 A3
Sto bene.	1 Ingresso
storia	3 B1
storia dell'arte	3 B1
storico	14 B3
storico, -a	4 B3
stracciatella	3 A3
strada; per strada	1 A1 E8
strage	12 A2 E7
straniero, -a	8 B2
stressante	10 A2
stretto, -a	8 A1
studente/studentessa	10 A1 E11
studentesco, -a	12 B2
studiare	1 A1
studio	1 B1
stupendo, -a	7 B1
stupire, -sc-	13 A3
su *prep./avv.*; su!	4 A2
subire, -sc-	12 A1 E6
subito	1 A2
succedere	4 A1
successivo, -a	9 A2 E9
successo	8 B2
succo (di arancia)	2 Ingresso
sufficiente	6 B2
sufficienza/ insufficienza	3 B1
sugo	8 A2
sultano	14 A2
suo, sua, *pl.* suoi, sue	1 B2
suonare *tr./intr.*	3 A2
superare	9 B2
supermercato	4 B1
supporre	13 A1 E8
supposizione	13 A1 E5
svantaggio	10 A2
svegliarsi	5 A1
svilupparsi	10 B2 E15
sviluppo	13 A3
svizzero, -a; svizzero/a	1 A2
svolgimento	9 A2 E9
taglia	5 A3
tagliare	6 B2
talento	8 A1 E4
talvolta	8 B2 E10
tanto, -a; tanto *avv.*	2 B2

tappa	7 B1 E2
tardi	5 A1
tartaruga	2 A1
tavola	2 B1
tavoletta (di cioccolato)	4 B1
tavolo	1 B1
tè	2 Ingresso
teatrale *agg.*	14 B3
teatro	6 B3
tecnica	11 B2
tecnologia	10 B1
tedesco, -a; tedesco/a; tedesco	Ingresso
tele(visione) = TV	5 A1
(tele)spettatore/-spettatrice	13 A3 E12
telecomando	6 A1 E6
telefonare a	3 B1
telefonata	9 A1 E6
telefonino	3 B2
telegiornale	10 Ingresso E1
televisivo	10 B1
televisore	1 B1
telo da mare	7 B2
tema	9 B1
temere	10 A1 E3
tempo; tempo libero	3 Ingresso
tenere	8 A1
tenero, -a	11 Ingresso
tennis	5 B3 E15
tentativo	12 B2
teoria	14 B3 E9
termine	10 A2
terra	6 B2
terrazza (panoramica)	7 A2
terreno	13 B3
terribile	1 B2
territorio	6 A2
terrorismo	12 B2
terroristico, -a	12 B2
terrorizzare	12 B2
tesoro	6 B2 E12
test	13 B1
testa	11 A1 E7
testimonianza	10 A2 E19
testo	4 B1 E3
tipico, -a	2 B2
tipo	2 B2 E5
tiramisù	2 B2
tirare	6 A2 E 11
tirocinio	10 B1
titolo	6 B3 E20
toast	3 A3
toccare	12 B2 E7
togliere, *part. pass.* tolto	6 A1
tomba	4 A2
tonno	3 A3
torre	11 B2
torta	2 Ingresso
Toscana; toscano, -a	2 A2
tosse	4 B1
tovagliolo	2 B1
tradizionale	4 B3
tradizione	11 Ingresso
tradurre	11 A1
trafficato, -a	7 A2
traffico	4 B3
tragedia	13 B3 E16
traghetto	7 Ingresso E3
tragicomico, -a	14 B3
tramezzino	3 A3
tramonto	7 B1
tranquillo, -a	3 B1
trappola	14 A2
trascorrere *tr./ intr., part. pass.* trascorso	7 B1 E1
trasferimento	14 A2 E10
trasferirsi	10 A1 E12
trasformarsi	12 B1
trasformazione	14 B1

trasmettere, *part. pass.* trasmesso	10 B1
trasmissione	8 A2 E15
trasporto	7 A2
trattarsi (di); trattare	6 B2
tratto, -a da	8 A1 E6
trattoria	12 B1
treno	7 Ingresso E3
Tricolore	13 Ingresso E1
triste	9 B2
tristezza	10 A2
troppo, troppa; troppo *avv.*	5 A3
trovare	1 A2
trovarsi	4 A1 E1
truccarsi	5 A1
turismo	10 A1
turista	4 A1
turno (pomeridiano)	7 B2 E16
tutelare	13 B2
tuttavia	13 A1
tutto, -a	1 A2
uccello	6 A1 E7
uccidere, *part. pass.* ucciso	12 Ingresso
uccisione *f.*	12 A2 E7
ufficiale	10 B2 E13
ufficio	5 A1 E3
uguaglianza	8 B2
uguale (a)	8 B2
ultimo, -a	3 B1
umanistico, -a	14 Ingresso
umanità	6 Ingresso
umano, -a	11 B1
umile *agg.*	8 B2
umore	9 B2
umorismo	14 B3 E9
un po'/poco *avv.*; poco, -a	1 B2
un, uno, una *art. indet.*	Ingresso
una trentina di	8 B2
unico, -a	2 A2
unificare	14 Ingresso
unificazione	14 A1
unire, -sc-	7 B1 E2
unità	14 A1
universale	11 B1
università	6 A1 E7
universitario, -a; studi universitari	10 A1
universo	11 B1
uomo, *pl.* uomini	2 A2
uovo, *pl.* uova	2 Ingresso
usare	3 B2
uscire	5 A2
uscita	9 A1
uso	7 B2 E16
utente	7 Ingresso E3
utile	10 A1
utilizzare	7 A1 E1
uva	4 B1
Va bene!	3 B1
vacanza	6 B1
valigia	1 A1
valle	6 Ingresso
valore	8 B1 E9
vantaggio	8 B2
vaporetto	7 A1
variare	10 B2 E13
vario, -a	6 B2
vecchio, -a	1 B2
vedere *part. pass.* visto	5 A3
vegetariano, -a	4 A3 E13
veicolo	8 B2
veloce	7 B1 E2
vendere	3 A1
venerdì	5 Ingresso
veneto, -a	14 A1
veneziano/a; veneziano, -a	7 A1 E6
venire	3 B2
venire in mente	14 B3 E11

vento	11 Ingresso
veramente *avv.*	1 B2
verde	5 A3
verdura	2 Ingresso
verdure cotte	4 A3
vergognarsi	6 A2
verifica	3 A1 E9
verità	11 B1
vero, -a; vero?	1 A2
versione	12 B1 E5
vestirsi	5 A1
vestito; vestiti	5 A2
vetrina	5 A3
vetro	11 Ingresso
via	Ingresso
viaggiare	11 B2
viaggiatore/ viaggiatrice	13 B1
viaggio	6 B2
vicino/a; vicino, -a	Ingresso E1
video	6 B1 E5
vietare	13 B1
vignetta	10 A2
vincere	2 B2 E15
vincitore/vincitrice	8 B2 E15
vino	2 B2
viola *inv.*	5 A3
violino	8 A1
virtuale *agg.*	7 A2
virtuoso, -a	14 A2
visitare	4 A2
vista	6 B3 E17
vita	2 Ingresso
vitello	13 B2
vittoria	14 A2
vivace	9 A1 E4
vivente	12 A1
vivere, *part. pass.* vissuto	4 A2 E9
vizio	14 B1
voce	9 B1 E7
voglia; avere voglia di	3 A2
volentieri *avv.*	2 B2
volere	3 B2
volgare	14 A2 E9
volontariato	8 Ingresso E1
volontario, -a; volontario/a	8 B1 E5
volume	13 B1
vorrei	3 A3
vostro, -a	1 B2
votare	12 Ingresso
voto	3 B1
vulcano	6 Ingresso
yogurt	1 B1
zaino	1 B2
zampa	13 B1
zia/zio	2 Ingresso
zitto, -a	3 B2
zona	3 A1
zucchina, *pl.* zucchine	4 B2

Bildnachweis

Adobe Stock/Sergii – Cover. **Aigner**, Christian, Rotthalmünster: Cover (o), S. 32 (#2), 69 (B+E).
akg images: -Erich Lessing – S. 108 (C) // – S. 264 (M) // – S. 266 (#1, #2, #3) // – S. 272 (ur) // -Erich Lessing – S. 273 (#6). **Alamy** Stock Foto: -Classic Picture Library – S. 167 (E) // -Gary Perkin – S. 167 /G). **Bernabei**, Paola, Memmingen – S. 201 (L). **bpk**/Alfredo Dagli Orti – S. 266 (#4). **dpa Picture Alliance**: – ZUMA Press, Stefano Guidi – S. 46 (D) // -NurPhoto, Mairo Cinquetti – S. 56 (M) // -NurPhoto, Elena Aquila – S. 56 (u) // -ROPI, Antonio Pisacreta – S. 80 (B) // -ROPI, Furlan Newpress – S. 80 (E) // -Photoshot – S. 85 (M) // -Actionplus – S. 103 // -Pacific Press Agency, Massimo Solimene – S. 105 // -CPA Media, Picture from History – S. 108 (G) // -akg-images – S. 113, 162 (D), 218 (A+G), S. 223 (D), S. 238 (ul) // -Westend61, Gemma Ferrando – S. 116 // -imagesBROKER, Bildverlag Bahnmüller – S. 121 (A) // -prisma, Galli Max – S. 123 // -INFOPHOTO, FOTOSTORE – S. 125 // -augenklick, Roth – S. 159 // -Photoshot, Chris Morris – S. 162 (Bl) // -empics, PA – S. 162 (Br) // -Phanie Burger – S. 164 (#4) // – Farabola, Leemage – S. 174 /r) // -dpa-Bildarchiv, Erwin Elsner – S. 176 (C) // -beyond, beyond foto – S. 178 // -ROPI, EP – S. 182 (#1) // -ZB, Wolfgang Thieme – S. 182 (#5) // -NurPhoto, Alessandro Tocco – S. 182 (#6) // -Imaginechina, Xie Zhengyi – S. 209 // -dpa-Bildarchiv – S. 213 // -EPA, Justine Lane – S. 214 (o) // -EPA, Dyanmic Architecture/Ho – S. 215 // -ROPI – S. 218 (B), S. 230 (o) // -dpa-Report, ANSA Fiat – S. 218 (L) // -ROPI, Bruni Giacomino – S. 219 (C) // -B1809, ANSA – S. 219 (M) // -S. 223 (E) // -Johanna Hoelzl – S. 227 // -Courtesy Everett Collection – S. 229, S. 269 (C) // -ROPI – S. 230 (o) // -Bildarchiv, UPI – S. 230 (u) // -EPA, Sergey Ilnitsky – S. 236 (A) // -Lars Halbauer – S. 238 (ol) // -dpa-Bildeport, Patrick Seeger – S. 238 (or) // -dpa-Report, Lars Halbauer – S. 238 (ur) // -ZUMA Press, Giuseppe Ciccia – S. 240 // -Jazzarchiv, Isabel Schiffler – S. 242 (or) // -Bundeswehr – S. 242 (ur) // -AP Photo, GIUSEPPE ARESU – S. 244 (#1) // -REUTERS, ALESSANDRO BIANCHI – S. 244 (#2) // -REUTERS, ALESSANDRO GAROFALO – S. 244 (#3) // -Leemage – S. 264 (r) // -Lehtikuva, Matti Kainulainen – S. 267 // -Mary Evans Picture Library – S. 272 (ul) // -dpa-Bildarchiv, ANSA, Nicola Romani – S. 273 (#2) // -dpa, bifab – S. 273 (#5) // -epa-Bildfunk, Martial_Trezzini – S. 273 (#7) // -dpa-Bildarchiv, ANSA – S. 273 (#8) // -ANSA, Claudio Onorati – S. 273 (#10). **Fotogramma**/Sias: S. 219 (D), 232. **Fotolia**: -janaka Dharmasena – S. 211 (u), S. 332 // -Route66 – S. 219 (N).
Getty Images: -Bloomberg, Alessia Pierdomenico – S. 46 (A) // – AFP, MARIO LAPORTA – S. 121 (D) // -Mondadori Portfolio, Marco Piraccini – S. 176 (D) // -Mondadori Portfolio – S. 176 (E) // -Mondadori Portfolio, Pigi Cipelli – S. 182 (#2) // -AFP, FRED DUFOUR – S. 208 // -AFP, FREDERICK FLORIN – S. 210 // -AFP, JUSTIN TALLIS – S. 225 (o) // -Corbis, Awakening, Stefano Guidi – S. 236 (D). **Getty Images Plus:** -Stockbyte, Comstock Images – S. 12 (u2.r) // -DigitalVision – S. 32 (#5) // -Creatas Images – S. 32 (#17) // -iStock Editorial, Baloncici – S. 46 (C) // -iStock Editorial, lucamato – S. 47 (ol), S. 124 (or) // -Design Pics – S. 69 (A) // -iStock Editorial, sedmak – S. 109 (D) // -Hemera, Luciano Mortula – S. 118 (r) // -Pixland, Jupiterimages – S. 121 (E), S. 235 // -iStock Editorial, manfredxy – S. 128 // -iStock Editorial, monysasi – S. 135 (l) // -iStock Editorial, Simona flamigni – S. 135 (r) // -iStock Editorial, LeeYiu Tung – S. 146 (D) // -iStock Editorial, tabadam – S. 168 // -Hemera, Boris Khamitsevich – S. 180 (#6) // -iStock Editorial, VanderWolf-Images – S. 201 (A) // -moodboard – S. 225 (u) // -iStock Editorial, jarino47 S. 236 (B). **Getty Images Plus/iStockphoto:** -AndreyPopov – S. 12 (or) // -Nelson_A_Ishikawa – S. 12 (ol) // -eyewave – S. 12 (M) // -Brian Niles – S. 12 (uM), 14 (M), 15 (oM) // -Maren Winter – S. 12 (ur) // -happydancing – S. 13 (ol) // -MasterLu – S. 14 (u), 70 // -Povareshka – S. 15 (ol) // -sebasnoo – S. 15 (or) // -OlgaMiltsova – S. 15 (M) // -bhofack2 – S. 15 (ul) // -DronG – S. 15 (uM), S. 32 (#10) // -papparaffie – S. 19 (Hs-Nr. 3, 18, 15, 4, 20, 17, 6, 11) // -ClaraNila – S. 19 (Hs-Nr. 12, 19) // -in4mal – S. 31 // -KucherAV – S. 32 (#1, #18) // -Svetlana_Angelus – S. 32 (#4) // -carlofornitano – S. 32 (#6) // -Eurngkwan – S. 32 (#7) // -3quarks– S. 32 (#8) // -id-art – S. 32 (#9) // -antoniotruzzi – S. 32 (#11) // -ALLEKO – S. 32 (#12) // -from_my_point_of_view – S. 32 (#13) // -NatalyaTerr – S. 32 (#14) // -Lilechka75 S. 32 (#15) // -pixelpot – S. 32 (#16) -Greta6 – S. 40 // -olgakr – S. 45 (ol) // -Gorgaiphotography – S. 45 (or) // -chas53 – S. 45 (M) // -gkrphoto – S. 45 (ul) // -wernerimages – S. 45 (ur) // -SasaJo – S. 46 (E) // -eugenesergeev – S. 46 (F) // -yuelan – S. 46 (H) // -VeselovaElena – S. 46 (I) // -Zurijeta – S. 46 (L) // -PicturePartners – S. 46 (M) // -ChiccoDodiFC – S. 56 (or), 131 (4), 214 (u), 216 // -patat – S. 64 (l) // -fizkes – S. 64 (r) // -InnerVisionPRO – S. 67 // -rarrarorro – S. 72 // -Sergej Borzov – S. 73 (o) // -bbsferrari – S. 74 // -picturedesigner – S. 75 // robynmac – S. 77 // -Arnaud-n – S. 80 (A) // – Minerva Studio – S. 80 (C) // -Jens Hilberger – S. 80 (D) // -JackF – S. 80 (F) // aizram18 – S. 84 // -victorin_condei – S. 85 (o) // -nok6716 – S. 85 (u) // -HannamariaH – S. 88, 89 // – Argument – S. 99 // -Panya S. 107 // Mario Eduardo KOUFIOS FRAIZ – S. 108 (B) // -AlxeyPnferov – S. 108 (F) // -David O'Brien – S. 108 (H), S. 131 (1) // -repistu – S. 118 (l) // -eddygaleotti – S. 120 // -Planetix – S. 121 (C) // -kuri2000 – S. 124 (ol) // -Unreleased, PaoloGaetano – S. 124 (M) // Danler – S. 130 (10 x, ohne Sardinien) // -chrupka – S. 130 (2 x Sardinien) // -Emiliano Pane –S. 131 (2) // -Gudella – S. 131 (3) // -RossHelen – S. 131 (5), 136 (u) // -luiginifosi – S. 131 (6) // -Spirins – S. 132 // -jacoblund – S. 133 // -AndreyKrav – S. 134 // -VV-pics – S. 141 (l) // -marcociannarel – S. 141 (r) // – daniloforcellini – S. 143 // -Huntstock – S. 146 (E) // -AntonioGuillem – S. 146 (F) // -gbh007 – S. 147 (I) // -Anton Aleksenko – S. 153 (ol) // -fotokris – S. 153 (or) // -VLADGRIN – S. 157 // -Kittisak_Taramas – S. 160 (10x außer Skifahren+Fahne) // -dutchicon S. 160 (Skifahren) // – greenwatermelon – S. 160 (Fahne) // -monkeybusinessimages – S. 162 (A) // -grinvalds – S. 162 (C) // -jacoblund – S. 162 (F) // -Aleutie – S. 163 (B) // -Tanya Zielke (2x C) // -Ridofranz – S. 163 (D) // -shironosov – S. 163 (D) // -Halfpoint – S. 166 // -jgroup – S. 167 (A) // -esolla – S. 167 (B) // -Grassetto – S. 167 (C) // dja65 – S. 167 (D) // -winterling – S. 167 (F) // -golubovy – S. 177 // – 8213erika – S. 180 (#1) // -Louis16 – S. 180 (#2) // -GoodOlga – S. 180 (#3) // -gydyt0jas – S. 180 (#4) // -MaxTopchij – S. 180 (#5) // -r_a_v_e_n22 – S. 192 // -Maike Hildebrandt – S. 194 (Buch) // -fad1986 – S. 194 (3x PC, Fernseher, TV) // -gpointstudio – S. 196 // -SnailStudio – S. 200 // -CAHKT – S. 201 (B) // -siculodoc – S. 201 (C) // -mkistryn – S. 201 (D) // -fortton – S. 201 (E) // -Olesya22 – S. 201 (F) // -gaus-nataliya – S. 201 (G) // -AGCreativeLab – S. 201 (H) // -SurcovDimitri – S. 221 // -ONYXprj – S. 236 (2xGrafik) // -Nataba – S. 244 (u) // -kanate – S. 246 (alle) // -kontangens – S. 250 (A) // -sborisov – S. 250 (B), 253 // -Pablo_K – S. 250 (C) // -gandolfocannatella – S. 250 (D) // -VILevi – S. 250 (E) // -MikhailMishchenko – S. 266 (o).
iStockphoto: -kedsanee – S. 32 (# 3) // -rusm – S. 69 (C) // -william87 – S. 146 (A) // -CasarsaGuru – S. 146 (C) // -Eva-Katalin – S. 147 (G) // -vgajic – S. 147 (H) //-fotoVoyager – S. 153 // -Lisa Blue – S. 170 // -ilbusca – S. 217. **Jaeschke**, Dieter, Dortmund – S. 146 (B). **JAN 'N JUNE** – S. 205. **Kamenar**, Eugen, Bamberg: S. 15 (ur), 43, 46 (B), 73 (u), 109 (E), 224 (2x).
mauritius images: -Axiom Photographic, Brian Guzzetti – S. 33 // -Alamy, Annie Eagle – S. 46 (G) // -Westend61, Wolfgang Weinhäupl – S. 47 (or) // -imageBROKER, Katja Kreder – S. 47 (ul) // -World Pictures – S. 69 (D) // -Pixtal, WE091187 – S. 69 (F) // -Masterfile RM, Siephoto – S. 69 (G) // -Alamy, adam eastland – S. 69 (H) // -Westend61, Werner Dietrich – S. 94 // -SFM MILAN (Italy), Alamy – S. 100 // -ClickAlps – S. 109 (A) // -EmmePi Stock Images, Alamy – S. 121 (B) // -Cubolmages, Luca Picciau – S. 136 (o) // -age Fotostock, Thierry Grun – S. 136 (M) // -eye35 stock, Alamy – S. 137 (l) // -AGF, Lorenzo De Simone – S. 137 (r) // -Michael Abid – S. 138 // -imageBROKER, BAO – S. 163 (A) // -Westend61 – S. 164 (#1) // -Westend61, Uwe Umstätter – S. 164 (#2) // -Wavebreakmedia – S. 164 (#3) // -Alamy, Roberto Finizio – S. 173, 174 (l) // -Alamy, Rodolfo Sassano – S. 174 (M) // -United Archives, "Asso – Ein himmlischer Spieler, (ASSO) IT 1981, Regie: Castellano & Pipolo" – S. 175 // -Alamy, Dino Fracchia – S. 176 (A) // -Alamy, MARKA – S. 176 (B) // -Pacific Press, Alamy, Andrea Bracaglia – S. 189 // -Alamy, History and Art Collection – S. 218 (F), S. 226, S. 273 (#4) // -Alamy, Simone Simone – S. 219 (E) // -John Warburton-Lee – S. 223 (C) // -age fotostock, Gari Wyn Williams – S. 236 (C) // -Alamy, Rodolfo Sassano – S. 237 // -LOC, Science Source – S. 242 (ul) // -Starfoto – S. 243 // -Andrea Göppel – S. 244 (#4) // -Alamy, allOverimages – S. 248 (l) // -SuperStock, Fine Art Images – S. 259 (l), 263, 264 (l) // -Alamy, Art Library – S. 259 (r) // -Alamy, Photo 12 – S. 269 (A), S. 283 // -United Archives – S. 269 (B), 272 (o) // -Alamy, Arts & Authors – S. 273 (#1) // -Alamy, The Picture Art Collection – S. 273 (#3) // -Alamy Stock Photo/AGENZIA SINTESI, Daiano Cristini – S. 273 (#9).
Monteforte, Olivia, Pesaro – S. 202 (2x). **OPTION-HEIMAT**-OPZIONI – Katalog zur Ausstellung. Bozen 1989, S. 214, Sammlung Brandstätter – S. 223 (F).
PERUGINA und **BACI** sind eingetragene Marken der Société des Produits Nestlé S.A., Vevey, Schweiz – S. 201 (I).
Rossi, Marco – S. 275. **Sartori**, Umberto/veneziadoc.net – S. 248 (r). **Schmiel**, Sonja, Aalen/Rom: S. 12 (ul), 13 (r), 14 (or). **Sebald**, Maria, Bamberg – S. 190.
Trapizzino Team/www.trapizzino.it. – S. 151 (2). **Wikimedia:** -Kaiser von Europa at German Wikipedia, CC BY-SA 3.0 – S. 129 // -S. 223 (A) // -Italienische Faschisten – S. 223 (B).

CITTÀ DEL VATICANO
Mus. Gregoriano Prof.
Pinacoteca Vaticana
Musei Vaticani
Belvedere
Stanze di Raffaello
Appartamento Borgia
Cappella Sistina
Scala Regia
Governatorato
Piazza d. Governatorato
S. Stefano
Stazione Ferroviaria
Piazza S. Marta
Piazza Protomartiri Romani
Aula d. Udienze Pont.
Pza. S. Uffizio
Via Aurelia
Via di Pta. Cavalleggeri
Largo di Porta Cavalleggeri
Gal. Pr. Amedeo Savoia A.
Via d. Conciliazione
Borgo
Ss. Michele e Magno
Ospedale S. Spirito in Sassia
Accademie Naz. di S. Cecilia
Prati
Crescenzio
Piazza Adriana
Parco Adriano
Castel S. Angelo
Mausoleo di Adriano
Piazza Cavour
Via Ulpiano
Via Tribonian o
Pza. d. Tribunali
Lung. Prati
Lung. Castello
Tevere
Lung. Vaticano
Lung. Tor di Nona
Lung. Marzio
Ara Pacis Museo
Ponte Cavour
Mus. d. Pov. Anime d. Suff.
Pal. Altemps
Mus. Napoleonico
S. Salvatore in Lauro
S. Agostino
Ponte Parione
Pal. Taverna
S. Maria d. Pace
S. Maria d. Anima
Piazza Navona
F.d. Fiumi
S. Agnese in Agone
Pal. Madama, Senato
S. Ivo
Corso Vittorio Emanuele II
Chiesa Nuova
Pal. Braschi, Mus. di Roma
Pal. Massimo
Museo Barracco
Teatro Valle
S. Andrea d. Valle
Teatro Argentina
Museo di Criminologia
Regola
Pal. d. Cancelleria
Campo dei Fiori
Teatro di Pompeo
Pal. Farnese
Piazza Farnese
Pal. Falconieri
Galleria Arco Farnese
Pal. Spada
Min. di Grazia e Giustizia
Pal. d. Monte di Pietà
S. Carlo ai Catinari
Via Giulia
Lungotevere Gianicolense
Lung. d. Sangallo
Lungotevere della Farnesina
Lung. dei Tebaldi
Lung. d. Vallati
Ponte Sisto
Ponte Mazzini
Ponte Garibaldi
Villa Farnesina
Pal. Corsini, Gal. Naz. d'Arte Antica
Orto Botanico
Villa Torlonia
S. Dorotea
Trastevere
Museo in Trastevere
S. Maria in Trastevere
S. Crisogono
S. Cecilia in Trastevere
Viale di Trastevere
Ospedale Nuovo Regina Margherita
Ministero della Pubblica Istruzione
S. Francesco d'Assisi
S. Francesco a Ripa
Porta Portese
Ponte Sublicio
Ospedale Fatebenefratelli
S. Onofrio
Ospedale del Bambin Gesù
Piazzetta d. Anfiteatro
Faro della Vittoria
Chiesa dell' Annunziata
Studio S. Miscetti
Monte Gianicolo
Parco Gianicolense
Piazzale Giuseppe Garibaldi
Mon A. G. Garibaldi
Villa Aurelia
Villa Medici
S. Pietro in Montorio
Font. d. Acqua Paola
Mausoleo Ossario Gianicolense
Porta S. Pancrazio
Via Garibaldi
Stazione di San Pietro
Maria Addolorata
Torre del Drago
Aurelio
Villa Abamelek
Villa Doria Pamphilj
Largo Tre Giugno 1849
Ple. Ragazzi del 1849
Piazza S. Pancrazio
San Pancrazio
Intern Hospital
Villa Sciarra
Piazza Ippolito Nievo
Lungotevere Testaccio
0
250
500m